献给北京大学建校一百二十周年

申　丹 总主编

北京市社会科学理论著作出版基金资助

北大人文学古今融通研究丛书
陈晓明 王一川 主编

形似神异

《三国演义》在泰国的古今传播

金 勇 著

图书在版编目 (CIP) 数据

形似神异：《三国演义》在泰国的古今传播 / 金勇著 .—北京：北京大学出版社，2018. 4

（北京大学人文学科文库·北大人文学古今融通研究丛书）

ISBN 978-7-301-29453-6

Ⅰ. ①形… Ⅱ. ①金… Ⅲ. ①《三国演义》—传播—研究—泰国 Ⅳ. ① I207.413 ② I336.09

中国版本图书馆 CIP 数据核字 (2018) 第 068121 号

书　　名	形似神异——《三国演义》在泰国的古今传播 XING SI SHEN YI——《SANGUO YANYI》ZAI TAIGUO DE GUJIN CHUANBO
著作责任者	金　勇　著
责任编辑	严　悦
标准书号	ISBN 978-7-301-29453-6
出版发行	北京大学出版社
地　　址	北京市海淀区成府路 205 号　100871
网　　址	http://www.pup.cn　　新浪微博：@ 北京大学出版社
电子信箱	pkupress_yan@qq.com
电　　话	邮购部 62752015　发行部 62750672　编辑部 62754382
印 刷 者	北京虎彩文化传播有限公司
经 销 者	新华书店
	650 毫米 ×980 毫米　16 开本　30.25 印张　插页 8　500 千字
	2018 年 4 月第 1 版　2019 年 9 月第 2 次印刷
定　　价	108.00 元

拉达那哥信展览馆

（笔者摄于 2016 年 7 月 30 日）

泰国曼谷唐人街耀华力路上的关帝古庙

（笔者摄于 2007 年 7 月 18 日）

泰国夜功府安帕哇县的关帝庙与县政府共用一址

（笔者摄于 2007 年 8 月 2 日）

“关公节”的宣传图片

“关公节”上请神仪式

泰国夜功府安帕哇县的“关公节”

（照片由当地“关公节”主事塔尼•杰素塞衮提供）

“关公节”祭拜仪式

“关公节”上的戏剧表演

泰国夜功府安帕哇县的“关公节”

（照片由当地“关公节”主事塔尼•杰素塞衮提供）

泰国曼谷巴森苏塔瓦寺佛殿中的《三国》壁画

（笔者摄于 2007 年 9 月 11 日）

泰国春武里府的“张飞请神仪式”

（笔者摄于 2007 年 9 月 2 日）

泰国春武里府的“张飞请神仪式”

（笔者摄于 2007 年 9 月 2 日）

泰国曼谷王家寺庙波汶尼威寺里的《三国》壁画

（图片选自《波汶尼威寺里的艺术》一书）

泰国曼谷纳浓寺“甘玛洛”式《三国》壁画

（笔者摄于 2014 年 8 月 21 日）

泰国曼谷纳浓寺“甘玛洛”式《三国》壁画

（笔者摄于 2014 年 8 月 21 日）

泰国曼谷皮查雅寺佛殿悬台基座外围的《三国》石刻画

（笔者摄于 2014 年 8 月 21 日）附图

泰国阿瑜陀耶府邦巴因行宫天明殿内的《三国》故事木雕

（笔者摄于 2012 年 12 月 29 日）

三国艺苑正门

三国壁画长廊

泰国春武里府芭提雅市三国艺苑主题园林

关公亭

园内一角

泰国春武里府芭提雅市三国艺苑主题园林

（新版）

（旧版）

昭帕耶帕康（洪）版《三国》

部分泰文《三国》版本书影

富豪版《三国》之孟获：被生擒活捉的人

富豪版《三国》之曹操：终身丞相

卖国者版《三国》

《三国》军事战略

部分泰文《三国》版本书影

新译《三国》（万崴版）

卖艺乞丐版《三国》系列

导航版《三国》

完整版《三国》（甘拉雅版）

部分泰文《三国》版本书影

总 序

袁行霈

人文学科是北京大学的传统优势学科。早在京师大学堂建立之初，就设立了经学科、文学科，预科学生必须在五种外语中选修一种。京师大学堂于1912年改为现名，1917年，蔡元培先生出任北京大学校长，他“循思想自由原则，取兼容并包主义”，促进了思想解放和学术繁荣。1921年北大成立了四个全校性的研究所，下设自然科学、社会科学、国学和外国文学四门，人文学科仍然居于重要地位，广受社会的关注。这个传统一直沿袭下来，中华人民共和国成立后，1952年北京大学与清华大学、燕京大学三校的文、理科合并为现在的北京大学，大师云集，人文荟萃，成果斐然。改革开放后，北京大学的历史翻开了新的一页。

近十几年来，人文学科在学科建设、人才培养、师资队伍建设、教学科研等各方面改善了条件，取得了显著成绩。北大的人文学科门类齐全，在国内整体上居于优势地位，在世界上也占有引人瞩目的地位，相继出版了《中华文明史》《世界文明史》《世界现代化历程》《中国儒学史》《中国美学通史》《欧洲文学史》等高水平的著作，并主持了许多重大的考古项目，这些成果发挥着引领学术前进的作用。目前，北大还承担着《儒藏》《中华文明探源》《北京大学藏西汉竹书》的整理与研究工作，以及《新编新注十三经》等重要项目。

与此同时，我们也清醒地看到，北大人文学科整体的绝对优势正在减弱，有的学科只具备相对优势了；有的成果规模优势明显，高度优势还有待提升。北大出了许多成果，但还要出思想，要产生影响人类命运和前途的思想理论。我们距离理想的目标还有相当长的距离，需要人文学科的老师和同学们加倍努力。

我曾经说过：与自然科学或社会科学相比，人文学科的成果，难以直接转化为生产力，给社会带来财富，人们或以为无用。其实，人文学科力求揭示人生的意义和价值，塑造理想的人格，指点人生趋向完美的境地。它能丰富人的精神，美化人的心灵，提升人的品德，协调人和自然的关系以及人和人的关系，促使人把自己掌握的知识和技术用到造福于人类的正道上来，这是人文无用之大用！试想，如果我们的心灵中没有诗意，我们的记忆中没有历史，我们的思考中没有哲理，我们的生活将成为什么样子？国家的强盛与否，将来不仅要看经济实力、国防实力，也要看国民的精神世界是否丰富，活得充实不充实，愉快不愉快，自在不自在，美不美。

一个民族，如果从根本上丧失了对人文学科的热情，丧失了对人文精神的追求和坚守，这个民族就丧失了进步的精神源泉。文化是一个民族的标志，是一个民族的根，在经济全球化的大趋势中，拥有几千年文化传统的中华民族，必须自觉维护自己的根，并以开放的态度吸取世界上其他民族的优秀文化，以跟上世界的潮流。站在这样的高度看待人文学科，我们深感责任之重大与紧迫。

北大人文学科的老师们蕴藏着巨大的潜力和创造性。我相信，只要使老师们的潜力充分发挥出来，北大人文学科便能克服种种障碍，在国内外开辟出一片新天地。

人文学科的研究主要是著书立说，以个体撰写著作为一大特点。除了需要协同研究的集体大项目外，我们还希望为教师独立探索，撰写、出版专著搭建平台，形成既具个体思想，又汇聚集体智慧的系列研究成果。为此，北京大学人文学部决定编辑出版“北京大学人文学科文库”，旨在汇集新时代北大人文学科的优秀成果，弘扬北大人文学科的学术传统，展示北大人文学科的整体实力和研究特色，为推动北大世界一流大学建设、促进人文学术发展做出贡献。

我们需要努力营造宽松的学术环境、浓厚的研究气氛。既要提倡教师根据国家的需要选择研究课题，集中人力物力进行研究，也鼓励教师按照自己的兴趣自由地选择课题。鼓励自由选题是“北京大学人文学科文库”的一个特点。

我们不可满足于泛泛的议论，也不可追求热闹，而应沉潜下来，认真钻研，将切实的成果贡献给社会。学术质量是“北京大学人文学科文库”的一大追求。文库的撰稿者会力求通过自己潜心研究、多年积累而成的优秀成果，来展示自己的学术水平。

我们要保持优良的学风，进一步突出北大的个性与特色。北大人要有大志气、大眼光、大手笔、大格局、大气象，做一些符合北大地位的事，做一些开风气之先的事。北大不能随波逐流，不能甘于平庸，不能跟在别人后面小打小闹。北大的学者要有与北大相称的气质、气节、气派、气势、气宇、气度、气韵和气象。北大的学者要致力于弘扬民族精神和时代精神，以提升国民的人文素质为己任。而承担这样的使命，首先要有谦逊的态度，向人民群众学习，向兄弟院校学习。切不可妄自尊大，目空一切。这也是“北京大学人文学科文库”力求展现的北大的人文素质。

这个文库第一批包括：

“北大中国文学研究丛书”（陈平原 主编）

“北大中国语言学研究丛书”（王洪君 郭锐 主编）

“北大比较文学与世界文学研究丛书”（陈跃红 张辉 主编）

“北大批评理论研究丛书”（张旭东 主编）

“北大中国史研究丛书”（荣新江 张帆 主编）

“北大世界史研究丛书”（高毅 主编）

“北大考古学研究丛书”（赵辉 主编）

“北大马克思主义哲学研究丛书”（丰子义 主编）

“北大中国哲学研究丛书”（王博 主编）

“北大外国哲学研究丛书”（韩水法 主编）
“北大东方文学研究丛书”（王邦维 主编）
“北大欧美文学研究丛书”（申丹 主编）
“北大外国语言学研究丛书”（宁琦 高一虹 主编）
“北大艺术学研究丛书”（王一川 主编）
“北大对外汉语研究丛书”（赵杨 主编）

此后，文库又新增了跨学科的“北大古典学研究丛书”(李四龙、彭小瑜、廖可斌主编)和跨历史时期的“北大人文学古今融通研究丛书”（陈晓明、王一川主编）。这17套丛书仅收入学术新作，涵盖了北大人文学科的多个领域，它们的推出有利于读者整体了解当下北大人文学者的科研动态、学术实力和研究特色。这一文库将持续编辑出版，我们相信通过老、中、青年学者的不断努力，其影响会越来越大，并将对北大人文学科的建设和北大创建世界一流大学起到积极作用，进而引起国际学术界的瞩目。

2017年10月修订

丛书序言

北京大学人文学科源远流长，博大精深。自1898年京师大学堂创办之初，先后就设立有文学门、哲学门、史学堂、译学馆。人文学一直是北京大学的根基，因基础深厚广博，故有百年历史传承创新，生生不息，愈老弥坚，青春常在。百年人文学术发展至今，感念历史之辉煌，尤觉责任之艰巨。探索当今学术大势，寻求通变之路在所难免。是故，我们提出北大人文学的“古今融通”之道，有意探讨在更宽广的视野中来处理人文学的问题；也是有感于人文学古今分置，中外偏离之建制日久成习，在今天则能有更加自然自由的学术方法出现，以求学术研究能够跨时代、跨专业融通，拓宽领域，提出问题，解决难题，学子们因此而能视野开阔，纵横驰骋；或潜心探究，溯古通今；或中外兼修，立意高远……，如此等等，不一而足。

北大人文学是现代人文学的变革发轫之地，现代新文学运动以断裂古今为其历史契机。时代之迫，先驱们突显古今矛盾，张扬时代新精神，以期完成千年变局之伟业。实际上，时代变革的手段策略，也难统领人文学之真实历史和现实情势。北京大学的现代人文学依照现代大学建制规模，建立起最初的格局，古今中外，不偏不倚，包罗全面。古今观念之论争，并不影响“兼容并包”的北京大学容纳各方学术，相得益彰。新思想引领时代砥砺前行；老学问融会传统大气磅礴。那时的北大人文学，如长风出谷，敢与日月争辉，不惮与现实较量。岁月悠悠，逝者如斯，半个世纪之后，中国的现代大学体制完备，各学科专业分工细密明确，无疑使专业更精，学术更细。然“隔行如隔山”却愈演愈烈，变得理所当然，牢不可破。这句话不只是一句专业壁垒的口令，也是自我封存的遁辞。当今的全球化时代，人们的交往越来越容易，不同地域、不同领域、不同专业的人都可能随时相遇。而在互联网时代，信息爆炸，难免信息不会穿越碰撞，穿越时空，穿越领域，穿越专业。随着信息的高速且无序的流通随时可能发生，各种樊篱壁垒也因此可能被拆除。自然科学的交叉和跨学科已然成为一种大趋势，人文学科的交叉和跨越也并非不可能。也正是在此背景下，我们设想最直接的融合贯通——古今融通，虽然有穿越专业壁垒之嫌，但也可能只是视野的谨慎拓展。在如此学科专业交叉跨越已经蔚然成风的情势下，我们以“古今融通”为方向，做个先行探索。

实际上，早有尊长思考同样的问题。早在40年前，即1978年9月，袁行霈先生就在《光明日报》发表了一篇文章《“纵通”与“横通”》，那时袁先生正值盛年，“文化大革命”之后他们这辈学者正在探寻自己这代人的学术道路。袁先生高瞻远瞩，看到学术的宽广前景。他所提出的“纵通”与“横通”的学术方法，我们也可以引伸为“通古今之变”“融众学之长”。尤其是袁先生强调“研究一个个时代和作家的成就，及其承上的作用和启下的影响；力求将上下三千年文学发展的来龙去脉整理清楚”。这一思想在今天理解起来，就是“古今融通”之义。那时袁先生就坚信：“一定会有很多新的发现，甚至开拓出一些新的学科领域”。袁先生40年前的思想，今天看来依然熠熠闪光，不仅给“古今融通”提示了充足的学理依据，也让我们有了紧迫感。

北大人文学涵盖了众多一级和二级学科。这些学科门类往往都有或隐或显的古代、现代和/或当代之分。“古今融通”之说，实则是一种鼓励，一种召唤，希望个体学者通过“纵通”，能获得更深更广的学术视野；也希望学科专业能够展开跨时代的对话。如古人所言：“取法乎上，仅得其中”。固然，“古今融通”未必是“上法”，尤其就从事不同时代研究的学者之间的对话而言，可能是在较短的时期内比较难以达到的要求，但作为在今天来鼓励学科交叉则也不失为一种理念。

固然，这只是我们的理念或曰理想，学术之事，尤其是人文学术，实乃个人之作业，受每个人的学术积累、训练、兴趣、天分、才情之所限，显然不可能随心所欲，异想天开。所有这些倡导，都只是一种方位性的探寻，每个人必然是以其自己的学术兴趣，去做现有之事，完成自己的学术宿愿。我们提出的“古今融通”，作为一种学术视野也好，一种理念也好，一种方法也好，都是一个十分具有包容性的概念，或在一个较大的时间跨度内来处理同一主题，同一题材；或以现代理论去通释古典命题；或以跨文化对话为“纵通”的学术语境……，凡此种种，都可以作为思想背景，作为学理资源，以期更好地彰显学术个性。

我们期待这一理念能成为北大人文学研究跨越不同时代的一个平台，这套丛书能汇集最初探索的成果，为百年北大人文学走向新的历史阶段推波助力。

是以为序。

陈晓明　王一川

2017年10月8日

目　录

图　表

引　言

在泰国曼谷拉查丹能中路上有一个“拉达纳哥信展览馆”（Rattanakosin Exhibition Hall），这是一个装潢时尚、设计精巧的大型现代声光展览馆，专门向泰国民众及世界各国游客展示和宣传有关曼谷王朝（1782—今）[①]的历史沿革、社会发展和泰国人引以为豪的艺术文化等方面的成就。这个展览始于2010年，由泰国皇家资产管理局（The Crown Property Bureau）承办和管理，是一个官方对外宣传的平台。整个展览共有9个展厅，其中第三展厅的主题是“驰名的文娱艺术”，

---

① 曼谷王朝是中文习惯译法，按泰文音译为“拉达纳哥信”（Rattanakosin）王朝。此外，由于立朝国王原为昭帕耶却克里，因此也称“却克里”（Chakri）王朝，有华人译作节基王朝。本书依中译习惯，均译作曼谷王朝。

本书中出现的泰文专有词汇均转写为拉丁文字母，并添加下划线，以示与英文词汇的区别。转写规则如无特殊说明均参照《泰国皇家学术院泰文拉丁字母转写规则》转写，附录中附有泰文原文及具体转写规则，以供对照查考。由于该规则不区分长短音和一些音位相近的音素，一些泰文人名转写有灵活处理或有约定俗成的转写法，特别是在西文文献中，因此本书中的泰文人名沿用已有的常用译法或转写法，不再添加下划线。

用环幕电影的形式介绍曼谷王朝初期著名的文娱活动和艺术作品。在讲到曼谷王朝一世王推动文学复兴的时候，专门列举了两部代表作品：一部是改编自印度史诗《罗摩衍那》的诗剧《罗摩颂》（*Ramakien*，或音译《拉玛坚》），另一部是翻译自中国古典小说《三国演义》的《三国》（*Samkok*）。《三国演义》的译本竟然成为泰国的文学代表作品，让很多中国游客都大呼意外。

1802年，曼谷王朝一世王普陀耀发朱拉洛（Phra Phuttha Yot Fa Chula Lok 或 Rama I，1782—1809年在位）为了重振因泰缅战争战火涂炭而衰落的古典文学，御令当时的财政大臣、大诗人昭帕耶帕康（洪）（Chaophraya Phrakhlang [Hon]）主持翻译《三国演义》，并将其作为中兴泰国“国家文学”（national literature）的重要举措之一，自此出现了《三国演义》的第一部泰文译本《三国》[①]。在随后二百多年间，《三国》在泰国逐渐流传开来，受到泰国人的喜爱和推崇，获得了很高的赞誉。曼谷王朝六世王瓦栖拉兀（Vajiravudh 或Rama VI，1910—1925年在位）时期，洪版《三国》被当时官方权威的“泰国文学俱乐部”评为“散文体故事类作品之冠”，肯定了它在泰国文学史中的经典地位，部分片段还被收入泰语的教科书中。可以说，泰国人已经把洪版《三国》视为本民族的文学财富了。

如果在泰国有过较长的生活经验，或与泰国友人进行过深入的交流，人们就会惊讶地发现，泰国人对诸葛亮（孔明）、关羽、赵云（子龙）、刘备、张飞、周瑜等三国人物都如数家珍，对“桃园结义”“草船借箭”“火烧赤壁”“空城计”等三国故事都耳熟能详。有些泰国人对三国的热爱和熟稔程度恐怕连中国人都自叹弗如。泰国有句广为人知的俗语，叫“《三国》读三遍，此人莫结交”，意思是说《三国》里面

---

① 如无特殊说明，本书中所提到《三国演义》指罗贯中的作品，而《三国》仅指曼谷王朝一世王时的泰译本，即昭帕耶帕康（洪）版《三国》，简称洪版《三国》，其余版本都会加以说明。

充满了政治斗争与谋略智慧，读得太多会让人变得城府狡诈，这样的人不可与之交友。由此可以管窥《三国演义》在泰国社会的风靡程度。三国文化已经深植于泰国人日常的生活之中，成为泰国文化传统的一部分，这么说毫不为过。

作为中国古典文学四大名著之一，罗贯中的《三国志通俗演义》（以下简称《三国演义》）以其非凡的叙事技艺、全景式的战争描写、特征化性格的艺术手法，展现了东汉末年气势恢宏、蔚为壮观的群雄逐鹿、三国争霸的战争画卷，自16世纪成书以来，就被人们不断传诵、阅读和品评。与此同时，《三国演义》也是一部享誉世界的文学名篇，其影响早已走出国门，自1689年第一部日文译本湖南文山版《通俗三国志》[①]出版以来，《三国演义》已被译成英、法、日、韩、泰、马来、印尼等数十种语言，有的国家甚至还有多种译本。因此，《三国演义》能受到泰国人的喜爱似乎也顺理成章，不足为奇。

然而，《三国演义》在泰国的传播范围之广、文化影响之深，着实让人始料未及。《三国演义》在亚洲地区，尤其是中国周边的日本、韩国、朝鲜、越南等汉文化圈国家最为风靡，这并不令人意外。这些国家历史上无论在物质文化还是精神文化层面上，都曾接受中国文化的深刻影响。直到近代以前，中国文化都被视为先进文化而备受统治者的尊崇，都曾长期使用汉字作为官方书写文字。这些恰恰是泰国接受《三国演义》的先天劣势。古代泰国在宗教信仰、思想观念、文学艺术等方面更多受到印度文化的影响，文化上的巨大隔膜和语言文字上的障碍，使得《三国演义》在泰国必须依赖可靠的译本才能进行传播，其传播时间也要远远少于一众汉文化圈国家。《三国演义》很早就传入日本、朝鲜、越南等国，甚至在罗贯中的《三国演义》出现之前，就已经有“三

① 《通俗三国志》的译者是京都天龙寺僧人义彻、月堂兄弟，两人从1686年开始费时三年共同译成，并署名“湖南文山”于1689年开始制版刊行。这也是《三国演义》最早的外文译本。

国故事"在当地流传了。而《三国演义》的泰文译本迟至1802年才出现，到那时泰国人才开始真正赏读这部作品。但是《三国演义》在泰国仅用不到200年的时间，就实现了在这些汉文化圈国家用数百年时间的积淀才达到的风靡程度，甚至有些后来居上的味道。此外，泰国是唯一动用官方力量组织翻译《三国演义》的国家，该译本还被奉为泰国本土文学经典，并在国家展览中被专门提及，这种礼遇在世界范围内都极为罕见，甚至可以说是独此一家的。以上这些促成了我最初的研究兴趣。

《三国演义》在泰国的传播是中泰文化和文学交流史上非常值得关注的一个现象，也是跨文化文学传播的一个经典个案。中泰两国在文化传统上的差异显而易见，正是这种文化上的异质性，使得《三国演义》在泰国落地生根并且保持长盛不衰显得尤为难得。在泰国的文化语境下，《三国演义》能够获得泰国社会的广泛认可已殊为不易，更不用说它还被提升到国家文学的高度，这显然绝非一句它是"中国四大名著之一"就足以解释的，这背后有一个特殊的传播动力和一套复杂的传播机制。本书写作的初衷，正是试图厘清这套传播机制及其背后的深层动因，探讨《三国演义》在泰国传播的模式。

对泰国的《三国演义》（或泰文的《三国》）的研究并不是新鲜事物，但是一直以来，学界更多将泰国的《三国演义》研究局限在文本自足的文学问题上，很少将"传播"纳入研究的维度，因而忽略了其与社会文化的关联。即使偶有论及，也或纠缠于先验性的政治解读，或几笔带过、语焉不详，泰文《三国》沦为泰国社会和政治研究的附属品。学者们对泰文《三国》的研究[①]主要因循"比较研究"和"政治研究"这两种主流范式，在方法上通过文本细读进行比较，尽管成果累累，也做得细致入微，但是其局限性也很明显：单纯的文本比较只能提供单一的共时性向度，囿于纯文学的范畴。即使是颂巴·詹托拉翁等学者从政治学角度进行解读，也同样是以定型的文学文本作为其论证的基础。这样

① 有关泰国学者、中国学者和西方学者对泰文《三国》研究的状况梳理，请见附录。

一来，《三国》研究就只是对《三国》文本的阐释与解读、对每个文本细节的还原与赋意了，整个传播过程在这里也消隐了。

从文学发生学的角度上说，《三国演义》在泰国传播的最直观结果，就是洪版《三国》经典文本的生成。随着研究的深入，我注意到泰国除了洪版《三国》外，还有数量巨大的其他三国类书籍。据我个人的不完全统计，截至2016年，泰国已有近170种各式各样关于《三国》的泰文书籍出版[1]，这其中还不包括报章上散见的文章，或未能结集出版的个别专栏，以及各种泰文《三国》学术研究类书籍、论文等，否则数量还会更多。时至今日，各类《三国》的泰文版本仍在不断推陈出新，一些经典的版本还在不断再版和重印。很多泰国人并不是通过洪版《三国》接触《三国演义》的，而是通过后来这些新版本，甚至不是通过文学文本。此外，不同时期的人对《三国》的接受和理解方式也各有不同。

无论从版本异文的谱系，还是在思想文化层面上，《三国演义》都是具有更宏大场域的历史产物，它在泰国的传播亦是一个历史生成的问题。《三国演义》在泰国的传播实际上就是它在泰国不断“内化”或“本土化”的过程，亦即在泰国文化语境中的社会化过程。严绍璗在论及中国文学研究视野时曾说道：“中国文学在世界各地与各民族、各国家的‘异质文化’抗衡与融合，从而促进那些民族、那些国家的文化与文学在不同的层面上，发生各种形态的‘变异’。我们知道，差异形成价值，‘异质’文化的碰撞产生文化的新种。在这种特定的‘文化语境’中，便形成和产生了那些民族和那些国家的文学的‘新样式’和文学的‘新文本’。”[2]泰文《三国》便很好地诠释了这一点。因此，通过在共时性框架下引入历时性的维度，还原其社会历史语境，并结合不

---

① 详见附录二。

② 严绍璗：《树立中国文学研究的国际文化意识》，《中国现代文学研究丛刊》，2000年第1期，第4页。

同历史时期泰国的社会发展情况及特点进行条分缕析的分析，将使我们能够更清晰地看到文学作品与社会之间的互动关系，以及文学传播的动态过程。只有与当地文化有效融合，并参与到当地社会变化的进程中去，传播才有可能达到良好的效果，真正实现成功的跨文化传播。这些都将在本书中一一呈现。

当然，强调社会历史的维度并非要抛开《三国演义》的文学特质，而是以此为基础，借助更广阔的视野，挖掘出被文学研究所遮蔽掉的某些现实线索和社会关系，而这正是说明为什么《三国演义》最终成为*Samkok*，而不仅仅是一部来自中国的战争题材的优秀文学译著的原因所在。

上　编

从《三国演义》到 *Samkok*

第一章

异文化语境下的文学传播

第一节　文学与传播

文学问题与传播不可分离。早在20世纪40年代，法兰克福学派的利奥·洛文塔尔（Leo Löwenthal）便开创了文学的传播研究，并视传播为文学发生发展的内在动力之一。[①]他明确指出“文学本身就是传播媒介”[②]。洛文塔尔反对把文学传播看作单纯的文学问题，他尝试将文化和传播知识融入文学社会学的研究中[③]，并从传播角度提出文学转型的观点。[④]

传播学中的核心概念“传播”（communication）意为通讯、传达、信息、交流、交通、共享等，它是“人类的符号化

---

① 甘锋：《洛文塔尔文学传播理论研究》，《同济大学学报》（社会科学版），2009年第5期，第98页。

② Leo Lowenthal. *Literature, Popular Culture and Society*. California: Pacific Books, 1961, p.xi.

③ Hanno Hardt. *Critical Communication Studies: Essays on Communication History and Theory in America*. London: Routledge, 1991, p.153.

④ Leo Lowenthal. “An historical preface to the popular culture debate”, in Norman Jacobs ed., *Mass Media in Modern Society*. New Brunswick, U.S.A.: Transaction Publishers, 1992, p.73.

行为与信息交流过程”[①]。人类是传播的主体和轴心，信息交流是传播的主要内容，借助各种符号和媒介将信息传递给他人以期发生相应的变化。[②]

从本质上说，文学作品和新闻、知识一样，都是信息的一种。一部文学作品满足一个信息结构上的三要素：作为信息的形式的符号、作为信息内容的意义、作为信息载体的媒介，一本书的符号是语言，书的内容是意义，纸张则是媒介。[③] 因此文学传播也属于信息传播的一种。但文学又与一般信息不同。文学是一种“人学”，是作为主体的人的能动创造，有特殊的“审美意识形态”，是“感知、表象、想象、情感和理解等五种心理机能综合的和谐过程”[④]。文学传播的正是作者的这种审美理想、审美经验和社会诉求等信息。作家创造出来的文学信息面对的受众也不同于一般的受众，而是能够把握文学文本深层意蕴，体味作者的审美经验，进行积极能动的阅读的群体和个人。因此，文学传播主要集中在文学群体或艺术群体中，范围较窄且挑剔，传播的过程较为复杂，所需的传播周期也更长，最终的传播效果需要较长的时间才能逐渐显现。

由于文学传播的这种特殊性，想要取得良好的效果就要依赖更为复杂的社会条件和文化因素，整个传播也是一项内容庞杂的系统工程。传播学中的几个基本类型，如自我传播、人际传播、组织传播与大众传播等，在文学传播活动中都表现出自己独特的形态、结构和功能特点。

自我传播，又称内向传播、人内传播、内在传播等，传播者和受传者是同一个人，是每个个人的自我信息沟通，通常不使用传播媒介。在文学传播中，自我传播是“主我”（I）与“客我”（me）之间的内向交流，一方面在头脑中完成文学传递和文学接受活动，激发文学创造，

---

① 周庆山：《传播学概论》，北京：北京大学出版社，2004 年，第 22 页。

② 邵培仁：《传播学》（修订版），北京：高等教育出版社，2007 年，第 59 页

③ 周庆山：《传播学概论》，北京：北京大学出版社，2004 年，第 33 页。

④ 童庆炳：《现代诗学问题十讲》，青岛：中国海洋大学出版社，2005 年，第 42 页。

直接推动文学生产，另一方面，在进行阅读、品评等文学消费活动时，也需调动思维活动，“自我传播是文学消费的主要方式”①。

人际传播和组织传播都是人与人之间进行的传播。广义的人际传播包含组织传播，狭义的人际传播仅指个人与个人面对面进行的信息交流。人际传播是在文学活动中建立起社会关系的重要手段；而组织传播也被称为团体传播形态，是指文学传播者面对一定组织、团体的活动，如文学团体、文学沙龙、讨论会、诗歌朗诵会等形式时，进行的文学信息传播。相比之下，后者更具规模化和系统性，往往会使文学传播更为顺畅，更具影响力。

在文学领域里的大众传播，具体来说包括书籍、报纸、杂志、广播、影视、网络等面对极其广泛的受众所进行的公开信息传播。所谓“大众”，是指分布广泛而互不相识的广大受众。相比于前几种传播方式，文学传播活动的大众传播能量最大、范围最广，效果最为显著。大众媒介可以大批量、精确地复制文学信息，受众也不受时间、地域、身份职业等限制，只要愿意，都可以参与到文学活动中来。

以上四种主要的文学传播类型，在现实生活中往往相互结合，紧密联系，共生共存，同时发挥作用，构成了一个文学传播的网络整体。

第二节　代表性的传播模式

在传播学的领域内，不少学者都提出了一些形象化的传播模式，这些模式是对“现实事件的内在机制以及事件之间关系的直观和简洁的描述”②。信息的传递、接受与反馈构成一个完整的传播过程系统，将这些传播要素抽象出来成为一个个变量，用图示的方式将变量间的关系表现出来，便形成一个传播的模式。它们形象生动，简明扼要，使概念条

① 文言：《文学传播学引论》，沈阳：辽宁人民出版社，2006年，第26页。

② 周庆山：《传播学概论》，北京：北京大学出版社，2004年，第45页。

理化，有助于理解抽象的传播过程，解释传播理论和关于传播行为的抽象观念，从而更好地考察传播的效果。

在众多传播模式中，以下几种是传播论中较有代表性的基本模式，影响也较大，分别是拉斯韦尔的“5W模式”“申农—韦弗模式”和“奥斯古德—施拉姆循环模式”，其中前两种属于传统线性模式，最后一种属于双向循环的控制论模式。

这些模式虽然不是特别针对文学传播提出的，但是对于我们理解文学传播的过程与效果，特别是分析影响传播效果的重要因素非常有益。

一、拉斯韦尔的“5W模式”

1948年，哈罗德·D. 拉斯韦尔（Harold Dwight Lasswell）在《社会传播的构造与功能》一文中，提出了传播过程的“5W”模式，他把传播的过程分解为传者、受者、信息、媒介这几大要素，再加上作为结果的效果，即成为五大环节。由于这五个环节在英语中各自都包含一个W开头的英文核心词汇，因此通常被称为“5W模式”，即Who（谁）——says What（说了什么）——in What channel（通过什么渠道）——to Whom（对谁）——with What effects（取得什么效果）。同时，拉斯韦尔还根据这五个环节将传播学划分出五大研究领域，分别是控制分析、内容分析、媒介分析、受众分析和效果分析。英国传播学者丹尼斯·麦奎尔将“5W模式”做了如下图示：

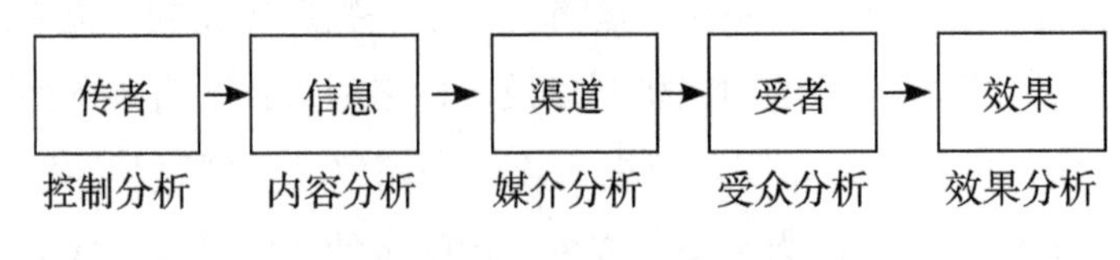

图表1-1　拉斯韦尔的5W模式

“5W模式”是传播学上第一个传播模式，也是第一次比较详细、科学地解释了传播的整个过程。该模式把人类传播活动明确概括为由五个环节和要素构成的过程，是传播研究史上的一大创举，为后来研究大众传播过程的结构和特性提供了具体的出发点。而大众传播学的五个主要研究领域——“控制研究”“内容分析”“媒介研究”“受众研究”和“效果分析”，也是由这一模式发展而来。但是该模式的不足也很明显，即把传播视为一种简单的线性模式，即认为信息的流动是直线的、单向的，从传者开始到效果结束，看不到传播过程中各要素之间的关系，也忽略了社会环境与历史文化条件等的作用和影响。

二、申农—韦弗模式

“申农—韦弗模式”（Shannon-Weaver）是另一个重要的早期线性传播模式，描述了远程传播的过程。在拉斯韦尔“5W模式”提出后不久，1949年，美国信息学者，曾在20世纪40年代贝尔电话实验室做研究员的克劳德·申农（Claude Shannou，又译香农）与沃伦·韦弗（Warren Weaver）在《传播的数学理论》一书中共同提出新的模式，即“申农—韦弗模式”。他们利用通讯电路原理探讨传播活动，提出传播的准确性技术层次、受传者对信息阐释的符号语言层次，以及噪音对传播的影响和传播效果的受传者反应层次三个问题。[①]

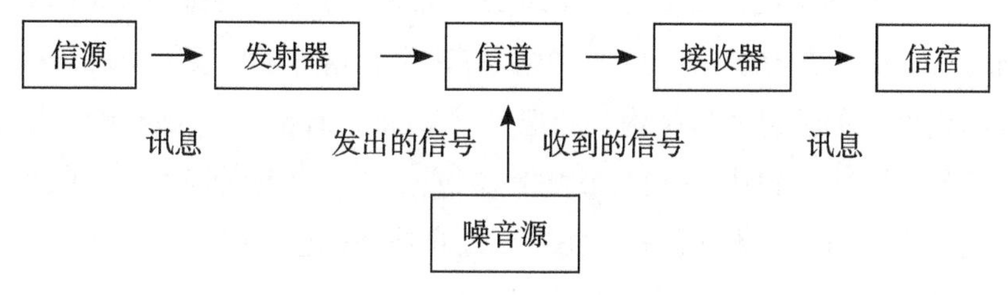

图表 1-2　申农—韦弗数学模式

如图所示，在这个模式中，由信源到信宿经过五个正向的传播因素，同时加入了“噪音”这个负向的因素。“噪音”（noise）是申农和韦弗提出的创新性概念，指传播过程中一切传播者意图以外的、来自

① 周庆山：《传播学概论》，北京：北京大学出版社，2004 年，第 48 页。

各方面主客观条件的对正常信息传递的干扰，既有外部噪音，也有内部噪音，这些都影响了讯息的传递。同时，讯息由信源到信宿经过发出与接受两个过程，这两个过程又涉及编码与解码，这些也都影响了传播的最终效果。

“申农—韦弗模式”是继“5W模式”之后又一个具有重要影响力的模式，它阐述了传播过程中五个关键因素，以及其所要达到的目的，并意识到“噪音”这样的影响传播效果的负方向因素，注意到传播和周围环境的关系，表明传播过程的复杂性。

申农与韦弗一起提出的这个传播的数学模式，为后来的许多传播过程模式打下了基础，并且引起人们对从技术角度进行传播研究的重视。但是，该模式仍未摆脱单向直线性的局限。这个基于电讯的传播模式无法直接反映人际传播的讯息内容、社会环境和传播效果，在解释人的社会传播行为的时候效果欠佳，因为它将传播者和受传者的角色固定化，忽视了人类社会传播过程中二者之间的转化。这种忽视人类传播的互动性质的情况，是因为该模式忽略了“反馈”这一人类传播活动中极为常见的因素，这也是直线传播模式共有的缺陷。

20世纪50年代，韦斯特利（Bruce Westley）与麦克莱恩（Malcolm M. Maclean）在申农—韦弗线性模式基础上，增加了反馈机制，即从接收器到信源的信息回流结构，和把关人（gate keeper），即有能力控制信息甚至阻止它到达某一目的地的机制或个人。“韦斯特利—麦克莱恩模式”将“申农—韦弗模式”拓展到大众传播概念之中。

三、奥斯古德—施拉姆循环模式

“反馈”（feedback）的思路被引入20世纪50年代出现的多种以控制论为指导思想的传播模式中，并且发挥了重要的作用。这其中的代表就是“奥斯古德—施拉姆循环模式”。

1954年，威尔伯·施拉姆（Wilbur Lang Schramm）在《传播是怎样运行的》一文中，在奥斯古德（Charles Osgood）观点基础上，提出了一个新的过程模式，即“奥斯古德—施拉姆循环模式”。这一模式对传统的线性模式进行了扬弃，突出信息的传播过程是循环往复的，在实际的传播过程中，参与者很可能同时充当着信息发送者和接受者的双重角色。这就内含了这样一种观点：信息会产生反馈，并为传播双方所共享。

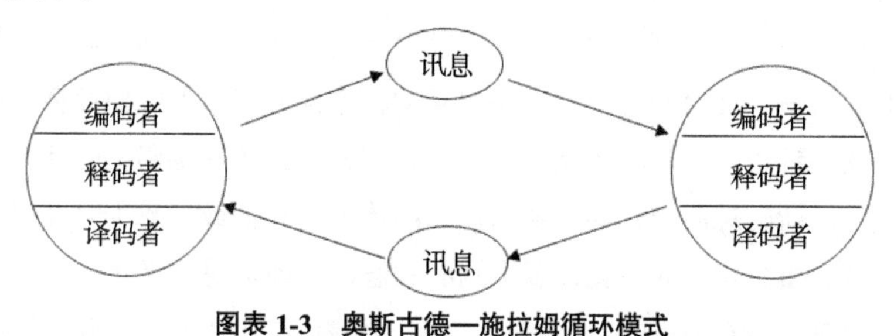

图表 1-3 奥斯古德—施拉姆循环模式

相比于拉斯韦尔和申农—韦弗模式的直线型模式，奥斯古德—施拉姆模式突出了信息传播过程是一种循环往复的过程。尽管整个模式中并没有出现“反馈”的字样，但是在实际上间接表明了信息传递过程中存在着反馈，并且这种反馈的成果会被传播双方所共享。“奥斯古德—施拉姆循环模式”的缺陷在于未能区分传受双方的地位差别，因为在实际生活中传受双方的地位很少是完全平等的，总有一方是处于强势的地位。

该模式虽然能够较好地体现人际传播尤其是面对面传播的特点，但对大众传播过程却不能适用。施拉姆在《传播是怎样运行的》一文中又在此基础上，提出自己的大众传播过程模式。

四、其他模式

以上三种是较有代表性、影响较大的几种传播模式。

从线性模式到控制论模式，完成了传播结构认识史上两次飞跃，基本上解决了传播的要素（内部结构）问题；此后传播模式研究又涌现出社会系统模式，以解决传播的外部条件（外部结构）问题。如赖利夫妇的系统模式，首倡把传播过程放到整个社会系统中进行考察，将传播过程看作是庞杂的社会系统的一个子系统，同时对传播系统与社会系统之间的互动关系也进行了考察。他们的这种模式将大众传播研究带入了一个新的时代。再如马莱茨克模式进一步展开了社会与传播之间的关系，说明传播是一种复杂的社会行为，是一个变量众多的社会互动过程。这种互动并不仅仅是有形的变量——社会作用力之间的互动，而且也是无形的变量——社会心理因素之间的互动，这样的视角无疑使社会传播系统研究得到了进一步的拓展。此外，影响较大的还有德弗勒的互动过程模式、丹斯的螺旋模式等。各家提出的传播模式都或多或少存在着阐释不完整、概念化、简单化或以未阐明的假设为前提等不足。

但是不管传播模式如何复杂多变，传播结构中几大要素并没有改变，只是加入了对各要素之间的复杂互动关系的勾画和描述。一方面，人们开始认识到外部结构，如社会历史文化等方面的制约对于传播的重要意义和作用；另一方面，这些社会关系等制约条件是无法穷尽的，而模式表达本身存在着容量、描述的局限，对每一个传播个案都需要细致的具体分析。

模式分析并不单纯为了描述和解释，它本身的结构形式是经过选择和演绎的理论形式，在帮助我们了解传播过程的结构的同时，也提醒我们关注系统内各要素之间相互联系、相互制约的关系，其真正的核心在于认识各个部分之间的内在联系。传播实际上是一个纷繁复杂的动态过程，在具体传播过程中又受到各种各样有形、无形的社会力量、社会关系和文化传统等因素的干扰和影响，特别是在异文化语境下表现得更为突出。因此，从传播学的角度来观察文学传播，将有助我们对整个传播活动和进程进行宏观的把握。

第三节　跨文化文学传播的效果考察

文学作品的跨文化传播是需要跨越民族、国家和文化界限的对外传播，属于广义的国际传播现象。[1]与一般的文学传播相比，跨文化文学传播面临着复杂多样的文化差异问题，特别是与文化密不可分的语言文字，作为文学传播工具都极大地影响着传播的广度和深度。此外，在异国的跨文化传播中，在政治、意识形态、传输手段上都会受到当地政府的规约和影响。因此，跨文化传播的整体过程更为复杂，环节较多，传播的周期也更长。

为了更好地分析文学传播的效果和模式，需要对影响传播效果的具体环节和牵涉的传播要素进行更为细致的分析。传播者、受传者、信息、符号、媒介这五个是任何传播活动都不可缺少的基本要素。对于文学传播而言，作为信源的传播者是作品的作者，作为信宿的接受者是读者，传播的信息或内容就是文学的文本（不是狭义的书面文本），传播过程分为对信息的编码（广义的创作）和解码（广义的阅读）过程，传播过程中存在阻碍传播顺利进行或影响信息正确传递的“噪音”。

文学作品的传播效果有好有坏，有积极效果，也有消极效果，有的影响深远，也有的影响只是昙花一现。但无论属于哪种效果，都需要受传者的参与，只有通过受传者的接受才能实现。一部作品的文学信息通过传播媒介达到受众，并不意味着已经产生了效果，只有读者体味到作者的情感与审美，心灵受到感染和触动，从而使他们的某种态度或观念发生转变，才可以说真正实现了文学传播的社会效果。这种效果的达成不是一蹴而就的，而是通过反馈而反复积累起来的，是一种螺旋式的上升。

影响文学传播效果的因素有很多，如传播主体、传播内容、传播载体、传播对象等都会左右传播效果的达成。这些因素又因为时代的不同及社会变迁而有所变化，这也是为何同一部作品在同一个文化语境下，

---

① 关于国际传播，学界有广义和狭义的界定。广义的国际传播，包括跨越国界的大众传播和人际传播；狭义的国际传播，特指跨越国界的大众传播，即主要依靠大众传播媒介进行的跨越国界的信息传播。见程曼丽、王维佳：《对外传播及其效果研究》，北京：北京大学出版社，2011 年，第 3 页。

在不同时期、不同政体和社会环境中，传播的效果千差万别。在跨文化的文学传播中，这种差异就表现得更加显著，情况也更为复杂。因此，纳入分析视野的除了传者、渠道、方式、受者、效果这些认知框架、传播的内部机制和流程外，还要关注传播活动得以发生、发展的真实的历史语境、文化状态、地缘政治、国际关系等庞杂的知识体系。

在文学的跨文化传播过程中，有三点关于受众的认识需要加以说明。第一是受者与传者所处的文化背景不同，对同一部作品的理解、鉴赏、选择的动机与目的都好尚不同，因此，在很多时候作品内容的优劣并不是决定对外传播获得良好影响力的关键。一部文学作品要想在异文化中立足，本身需要具有较好的艺术品位和较高的艺术价值，这一点毋庸置疑。但仅凭高质量的内容这一点是远远不够的，它还取决于传播的机制、手段、技巧和本土的文化过滤与文化需求，在有些时候，后者的重要性甚至远高于前者。这并不难理解，譬如在中国文学史上籍籍无名的寒山在美国却成为"垮掉的一代"（The Beat Generation)的偶像，他的诗歌译成英文后风靡欧美，在那里赢得了比李白和杜甫还要高的地位。这一切都离不开加里·斯奈德（Gary Snyder）等译者对寒山诗歌有意的经典化建构，将寒山塑造成"衣衫褴褛的中国隐士"①，迎合了当时美国青年蔑视物质主义、传统、权威，与物欲横流的社会隔离，渴望尊重与真的自我。寒山能成为"垮掉的一代"的先驱和理想英雄，他的诗歌能在英美获得共鸣，迅速传播开来，也得益于斯奈德等人在译本选择、生产、流通和接受的各个环节都充分考虑了当时社会的主流意识形态并加以创造性的"误读"或严绍璗所说的"不正确理解"。再如中国四大古典名著，除《三国演义》外，《水浒传》和《西游记》在泰国也有一定的影响，但在中国艺术成就最高的《红楼梦》除了进行中国文学研究的学者外鲜有人知。一方面《红楼梦》的故事带有强烈的中国文化

① Gary Snyder. *Riprap and Cold Mountain Poems*. San Francisco: Grey Fox Press, 1965, preface of translation.

背景，泰国人很难理解，另一方面泰国至今没有一部好的《红楼梦》译本，甚至没有一部全译本，无法将其中精妙的诗文用泰文传达出来。泰国人看到的只是讲男女三角恋爱的小说，难以欣赏到它的思想底蕴和艺术成就。泰国的学者吴琼（Kanokporn Numtong）曾感叹让一个泰国人来欣赏林黛玉的“葬花词”真的很难。

第二是跨文化传播周期较长，文学信息抵达不同层次的受众也有先后，文学传播特别依赖高水平的译者和高质量的翻译，这里的高水平、高质量是针对受者的本土文化语境而言的。这些译者是文学信息最早接触到的一批异文化受者，同时也是文学信息向更广大异文化受众传播的重要中转，在传播学意义上充当着意见领袖或把关人的角色。

“意见领袖”（opinion leader）是拉扎斯菲尔德（Paul Felix Lazarsfeld）的“二级传播理论”（two-step flow of communication）中提出的概念，拉扎斯菲尔德认为传播过程因受多种中介因素的影响而导致效果有限，媒介讯息和观念不是直接传向所有个人，而是先流向意见领袖，然后经由意见领袖流向人群中不太活跃的其他部分。在跨文化文学传播中，意见领袖是较为特殊的群体，他们不是一般意义上的领袖，往往是著名作家、文学批评家或者学者，他们能够较早地接触或敏锐地洞察到文学信息并且对其进行翻译、创作、批评等，同时他们本人在社会上也具有一定的威望，在文学场域内有一定的影响力，他们的作品或评论能被读者较大规模地接受和传播。而“把关人”（gatekeeper）概念是由库尔特·勒温（Kurt Lewin，或译卢因）最早提出并被怀特（David Manning White）引入新闻研究领域的。在跨文化文学传播中，信息的生产与传播并不具有纯粹的“客观中立性”，因此在传播过程中会出现一些把关人，只有符合一定本土规范或把关人价值标准的信息内容才能进入传播的渠道，这也是为什么在很多文学传播中译文与原文会呈现出截然不同的面貌的原因。

第三点紧承上一点，无论意见领袖、把关人还是其他大众受众，都是传播中的受众，在传播过程中与传者在地位上是平等的，在讨论传播效果的时候，地位甚至还要优于传者。斯图尔特·霍尔（Stuart Hall）的“编码/解码”理论指出“意义生产依靠于诠释的实践，而诠释又靠我们积极使用符码——编码，将事物编入符码——以及靠另一端的人们对意义进行翻译或解码来维持”[①]，即认为信息的意义不是传送者“传递”的，而是接受者“生产”的。阅读文本是一种社会活动，是一种社会谈判的过程，读者（观众）可以同意也可以反对，甚至可以结合自身的条件，如教育程度、社会地位、艺术天赋等对接受的文学文本进行新的建构和阐释。在传播信息面前，受众不是完全被动的，他们有支配文本的权力，并形成“创新扩散”（diffusion of innovations）。这种“扩散”指的是“一种新思维、新知识、新技术等在人群中推广并传播到全社会，最终形成一种共识的过程”[②]，它将之前拉扎斯菲尔德的“二级传播理论”扩展为“多级传播理论”。越是在异质文化的社会，文学传播想要实现良好的传播效果，就越需要人际传播的中介，对源文本进行本土化、创新性的改造，传播层级越多，形式也越多样。

在泰国《三国》传播个案中，昭帕耶帕康（洪）、雅各布、克立·巴莫、桑·帕塔诺泰等人都是集意见领袖和把关人职能于一身。以他们为代表的泰国作家、学者和思想家们对《三国演义》以及洪版《三国》进行了创造性的“改写”和阐释，使《三国演义》本土化和洪版《三国》经典化，最终为泰国社会的广大受众完全接受，并内化到泰国的本土文化中。[③]

---

① Stuart Hall ed., *Representation: Cultural Representations and Signifying Practices*, SAGE Publications, 2002, p.62.

② 程曼丽、王维佳：《对外传播及其效果研究》，北京：北京大学出版社，2011 年，第 118 页。

③ 具体内容详见本书下编。

第四节 异文化语境下的《三国演义》传播

以上对传播模式和传播效果的探讨，不能生搬硬套到千差万别的跨文化传播活动中去。每一部优秀的文学作品都是独一无二的，它的跨文化传播也带有鲜明的个性特征，不能不加分辨地套用在另一部作品的传播研究中。《三国演义》的艺术成就和地位是在中国文化语境下获得的，根植于中国的历史和文化。因此，不能用《三国演义》在中国的传播模式和特点来认识它在泰国的影响与传播；同理，也不能用《三国演义》在日本、韩国、越南等汉文化圈国家的传播情况来类比泰国。

在宏观层面讨论《三国演义》在泰国的传播，自然离不开以下几个要素，即作为传者的作者、作为受传者的读者和作为文学信息载体的作品。需要同时考察作品的生成与作品的消费这两个过程，包括泰文文本翻译、改写和再创作，以及文学阅读、文学批评与各种形式的反馈活动。

但是讨论若仅限于此是远远不够的，以上要素是每一个文学传播个案都会涉及的问题，对《三国演义》在泰国的传播个案来说，传播遇到的障碍与难题都被隐蔽了。在泰国的文学语境中，由不同的宗教背景、哲学理念、地缘因素和政治经济环境所孕育的文化传统、主流价值观、思维方式和语言编码等方面都会给《三国演义》的传播带来阻碍，影响传播效果，其中尤以文化观念与语言编码的差异为最大难题，它们影响着文学活动的准则，制约着人们对异文化、新事物的理解与认同。因此，必须从泰国社会政治、经济、文化等宏观背景入手，将《三国演义》的传播问题放置到泰国本土文化语境和社会历史发展进程中去讨论，在微观层面具体分析各传播要素相互间的动态关系，以及在各个时期特定的社会情境中，具体的历史、社会条件对传播起到的反制或推动作用。唯有如此才能洞悉《三国演义》何以能够在泰国实现良好的传播效果。

在此需要特别指出的是，《三国演义》在泰国的传播并不是一种中国有意识的文化输出，更不带有意识形态色彩，它是一种自发、自觉、自动的传播，在整个传播进程中起到关键作用的个人都是泰国人民，包括已经归化到泰国社会的华裔泰人。

从整体上来看，以昭帕耶帕康（洪）版《三国》经典译本的诞生为标志，可将《三国演义》在泰国的传播笼统地划分成“经典文本产生前”与“经典文本产生后”两个阶段，即“由《三国演义》到洪版《三国》泰译本的中文文本传播”阶段，和“洪版《三国》及后续泰文文本的重写、改编和再创作”阶段，或“《三国演义》在泰国的本土化”阶段。两个阶段最大的差别在于所依托的社会文化与传播语言的差异，这也是影响传播的最重要的两个因素。第一阶段主要是《三国演义》进入泰国社会，并在泰国进行初传，最终产生了洪版《三国》经典泰译本，传播语言以中文为主，依托中国文化，以华人社区为中心进行小范围传播，随着华人社会的不断壮大才逐渐将影响扩散到泰国社会，乃至泰国的宫廷之中。后一个阶段与之相反，主要是以洪版《三国》泰文本为元文本的二次传播和多级传播，传播的主体语言是泰语，依托的文化也是泰国的本土文化，甚至还催生了独具泰国特色的“三国文化”。两个阶段在传播主体、传播内容、传播渠道、传播受众和传播影响力等方面都各具特色，因此分析的角度与侧重的方法也有所不同。本书将这两个阶段分列为上、下两编。

洪版《三国》诞生后并没有马上在泰国社会进行大规模的传播，而只限于宫廷“大传统”之中，因此第一阶段还可以进一步细分为两个时期，那么《三国演义》在泰国的传播可以大致划分为以下三个时期：

第一个时期：从阿瑜陀耶王朝中期至吞武里王朝时期（约17世纪初—18世纪后期），这是《三国演义》进入泰国并奠定其传播基础的时期。

第二个时期：从曼谷王朝初期至曼谷王朝四世王时期（18世纪后期—19世纪中期），这是洪版《三国》译本出现并被经典化的时期，《三国演义》从民间的“小传统”文化，拓展到宫廷“大传统”文化之中。

第三个时期：从曼谷王朝五世王时期至今（19世纪中期—今），这段时期是泰文《三国》的自主传播时期，《三国演义》被不断本土化，并最终成为泰国本土的文学和文化资源。

由于整个传播过程头绪众多，不同传播人群和传播途径相互之间多有交叉，以上三个传播阶段的时间划分相对简略并有交集时期，实际上也不可能存在严格清晰的时间分段。这是由《三国演义》传播的多样性、多层次、多渠道的特点所决定的。有些在第一阶段主要的传播方式到了后一个阶段并没有消失，依然在发挥作用，因为它仍然适用于一些特定的人群，只不过随着时代发展已经不是传播的主流方式，重要性已经让位给另一种传播方式而已。新出现的传播方式之于传统方式，并不是覆盖和取代，而是叠加，这也使得传播方式和手段都在不断更新和丰富。

此外，传播的多样性还体现在传播的文本上，既有狭义的文本，也有广义的文本。一部文学作品是由一系列符号系统组织起来构成的文本，这个文本（text）往往是狭义上的由书写固定下来的“文字文本”。但是文字作为书面语言符号只是语言符号的一种，还有作为口头语言符号的语音符号，此外还有图像、音乐、造型等非语言符号，它们都可以“编织”成广义上的文本。一部文学作品，如《三国演义》在泰国并不只是通过书面文字形成的文本进行传播，在整个传播过程中，各种各样非文字的文本都为传播提供了渠道，如通过戏剧表演、宗教活动、寺庙壁画等，《三国演义》通过这些渠道获得了更多的受众，从而也刺激了新的阅读和书写活动。随着泰国社会的不断发展，传播的媒介不断多样化，也为《三国演义》的更多类型文本的传播创造了良好条件。以往以狭义文本为中心的观念也忽视了作为传播主体的人，即作者和读者的作用，忽视了传播的反馈过程，以及作者和读者之间的互动关系。作品文本的创作（编码）和阅读接受（解码）是文学传播最重要的两个环节，《三国演义》作为文学作品能融入泰国文学史的发展进程，也是作者和读者共同作用下的结果。作者与读者这两个群体内部和相互之间关系的不断变化，推进了《三国演义》在泰国传播的深度和广度。

总而言之，《三国演义》在泰国的传播与其说是一次纯粹的文学传播，毋宁说是一次受社会和历史制约的文化传播。

第二章

《三国演义》初传时期泰国的社会概况

尽管《三国演义》的第一部泰译本直到1802年才出现，但是这部作品传入泰国社会的时间却远早于此。有材料表明，曼谷王朝一世王本人熟知一些“三国”人物和故事，否则他也不会在致力复兴文学的运动中钦令翻译《三国演义》，并对整个翻译工作给予大力支持。此外，洪版《三国》是一个带有很强训谕性的政治文本，通过强化“天下之大，有德者居之”和“良臣择主而事”等方面的内容，弱化甚至删去带有“王权正统”思想的内容，为自己的新政权寻求合法性支持。[①] 这充分说明，一世王以及主持翻译的昭帕耶帕康（洪）对《三国演义》绝不仅仅是略有耳闻，而是有着深刻的洞察和理解的。由于二人都不谙识中文，他们对《三国演义》的接受并非来自阅读中文文本，而是来自泰国社会语境下的不同形式的传播。换句话说，《三国演义》并不是在毫无征兆的情况下突然被泰国宫廷选中翻译的，相反，它在被翻译成泰文之前已

① 详细内容请见本书第五章。

经在泰国社会传播了很长时间了。

因此，在接下来的两章，我将重点讨论昭帕耶帕康（洪）版译本产生之前，《三国演义》在泰国，特别是在泰国民间的传播状况。这个时期是《三国演义》在泰国的初传时期，时间上大致从阿瑜陀耶王朝中期至吞武里王朝时期（约17世纪初—18世纪后期）。这个时期也是《三国演义》传播的“前文本”（针对泰文文本而言）时期，它为之后洪版《三国》的全方位、多层次、大规模的社会传播培养了潜在的受众，有效地拓宽了传播的空间，也为下一阶段对《三国演义》进行全面的本土化改造创造了有利条件，打下良好的基础。

第一节　文化生态论与跨文化文学传播

文学传播本质上是一种文化传播，跨文化文学传播更是如此，它是一种跨文化交流的形式。文学传播有一个互动的过程，文学的接受也是一种能动的、有选择的过程，不是被动的、静止的。从接受者的个体来看，一定的社会心理、文化观念、价值观念、哲学思想以及对文化的认同和归属感都对文学的传播和接受产生影响。然而更重要的是，不同的群体文化，或者说个体所处的文化圈、文化丛、文化类型，即文化的整体生态环境，包括物质的与精神的，对文化的传播所产生的影响更大。

一个生命体的存活繁衍需要一个生态系统支撑，这个系统有时也被称为生命支撑系统。功能主义社会学研究中经常把社会视为一个有机体，来研究社会的内在构成与协调发展规律。如果把文学作品视为是生命体进行有机体类比，文学艺术活动也具有一个自洽的“生态系统”，每一部文学作品都是在一定的“生态系统”中存在的，我们不能孤立地认识一部文学作品。一个作家及其文学创作从属于当时当地的文学集合，或文化事象的集合。视野再向外延展，在这个文学或文化事象的集合周围，还存在着一个趣味一致的社会，具有趋同的审美环境和艺术氛围。这是该作品能够在本土立足、焕发勃勃生机所依存的根本的社会和文化语境，即生态文艺学或文化生态学中的文化生态环境或生态场。

生态场（ecological field）最初是来自生态学中的概念，指生物与生物之间，生物与环境之间，在一定的时空范围内，由于相互作用、相互影响而形成的功能性系统。生物之间之所以能发生相互作用，在它们周围一定存在着一种或几种与生命活动紧密联系的作用空间或曰“场”，在一定的光、温、水、二氧化碳、营养成分等物质性因子的共同作用下，生物才能够发展达到一定的水平。在早期生态学家看来，所谓“生态”就是“自然生态”，随着社会发展和人们认识的推进，“生态”作为问题已经越过自然的边界，蔓延进入社会领域和人文领域。[①] 朱利安·斯图尔德（Julian Haynes Steward）将生态学的概念引入到文化研究中，开创了文化生态学的研究，也使生态学出现了人文转向。文化生态学将文化创造活动与环境之间的关系联系起来，使人文社科研究与自然科学相融合。

法国艺术史家兼艺术评论家丹纳（Hippolyte Adolphe Taine）曾总结说：“精神文明的产物和动植物界的产物一样，只能用各自的环境来解释。”[②]对于一部文学作品而言，它是人类重要的精神活动，必然与人类的生存状态和人文环境有着密切的联系，优秀的文学作品更是如此。在它的生态场中，特定的地理环境、人文氛围、信仰观念、社会结构、历史变迁等都与文学艺术的创造紧密相连，使文学既呈现出丰富多样的形态，又具有独特的艺术个性和鲜明的地域特色和民族性。

以本书讨论的《三国演义》为例，正是在中国文化的生态场中，在许多因素的共同作用下，才形成了中国的三国文化，并最终催生了《三国演义》。三国故事是来自中国曾经发生过的历史事实，尽管有陈寿的正史记录，但更多的是在民间流传并附会上民间智慧和情感的三国人物的传说轶事。三国故事发生在东汉末年，距离罗贯中《三国志通俗

① 鲁枢元：《生态文艺学》，西安：陕西人民教育出版社，2000 年，第 67 页。

② ［法］丹纳：《艺术哲学》，傅雷译，合肥：安徽文艺出版社，1991 年，第 49 页。

演义》成书足有一千多年，在这段悠长的时间里，一代一代的人们在传述三国故事的同时，将个人的喜尚好恶和理想愿望都寄托于三国人物之中，将各自所在历史时期的思想意识、伦理道德、政治观念、历史品评标准等价值观统统熔铸于三国故事之中。不仅如此，民间的三国文化还登堂入室，被官方吸纳并奉为正典，如裴松之为《三国志》补注时便加入了许多民间流传的逸闻野史，民间各行业都广为崇拜和敬奉的关二爷，也被各朝各代封圣封帝，到明清时已进入庙堂，成为与“文圣”孔子并尊的“武圣”。由此，三国从一段中国的历史，逐渐海纳百川，汇成巨流，成为中国文化积淀深厚、特征鲜明、受众广泛、影响深远的具有代表性的综合文化体之一。在罗贯中版《三国志通俗演义》之前已有许多文字和口头版本流行。西晋陈寿的正史《三国志》是三国故事的文本源头，记事简略，故事性不强。南朝宋人裴松之征引野史杂传，加入和很多奇闻轶事，可见当时民间已有三国人物的传说和故事了。到中唐史学家刘知几在《史通・采撰》中谈到“诸葛犹存”，即“死诸葛怖生仲达”①的故事，已“皆得之于行路，传之于众口”②了。及至晚唐李商隐在《骄儿诗》中描写儿童“或谑张飞胡，或笑邓艾吃”，可见至迟在晚唐，三国故事和其中的著名人物在民间已是妇孺尽知了。③北宋时期在勾栏瓦肆出现“说三分”的话本，现保存下来的宋元话本《三分事略》与《三国志平话》已经初具轮廓，只是叙事简略，文笔粗糙。另外，在金院本与元杂剧中亦有许多以三国故事为题材的剧目。这些都成为罗贯中写作的源泉，他以陈寿的《三国志》为蓝本，加入长期以来民间流传的三国故事，将文人素养与民间文艺有机结合起来，以“七实三虚”的方式撰写而成，更确切地说是加工改编而成。正如明代的高儒在《百川书志》中所言，罗贯中是“据正史，采小说，证文辞，通好

① 见（唐）大觉：《四分律行事钞批》卷二十六。

② （唐）刘知几：《史通》卷五，《内篇・采撰》。

③ [俄]李福清：《三国演义与民间文学传统》，尹锡康、田大畏译，上海：上海古籍出版社，1997年，第32页。

尚”。因此，《三国演义》只是中国的三国文化系统中最有代表性的集大成之作，中国的三国文化是孕育《三国演义》的土壤，《三国演义》是中国的三国文化中最为根深叶茂的一枝。

罗贯中在写作《三国志通俗演义》时对既有的材料也是有取有舍的，这种取舍部分建立在个人的喜好上，但绝大部分保留了当时人们普遍的思想和意识倾向，特别是他以蜀汉一线情节发展为主脉，继承并强化了民间尊刘抑曹的正统观。苏轼在《志林》中提到小儿听书时说道：“至说三国事，闻刘玄德败，颦蹙眉，有出涕者；闻曹操败，即喜唱快。”足见到宋时民间尊刘之风已经蔚然成形。元杂剧中的三国戏有四五十种，几乎都与蜀汉人物有关，如“桃园结义”“过五关斩六将”“三顾茅庐”“赤壁之战”“单刀会”“白帝城托孤”等，也成为书中的著名桥段。罗贯中极力刻画蜀汉人物的“忠义”与“孝”这两个中国人最看重的品德，特别是关羽和诸葛亮这两个人物最为出彩，他竭力剔除传说和话本中过分的虚构和想象成分，却依然保留了“玉泉山关公显圣”和“七星坛祭东风”这样虚构出来的不合情理的内容。

当一部文学作品完成之后，文艺活动并未结束，它不仅仅被作者个人所享有，还要向外传播，向四周扩散。此时，塑造它的生态体系又成为它顺利传播的保障，因为作品中呈现出来的一切都源自其所在的文化生态，无论它呈现的方式有多新奇、内容有多叛逆，都不脱其所在的社会樊笼。惟其如此，社会中的其他群体和个人才会理解和接受，反过来，作品也会进一步确认和深化形塑它的社会和文化因素，如思想观念、风俗信仰、社会结构等。《三国演义》的生态场不仅决定了它的文本生成样式，更为它在中国社会传播创造了条件。《三国演义》顺应了中国民间的三国文化传统，它凝聚了中国晋唐以来社会民众的历史观、伦理观和价值观，在相当程度上融会贯通了中国古代，特别是中古以后普遍的思想意识和道德观念，并去芜存菁，强化了这种传统观念和意识，因此也更受民众欢迎。同时，《三国演义》雅俗共赏，也深得文人和统治阶层的支持。虽然《三国演义》成书初期曾因“演义讲史”而被打压，但并未被毁尽，相反后来逐渐得到历朝封建统治阶层的推崇。嘉靖元年（1522）皇宫内的司礼监首次刊印二十四卷二百四十则的《三国志通俗演义》，带动了民间刊印此书的风潮。《三国演义》中“尊刘抑曹”的倾向也是来自统治阶层，初始起于欧阳修康定元年（1040）著的《原正统论》引起的关于“帝魏”还是“帝蜀”的“正统”之争，[①]至宋代理学兴起，尤其是朱熹的《通鉴纲目》“始遵习凿齿《汉晋春秋》之例，黜魏帝蜀”[②]，大为盛行，影响深远，张栻、萧常、黄震等理学家皆用此论。宋神宗时，朝廷内“尊刘”倾向实已形成[③]，后世理学贬斥曹、孙为“汉贼”，在三国群雄中独推刘备、关羽、张飞和诸葛亮等的观念不断向民间渗透，这在地方戏曲文艺剧目上有集中反映。现今通行的一百二十回《三国演义》，大部分是清代毛纶、毛宗岗父子根据明代版本评点和修订的版本，称作“毛评本”，情节更为紧凑，也更贴近史实，但保留了罗贯中原书的主旨内容，拥刘反曹色彩更为浓重。清人顾家相曾说：“盖自《三国演义》盛行，又复演为戏剧，而妇人孺子、牧竖贩夫，无不知曹操之为奸，关、张、孔明之为忠，其潜移默化之功，关系世道人心，实非浅鲜。”[④]除了拥刘反曹的正统观，《三国演义》还极力刻画三国人物，特别是蜀汉英雄身上的优秀品质，如忠义、智勇和孝悌等，这些都是中国民间最为看重的道德，像刘关张异姓兄弟桃园结义，关云长为寻兄挂印封金、过五关斩六将千里走单骑，赵子龙长坂坡七进七出救少主，诸葛亮摆空城抚琴计退司马懿，徐元直为救母入曹营一言不发等，都是中国人交口称誉的千古佳话，特别是在小说的

---

① 胡小伟：《“说三分”与关羽崇拜：以苏轼为例》，选自2001年“中国历史文化中的关羽学术研讨会”会议论文集《关羽、关公与关圣》，北京：社会科学文献出版社，2002年，以及胡小伟：《北宋“说三分”起源新考》，《文学遗产》，2004年第4期。

② 《四库全书总目提要》，卷五十，史部六。

③ 胡小伟：《北宋“说三分”起源新考》，《文学遗产》，2004年第4期，第63页。

④ （清）顾家相：《五余读书廛随笔》，见孔另境：《中国小说史料》，上海：上海古籍出版社，1982年，第54页。

推波助澜下，“关公崇拜”已成为全民性的信仰。

《三国演义》作为三国文化的一环，对三国文化的发展亦有推动。比如“三国戏”，在《三国演义》成书之前，它的情节来源渠道较多，既有《三国志》等史书，也有《三国志平话》以及民间传说等；《三国演义》成书之后，大量的“三国戏”开始向《三国演义》靠拢，未被小说采用的许多“三国戏”则逐渐被人淡忘甚或消亡。陶君起在《京剧剧目初探》中指出，京剧中“三国故事戏百分之九十皆本《三国演义》，甚至结构、台词亦与演义相近”[①]。可以说《三国演义》在中国文化传统的语境中如鱼得水，无论在官方还是民间都得到了广泛的认同和推崇，单从社会影响力上，没有哪部作品能达到与《三国演义》平起平坐的地步。在这种文化生态中，《三国演义》传播起来自然十分顺利。

以上用了大量笔墨论述《三国演义》在中国文化语境或文化生态中的生成与传播，旨在说明《三国演义》在中国的成功之道及其影响力的来源。那么，传播的舞台换成异文化的泰国，《三国演义》是否能够保持同样旺盛的生命力呢？从文化生态的角度来说，古代泰国的文化环境显然是不利于《三国演义》的传播的。在跨文化文学传播的过程中，人们对文化的集体认同、归属感和理解尤为重要。作为精神领域的文化，一部文学作品的引进，不管它如何经典，如果缺乏集体认同和理解，文学的传播也难以顺利实现。

首先，文学传播的重要媒介之一就是语言文字，但是古代泰国人对中文却是极其陌生的。泰国从未使用汉字作为自己的书写系统，即使是上层的贵族文人，谙识汉字的人也寥寥无几，能够流利阅读中文典籍的人更是屈指可数。他们既无法通过口耳相传，也不能依靠阅读作品学习品鉴，若离开翻译，便无法实现文学传播。在这一点上，泰国无法与日本、朝鲜、韩国和越南等汉文化圈的国家相比，这些国家在本民族文字创制之前都曾长期使用汉字作为书面语言文字，较早的史籍也使用汉字

① 陶君起：《京剧剧目初探》，北京：中国戏剧出版社，1963 年，第 114 页。

记录，一般的文人都习用汉字，无需借助翻译便可以熟读甚至背诵中国的古代典籍，甚至可以熟练地使用汉文从事写作。因此《三国演义》等中国古典文学作品在这些国家传播的难度要小得多。反之，在泰国缺乏语言媒介的帮助，传播可谓难上加难。

其次，对于异文化的读者来说，即使掌握了中文也未必能够读懂《三国演义》。《三国演义》的故事是发生在中国历史上的战争史诗，无论后世如何添枝加叶、杜撰改编，都无法抹煞其基于中国社会历史文化的本土性特征。它是历史生成的，经过了上千年的文化积淀，经过无数人的集体创造，与中国历史的发展息息相关，凝聚了历代中国人的智慧结晶，其中描绘的人物已成为中华民族共同记忆的重要组成部分，是人们共同的文化认同。对于一个古代的泰国受众来说，中国人普遍关心的问题不一定能唤起泰国人的共鸣，“帝魏”也好“帝蜀”也罢，都无关紧要。如果对中国的历史发展脉络和中国人的思维情感缺乏一定的了解，让泰国人理解这样一部作品势比登天，更不用说认同和接受了。

再次，中国与古代泰国文化环境迥异，文化差异极大。特别是在思维信仰上，《三国演义》中不时流露出的功利主义和天命观，与泰国人虔信的讲求因缘果报、受业轮回的佛教思想格格不入。此外，国王在泰国古代社会神圣不可侵犯，受印度文化影响，国王被视为是毗湿奴神（或称纳莱王）的下凡转世，集“神王”与“法王”[①]职权于一身，是兼具“十王道”[②]的人间领袖，而《三国演义》中大量的诸如“挟天子令诸侯”，甚至弑君篡权等情节，在古代泰国社会是难以获得认同的。

最后，在文学体式上，泰国古典文学以韵文体诗歌为主，除了早期的石碑碑铭和一些佛教经文，基本上没有散文体的文学作品。泰国古

---

① “神王”指国王天生具有神性，地位神圣不可侵犯，君权神授；“法王”指国王作为宗教最高护持者，要引领人民虔诚宗教，脱离苦海。因此，国王集合了世俗和神圣两个领域的至高权力。

② 十王道指为王的十种品德，即布施、持戒、弃舍、正直、调柔、苦行、无瞋、不害、忍辱和不违逆。

典文学受印度味论诗学影响，重视语言的音韵之美和诗人锤词炼意的能力，不重故事的叙事情节。《三国演义》这般大部头的话本小说，情节曲折复杂，人物众多，用泰国的传统诗体文学形式来呈现，难度极大。

综合以上，《三国演义》要想在泰国传播，保障它在泰国的“生息”，需要满足一定的条件，即一个适合它传播的文化生态和基本的“生态位”（ecological niche）。在跨文化文学传播中，所谓“生态位”是指保障一部文学作品能够在异文化社会中立足的环境因素，也是保障文学传播得以实现所需的广义“资源”。每个物种都有自己独特的生态位，藉以跟其他物种相区别。同样，作为一部文学作品，《三国演义》的生态位也是独一无二的，即使到了异文化环境下，也只有在保证最基本生态位的情况下才有可能存续下去。那么，问题就变成如何在泰国营造出《三国演义》赖以生存和发展的生态位，复制出助其传播的文化生态。换句话说，《三国演义》和三国文化所根植的中国文化语境，在泰国是如何出现的？任何形式的文化交流和文化传播都是人的社会活动过程，“离开了社会关系，离开了人与人之间的交往，文化传播既不存在，也不能实现，即使是最简单的文化传播，也必须在人们结成类似关系并产生互动的情况下才能够实现。”[①] 因此，在文化传播过程中，人的主体性价值、人的主观能动性都发挥了主导作用。

《三国演义》在泰国的传播离不开一个特殊群体——华人[②]移民群体的突出贡献。一方面，他们是在泰国的中华文化的缔造者，将大量中国文化带入泰国，《三国演义》亦随之进入泰国，并在他们创造的文化生态中继续传播；另一方面，华人群体的不断壮大使得中泰之间大规

---

① 司马云杰：《文化社会学》，北京：中国社会科学出版社，2001 年，第 191-192 页。

② “华人华侨”经常作为一个整体概念提出，但是华人与华侨内容外延并不相同。“华侨”指的是定居在国外的中国公民，未加入当地国籍，他们的合法权益受到我国宪法和法律的保护。“华人”的概念则有广义和狭义之分，广义上的华人是具有中国血统者的统称；而狭义上的华人则是专指已经取得外国国籍的中国血统公民及其后裔，又称“华裔”。本书所论及华人部分内容不涉及国籍问题，更多侧重血统和文化方面，因此只以华人统称之。

模、全方位的文化接触和文化交流成为可能，这又为泰国民众认识和了解《三国演义》提供了可观的机会，为《三国演义》真正在泰国社会传播创造了可能，这是一个循序渐进的过程。

因此，我们首先要将《三国演义》置于中泰文化交流的序列之中，置于华人移民的不断壮大和泰华社会的历史发展之中来讨论。如果不对罗贯中《三国演义》的中文文本所处的文化语境或文化生态有清晰的认识，也就无法了解在泰国传播的《三国演义》的全貌，也等于回避了跨文化传播中最核心的问题，即文化差异，无法从文化上对文本发生机制给予根本的解答。

第二节　阿瑜陀耶王朝中期以前的中泰文化交流

《三国演义》在泰国的传播是中泰文化交流的重要一环，而承担文化交流的主体是人。一国的文学作品被引入到另一国，需要中介人或传播者，不外乎下面几种情况：由本国人携带推介到异国，或对象国人前来求取带回异国，或经由第三方间接带入异国，或者几种情况兼而有之，但总有一方是主导力量。由于语言差异和文化隔膜，将《三国演义》带到泰国的并不是泰国人或第三方国家的人，而主要是来自中国的华人移民。

中国人大量移居泰国始自阿瑜陀耶王朝（Ayutthaya，1350—1767）[①]，此后中国文化开始大规模地进入泰国。实际上，中泰两国友好交往的历史远早于此，源远流长。文化交流首先来自文化接触，中泰之间的文化接触甚至要早于今天泰国的主体民族泰族进入中南半岛地区。泰族并不是中南半岛的原住民族，他们直到13世纪上半叶才在中南半岛崛起。在此之前，在今泰国境内分布着孟人和高棉人的国家。有证据表明，泰族的早期历史与中国颇有渊源。

---

① 有的书沿用华人的习惯，也称大城王朝。

关于泰族的起源问题，泰国学术界争论了100多年，大致有如下5种观点：一是中国川北陕南起源说；二是中国阿尔泰山起源说；三是中国南方和两广云贵起源说；四是泰国土著起源说；五是印度尼西亚群岛起源说。其中，前3种假说都是由西方人率先提出，后被泰国学者沿用，影响很大。[①] 但是中国学者陈吕范、黄惠焜等人通过考古学、语言学和人类学等方面的证据，有力地驳斥了这三种观点，但同时也承认泰族的起源问题与中国关系十分密切。尽管具体的地区略有争议，但不少学者都认同泰族是华南百越的一支，陈吕范指出泰族起源于中国南部和中印半岛北部之间的峡谷平原地带，[②]这种说法也被越来越多的泰国学者所接受。[③] 事实上，在中国南部（云南、广西、贵州）和中南半岛北部地区这一广袤地区，分布着许多与泰族具有亲缘关系的同源民族，如中国的傣族和壮族、印度阿萨姆邦的阿洪姆人、缅甸的掸族、老挝的佬族、越南的白傣人与黑傣人等，这些民族不但在语言上相近，而且多数具有相似的传统习俗和原始信仰，并自称“傣”或“泰”，因此被统称为“傣泰族群”或称“台语民族”或“台族”（Tai peoples）。分布在中南半岛地区国家的傣泰族群在文化上都或多或少与中国有一定的联系。

古代泰族文化中就带有中原汉地的文化影响的痕迹。如泰族兴起之初还曾沿用干支式纪年法，据陈公瑾和陈久金考证，干支很可能在汉

① 这三种说法的始作俑者分别是拉古伯里（Terrien de Lacouperie）、美国牧师杜德（W. C. Dodd）和戴维斯少校（Henry Rodolph Davies）与克勒脱纳博士（Wilhelm Credner），他们的观点被泰国著名历史学家丹隆亲王、銮威集瓦塔干、昆威集玛达等人沿用，在泰国影响很大。由于这些观点称泰族发源于中国，受到汉族压迫和侵略被迫南迁，因此受到20世纪中叶奉行民族主义的政府青睐而被大肆宣扬，并被写入中学历史教科书。

② 详见陈吕范：《关于泰族起源问题》《所谓“泰族七次南迁说”剖析》《南诏是泰族建立的国家吗？》，刘稚：《东南亚泰佬族系民族源流初探》，王懿之：《论傣、泰、掸民族的源流》，郑晓云：《傣泰民族先民从云南向东南亚的迁徙与傣泰文化圈的形成》等文章，载陈吕范主编：《泰族起源与南诏国研究文集》，北京：中国书籍出版社，2005年。

③ 泰国素吉·翁贴、素查·普密波里叻等学者为此撰写了大量文章，发挥了重要作用。泰国教育部也将“泰族起源于中国北部阿尔泰山一带和中国中部”的内容从教科书中删去。

代就传到傣族地区。[1]由于接受干支纪年的时间较早，以致后来泰族将干支当作本民族的传统历法，用于素可泰时期的碑铭中，但是其干支的借词是来自汉语的中古音。[2] 20世纪70年代，泰国语言学家芭萍·玛努麦威汶（Prapin Manomaivibool）在她的博士论文《汉泰语词汇比较研究》中首次提出泰语里跟汉语有关系的词语可以分为中古（以《切韵》时期为代表）以后、中古和中古前三个时期，并明确提出泰语和汉语既有同源关系，又有接触关系。[3]

这些证据都表明，在泰族文明兴起的早期，中国文化就已经对其产生了不小的影响。但最终泰国并未像越南一样，成为中南半岛地区的汉文化圈国家，而是选择接受印度文化的影响。原因是多方面的。中国早在秦朝时就已在今越南北部地区设置郡县，将其划归秦朝的管辖版图，中原地区的文化就已经开始渗透到当地。即使到了唐五代以后，越南摆脱中国中央政权控制，仍然使用汉字，在政治制度、文化教育、伦理观念、宗教信仰等方面仍然模仿甚至照搬中国。而中国行政区划的范围始终没有泛及泰族兴起的中南半岛地区。永平十二年（69年），东汉王朝以哀牢国地及洱海区域设置了永昌郡，通过屯军、“举族”“谪戌”等方式，将汉文化的整套社会模式逐步移植过来。但傣泰先民聚居地区却在“永昌徼外”，地处西南“极边”，地貌独特，民族众多，大大小小的部落政权林立，中原文化传播受到一定限制。之后傣族各部曾分别由南诏所设永昌、镇西、开南三个节度所统辖，元宪宗三年（1253年），忽必烈平定大理之后，才将车里（西双版纳）纳入行省，[4]而此时泰族早已分化出去并建立了素可泰政权，泰北兰那地区的清迈政权也已兴

① 张公瑾、陈久金：《傣历中的干支及其与汉历的关系》，《中央民族学院学报》，1977年第4期。

② 谢远章：《从素可泰碑使用干支看泰族族源》，《东南亚》，1983年第00期（创刊号）。

③ 国外有很多学者认为泰语跟汉语只有接触关系，没有同源关系；而中、泰两国则有相当一批学者认为两种关系都存在。

④ 傣族简史编写组：《傣族简史》，北京：民族出版社，2009年，第78-79页。

起。因此，即使中国文化对泰族文化有影响，也是时间较早，二者很早就中断了文化接触，且影响有限。

泰族南迁进入中南半岛之后，面对的是一个已经“印度化”（Indianized）的东南亚大陆，这里的孟族人和高棉人建立的国家在语言文字、宗教信仰上都已经深受印度文化的影响。孟族人建立了许多重要的国家，如金邻、堕罗钵底[①]、罗斛、哈利奔猜等。从地理位置上看，它们处于东西交通的要冲，物产丰富、商业繁荣，更是印度婆罗门教和佛教最先传入东南亚的据点和中转站。后来中南半岛许多孟族国家都被高棉人建立的真腊吞并，真腊同样是一个深受印度文化影响的国家，泰国正史上第一个统一的泰族的封建政权素可泰王朝（1238—1438）正是摆脱了真腊的统治才建立起来的。[②]因此，尽管泰国没有受到印度文化的直接影响，但是它吸收并借鉴了孟—高棉文化中的印度文化元素，并在建国之初就通过种种方式强化了这些影响，比如素可泰时期的兰干亨国王从锡兰引入小乘佛教立为国教，兰甘亨石碑上创制的泰文文字也采用了印度的婆罗米—天城体字母体系，再根据自身特点增加了一些字母和符号[③]；阿瑜陀耶的开国国王乌通王引入印度的“神王”与“法王”的观念，实行政教合一等。

① 目前学界对堕罗钵底究竟是不是一个独立的王国还存有争议，因为缺乏足够数量有说服力的考古证据支持。有学者提出，堕罗钵底可能是一个分布于各处的多城邦联盟而非中央集权制国家，是一种前国家（proto-state）形态。美国历史学家大卫·怀亚特认为：“（堕罗钵底）与其说是一个帝国，不如说是一种文明。”见 David K. Wyatt, *Thailand: A Short History,* Second Edition (Yale University Press in 2003), Chiang Mai: Silkworm Books (reprint), 2004, p.18.

② 需要指出一点，素可泰并不是泰国最早的泰族政权，在泰北有关于庸那迦古国的记载，12 世纪初兰那王国（Lanna）又在泰北兴起，定都清迈，中国史书称之为“八百媳妇国”，它吞并了哈利奔猜和另一个泰人王国帕耀（Payao），成为与中部地区泰族政权长期并立的独立王国，拥有自己独特的文化艺术。清迈 16 世纪一度为缅甸所兼，直到 1767 年吞武里王朝建立后才由达信王收复，于曼谷王朝正式划入泰国版图。但是主导泰国历史发展的主要力量仍然是中部的泰族政权，因此多数泰国历史的著作的正史都以中部素可泰王朝的建立为始。

③ 裴晓睿、薄文泽：《泰语语法》，北京：北京大学出版社，2017 年，第 2 页。

可以说，泰族进入中南半岛之后，随着与当地土著民族之间密切的文化接触，泰族的文化发生了涵化（acculturation），在文化体系上融入大量当地原有的孟—高棉文化的因子，尤其是中部地区的泰族，相比于泰北地区的兰那泰人，他们的文化构成更为复杂，同时也更为开放和包容，善于借鉴异民族的文化。伴随着文化涵化的进程，中部泰族人的民族构成也发生了变化，他们被称为“暹”（siam）人[①]，这并不是一个族群概念，而是一个地域人口的笼统称呼，是一个大的民族混合体。“被称为暹人或暹罗人居住在北纬19° 以南地区，是各傣泰民族和其他民族，或者是外来移民与当地原住民混合的群体”[②]。因此，泰国文化自素可泰时期开始便是一个高度混杂的文化体。这种文化特质对于中国文化来说，既有消极的一面，也有积极的一面。消极影响在于泰族原有的、本就不太显著的一些中国文化影响的痕迹被渐渐隐蔽，取而代之的是印度文化的全方位影响，印度文化也成为影响泰国文化变迁的核心文化；积极的一面是，泰国文化的开放性和包容性，善于并乐于接受异文化事物的特点，为中国文化“卷土重来”，重新在泰族地区产生影响保留了希望。

1238年素可泰王朝建立之后，中泰之间的接触和往来重新变得密切起来。当时中部的泰族政权非常重视同中国的交往，素可泰王朝兰甘亨国王开启了与中国的官方政治和贸易往来，并与元朝政府建立了朝贡贸易关系（tribute system）。据《元史》统计，1297年至1323年间，素可泰王朝共遣使七次[③]；而据泰国学者统计，兰甘亨王时期曾于1295、1297、1298、1299、1300、1314、1318和1322年，先后10次遣使来中

---

① 中国史书中称素可泰为“暹”，《明史·暹罗传》说：“罗斛强，并有暹地，遂成暹罗斛。”这是泰国旧称暹罗的由来。素可泰政权战败之后并未灭亡，臣属于罗斛，直至1438年才最终灭亡。关于暹是否真的指素可泰，史学界也有不同意见。

② [泰]素吉·翁贴：《泰人从哪里来？》（泰文），曼谷：民意出版社，2005年，第66-67页。

③ 《元史》卷十九、卷二十、卷二十五、卷二十六、卷二十八、卷二一〇。

国。[①]有人甚至认为兰甘亨国王本人都曾经到访过中国，[②]但现在经过学者的论证，已经基本推翻这一假说。[③]兰甘亨国王虽然没有亲自来华，但是他派遣的使团从中国引进了一批工匠，在素可泰城附近的宋加洛地区烧制出远近闻名的“宋加洛瓷器”，其造型和文饰与中国陶瓷有直接的师承关系，虽然在质地和工艺上与中国陶瓷无法相提并论，但是它对那些无法承受昂贵的中国瓷器的低端市场是很好的补充。宋加洛瓷器是素可泰时期重要的产品，不仅在素可泰版图内贩卖，还远销东南亚其他地区，连在埃及的西奈半岛都有发现宋加洛瓷器的残片，这是泰国历史上手工业产品的辉煌成就，是在中国工匠的指导和帮助之下才完成的。宋加洛瓷器是中泰早期文化交流的重要结晶和标志，此后中泰两国的文化接触也日益频繁起来。

朝贡贸易体系在阿瑜陀耶王朝时期达到了顶峰，成为当时泰国最重要的对外贸易形式。时值中国的明朝，明朝在外交上实施厚往薄来、怀柔远人的政策，广招各国前往朝贡。因每次入贡收获颇丰，而且明朝政府还对暹罗贡使团随身私带入境进行交易的物品网开一面，免收税款，因此暹罗方面对朝贡一事甚为积极，几乎每年都来贡。洪武五年（1372），明太祖朱元璋觉得暹罗进贡的次数过于频密，遂通知暹罗遵守3年朝贡一次的新规定。但暹罗显然没有配合，暹罗在洪武一朝自三年（1370）到洪武三十一年（1398）间，朝贡达35次之多。[④]在明

① [泰]阿吞·占它威曼:《泰国历史》(泰文)，曼谷：朱拉隆功大学图书中心，2003年，第131页。

② 《元史》卷十八，本纪第十八记载：“庚寅，必察不里城敢木丁遣使来贡。……三十一年七月甲戌，诏谕暹国王敢木丁来朝，或有故，则令其子弟及陪臣入质。”有学者认为暹国国王“敢木丁”即素可泰的兰甘亨国王。

③ 参见陈礼颂：《“暹国王敢木丁入觐元君”说辨伪》，邹启宇：《中泰关系史上的一个疑案——关于素可泰国王坤兰甘亨是否访问过中国的问题》，尚芳：《也谈素可泰国王来访问题》等文，均否定兰甘亨来华一事。

④ 徐启恒：《两汉至鸦片战争期间的中泰关系》，《中国与亚非国关系史论丛》(江西，1984)，转引自李金明：《明代海外贸易史》，北京：中国社会科学出版社，1990年，第11页。

朝270多年历史中，“明朝遣使暹罗19次，而暹罗遣使来华访问、贸易则有112次之多”[①]，双方商贸交流频繁。为了方便往来，明朝在专门培养外交翻译人员的四夷馆中设置了暹罗馆，以培养通晓暹罗语的人才。[②]

朝贡贸易不仅仅是官方的贸易形式，它还带动了民间对外贸易发展以及华人的移民浪潮，对泰国政治经济和社会发展都产生了深远影响。到了阿瑜陀耶王朝中期，华人移民开始大量出现，同时将越来越多的中国文化带入泰国，使更多的泰国人可以近距离地接触到中国文化，从而为中国文化在泰国扩大影响力创造条件。这些正是《三国演义》能够较为顺利地登陆泰国，并在这个异文化社会初步站稳脚跟的大背景。

第三节　华人移民泰国的早期历史

正如上节所述，泰国早期与中国进行文化接触主要通过两种途径。一是通过长期的朝贡贸易，出使中国的暹罗使团有机会近距离耳濡目染中国文化。但是尽管使团每次在中国都辗转年月有余，时间仍然有限，而且通过使团接触是零散的、不连贯的，更多的还是走马观花式的见闻。此外，很多使团中还有不少华人充当重要的角色，甚至担当使团的正使，如洪武六年（1373）的陈举成、洪武十四年（1381）的陈马红、永乐三年（1405）的曾寿贤、宣德二年（1427）的黄子顺和成化十三年（1477）的谢文彬等。[③]

文化接触的另一个重要途径是通过华人移民，广大华人移民承担

---

① 中山大学东南亚历史研究所编：《泰国简史》，北京：商务印书馆，1984年，第19页。

② 《明史·职官三》卷记载：“提督四夷馆，少卿一人（正四品）掌译书之事。自永乐五年，外国朝贡，特设蒙古、女真、西番、西天、回回、百夷、缅甸八馆置译字生、通事、通译语言文字、正德中，增设八百馆。万历中，又增设暹罗馆。”

③ 钱平桃、陈显泗主编：《东南亚历史舞台上的华人与华侨》，太原：山西教育出版社，2001年，第68页。

起在泰国的中泰文化交流的重任。早在汉朝，在今泰国境内就留下了中国人的足迹，并有明确的记载。有关泰国境内的古史散见于中国的古籍史书，这些林林总总的古籍主要包括官修正史、私家著述（如使节、商旅、僧人等的域外见闻采风）和历史档案（如来往国书、奏折批示等）。在《汉书》卷八十三中记录了汉使到印度、斯里兰卡的行程，途经都元国、邑卢没国和谌离国，据学者考证这些国家至少有一国在今泰国境内，泰国学者黎道纲甚至认为这三个国家都在今泰国境内。[①]在《扶南异物志》《吴时外国传》《新唐书》《隋书》《旧唐书》《通典》等古籍中，还记载了很多13世纪以前在今泰国境内的国家，如金邻、盘盘、堕罗钵底等国的风貌人情以及官方往来情况，这说明在泰族在中南半岛兴起之前，中国就已经与泰境地区各国有较为密切的往来。唐代高僧义净在《大唐西域求法高僧传》中曾记载："大乘灯禅师者。爱州人也。梵名莫诃夜那钵地已波（唐云大乘灯）幼随父母泛舶往杜和罗钵底国。方始出家。后随唐使郯绪相逐入京……"杜和罗钵底国即堕罗钵底，可见中国民间早在唐代即有能力通过海路抵达今泰国地区，甚至还有人在居留泰境期间剃度出家。但泛舶前往也并不意味着侨居移民，而且在数量上也不多，相关的文字记载更是少之又少。

正式的、大规模的华人移民活动是与商贸活动紧密联系在一起的。中国在汉唐时期对外一直是开放的，政府也鼓励民间的对外商贸往来。到唐代，东南沿海一带的商人出海到东南亚地区经商已经初具规模，他们每年九十月间乘着东北季风南下东南亚各国，待来年三四月间再随着东南季风返回。但相比于到中国港口来进行贸易的外国商人，中国商人出海经商的规模并不大，一方面是因为他们对东南亚等外蕃地区不够重视，二是由于尚未完全掌握季候风规律，航海技术尚欠发达，航运风险较大。到了宋代，情况发生了重要变化，中国的造船业逐渐发达，大的

① 参见段立生：《泰国史散论》，南宁：广西人民出版社，1993年，第2页。以及[泰]黎道纲：《泰国古代史地丛考》，北京：中华书局，2000年，第1-19页。

海船可以载运千人，并且开始使用推进器；航海术也获得巨大进步，指南针已普遍应用于航海，这些都保证了宋代海船长期远航的能力。与此同时，由于北方金国的崛起，南宋政权被迫南迁，北方陆路交通被阻断，海路贸易交通的重要地位也日益凸显，政府更是大力推动南洋的海外贸易。[①] 因此，中国商人们开始组建长期的商贸船队造访东南亚各商贸港口，“住蕃”现象极为普遍。所谓“住蕃”，宋人朱彧在《萍洲可谈》卷二中解释道：“北人过海外，是岁不还者，谓之‘住蕃’。”由于贸易或季风等因素而需要“住蕃”数年甚至几十年的华人商贩，是最早一批闯荡南洋的人。他们有些人终年不归，甚至干脆在当地娶妻生子，他们也成了后来东南亚华人华侨的前身。

除了住蕃，还有大批流寓海外的华人。所谓“流寓”含有流落他乡，寓居异地的意味，与住蕃不同，流寓更多是指单向地长期居留海外。后来由于流寓人口数量庞大，渐成气候，遂常常被用来作为具指华侨的一种称谓，段立生认为流寓者即为早期的自由移民。[②]华人流寓东南亚地区的主要原因是经济原因，有的为获取更多财富，有的因在家乡破产而被迫远赴异地谋生；另外也有人是因为被贩卖为奴而流落异域，或者为躲避战乱而流亡海外。泰国早期有记载的最有名的流寓者莫过于南宋末代丞相陈宜中。《宋史》卷四百一十八载：“宜中欲奉王走占城，乃先如占城谕意，度事不可为，遂不反。二王累使召之，终不至。至元十九年，大军伐占城，宜中走暹，后没于暹。”黎道纲推测“类似因宋亡而流寓今泰境的江浙人，为数应不少”。他还根据《真腊风土记》贸易一节、宋人楼钥的《攻媿集》、元代《皇元风雅》等古籍中的文字，推断泰境内早期的华人移民多为江浙人。后来因为地理上的劣势，加上明代海禁和清代大米贸易等时势变迁的影响，中泰贸易中心南

① 参见钱平桃、陈显泗主编：《东南亚历史舞台上的华人与华侨》，太原：山西教育出版社，2001 年，第 26-27 页。以及 Martin Stuart-Fox, *A Short History of China and Southeast Asia: Tribute, Trade and Influence*, Crows Nest, NSW : Allen & Unwin, 2003, pp. 47-51.

② 段立生：《泰国史散论》，南宁：广西人民出版社，1993 年，第 19 页。

移，移民泰国的主体人群才由江浙变成了华南闽粤两省之人。[①]

明清以来的中国政府开始逐渐闭关自守，实行海禁。明初政府通过对内海禁，防止人民出海，对外派遣使节赍敕劝谕流寓华侨归国的政策，令百姓安土重迁、隔绝海外，防止他们“私自下番，交通外国”作乱，甚至不惜动用武力诛杀、围剿海外的华人移民集团。明代设立的市舶司也不是为了发展海外贸易，而是为了在政治上“怀柔远人”，是官府为朝贡使臣设立的检察机关，目的在于“通夷情，抑奸商，使法紧有所施，因以消其衅隙也”[②]。这些海禁政策严重限制了华人移居泰国的趋势。泰国考古学者在阿瑜陀耶环城河道打捞到1952年至1976年的瓷器不下千吨，但是几乎没有发现明初至明中叶的瓷器，不失为一个有力的旁证。[③]但是长期的海禁不但未能有效防止倭患，还给东南沿海地区带来了严重的经济及社会问题，也使明政府的财政大受影响。明后期被迫开放海禁，允许私人商船出海，实际上也是禁止无效情况下的无奈之举。清朝尽管一度实行严厉的海禁，但前后两次总共不足50年，总体而言，较之明朝是相当开放的。加上此时西方殖民者东来，极大促进了中外贸易，也刺激了中国商人的海外贸易，流寓南洋的人口迅速增加。阿瑜陀耶王朝时期出现过两次较大的华人移民潮，一次是明末清初时一些不满于满清统治的明朝遗民避难至此；另一次是康熙时期由大米贸易导致的移民浪潮。特别是后一次移民潮对泰国的华人社会产生了重要影响。中国东南沿海地区地狭人稠，又因为奸商囤积居奇，导致闽粤两省出现米荒。康熙听闻“（暹罗）其地米甚饶裕，价钱亦贱，二三钱银即可买稻米一石”，遂谕旨暹罗米运至广东、福建、宁波等处贩卖，并给

① [泰]黎道纲：《华人移民泰国及其对社会的贡献》，[泰]洪林、[泰]黎道纲主编：《泰国华侨华人研究》，香港：香港社会科学出版社有限公司，2006年，第4-14页。

② 《明史》卷八十一，志第五十七，食货五。

③ [泰]炮通·通之：《从大城环岛河道中打捞到的中国瓷器看中泰贸易》，载《艺术与文化月刊》，1987年2月号，转引自[泰]黎道纲：《宋加洛瓷与龙泉窑关系探讨》，《泰境古国的演变与室利佛逝之兴起》，北京：中华书局，2007年，第238页。

予不收税和优惠价格等政策，大大促进了中泰两国贸易和交通的发展，大量沿海商民流寓暹罗。在中泰大米贸易中将暹罗大米运回国内的实际经营者都是在暹罗的华人，他们不但在海外大米贸易中扮演主角，还几乎垄断了泰国的大米贸易。由于大米是泰国最重要的出口商品之一，这些华人大米商人迅速崛起，积累大量财富，他们中的很多人后来都成为泰国最早的资本家。

雍正六年（1728年），清政府复开南洋之市，规定“厦门正口”，因其在对外贸易的中心地位，当时沿海各省海外贸易，特别是进行大米贸易的商人以福建人居多，流寓泰国的华人也以福建人为众。因此也不难理解为何曼谷王朝一世王组织翻译《三国演义》时所成立的华人翻译小组主要由福建人担纲，译文中的人名、地名译音亦采用福建音。直到1857年，中国对暹罗的贸易中心开始由厦门转向潮州，才使得潮州人逐渐取代福建人成为泰国华人移民的主力。吞武里王朝达信王为广东潮州澄海人后裔，其在位时也大力促成潮州人移民泰国。曼谷王朝三世王至五世王时期，中国潮汕一代天灾人祸不断，大批难民被迫背井离乡来到泰国闯荡。其时泰国正处于经济振兴和建设时期，劳力匮乏，泰国王室也积极鼓励和欢迎这些来自潮州的移民，因此形成巨大的移民浪潮。相比于前期移民，潮州人赴泰最晚，但是人数却最多。到了20世纪初，早期浙江、福建等地移民已逐渐融入当地社会，而潮州人仍多为第一代或第二代移民，数目庞大，潮州地方文化十分兴盛。据说在二次世界大战前的曼谷市区，不谙泰语只用潮语亦可生活如常。①

除了依托大米贸易等商贸形式形成的移民外，在今泰南地区还有大量因开采锡矿和橡胶种植而形成的华人移民群体。华人在泰南开采锡矿历史悠久。早在13世纪之前在横贯中南半岛的海上贸易形成之时，华人就发现了当地的锡矿资源。锡矿的开采增加了暹罗政府的收入，繁荣了当地经济，因此许多早期开采锡矿的华人受到暹罗政府的礼遇，并被授

① ［泰］黎道纲：《华人移民泰国及其对社会的贡献》，［泰］洪林、［泰］黎道纲主编：《泰国华侨华人研究》，香港：香港社会科学出版社有限公司，2006年，第14页。

予官职，如吴万利出任北大年第一任海关监督、许泗漳晋封拉廊郡长，其子孙亦有爵封。受他们的影响和吸引，此后又有大批华人陆续前来。1824年，泰南的华人约有5,000余人，到19世纪50年代则猛增到40,000余人，整个19世纪，泰南锡矿几乎全都由华侨经营，主要分布在普吉岛和半岛地区。[①]此外，在中南部还有许多经营橡胶、胡椒、甘蔗、棉花等种植园的华侨。上述华人移民同样以闽粤两地人口为主，也有不少海南人，他们人数虽然相对较少，但同样发挥了重要作用，如将中国种鸡由琼州输入，泰国著名旅游胜地苏梅岛最早也是由海南人由荒岛开发出来的。此外，随着中国移民的增加，生活逐渐有所保障，一些陋习也进入泰国，如吸食鸦片、聚赌等都以华人移民为参与主力，泰国政府对此课以重税，却屡禁不止，反而成为政府重要的财政收入。乾隆至道光年间的清人谢清高曾说："（暹罗国）商贾多中国人。其酿酒，贩鸦片烟，开场聚赌三者榷税甚重。"[②]由是可见其盛行程度。

第四节　华人移民社区的形成与文化迁移

华人由"住蕃"到"流寓"，即从短期旅居到长期移民，对《三国演义》顺利登陆泰国有重要意义。零散的、不连贯的接触并不意味着有文化的交流，不能带来文化影响和传播。单个的个体无法进行传播，因为它缺少传播所需的交流空间。少数的群体也无法带来稳定的传播，只有等华人移民形成一定规模，出现较稳定的聚居群体，在主体文化之外形成较有影响的"亚文化"（subculture）群体之后，才能让文化有流通和传承的空间，让中国文化在异域能真正扎下根来，实现与当地文化大范围的交流，并有足够实力介入本土文化，慢慢实现对本土文化

---

① 钱平桃、陈显泗主编：《东南亚历史舞台上的华人与华侨》，太原：山西教育出版社，2001年，第164页。

② （清）谢清高口述，杨炳南笔录，安京校释：《海录校释》，暹罗条，北京：商务印书馆，2002年。

的渗透和影响。有了长期移民才有可能渐渐聚少成多，形成气候，实现大规模的族群迁移，形成一个供文化流通和传播的“场”，这是文化传播的重要载体。生物学家刘易斯·托马斯（L. Thomas）曾描述他观察到的一种现象：一只独行的蚂蚁不过像是“几根纤维穿起的一些神经元”，但是当众多的蚂蚁汇在一起，它们就能够相互启发、相互呼应、相互合作，仿佛一下子由头脑空空变成了充满智慧，能思考、善谋划。这是因为众多聚到一起的蚂蚁，形成了一个充满“紧张关系”和张力的“场”。[①]

对于泰国的华人移民来说，这种“场”即泰国的华人社区，或西方世界习称的“唐人街”（Chinatown）。华人来到异国他乡，面对着当地主流社会的优势文化，需要寻找一种能够保障自身发展的社群组织模式。它相对独立于泰国社会，采用一种异于当地社会的中国文化机制，既团结华人又控制华人，既与泰国社会疏离又通过它的各种组织机构与泰国社会取得联系，演变成泰国人眼中的中国文化及华人群体的代表。从社会学意义上说，这种团结模式可称为机械团结（mechanical solidarity），它是一种社会联系的纽带，通过建立在共同的宗教信仰、价值规范和道德情感基础上的强烈的集体意识（collective conscience）将同质性的个体团结在一起。这种团结是由组成它的个体的相同或相似性决定的，是由这些个人所执行的社会职能的同一性和个人特征的不发达所决定的。

早期到来的华人，为了适应人生地不熟的境况，不得不居留聚于一地，以排遣、抵御远离故土和亲朋好友，漂洋过海涉足异国时难以抗拒的愁绪、苦闷和压力，加之本身的语言能力不足和交流阻碍（华人不懂泰文，泰人不习中文），都决定了华人离开华人社区而独立生存困难重重。和其他东南亚地区一样，进入泰国的华人的分布特点也是“大聚居、小分散”，华人往往成群结队出去。已经立足的华人便成为其

---

① 鲁枢元：《生态文艺学》，西安：陕西人民教育出版社，2000年，第275页。

家乡在海外网络的一部分，建立桥头堡，同宗同乡会依此关系牵引前来投靠，像这样长长的锁链一般一环紧扣一环，便形成“连锁移民”（chain immigration）。多数移民都依赖先来的同乡协助，适应环境，寻找工作，他们选择移居目的地时，会受到先来的同乡或宗族的落脚情况影响。经过两次大的移民浪潮以后，至迟到阿瑜陀耶王朝中期，在泰国就已经出现较具规模的华人聚居区了。华人几乎散布当时泰国各地，在东部沿海的万佛岁、尖竹汶以及南方的宋卡等地都建有较具规模的聚居区。人数最多、最为集中的还是中部的阿瑜陀耶和南部的北大年。

明人黄衷在《海语》中提到暹罗都城阿瑜陀耶城时说：“有奶街，为华人流寓者之居”[①]，此奶街并非街名，而是指一条叫“奶街”的小河，河两岸住满华人，遂使这一带成为重要的商业区。[②]在泰南的北大年，张燮的《东西洋考》中说：“华人流寓甚多，趾相踵也。”[③]英人也有如是描述：“（北大年）其房屋多木屋，建造精致。有好几处回教教堂用砖建造。华人多于当地人。居民使用三种语言，巫来由语、泰语和华语。华人建神庙，泰人造佛像。僧人着黄衣。北大年人奉穆罕德，华人和暹罗人奉神像。”[④]

阿瑜陀耶城是当时华人最为集中的地区，许多17世纪到过暹罗的西方游客、商人、传教士和使者都对此有相关的记载：

> 在阿瑜陀耶城墙内外都住有中国人。整个城市都被水环绕，到达都城的船主要停泊在位于城东南角，一条英文称作“中国街”（China row）的东西向街道尽头的华人区码头。其他城中心的主

---

① （明）黄衷：《海语》，暹罗条。

② 段立生：《泰国文化艺术史》，北京：商务印书馆，2005年，第220页。

③ （明）张燮：《东西洋考》卷三，大泥条。大泥又称大年，即后来北大年，中国古籍《诸蕃志》称凌牙斯加，《大德南海志》称凌牙苏家，《郑和航海图》作狼西加。

④ 见[泰]阿南·瓦他那尼：《凌牙斯加和北大年史》（泰文），格泰出版社，1998年，第44页。转引自[泰]黎道纲：《〈郑和航海图〉泰国南部地名研究》，见[泰]黎道纲著：《泰境古国的演变与室利佛逝之兴起》，北京：中华书局，2007年，第255页。

> 要街道都朝向北方，从中国街直抵王宫。它包括一条主要的公共市场和一条店铺林立的商业街。这两条街道是城中最好的街道；街道两侧有一百多栋两层式、用砖石建造的、带有平瓦屋顶的小屋，这些都属于中国人和那些“摩尔人”（moors），如印度、阿拉伯和波斯的商人们所有。城内其它居住区的房屋，除了部分欧洲居民的以外，都是用竹片和木板搭建的简陋小屋。[①]

此外“在城外，华人聚居区位于通往南部和东部的运河河道两侧”[②]。当时阿瑜陀耶城内华人的数量据泰国学者沙拉信·威腊蓬（Sarasin Virapol）估算至少已达3,000人以上，加上在暹罗其他地区的华人数目还要更多，而当时全暹罗的人口也不会超过200万。[③]经过阿瑜陀耶中期的初步繁荣和发展，到阿瑜陀耶王朝末期，泰国的华人社会已经具有较大的规模了，据记载，1766年缅甸军队围攻阿瑜陀耶城时，即有6,000多名华人被指派去防守城东南角一处有荷兰商馆的地区。[④]

同过去相比，一个重要的变化是华人移民的职业构成，不再只是商人，而是扩展到各行各业。根据西方人记载，当时在阿瑜陀耶城的华人除了从事商贸的商人外，还有负责管理华民政务的官方政吏、医生、手工业者、演员以及从事蔬菜种植和养猪的农人等，他们大多数来自福建和广东一带。[⑤]这表明此时的华人社区真正开始形成，成员构成开始复

---

① Chaumont 1686, 109; Hutchinson 1940, 14; Choisy 1687, 217; Kaempfer 1727, 42. 转引自 G. William Skinner, *Chinese Society in Thailand: An Analytical History*, Ithaca, New York: Cornell University Press, 1957, p13.

② See the maps in Loubère 1693, 47. 转引自 G. William Skinner, *Chinese Society in Thailand: An Analytical History*, Ithaca, New York: Cornell University Press, 1957, p.13.

③ [泰] 沙拉信·威腊蓬：《清代中泰贸易演变》，张仲木译，载曼谷《中华日报》，1984 年 10 月 18 日。转引自段立生：《泰国史散论》，南宁：广西人民出版社，1993 年，第 168-169 页。

④ G. William Skinner, *Chinese Society in Thailand: An Analytical History*, Ithaca, New York: Cornell University Press, 1957, pp19-20.

⑤ Ibid., pp.14-15.

杂化，出现从事各种职业的华人，这保证了他们在群体内部就可以自给自足地完成社会运作。他们拥有共同的文化背景、语言和生活习惯，可以在泰国主体文化之外开辟一个空间，使中国文化可以自由流通，使其在异域也能生存、发展并获得传承。在这些职业当中。演员的出现颇具意义，这表明这些华人除了满足正常的谋生需求之外，也开始追求消闲娱乐生活，而且这种公开的娱乐方式是向泰人最直接的展示，充满了视觉和听觉的文化冲击。戏剧表演作为《三国演义》传播的手段之一在泰国传播初期发挥了相当重要的作用。

泰国华人社会形成的另一个重要标志是华人神庙的出现。神庙绝非个人能力所能兴建，且神庙所展现的也是群体的信仰，它是地区宗教活动的中心。因此，若有中式神庙出现，说明那一带已经形成一个颇具规模的华人聚居社区了。明人张燮《东西洋考》“暹罗条”说：“三宝庙，在第二关，祀太监郑和”，该寺原为泰式寺庙，后华人在附近聚居，为纪念曾率船队造访阿瑜陀耶的三保太监郑和，故称此寺为“三保公庙”或“三保佛公寺”（亦作三宝佛公寺），寺内除供奉佛像外，还供有许多中国民间信奉的神祇。《东西洋考》成书于1618年，说明至迟至17世纪前期，在泰国已有华人寺庙存在。后来随着华人移民大量增加，华人社区不断壮大，到了曼谷王朝时期，华人往往以方言群落组织各自社区，并以方言族群兴建其庙宇建筑。福建人、潮州人、客家人、海南人等都有自己的庙宇，供奉各自地方信仰的主神，并在每年春节、元宵节、盂兰盆节、神诞等节日举行庙会活动，华人纷纷前来聚会，热闹非凡。这些中式神庙除了作为宗教活动的场所外，更多地承担了联络乡谊、密切乡情的社会功用，同时还是华人社区互助和社交的中心。

由大大小小的华人聚居地到华人社区，逐渐衍生出华人社会这个范畴，并随着后来移民人数不断增加而继续发展壮大，它对于中国文化的保存和传承有重要意义。作为一个文化整体，华人移民在所在社区内保持着原来的语言、文化、风俗、宗教传统和生活习惯。这种随移民迁移过来的、传统的、中国的物质和精神氛围，不仅满足了华人的生活、劳作与娱乐的需求，还把个人与社区紧密地结合在一起。很多人即便不懂泰语一样生活如常，丝毫没有在异国他乡的陌生之感。在华人社区的基础上，还出现了各种形式的华人社团，如以地缘为纽带的同乡会、以血缘为纽带的宗亲会、以各种职业为纽带的行业协会和商会、学会，以地方信仰为纽带的宗教团体和各种慈善会等。这些华人社团又以网状的形式将各华人社区紧密地黏合在一起，使中国文化获得了赖以生存的流动空间和群众基础。华人社区成为华人情感联系的纽带，像一堵无形的墙，将华人与泰国社会的主流形态区隔开。

与此同时，这些华人社区并非隔绝于泰国社会之外，而是既封闭又开放的。封闭是指它的组织方式、行为习惯、思想观念沿袭着中国故土的社会特色，并使之尽可能地传递、延续下去；开放则是指华人移民也不是足不出“户”，他们的栖居之所毕竟还是在泰国社会，并非纯粹的中国社会，是不应该也不可能与泰国社会全然隔离的。实际上，从华人踏足泰国这片土地开始，就已经与泰国社会的文化进行着广泛、直接的接触和交流，只不过这种接触在早期还停留在非常粗浅的层次上。例如华人们把在中国国内的生活方式和娱乐方式移植到泰国来，包括《三国演义》在内的明清小说、家乡的地方戏剧、祭祀的宗庙神祇等都被带到了泰国。虽然华人文化在当地属于“亚文化”，但却并非弱势文化，从这个文化圈形成之时开始，就和当地社会的文化进行相互渗透和互动，实现交流和融合。三国文化就是在这个大背景下开始进入泰国社会，为泰国人所了解、欣赏、接受并改造，最终一步步实现本土化的。

简而言之，华人移民为《三国演义》传入泰国创造了可能性；华人社会的形成为《三国演义》在泰国扎根和传播创造了必要条件和生存空间，是《三国演义》在泰国赖以立足的文化生态。在被泰国文学吸纳之前，《三国演义》就已经通过各种形式在泰国民间不断扩大着自己的影响，为其在泰国正式的、大规模的传播奠定坚实的基础。

第三章

《三国演义》的初传方式与特点

在《三国》泰译本出现之前，《三国演义》在泰国传播的相关记载非常有限，但有一点可以肯定，大量的华人移民是《三国演义》得以登陆泰国的先决条件。如果把《三国演义》在泰国的传播视为一个整体的活动的话，华人移民泰国是这一活动的发轫，一个完整的《三国演义》在泰国的传播史也必须由此开始追述。《三国演义》在泰国的初传大部分都是在华人社会实现的，在早期基本延续了在中国文化语境下的传播方式和特点。虽然华人社会是《三国演义》初期传播的中心，但它与泰国社会只是相对区隔，并非完全封闭。在《三国演义》在泰国的各种传播方式中，多多少少都能见到泰人的身影。正是因为有了这些泰人的参与，《三国演义》在泰国的初传才不至于完全照搬在中国的传播模式，而是带有泰国的本土特点。

第一节　两个传播层次："大传统"与"小传统"

《三国演义》在中国早已超越了文学的范畴，形成一种广泛的民间传统。罗贯中的《三国演义》即是这种民间传统经过加工和提炼后的一种文本呈现，它在中国经历一个由民间材料到作家文本经典再重新回归民间，即由"小传统"到"大传统"复归"小传统"的过程。从社会文化的角度上说，《三国演义》在泰国也是从"大传统"和"小传统"这两个层次传播的。

"大传统"（great tradition）与"小传统"（little tradition）最早是由美国人类学家雷德菲尔德（Robert Redfield）提出来的。1956年，雷德菲尔德出版了《乡民社会与文化》（*Peasant society and culture*）一书，他在墨西哥尤卡坦州乡村地区作"城乡连续体"权威研究时，开创性地使用了"大传统"与"小传统"二元分析框架，用以说明在比较复杂的文明中存在着两个不同层次的文化传统。所谓"大传统"指社会上层、精英或主流的文化传统，是一种依托文字系统化记载、官方的、较为制度化的、远离民间生活实践的文化传统；而"小传统"则指存在于一般社会大众，尤其是乡民或俗民中的文化传统，也是一种口头优先于文字、民间的、较为弥散的、贴近于民间生活实践的文化传统。

雷德菲尔德在其著作中的分析过于强调两个传统的差异性分层，将其置于对立的文化层面。他的界定存在着两个缺陷：一是"他没有注意到两种传统中各自存在的内部分化"；二是"他把'小传统'看成被动的、没有体系的文化，把都市的文本传统看成是文化发展的动力中心"[①]。因此，欧洲学者用"精英文化"和"大众文化"对雷德菲尔德的"大传统"与"小传统"的界分进行了修正。李亦园在进行中国文化研究的时候，又将"大传统"和"小传统"与中国的"雅文化"和"俗文化"对应起来。从传播学的角度来讲，二者是非对称的。"大传统"

① 王铭铭:《社会人类学与中国研究》，桂林：广西师范大学出版社，2005年，第141页。

是一个相对封闭的系统，通过学校等官方的正规途径传播，是相对的参与，不面向大众开放，因而成为少数社会精英参与并主导的文化，这群精英往往位于社会权力的顶层；“小传统”则相反，是一个开放的系统，非正式的传播途径多种多样，并且向所有人（包括社会精英）开放，因此“大传统”会通过这些精英像毛细血管一样向“小传统”渗透，而部分“小传统”也会经过精英们的甄选进入“大传统”。因此，两种传统并不是截然两分和对立的，而是互补互渗、相互依存，它使文化的双向流动成为可能。没有“大传统”，“小传统”得不到经典规范的支撑；没有“小传统”，“大传统”就失去了辐射全社会的能力，主流文化的根基也不会牢固。通过文化流通和交换，“小传统”可以晋升至“大传统”；而反过来，“大传统”也可能反哺小传统，两个传统在动态的平衡中实现相互转换。

对于《三国演义》在泰国的传播而言，大、小传统的合流，即《三国演义》进入泰国宫廷文学的视野是一个特别重要的碑界。在此之前，《三国演义》只能在居于民间的华人社会中传播，并没有和泰国的文学界直接发生关系。《三国演义》在泰国民间的“小传统”中初步站稳脚跟后，又通过精英阶层（主要是华人精英阶层）的社会流动进入“大传统”，被宫廷文化所吸纳，经由翻译步入泰国的文学场域并被迅速经典化。之后，泰文《三国》译本又以“大传统”经典文本的面貌向民间扩散，与旧有的“小传统”合流，形成更大范围的社会传播效应，至此逐渐实现《三国》在泰国的本土化。

因此，在整个传播过程中，两个传统或层次都发挥了重要作用，缺一不可。我在此引入大、小传统的概念，正是为了破除传播过程中的文本中心论。恰恰是民间的大众文化或通俗文化在语言交流不畅、文本流通困难的情况下，保证了《三国演义》能够以非文本，或可理解为广义文本的形式向泰人进行传播，如口头讲述、戏剧表演、宗教仪式、神庙活动、雕塑壁画、民间游艺等。相比于文字文本，上述形式寓于隐性的文化传统中，即存在于人们的生活方式、习俗、情趣、人际交流活动的无意识中，有另一种内在、稳定的能量。文学艺术作品在民间作为一般民众共享的生活活动的一部分，往往以现场性、表演性、即兴性群体活动等非文本形态传播，在维持和重建文化认同关系方面具有特殊意义。

但同时也必须承认，文本在文学传播过程中仍然发挥了最关键的作用，因为文本代表的是以社会精英主导的“大传统”为核心的文化。大传统后于小传统形成，是从小传统中分离出来的，一俟形成，“由于知识阶层的创造性活动，经典的形成，使得大传统成为形塑文明传统结构形态的主要动力。大传统为整个文化提供了‘规范性’的要素，形成了整个文明的价值内核，成为有规约力的取向”[①]。因此，没有“大传统”的文本经典化，《三国演义》也无法获得一个恒定持久的影响，成为可品评、可戏仿、可玩味、可重写的元文本，可以在一些更宏大的层面上获得意义。

“大传统”与“小传统”并非绝对二元两分，在不同的传播阶段都同时发挥着作用，只不过不同阶段的社会文化背景或文化生态各有不同，两个传统中的传播方式会各显所长。某一种传统的传播方式在当时是主流，到了另一个阶段，其重要性尽管已让位给另一种方式，但它却并未消失，依然发挥着作用。

第二节 初传的方式与途径

文学的传播具有一定的滞后性。《三国演义》进入泰国广大的民间社会经历了一个漫长的过程。《三国演义》初传的中心在华人社会，泰国人对待华人的态度也会影响文化的交流和传播效果。泰国的各个华

① 陈来：《古代宗教与伦理》，北京：三联书店，2009年，第16页。

人社区是中泰文化的“接触地带”（contact zones）[①]，也是跨文化行为（transculturation）得以发生的“交流的地带”[②]。接触地带这一词语虽然来自后殖民理论话语，但在这里并不含有压制、冲突、不平等关系等意味，而仅仅指涉这是异质文化真实遭遇和接触的环境和空间，是中泰文化因素都能得到不同程度展现的舞台，并不断相互借鉴和彼此融合。虽然华人大量聚居，形成一个内部体系完整的社会，但是并不意味着封闭和对外排斥，它必须嵌入到当地泰人的社会网络之中。与此同时，泰国社会对广大华人总体上抱持欢迎和亲善的态度。阿瑜陀耶王朝政府对华人有很多优待政策，如免除华人的人头税，华人拥有人身自由，不必服役；“以华治华”，任命华人高官管理华人事务等。《海国闻见录》中有云：“（暹罗）尊敬中国，用汉人为官，属理国政。”[③] 当时在暹罗华人的地位要高出其他外籍侨民一等，明人张燮称暹罗“国人视华人甚挚，倍于他夷，真慕义之国也”[④]。当时在王都阿瑜陀耶城，几乎所有外国侨民聚居区如日本村、葡萄牙村等都分布在城外，只有华人聚居区在城墙内外都有分布。城墙内的华人区是都城内唯一的外籍侨民聚居区，即使是墙外的华人区也离城墙最近，且扼守环城河道的交通要冲。政府还规定，禁止暹罗妇女与“外人”（tangdao）通婚，但这里的“外人”是不包括华人在内的。[⑤] 由于早期来泰闯荡的华人多为男性，

---

① “接触地带”是玛丽·路易·普拉特提出的术语，并将其描述为“殖民遭遇的空间，在地理和历史上分离的民族相互接触并建立持续关系的地带，通常涉及压制、极端的不平等和难以消除的冲突的状况”，但是泰华社会显然没有这种殖民主义色彩，接触地带并不仅仅是一个统治的地带，更是一个文化交流的地带，即使是不平等的交流。

② [美]阿里夫·德里克：《中国历史与东方主义问题》，罗钢、刘象愚主编：《后殖民主义文化理论》，北京：中国社会科学出版社，1999年，第89-90页。

③ （清）陈伦炯：《海国闻见录》，见（清）梁廷楠：《海国四说》粤道贡国说，卷一，暹罗国一，北京：中华书局，1993年，第174页。

④ （明）张燮：《东西洋考》，北京：中华书局，1981年，第40页。

⑤ [泰]汕阿伦·格诺蓬采：《暹罗社会中的中-泰文化融合》（泰文），曼谷：民意出版社，2007年，第38页。

很少携有家眷，因此华人与当地女子通婚很多。这些华人移民既拥有先进的技术，又有吃苦耐劳的精神，他们在取得商业上成功的同时，也为当地带来了经济繁荣和社会发展，当地居民们日常的衣食住行几乎都离不开华人。因此华人受到当地泰人的普遍认可和欢迎，这为中国文化在泰人居民中的传播创造了一个宽松的环境，泰人也会主动接触和学习中国文化，中国文化对泰人的生活产生潜移默化的影响。

华人移民与泰人的民间交流，其广度、频度和深度都远超官方交流。华人们并非主观上有意向泰人灌输和宣扬中国文化，只是延续长久以来的生活方式和文化传统。中国文化向本土文化的渗透是通过双方经年累月的交往和接触自然而然地实现的。在这一点上，中国文化与后来伴随殖民主义强行介入的西方文化迥然不同。有了宽松的环境和大量的接触机会，《三国演义》才能经由广大华人深入到泰国的民众中间。那么，《三国演义》是通过何种渠道和方式走进泰国的民间社会的呢？泰国人又是如何获知和感受中国的三国文化的呢？在民间文化或大众文化这样的“小传统”中，文化传播的最有效形式必然是以民间信仰和民俗娱乐活动为依托，作为地方性知识进行传承，与民间生活密不可分，较少利用文本；又因其非官方的形态，在形式上较为自由，社会中多数民众都能有机会接触，参与度高，这在无形间就建立了广泛的群众基础。

具体而言，在民间的“小传统”中，最主要的传播方式和途径有两种，即“言语传播”和“非言语传播”，后者是泰国人早期接受《三国演义》影响最主要的方式和途径。两大类传播方式还可以进一步细分。言语传播是指人们利用掌握的语言的交流功能、符号功能和概括功能进行传播活动，可分成“书面传播”和“口头传播”两种，二者都是言语中的外部言语；而非言语传播则指言语传播之外的其他传播形式，主要依靠非言语的符号和艺术行为活动进行传播，可分为神庙活动、戏曲表演和其他绘画雕塑等工艺美术方式。

需要指出的是，这些在《三国演义》泰文译本产生之前的民间传播方式，并没有随着洪版经典译本的出现而消失，甚至在译本出现后相当长的一段时间里仍然是民间最主流的传播方式。因为洪版译本早期只是在宫廷中以手抄本的形式小范围地传播，民间无缘得见文本，直到19世纪后半叶随着印刷业的逐渐兴起，泰文译稿才开始付梓出版，流向民间。除此之外，广大民众文化教育的普及也经历了漫长的过程。这些都使得“小传统”的传播方式保持了相当的活力，有些甚至到今天仍很兴盛。因此，对于《三国演义》初传时期形式的分析，并不拘于19世纪初洪版《三国》译本出现之前的时间段，有些民间传播方式得到很好的传承，时至今日仍有很大影响，只是在具体表现形式上有所微调。因此，本章节将较为全面地讨论这些“小传统”的传播方式，包括它们在今天的继承与创新，本书后面也不再专辟章节讨论这些方式在现代的发展，因为在重要性上，它们已经让位于“大传统”中的泰文文本传播了。

一、言语传播

1. 书面传播

言语传播的第一种形式是书面传播，即依靠文学作品的书面文本传播。文本传播是文学传播最主要的方式之一，这里的文本指的是狭义的书面文本，它所依托的载体是文字和书籍。在洪版译本出现之前，在泰国通过书籍传播的仍然是中文的《三国演义》。如前所述，古代泰国不是一个汉文化圈国家，绝大多数泰人不懂中文，更遑论欣赏阅读中文典籍了。因此，当时在泰国流传的中文书籍的读者基本上还是广大华人。

这并不意味着中文典籍完全没有泰人受众，仍有极少数能够比较熟练掌握中文的泰人，但他们基本都出自宫廷，因为泰国宫廷对于能够掌握中文的人才是有强烈需求的。这些人主要有两个来源，一个是暹罗主动派遣到中国去的留学生，另一个是到中国入贡的使团成员。暹罗在阿瑜陀耶王朝时期就为了培养翻译和精通中国文化的人才，派遣留学生进入中国的国子监学习中文和中国文化。据张燮《东西洋考》暹罗条记载：“暹罗当海内清夷，辄请遣子入学。”又《钦定续文献通考》载，明洪武四年（1371），高丽国1370年派遣来的四个留学生中，金涛成为进士归国，“自是日本、琉球、暹罗诸国皆有官生入监（国子监）读书，朝廷辄加厚赐，并给其从人。”[①] 但是对这些暹罗来华的留学生情况的记载却仅有只言片语。

相比之下，对于来华入贡使团的记载就详尽得多。由于当时交通不便，路途遥远，使团在广东登陆，然后赴京，在贡道上花费的时间较多，沿途耳濡目染，可能习得部分中文，掌握中国的风土人情。更有部分贡使进入当时明朝的官方翻译机构四夷馆任教，以解决明政府急缺通晓暹罗语的人才的问题。永乐五年（1407），明朝因四夷朝贡、言语文字不通，为“宣圣德而达夷情”而设立了四夷馆，起初只有鞑靼、女直、西番、西天、回回、百夷、高昌、缅甸八馆；正德六年（1511），增设八百馆[②]；万历七年（1579），又增设暹罗馆，成为第十馆。

暹罗馆的设立是应时之举，在暹罗馆设立之前，暹罗与明朝的文书往来都由回回馆代为审译，即是说当时双方必须经由第三方文字回回文（波斯文）才能交流，回回馆教习主簿王祥等说：“遇海中诸国，如占城、暹罗等处进贡，来文亦附本馆带译。但各国言语土字，与回回不同，审译之际，全凭通事讲说，及至降敕回赐等项，俱用回回字。”[③] 后来，暹罗国王希望明朝政府能够允许他们使用暹罗文字来书写表文，毕竟通过回回文转译可能有词不达意或无法传递本意的情况，后来干脆在进献金叶表文的时候使用暹罗文字，如弘治十年（1497）九月，“暹罗国王国隆勃剌略坤息利尤地亚[④]遣正副使坤明斋等来贡……时暹罗国进金叶表文，而四夷馆未有专设暹罗国译字官，表文无能译辨”[⑤]。大

① （清）高宗敕：《钦定续文献通考》卷四十七，学校一。

② 此八百馆即为泰北地区的清迈政权所设，清迈政权或兰那政权在中国史籍中称八百媳妇国，简称八百。

③ （明）严从简：《殊域周咨录》，卷八·真腊，暹罗条，余思黎点校，北京：中华书局，1993 年，第 282 页。

④ 即拉玛提波迪二世（Ramathibodi Ⅱ），1491~1529 年在位。

⑤ 《明孝宗实录》，卷一二九。

学士徐溥等以此请示皇帝，明孝宗根据内阁会同礼部的请求，命广东布政司“访取谙通本国言语文字者一二人，起送听用”①，即调通暹罗语的通事②赴京听用。到了正德十年（1515），暹罗国王遣使贡方物，进金叶表文，“诏译其字，无有识者”，太学士梁储上疏皇帝，除“暂留远人教习以便审译事”的报告外，还转述了提督四夷馆太常寺卿沈冬魁和负责具体翻译事务的王祥等人的提议：“及查得近年八百、大甸等处夷字失传，该内阁具题暂留差来头目蓝者哥在馆教习成效。合无比照蓝者哥事例，于暹罗国来夷人内选一二名在馆，并选各馆官下世业子弟数名送馆，令其教习。待有成之日，将本夷照例送回本王等因，实为便益。据此，臣等看得习译夷字，以通朝贡，系是重事。今暹罗夷字委的缺人教习，相应处置，合无着礼部行令大通事并主簿王祥等，将本国差来通晓夷字人再加审译，暂留一二在馆教习。待教有成效，奏请照便送回。庶日后审译不致差误。”③明武宗准奏，在暹罗贡使团的随员中选留了一、二人在四夷馆内担任教员，待中国学生学成之后，再送回暹罗。这是第一次有泰（暹罗）人在中国的官方机构任职，但当时并未专设暹罗馆，只是为了解决缺乏通“暹罗番字”燃眉之急的便宜之计，他们的工作时间也较短。

暹罗人长期在四夷馆任教要等到明万历初年。当时暹罗的阿瑜陀耶与缅甸的东吁王朝之间爆发战争，明朝赐予阿瑜陀耶的印信被缅王勃印囊（Bayinnaung）带走。④新王摩诃达摩罗阇提叻（Maha

---

① 《明孝宗实录》，卷一二九。

② 通事的职责主要是口译，行走于鸿胪寺、会同馆等地，只能解决简单的口译问题，正式的国家文书仍需四夷馆负责笔译。

③ （明）严从简：《殊域周咨录》，卷八·真腊，暹罗条，余思黎点校，北京：中华书局，1993 年，第 282-283 页，及（明）王宗载：《四夷馆考》卷之下，暹罗馆，东方学会印本，1924 年。

④ 缅王勃印囊中文旧译莽应龙，1569 年勃印囊王攻克阿瑜陀耶城，将阿瑜陀耶纳为属国。勃印囊处死泰王马欣塔拉提叻（Mahinthrathiraj），另立原彭世洛城城主摩诃达摩罗阇提叻为傀儡王，并将其子纳黎萱（Naresuan）和明朝赠与阿瑜陀耶王室的官印一并带回勃固。阿瑜陀耶后由归国的纳黎萱成功复国。

Thammarajathiraj）虽是缅王所立的傀儡王，仍然很重视明朝的印信，他于万历元年至万历五年（1573—1577）间先后多次以“钦赐印信被兵焚无存”，奏请明朝政府另赐印信。因事关国王更替，明政府对万历元年的奏请并未应允，万历三年暹罗再度奏请赐印，明政府虽答应，但礼部以“印文颁赐年久无凭查给，且表字译学失传，难以辨验”为由提出两个条件，一是暹罗“查取印篆字样”，以便重做，二是“取精通番字人员赴京教习”。[①]于是，万历五年（1577）八月，暹罗顺应明廷礼部的要求，派遣通事握文源同使臣握闷辣、握文铁、握文贴赍原奉本期勘合赴京请印，并留教习暹罗文。随即，万历六年（1578）十月，明朝内阁题请在四夷馆设暹罗馆，经过一番准备，最终暹罗馆于万历七年正月初四正式开馆，考选世业子弟马应坤等十名送馆教习，教师即暹罗派来的使臣握闷辣、握文铁、握文贴及通事握文源。明代的《万历起居注》的奏疏记录了当时暹罗馆的教学和翻译情况。几位教师中，握文源是华人，对于暹罗文字并不精通，但是口语通达；其余三人均为泰（暹罗）人，但握文铁到馆不久就病倒，于万历十年病故；主要进行教学的是握闷辣和握文贴。握闷辣等人教习足有3年后请求归国，从其来华之时算起，已经滞留了5年光景，教满之际的门生考核均十分优秀，为中国培养了不少暹罗语翻译人才。万历十年（1582）六月戊申，明朝政府正式颁暹罗国王印信，并奖赏握闷辣等使臣，将他们送回暹罗国内。

此外，中国也曾向暹罗派出使节，帮助暹王理解来自中国的文书，他们也有可能在宫廷培养一定的受众。1638年，阿瑜陀耶王朝的巴萨通王（Prasat Thong，1629—1656年在位）在给奥伦治（Oronge）亲王的一封信中写道：“在古时，中国皇帝和阿瑜陀耶的国王常常互相致金叶表文以巩固他们的友好关系，但由于中国皇帝无法阐释清楚他心中的想法（因为缺乏有经验的翻译），便派了4位博学之人到暹罗来专门为暹王服务。从此以后，所有金叶表文就都能被准确而完整地翻译过来了，

① （明）王宗载：《四夷馆考》下《暹罗馆》，东方学会印本，1924年。

它最有效地维系了这种持久的友好关系。”[①]总之，上述泰国宫廷派遣来华的留学生，部分多次来华、有心学习的贡使团成员，与个别在四夷馆长期、短期任教的贡使团成员，以及受在暹罗宫廷供职的中国使节的影响的宫廷成员，都有可能成为除华人之外在泰国阅读中文典籍的潜在受众。

古时候中文书籍进入泰国的途径也多种多样，以贡赐方式向泰国流通即为其中一种。在南宋以后，向番邦赐赠印本书已成为一种特殊礼遇，“明代与周边国家的政治经济文化联系比前更为频繁，赐赠图书也更多”[②]。《明太宗实录》卷三十四曾记载：“永乐二年（1404）九月辛亥，暹罗国王昭禄群膺哆罗谛剌承玺书赐劳，遣使奈必等奉表谢恩，且贡象牙、诸品香、蔷薇水、龙脑、五色织文丝缦、红罽毯芯布等物。命礼部宴赉其使，遣还，仍命赐其王文绮彩帛四十四匹、钞千四百锭、《古今烈女传》百本。奈必复乞赐量衡，俾国人永尊法式，从之。”[③]由是可见，书籍已经成为明廷馈赐暹罗的礼品之一。但当时的中国上层封建统治者视《三国演义》等明清通俗演义小说为“诲淫诲盗”之作，一些以正统派自居的儒家学者更贬低其为“街谈巷语”“道听途说”的“小道”，赐赠的图书多为《四书》《五经》等儒家经典，或《大藏经》《道藏》等经藏集成，以及《古今烈女传》一类训谕文学书籍。像《三国演义》这类在民间大红大紫的通俗文学应该不会在赐赠之列。

那么，对于《三国演义》而言，文本书籍流入泰国的渠道主要应是非官方的途径，如泰国留学生和使团归国时带入；华人移民泰国时带入；泰国商人对华贸易出海归来时在携带瓷器、丝绸等大宗商品之外，还带有中文图书，主要是为了出售给海外华人。此外，在泰国曼

① G. William Skinner, *Chinese Society in Thailand: An Analytical History*, Ithaca, New York: Cornell University Press, 1957, p.14.

② 李瑞良：《中国古代图书流通史》，上海：上海人民出版社，2000 年，第 378 页。

③ 黄彰健校勘:《明实录》, 第二册《太宗文皇帝实录》卷三十四, 台北: “中央研究院”历史语言研究所，1962 年。

谷国家图书馆馆藏的中国古代典籍封面上还见到“购于星洲”“购于槟城”“购于棉兰”“购于宋卡”等字样，故可知有一部分中文书籍是通过海岛地区传入泰国的。在1815年之后的二十年里，新加坡和马六甲等地是东南亚重要的印务城市，也是刊印和交流中文书籍和报纸的中心。[①]但这些从南洋购买的书籍很可能都是由华人采购的，因为有不少福建的华人都是“先由星马转入泰南各府，而后迁移京畿”[②]的，如泰国著名侨领福建会馆首任理事长萧佛成是五代世居马六甲的闽人，直到其父一代才迁到泰国；新加坡早期著名的福建侨领陈金钟也是后来逐渐把事业拓展到泰国的。

与日本、朝鲜、韩国、越南等国相比，泰国的中文典籍数量并不算多，而且如今大部分已经散佚或毁坏了。在热带国家，高温潮湿的环境本身就是纸质图书保存的天敌。泰国学者素拉希·阿蒙瓦尼萨（Surasit Amornwanitsak，华文名黄汉坤）总结了这些古典小说典籍失散和损毁的原因：首先是阿瑜陀耶王朝时期五个王系[③]争权篡位频仍，同时又与周边国家柬埔寨、老挝和缅甸等多次发生战争，导致社会动荡不安，1767年缅甸攻破阿瑜陀耶城后将全城付之一炬，保存的汉籍也毁于一旦，幸存的典籍也在混乱中失散了。此外还有其他人为因素，如泰人不懂中文，故不珍视这些中文典籍；早期流寓的华人普遍文化程度较低，加上融入当地后已淡忘中文，故遗弃了中文书籍；唐人街（华人社区）多次搬迁，如曼谷的华人聚居区由莲港搬到柴珍码头，后因曼谷王朝一世王欲在此修建新王宫而再度搬迁至三聘一带，如此造成的混乱也使得不少书籍散佚；最后，在20世纪50年代，泰国军政府出台严管华文教育

① [泰]黄汉坤：《中国古代小说在泰国的传播》，《社会科学战线》，2006年第4期，第114页。

② 选自1991年泰国福建会馆庆祝成立80周年纪念联欢大会上会议主席苏国世的发言。见[泰]黎道纲：《1782—1855年间鲍林条约签订前的泰国华侨》，[泰]洪林、[泰]黎道纲主编：《泰国华侨华人研究》，香港：香港社会科学出版社有限公司，第29页。

③ 即乌通、素攀、素可泰、巴萨通和班普銮这五个王系。

政策，中文典籍也受到制约，不少人为明哲保身也焚毁了收藏的中文典籍等。[①] 除此之外，我认为泰国不属于传统汉文化圈国家这一点也是一个重要原因。因其在汉文化覆盖之外，对中文语言文字较为陌生，因此对于中文小说等典籍的需求不大。虽然后来随着官方朝贡贸易的兴盛和华人移民社会的形成，使得中国影响日趋强烈，但又遭遇西方殖民主义的威胁，西方文化冲击了包括中泰两国在内的整个东方世界，中泰两国关系也受到波及。因此，中文典籍在泰国始终没有出现大量涌入的局面，基数较少，再加上如前所述的各种散佚原因，目前在泰国保存的中文古代典籍数量总体上是十分有限的。但在泰国有《三国演义》的中文书籍流通却是不争的事实，曼谷王朝一世王时期翻译的《三国》便是以这些书籍作为翻译参照的底本。

目前在泰国曼谷国家图书馆馆藏有中国历史小说线装古本共计39部，该馆是泰国年代最久远、规模最大、藏书量最多的国家大型图书馆，也是泰国唯一藏有中文典籍古本的图书馆，最初的藏书都来自王室、贵族和外交使节的捐赠。这些线装古本中包括《增像全图三国志演义》和《绣像第一才子书》两种《三国演义》版本，均为120回本，罗贯中撰，金圣叹编，毛宗岗评。前者为中国石印本，上海章福记书局刊于宣统元年（1909年），共8卷本，仅见2册（第1—4回和18—24回）；后者为光绪九年（1883年）善美堂藏板，共20册、60卷，仅见12册（卷1—6和31—60）。

但总体而言，中文典籍在泰国仍然缺乏足够的影响力，虽然有一些能够阅读中文书籍的泰人，但人数较少，且多在宫廷供职，民间的泰人基本没有阅读中文书籍，特别是文学书籍的能力，他们更多依靠其他方式获取这方面的信息。因此，这种依靠书籍的文本传播方式主要还是局限在华人和一部分宫廷上层中间。

---

① 详见[泰]黄汉坤:《中国古代小说在泰国的传播》,《社会科学战线》, 2006年第4期，第114-115页。

2. 口头传播

言语传播的另一种形式是口头传播，即通过有声的语言口耳相传，利用口头讲述在人群中传播，最常见的形式是“讲故事”。与书面传播形式相比，口头传播更加自由，无需借助文字的中转，对于受众的文化水平要求也不高，不会识文断字也可参与其中。此外，口头传播主要诉诸听觉，辅以手势动作与表情神态，传讲时讲述者和听者之间容易形成互动，所用语言又多以口语为主，生动形象、朴实明快，因此，口头传播的形式更为直接和迅捷。

同书面传播形式一样，受语言方面的限制，在泰文《三国》译本出现之前，口传形式更多还是出现在华人群体内部，延续了来自中国的传讲传统。“三国故事”在中国的口承传统非常古老。早在《三国演义》成书之前，民间就有大量三国故事流传的记载。晋代就已经有很多三国人物的民间传说和故事流传，晋代葛洪的《神仙传》、干宝的《搜神记》、南朝宋刘义庆的《世说新语》等书中皆有相关记载。因三国时代“多英雄，武勇智术，瑰伟动人，而事状无楚汉之简，又无春秋列国之繁，故尤宜于讲说”[①]，到宋时就有里弄中说古话者，即靠说三国故事谋生的艺人，称“说三国”。苏东坡言：“王彭尝云：‘涂巷中小儿薄劣，其家所厌苦，辄与钱令聚众听说古话，至说三国事，闻刘玄德败，频蹙眉，有出涕者；闻曹操败，则喜唱快。以是知君子小人之泽，百世不斩。’”[②]《东京梦华录》中也有记载：“崇、观以来，在京瓦肆伎艺：……霍四究，说《三分》……不以风雨寒暑。诸棚看人，日日如是。”[③]其中提到的霍四究就是以说“三国书”著名的艺人，且日日听者爆棚，极受欢迎。这种说书艺术是凭借口耳有声形式的文本传播，至宋时勾栏、瓦市等说话的场所增多，说话艺术一时盛况空前，而说书艺

① 鲁迅：《中国小说史略》，《鲁迅全集》（第九卷），北京：人民文学出版社，1981年，第128页。

② （宋）苏轼：《东坡志林》卷一《怀古・涂巷小儿听说三国话》。

③ （宋）孟元老：《东京梦华录》，卷五《京瓦伎艺》。

术也经久不衰，影响甚广。

在泰国，及至泰国华人社会形成并稳定，华人社区的结构渐趋完整，娱乐形式日益丰富，各种娱乐行业也随之兴起。这种“讲话”或“说书”艺术也被带到了泰国，并深受广大华人，特别是文化程度不高的华人移民们的欢迎。由于泰国华人以闽粤地区为主，因此泰国说书形式也带有闽粤的地方特色。在华南地区，说书又叫“讲古”，是艺人们用本地方言对小说或民间故事进行再创作和讲演的语言艺术形式。明朝末年，江苏泰州说书大师柳敬亭（1587—1679年）出任抗清将领左良玉的幕客，在随军南征时把说书艺术传来广东，此后，广州出现职业说书艺人，并尊柳敬亭为祖师。讲古在潮汕地区非常流行，一般在酒肆茶馆设点，或自搭简陋的“讲古寮”或在街头“开街档”。在缺少文娱活动的年代里，讲古是人们陶冶精神、增进知识的一种重要形式。有业余消遣的，也有以讲古换取口食的。“讲古先生”手持一本古旧小说，随意设摊定点，便总能吸引一大群普罗大众前来听书。一些落魄文人为了生计，也以讲古换取口食或少许钱米来维持生活。他们往往博闻广记、颇有学识，并且有一定语言表达能力。他们用滑稽的语言、多变的腔调、花诙的动作讲述长篇小说《三侠五义》《薛仁贵全传》《杨家将全传》《三国演义》《水浒传》《西游记》《封神》等情节离奇有趣的故事、人物，或是《八美图》《唐伯虎点秋香》《梵宫春色》等才子佳人故事，让听者津津有味。他们以多少炷香来计算时间，在讲演前先与闲间主人商定每炷香烧完多少米钱，再由主人向听者收取还给讲古者。现在潮汕地区仍有讲古演出，还有陈四文这样的著名讲古艺人。

但是有关这种口头传播形式在泰国的记载非常少，泰国作家雅各布在其所著《卖艺乞丐版〈三国〉》的前言中谈到了“说故事”这种传播形式。至少到曼谷王朝六世王时期，说书在华人社区仍然十分盛行：

在华人聚居的地区，特别是那次火灾之后的几日内，苦力们刚刚将残垣断壁清理少许之时，在这些地方我们会看到凭借各种方式谋生糊口的艺人……在这些职业中，还有一种从事的人很少，因为需要具备一种底层华人很少有的能力——即知识，这个职业就是“说故事”。如前所述，因为底层华人大都不会读写，所以到了入夜时分，都喜欢聚在一起听故事，实际上这些故事都是用他们本族文字写在书上的，而由那些识字的人读后讲给他们听。

讲述者往往都是年长之人，他们白天大多在老哒叻市场（Talat Kao）和龙莲寺（Wat Lengneiyi）一带，设桌摆摊代人写信寄回中国，到了晚上则出来说故事。从穿着上可看出他们比周围其他艺人地位要优越些，不用耍皮影（谋生）。使用的道具有四种，即一盏照明灯、一块小红布、一把摺扇和一本要讲的书。红布铺在前面，那些忠实的听众会把钱放在那里；书是当讲到有精彩描写的段落的时候，就翻出来念给大家听；摺扇除了用来扇风消暑，还可以用作代表书中的主人公手持的长枪或马鞭。讲述者讲话方式变化多端，当讲到生气或悲伤的桥段时就装作怒斥或哭泣的腔调，声音的高低婉转与内容配合得天衣无缝。

讲述的故事以《三国》为主，因为华人大部分都很推崇《三国》，尤其是老一辈的华人似乎都认为《三国》是每个人都应该了解和聆听的历史，或应该像书中某个人物一样睿智地成就某种伟业等。从中还可以学习如何免中他人圈套、学习能使自己受益的说话技巧，甚至有时要奉承对方而令自己获益。华人称这样的人为“三国人”（samkoknang），即能言善辩，像生在三国时代的人一样有智慧。如果依今天的情境来分析这个词，知道三国的人被认为比那些不了解三国的人要聪明博学。被称作“三国人”者如同掌握了某一种学问，而且还是一种十分重要的学问，因为“三国”是教人认识自己和认识他人的学问。所以听这个人故事的人很多。表演者也比那些耍把戏卖艺的人要轻松，但是收入看上去反倒更多。这都是传统使然。[①]

从雅各布的描述来看，这些“说故事”形式与中国南方的“讲古”很类似，而且以这种方式卖艺的艺人地位要稍高于其他卖艺艺人，收入也更多。这是因为他们往往粗通文墨，能读会写，同时这也说明华人移民总体的文化水平并不高，使得口传成为必然的选择；另外在内容上以讲三国故事为主，它能够吸引大量的听众。当然，随着社会发展，华人不断融入泰国社会当中去，说书卖艺的情形在今天泰国的公共场合已经基本销声匿迹了。

除了依靠说书表演这种在开放空间进行的口头传播，还有华人社会内部的集体口头传承，通常是以家庭或者社团为单位的内部交流。在中国传统文化生成的动态过程中，古典小说起着经、史、子、集无可替代的作用，因“上自缙绅先生，下至草莽芥民，于诸子百家之书，或不能悉备，备亦不能悉读，而独至稗官野史则必搜罗殆遍，读亦殆遍”[②]。作为前代的文化遗存，中国古典小说能挟梁启超所言之“不可思议之力”[③]进入中华文化发展的纵向链条之中，重要的动力还是在于其具有代际传播的社会功用。《三国演义》书成之时，人皆争相誊录，以便观览。它通俗易懂，男女老少咸宜，同时又继承和吸收了中国的文史传统，因此尤适于家庭讲述，用今人的话来说就是“寓教于乐”。啸庐有如是记载：“至《列国》《三国》，则尤家置一编，虽妇人女子，略识之无者，且时时偷针黹馀闲，团坐老幼，以曼声演说之，为消遣

---

① [泰]雅各布：《卖艺乞丐版〈三国〉》（泰文），曼谷：教育扶助出版社，1964年，前言部分。

② 啸庐：《中外三百年之大舞台序》，据阿英《晚清文学丛钞·小说戏曲研究卷》转录，见朱一玄、刘毓忱编：《三国演义资料汇编》，天津：南开大学出版社，2003年，第654页。

③ 梁启超在《论小说与群治之关系》（1902年11月14日，《新小说》1902年第1期）中说道：“欲新一国之民，不可不先新一国之小说。故欲新道德，必新小说；欲新宗教，必新小说；欲新政治，必新小说；欲新风俗，必新小说；欲新学艺，必新小说；乃至欲新人心，欲新人格，必新小说。何以故？小说有不可思议之力支配人道故。”

计。”[1]到了海外，这种代际文化传承的功用又被强化了。中国古典小说往往是年轻一代华裔了解祖先的重要途径，长辈们往往利用这些历史故事向晚辈灌输中国的传统文化和观念，增强他们对祖先和历史的印象，同时以史为鉴，教育晚辈为人处事的道理。我有不少泰国华裔朋友童年时都有过相似的经历，都听各自的长辈们讲过“刘关张桃园三结义”和“关羽忠义”的故事，给他们留下了很深的印象。这种家庭内部的讲述活动，不管长辈是有意识地对晚辈进行教育，还是纯粹为追求娱乐，讲述本身都会促进亲族间的感情。由此推演至各华人社团，特别是那些凭借乡情纽带组成的社团，讲述故事成为联络乡情、促进交流的重要手段。

在初传时期缺少泰译文本的情况下，三国故事的口传方式很大程度上被局限在华人社会内部。但是相比于书面传播，口头传播有更多的机会接触泰人群体，特别是在民间的泰人。华人在进行神庙祭祀和游神活动，或进行戏剧演出，以及像雅各布描述的说书卖艺的时候，并不是在一个封闭的空间进行，而是开放的，会有许多泰人围观甚至参与进来，这时华人们会向泰人解释、讲述与活动有关的事象。早期华人移民基本都是男性，他们多与当地泰人女子结婚生子，不少人干脆在泰国扎下根来。这些华人的子女比起父辈更容易融入泰国的主流社会文化之中，他们也会将从父辈那里听来的故事传讲给泰人。此外，也有一些泰人略通中文，能听懂部分内容，如那些常年来往于中泰之间的贡使团成员，以及经常与华人共事的泰人等，也有可能听华人讲述过三国故事，但是人数毕竟有限，也不大可能完全消化所听到的内容。

泰族的口承传统其实非常发达，那么在泰人群体内部会不会有自己传承的三国故事呢？前文曾提及泰族与中国境内的傣族在族源上属同源民族，泰族分化出来之后向南迁徙至今天泰国境内，后于13世纪才在中

---

① 啸庐：《中外三百年之大舞台序》，据阿英《晚清文学丛钞·小说戏曲研究卷》转录，见朱一玄、刘毓忱编：《三国演义资料汇编》，天津：南开大学出版社，2003年，第654页。

南半岛地区兴起。泰族人有没有可能带着有关三国的记忆开始南迁，并将这段记忆通过口头传承下来呢？这些故事有没有可能是不假华人之口而径直在泰人中间传播呢？俄国汉学家李福清（Boris Lyvovich Riftin）曾经提到泰国一位作家口证，孟获俘虏诸葛亮的详细传说在泰国泰族中间非常流行。[①]“孟获擒诸葛亮”的情节显然与中国人比较熟悉的“诸葛亮七擒孟获”的故事相左，它不可能是来自《三国演义》，也不会是由华人传到泰国去的。与此同时，在中国西南地区的彝族和傣族中确有“孟获五擒（七擒）诸葛亮”的传说流传，似乎可以证明泰族确实从古代傣泰先民那里继承了一些三国故事，而不仅仅是来自后来传入的《三国演义》。但事实上，这种情况是不可能的。首先，从时间上来看，傣族中间流传的这些《三国演义》中所没有的诸葛亮的传说，产生的时间都较晚，故事中的诸葛亮的形象是典型的晚期文化英雄形象。在傣族的传说中，诸葛亮把傣族人从“妖魔”——汉人恶霸地方官中解救出来，他处死了贪官，让和平重新降临傣族大地。此外，在傣族的传说中，诸葛亮还教傣族种稻谷、吃米饭，他留给傣族人的高帽子绸带上写有“想命长，水冲凉；草盖楼，住高房”，傣族人才开始凉水洗身（与泼水节有关）、建高脚屋（躲过瘴气的侵扰）。[②]这些民间传说体现了傣族人民对于诸葛亮的爱戴与尊崇，西南地区其他民族如傈僳族、苗族、基诺族、景颇族、德昂族、羌族等也有类似的诸葛亮传说，这与诸葛亮对西南少数民族的怀柔安抚的政策有关，也反映了诸葛亮教当地人“渐去

---

① [俄]李福清：《汉族及西南少数民族传说中的诸葛亮南征》，见[俄]李福清：《古典小说与传说（李福清汉学论集）》，北京：中华书局，2003年，第111-141页。李福清院士在2011年6月10日于北京大学召开的“《三国演义》在东方学术研讨会”上，也曾提到在云南傣族地区有“孟获七擒诸葛亮”的故事流传。此外，在王丽娜：“《〈三国演义〉在国外》补遗”一文中也有类似记载，见中国《三国演义》学会主编：《三国演义学刊》（二），成都：四川省社会科学院，1986年，第333页。但我在泰国拜访多位泰文《三国》研究专家，均未听闻此说。

② [俄]李福清：《古典小说与传说》（李福清汉学论集），北京：中华书局，2003年，第113-114页；韦白：《三国密码》，北京：中国社会出版社，2008年，第189-190页。

山林，徙居平地，建城邑，务农桑”，向他们传播中原科技和文化的事实。但是这些故事其实有它的原型，对于这些文化事象，傣族人均有自己传统的解释，如傣族古老的创世神话、稻米神话，以及关于泼水节、建高脚屋的传说等。[①] 此外，传说中恶霸官员欺压百姓，强迫姑娘为他服务，实际上只是早期叙事诗中恶魔抢夺姑娘母题的变种。也就是说这些诸葛亮的传说是把诸葛亮当作一个“箭垛式”人物，把原有的故事附会到他的身上。

泰族与傣族同源异流，因此那些古老的、带有族源记忆的创世神话、稻米神话及泼水节（宋干节）的传说等在泰国，特别是泰北地区亦有流传，只是在具体细节和人物名称上有所差异，[②]但是后来经过改头换面后的关于诸葛亮的传说却无半点痕迹，甚至连一篇异文也没有发现。这说明傣族的诸葛亮的传说形成较晚，从故事形态上看，可能是在元明之际，中原文化大量渗透至西南地区之后才形成的，在此之前傣、泰之间就已经分化完毕了。泰族究竟从什么时候从傣泰族群分化出来并开始南迁，目前学界尚无定论，谢远章、范宏贵、何平、侯献瑞、刘稚、黄兴球等学者都对此进行过论述，[③]泰族很有可能最晚在7世纪的时候便已开始分化，陆续南迁。据《兰甘亨碑文》记载，泰文是1283年

---

① 在傣族传统的神话和传说中，英叭神创造了世界和最初的人类布桑该和雅桑该夫妇，夫妇俩继续创造了人类以及各种作物植物；稻谷有谷魂，是它让人类开始耕种稻谷；泼水节与七位姑娘除掉作恶多端的魔王父亲的故事有关；教傣人建高屋竹楼的是傣族的文化英雄帕雅桑木底。这些神话传说在傣族文化中占据重要地位，影响很大。详见岩香主编：《傣族民间故事》，昆明：云南人民出版社，2009 年，以及 [泰] 希拉蓬・纳塔朗：《故事中的傣泰民族》（泰文），曼谷：民意出版社，2002 年。

② 详见 [泰] 希拉蓬・纳塔朗：《故事中的傣泰民族》（泰文），曼谷：民意出版社，2002 年。

③ 详见黄兴球：《壮泰族群分化时间考》，北京：民族出版社，2008 年；范宏贵：《同根生的民族——壮泰各族渊源与文化》，北京：光明日报出版社，2000 年；何平：《从云南到阿萨姆——傣泰民族历史再考与重构》，昆明：云南大学出版社，2001 年；刘稚：《越南泰族历史与文化述略》，《世界民族》，2002 年第 2 期；侯献瑞：《公元一至十四世纪老挝的泰老人》，《东南亚》，1995 年第 3 期等。

由素可泰王朝兰甘亨王创制的[1]，在此之前泰族没有留下任何文字记录材料，考虑到泰族人南迁时不大可能抛下已有的先进的文字书写系统，他们从傣族分化出来的时间应早于傣文创制的时间。老傣文中最古老的傣仂文据推测可能创制于6—8世纪，[2]那么泰族人有可能在此之前已开始南迁。当然，这些推测都很概略，12世纪建造的吴哥窟神庙的浮雕壁画上刻有古高棉文“这是暹人”的字样，说明最晚到12世纪，泰人就已经在中南半岛立足，与当地的民族混居在一起了。不管怎样，泰族与傣族分化的时间都要早于傣族的诸葛亮传说形成的时间。

那么，李福清谈到的泰国流传着“孟获擒诸葛亮”故事的现象又该如何解释呢？这个问题涉及历史上关于泰族族源的争议。近代西方人杜德、戴维斯等人提出中国侵犯泰族故国，从而引起泰族南迁的说法，后来被泰国的历史学家们接受。1924年，丹隆亲王在朱拉隆功大学讲演时，系统地发挥了这一观点，把孟获视为泰族人，称“《三国演义》里讲刘备在蜀中立国，孔明率军征讨番地孟获，向西扩张领土。这段叙述，不是别的，正是中国侵犯泰族故国的记载。泰族既无能力与中国对抗，又不愿屈服于中国的统治，只得离乡背井南迁，重建家园”[3]。此说后来被英国学者吴迪（W.A.R. Wood）的《暹罗史》（*A History of Siam*）引用，该书被不少西方学者视为是权威之作，因此他们的观点产生了较大影响，被很多泰国历史学家反复引用。泰国教育界甚至还把《三国演义》当作史书编入中学历史教材并出题考试，认为“七擒孟

---

① 据 1893 年发现的兰甘亨石碑（石碑第 1 号）碑文第四面记载：“此前未有泰文，大历 1207 年羊年，兰甘亨王精心思构，创制泰文。泰文之出现乃因国王所创造。”但今天也有一些学者，特别是一些西方学者从语言使用及拼读规则上质疑石碑的真实性，认为是立泰王时期创制甚至可能是发现者曼谷王朝四世王时的伪作。详见 [泰] 素吉 · 翁贴编辑：《石碑研究：并非兰甘亨国王在素可泰时期创制》（泰文），曼谷：民意出版社，2003 年。但根据其他发现的素可泰时期的石碑碑文，至迟至 13 世纪末，泰国已经出现泰文文字是无疑的。

② 张公谨：《傣族文化》，长春：吉林教育出版社，1986 年，第 40-41 页。

③ 傣族简史编写组：《傣族简史》，2009 年，北京：民族出版社，第 19-20 页。

获”是对泰族的“有意侮辱”。[①]正是在这种大背景下，泰国作家克立·巴莫于1949年出版了小说《孟获：被生擒活捉之人》，他把孟获臆想成为一个泰族的领袖，英勇地对抗来自中原的强大军事力量，其中虚构了孟获与诸葛亮的部分交战情节，以展现泰族的伟大。李福清提到的那位作家可能就是受到克立·巴莫影响。克立·巴莫不但是泰国的文坛巨匠，而且又是王族和政治家，社会影响力很大，因此他笔下的孟获形象深入人心，许多泰国人多年之后依然对书中的情节记忆犹新，信以为真。在中国学者的研究和努力下，今天泰国学界已基本放弃诸葛亮南征造成泰族南迁或西迁的错误观点，并承认南诏不是泰族人建立的，孟获也不是泰族人。试想孟获若是泰族人，那么留在中国的傣族人应该憎恨“欺侮”自己祖先的诸葛亮，但实际情况是，傣族人对诸葛亮很是尊敬，这从流传的诸葛亮传说中可见一斑。对此，明人曹遇有诗曰：“孟获生擒雍闿平，永昌南下一屯营；僰人[②]也解前朝事，立向斜阳说孔明。”[③]傣族人从来没有视孟获为本族人，关于孟获的身份主要有两种说法，一种认为孟获是汉族，是与当地少数民族融合后的“南中大姓”，另一种是认为孟获属乌蛮，是彝族先民。[④]确有不少彝族人相信孟获是彝族的说法，彝族关于孟获的传说也是最多的，而且多以正面形象示人，“孟获擒诸葛亮”也常见于彝族的故事文本中。因此，泰族中讲述的三国故事都是《三国演义》泰译之后流传开来或听华人讲述的，而不是从分化之前的傣泰族群继承过来的。

总而言之，早期在泰国通过口头传播的三国故事都是取自《三国演义》或由华人传去泰国的，泰人并没有像傣族一样有自己的三国故事传播。虽然泰国社会文化的口承传统一直相当强大，但是毕竟受到语言条件的限制，初期的《三国演义》口头传播范围较为狭窄，依然主要局限

① 陈礼颂：《暹罗民族学研究译丛》，上海：商务印书馆，1947年，译者附识。

② 僰人系指今傣族。

③ 万历《云南通志·地理志》永昌军民府“古迹”条录曹遇《咏诸葛营》一诗。

④ 傣族简史编写组：《傣族简史》，北京：民族出版社，2009年，第22-24页。

在华人群体内部。因此，虽然口头传播在广大华人社会影响很大，泰人也有很多机会接触并接受，但距离真正进入泰人的文化语境仍然有相当大的距离。

二、非言语传播

1. 神庙活动

研究中国的人类学家和社会学家都非常关注中国的民间信仰和仪式文化，在他们看来，“中国民间的宗教文化渗透于大众的生活之中，是中国文化的重要组成部分。”[①]这个文化体系包括三个不可分割的部分：1、信仰体系，包括神、祖先和鬼；2、仪式形态，包括家祭、庙祭、墓祭、公共节庆、人生礼仪以及占验术；3、象征体系，包括神系的象征、地理情景的象征、文字象征（如对联、族谱、道符等）、自然物象征等。[②]这种民间宗教不但满足个人的心理需求，更重要的是还表现出个人与社会之间不可分割的关系。地域性崇拜（territorial cults）的宗教活动同样具有社会性，这种地方性的神祇往往是该地域居民相互认同的象征，通过祭拜仪式可以联络地方，规范言行，因此通过宗教仪式可以使该地域（小到村落社区，大到城乡府省）成为社会互助和民众认同的共同体。因此，神庙自然成为民间信仰和地域联结的重要场所，这种社会功能到了海外以后又被进一步强化了。华人的中式神庙可以作为信仰的精神支柱，通过各种节庆与法会活动，进行社群的联谊与交流，因此也成为华人社交活动的中心。它不仅保留祖籍原乡的认同，也强化了在泰国新地缘的自我群体意识，在共同的祭祀活动中强化彼此的文化认同，使得泰国的华人社会得以薪火相传，有助于华人及其后裔保持一定的中华文化特征，不至于过快和彻底地被本土文化完全同化。

由于民间信仰与仪式在中国人生活中具有重要地位，移民到泰国

① 王铭铭：《社会人类学与中国研究》，桂林：广西师范大学出版社，2005年，第133页。

② 同上。

的华人们，不论来自中国哪个地区，都会建立神庙作为信仰寄托的精神支柱。早期华人社团尚不发达之时，华人会积极利用已有的神庙资源。如张爕在《东西洋考》中记载的三宝庙，泰文名为拍南呈寺（Wat Phananchoeng），本为泰式寺庙，始建于1324年，比阿瑜陀耶城的历史都要古老。该寺位于阿瑜陀耶城东南的湄南河边上，内供奉一“高与屋齐”的大型佛像，民间称其为“銮颇多”，意为大佛公。相传1409年郑和下西洋曾率船队经过阿瑜陀耶，就在拍南呈寺边泊船上岸。后华人在附近聚居，他们为纪念郑和，便尊那个大佛像为“三宝佛公”[①]，称该寺为“三宝佛公寺”。[②] 这里也成为当时华人宗教活动的中心，甚至还根据该寺的泰文名“拍南呈寺”创造了一个关于嫁到暹罗的中国公主的传说。[③]今天在拍南呈寺的侧殿还供奉着这位叫“赛多玛”（槟榔花）的中国公主的神像，华人称其为“慈悲娘”。可以说，拍南呈寺是华人改造的年代最早的泰式寺庙，但正因为是后来改造的，佛寺正殿整体上仍为传统的泰式建筑形式，只是在侧殿有较多中式神庙的痕迹，这也是早期华人的无奈之举。

当华人社区初具规模之后，只要经济条件允许，华人们一定会新建各自的神庙，将家乡的地方信仰带到泰国，供奉和祭祀自己的地方神祇，如本头公庙、本头妈庙、妈祖庙、水尾圣娘庙、清水祖师庙、大峰

---

① 佛教中称佛、法、僧为“三宝”，和郑和的字“三保”同音，华人们便用三宝佛公来代指郑和，以示纪念。曼谷王朝三世王时在吞武里湄南河沿岸也仿造阿瑜陀耶的帕南呈寺修建了一座三宝佛公寺。

② [泰] 汕阿伦·格诺蓬采：《暹罗社会中的中 - 泰文化融合》（泰文），曼谷：民意出版社，2007 年，第 34-35 页。

③ 泰国民间传说“蜂蜜王与槟榔花公主”介绍了该寺名字的由来，传说很久以前一位泰国国王“蜂蜜王”迎娶了来自中国的“槟榔花公主”，到都城阿瑜陀耶城后，国王故意逗公主不肯接她上岸，结果公主负气而死，她的侍从们也纷纷凿沉船只，以死报效公主。国王心痛不已，便在此处建造一座寺庙作为纪念，并命名为“帕囊呈寺”，即王妃寺之意，后寺名音被误传变成“拍南呈寺”。详见金勇：《泰国民间文学》，银川：宁夏人民教育出版社，2011 年，第 69-71 页。泰国学者集·普米萨认为该寺原名来自高棉语，意为静坐，与公主一说无关，槟榔花公主的故事实为后来华人穿凿附会创造出来的。

祖师公庙、汉王庙、关帝庙、吕帝庙、观音庙、龙尾圣王庙、齐天大圣庙、哪吒太子庙、八仙庙、九皇佛祖庙，以及龙莲寺、永福寺、普福寺等华宗（大乘）寺庙。这些中式神庙分布较为集中，往往与华人聚居区临近，或就在华人社区的核心地带。中式的神庙是华人集体活动的中心场所之一，同时作为宗教场所，它又是开放的空间，并不排斥社群以外的人。对于华人来说，这些中式神庙并非仅是作为精神寄托的一个进行宗教活动、祀神飨宴的场所，更是敦睦乡谊、怀承文化的空间，也是华人社区互助的中心；对于本地的泰人来说，这些陌生的中式神庙建筑则是一个直观了解和接触中国及中国文化的舞台。因此，不论是华人还是泰人都可以加入这些华人组织的宗教活动中。泰国是个素有礼佛敬神传统的国家，虽然泰国人普遍虔信小乘佛教，但在信仰上却相当宽容，对于其他宗教的神明同样敬重有加，不少人也参拜华人的宗教神祇，敬献香火。今天泰国不少中式神庙的旺盛香火，都来自当地的泰人和华人的共同扶持。在这些宗教场所中，泰人既是中华文化的参观者，同时也是中华文化的体验者和传承者。在这里供奉的关公、诸葛亮、张飞等神像，在这里表演的三国戏曲，在这里举行的祭祀游神活动等，无不给当地的泰人留下深刻的印象。可以说，这些中式神庙是《三国演义》早期在泰国传播的重要场所，也是泰文译本出现之前泰国人了解《三国演义》和三国文化的核心场所。

《三国演义》及三国文化在中式神庙主要通过宗教祭祀活动和戏曲表演这两种方式进行传播。中式神庙的宗教祭祀活动主要分为两种形式：一是建立三国相关神庙，或供奉三国人物偶像；二是通过请神、游神等庙会活动。

泰国祭祀的三国人物主要有关羽、诸葛亮、张飞、刘备等，其中尤以“关公崇拜”为甚。关公信仰在中国古已有之，自唐代开始进入佛教供奉，宋代进入道观崇祀，同时又为儒学所尊崇，在民间又深入乡里，成为“保土安民”的精神象征，作为盐业、武师、教育界、银钱业等诸多行业的行业神[①]被士绅商贾们所敬奉。到了晚明时期，关公崇拜实际上已覆盖了中国社会的各个阶层。到了清代，关公又被深植于满洲皇室崇拜之中。据清末时的统计，全国记录在册的关帝庙不下几万座，远远多于孔庙的数量，“关公庙貌遍天下，五州无处不焚香”是这一文化景观的真实写照。[②]关公崇拜在海外的形成和鼎盛与此密切相关。作为一个“箭垛式”的被一代代不断神化的历史英雄，关羽被赋予忠义信勇、文武兼备的完美形象，这个被陈寿批评为“刚而自矜，以短取败”的败军之将，后世成为和文圣人孔子并举的武圣人，成为中国举国尊崇的圣神，达到“汉封侯宋封王明封大帝九流皆尊崇，释称佛儒称圣道称天尊三教尽皈依”的地位。对于包括泰国在内的东南亚国家来讲，华人移民大多都是依靠同乡或同族关系瓜蔓式的连锁移民，闽粤等不同地区的人聚居海隅一地总有利益纷争，地方信仰上也各不相同，此时关公就成为维系彼此关系的最佳人选，因为他业已成为中国跨越地域、宗族、宗教、社会阶层和职业的共同信仰偶像。华人打破地域、宗族及聚居地的畛域，进行跨地区、跨行业的协商和合作时，关公信仰起到了垂范作用。因此，举凡华人社区形成后，无不在自己宗祠、乡祠等神庙之内共建关帝庙，或在地方神庙里供奉关帝像，并在年节时分举行大型的酬神、游神等神庙活动。

对于泰国普通民众来说，他们最初正是通过华人的神庙与宗教活动接触到《三国演义》和“三国”文化的，而各种宗教活动又是泰国人最热衷参与的活动，他们对“三国”文化的近距离接触也要比文本接触早得多、活跃得多。像关公这样红面美髯、跨马擎刀、英气逼人的神像在华人中如此受尊崇和欢迎，必定给广大泰国民众留下深刻印象。在《三

① 到明代时就有包括盐业、描金业、香烛业、烟草业、绸缎业、命相业、皮革业、木作、漆作、洋布业、面业、水炉业、军界、监狱、木商、纸业、米业、银钱业、洋货、酱园业、皮箱业、成衣业、厨业、屠宰业、糕点业、干果业、理发业、典当业、豆腐业、骡马业、粪业、武师、教育界、肉铺业在内的三十多个行业奉关公为行业神了。

② 胡小伟：《关公崇拜溯源》，太原：北岳文艺出版社，2009 年，第 527-563 页。

国》泰译本出现之前，人们通过香祷和观看、参与游神等活动或听华人讲述而认识了关羽；当泰译本出现之后，他们又进一步了解了关羽，加深了印象，从而强化了关公崇拜在泰人中间的影响。

2. 戏曲表演

在曼谷王朝三世王时期的皇家寺庙波汶尼威寺（Wat Buanniwet）的侧殿中，有多幅画有三国故事内容的壁画，壁画中的不少人物都画着花脸、身着戏服，格外引人注目。它从一个侧面反映了中国的戏曲表演与《三国演义》在泰国的初传有着密切的联系。中国戏曲的民间性特征决定着中国戏曲传播的广泛性与观众的全民性，许多文学作品都是借助戏曲系统的广泛性而迅速传播，特别是《三国演义》在戏曲系统传播时间最长，剧目繁多，影响力广。明清以来，形式多样的三国戏曲对《三国演义》文本传播范围的扩大起到了不可替代的作用。欣赏戏曲的接受效果相比于阅读小说要直接得多、强烈得多。不识字或未读过小说的人可以从舞台上了解《三国演义》的内容；读过小说的人则可以通过观赏三国戏，加深对《三国演义》文本的理解，增强接受效果，同时获得进一步的审美愉悦。

中国戏曲表演也是伴随着华人社会在泰国的形成而进入泰国的。作为一种表演艺术形式，它对广大海外华人不仅是一种娱乐方式，而且是建立在方言族群基础上的民俗与文化仪式，甚至有时候还能充当政治活动的表现形式。在泰国的中国戏曲表演经常与华人民俗节庆和神庙祭祀仪式结合在一起，甚至表演本身就是祭祀仪式的一部分，酬神唱戏，既是敬神也是娱人，人随神娱。

在泰国传播的中国戏曲剧种主要有粤剧、潮剧、闽剧、琼剧、外江戏、正字戏、西秦戏、木偶戏等，[①]其中尤以前四种影响最大，传

① 赖伯疆：《广东戏曲简史》，广州：广东人民出版社，2001 年，第 280-281 页。

播较广。在阿瑜陀耶城巴杜松堂寺（Wat Pradu Songtham）[①]大殿内有一幅壁画，描绘的正是一群华人和泰国人观赏中国戏曲演出的情形。中国的戏曲表演何时传入泰国并无确切记载，但根据早期西方使节和传教士的记载，至迟到阿瑜陀耶王朝中期，中国戏曲表演就已在泰国流播甚广了。1685年，法国国王路易十四派使臣戴肖蒙（Chevalier de Chaumont）出使暹罗建立邦交，时任使团助理的楚西神甫（Abbé de Choisy）在《1685-1686年暹罗航海日志》（*Journal of a voyage to Siam, 1685-1686*）中记载，1685年11月1日星期四，康斯坦丁·华尔康（Constantine Phaulkon）[②]在府邸内举行盛筵招待使团，宴会结束后还有各类文艺表演助兴，节目包括管弦乐演出、泰族舞蹈、孟族舞蹈、杂技走钢丝等，最后压轴的是中国戏曲表演，楚西神甫这样介绍道："首先是中国式的戏剧表演，服饰华丽，姿态优美，表演非常流畅。至于音乐则完全听不懂，有节奏铿锵的噹噹敲锣声……宴请以中国的戏曲收尾，演员来自一个广东的剧团和一个潮州的剧团，潮州剧团的表演非常精彩，显得更有规范……"[③]另一位当时随团的达查神甫（Guy Tachard）也记载道："一开始便是中国戏曲，分成好几幕，有英武的扮相，也有怪诞的扮相，并有翻跟头表演穿插其间。"[④]1687年，另一

① 巴杜松堂寺约建于阿瑜陀耶中期，位于阿瑜陀耶主城东北角，具体建造时间不详，但据记载1620年，巴杜松堂寺的八位僧人曾帮助当时的颂昙王躲过了日本人制造的叛乱。巴杜松堂寺佛殿壁画具有很高的价值，除了佛陀十世本生故事外，还有一些反映当时泰人的生活与娱乐形式的场景。

② 康斯坦丁·华尔康，即昭帕耶威差因（Chaophraya Wichayen），希腊人，1675年随英国商船到暹罗，后被举荐到暹罗宫廷做翻译官，深得当时的国王纳莱王赏识，受封昭帕耶爵衔，掌管暹罗的外交和财政大权。

③ 参见[泰]布里达·阿卡詹厝：《当代泰人演员的中国戏剧的美学程式》（泰文），泰国艺术大学硕士学位论文，2000年，第70-71页。另见[泰]恰乃·宛纳里：《中国戏曲在泰国》，载《皇恩荫庇下的华人200年》（特刊）（泰文），曼谷：经济之路出版社，1987年，第168页。因后文部分内容错讹较多，所以文内内容有冲突处，经笔者考证皆以前文为准。

④ [泰]布里达·阿卡詹厝：《当代泰人演员的中国戏剧的美学程式》（泰文），泰国艺术大学硕士学位论文，2000年，第71页。

位法国驻暹罗的使节拉鲁贝（Simon de La Loubère）在皇家广场举行的欢迎仪式上见到了中国戏曲表演："一个节目是中国戏剧，我很喜欢。我本想看完，但只演了一会儿就不得不去继续参加宴请。这种中国戏剧，暹罗人虽然听不懂，但是却都喜欢看。"①

上述这些记载尽管并不详细，但是至少说明了两件事。其一，至迟到1685年，中国的戏曲表演就已经随着华人社会的形成，在泰国传播了相当长一段时间了。这些来自广东或潮州的华人剧团应该是在泰国本土形成或者从中国过来后扎根于泰国演出的，否则以当时的交通条件，从中国到泰国通常要几个月的时间，人力物力都有极大的消耗，也不可能准时参加暹罗国宾的欢迎会。其二，中国戏曲传入后，很快被泰国人所接受并在当地流行开来，有些泰国人还能参与演出。②中国戏曲不但普通泰国人喜欢看，还受到宫廷的青睐，"只要有国家贵宾欢迎宴会、王公贵族的生日宴会或者皇城里的大型宴请，有一样娱乐活动必不可少，就是'优'（ngiu）戏③"④。

及至吞武里王朝时期，达信王在万象得到一尊玉佛（现供于曼谷玉佛寺内），他为此专门举行了规模盛大的迎请佛像仪式。在迎请的大型船队中除了有孔剧、比帕乐队演奏等泰国传统娱乐表演形式外，还有两艘游船上专门表演"优"戏。这是在泰国国家宗教活动中首次

① [泰]恰乃·宛纳里:《中国戏曲在泰国》，载《皇恩荫庇下的华人200年》(特刊)(泰文)，曼谷：经济之路出版社，1987年，第168页。另见[英]布赛尔：《东南亚的中国人》卷三 在暹罗的中国人，载《南洋问题资料译丛》，1958年第Z1期，第27页，文中罗培即拉鲁贝的不同译名，另罗培提到的中国喜剧应为中国戏剧。

② [英]布赛尔：《东南亚的中国人》卷三 在暹罗的中国人，载《南洋问题资料译丛》，1958年第Z1期，第27页。

③ "优"是泰国人对中国戏曲的统称，借自中文的"优伶"的优字之音。这个词用来指称来自中国的戏曲最早出现在吞武里王朝时期，之前在阿瑜陀耶王朝时虽然已有中国戏曲演出，但是在泰文中并没有一个对应的词，只能沿用西方人的说法，称之为中国戏剧。

④ [泰]蓬潘·詹塔罗南：《潮州戏：由来及在泰国的传播》（泰文），《艺术家》1983年3月号第一期，第15页。

出现“优”戏表演的记载。[①]之后的曼谷王朝，不少王公贵族的火化仪式，甚至一世王的荼毗大典[②]，都会专辟舞台以供中国戏曲演出，其价码仅低于泰国的国剧孔剧。[③]此外，中国戏曲表演还出现在泰国的古典文学名著中，二世王时期的《伊瑙》剧本和《社帕昆昌与昆平》唱词中都提到了“优”戏，足见中国戏曲在泰国宫廷的影响。特别是《三国》等一批中国古典历史小说被翻译成泰文后，“优”戏演出的风气更盛。曼谷王朝初期，几乎每位国王都在王宫中建有大型的供“优”戏演出的戏厅，但自己并不培养演员，演员都是从民间的华人移民戏团招募的。[④]丹隆亲王在其所著的《前宫轶事》（*Tamnan Wangna*）中提到，在五世王的副王威才禅（Vichaichan）[⑤]的府邸中有一间专门用于“优”戏演出的戏厅。这个戏厅始建于曼谷王朝二世王菩陀叻拉纳帕莱（Phra Phuttha Loetla Nabhalai或Rama II，1809-1824年在位）时期，当时的副王规定该戏厅既可以演出泰式的宫廷剧，也可以演出“优”戏，这些“优”戏演员也在王宫演出。四世王的副王宾诰（Pinklao）[⑥]在任期间，该戏厅只演出宫廷“优”戏。到威才禅时期，该戏台演出过多种戏剧，最初演出过偶戏，戏台搭建得像西式戏台，但演出的是泰

---

① [泰]蓬潘·詹塔罗南：《潮州戏：由来及其在泰国的传播》（泰文），《艺术家》1983年3月号第一期，第16页。

② 荼毗大典即火葬礼，一般是对得道修行的圆寂法师进行的焚尸的典礼。

③ [泰]布里达·阿卡詹厝：《当代泰人演员的中国戏美学程式》（泰文），泰国艺术大学硕士学位论文，2000年，第74页。

④ [泰]塔萨那·塔萨纳米，《由前宫优戏到孔剧与泰国戏剧》（泰文），曼谷：星光出版社，2001年，第13页。

⑤ 副王俗称“前宫”（Front Palace），是暹罗君主钦定的官职。副王拥有一人之下，万人之上的权力，通常都是国王的儿子或兄弟，也往往被视为是王位的继任者。阿瑜陀耶王朝中期开始任命副王，到曼谷王朝时期，副王的权力越来越大。曼谷王朝五世王朱拉隆功时期的副王是五世王的表兄、前任副王宾诰的儿子威才禅亲王，引发了争权的“前宫危机”。威才禅死后，五世王废除了副王之职，代以王储制度。

⑥ 蒙固王登基后坚持邀请王弟朱塔玛尼王子作为“第二国王”共同执政，朱塔玛尼同时也成为副王宾诰，拥有与四世王蒙固同等的国王荣耀。

式偶戏，后来又增加了海南的布偶戏，再后来才重新演出“优”戏。演员都是泰国人，拜前任副王时期的“优”戏演员为师，甚至一些贵族也粉墨登场，一试身手。在这里演出的“优”戏完全依照中国的教材，但是行头非常华丽，这些是其他“优”戏剧团无法企及的。这个戏厅直到威才禅去世之后才取消。[①]另有一些王公贵族拥有私人的中国戏班，有的贵族甚至还拥有不同曲种的多个中国戏班，如赛沙尼翁亲王（Saisanitwong）旗下便有外江戏“美盛”班、老正字戏“义顺堂”班、老白字戏“新义和”班等。[②]到了六世王时期，受西方文化的影响，泰国戏剧的形式愈发多样化。六世王本人虽然从小在国外接受西式教育，但他仍从英文翻译中国的故事，并改编成“优”戏来演出。[③]

在宫廷如是，在民间，中国戏曲的影响更甚，不仅在神庙活动和各种宴会上表演助兴，还在一些剧场面向普通观众演出。泰国民间的戏曲演出在曼谷王朝五世王时达到鼎盛，这一时期除了华人戏班以外还出现了泰人组成的戏班，以及专门教人唱戏的学校，每天在华人聚居的耀华力路上的戏曲演出繁多，热闹非凡。由于戏曲演出很受欢迎，可以短时间吸引大量的观众，所以当时不少赌馆还专门雇戏班来演出，以招揽人气。[④]1859年，泰国政府开始对各种剧团征税，“优”戏团的税额仅低于专演宫廷剧的大剧团和专演《罗摩颂》的皮影戏剧团，各中国戏班纷纷抬高票价以应对重税，即便如此也并未影响观众的上座率。[⑤]在整个东南亚，华人较多的地区都有中国戏曲广泛分布，由于观众人群分散

---

① ［泰］塔萨那・塔萨纳米，《由前宫优戏到孔剧与泰国戏剧》（泰文），曼谷：星光出版社，2001 年，第 12-14 页。

② ［泰］修朝：《中国戏剧在泰国》，泰国华侨崇圣大学泰中研究中心编：《泰中研究》，曼谷：华侨崇圣大学泰中研究中心，2004 年，第 42 页。

③ ［泰］塔萨那・塔萨纳米，《由前宫优戏到孔剧与泰国戏剧》（泰文），曼谷：星光出版社，2001 年，第 14 页。

④ ［泰］布里达・阿卡詹厝：《当代泰人演员的中国戏美学程式》（泰文），泰国艺术大学硕士学位论文，2000 年，第 82 页。

⑤ 同上文，第 78 页。

于南洋各国，因此很多著名的戏班和艺人还纷纷到东南亚各国“走埠”演出，如潮剧的“老正和”和“老双喜”、粤剧著名艺人新珠和外江玲及其戏班、海南戏的琼顺班和堂福班、外江戏的荣天采班等，都曾到泰国献艺，深受欢迎和好评。[①]从18世纪末开始，泰国逐渐成为潮剧在海外的中心，还不断向马来西亚、新加坡、柬埔寨、越南、印尼等周边国家地区游埠推广。“走埠”演出从另一个侧面反映了中国戏曲在泰国的受欢迎程度。当时泰人普遍不懂中文，也不能通过唱腔念白来分辨曲种和剧目，但是他们根据锣鼓伴奏的特点给不同曲种重新命名，如称用TOG-CHAE锣鼓声的“外江戏”为“笃醒戏”、称用TOONG-TAE锣鼓声的“老正字戏”和“老白字戏”为“敦茶戏”、称用TOONG-KONG锣鼓声的戏班表演为“敦空戏”、称用TOG-GAENG锣鼓声的“琼剧”和“粤剧”为“笃经戏”等。不但如此，泰国观众甚至一听伴奏乐器和锣鼓的奏法，便能够分辨出演出的是哪一出戏。[②]由此可见泰国观众对中国戏曲的熟悉和喜爱程度。

中国戏曲能在泰国各个阶层获得广泛认可和喜爱殊为不易。尽管有记载称暹人虽听不懂，但仍然十分欣赏，且有暹罗人可以参加表演，但语言的隔膜仍然是很大的障碍。仅从艺术欣赏的角度来看，中国人欣赏戏曲也与泰国人传统的欣赏习惯有很大差别。中国戏曲是熔唱、念、做、打于一炉的表演，主要以欣赏演员的唱腔、韵白、身段为主，但对于泰国人来说，真正吸引他们的是中国戏曲中华丽的排场和眼花缭乱的动作表演。三国戏是早期中国各地方曲种重要的剧目来源，上面提到的传入泰国的戏曲题材“多是三国、水浒等演义小说的题材，以武打见长，或者载歌载舞，活泼矫健，配合以雄壮威武的锣鼓，重现古代战争的场面，气氛肃杀凝重，而歌舞的表演，则队列变化多样，有时威风凛

① 赖伯疆：《广东戏曲简史》，广州：广东人民出版社，2001年，第285页。

② ［泰］修朝：《中国戏剧在泰国》，泰国华侨崇圣大学泰中研究中心编：《泰中研究》，曼谷：华侨崇圣大学泰中研究中心，2004年，第42-43页。

凛，有时轻松活泼”[①]，这是早期中国戏曲受泰人欢迎的重要原因。在泰南的古代文学作品中对中国戏曲有如下的表述：

> 大戏演“三国”，
> 髯口当胡须。
> 泰人听不懂，
> “做”“打”却有趣。
> 棍棒刀枪剑，
> 虚晃即若离。
> 我等如上台，
> 劈头何所惧。[②]

泰国著名学者沙田叻哥色（Satianrakoset）记述曼谷王朝五世王时期戏曲演出的情形时说：“如果在晚上演出，如果演出分成好几幕，第一幕就是战争戏。虽然还是傍晚时分，喜欢看戏的孩子们就都来看这幕戏。等到大约晚上9点的时候，第一幕的战争戏就结束了，换成第二幕，主要是文戏，没有战斗的场面，一直站着挤在一起看戏的人就一哄而散回家了。因为表演的内容，孩子们不像看战争戏时那样激动，演员的唱词也听不懂，猜不出来究竟说的是什么。”[③]由此可见，泰国人早期接触中国戏曲很大程度上是被《三国》等战争题材的剧目吸引。与一般的地方戏曲剧目相比，三国戏排场更大，战斗场面激烈，服饰华丽，人物众多，经常在大型的神庙仪式和宴请活动中演出，可以活跃气氛，更吸引一般看热闹的泰国人的眼球，因此受到他们青睐就不足为怪了。有些来自海南的琼剧戏班为了能够深入泰国社会，在表演的时候还会添

---

① 赖伯疆：《广东戏曲简史》，广州：广东人民出版社，2001年，第285页。

② ［泰］宽迪·阿达瓦乌提才：《汉文学对拉达那哥信时期文学和社会的影响》，“汉文学对泰国文学的影响学术研讨会”论文，法政大学中国研究中心，1985年7月5日。裴晓睿译。

③ 转引自［泰］布里达·阿卡詹厝：《当代泰人演员的中国戏剧的美学程式》（泰文），泰国艺术大学硕士学位论文，2000年，第82页。

加泰语旁白，这也吸引了更多的泰人观众。[①]

三国戏推动了中国戏曲在泰国的传播，反过来中国戏曲不断扩大的影响又让更多的泰国人接触到三国故事和三国文化，二者是互为因果、相辅相成的关系。随着泰国人参与程度的不断加深，“优”戏剧团（主要是一些潮剧剧团）的演员已经开始由泰国本土的泰族人担当，而且不光担任武生行当，也开始以潮语演唱，更有不少剧团使用泰语演出“优”戏，这就更有利于扩大受众范围。随着泰文《三国》在泰国日渐风靡，《三国》也开始出现在泰式戏剧的舞台上。在曼谷王朝五世王时期，塞纳努琪（杰）[Senanuchit (Chet)]和乔蓬叻（提）[Chobphonrak (Thim)]等泰国戏剧大家都推出了各自的民间剧《三国》，曼桂本又创作了泰式歌剧《貂蝉计赚董卓》等。有了这些受欢迎的传播载体，《三国演义》自然也容易深入人心。

3. 其他工艺美术

神庙活动和戏曲表演是最主要的非言语传播方式，除此之外，还有其他一些文艺传播形式，如壁画、浮雕、石像、屏风画等美术作品，数量虽然不多，但是它们从不同的角度展现《三国演义》，同样拓展了受众的范围。

中式的神庙内往往画有精美的彩绘图案，雕梁画栋，色彩明丽，线条流畅。在梁枋、柱头、斗拱、檐檩、椽头等处多为装饰性的图案，表现纳福呈祥的题材为主，大多是“图必有意，意必吉祥”，如各种回纹、寿字纹、万字纹，以及龙凤、花鸟等有吉祥寓意的构图，最常见的荷花、牡丹、梅花、仙鹤、龙凤等。而在墙壁上（有的在外墙）则多绘有彩画壁画，内容多为“八仙过海”“天女散花”等中国的神话传说，“紫气东来”“文王聘贤”等宗教和教人向善的故事，以及取材于《三国演义》《水浒传》《西游记》《杨家将演义》《隋唐演义》等古典小

① [泰]修朝:《中国戏剧在泰国》，泰国华侨崇圣大学泰中研究中心编:《泰中研究》，曼谷：华侨崇圣大学泰中研究中心，2004年，第43页。

说的题材。这些彩画都是由华人工匠完成的，画风保持了一贯的中国样式。后来随着中国文化逐渐在泰国兴起，《三国演义》也融入泰国的工艺美术之中，进入泰式佛寺的壁画和浮雕石像中，如在纳浓寺、波汶尼威寺、切杜蓬寺（菩提寺）、巴森苏塔瓦寺等都有《三国》故事的壁画、插画和石雕艺术等。这方面的内容将在本书第十二章有关泰式三国文化章节详细介绍，在此暂不赘言。

总而言之，这些基于中文和中国文化的书面传播、口头传播、神庙活动、戏曲表演以及其他工艺美术形式共同为《三国演义》在泰国的初传奠定了良好的传播基础，培养了大批潜在的受众，拓宽了传播空间，也为真正的文本（指泰文文本）传播做好准备。泰人接触并参与这些传播活动完全是出于个人自愿，是被这些艺术形式本身的魅力吸引来的。因此，即使因为语言和文化的隔膜，泰人很难触及并理解文化内核，也不妨碍他们参与其中。当《三国演义》的泰文文本开始传播的时候，泰人也不会感到文本完全陌生，反倒因为可以和日常参与的活动建立联系而倍觉亲切，那些在欣赏"优"戏或在参加华人宗教活动时听来的不甚了了的三国故事，终于可以详知其中的来龙去脉，凡此种种，他们便能自然而然地接受并主动进行下一级的传播。

第四章

泰国的华人社会与《三国演义》

第一节 华人的社会流动与《三国演义》

一、《三国演义》的复线传播：由民间到宫廷

由“小传统”进入“大传统”是《三国演义》在泰国传播的重要转折。《三国演义》毕竟是一部文学作品，最终还是要在泰国的文学场域中占据一席之地。没有“大传统”的参与，只通过基于口传和表演的三国故事或三国文化来传播，影响只能局限在特定的人群中，并有可能一直小众下去，随着时间推移，影响也会日渐衰微。“大传统”较多依靠文字文本，它的规范性和权威性可以使《三国演义》由一部“普通”（对泰国人而言）的中国历史小说，经过翻译一跃跻身泰国的文学经典序列之中，而且这种经典化的形塑是相对恒定持久的。

“大传统”的参与使《三国演义》在泰国开启了“宫廷”

与“民间”两个层次的复线传播，这两个层次彼此呼应、相互渗透，既有的民间的各种传播形式依然发挥着不可或缺的作用，并不时与“大传统”交流，如中国戏曲“优”戏开始进入宫廷表演，三国故事的壁画、石刻、木刻和大瓷屏风进入皇家寺院和行宫中等等；在宫廷中形成经典文本之后，又重新通过书籍、报刊、广播等媒介向民间扩展，最终实现两个传统的真正合流，使《三国演义》在两个传统中都获得了传播的空间，这是其成功实现本土化的必要保障。

“大传统”加入传播的进程中来，也是泰国社会和文学发展的客观要求，但它也必须满足一定的条件。泰国文学界深受印度文化和文学理论影响，在此之前，还没有一部中国小说被译成过泰文，《三国演义》可谓“不鸣则已，一鸣惊人”。这与当时泰国社会文化发展密切相关，特别是与泰国华人社会内部的社会分层和社会流动有关。因此，我们在讨论洪版《三国》经典文本诞生之前，必须先要厘清《三国演义》是如何从华人社会的中国文化语境进入到泰国宫廷文化语境之中，从而进入到泰国的文学场域之中的。

《三国演义》进入泰国“大传统”文化是外力和内力两种因素共同作用的结果。一方面，随着华人移民的不断涌入，华人社会得到进一步巩固和壮大，逐渐发展成为泰国一支具有巨大影响力的文化群体。这些来泰的华人中间，一部分人安土重迁，来泰只是迫于生计，希望赚点钱便返回家乡，落叶归根；而另一部分人则希望可以在泰国落地生根，安身立命，他们从来泰之日起便积极尝试融入泰国的主流社会之中。族群融合不仅仅局限在泰国民间社会，一部分华人深谙泰国社会的社会分层，通过各种方式从华人群体中脱颖而出，成功晋身泰国的贵族阶层，甚至跻身王室家族。这些华人被人称作“新贵族”（phudi mai）阶层，他们接受了泰国主流社会的生活方式，但同时不可避免地保留了许多中国文化的痕迹，他们是中国文化的携带者，成为《三国演义》进入宫廷的一条重要渠道。

另一方面，仅有渠道还远远不够，《三国演义》还必须得到来自泰国宫廷文学内部的需要和认可，才能在泰国古典文学场域中觅得立足之地，才能真正从"小传统"来到"大传统"文化中。也就是说，外力因素是《三国演义》进入"大传统"的充分条件，而内力因素则是它的必要条件。满足了这两个条件，《三国演义》的泰译便是"万事俱备，只欠东风"的事情了。

二、社会分层与社会流动

1. 社会分层

从整体而言，一个社会的资源是有限的，而且不可能平均地分配给社会中每一个社会成员。这里的社会资源并不仅仅指狭义的财富，还包括政治权力、个人威望、教育程度、职业技能等，它们共同的基本特点就是"稀缺"和"有价值"[①]。因此，不同的个体在社会结构中依占有资源的多寡而处于不同的位置，也就在事实上存在"社会不平等"（social inequality）和"社会差别"（social differentiation）。在这里，社会不平等并非贬义，而是指一种社会群体或个人地位差异的一种客观状态，从某个角度讲，它与社会差别是接近等效的。但正如美国学者赫勒（Heller）所说，社会差别并不一定有高低上下之分，而社会不平等则必然有这样的区别。[②]因此，基于这些社会的不平等和差别状况，社会学中用社会分层体制来分析"不同人群间的结构性不平等（structured inequality）"[③]。

社会分层（social stratification）是社会学借用地质学学家分析地质构造的术语，用来说明社会中人与人之间、群体与群体之间也如地层构造一样，分成高低有序的若干层次，其中最重要的分层体制就是阶级。

---

① 许嘉猷：《社会阶层化与社会流动》，台北：三民书局，1986年，第2页。

② [美]赫勒：《社会不平等的结构》，纽约：麦克米兰出版公司，1969年，第3页，转引自李强：《当代中国社会分层与流动》，北京：中国经济出版社，1993年，第1-2页。

③ [英]安东尼·吉登斯：《社会学》（第4版），赵旭东、齐心、王兵、马戎、阎书昌等译，刘琛、张建忠校译，北京：北京大学出版社，2003年，第270页。

马克斯·韦伯（Max Weber）提出从财富、威望和权力这三个维度来进行分层研究，即从阶级、地位和政治团体（政党）这三个互相独立又相互重叠，联系密切的三个因素出发，它们在社会中形成了多种可能的社会位置，而不是一种两级、刻板的模式。①

不管这些理论出发点如何，最终都表明各种分层机制绝非是偶然和暂时的，而是具有相当的持久性与稳定性，有一定的模式，并有一定的法律、宗教或社会习俗等强制性的社会规范作为保障，也有强大的权威力量作为其合法性与合理性的支撑。因此，不同阶层的人群具有各自共享的群体特征，并形成群体间的差异。但与此同时，不同阶层之间并非总是泾渭分明，也存在着相互流通的可能性，个人在整个社会分层结构和地理空间结构中的位置也是处于变动不居之中，即有"社会流动"发生。

2. 社会流动

社会流动（social mobility）指社会成员（个体或群体）"在不同的社会经济地位之间的运动"②。它既包括个体或群体在社会分层结构中的位置变化，也包括地理空间结构中的位置变化，社会学中往往强调前者，但对于移民群体来说，后者同样重要，对他们来说有些时候地理空间结构与社会分层结构是互为参照地结合在一起的。

美国社会学家索罗金（Pitirim A. Sorokin）在1927年出版的《社会流动》（*Social Mobility*）一书中，根据流动方向的差异，把社会流动分为"垂直流动"（vertical mobility）和"水平流动"（horizontal mobility）。"水平流动"是指社会成员在同一社会或职业阶层内的横

① 较有代表性的研究学者还有帕累托（V. Pareto）、帕森斯（T. Parsons）、赖特·米尔斯（Wright Mills）、戴维斯（K. Davis）、莫尔（W. E. Moore）、彼得·布劳（P. Blau）和格尔哈特·伦斯基（Gerhard E. Lenski）等，但其中不少理论是针对现代西方社会而提出来的，在此不作展开。

② [英]安东尼·吉登斯：《社会学》（第4版），赵旭东、齐心、王兵、马戎、阎书昌等译，刘琛、张建忠校译，北京：北京大学出版社，2003年，第287页。

向流动，它多半是地区间的流动，也包含在同一地区的不同工作群体或组织之间的流动，但其在社会分层结构中的位置基本没有发生变化。“垂直流动”则不同，流动发生后，社会成员在社会分层结构中的位置发生了高低变化。若地位由低而高，则称为“向上流动”（upwardly mobility），反之则称为“向下流动”（downwardly mobility）。很多时候，垂直流动和水平流动是交叉在一起的。

在现代社会，社会地位的衡量标准主要体现在社会经济地位上；而在传统社会，尤其是阶级社会中，社会地位的衡量标准则更多体现在宗教、王权等建立在威望的神圣权力之上。因此，在现代社会中垂直流动的状况较容易发生，各社会阶层不断变化，各社会成员的社会地位大多可以依靠后天的努力获得。这样的社会能够体现更多的开放性，但完全的开放社会也是不存在的。而在传统阶级社会中，分层体系较为封闭，各种社会流动（主要是垂直流动，但也包括一些水平流动）都受到王权和宗教等神圣权威的严格限制和控制，社会成员的社会地位大多来自先天继承，社会分层的界限跨越难度很大。这样的社会更多地体现出封闭性，但也不会出现完全的极端封闭社会，诸如王朝更迭、通婚、中国古代的科举制度等，都是实现垂直流动的途径。但就总体而言，封闭社会的分层结构趋于稳定，更多依赖于社会成员先赋性的身份地位，即便有社会流动也是局部和小范围的，不会动摇分层的基础，除非发生剧烈的社会变迁，整个社会封闭或半封闭状态被打破。

除此之外，根据选择标准和着眼点的不同，社会流动又可分为其他不同类型。若从流动的代际关系上看，社会流动可分为“代际流动”与“代内流动”，前者指父母与子女及后代之间社会地位的变化，后者指个人一生中社会地位的升降；若从流动与社会变迁的关系上看，社会流动可分为“结构性流动”与“非结构性流动”（自由流动），前者指由生产技术或社会体制方面的变革而引起的规模较大的社会流动，而后者与社会结构无关，是由个人机遇、勤奋等特殊原因导致的社会流动；从流动中个人与群体关系来看，社会流动又可分为“个人流动”与“群体流动”，社会流动首先表现在个人社会地位的升降或移动，各有差异，但是如果每个个体能够表现出群体性的流动趋向，将有助于我们分析一个社会的封闭或开放的程度，以及由此引发的社会变迁等。这些分类原则只是从观察与分析的角度出发分类，实际上它们相互间是交叉融合在一起的问题，并都以垂直流动和水平流动的分析为基础。

第二节　萨迪纳制与华人的社会流动

一、泰国的萨迪纳制度

1. “萨迪纳”制度

引入社会分层和社会流动的概念有助于我们观察华人社会内部的地位差异，以及与泰国社会的融合状况，特别是华人的社会流动（主要体现在向上的垂直流动上，包括代际流动和代内流动）将泰国的华人社会与泰国的“大传统”文化连接起来，为包括《三国演义》等在内的中国文化事象在泰国社会的文化语境下实现“向上流动”创造了条件。古代泰国的社会分层体系封闭而稳定，泰人的垂直流动难度很大。相比之下，华人在泰国社会的向上流动要自由得多。从根源上来讲，这种现象主要得益于泰国古代长期实行的萨迪纳制度。

萨迪纳制度是泰国古代的一种土地分配制度。“萨迪纳”（sakdina）按字面意思可解释为“管辖土地的权力”[①]，更具体一些，是指“管辖作为当时以农耕为谋生手段的人民的重要生产资料的土地的权力”[②]。古代泰国是个传统的农业国家，土地是农业生产中最重要的生产资料，控制了土地就掌握了国家的经济命脉。因此，历任统治者都十分重视对土地所有权的控制。泰国的封建制度自始至终是建立在一种土地国有制

① [泰]集・普密萨：《泰国萨迪纳制的面貌》（泰文），暖武里：智慧之光出版社，2007年，第35页。

② 同上。

或王有制基础之上的，在这种情况下，土地的真正所有者是作为“政治共同体”首脑的封建君主，其余的人只有土地的占有权和使用权，而无私有权。

据史料记载，兰那泰和素可泰王朝建立初期广泛采用“食邑”（kin muang）制，即以土地王有为前提，国王自己直接占有一部分土地，其余的土地则以分封的形式赐给为国王服务的大小领主。[①]到了阿瑜陀耶时期，这种“食邑”制依然被沿用下来，并被纳入宫廷法中，成为表示王子等级的重要标志之一。[②]但由于当时社会结构和经济形式简单，这种土地分封制度并不具体。随着社会的发展，人口越来越多，旧式分封制度的弊端不断显现，已无法适应越来越复杂的社会和经济形式。各地分封的城主克扣赋税，拥兵自重，已经威胁到国王的权力。因此到了阿瑜陀耶王朝中期，戴莱洛迦纳王（Boromma Trailokanat，1448—1488年在位）开始推行一系列政治和经济改革，核心举措之一是出台一种更为具体和完善的土地分封制度——萨迪纳制。

1455年，戴莱洛迦纳王宣布将全国土地重新收归国有，并颁布《属城文官及武官职位土地法》（Phra Aiyakan Tamnaeng Na Thahan Lae Phonlaruan Huamuang），对全国土地进行大规模的重新分封，按照身份地位和级别授予相应数量的土地。除了国王本人外，上至王公贵族，下至庶民奴隶，甚至包括僧侣都“分配”了土地。尽管所有国民都获得了封地，但是他们并没有土地的所有权，只有支配权。正所谓“普天之下，莫非王土”，全国所有的土地的所有权仍然把持在国王的手里。

---

① 详情参见 A. B. Griswold and Praset na Nagara, “On Kingship and Society at Sukhodaya”, *Change and Persistence in Thai Society*, G. William Skinner and A. Thomas Kirson, ed., Cornell University Press, 1975.

② 1450年制定的《宫廷法》中第3条规定，国王所生王子分为五等：母系王后者为储君，住京畿；母系贵妃者为副王；母系公主者为一级王子，食头等采邑，称为“食头等城邑王子”；母系嫡系王之侄女者为二级王子，食二等采邑，称“食二等城邑王子”；母系妃子者为小王子，无食邑。见谢远章：《泰—傣古文化的华夏影响及其意义》，《东南亚》，1989年第1期。

因此，更确切点说，萨迪纳制是“可能或最多可领有的土地面积的制度”。萨迪纳制一直实行了400多年，直到19世纪末曼谷王朝五世王朱拉隆功改革时才正式废止。

2. 萨迪纳制与泰国封建社会的社会分层

萨迪纳制不仅仅是一种土地授予和管理制度，它更从法律层面上确认了既有的社会等级秩序，以授田多寡来区分阶层、权力地位，进一步明确并巩固了既有的社会分层结构。在封建社会中，最重要的分层体系就是阶级。在阿瑜陀耶时期，泰国全国人口除了僧侣以外被划分五个等级阶层，分别是：国王（phramahakasat）、王族（chaonai）、官僚（khunnang）、庶民（phrai）和奴隶（that）。其中，国王、王公贵族和各级官僚居于社会的上层统治阶层；而庶民和奴隶则处于下层被统治阶层。[①]

在统治阶层中，国王的地位高高在上，在权力的金字塔塔尖上。往下是贵族（phudi），他们受封于国王，向国王承担一定的政治的、军事的和经济的义务，由两部分人组成，一部分是王族，另一部分是官僚。官僚的爵位和权力都是依血缘关系世袭的，但是权力的大小与其在官僚体系中的位置、治下依附民数量的多寡以及与国王关系的远近亲疏挂钩。各级官僚在国家机器中出任大小职务，向国王效忠，辅佐国王统治，拥有一定的权力、荣誉和特权。官僚的任职可以是终身的，但是不可世袭，其子孙需要另外向国王请求受封，但在实际操作中大多数官职仍掌握在原有的官僚家族中。官僚又分为上层官僚和下层官僚。上层官僚官居要职，需由国王直接任命。上层官僚有诸多特权，如可以上朝觐见国王、子孙可以免于成为庶民等。下层官僚由上层官僚直接任命，但需要上报国王知晓，下层官僚隶属于上层官僚，直接为其管理治下的庶民。

---

① [泰]泰国文明研究小组编：《泰国文明》（泰文），曼谷：朱拉隆功大学文学院教材计划，2003年，第28-31页。

在被统治阶层中，庶民具有一定的人身自由，但是必须遵守严格的户籍制度，依附于特定的封建领主，并为其服兵役和徭役。如果以隶属关系、劳动时间和产品分配情况粗略划分，庶民可大致分成3类，按照泰语读音分别称为“派銮”（phrai luang）、“派松”（phrai som）和“派税”（phrai suai）。派銮指为国王无偿服役的庶民，主要建造大型的土木工程，如修建城墙、开挖河道、建造寺庙等，如有战争则被编入军队服兵役，每年服役时间也视具体情况而有变化，国王一般会将这些皇家庶民交给专门的官吏统一管理。派松为贵族和大小官僚个人服役，一般是国王按照萨迪纳制分封给他们的，在战时也同样要服兵役。派税人数较少，是指用缴纳特殊的捐税，通常是用来和外国经商用的商品如锡矿、鹿皮、辣椒、槟榔等来代替徭役的庶民，主要从事手工业、矿业或林业，大多生活在离京畿较远的边区或山林地区。与庶民相比，奴隶完全没有人身自由和任何权利，而且被作为私人财产任意买卖，法律规定奴隶主人有权任意关押和鞭打奴隶，除了不能杀死奴隶外，可以支配奴隶做任何事情。此外，僧侣作为特殊的阶层独立于世俗社会阶层之外，但是他们也不事劳动，同时享有大量的封地，国王会敬献一些庶民和奴隶到寺院去服寺役，这些人被称为僧奴（kha phra）或寺役（lek wat）。

<table>
<tr><td rowspan="3">统治阶层</td><td>国王</td><td></td></tr>
<tr><td rowspan="2">封建主阶层</td><td>王族</td></tr>
<tr><td>官僚</td></tr>
<tr><td rowspan="4">被统治阶层</td><td rowspan="3">庶民</td><td>派銮</td></tr>
<tr><td>派松</td></tr>
<tr><td>派税</td></tr>
<tr><td>奴隶</td><td></td></tr>
</table>

图表 4-1　泰国古代社会阶级分层

在萨迪纳制下，获得授田的数量成为衡量个人社会分层最直观的指标，由此可以很清楚地看到泰国封建社会各等级间存在的巨大差异。（参见下表）

阶层	授田等级	授田数量
王族	副王	100,000 莱[1]
	亲王	20,000 莱
	王子	20,000 莱
	公主	15,000 莱
	庶出王子	4,000 – 7,000 莱
官僚	昭帕耶却克里（内务大臣）	10,000 莱
	昭帕耶玛哈塞纳（军务大臣）	10,000 莱
	兵役厅厅长	5,000 莱
	下级官吏	50 – 400 莱
僧侣	精通佛法的教授师[2]	2,400 莱（等同级别）
	精通佛法的比丘	600 莱（等同级别）
被统治阶层	庶民	10 – 25 莱
	奴隶	5 莱

图表 4-2 萨迪纳制主要阶层授田情况简表

这只是个简表，实际每一阶层具体授田级别划分要细致得多。王族虽然人数较少，但是占有全国大量土地，他们的授田最多可达100,000莱，最少的也有500莱。授田级别400莱成为区分上层官僚和下层官僚的重要标志之一。贵族官僚中最多可以获得10,000莱授田，他们位于官僚机构的顶层，最低都具有帕耶[3]以上爵位，因此又被人称作“万莱帕耶”（phraya mun rai）。隶属于其下的官吏则按照官爵级别拥有从

① “莱”是泰国的面积单位，1 莱约合 2.4 亩。

② 教授师（phra khru）是第三等级僧衔，低于僧长（phrarachakhana）和大僧长（somdet phrarachakhana）。

③ 泰国爵衔分为昭帕耶（chaophraya）、帕耶（phraya）、帕（phra）、銮（luang）、昆（khun），相当于公爵、侯爵、伯爵、子爵和男爵；下面还有门（mun）、攀（phan）和塔乃（thanai），相当于万户侯、千户、显贵人家的总管。后来蒙固王时期又在昭帕耶之前增加颂德昭帕耶（somdetchaopraya），地位更高于昭帕耶一级。

5,000莱至50莱不等的授田，连这些官僚的妻子也可以获得丈夫一半数量的授田。[①]

萨迪纳制的一大特点是包括庶民、奴隶在内所有臣民都有授田，而25莱级别则是统治阶层与被统治阶层的分野。庶民中间也分成很多层次，只有最高等级的“工头庶民”（派活安）[②]才能获得25莱。由“派活安”级别往下还有“派米阔”（20莱）、“派拉”（15莱）、“派流”（10莱）[③]，至于赤贫者（yachok）、乞丐（waniphok）和奴隶及其子女一样都是5莱。尽管名义上他们都获得了授田，但是他们并没有某块土地的所有权，只有所获授田面积大小土地的使用权。大封建主会从自己的封地中划出几莱土地作为庶民的使用面积土地，如果庶民接受该地就意味着他要依附于这个封建领主，要为其服役，为其耕种，并向其交纳赋税。封建领主会为自己辖地里的依附民黥腕[④]，注册在案，这些人就只能终生为该领主服役。庶民们为领主服务也很辛苦，几乎没有时间打理自己的土地，对于处于底层的庶民来说，这几莱土地的收成只是杯水车薪，根本无法维持个人的正常生活。庶民想要买更多的地却没有足够的钱；即使有了钱，又有规定京畿以外禁止交易土地；等到法律

---

① [泰]集·普密萨：《泰国萨迪纳制的面貌》（泰文），暖武里：智慧之光出版社，2007年，第131-138页；[泰]泰国文明研究小组编：《泰国文明》（泰文），曼谷：朱拉隆功大学文学院教材计划，2003年，第28-31页；邹启宇：《泰国的封建社会与萨迪纳制度》，《世界历史》，1982年第6期。

② “工头庶民”（派活安）指在徭役中出任工头的庶民，是庶民中地位较高者，如果他们能被提拔到“十户”以上的监管还可以获得5莱的奖励，授田可达到30莱。但这些人人数很少，而且严格来讲已经算是国家公务人员，不再是普通的庶民了。

③ “派米阔”（phrai Mikhrua）即指带着他控制的家庭迁来此处寻求庇护的异乡庶民。“派拉”（phrai rap）即指最普通的庶民，包括所有从事一般工作的国家臣民。“派流”（phrai leo）即下级庶民，指最底层的庶民，是别人的佣人，地位仅比没有人身自由的奴隶强。

④ 黥腕是指在手腕（也有在腹部或腿上）处用黑墨汁纹上记号，通常是个人登记的数字，便于注册管理。萨迪纳制下的泰人以及依附于泰国领主的其他少数族群的人都要黥腕以示其是依附于该领主的庶民，接受领主的管理，为其服役。逃跑是无用的，因为用来黥腕的墨水极难洗掉。

放宽土地交易地区，又严格限制他们的土地使用面积不得超过规定可以拥有的数量。总之，庶民们单单依靠几莱授田土地是无法养家糊口的，于是不得不向封建领主借贷，一旦无力还债，封建主便可以“依法”收回土地，而这些断了后路的庶民唯一的出路便只有卖身为奴，完全成为封建主无偿的劳力。而与庶民们相比，作为奴隶更是完全没有人身自由，除非有钱赎身出来，才能够去耕种自己的分地，否则分地对他们来说没有任何意义。[①]因此，这种萨迪纳制度越完善，社会分层就越稳定，被统治阶层的双脚就越被牢牢地钉死在他们依附的土地上，寸步难移。尽管这些庶民以“thai”（意为自由）自称，但在萨迪纳制下，他们基本不可能成为一个理想中真正的“自由民”。这样的社会分层一直延续到19世纪中后期才随着萨迪纳制度的最终瓦解而彻底改变。

二、萨迪纳制与华人社会流动的影响

泰国实行萨迪纳制的这400多年时间，恰好是华人开始大量移民泰国并在泰国扎根下来的时期。这不仅仅是时间上的巧合，萨迪纳制不但对泰国的社会政治、历史文化的发展带来了深远的影响，而且对华人移民、华人社区的形成与发展、华人融入泰国社会特别是上层社会等方面也产生了巨大的影响。

在萨迪纳制下，国王对于国家治下臣民的控制不可谓不严密，但是有两个群体是游离于萨迪纳制之外的。一个是僧侣，虽然僧侣们也依据僧衔和品级的高低获得相应数目的土地，但是并不属于授田，而是国王敬献给寺院的土地，属于寺院私产。寺院拥有王室奉献的奴隶，负责寺院土地的耕作和照顾僧侣起居，僧侣们不必承担对国王的劳役，寺院的领地也是相对独立的。另一个群体便是外籍移民，其中最主要的是华

---

① ［泰］集·普密萨：《泰国萨迪纳制的面貌》（泰文），暖武里：智慧之光出版社，2007年，第164-166页。

人移民。[①]这些华人移民没有被纳入萨迪纳制体系中，他们与贵族阶层是非正式的依附关系（informal clientship），拥有人身自由，可以到各地经营自己的生意。他们没有国王的授田，不用为国王和封建领主服徭役，也不需要缴纳贡赋，每年只需要向朝廷缴纳人头税和其他贸易相关的税款即可。受益于萨迪纳制的间接影响，华人群体成为泰国社会一个数目庞大而又相对独立的群体；同时，萨迪纳制对华人移民在泰国上层社会的社会流动也起到了推波助澜的作用。

首先，从水平流动上看，萨迪纳制的推行使得泰国社会出现了一些结构性的缺失，即自由民和商人阶层的缺失，一些社会需要得不到满足，而华人移民的大量到来则正好填补了这些空白，保证了泰国社会的稳定，同时进一步巩固萨迪纳制；反过来，这些需求为华人移民在异乡安身立命提供了绝好的机会，能够过上比在故土更好的生活，从而吸引更多的华人移民到泰国来。

古代泰国地广人稀，人力是一个稀缺的农业资源。因此，对土地和劳力的争夺是泰国传统农业社会经济竞争的核心。正如前文所讲，数量众多的庶民名义上是自由民，拥有国王分封的授田，但最终大部分都不得不依附于某个封建领主，成为其依附民或者干脆沦为其奴隶，被束缚于该领主的土地上：不得随意迁徙；不能拒绝或逃避黥腕登记和管理；需要按时按量服劳役和兵役，缴纳贡赋租税；未经领主许可，不得为他人做工。他们是这些贵族封建主财富的来源，或者他们本身就是封建主的财富。这样一来，表面上是土地分配制度的萨迪纳制，最终变成人力资源的分配制度，因为拥有更多的授田意味着可以接收更多的依附民，可以通过计算一个封建主拥有依附民的数量来衡量其富庶程度，同时也是其权力与威望的象征。到了曼谷王朝初期，萨迪纳制与受封土地

① 外籍移民中也包括如葡萄牙、日本等国家在内的移民，但是移民人数最多、时间最长、对泰国社会影响最大的还是华人移民群体。

的关系也被淡化，而是指“受封者可以领有多少家奴”[①]。因此，为了争夺更多的人力资源，封建主又成为家奴们的“庇护者”。“庇护制”（patron-client relations）也是泰国社会结构中的重要组成部分。在“乃—派”（主—奴）式“正式庇护制”（formal structure）之外，还存在着“非正式庇护关系”，常见情况便是依附民对其领主不满，便投奔另一位地位更高的主人，以寻求庇护[②]；有时还会出现地方封建主暗中支持不堪重负的派銮投奔他们，成为其派松甚至私有奴隶，以至于政府不得不减轻派銮的徭役，以加强国家对派銮的控制，增加国家收入，打击地方封建势力。[③]尽管封建主有权任意打骂、处罚和交易奴隶，但为了争夺匮乏的人力资源，不少封建主会给自己的奴隶较好的待遇，甚至可能超过其他一些地区的庶民，从而吸引其他庶民资源卖身为奴来投奔他。[④]但不管是派銮变成派松也好，还是庶民变成奴隶也罢，本质上都是被统治阶层的水平流动，他们缺乏真正的人身自由。不管他们投靠哪个封建主，都不能任意活动，不过相当于从一只手换到另一只手上。不论中央还是地方的封建主，都有严格登记监察制度，不但有黥腕刺字做记号，还有专员严密监管，若登记名册有任何变动，须有部中三位最重要的官员在场见证，并加盖三人的私章才能生效。以至于1821年英国使臣约翰·克劳福德（John Crawfurd）访问暹罗的时候抱怨说，在曼谷

① 任一雄:《东亚模式中的威权政治: 泰国个案研究》, 北京: 北京大学出版社, 2002 年, 第 33 页。

② 同上书，第 35 页。

③ 邹启宇：《泰国的封建社会与萨迪纳制度》，载《世界历史》，1982 年第 6 期，第 39-40 页。

④ 法国传教士巴勒格瓦访问暹罗后说：“泰人对他们的奴隶很讲人道，不让他们过于劳累；这些人所受到的待遇要比法国仆人好得多。”1855 年到访暹罗的英国使臣鲍林也说暹罗奴隶的待遇远比英国的仆人为胜。见何肇发：《泰国曼谷王朝初期的社会结构——关于人力的控制和使用》，《世界历史》，1979 年第 4 期，以及郭净：《土地控制与人力控制——试论古代泰国“萨迪纳制”的功能》，《云南社会科学》，1992 年第 6 期。

找不到一个自由劳动者，因为每一个劳动者都被一定的主人占有了。[①]由此可见，由萨迪纳制导致的一个重要后果就是，在泰国古代社会缺乏真正的“自由民”，而华人移民则成为泰国社会自由民最重要的来源。

在传统的自给自足的小农经济模式下，自由民缺失的弊端还隐而不见，封建主只需要收取依附民税役贡赋就可以获得收益，几乎不需要付出任何劳动和成本。但是一旦进入商业时代，各种问题就浮出水面。而阿瑜陀耶王朝兴起时间较晚，在萨迪纳制刚刚成功推行不久就被卷入贸易时代。1518年，葡萄牙与暹罗签订了《葡暹条约》，规定暹罗允许葡萄牙人到暹罗居住，并为他们的商业活动提供方便。葡萄牙人大量涌入之后，西班牙人、荷兰人、英国人、法国人、日本人，当然也包括中国人也纷纷进入泰国经商，由于泰国得天独厚的地理位置，很快到16世纪末，阿瑜陀耶城就发展成为东南亚地区最重要的商贸港口之一，来自东西方各国的商贸船队皆汇集于此。泰国的贵族阶层最初是不直接参与商务活动的，由于缺少自由民，泰国的国内和国外贸易都难以进行，这时候大量“住蕃”和“流寓”的华人填补了这些空缺。他们吃苦耐劳，勤奋肯干，使得各种商贸活动得以顺利进行，泰国的市场呈现出一派繁荣的景象。虽然有一些奴隶和依附民不堪忍受封建主的压榨和繁重劳役而逃走，但他们的自由是相对的，只能躲在深山丛林，不能露面。因此，这些人也无法参与到泰国的商贸活动中来，只能由数量众多且善于经商、处事灵活的华人们来担当。很多暹罗的商船都启用大量中国水手，不少贵族也委托中国商人进行对外贸易，因此中国商人借机垄断了许多商品的贸易。这还一度引起荷兰人的不满，1644年荷兰和泰国签订条约，要求暹罗商船不得雇用中国水手，一经发现便没收船只货物。[②]华人们在泰国取得成功，又反过来吸引更多华人前来淘金，最终移民定

① 何肇发：《泰国曼谷王朝初期的社会结构——关于人力的控制和使用》，载《世界历史》，1979年第4期。

② G. William Skinner, *Chinese Society in Thailand: An Analytical History*, Ithaca, New York: Cornell University Press, 1957, p.10.

居在泰国。从早期以贫民和难民为主，被迫背井离乡来泰国另谋出路不同，后期的华人移民是有组织、有目的地来到泰国的，他们都怀着复制同乡和前辈商业成功的梦想。华人移民泰国从一种无奈的选择最终转变成一种必然的结果，他们不仅充当泰国社会急缺的自由民，更为泰国带来了萨迪纳制无法培养的"商人阶层"这一中间阶层。从这一点来说，华人的这种水平流动也是一种结构性移动。

其次，从垂直流动上看，萨迪纳制下的泰国社会几乎是封闭的，垂直流动特别是向上流动的机会很少。尽管一些庶民因受到贵族赏识而被提拔为400莱以下的下级官吏，或者因战功而晋升，但毕竟是个别现象和特殊情况。在既有社会分层之中，处于优势地位的阶层会利用权力[①]和优势严格限制来自下层的流动，这种分层会随着时间的积累变得愈发的刚性，在内部环境（如革命、战争或商业、工业、技术的迅速变更等情况）不变的情况下，对分层秩序的冲击只有来自外部的因素。华人移民群体是独立于泰国社会分层外的阶层，他们与泰国社会之间是一种既游离又交融的关系。他们既要保持自身的独特性而聚居形成庞大的华人社会，又为了在泰国社会立足而变通进入既有的社会分层中。而泰国对待华人的态度也有些暧昧不清，一方面在心理上华人被视为是群内人群，不被视为"外人"，可以和泰人通婚；另一方面在体制上又被划归群外人群，被排除在萨迪纳制之外。这使得华人在泰国社会活动起来畅行无阻，游刃有余。与其他移民群体相比，华人可以通过多种途径与泰人交流，而不是通过签订条约的方式，这一点与西方人相区别；另外，华人又可以不受约束地在泰国各地从事经商活动，这又区别于孟族、高棉、越南、老挝等周边国家和地区的人群[②]。

泰国社会为华人移民创造了移动的可能性，双方互惠互利、彼此

① 需要指出，这种权力不仅仅指政治权力这种"硬性"的权力，还包括教育、文化、价值观以及文学艺术等"软性"的权力，这对于经典文本的养成和示范有重要意义。

② 这些人群一直被古代统治者视为重要的劳动力来源，都被强制划归在萨迪纳制控制之下，需要文身登记接受管理。

需要，可以实现互补和双赢。华人也抓住机遇，充分利用体制给予的机会，创造了大量的垂直流动，特别是向上流动，促进了泰国社会的不断开放和活力。

三、华人向上流动的主要方式

华人通过社会流动进到泰国的上层阶层中去，涉及“地位准入”（recruitment）原则，泰国人传统的准入原则主要有血统准入、庇护制准入、战功准入等。血统准入很显然是针对有世袭关系的王公贵族；庇护制与战功准入机制则针对普通庶民。[①]对华人而言，在这些原则之外还有“财富准入”，它不仅包括华人以财富资本交换政治资本，还包括泰国政府以追求资本为目的而吸纳华人，最主要的方式有“仕宦加爵”和“通婚结亲”两种。

1. 仕宦加爵

早在17世纪，已有不少华人在泰国仕官。陈伦炯所撰的《海国闻见录》即说：“（暹罗）尊敬中国，用汉人为官，属理国政。”[②]魏源《海国图志》也说：“华人驻此，娶番女，唐人之数多于土番，惟潮州人为官属，封爵，理国政，掌财赋。”[③]一些西方人如巴鲁（Francois Pallu）、福宾（Chevalier de Forbin）、戴・楚西（Abbé de Choisy）等人的暹罗行记中都提到暹罗里面的华人官员，特别是坎弗（Engelbert Kaempfer）在1690—1692年访问阿瑜陀耶城时发现，当时的司法大臣和王国七大臣之一的帕耶庸玛叻（Phraya Yommarat）是一位“极富学养

① 还有一些人通过宗教，如佛教的精进而获得较高的威望和地位，但这种情况较特殊，本书更多讨论的是世俗的情况。

② （清）陈伦炯：《海国闻见录》，见（清）梁廷楠：《海国四说》粤道贡国说，卷一，暹罗国一，北京：中华书局，1993年，第174页。

③ （清）魏源《海国图志》暹罗条。

的中国人”[1]。据推测，这些泰国朝廷中的华人官员很可能是因满清入关而逃至泰国的前明士大夫们。[2]但这些人人数较少，且对泰国文化并未有实质影响。

在自由贸易之前，泰国的对外贸易主要垄断在王室及上层贵族的手中，大量对外贸易都是依赖华人来经营的。在与中国进行的朝贡贸易中，泰国王室大量雇用中国的海员和海船，甚至还挑选华人进入贡使团，除了担任通事（翻译）外，还有人被任命为副贡使甚至正贡使。如洪武六年（1373）的副贡使陈学成、洪武十四年（1382）的贡使陈子仁、永乐三年（1405）和八年（1410）的正贡使曾寿贤、宣德二年（1427）的正贡使黄子顺、成化十三年（1477）的贡使谢文彬等。除了与中国进行的贸易之外，华人还充当暹罗出使其他国家的使臣，如洪武二十六年（1393），张思道、陈彦祥担任暹罗出使朝鲜的使臣，其中后者还于永乐四年（1406）担任暹罗出使爪哇的使臣。17世纪30—40年代在荷兰东印度公司暹罗商馆工作的范维里特（Van Vilet）记录当时的情况：“在暹罗有许多华人居留，他们不管在什么地方都享有自由交易的权力，并为国王所敬重；有不少人被任为崇高地位或官职；亦有不少华人被认为最有能之代理商，商贾及船户。”[3]

当泰国本土港口贸易兴盛以后，朝贡贸易次数就减少了，但政府依然重用中国商人，他们不断被吸纳进国家垄断的贸易系统中，如代办商、海员、会计等。约1466 年编纂的《三印法典》中的《文官名册》记载，当时阿瑜陀耶的大小帆船船主、国王和贵族海外贸易的代理商、会计、仓库管理人、帆船上的水手、负责抛锚、抛测锤、甚至船上的杂

---

① G. William Skinner, *Chinese Society in Thailand: An Analytical History*, Ithaca, New York: Cornell University Press, 1957, pp.14-15.

② Ibid.

③ L.F.VAN RAVENSWAAY. Translation of Jeremias van Vilet’s Description of the Kingdom of Siam, in *Journal of the Siam Society*,Vol VII, Bangkok: 1910, p.51，转引自黄素芳:《明代东南沿海闽粤人移民泰国的历史考察》，《八桂侨刊》，2010 年第 4 期，第 24 页。

工头、打扫帆船、尾帮和买菜的都是华人。[①] 1629年巴萨通王宣布王室垄断贸易，华人就成为暹罗王室最不可缺少的代理人、贸易商和商业助手，因为他们不受萨迪纳制束缚，可以自由往来迁移各地，同时在经商、航海造船上技术先进，他们在明初时便形成了海外华商的商业网络。对华人来说，为王室贸易服务不但可以挟带私货牟利，又可获得一些特权，从而更好地在泰国立足，因此对华人极具吸引力。

此外，华人在泰国境内的私人贸易也不受排斥。在阿瑜陀耶后期，华人社区内就已经是店铺林立，各式商品一应俱全，初具商业社区雏形。根据当时一位泰人昆銮沙瓦的描述，当时阿瑜陀耶城的居民中有五分之一强是华人，主要聚居在六个地区，在那里有各种各样的商店、蔬果市场、南北货商行、食品业、小型加工场等工商业活动。[②]一些华人利用城乡的价格差，挑担运货走村串巷，或在农村经营杂货铺子，成为联系城市和乡村的商品交换媒介。如此一来，泰国的商业命脉几乎完全控制在华人的手中。由于暹罗王室对华人更加信赖，加上华人吃苦耐劳的品质以及背后有强大的华人商贸网络，其他国家和地区的商人，如葡萄牙人、日本人、摩尔人、英国人、法国人和荷兰人，逐渐在与华人商人的竞争中落于下风，最终都淡出了泰国。泰国贵族官僚“不论在暹罗还是海外的商业事务都交给中国人来管理”[③]，他们只需要利用手中权力收取税金即可坐享其成。这样的结果是，原本握有泰国商贸垄断权力的泰国贵族没有形成商业阶层，泰国商业阶层几乎完全被华人占据。这些华人商人迅速积累大量的财富，到19世纪上半叶，暹罗的商人阶层大

① [泰]通同·占塔郎素，匿·顺通：《拉玛五世皇时期（1868 — 1910）有关中国侨民的政策和法律》，陈建敏译，《泰中学刊》，2002年，第74页。

② 旺威帕·武律令达纳攀，素攀·占塔瓦匿（合作者），《吞武里王朝和曼谷王朝初期泰国社会中的潮州人》，载[泰]朱拉隆功大学亚洲研究所编，《泰国潮州人及其故乡潮汕，第一阶段2310（1767）-2393（1850）》，页61-62，转引自李道辑：《泰国华人国家认同问题，1910-1945》，台湾政治大学历史研究所博士论文，1999年，第26-27页。

③ G. William Skinner, *Chinese Society in Thailand: An Analytical History*, Ithaca, New York: Cornell University Press, 1957, p.11.

约85%是由华人构成的。[①]

华人不仅仅有经商的天赋和吃苦耐劳的精神，而且也有灵活的处事原则，善于同上层阶层打交道，向他们馈赠价值不菲的礼品以获取更多的利益。他们会利用手中的财富接近、依附于泰国的贵族们，借用这些贵族的权力为自己谋利，如投标重要商品的专卖权、成为“包税官”的资格等等。由此，在泰国华商身上出现了“马太效应”，即华人占有资源，又依靠既有资源进一步获取利益，结果越来越富有，而普通泰国人则越来越穷。泰国贵族们也为了拉拢华商依附自己，纷纷为他们提供官职；王室为华人加官晋爵则是希望更好地归化华人，让他们的财富能更好地造福于王国的经济和社会发展。那些在对外贸易商船上供职的华人，虽然不在萨迪纳制下，但也依据在船上的职位高低，分别被划入不同的萨迪纳的等级，如船长为400莱授田级别，领航员和商务员为200莱授田级别，舵手则为80莱授田级别等等。[②]如前文所述，400莱授田级别已是下层官僚中的最高等级了，而下层官僚最低授田级别为50莱。也就是说，这些华人船员都已获得下层官僚的萨迪纳等级，进入贵族阶层和统治阶层，他们被视为被纳入到了暹罗社会体制之中，享有所属等级的所有权利。华人获封官爵也并非罕事，据泰国史籍记载，早在1578年就有华人受封为“披耶”（二等爵位）[③]爵位。从阿瑜陀耶时期开始，不少华人被任命为管理码头和帆船贸易的官员，泰萨王（Thai Sa，1708—1732年在位）曾任命一位华人为王库的昭帕耶，掌管暹罗外贸大权，昭帕耶已是当时最高的爵位了。在阿瑜陀耶王朝末期有四大非泰裔

① 王小燕：《华人移居泰国的原因及其经济活动》，邹启宇编：《南洋问珠录》，昆明：云南人民出版社，1986年，第110页。

② ［澳］J.W. 库什曼：《暹罗的国家贸易与华人掮客，1767-1855》，中外关系史学会编：《中外关系史译丛》（第3辑），上海：上海译文出版社，1986年，第181页。

③ 披耶为帕耶的旧译，据銮巴塞本《故都纪年》（王文达译自泰国《史料汇编》第一卷）记载：“940年（虎年、佛历2121年、公元1578年），拉越王派兵攻碧武里城，未克返回。当时华人披耶金占都自拉越城逃来（阿瑜陀耶）避难。后又逃回（拉越）城。”，见邹启宇编：《南洋问珠录》，昆明：云南人民出版社，1986年，第165页。

家族，其中一支华裔家族先后出了三位昭帕耶，并且都是以管理财政和对外贸易入仕。[①]

在泰国华人中论地位和成就，最高的就要数吞武里王朝的国王达信王（Taksin，1767—1782在位）。达信中文名为郑信，华人称其为郑昭，意为郑王。[②]他是泰国人心目中历史上最伟大的七位“大帝”（maharat）[③]之一。达信是第二代华人，他的父亲郑达是广东汕头澄海人，于清雍正初年来到泰国，更名郑镛，并娶暹罗女子洛央为妻，于1734年4月17日生下郑信。郑信后成为达城城主，并带领泰国人民抗缅复国而登基称王。可以说，达信王是华人中的“垂直流动”和“代际流动”最成功的代表。

2. 通婚结亲

曼谷王朝二世王曾给安帕王妃写过一首著名的迦普情诗，诗云：“栀子花般的美人啊，你有财富，我有权力，任宫中人人妒忌，我心中却只有你！……”[④]安帕王妃的父亲是林姓的福建华人，在泰国做税务官，获封爵号帕耶英塔拉阿功，安帕是他在中国的妻子所生，8岁时被带到泰国，随后入宫，及长被二世王纳为王妃，后来泰国两位总理社

① ［泰］尼提·尤希翁：《羽毛笔与船帆》（泰文），曼谷：阿玛林出版社，1995年，第122-123页。

② 达信王王号全称颂德帕昭达信玛哈叻（Somdet Phra Chao Taksin Maharat），中文名郑信，由于他曾做过达城的城主，因此被称作“达信”或“帕昭达信”，获得帕耶爵衔后又被称作“帕耶达”，成为吞武里王朝国王后获尊称“帕昭恭吞武里”（Somdet Phra Chao Krung Thonburi，意即至尊吞武里圣王），《清实录》译音为“披雅新”，史称“达信大帝”或“吞武里大帝”。

③ 这七位大帝分别是素可泰王朝的兰甘亨，阿瑜陀耶王朝的纳黎萱、帕纳莱，吞武里王朝的达信，曼谷王朝的一世王普陀耀发朱拉洛、五世王朱拉隆功和九世王普密蓬·阿杜德。也有五位大帝的说法，即不包括曼谷王朝一世王和九世王，以及八位大帝的说法，即加上曼谷王朝六世王瓦栖拉兀。但无论哪种说法，吞武里王达信都位列其中。

④ 裴晓睿：《海纳百川，贵在有容——从汉泰通婚看民族融合》，裴晓睿、傅增有主编：《现代化进程中的中泰关系》，北京：世界知识出版社，2000年，第105页。

尼・巴莫和克立・巴莫就是安帕王妃次子巴莫王子的嫡孙。尽管这首诗的作者有争议[①]，但在这首情诗中却毫不掩饰这种通婚的实质关系："你有财富，我有权力"。从阿瑜陀耶末期开始到吞武里王朝，华人家族已开始与王族成员有千丝万缕的联系，到曼谷王朝时期，泰国王室贵族与华人富商之间的联姻已经非常盛行。曼谷王朝一世王的父亲曾经娶过华人女子玉为妻；一世王的姐姐西苏达则嫁给华人富商，生一女儿名文罗，文罗公主便是后来四世王的母亲[②]；二世王还曾召来自潮州的华商陈德合的女儿入宫为妃……王族成员与华商联姻的情况已很普遍，更重要的是他们对自身家族具有华人血统的事实毫不避讳，甚至公开承认，这为华人上层社会地位的改变创造了良好的氛围，而下面各级贵族官僚与华人联姻的情况就更多了。虽然不少贵族只是中意华人女子"皮肤白皙"或是单纯的爱慕之情，但财富却是最重要的参考之一，而且也只有商贾巨富家的华人女子才有更多机会接触到上层的贵族。

总之，通过仕官和通婚，以及由此形成的关系网，一些华人垂直流动到泰国上层社会，在王室和贵族中出现了大量的华人血统，也形成了不少华人（华裔）的显要家族，如纳宋卡家族（吴让）、皆律家族（林律）、尼雅瓦暖家族（林英）、颂巴希利家族（陈德合）、纳拉廊（许泗章）等，他们及其后代都成为泰国的精英显贵，其后裔至今在泰国社会仍具有很强的影响力。[③]泰国古代虽然是个农业国家，但是并不像中国古代那样重农抑商，经商并不是件低贱的事情，很多上层贵族也从事商业活动，从某个角度上讲国王是泰国最大的垄断商人。因此华商们可以相对轻易地跻身泰国上层社会中，他们既拥有了财富，又掌握了

① 也有传说是阿瑜陀耶时期的诗人探马提贝王子所作，但是巴莫家族的人坚持认为是二世王写给安帕王妃的情诗。

② [泰]克立・巴莫：《听克立说华人》（泰文），载《皇恩荫庇下的华人200年》（特刊）（泰文），曼谷：经济之路出版社，1983年，第12-13页。

③ [泰]黎道纲：《1782-1855年间鲍林条约签订前的泰国华侨》，[泰]洪林、[泰]黎道纲主编：《泰国华侨华人研究》，香港：香港社会科学出版社有限公司，2006年，第34-37页。

权力，逐渐与一部分泰国贵族一起形成了一个新兴阶层，即“新贵族”群体。

第三节 《三国演义》进入泰国文学视野的契机

一、“封建华人”与中国文化的扩散

随着暹罗华人人口的激增，在华人社会内部也逐渐开始分化，出现泰国华人社会的社会分层和社会流动。中国文化对本地文化的影响不再是可有可无的了，它也开始分散并渗透到泰国的各个社会阶层。

从绝对人数上，能够成功实现向上流动的华人仍然是少数，大部分底层华人仍然维持外籍移民的身份，充当个体商贩、苦力、矿工、水手等辛苦体力劳动者。由于泰国的华人社会是一个工商业的社会形态，绝大多数人出身低微，且多投身于商业之中，因此不可避免地带有一点“功利性”，即将“财富”多寡视为评判社会地位的重要标准。华人中的上层阶级或精英阶层，即所谓的“封建华人”（the feudal Chinese）无不是商贾大亨，由商而仕的。也只有积累了一定财富，他们才有可能建立起个人的威望，进而获取权力，进入社会的上层。财富是上层华人赖以冲击泰国的社会分层、实现向上流动的资本。泰国统治阶层的“财富准入”原则也为上层华人提供了机会，他们授予上层华人领袖以爵位，任命华人官员，将他们纳入暹罗社会体制之中，甚至与华人家族联姻结亲，是希望保证华人对暹罗的认同，同时将这些华人的财富纳入暹罗的财富体系之中。对上层华人来说，借由认同进入暹罗社会体制之中，不但可以提高社会地位，还可凭借手中的权力和便利获取更多财富。可以说暹罗华人社会阶层越往上层，其与暹罗国家的利益结合就越紧密，他们之间有着利害与共的结构性共生关系。与泰国稳定封闭的社会分层不同，泰国华人社会的分层并不稳定，而是变动不居的。起初一些下层华人在经济上虽然无法与上层华人相媲美，但是他们的经济状况

仍然好于绝大多数泰国平民，而且他们有人身自由，只要抓住泰国社会的发展契机，就能迅速致富，从而晋身社会上层。

除了财富准入，泰国华人也有通过战功准入而实现向上流动的，最杰出的代表就是吞武里王达信。达信（郑信）有华人血统，因此他喜欢招募华人做其部下，他麾下的将帅和士兵有许多都是华人。1766年，缅甸军队围攻阿瑜陀耶城，时任达城城主的郑信率军前往救围失败，无奈之下只得突出重围，当时突围的500人精锐部队中就是华人主力。后达信在东南沿海一带起事，这一带聚居着大量潮州籍华人（达信的父亲就来自潮州），他们纷纷加入达信的军队，或出钱出力，成为达信抗缅复国的一支重要力量。[①]达信麾下的华人将士都战功彪炳，在抗击缅军、清剿地方割据势力的战斗中屡立奇功，不少人都借由军功获封官爵，如宋加洛城保卫战中的守将、有“断剑帕耶”美称的陈联。[②]此外，由于泰国在经历了长期的战乱后，民生凋敝，人口锐减，劳动力奇缺；1767年缅军攻陷阿瑜陀耶城之后，将全城劫掠一空，将大量王属的工匠技师都带回缅甸，致使泰国高水平的工匠技师也极度缺乏。吞武里王朝建立之后，达信在大力引进来自其祖籍潮州的华人同乡。这些潮州籍华人移民由于与郑信祖籍同乡，又在抗缅复国战争中做出了突出贡献，因此他们被尊称作“皇家华人”（chin luang）[③]，地位也比其他华人群体要高。

华人社会的社会分层尽管与泰国社会的社会分层在特点上不尽相同，但是在事实上二者却是同构的。华人的上层精英可以进入泰国的上层，出将入相，甚至官拜最高级别的官爵，乃至当上国王；而华人的下层阶层虽然游离于萨迪纳制之外，但是与民间的泰人庶民阶层是生活在

---

① [泰]汕阿伦·格诺蓬采：《暹罗社会中的中-泰文化融合》（泰文），曼谷：民意出版社，2007年，第53-54页。

② 段立生：《泰国文化艺术史》，北京：商务印书馆，2005年，第261页。

③ [泰]汕阿伦·格诺蓬采：《暹罗社会中的中-泰文化融合》（泰文），曼谷：民意出版社，2007年，第55页。

一起的，甚至有些人还因为各种原因被迫进入萨迪纳制，沦为大封建主的庶民和奴隶。所以，中国文化与泰国文化之间的交流与融合在不同社会阶层中均在进行，只是在方式与特征上有所差异。

二、18世纪末泰国社会文化中的“中国性”

华人的精英阶层进入泰国上层社会体系之中，就牵涉到华人的“同化”（assimilation）和“认同”（identity）问题。选择进入萨迪纳制之中就意味着放弃原来的华人身份，成为泰人，向暹罗国王效忠，选择暹罗的国家认同。18世纪末的时候，泰国华人移民最突出的文化特征之一就是留辫子，因此辫子在相当长时间内作为暹罗政府区分华人的重要标志。[①]底层华人多数都留着辫子，保留纯粹的华人身份，他们对子孙的教育也几乎都是中式的，不少第一、二代华人甚至终生不识泰文、不谙泰语。但上层华人则不同，他们要想进入泰国统治阶层，就必须通晓泰语，熟悉泰国文化，像一个暹罗官员一样思维行事，因此他们的同化速度要远远快于底层的华人。

泰国学者尼提·尤希翁（Nithi Eawsriwong）认为这些已经进入泰国萨迪纳制下统治阶层的上层华人，会在泰国上层文化影响下迅速同化，因为同化的速度越快，就越能为自己攫取更多的经济和社会利益，所以他们会剪掉辫子，按照泰国上层社会的习俗生活。[②]剪辫子是一种象征，表示放弃华人身份，断绝过去的生活传统。然而，与传统决绝并非易事，剪去辫子以示放弃作为华人的群体身份或许容易，但是积淀在

① 当时政府对华人的定义是“留着长辫子的中国人及其后裔”，华人后裔如果还留有辫子就被视为华人，但是一旦他办理完黥腕手续之后，即使仍留有长辫子，也被认定为是泰国人而受领主管理，受国家征役。见 [泰] 素帕拉·乐帕尼军：《曼谷王朝时代政体改革前对华人的管理（1782—1892）》，《泰国的潮州人》，泰国朱拉隆功大学亚洲研究所，1991 年。转引自 [泰] 洪林、[泰] 黎道纲主编：《泰国华侨华人研究》，香港：香港社会科学出版社有限公司，2006 年，第 14 页。

② [泰] 尼提·尤希翁：《羽毛笔与船帆》（泰文），曼谷：阿玛林出版社，1995 年，第 145 页。

一个人身上的文化传统是有惯性的，尤其这种传统根植的背景文化越是强势，其惯性也就越大，同化也绝非一朝一夕之功。特别是对第一、二代华人来说，纵使一朝跻身泰国社会上层，也很难彻底摆脱中国文化对其潜移默化的熏陶。从功利角度来说，早期华人追求跻身上层的目的是为了占据更好的位置，获取更多的利益，而非为全身心融入泰国社会，他们中间仍有很强的“落叶归根”的观念，像格里·颂巴希利在《封建华人》一书中介绍了自己的家族史，第一代华人移民陈德合（原名陈得良）1734年生于潮州官塘，在乾隆年间来泰，获封爵衔帕耶锡拉阿功，育有五子一女，女儿在曼谷王朝二世王时入宫为妃，他只留下长子陈业顺在泰国继任公职，并改用泰姓“颂巴希利”，其余四个儿子皆返回中国。[①]因此，与其说早期华人进入泰国上层社会完全被泰国上层文化同化，不如说他们与泰国文化若即若离，而与自己的母体文化——中国文化仍保持着紧密的联系。正是这个亦中亦泰的群体为泰国“大传统”文化带来了更多“中国性”的文化元素。

“中国性”或“中华性”（Chineseness）在这里是指中国的文化特质或文化元素（cultural trait）。和印度文化全方位的长期影响不同，中国文化对古代泰国的影响是零星的、不系统的，这种局面到了18世纪末已开始发生转变。随着中泰两国在各个层面上贸易的深入，以及泰国华人社会的兴起，中国文化在泰国的影响力已经不容小觑了。在曼谷王朝建立之初，新王都曼谷“无疑带有鲜明的中国城市特色”[②]，中国文化的氛围非常浓厚。这首先得益于华人移民的数量激增。在曼谷（包括之前吞武里王朝的都城吞武里）[③]，华人的人口规模以及其对整个城市生

---

① [泰]格里·颂巴希利：《封建华人》（泰文），曼谷：闪亮水晶出版社，1986年。

② Craig J. Reynolds, “Tycoons and Warlords: Modern Thai Social Formations and Chinese Historical Romance”, *Sojourners and Settlers: Histories of Southeast Asia and the Chinese*, Anthony Reid, ed., St Leonards,NSW : Allen & Unwin, 1996. pp.122-123.

③ 曼谷与吞武里只有一水之隔，分别位于湄南河的东西两岸。1782年曼谷王朝建立之后将都城由吞武里迁到湄南河对岸的曼谷。在吞武里王朝时期，华人主要聚居在吞武里对岸的柴珍码头，曼谷王朝迁都之后在柴珍码头一带建大王宫，华人聚居区便迁到了今天的三聘街一带。因此，无论都城在吞武里还是曼谷，聚居的华人都是同一群人。

活与环境的影响之巨已十分令人吃惊。到19世纪中期的时候，很多西方观察家都注意到华人数量的激增，甚至感觉曼谷人口中华人的比例超过泰人。[①]不少造访曼谷的西方人都留下了相关的记载。如格拉汉姆（W. A. Graham）说："在首都街上碰到的男人，每两个人中就有一个梳着辫子。"卡尼尔（Charles M. Garnier）1911年到达曼谷的时候也以一种玩笑的语气夸张地抱怨道："最初的愿望是能见到一个暹罗人，而遗憾的是直到离开时也没有发现他们。"曼谷甚至被贴上中国城市的标签，当时的曼谷，看上去更像是一个中国城市（China town）而不是泰国城市（Thai town）。[②]这种影响延续了很久，20世纪30年代，在曼谷只会说潮州话不会说泰语不会影响正常生活。甚至到1957年以前在泰国一些商业街购物，讨价还价和算钱还都要用中文，因为店铺几乎都是华人开的，牌匾用中文，有的商行甚至都没有泰文的字样。[③]与此同时，华人移民中的性别构成比例也发生了变化，开始出现越来越多的女性。早期华人移民多为男性，他们很多人都不得已与当地的泰国女子结婚，而女性移民大量出现后，华人男子更愿意与同宗同族的华人女子结婚，所生育的后代无论从血统还是文化上都是完全的华人，华人母亲在教育后代继承中国文化特征上具有独特的优势。

这些在首都曼谷的人口比重和移民构成上的变化上均有利于中国文化的稳定传承，也使华人群体增强了向泰国主体文化渗透的能力。华人通常集中聚居在泰国的一些大城市中，尤其是王都曼谷。曼谷作为一个封建国家的都城，不仅是暹罗的政治和经济的中心，也是国家文化的

---

① 像Finlayson、Crawfurd、Malloch、Malcom以及在曼谷的美国传教士们等都做过相关人口统计，尽管具体数字各有差异，但在曼谷人口中华人比例高于泰人这一点上都取得了一致。详见G. William Skinner, *Chinese Society in Thailand: An Analytical History*, Ithaca, New York: Cornell University Press, 1957, pp.81-83.

② [泰]禅威·格塞希利：《1932年暹罗革命》（泰文），曼谷：社会人文教材推动计划基金会，2000年，第61页。

③ [泰]格里·颂巴希利：《封建华人》（泰文），曼谷：闪亮水晶出版社，1986年，第48-49页。

核心区域，它的文化影响力是覆盖全国的，来自“大传统”的官方文化会通过显性或隐性的方式自上而下向各地方推广。在曼谷的城市中充斥着中国的文化元素，与此同时，在曼谷宫廷和贵族中间也弥漫着中国文化的气息。早在阿瑜陀耶时期，暹罗的宫廷贵族就热衷于收藏来自中国的瓷器和丝绸等奢侈品，中国的戏曲也被用作款待西方使节的宫廷表演。吞武里王朝进一步加强了与中国之间的联系，到曼谷王朝初期，在王公贵族的府邸和庭院，以及在皇家寺庙中随处可见中国式的艺术品、雕塑、绘画、建筑等，宫廷雇用来自中国的工匠成为时尚，到中国出使的使节一项重要任务就是在回程时给王公贵族们带回大量中国的手工艺品。[①]中国文化在宫廷中成为一种时尚文化，尽管大都停留在器物层面上，但从整体氛围或文化生态上看，中国的艺术文化对当时泰国的宫廷贵族来说已不陌生，他们对中国文化也没有排斥态度，反而非常热衷。因此，作为最受华人们喜爱的中国文学经典之一的《三国演义》能被泰国宫廷接纳，并成为泰国“大传统”文化中的一部分，便不是一个显得突兀和难以理解的事情了。

---

① ［泰］玛丽伽·冷拉丕：《华人在泰国曼谷王朝一世王至四世王时期经济、社会和艺术方面的作用》（泰文），朱拉隆功大学硕士论文，1975年，第184页。

第五章

昭帕耶帕康（洪）版《三国》经典泰译本

《三国演义》伴随着华人社会的文化迁移而在泰国民众中得以初传，而后又受惠于上层华人的社会流动，从而有机会进入泰国“大传统”文化之中，这些都是《三国演义》在能够在泰国广泛传播的社会基础，是达到良好传播效果的必要条件。如果传播仅仅停留在这个层次，那么《三国演义》最多只是简单平面、缺乏活力的中国文化的符号，只能用来装点门面，影响既不能持久，也不会深入。

跨文化文学传播在根本上仍属于文学传播的范畴，文学文本的传播始终是第一位的。不同于一般的文化传播，文学传播依赖文字文本和阅读活动，同时要求具备文学的艺术法则，它是一种复杂的审美活动，需要在文学领域内进行。作为一部文学作品，《三国演义》在泰国的移植、接受、内化和传播等活动，需要在泰国文学场域中完成；只有在泰国的文学场域内出现可供阅读、品评和赏析的文学文本，才能使文学传播的文学主体性得以彰显；而《三国演义》的泰译活动也需要放在泰国的文学领域内进行观察和评判。这就对生成的传播文本的质量有较高的要求，只有具备高质量的译本，《三国演义》才能最终进入泰国的文学界，和文学传播中最重要的受众——文学读者群体，文学传播才能真正实现。昭帕耶帕康（洪）版《三国》经典泰译本就是在这种“阅读期待”中应运而生的。

因此，在讨论洪版《三国》的文本发生之前，了解一下《三国演义》在进入泰国“大传统”文化时所面对的古典文学场域的状况是非常必要的。

第一节　泰国古典文学场域与《三国演义》

文学的艺术价值是评判一部文学作品的最重要的标准，也是文学创作最基本的指导原则之一。但在文学场域内，文学的生成是受到多方面因素的共同作用和制约的。一部文学作品的审美构成或许是“自律性”（autonomy）的，但是一部文学作品的文本生成却未必如此，它所体现出的社会现实是在一定的文学场域内缔造出来的。

法国社会学家皮埃尔·布迪厄（Pierre Bourdieu，亦有译作布尔迪厄或布狄厄）将文学场域（literary field）作为独立的研究对象，在他的眼中，文学研究如同构建一系列“纸上的建筑群”，因为“对文学现象的解读，必须语境化、历史化，即必须置于社会历史的场域空间之中”[①]。“场域”（field）[②]是布迪厄社会理论中的关键概念之一，是指那些相对自主的“具有自身逻辑和必要性的客观关系的空间”[③]，根据场域的概念进行思考就是从“关系”的角度进行思考。从分析的角度

① 张意:《文化与符号权力：布尔迪厄的文化社会学导论》，北京：中国社会科学出版社，2005年，第274页。

② 场域这个术语并非布迪厄首创，现象学家梅洛-庞蒂和存在主义者萨特都使用过这个术语。但是布迪厄使这一术语在其理论体系中获得了极大的发展，并且成功地运用在许多经验研究，特别是对法国知识界与艺术界的研究之中。

③ 杨善华、谢立中主编:《西方社会学理论》（下），北京：北京大学出版社，2006年，第169页。

看，场域可以被定义为“在各种位置之间存在的客观关系的一个网络（network），或一个构型（configuration）”[①]。文学场域作为一种场域类型，具有所有场域的共同特征和结构特点，但又具有相对的自主性，有其自身运作的规律和特点。形式主义的美学会把文学的经验变成普遍的本质，使得作品和作品的评价都失去了历史性，文学成了创造者先赋的概念，文学场域形成过程中的社会和经济因素则一直被人忽略，而这些恰是文学获得其历史性的关键所在。

场域是个动态的空间，也是一个冲突、争夺的空间，是为了控制有价值的资源而进行斗争的领域，里面存在着权力关系的运作。场域内占据各自位置的个体或集体都用一定的策略来保证、巩固或改善其在场域中的位置，并且强化促进自身利益的等级化原则。这又涉及场域中的“惯习”与“资本”这两个概念。惯习（habitus，又译“习性”）是一种生成性的结构，一种结构型塑机制，按布迪厄的界定，惯习是“可持续的、可转换的倾向系统，倾向于使被结构的结构（structured structures）发挥具有结构能力的结构（structuring structures）的功能”[②]，换句话说，它既为结构所制约，同时又产生新的结构。惯习会无形约束行动者，令他们体会到一种情境，并生产出与此情境相适应的实践产物，即再生产这个产生他们惯习的结构。比如文学场域中的“趣味”（taste），它是在场域中历史生成的，是由一代代作家的文学实践共同塑造出来的，根植于社会制度，具有一定的稳定性；同时“趣味”又会反过来对文学创作实践和文学观念产生影响，作家们会在“趣味”这种无形指挥棒的“指导”下进行文学创作，成为型塑“趣味”的新的因素。

此外，“趣味”亦是权力机制的产物。在文学场域中，个体与群体

① ［法］皮埃尔·布迪厄、［美］华康德：《实践与反思》，李猛、李康译，邓正来校，北京：中央编译出版社，2004年，第133页。

② ［美］戴维·斯沃茨：《文化与权力：布尔迪厄的社会学》，陶东风译，上海：上海译文出版社，2006年，第116-117页。

凭借着各种文化的、社会的、符号的资源维持或改变其在社会秩序中的位置，当这些资源作为社会权力关系运作的时候，会变成争夺的对象，布迪厄就将其理论化为资本（capital）[①]，主要包括“经济资本”“文化资本”[②]和“社会资本”三种类型，此外还有“符号资本”作为对上述三种资本的认同。无论哪种资本都是某种形式的权力资本，在一定条件下，各种资本还可以相互转化、兑换。文学场域内争夺的焦点即是文化资本，而对于宫廷的诗人们来说，争夺文化资本是为了兑换经济资本和政治资本。只有少数像探马提贝王子（Thamathibet）[③]这样的已经拥有一定权力资本的诗人，作为文化的掌管者充当合法化系统的再生产者，拥有一定的自主性。不同的行动者（包括个体与群体）各自在场域中占据一定的位置，这些位置是由不平等的资本分配所决定的。在场域中有高度配对的关系性结构，每一个位置的变化都会影响其他位置的边界，因此实践者必须依据某种策略来行动和竞争。换句话说，资本的分配即行动者在场域内所占据的位置，将左右行动者的策略，也决定了他们的立场和视角。例如宫廷文人之间是一种竞争的关系，这里存在三种不同的场域竞争策略类型：保守的、继承的和颠覆的。保守的策略往往被那些已经在场域中占据支配地位的人，或拥有一定资格和地位的人所采用；继承的策略往往被那些希望获得场域中支配地位，尝试进入场域中心的新人所采用；颠覆的策略则往往被不希望从场域中获得任何利益回报，希望挑战场域合法性规范的人采用。在泰国的古典文学场域内，前两种是最常见的策略，采用最后一种策略的人极少，像西巴

---

① 资本是从经济学中引入的概念，布迪厄将其推延到所有的权力形式。

② 文化资本具有三种存在形式：一是身体化形态，体现在人身心中根深蒂固的性情倾向中；二是客体化形态，体现在文化物品中；三是制度化形态，体现在特定的制度安排上。认识到文化作为资本的一种形式，可以成为一种权力资源，将对理解本书内容有重要意义。

③ 探马提贝（1715—1755），又被称为“昭发贡”，即贡王子，阿瑜陀耶王朝后期最杰出的诗人，是波隆摩谷王的长子。文学天赋非凡，生性风流不羁，最后因与父王的王妃私通而被处死，年仅40岁。著有《摇船曲》《悲溪行》《南陀巴南塔经》等众多脍炙人口的名篇。

拉（Siprat）[①]等少数几人，也只是形式上有限的颠覆，从根本上仍然维护甚至强化场域规范。导致这种情况的最根本原因是宫廷文人不占有经济资本，他们是被国王和宫廷贵族所供养着的，只能通过自己拥有的文化资本进行兑换，兑换的比率直接取决于对场域规则合法性规范遵守的程度。

仍就“趣味”而言，它是由场域中占据经济资本（某些时候表现为政治资本）位置的行动者主导的，而不是握有文化资本的作家们。是否为了迎合“趣味”去创作成了作家们无时无刻不在面临的抉择。一般来说，文学场域在权力场域中处于被支配的地位，尤其是像阿瑜陀耶时期的暹罗这样的王朝国家（dynastic state），公共权威被国王所垄断，并且这种被国王所垄断的公共权威外在于并优越于其他一切私人权威，逐渐形成了中央集权资本（statist capital）。通过积累，这种资本可以使国王对文学场域和在其中流通的不同形式的资本施展权力。由于不同的资本持有者之间的关系处于等级制度之下，文学生产的场域时刻都是等级化的两条原则，即“自主的原则”和“不能自主的原则”斗争的场所。[②]前者以一种超越功利主义的激情全情投入，不计利害，放弃世俗的利益，并且把世俗的成功视为妥协的标志，其最极端的表现为“为艺术而艺术”；而后者则是受制于在政治、经济等方面掌握统治能力的人，即权力资本的持有者，场域便会趋向保守，较少激进与变革，这是另一极的极端表现。在泰国古典文学场域中，场域的自主程度是十分有限的，处于权力场外部等级化原则的支配之下。但不同于商业时代以商

① 西巴拉，生卒年不详，相传约在纳莱王时期，阿瑜陀耶王朝最著名的诗人之一，被誉为“诗仙”。其生平不详，但关于他扑朔迷离的身世的传说和故事在泰国家喻户晓，多数人都相信确有其人。著有《悲歌》《阿尼律陀》等名篇。西巴拉生性豪放不羁，他的作品也经常一反传统，如在《阿尼律陀》中他把传统习惯放在开头的拜祭辞放到结尾，并在禅体诗歌中加入“平律莱”（rai suphap），而且故事一改传统的冗长繁复，叙事简洁凝练，情节发展很快。但就总体而言，他的创作依然未脱离宫廷文学大传统的樊篱。

② [法]皮埃尔·布迪厄：《艺术的法则——文学场的生成和结构》，刘晖译，北京：中央编译出版社，2001年，第265页。

业成功的指数来作为成功的标准，此时的文学创作不是面向大众的，大众此时没有这种文学欣赏需求，也普遍缺乏文学消费能力。宫廷是此时文学创作和传播的中心，成功的标准则可以被简化为这些文学实践者，即宫廷文人们在宫廷中所拥有的地位与名望，而这些在很大程度上直接由国王（或其他拥有垄断权威的贵族）所决定，与市场无关，与纯粹艺术原则无关。

泰国古典文学场域中的竞争与今天相比，既不激烈也不系统，诗人和文学创作者的创作只需要满足国王或者其资助人、供养人的审美趣味和偏好即可，而竞争仅仅在于许多细节和技巧上的胜出，如对某些情态的描摹和刻画，或者华丽的辞藻所展示的对语言的驾驭能力等，以满足权力资本持有者的审美愉悦，这最终也会成为这些作者们的审美标准。审美愉悦是一种可以被培养教化出来的感受，比如对某种体裁的偏好、对某种风格的欣赏、被某种表达方式激发出来的身心愉悦等。泰国古典文学中带有很强的印度文化色彩，从使用的语言、内容、体裁到审美、欣赏方式等都有印度文化的痕迹，有些甚至直接从印度移植过来后再逐渐改造，如抒情纪行诗体“尼拉”（nirat）和味论诗学等等。“印度化”也是泰国古代宫廷文化的核心特征，受此影响的宫廷文学艺术对于绝大多数普通民众来说是高高在上的，过于“高雅”，而且很难接触到和理解。有机会和条件接触、欣赏“高雅”艺术并不在于个人的天赋或者德行，这只是阶级习得和文化传承的问题，处于权力上层的人有权力决定“欣赏”的水准，有能力消除艺术风格与观念的差异，逐渐形成古典文学场域内部运作的规则。在这种文学场域中，文学作品的品评标准几乎是唯一的，保守和继承的策略是最安全和有效的，符合宫廷审美标准和欣赏趣味的作品会被树为经典，反之则可能被淘汰、被湮没。被确立为经典的作品会给之后的文学创作提供成功的典范，甚至可能造就大量简单的重复，这对今天文学创作来说很可能就是致命的，但对当时文学而言则可能是最保险的方式。

除了趣味、偏好这类性情倾向，宗教是泰国古典文学场域另一个重要的惯习来源。在泰国的古典文学中，宗教文本和仪式性文本占据相当大的比例，它作为审美文本之前首先具有社会功能，在一些娱乐为主的文本中也安插大量仪式性的内容，甚至已经成为写作的程式，固化在某种特定的诗体框架之中。这在"拜祭辞"（pranamaphot）中得到集中体现。阿瑜陀耶时期的宫廷文学作品无一例外，都有一段称作"拜祭辞"的诗文来开篇，先祭拜先师或神佛[①]，这已经形成了一种八股式的严格传统，被文人们普遍效法。在古代，遣词造句、创作诗文的能力被视为一种神秘的力量，可能给作者带来福泽，也可能招来灾祸，因此，在开篇先呈上一篇拜祭辞作为一种仪式，既可以在神秘力量中获得功德，还可以消灾避害。用文学来祭拜众神，使得文学创作活动本身也成为某种仪式。[②] 宫廷文学创作的神圣性，使得作家们对拜祭辞非常小心，即使是西巴拉这样桀骜不驯的大家，也只是把拜祭辞改换位置放到最后，并不敢彻底弃用。归根结底，这种文学中的宗教性因素体现的正是宫廷文化对于文学功能性的认识，在这一点上文学具有神圣性，也颇为超越功利。

就总体而言，阿瑜陀耶时期的古典文学场域并不算复杂，因为泰国的萨迪纳制保证了权力资本的集中，君主享有绝对的权威和控制能力，在权力场域支配下的文学场域，占据不同位置的行动者（宫廷文人们）相互间以及与权力资本持有者（国王、宫廷贵族等）之间的关系较为明确，对于文化资本的争夺体现在不同的策略上，最安全和有效的策略则是满足场域内形成的既定标准，即一定的趣味，反过来他们又通过不断重复性的创作或惯习强化了这种趣味。

---

① 后来也有用颂扬君主或王都来代替，或将几种结合起来。这在本质上是一样的，国王本就身兼神王和法王于一身，在传统信仰体系中又被视为毗湿奴转世临凡，王都又是国王的所在地，因此颂圣与赞颂王都等同祭神。见 [泰] 尼提・尤希翁：《羽毛笔与船帆》（泰文），曼谷：阿玛林出版社，1995 年，第 52 页。

② [泰] 尼提・尤希翁：《羽毛笔与船帆》（泰文），曼谷：阿玛林出版社，1995 年，第 56 页。

当《三国演义》开始进入泰国的宫廷文学视野的时候，面对的是一个既保守古典又充满变化的文学环境，但它在这样的文学场域内却如鱼得水，因为它满足了权力资本的需求，符合宫廷中的王公贵族（主要是国王）的文学趣味与倾向。从文化生态上来讲，《三国演义》尽管是异文化的文学经典，但是泰国却为它提供了适于它传播的社会条件，它从进入泰国文学视野之时，就已经与泰国文学的发展牢牢嵌在一起。洪版《三国》译本的诞生标志着《三国演义》正式步入泰国文学殿堂，它确立了文学场域内新的趣味或审美标准，也影响了泰国文学的发展走向。洪版《三国》的翻译成为泰国文学转型的关键事件，并正式启动了《三国演义》在泰国文学领域的本土化进程。

第二节 昭帕耶帕康（洪）与《三国》

昭帕耶帕康（洪）版《三国》是《三国演义》在泰国的第一部泰译版本，也是影响最大的经典译本，它使《三国演义》在泰国声名鹊起。1802年，曼谷王朝一世王普陀耀发朱拉洛授命昭帕耶帕康（洪）组织翻译两部外国（族）文学，一部是《罗阇提叻》（*Rachathirat*）[①]，另一部就是《三国演义》。这两部文学作品都是长篇巨著，工程浩大，翻译难度可想而知；作为复兴国家文学的重要举措，这个翻译任务意义重大。一世王能将这两项翻译工程同时交予昭帕耶帕康（洪）一人负责，足见对他的器重与信任。而昭帕耶帕康（洪）也不辱使命，他主持翻译的这两部作品都成为泰国文学史上的名篇，特别是《三国》取得了前所未有的成功。

虽然泰国社会和文学场域为《三国演义》的传播提供了机会，但是良马也需伯乐的慧眼和调教，若没有昭帕耶帕康（洪）的个人天赋和

① 《罗阇提叻》，又译《拉查提腊》或意译《伟大的王者》，是一部孟族的文学作品，描写一位孟族国王对抗缅甸的故事，在阿瑜陀耶王朝末期曾经译成过泰文。曼谷王朝建立之后，一世王下令重译《罗阇提叻》。

努力，《三国演义》的潜质恐怕也很难被真正发掘出来，甚至可能因为“水土不服”而就此湮灭，更不用说成就其在泰国今天的地位。在宏观层面，社会群体的力量固然重要，它为整个发展的潮流规约出了方向；然而在微观层面，每一个具体的突破则倚仗个体的力量才能最终完成质的飞跃。

昭帕耶帕康（洪）生年不详，卒于1805年。“昭帕耶帕康”并不是他的名字，“昭帕耶”是爵衔，相当于公爵（一等爵品），而“帕康”为负责国家或王室金库的大臣的职衔。[①]他的本名叫洪，泰国一些华人相信他是一位华裔，称其华文名字叫“洪孔”[②]，但是这种说法却遭到另一些学者的质疑，认为他是华人一说并无确证。[③]首先，没有任何关于昭帕耶帕康（洪）华裔身份的文字记载；其次，从昭帕耶帕康（洪）的后代家族来看，他有很多子嗣，但都未继续做官，他们也没有任何关于其华裔家庭的记载，要知道昭帕耶帕康（洪）所处的时代正是中国文化在泰国兴起势头最迅猛的时期，很多人以家族里的华裔血统为傲，不但吞武里达信王是华人，连一世王也强调王室中有华人血统，他还给自己取了个华文名叫“郑华”；最后，从昭帕耶帕康（洪）翻译《三国演义》的过程和文本来看，他显然不懂中文，对中国文化也很陌生，甚至出现一些常识性的错误，如果他出身华裔家庭，这些都应该是可以避免

---

① 如此称名与泰国人的姓名文化有关。古代泰国人是有名无姓的，直到1913年曼谷王朝六世王瓦栖拉兀颁布《佛历2456年制姓条例》之后，泰国人才开始使用姓，到今天也仅有100来年。在此之前，泰国人都是有名无姓的，除了少数贵族阶层，大部分泰国人的名字都很简单，往往以单音节的简单词来做名，因此重名几率也很高，为了区分会以“强调原则”在名前添加某些特征成分以示区别，王公贵族往往加上官爵或王衔，昭帕耶帕康（洪）、昭发探马提贝等，有些人原名已经无稽可考，甚至只以官职称谓代之，如帕玛哈拉察库（Phramaharachakhru），是太傅之意。

② ［泰］旺威帕·武律叻达纳攀等:《吞武里王朝和曼谷王朝初期泰国社会中的潮州人》，朱拉隆功大学亚洲研究所编：《泰国的潮州人》，曼谷：朱拉隆功大学出版社，1991年。

③ ［泰］黎道纲：《1782—1855年间鲍林条约签订前的泰国华侨》，［泰］洪林、［泰］黎道纲主编:《泰国华侨华人研究》,香港: 香港社会科学出版社有限公司，2006年，第30-31页。

的。或许是因为昭帕耶帕康（洪）成功地主持翻译了《三国》，大大提升了中国文化在泰国的地位，扩大了中国文化在泰国的影响，泰国华人才会出于个人感情附会出他的华裔身份和华文名字。由此也可以看出广大华人对昭帕耶帕康（洪）的喜爱和认可，这也算是《三国》给洪本人带来的附加影响吧。

昭帕耶帕康（洪）是泰国吞武里王朝和曼谷王朝两朝重臣，个人经历颇为传奇，但遗憾的是关于其生平的文字记载却寥寥无几，大多十分简略，仅有在昭帕耶提帕格拉翁（Chaophraya Thiphakorawong）所起草的《大臣任命书》（*Nangsu Samdap Senabodi*）和丹隆亲王在《挥师佩朋行》（*Lilit Phayuyatra Phecharaphuang*）一书的前言等少数材料有过只言片语的介绍，且多数内容引述的材料来源相同。

据史料记载，昭帕耶帕康（洪）在吞武里王朝时就已入仕，奉命驻守乌泰塔尼城，当时受封为銮梭拉威其（Luang Sarawichit，相当于子爵）。1782年，京城吞武里发生叛乱，銮梭拉威其也率兵入京，并偷偷将京城情况密报给当时正在率兵在柬埔寨征战的大将军却克里（后来的曼谷王朝一世王），并亲自将班师回京的却克里迎入王城。一世王登基之后，为褒奖屡建奇功的銮梭拉威其，特加封爵号为帕耶披帕塔纳哥萨（Phraya Phiphathanakosa，相当于伯爵），之后又晋升爵衔和官职为昭帕耶帕康，成为掌管国家财务（kromtha）的“四大臣”（senabodi chatusadom）[①]之一，位极人臣，足见一世王对他的器重。

昭帕耶帕康（洪）跟随一世王多年，忠心耿耿，同时又是当时首屈一指的著名诗人，在文学上有很深的造诣，泰国古典文学中的主要诗体，如立律体、禅体、格伦体、克龙体、长莱体等几乎无一不精。他一生笔耕不辍，留下大量的重要作品，是不可多得的文武全才，因此一世王才放心将翻译《三国演义》的重任交到他的手中。

① 这四大臣分别是内务大臣、宫务大臣、财务大臣和农务大臣。kromtha 是旧制的财务部，也叫 phrakhlang 或 phrakhlang kromtha。

与以往的诗人们不同，昭帕耶帕康（洪）是一位极富创新精神的宫廷作家。他敏锐地察觉到从阿瑜陀耶王朝末期开始，泰国的文学就处在某种变革的进程之中，最为明显的就是宫廷文学中娱乐性上升、仪式性退场，对于故事性的重视使得文学的文体、语言风格和叙事的方式与策略都开始发生明显的变化，这些都冲击着之后的文学创作。很多宫廷文人应该都感觉到了这些变化，但却只有昭帕耶帕康（洪）真正敢于去尝试、去创新，进而成为这场文学革新的领军人物。这种创新不仅仅体现在内容上从不同来源去寻找新奇的故事，更在文体上对原有的文学传统进行大胆的试验。他的作品详见下表：

创作年代	作品	体裁
吞武里王朝时期（2部）	《佩恰蒙固》	立律体诗
	《伊瑙》（片段）	禅体诗
曼谷王朝时期（9部）	《三国》（主持翻译）	散文体小说
	《罗阇提叻》（主持翻译）	散文体小说
	《加姬》	格伦体唱词
	《大世辞》（古曼篇、玛陀利篇）	长莱体诗
	《挥师佩朋行》	四平律克龙体诗
	《箴言克龙》	克龙体诗
	《皇家山寺落成记》	格伦体诗
	《西维采本生》	立律体诗
	《因陀罗的天堂》	故事格伦体诗

图表 5-1　昭帕耶帕康（洪）作品简表

由上表可见，昭帕耶帕康（洪）的创作体裁之丰富，内容之广泛，在泰国文学史上都是极其少有的。其中，《加姬》（*Kaki Khamklon*）和《因陀罗的天堂》（*Sombat Amarin Khamklon*）两部作品是用格伦体创作的，但是与以往不同的是，这种格伦是专门用来讲述故事的，称为“故事格伦”（klon nithan 或 klon niyai）。这种新诗体由昭帕耶帕康（洪）首创，并在曼谷王朝初期广泛流行开来，效仿者尤多，其中不乏顺通蒲（Sunthon Phu）[①]这样的大家。顺通蒲第一部作品《柯布》（*Khobut*）与其最有名的一部作品《帕阿派玛尼》（*Phra Aphaimani*）都是用这种故事格伦写就的。故事格伦与剧本格伦的作品很长时间都是最受欢迎的体裁，当印刷业兴起后，早期印制的作品中最多的也是这两种诗体的作品。[②]

昭帕耶帕康（洪）创作的《佩恰蒙固》（*Lilit Phecharamongkut*）和《西维采本生》（*Lilit Siwichai Chadok*）这两部立律体作品集中体现了他探索创新的意识和冒险试验的精神，也表现出他对于泰国文学出现变化迹象的反应。《西维采本生》虽然和许多非表演性的宫廷文学一样，取材自佛本生故事，但是差别也很明显，它的创作目的并非像以往佛教文学那样为了诵念，而是为了阅读放松和消遣，这与当时文学功能的宗教性和仪式性的衰减是一致的。因此他并没有使用“寺院格伦”或者“经文格伦”，而使用立律体这种不适于诵念的诗体。但是这种试验并不彻底，立律体尽管是很文学的诗体，但它本身就包含莱体这种神圣性语言，在追求娱乐的同时也还是为了获得功德，仍然遵循经文格伦的某些传统，即像其他经文格伦编写的本生经里的巴利文短序（chunniyabot）一样不时插入一些巴利文段落等。而《佩恰蒙固》的故事则来自印度，在阿瑜陀耶时期传入泰国，但整个故事所表达出来的气质和韵味却和泰国人的习惯与思维方式完全不同。《佩恰蒙固》是昭帕耶帕康（洪）较早的作品之一，他当时还是銮梭拉威其（洪），他希望通过这种尝试摆脱文学中的宗教束缚，增强故事性，拓宽作品故事的类

---

① 顺通蒲（1786—1855）是曼谷王朝最著名的诗人之一，被誉为“诗圣”，能诗善赋，恃才放荡不羁，经常醉酒，遭到三世王排挤，一度穷困潦倒，靠卖文糊口，其代表作都是出自这一时期，晚年供职于四世王。他的代表作有《帕阿派玛尼》《金山寺纪行诗》《社帕昆昌与昆平》（部分章节）等。

② [泰]尼提・尤希翁：《羽毛笔与船帆》（泰文），曼谷：阿玛林出版社，1995年，第96-97页。

型和来源，把更多新鲜的元素添加到文学创作当中来。但遗憾的是他的这两次尝试都不太成功，之后也没有人效仿过他创作类似的作品。昭帕耶帕康（洪）并未放弃他的文学试验，终于在后来故事格伦的写作中取得了成功。但是真正奠定他文坛地位的还是《三国演义》和《罗阇提叻》的翻译，尤其是前者。如果没有昭帕耶帕康（洪）坚持不懈的创新尝试，也就不会有后来《三国》和“三国文体”的诞生，这是对他个人冒险和坚持的最好的回报。

此外，昭帕耶帕康（洪）的文学创新和冒险还体现在他采用散文体来进行文学翻译和创作上，这是前人不曾尝试过的。泰国古典文学的历史总体来说就是一部诗歌史。泰国韵文体文学可追述至素可泰时期，最早起源于佛教中的讲经经文，长老们用来教化百姓的经文采用了“长莱体”（rai yao），而在众多诗体中莱体出现得最早，之后是克龙体。至迟至阿瑜陀耶王朝初期，泰国诗歌的五种基本类型，即莱体、克龙体、迦普体、禅体、格伦体就已经基本齐备了。其中一部分是在本土传统民间诗歌基础上发展起来的，如莱体、格伦体；另一部分则是由印度舶来的诗体，如禅体（chan，源自梵文Chandhas）、迦普体（kab，源自梵文Kaabya）等。之后的几百年间，这些诗体不断完善格律和音韵规则，并发展出各种细小的分支；有些诗人还将这些诗体混合使用，如《大世赋》（使用了长莱体、克龙体、迦普体和禅体），或将其变化组合成为全新的诗体，如立律体（莱体与克龙体）、迦普套克龙（迦普体与克龙体）等；此外，当某种诗体开始流行，很快就会出现相应诗体的“回文诗”（konlabot）。[1] 这些古典诗歌诗体种类繁多，曼谷王朝之前的文学作品基本都是使用这些诗体进行创作的，即使在曼谷王朝初期，古典诗歌文学也仍然占据统治地位。与之形成鲜明对比的是，曼谷王朝之前采用散文体的作品寥寥无几。从素可泰王朝到阿瑜陀耶王朝近600年的时间里，流传下来的仅有《兰甘亨碑铭》《芒果林寺碑铭》等

① [泰] 瓦拉蓬·巴龙衮：《诗歌》（泰文），曼谷：芦苇出版社，1994年，第33页。

碑铭，以及《三界经》《金达玛尼》《阿瑜陀耶皇家记年》等屈指可数的几部，而且基本上属于碑铭、宗教经文、诗学教材、历史文献等具有社会功能的文本，严格说来并不算真正的文学作品。这几百年来，即使是戏剧剧本这样已经开始加入口语色彩语言的作品，也仍然坚持使用韵文体，只不过放宽一些音韵要求。这些都隐约流露着这样的信息：韵文体语言是文学写作的正统，它符合文学审美的要求。在这种情况下，昭帕耶帕康（洪）又一次发扬了其文学试验创新的冒险精神，将散文体语言运用到文学翻译创作当中。洪版《三国》的成功一举扭转了散文体文学的颓势，改变了泰国韵文体诗歌文学一统天下的局面。

此外，要完全使用韵文体来翻译《三国演义》这样一部鸿篇巨制，难度实在太大，工作量也超乎想象。小说中的人名、地名等专有名词以及审美旨趣等方面所体现的文化差异，很难完全纳入泰国诗歌的格律和音韵系统中去，这些都为采用诗歌体裁来进行翻译带来了困难。散文体语言则可以打破音韵上的桎梏，同时在叙事上具有独特的优势，可以更好地展示《三国演义》波澜壮阔的场景和扣人心弦的故事，极富娱乐性。昭帕耶帕康（洪）笔下的《三国》所采用的朗朗上口、清新隽永的散文体叙事语言受到泰国人的热烈欢迎，被称作“三国体”（后文将做详细分析）。这种文体风格从表层看是作品的语言秩序、语言体式，但从内层看，它负载着社会的文化精神和作家、批评家的个体的人格内涵。不同的文学类型要求有不同的体式规范，它不是个人活动的结果，而是在漫长的历史发展过程中，不断积累、不断丰富，逐渐成熟起来的。“三国体”体现在文学语言的运用当中，既是描述性的，又是评价性的，彰显了独特的个性特征、体验方式和思维方式，同时也折射出社会历史文化的走向，这也反映出昭帕耶帕康（洪）对于文学潮流变化的敏锐的洞察力和独特的感悟力。

昭帕耶帕康（洪）采用散文体语言进行翻译并不能简单归因于遭遇翻译困难之时的无奈之举。他同时主持翻译的另一部孟族英雄史传《罗阇提叻》在翻译时间上比《三国》略早，这部作品在阿瑜陀耶王朝末期曾译成过泰文，翻译难度比《三国演义》要小很多，但也是采用散文体翻译的。这表明昭帕耶帕康（洪）起用散文体并不是一时心血来潮，而是有自己明确的想法。但不能否认的是，用散文体翻译的确降低了整个翻译工作的难度，同时，这也与翻译小组采用了一种特殊的翻译方式有关，洪版《三国》最终呈现出来的文本特征也与这种特殊的翻译方式直接相关。

第三节 昭帕耶帕康（洪）版《三国》的文本生成

一、昭帕耶帕康（洪）版《三国》的翻译

优秀的翻译者需要对两种语言都有一定的造诣，才能将原文的内容精准流畅、文情并茂地翻译出来，这样的翻译者却是当时泰国所缺少的。丹隆亲王曾这样说过：

> 自古时起（及至后来）将中文书籍译成泰文都十分困难，因为懂中文的人不擅长泰文，而精通泰文的人又不通中文。因此翻译工作必须由两部分人共同合作完成。精通中文的人先将中文大意译出并由文牍人员记录下来，之后精通泰文的人将译出的内容用泰文组织起来，让词语和表达进一步完美。[①]

曼谷王朝初期的中文作品翻译大多都采用这样的方式，昭帕耶帕康（洪）也不例外。他本人虽然泰文功底深厚，但是却不谙中文，身边也没有精通双语的得力助手。因此，他主持的翻译团队就由两部分人组成：一部分是精通中文并粗通泰文的华人移民，以闽籍华人为主；另一部分则是由昭帕耶帕康（洪）亲自挂帅的精通泰文的人员。整个翻译过程采用了一种完全“意译”（paraphrase）的方式进行翻译，即由华人先将中文大意译成质朴的泰文，然后由宫廷文人们对译文重新进行组织

① [泰]丹隆拉查努帕：《〈三国〉记事》（泰文），曼谷：文学艺术馆，1973年。

和润色，力求使泰文译文地道、典雅，具有文学性。这样做的好处是"既能读到内容，又能获得文学的韵味，读者不会感觉正在读一部翻译作品"[①]，它通过两个层次的转述，最终成为一部宫廷文人的作品。

尽管昭帕耶帕康（洪）的翻译获得泰国人的推崇与好评，但是该译文具体到微观层面上，却距离我们今天评价优秀翻译的标准有一定的距离。中国传统的翻译理论，不论具体内容差别多大，在一点上是达成共识的，即译文要"忠实"于原文。特别是严复提出的"信、达、雅"论[②]影响极大，自推出以来"使译界学人近百年来几乎不敢越雷池一步"[③]，"信"是要求译文内容忠实准确，"不倍原文"；"达"要求译文通顺流畅，"顾信矣不达，虽译犹不译也，则达尚焉"；最后，"信达之外，求其尔雅"。由此可见，在翻译原则中"信"是最根本的基础。从洪版《三国》获得的评价上看，它的"达"与"雅"毋庸置疑获得了极高的赞誉，但是在"信"上却遇到颇多指摘。丹隆亲王在撰写《〈三国〉记事》时就曾指出有些地方"译过来的内容与中文原文并不一致"[④]，后来有一些作家因不满洪版《三国》的这些翻译错误而撰文甚至出书，对其进行修正和补充，桑·帕塔诺泰在其《〈三国〉军事战略》中直言不讳地说道："（洪版）泰文《三国》的缺点在于弄错了人物的名字、弄错了地点的名字以及错译了原文的词语。"[⑤]一些作家和翻译家甚至为了纠正这些错译和漏译而推出自己翻译的《三国》泰文全译本。

这种不忠实于原文的现象是受当时翻译条件所限。从整个翻译过程

---

① [泰]颂潘·莱卡潘：《曼谷王朝初期文学》（泰文），曼谷：兰甘亨大学出版社，1980年，第82页。

② （清）严复：《天演论译例言》，首提"译事三难信达雅"一说。

③ 顾正坤：《当代翻译学建构理路略论——〈文学翻译学〉序》，《中国翻译》，2001年第1期，第11页。

④ [泰]丹隆拉查努帕：《〈三国〉记事》（泰文），曼谷：文学艺术馆，1973年。

⑤ [泰]桑·帕塔诺泰：《〈三国〉军事战略》（泰文），曼谷：自然出版社，1998年第4版，"前言"。

来看，它并不是一个连贯的过程，经历了两道工序，即由中文到质朴的泰语口语，再由泰语口语到典雅的泰语，每一道工序都会造成原文信息素的流失。这样一来，严格的“信”是很难做到的，华人口译者文化程度并不高，其口译质量又受到泰语水平的限制，很难把原文的内容特别是一些诗文的意义准确无误地表达出来，更不用说原文文字的声音、神韵以及文体文气等方面的特点了；而昭帕耶帕康（洪）等宫廷文人们在润色口译记录时，仅通过华人口译的大意无法完全感悟到中文原文的精妙之处，对于无法理解或难以表述的内容又进行主观改造或删刈。由于在这个过程中参与的人数众多，有时甚至出现前后不一致甚至彼此矛盾的情况。

然而，恰恰是这种不忠实、不准确反而成就了洪版《三国》，造就了它在泰国文坛的成功。昭帕耶帕康（洪）依据各种考量，将泰国本土文化的元素注入译本之中，让译文更符合泰国人的欣赏习惯，所以泰文《三国》与罗贯中《三国演义》的中文原本呈现出不同的面貌。这样一来，翻译过来的《三国》名义上是一部翻译作品，但最终“仍是部宫廷文人的作品。宫廷文人们需要先鉴别并筛选（由华人口译过来的）内容，并将其中与泰国传统道德观念相左的部分去掉”[①]，由于昭帕耶帕康（洪）与当时参与翻译的宫廷文人们对于泰国文学传统观念都非常熟悉，经过他们的筛选和加工，《三国》“没有留下中国文化的痕迹”[②]，并“和谐、巧妙地融入泰国人的语境之中”[③]，这是其在泰国获得成功的重要原因。因此，泰文《三国》并不是一部严格意义上的翻译作品，倒像是一部以《三国演义》故事为蓝本进行的“再创作”，泰国著名的泰文《三国》研究专家玛丽尼・蒂洛瓦尼（Malinee

① [泰]颂潘・莱卡潘：《曼谷王朝初期文学》（泰文），曼谷：兰甘亨大学出版社，1980年，第82页。

② 同上。

③ [泰]玛丽尼・蒂洛瓦尼：《〈三国〉中的泰国特征：写作样式》（泰文），《法政大学学报》，1984年6月号，第132页。

Dilokvanich）一针见血地指出，洪版译文仅从情节内容和专有名词上保留了中国特征，但其本质却是泰国的（Thai intrinsically），她甚至认为有60%左右的内容是为了泰国读者而改写的。[1]因此，泰国人才将洪版《三国》视为泰国本土文学，泰国学界也多从泰国文学的角度来对其进行分析和研究。

二、昭帕耶帕康（洪）版《三国》文本举隅

为了更具体地分析昭帕耶帕康（洪）版《三国》与罗贯中的《三国演义》（120回本）之间的文本差异，下面特别选取两个版本中“草船借箭”这个经典段落的文本，以方便读者获得一个直观的感受。为了更好地反映译本的行文风格以及语言特点，我在这里将洪版《三国》的文本部分重新译成中文，在翻译方式上基本采取直译的方式，这样虽然会使部分语句显得不甚流畅，欠缺文采，但可以保留更多泰文的表达方式和行文特点，以便更好地显现两种文本之间的差别。

“草船借箭”的段落在洪版《三国》的第四十章中后部分，文本如下：

> 密探探听得曹操杀掉了蔡瑁和张允，便将消息详细地报与周瑜。周瑜得知后大喜过望。鲁肃便对周瑜说：“您有如此妙计，又何惧曹操的手段！”周瑜便道：“我料知军中众将不知此计，但在用计方面能胜过我者唯有孔明一人。”之后他吩咐鲁肃去找孔明打探一下，看他是否洞悉这一切。鲁肃告退后便到孔明小船中去找他，说道：“我近日因为忙于分发军粮，未能常来拜访您。”孔明便道：“此次周瑜有此功绩，我也很高兴，但还未来得及向周瑜道贺。”鲁肃便问道：“您因何事要为周瑜而高兴？”孔明便道：“周瑜让您来打探，看我是否知道他的计谋。我已经清楚此事因而

① Malinee Dilokvanich, *Samkok: A Study of a Thai Adaptation of a Chinese Novel*, unpublished Ph. D. Dissertation, University of Washington, 1983, pp.282-286.

道喜。”鲁肃听闻此言大惊失色，问道：“您如何知悉此事？”孔明答道：“周瑜的计策只能骗得蒋干。蒋干去报告曹操，曹操未等细想便杀掉了蔡瑁和张允。待曹操事后深思醒悟，也因自恃清高而不肯开口承认自己做错了。蔡瑁、张允一死，江东城就没有危险了。我便是为此而道喜。如今曹操任命于禁和毛玠为水军都督，替代蔡瑁和张允训练水军。于禁和毛玠对水军并不擅长，将带着所有士卒去葬送性命。”鲁肃听后点着头什么都说不出来。

孔明故意对鲁肃说：“我刚才说的这些话，您不要对周瑜讲，因为周瑜性喜嫉妒，会加害于我。”鲁肃应承后告辞孔明，将所谈内容悉数告知周瑜，但是孔明说的周瑜性喜嫉妒，会加害于我的话则隐去不说。周瑜听罢大吃一惊，说道：“孔明心思睿智，深不可测，需在危害我等之前先除掉他。”鲁肃说道：“孔明并未犯错，您将其杀掉会引起众人的指责和非议。”周瑜便说：“我要杀孔明，定须想一条妙计，不给众人以指摘的机会。”鲁肃问道：“您要怎样除掉孔明呢？”周瑜说道：“您不必多问我的计策，只待日后便见分晓。”

等到次日清晨，周瑜集合众将后，命人去请孔明来议事。孔明得知后欣然进入营帐。周瑜便问孔明：“如今我军与曹操水军交战，用何武器为好？”孔明说道：“如果是水战，最好是用弓箭。”周瑜面露喜色，然后说道：“您适才的话与我的想法不谋而合。我军急缺箭用，这是先生与我共同的责任，想请您担任军队制箭工匠的监造官，在十日内造出十万枝箭。”孔明听罢就清楚了周瑜的诡计，便说道：“您要在十日内造好十万枝箭太慢了。”周瑜便道：“军中之事请您不要戏言，先生的话我不计较。”孔明说道：“我所言句句为实，因为十日太慢，曹军已如此迫近，倘若挥师前来，箭支未及造好岂不误了大事。我只需三日时间造箭，您只需命人等待接箭即可。”周瑜说道：“如果三日内未造好，您将如何？”孔明便立下军令状：“如果在三日内未造好十万枝箭就可杀掉我。但是如果我需要什么不必来找您，我会直接去找鲁肃帮忙，请您准许。”周瑜听罢答应了要求，于是吩咐鲁肃，并立孔明的话为军令状。周瑜请孔明饮酒，并说道：“此事如果办成，您将立大功一件。”

孔明吃罢酒席后告辞周瑜返回舟中，鲁肃便问周瑜：“孔明要在三天造好十万枝箭，我认为绝对来不及。”周瑜说道：“孔明自己主动要求，只要没能完成许诺之事即可除掉他，众人也不会指责我了。这次孔明必死无疑，即使身长翅膀也不能逃出我的手心。之后偷偷吩咐兵士去告知造箭的工匠们要故意怠工，不可在三日内造完。我要看看孔明的智慧。”之后周瑜叫鲁肃去探听孔明有何对策。

鲁肃告辞后径去找孔明，孔明看到鲁肃来了，便说：“我曾劝阻过您，不要将谈话的内容告诉周瑜，您就是不听。如今周瑜故意设计要害我，让我做监工在三日内监造十万枝箭。显然肯定来不及，要降罪于我。还请您想办法帮忙拖延几日，别让我受罚。”鲁肃回答道：“我本性正直，已经对周瑜说过那样做是错的。但是起初周瑜让在十天内完成，您却立下军令状要在三天内完成，您让我如何帮助您呢？”孔明说道：“如果您不怜悯我，我就无路可走了。但是如果可怜我，请给我准备尽量多的稻草和几块黑布，以及用来擦拭和烘制箭支的油。还有二十条船，每条船上三十至四十人，用来装运给周瑜的箭。”

鲁肃听完答应下来，但是心里却充满怀疑，他不知道孔明究竟有什么计策。之后，他辞别孔明又去向周瑜报告情况：“并未看到孔明让工匠造箭，但是孔明求借船只装箭来运送给您。”周瑜听罢十分高兴，便说道：“孔明这次必死无疑。”之后又吩咐鲁肃：“孔明要求什么就给他什么。”鲁肃便起身告辞，去准备二十条船和士兵以及孔明要求的一切。直到第三天也未见孔明有何动作，鲁肃更加疑惑了。当日晚上，孔明才去请鲁肃前来，他说道：“箭我已经准备好了，把我吩咐的东西拿来，把船和士兵准备好去取箭吧。”鲁肃说：“您不要担心，所有都已经准备好了。”

鲁肃把船调出来，孔明上船后邀请鲁肃：“请您一同前往，去接给周瑜的箭。”鲁肃便问道：“您要到哪里找箭呢？”孔明说道：“您不要再问我了，一同前往就会知道了。”孔明让把战船划出来，在这二十艘船每条船的两侧都绑上稻草，然后上面铺上黑布。等到准备妥当，他又让人用粗缆绳把每条船都连在一起，在三更时分迅速划到曹操军营附近。

此时正值腊月月亏之夜，大雾弥漫。孔明让众将士大声擂鼓呐喊。鲁肃见状不禁大惊失色，不住地发抖，如同无缘无故地坐进了火堆之上一般，于是问孔明道：“我军只来这些人，一旦曹操水军来战，您有何对策？”孔明笑道：“雾气很重，曹操怎会带水军出战？您与我安心饮酒玩乐，等到天将放亮时，我们就调转船头返回。”

而曹操听到响彻云天锣鼓声，便知周瑜军队来犯，但即便是战船出战也看不清对方，担心周瑜安排了士兵埋伏两面夹攻，便传令于禁和毛玠让战船按兵不动，只让众将士乱箭射之。之后又命张辽和徐晃带领大批士兵在岸边乱箭齐射周瑜军。水军和陆军的将官们只是朦朦胧胧地看到有船在水面上一字排开，也看不出究竟有多少敌军，便命令全员猛烈射击，顿时箭如雨下射向敌船。孔明让众军士偷偷把稻草捆在一起作为假人立在外边，等到稻草上面插满弓箭的时候便停止了锣鼓声，再换另一艘战船来接箭，再敲锣打鼓。等到箭接得足够多的时候，天光已经大亮了。

孔明便故意高喊讥笑道：“多谢丞相赠送这么多箭，这些箭会在交战时回送给您！”之后便命迅速撤回。至于曹操军看到周瑜军战船如此返回，便将详情一一禀报曹操，曹操命人乘二百艘快船去追，但已经来不及了。

这时曹操因中了敌军之计而懊恼不已，感到颜面尽失。而孔明乘船顺江南下，对鲁肃说："我的计策不用牺牲一兵一卒，也不用为难工匠们。这二十艘船每艘都得到了五、六千枝箭，二十艘船总共就有十万余枝。"鲁肃听罢拱手揖拜并称赞孔明道："足智多谋真如神仙显圣，能预知今日将起大雾，才会有此行动啊。"

孔明说道："一般身为国家将领者，若不懂卜算是否是吉时，就不能称作智慧之人。我采取这次行动是因为知道今日将起大雾，我才有可能给周瑜送箭。而周瑜命我做监官在十日内造十万枝箭，即使让工匠全力以赴也赶不及，其实是周瑜想要除掉我。但是有天神助我，我才知道今日将起大雾，我才提出三日的期限。如今，我功德无量才得以脱险。"鲁肃不住地赞颂孔明的计策，等到船行至军营，鲁肃便去禀报周瑜："箭已经准备齐了，让士兵们去搬运吧。"周瑜让士兵把箭搬运上来并清点，总共十万多枝箭。

鲁肃把孔明的计谋详情一五一十地说与周瑜，周瑜这才明白，点头长叹一声："孔明的智谋要远胜于我！"……[①]

下面是罗贯中《三国演义》的"草船借箭"片段，由"第四十五回 三江口曹操折兵 群英会蒋干中计"的结尾处至"第四十六回 用奇谋孔明借箭 献密计黄盖受刑"的前半部分：

细作探知，报过江东。周瑜大喜曰："吾所患者，此二人耳。今既剿除，吾无忧矣。"肃曰："都督用兵如此，何愁曹贼不破乎！"瑜曰："吾料诸将不知此计，独有诸葛亮识见胜我，想此谋亦不能瞒也。子敬试以言挑之，看他知也不知，便当回报。"正是：还将反间成功事，去试从旁冷眼人。未知肃去问孔明还是如何，且看下文分解。

却说鲁肃领了周瑜言语，径来舟中相探孔明。孔明接入小舟对

① [泰]昭帕耶帕康（洪）：《三国》（泰文），曼谷：艺术编辑室出版社，2001年新版，第618-622页。

坐。肃曰："连日措办军务，有失听教。"孔明曰："便是亮亦未与都督贺喜。"肃曰："何喜？"孔明曰："公瑾使先生来探亮知也不知，便是这件事可贺喜耳。" 謊得鲁肃失色问曰："先生何由知之？"孔明曰："这条计只好弄蒋干。曹操虽被一时瞒过，必然便省悟，只是不肯认错耳。今蔡、张两人既死，江东无患矣，如何不贺喜！吾闻曹操换毛玠、于禁为水军都督，则这两个手里，好歹送了水军性命。"鲁肃听了，开口不得，把些言语支吾了半晌，别孔明而回。孔明嘱曰："望子敬在公瑾面前勿言亮先知此事。恐公瑾心怀妒忌，又要寻事害亮。"鲁肃应诺而去，回见周瑜，把上项事只得实说了。瑜大惊曰："此人决不可留！吾决意斩之！"肃劝曰："若杀孔明，却被曹操笑也。"瑜曰："吾自有公道斩之，教他死而无怨。"肃曰："何以公道斩之？"瑜曰："子敬休问，来日便见。"

次日，聚众将于帐下，教请孔明议事。孔明欣然而至。坐定，瑜问孔明曰："即日将与曹军交战，水路交兵，当以何兵器为先？"孔明曰："大江之上，以弓箭为先。"瑜曰："先生之言，甚合愚意。但今军中正缺箭用，敢烦先生监造十万枝箭，以为应敌之具。此系公事，先生幸勿推却。"孔明曰："都督见委，自当效劳。敢问十万枝箭，何时要用？"瑜曰："十日之内，可完办否？"孔明曰："操军即日将至，若候十日，必误大事。"瑜曰："先生料几日可完办？"孔明曰："只消三日，便可拜纳十万枝箭。"瑜曰："军中无戏言。"孔明曰："怎敢戏都督！愿纳军令状：三日不办，甘当重罚。"瑜大喜，唤军政司当面取了文书，置酒相待曰："待军事毕后，自有酬劳。"孔明曰："今日已不及，来日造起。至第三日，可差五百小军到江边搬箭。"饮了数杯，辞去。鲁肃曰："此人莫非诈乎？"瑜曰："他自送死，非我逼他。今明白对众要了文书，他便两胁生翅，也飞不去。我只分付军匠人等，教他故意迟延，凡应用物件，都不与齐备。如此，必然误了日期。那时定罪，有何理说？公今可去探他虚实，却来回报。”

肃领命来见孔明。孔明曰：“吾曾告子敬，休对公瑾说，他必要害我。不想子敬不肯为我隐讳，今日果然又弄出事来。三日内如何造得十万箭？子敬只得救我！”肃曰：“公自取其祸，我如何救得你？”孔明曰：“望子敬借我二十只船，每船要军士三十人，船上皆用青布为幔，各束草千馀个，分布两边。吾别有妙用。第三日包管有十万枝箭。只不可又教公瑾得知。——若彼知之，吾计败矣。”肃允诺，却不解其意。回报周瑜，果然不提起借船之事，只言：“孔明并不用箭竹、翎毛、胶漆等物，自有道理。”瑜大疑曰：“且看他三日后如何回覆我！”

却说鲁肃私自拨轻快船二十只，各船三十馀人，并布幔束草等物，尽皆齐备，候孔明调用。第一日却不见孔明动静；第二日亦只不动。至第三日四更时分，孔明密请鲁肃到船中。肃问曰：“公召我来何意？”孔明曰：“特请子敬同往取箭。”肃曰：“何处去取？”孔明曰：“子敬休问，前去便见。”遂命将二十只船，用长索相连，径望北岸进发。是夜大雾漫天，长江之中，雾气更甚，对面不相见。孔明促舟前进，果然是好大雾！前人有篇《大雾垂江赋》曰：

大哉长江！西接岷、峨，南控三吴，北带九河。汇百川而入海，历万古以扬波。至若龙伯、海若，江妃、水母，长鲸千丈，天蜈九首，鬼怪异类，咸集而有。盖夫鬼神之所凭依，英雄之所战守也。

时也阴阳既乱，昧爽不分。讶长空之一色，忽大雾之四屯。虽舆薪而莫睹，惟金鼓之可闻。初若溟濛，才隐南山之豹；渐而充塞，欲迷北海之鲲。然后上接高天，下垂厚地；渺乎苍茫，浩乎无际。鲸鲵出水而腾波，蛟龙潜渊而吐气。又如梅霖收溽，春阴酿寒；溟溟漠漠，浩浩漫漫。东失柴桑之岸，南无夏口之山。战船千艘，俱沉沦于岩壑；渔舟一叶，惊出没于波澜。甚则穹昊无光，朝阳失色；返白昼为昏黄，变丹山为水碧。虽大禹之智，不能测其浅深；离娄之明，焉能辨乎咫尺？

于是冯夷息浪，屏翳收功；鱼鳖遁迹，鸟兽潜踪。隔断蓬莱之岛，暗围阊阖之宫。恍惚奔腾，如骤雨之将至；纷纭杂沓，若寒云之欲同。乃能中隐毒蛇，因之而为瘴疠；内藏妖魅，凭之而为祸害。降疾厄于人间，起风尘于塞外。小民遇之夭伤，大人观之感慨。盖将返元气于洪荒，混天地为大块。

当夜五更时候，船已近曹操水寨。孔明教把船只头西尾东，一带摆开，就船上擂鼓呐喊。鲁肃惊曰："倘曹兵齐出，如之奈何？"孔明笑曰："吾料曹操于重雾中必不敢出。吾等只顾酌酒取乐，待雾散便回。"

却说曹寨中，听得擂鼓呐喊，毛玠、于禁二人慌忙飞报曹操。操传令曰："重雾迷江，彼军忽至，必有埋伏，切不可轻动。可拨水军弓弩手乱箭射之。"又差人往旱寨内唤张辽、徐晃各带弓弩军三千，火速到江边助射。比及号令到来，毛玠、于禁怕南军抢入水寨，已差弓弩手在寨前放箭；少顷，旱寨内弓弩手亦到，约一万馀人，尽皆向江中放箭：箭如雨发。孔明教把船吊回，头东尾西，逼近水寨受箭，一面擂鼓呐喊。待至日高雾散，孔明令收船急回。二十只船两边束草上，排满箭枝。孔明令各船上军士齐声叫曰："谢丞相箭！"比及曹军寨内报知曹操时，这里船轻水急，已放回二十馀里，追之不及。曹操懊悔不已。

却说孔明回船谓鲁肃曰："每船上箭约五六千矣。不费江东半分之力，已得十万馀箭。明日即将来射曹军，却不甚便！"肃曰："先生真神人也！何以知今日如此大雾？"孔明曰："为将而不通天文，不识地利，不知奇门，不晓阴阳，不看阵图，不明兵势，是庸才也。亮于三日前已算定今日有大雾，因此敢任三日之限。公瑾教我十日完办，工匠料物，都不应手，将这一件风流罪过，明白要杀我。——我命系于天，公瑾焉能害我哉！"鲁肃拜服。

船到岸时，周瑜已差五百军在江边等候搬箭。孔明教于船上取之，可得十馀万枝，都搬入中军帐交纳。鲁肃人见周瑜，备说孔明取箭之事。瑜大惊，慨然叹曰："孔明神机妙算，吾不如也！"后人有诗赞曰：

一天浓雾满长江，远近难分水渺茫。骤雨飞蝗来战舰，孔明今日伏周郎。[①]

从上面选取的段落的对比可以看出，《三国演义》与洪版《三国》泰文译本之间从行文风格上到具体内容细节上都有诸多出入。洪版《三国》在章节划分上与原文并不一样；原文中很多内容都未译出，如许多诗词，像大段气势恢宏的《大雾垂江赋》等尽皆被删去；行文上洪版显得拖沓，一些表达重复；原文中孔明认为自己成功是"命系于天"，而洪版中则变成"功德"的佛教观念等。诸如此类的差异在全书中比比皆是，下面我们就详细分析和总结一下二者之间的具体差异。

第四节　昭帕耶帕康（洪）版《三国》与《三国演义》之比较

关于洪版《三国》译本与罗贯中《三国演义》原著在文本上的差异，历来都是学界关注的焦点所在。许多泰国学者从形式内容到语言文字等方面，对二者进行了细致入微的比较研究。[②] 洪版《三国》与《三国演义》的具体差异，概括起来大致有以下几方面：

---

① （明）罗贯中：《三国演义》，北京：人民文学出版社，1973 年，第 379-384 页。

② 比较重要的成果有桑·帕塔诺泰的《〈三国〉军事战略》（前言部分）、芭萍·玛努麦威汶的《〈三国〉：比较研究》、玛丽尼·蒂洛瓦尼的《〈三国〉：中国小说的泰文改编本研究》、颂巴·詹陀拉翁的《昭帕耶帕康（洪）版〈三国〉的政治意义》、金达娜·探瓦妮瓦的《关于〈三国〉中、泰文版本中比喻的比较》等。

一、泰译《三国》简化了原作的结构形式和表现手法

洪版《三国》保留了《三国演义》的散文体形式，但是在内容和结构上做了大量的取舍：

首先，《三国演义》原文中大量的韵文诗词被删去。《三国演义》全书有近200首诗词，但在洪版《三国》里绝大部分都删去不译，甚至连那首著名的开篇诗词《临江仙》也一并删去，只保留了对情节推动较为重要的11首，并进行了意译。

其次，洪版《三国》重新调整和划分了章节，也使全书的篇幅缩水。《三国演义》原著全本共120回，而洪版《三国》却仅有87章，篇幅明显缩减，除了因为删掉了后半部分数段大战的内容外，还因为洪版《三国》重新划分了章回。洪版《三国》把一个较为明确、完整的情节提取出来划分为一个章节，并且舍弃了原著的章回题目。因此，洪版《三国》各个章节之间的内容极不平衡，内容少的章节仅有10页左右篇幅，而某些内容较多的章节甚至长达50多页（按泰国国家图书馆校勘本），《三国演义》原著中多个章回在洪版《三国》中被压缩编入到一个章节中。如经典的“赤壁之战”的故事，在《三国演义》中从“第四十三回 诸葛亮舌战群儒 鲁子敬力排众议”结尾处“且说孙权退入内宅，寝食不安，犹豫不决……”开始，一直到“第五十回 诸葛亮智算华容 关云长义释曹操”结束，用了7回多的篇幅叙述，而在泰文洪版《三国》中，则是从第39—42章，只用了4章的篇幅，其中第41章一章就包括了原著“第四十七回 阚泽密献诈降书 庞统巧授连环计”到“第四十九回 七星坛诸葛祭风 三江口周瑜纵火”三回的内容。因为这三回集中叙述了“赤壁之战”东吴火烧曹军战船的情节。这也使得洪版《三国》的章节数大大减少了。

最后，洪版《三国》简化了《三国演义》的一些艺术化处理的手法。《三国演义》原著中人物的出场有很多艺术化的处理方式，通过各种技巧性、迂回式的方式出场亮相，使人物形象鲜明，个性突出，但在

洪版《三国》中这种艺术化的出场方式都被简化掉了，代之以叙事者直接介绍人物的来龙去脉。这是文学审美习惯的不同。中国人认为迂回式的表达是文学写作的艺术技巧，而在泰国人看来却是艰涩难懂，直白表述更符合他们的阅读习惯和审美需要。

二、对原文专有名词的误译和错译

《三国演义》原著洋洋洒洒数十万言，泰文《三国》的翻译又是通过中间媒介，经过先口译记录再加工润色的复杂翻译程序，因此洪版《三国》里的误译、错译在所难免。其中最为突出的是人名、地名等专有名词的翻译错误。《三国演义》原著中出现的人名、地名数以千计，即使是中国读者如果不具备一定的背景知识，也很难完全掌握清楚。对于外国人来说，阅读困难就更大了。而由于这些人名、地名的错译和误译，造成了一些人物关系和地理问题的混乱，也给很多读者制造了阅读上的障碍。

在人名方面的误译与错译主要有以下几种情况：

（1）有的地方把同一个人的名字译成两个不同的人名。如满宠译成Manthong[①]，但有的地方却又译成Buanthong，又比如卢植译成Lotit，有的地方又译作Lochin等，这可能是因为不同的华人口译译员使用不同汉语方言转译而导致的音误。

（2）有些人名读音相近，因此被错译成同一个名字。如孙权的三子孙和与孙和之子、吴国末帝孙皓，有的地方二人都被译成Sunho，又如吕布的谋士陈宫与曹操的辅臣陈群都被译成Tankui等。

（3）将人名误译成地名。如孟获获悉诸葛亮举兵来袭，便唤Mitong 城主 Suna 来见，但 Mitong 并非地名，原文为“（第二洞元帅）董荼那”，译者这里将其姓与名拆开，并把其姓误识为地名，仅以其名

① 由于昭帕耶帕康（洪）的翻译小组中的华人多数为闽籍，因此洪版《三国》里面的人名、地名大都按照福建音音译成泰语，因此译名的发音与普通话差别较大。

Suna代指此人。

（4）译错人名的性别。由于泰文习惯在人名前附上带有性别的前缀，如前缀Nang表示女性，前缀Nai表示男性，洪版《三国》中称二乔的父亲乔玄乔国老为Nang Kiaukoklo，显然是将其误认为女性了。

（5）其他翻译错误。如将官衔爵位译成人名，添加原文没有的人名等。

在地名方面的误译与错译主要有以下几种情况：

（1）同一个地名的前后译名不一致。如乐城（Koksia、Kaksia）、广汉（Konghan、Kenghan）、公安（Kong'an、Kang'an）、曲阳（Khayokyong、Khayokyiang）、猇亭（Chuteng、Uteng、Haoteng）、青州（Chenchiu、Chenchiu[①]、Chiangchiu、Sengchiu、Sunchiu）、长安（Tianghan、Tiang'an、Seng'an）、山阳（Sanyong、Sanyiang、Sunyong）等。

（2）将不同的地名译成同一个名字。如荆州译成Kengchiu是正确的，但是书中还把定州、颍州和江州也译成了Kengchiu，此外，湖北省的两座重镇襄阳和上庸都被不加区分地译成Songyong等等。

（3）把一些非地名的名词错当成地名专有名词。如把人名当成地名、把普通名词当成地名、把官衔爵位当成地名等等。

除了人名、地名的误译之外，洪版《三国》在中国官职称谓的翻译上以及其他细节的翻译上也都出现了一些错误。

三、用泰国文化语境下的表达方式取代原著原有的表达方式

在整个《三国》的翻译过程中，文化上的差异是造成翻译困难的障碍之一，特别是一些中国文化意涵极强的事物，若原原本本地直译过来，要么泰国读者无法理解，要么因与泰国文化传统相左而难以被泰国读者所接受。因此，洪版《三国》在这些地方都做了一定的处理，使其

① 与前一个Chenchiu第一个辅音所用字母不同。

能够更好地融入泰国的文化语境。首先，原著中提到的一些泰国没有的事物，用泰国既有的类似事物作为替代。如“桃园三结义”中出现的桃树，泰国没有这种植物，而它对于故事情节又很重要，无法省去，因此书中用泰国常见的“夹竹桃”（yitho）来替代桃树。又如，泰语中没有“麒麟”一词，泰译本便将其译成 rachasi，rachasi 是印度神话故事中大雪山林中的神兽，状似狮子，与麒麟也有几分相似。[①]对于泰国人而言，这样的翻译更形象，也更易接受。

其次，对泰国人难以理解的名词和概念加以变通和说明。如“话说天下大势，分久必合，合久必分”所指的“天下”，洪版《三国》将其译为“中国”，这句话也译成“以前的中国，和平幸福日久之后便生战祸，战乱平息之后复归和平安乐”。在中国文化中，“天”是具有神秘色彩的核心概念之一，诸如“天地为证”“对天盟誓”“天意难违”等，在泰文语境下很难准确传递其真正含义，因此在洪版《三国》中对此做了变通，以方便泰国人理解。如把“天地”译成“神佛”，把“天意”一词多处改为“福报”“业报”等等。有些地方用泰文习惯的修辞和成语来替代原文中同义的中文修辞表达，例如孙坚进攻董卓时，吕布对董卓说：“父亲勿虑，关外诸侯，布视之如草芥。”泰国不太习惯用稗草来比喻人，而常用蜉蝣来比喻微不足道的事物，如说“蜉蝣投火堆”。洪版《三国》便将此句改成“这些人如同蜉蝣，我愿出兵除之，您不必忧心”。有些时候为了更方便泰国读者理解，还会加入原文中没有的泰式修辞。例如原著中刘备在围剿黄巾军时说道：“今四面围如铁桶，贼乞降不得，必然死战。万人一心，尚不可当，况城中有数万死命之人乎？”这段话在洪版《三国》中变成：“我军已将此城四面围定，不日即可攻陷。然贼人亦是勇兵骁将，此时犹如被逼进死巷之狗[②]，焉肯轻易回头受降？很可能会死战顽抗，敌我定会两败俱伤，（这样）如

① 现代泰语中已经有了“桃树”“麒麟”的音译借词。

② 泰文成语，意为被逼无奈，狗急跳墙。

同以冰片换盐……”这里“围如铁桶”“必然死战”的比喻，泰国人不易理解，于是转化成了“狗急跳墙”的意象。“以冰片换盐”则是原文中没有的比喻，是泰文中的独特表达，喻指以贵换贱，并不值得。这样一来，泰国人读起来就会感到形象得多，方便他们理解。诸如此类的情况，在洪版《三国》中比比皆是。

最后，在原著中出现的一些与泰国政治、文化传统相左的内容，在洪版《三国》中都作了修改。如中国古语“将在外，君命有所不受”，这与泰国强调集神王、法王角色于一身的君主享有至高无上的绝对权威的观念相左，即便是较为开明、允许翻译此书的曼谷王朝一世王也绝不会容许这样的思想传播。因此洪版《三国》将这句话改成“驻守边城之将领理应忠心报国。君命至，对，则遵命而行；错，可上书陈表”，这样既维护了君主的权威，凸显臣子的忠诚，又要求臣子对君主的命令有自己的清醒判断，但是与原文的意思已经大相径庭了。此外，像曹操的名言“宁教我负天下人，不教天下人负我”更是与泰国讲求忍耐、牺牲、奉献的佛教教义相冲突，因此在洪版《三国》中将其译成“保护自己免受人欺，乃人之常理”。这样的情况在书中还有很多，不再一一列举了。

四、其他翻译错误

包括将原著中的人物对话改成了叙述，或将叙述改成了对话；三国人物关系上的错误，如孙和是孙权的第三个儿子，是第二任太子，洪版《三国》直接将其译成孙权的次子；年代以及其他数字方面的错讹；删除了原文中一些泰国人难以理解的汉语典故和比喻修辞等等。

形成上述差异的原因，一是受当时翻译的客观条件所限，同时翻译过程中又缺乏严谨。参与翻译的人很多，但缺少一个权威的统稿和校译，因此难免出现前后译文名称不一致的情况。虽然昭帕耶帕康（洪）等宫廷文人统一对华人的口译译文初稿进行全面的调整和润饰，但是由于他们不懂中文，因此对原文的一些细节问题，特别是涉及中国文化的错误和人名地名的错误等无法进行及时纠正。多数华人译者的泰语水平有限，很难把原文的内容用泰文准确无误地表述出来，特别是原著中的很多诗文，不得不放弃；此外，个别华人译者的中文水平也不高，从译文的情况来看，有的译名错误很明显是缘于华人念了白字。泰国宫廷文人们面对的口译记录已经是受到一定损失的内容，而为了符合泰文的欣赏和表达习惯，宫廷文人们又对口译记录重新进行组织、编撰，这样就使得译文又经过了第二道增删润色，中间环节过多也影响了原文内容的准确传递。这些都是造成洪版《三国》译文与原著出现众多出入的客观原因。

而在主观方面，昭帕耶帕康（洪）对《三国》译文进行了大胆的修改，以使译文能够符合泰国读者的文学审美习惯和阅读习惯，更容易被泰国读者接受。例如，中国章回小说的艺术形式是在中国说唱文艺的基础上发展起来的，说书艺人为吸引听众再来捧场，往往在情节发展紧要处戛然而止，保留悬念，“欲知后事如何，且听下回分解”。《三国演义》就是以宋元说书艺人的话本作为参考底本，在形式上也多有借鉴，也采用这种划分章节的方式。但是对于异文化的泰国受众来讲，这种方式反倒难以接受。他们更喜欢简单明了的形式。因此《三国演义》原著的中国式章回划分并没有得到泰国人的认同。昭帕耶帕康（洪）便打乱原著的章回，以情节和叙事的完整为原则重新划分章节，此举得到泰国读者的认可。此外，如前所述，泰国是一个佛教国家，《三国演义》原著中却经常出现与佛教教义相左的内容，而中国文化中“天命”观又使不谙中国传统信仰的泰国人无法理解，因此必须对其进行修改才能为泰国读者所接受，如以“福报”“业报”等佛教理念替代“天命”观，重新进行阐释等。对于另外一些极具中国特色的表达和修辞，昭帕耶帕康（洪）也进行了本土化处理，即用泰语的习惯表达方式进行替换，有时添加原文中没有的内容。总之，一切都是为了方便泰国读者理解和接受。

如果以“信达雅”的翻译标准来衡量洪版《三国》泰译本，首先在这个"信"即忠实性上，它就不符合标准，大打折扣。那么，洪版《三国》是不是就成了一个不合格的译文呢？

单纯就翻译而言，传统观念上认为"忠实性"是对译文的基本要求，也是评价译文水准是否合格的不二法则，但是从文化交流和文学传播的角度来看则不尽然。恰恰是洪版《三国》译文以接受者为出发点对原著进行了大胆改造（客观错译除外），成就了《三国演义》在泰国的成功。过分强调《三国》译文的"忠实性"，实际上是一种由中文向泰文的单向视角，这样就忽略了在传播过程中更为重要的视角，即接收方泰国读者的视角。一个文学作品传播的成功与否最终是要看其接受的情况和效果。在整个洪版《三国》的翻译过程中，我们可以看到原著中中国文化信息的不断失落、变形、异化，甚至直接被泰国文化信息所替换，而最终形成的译文文本中凸显出来的已不是罗贯中的风格，而是昭帕耶帕康（洪）的个人印记。

翻译是促成不同文化、不同民族文学间发生影响的方式之一，属于文字媒介，翻译行为不仅是译者用另一种语言传达和展示原作者思想的行为，它首先是一种跨文化交流。原作和译作之间不是单纯的"主仆关系"，而是"竞争关系"。不同于一般的翻译，文学翻译对语言的质量是有较高要求的，译文所用的语言不仅仅要满足一般的交际传递和沟通的需求，更是一种具有美学功能的艺术语言。文学是一种独特的审美活动，相应地，文学语言也要具有审美特征，它的表达要生动形象，意义丰富，能指与所指间的关系不唯一，更重要的是它是"特定语言环境内的历史文化积淀和语言使用者的生活经验"[①]的反映，它一定是根植于一个民族、一个国家的文化之中，而文化间的差异又是绝对的。翻译的实践也表明，由于不同语言背后的文化差异，在文学翻译中实现绝对的忠实和对等几乎是不可能完成的任务。完全的忠实和对等意味着原文和译文之间是可逆的（reversible），而翻译是一种单向的行为，任何翻

① 谢天振：《译介学导论》，北京：北京大学出版社，2007 年，第 70 页。

译行为都无法做到完全的可逆，文学翻译更是如此。此外，文学翻译同样需要创造力，要让一部作品在“一个新的语言、民族、社会、历史环境里获得新的生命”[①]。在创造性之外，文学翻译还有叛逆性的一面，译者若要让作品在全新的文化语境下焕发活力，则不可避免地要对原作进行一定客观的背离，更何况像洪版《三国》这样还希望在翻译中达到一世王的个人授意。法国文学社会学家罗贝尔·埃斯卡皮（Robert Escarpit）提出“创造性叛逆”（creative treason）[②]的概念，认为在文学翻译的过程中，创造性与叛逆性其实是根本无法分割开来的，因为“没有创造性的叛逆，就没有文学的传播与接受”[③]，洪版《三国》的翻译中所展现出的正是这样一种“创造性叛逆”。越来越多的学者开始从比较文学、比较文化学的角度出发来探讨文学翻译问题，并衍生出“译介学”这样的新兴的比较文学学科，创造性叛逆也成为译介学研究的理论基础。当代西方的翻译研究也开始越来越多地关注文化性，从对两种语言的转换进一步深入到对翻译活动本身的研究，并从译作者、组织者与接收者等角度来全面看待翻译活动。

实际上，当代的翻译理论也开始重新审视传统上把“忠实”作为翻译本质属性的观念。以色列翻译理论家吉蒂昂·图瑞（Gideon Toury）就指出：翻译是受规范制约的行为，翻译的社会文化特点使它不同程度地受到多种因素的限制。由于社会文化具有特殊性，在跨文化应用的时候若有相同皆出于巧合，而且规范本身也是不稳定的、变动不居的。[④]也就是说不存在一对一的概念，除非偶然因素使然，翻译当中不存在等值的可能性。其他著名翻译理论家，如西奥·赫曼斯（Theo

---

① 谢天振：《译介学导论》，北京：北京大学出版社，2007 年，第 72 页。

② [法] 罗贝尔·埃斯卡皮：《文学社会学》，王美华、于沛译，合肥：安徽文艺出版社，1987 年，第 137 页。

③ 谢天振：《译介学》，上海：上海教育出版社，1999 年，第 130 页。

④ Gideon Toury, *Descriptive Translation Studies and Beyond*, Amsterdam and Philadelphia: Benjamins, 1995, pp.57-61.

Hermans）、玛丽亚·提莫志克（Maria Tymoczko）等也都不约而同地质疑“忠实”的地位和实现的可能性，一些中国学者也明确提出相同的质疑。[①]当然，本书意不在探讨翻译理论和翻译标准，只是要强调对于泰文《三国》而言，“忠实性”并不是作为评判其译文“质量”的唯一标准。特别是在文学跨文化传播的过程中，译文的质量需要得到本土受众的检验和认定，还要看译文是否能够有效融入当地社会文化语境之中。而这些归根结底取决于译文中的泰国文化特征，而不是原著中的中国文化特征。也是在这个意义上，我们才说洪版《三国》翻译上的“不忠实”成了其在泰国获得成功的一个重要原因。

第五节　昭帕耶帕康（洪）版《三国》文本发生的原因

昭帕耶帕康（洪）的《三国》之所以能够横空出世，是因为它根植于泰国社会和泰国的华人社会这两个不同层次的社会。同时，洪版《三国》的产生和成功也离不开个人的力量，特别是主持翻译的昭帕耶帕康（洪）和下令进行翻译的曼谷王朝一世王发挥了至关重要的作用，功不可没。

昭帕耶帕康（洪）个人精湛的泰文造诣和深厚的文学功底，保证了译本的高水准，形成了全新的、对泰国文学发展产生深远影响的“三国体”。同时他的译本对《三国演义》原著进行大胆的改造和创新，通过一种“创造性叛逆”，降低了泰国读者接受来自异文化的《三国演义》的门槛，由于其中加入了大量泰国人耳熟能详的表达方式和传统的思想观念，又使泰国读者读来亲切，易于理解，没有过多的阅读外国文学译

① 见杨晓荣：《翻译批评标准的传统思路和现代视野》，《中国翻译》，2001年第6期；廖七一：《研究范式与中国译学》，《中国翻译》，2001年第5期；苗菊：《翻译准则——图瑞翻译理论的核心》，《外语与外语教学》，2001年第11期；司显柱：《译作一定要忠实原作吗？——翻译本质的再认识》，《上海科技翻译》，2002年第4期等文。

作的那种生僻感，但同时它又适当地引进了泰人可以接受的汉语思维和表达方式，例如：三顾茅庐、开诚布公、开门揖盗、不可多得、车载斗量、巧夺天工、老牛舐犊、多谋善断、赤膊上阵、纵虎归山、赴汤蹈火、锦囊妙计等成语，既丰富了泰语的语汇，又赋予读者一种前所未有的新鲜感。可以说，泰文洪版《三国》在把握文学翻译的变异度方面是恰到好处的。

洪版《三国》产生的另一个重要原因是来自王室的资助和推动。很难想象，如果没有曼谷王朝一世王的御令，没有他的鼎力支持，任凭昭帕耶帕康（洪）如何才高八斗，如何具有改造文学的雄心壮志，也不太可能去主动选择翻译《三国演义》；更何况这种艰巨的翻译工程，势必耗费大量的人力、物力，如果没有王室的大力扶持和资助，仅凭个人的力量是无法实现的。正所谓“盛世修书”，在曼谷王朝初期，泰国经过连年征战的，农业和经济等方面尚未完全复苏，国库也并不充盈，一下子拿出大笔资金来资助翻译工程也并不是一件轻而易举的事情。可以说，把《三国演义》的翻译上升到“国家文学”的高度，是完全把这一项翻译工程看成了一次国家的政治行为。在这一点上，曼谷王朝一世王的态度就显得至关重要，他是促成翻译工程的直接决策力量。

一世王为何要翻译《三国演义》一直是一个引人关注的问题。名义上他是为了重振被泰缅战火中断的文学传统，实际上却更有深意。首先当然要肯定《三国演义》卓越的艺术和文学价值，正如鲁迅的评价：“后来做历史小说的很多，如《开辟演义》，《东西汉演义》，《东西晋演义》，《前后唐演义》，《南北宋演义》，《清史演义》……都没有一种跟得住《三国演义》。所以人都喜欢看它；将来也仍旧能保持其相当价值的。”[①]但这显然不足以打动一世王，让他下决心做出巨大投入去进行翻译，因为《三国演义》毕竟是扎根于中国文化土壤之中，是

① 鲁迅：《中国小说史略》“附录”，第四讲 宋人之“说话”及其影响，《鲁迅全集》（第九卷），北京：人民文学出版社，1981 年，第 324 页。

在汉文学语境中大放异彩的文学经典，深受印度文化影响的泰国对中国文学所知甚少，中国文学在泰国不会像在那些“汉文化圈”国家那样，拥有较高的地位和巨大影响力，一世王更不会仅仅因为《三国演义》本身的文学价值而对其高看一眼。

不少学者都认为，一世王着令翻译《三国演义》与许多民族和国家翻译、接受《三国演义》的初衷是一致的，即看中了其特殊的“战争文本”的实用性价值。在二世王时期翻译的《列国》（《东周列国志》）的前言中曾引用昭帕耶帕康（洪）的话说：“国王认为从国家利益考虑翻译该书（指《三国演义》）是必要的。”丹隆也在《〈三国〉记事》一文中指出《三国》对“国家事务大有裨益”[①]，这里的国家事务指的就是军事方面的借鉴。据说1775年缅甸将领阿赛温吉率军攻打泰国的彭世洛城，时任守将的却克里将军（即后来的曼谷王朝一世王）和他的兄弟素拉西就曾经借用《三国》故事中的“空城计”计赚缅军。当时城中力量空虚，却克里便命城中的比帕乐队[②]每日照常鼓乐齐鸣，使得缅军以为城中已做好长期守战的准备，就在他们麻痹大意之时，却克里兄弟趁机成功突围出去。[③]

颂巴·詹陀拉翁、甘尼迦·萨达蓬等泰国学者，通过对洪版《三国》与《三国演义》文本内容进行仔细的比对，并将其与一世王时期下令翻译的另外两部作品《罗阇提叻》和《西汉》联系起来讨论之后，又提出洪版《三国》不能被视为一部单纯的文学作品，它更是一本别有深意的政治文本。也就是说《三国》的翻译更多是出于一种政治目

① [泰]丹隆拉查努帕亲王：《〈三国〉记事》（泰文），第2部分，曼谷：文学艺术馆，1973年，第3页。

② 泰国的民族音乐乐队。

③ 泰国艺术厅1972年10月31日印刷出版的洪版《三国》“前言”，转引自[泰]颂巴·詹陀拉翁：《昭帕耶帕康（洪）版〈三国〉的政治意义》，《政治文学与历史研究评论》（泰文），曼谷：民意出版社，1995年，第454页。

的，是一世王的政治需要，[①]这集中反映在洪版译文与原著之间的差异上。昭帕耶帕康（洪）为了迎合一世王的统治需要，维护其新兴政权的合法性，对原著的部分内容有意地进行了篡改或强化。法国学者福柯（Michel Foucault）曾说："为了弄清楚什么是文学，我不会去研究它的内在结构。我更愿去了解某种被遗忘、被忽视的非文学的话语是怎样通过一系列的运动和过程进入到文学领域中去的。这里面发生了什么呢？什么东西被削除了？一种话语被认作是文学的时候，它受到了怎样的修改？"[②]这种研究思路和福柯不谋而合。《三国演义》中"尊刘抑曹"的封建正统观念强烈，特别是泰译本依据的是经过毛纶、毛宗岗父子重新修订的版本，更加强化了这种观念。然而，这种正统观念对于一世王的统治来说显然是不利的，因为他的江山是通过弑君篡权而得，他本人并非王室正统出身。因此，昭帕耶帕康（洪）对这个贯穿全书的观念进行了一系列处理，最大程度上淡化它的影响。如举凡涉及"帝室之胄""皇纲正统"，尤其是涉及刘备的内容的时候，洪版《三国》都用chuaphrawong或者与之相近的chuasai、phrayatwong、chuakasat等，而避免使用意思最接近、最合适的rachawong。虽然rachawong和chuaphrawong都有"王系"之意，但是前者带有"直系""正统"的含义，而后者只是表示有血缘关系，没有正统的神圣意味。根据泰国学者的统计，洪版《三国》全书一共只出现过4次rachawong的字样，并且都是在无关痛痒的桥段；而在后来万崴·帕塔诺泰更加忠实原本翻译的《新译〈三国〉》中则出现了216次。[③]对直系正统资格的淡化还表现

① 参见[泰]颂巴·詹陀拉翁:《政治文学与历史研究评论》(泰文)，曼谷:民意出版社，1995年；[泰]甘尼迦·萨达蓬：《〈罗阇提叻〉、〈三国〉与〈西汉〉：泰国统治阶层世界观》（泰文），曼谷：研究资助基金，1998年等。

② [法]福柯:《权力的眼睛——福柯访谈录》，严锋译，上海:上海人民出版社，1997年，第90-91页。

③ [泰]颂巴·詹陀拉翁：《昭帕耶帕康（洪）版〈三国〉的政治意义》，《政治文学与历史研究评论》（泰文），曼谷：民意出版社，1995年，第487-488页。

在对王室家谱的省略处理上，如第二十回，刘备晋见汉献帝时有检看宗族世谱的桥段，追溯至汉景帝，故而推知两人的叔侄关系，这段内容在洪版《三国》被一笔带过，而“中山靖王之后刘皇叔”，也经常用“汉献帝的亲戚”这样模棱两可的称谓代替。这并非昭帕耶帕康（洪）的疏忽或者巧合，因为无独有偶，在一世王时期由一世王的侄子拉查望郎亲王（Krommaphra Rachawanglang）主持翻译的另一部中国古小说《西汉》中，同样没有出现任何“rachawong”的字样，这就不能说只是种巧合了，显然有一世王的授意在里面。一世王作为达信王的老部下，对于中国统治者重视正统的观念心知肚明。否则，他也不会在登基后向清政府进表请求册封时谎称自己是郑信之子郑华。事实证明，此举非常有效，清政府对一世王登基上位没有表示异议。除了对不利统治的内容进行屏蔽和淡化处理外，洪版《三国》还强化甚至添加一些有利于统治的内容。仍以上例为例，洪版《三国》在提到一些需要对王朝、王系（rachawong）效忠的时候，使用“phaendin”（直译为土地，代指国家）或者直接写出君主的名字，把对王朝的忠诚置换为对国家或者当时执政国王的忠诚。其用意不言而喻，从阿瑜陀耶后期到吞武里王朝，再到曼谷王朝，王系正统的神圣观念已经被破坏殆尽，一世王登基之后最重要的是需要获得臣民对自己的认可和忠诚。因此，在洪版《三国》中，但凡原著中出现有宣扬对旧主尽忠的部分内容都被省去，如在《三国演义》第二十七回，关羽挂印封金，千里走单骑去寻刘备，蔡阳欲去追赶，曹操喝止曰：“不忘故主，来去明白，真丈夫也。汝等皆当效之。”这段话在洪版《三国》中变成：“关羽此举是对主人刘备感恩戴德（katanyu），我和关羽有约在先，他又留书于我，怎说他是逃走的呢？众位需像关羽一样热爱主上。”这里把关羽的行为译作感恩，既符合泰国的佛教思想，又消解了忠诚的意味。在原书中出现的不愿对新君主效忠的内容全部被删去，如在《三国演义》第二十回中，董承得到汉献帝密诏后，欲寻帮手除掉曹操，便故意以话试探种辑，种辑怒曰：“忠臣不怕死！吾等死作汉鬼，强似你阿附国贼！”这段话在洪版《三国》中变成："生为官员，就要心系国家，不怕赴死。"洪版《三国》中甚至还用夫妻之间患难与共的关系来替换原书中臣子为君主的尽忠行为。对一世王不利的地方都被删去或替换，而对一世王有利的地方则会不厌其烦地反复强调，如在《三国演义》第二十九回中，周瑜来劝鲁肃辅佐孙权，援引汉将军马援的话："当今之世，非但君择臣，臣亦择君。"寥寥数语，但在洪版《三国》中却显得十分繁冗："现在国家动荡不堪，任何一个能力与智慧兼备的人都不应该坐等君主来找，而应该斟酌考虑一下，有哪位心胸宽广、仁厚好施，是可以做君主的人，值得为其出谋划策，可以作为长久的依靠。"像这样反复强调要"弃昏君投明主"以及要臣子有明辨明君的智慧的话多次出现，也是在隐喻一世王是有道明君，他夺取江山、推翻吞武里王是合情合理的。像"将在外，君命有所不受"的军事思想，也因为当时泰国国内有诸多割据军事力量，不利于对他们的平定，因而也要进行修改。对于一世王而言，《三国》不仅仅是一本军事战争和用人的教科书，更是一个政治训谕的工具，这种通过文学自上而下潜移默化的灌输，往往比直接的命令和威压更有效果。总之，洪版《三国》最终体现了官方的政治理念和态度，是王室推出的"政治动员"，同时也切合了当时社会历史和文化发展的需要。

除此之外，我认为还应该从当时泰国的社会文化大背景，即《三国演义》当时所处的文学生态中去考虑这个问题。一世王选择翻译《三国演义》也是对当时中国文化在泰国影响力与日俱增的一种正面回应。前文提及《三国演义》之所以能够进入宫廷文学的视野，与中国文化影响力扩大和华人阶层的社会流动有关，华人担任高级官员甚至获封爵位的情况数见不鲜，才使得《三国演义》有机会在泰国古典文学场域中实现向上流动。与此同时，从地缘政治方面考虑，中国与泰国的关系已经不仅限于商贸往来，既有的朝贡贸易体系仍是两国官方主要的贸易形式，但也开始带有越来越强的政治意味。1767年4月7日，阿瑜陀耶城被缅甸军队攻陷，终结了阿瑜陀耶王朝。但是仅过了半年，1767年11月，达信就带领泰国人民一路势如破竹收复失地，并建立吞武里王朝，实现了复国大业。先前攻无不克的缅甸军队仿佛一夜之间就变得不堪一击了，形势逆转的关键一点在于缅甸在入侵暹罗的同时在北方与中国开战。1762年、1766年和1767年，中缅三次在云南地区交锋，清军严重轻敌，三次都大败，直接触怒了乾隆皇帝。1768年乾隆调动6万大军出征缅甸，此时缅甸也在暹罗大肆掠夺之后把精锐重兵都投入到对中国的战场上。双方互有攻守最终筋疲力尽，草签了停战合约。正是借助这个机会，暹罗完成复国，而缅甸经过与中国的鏖战后也无力再入侵暹罗。有华人血统的达信王一面大力引进来自祖籍潮州的华人移民，一面加强与中国的联系，希望获得清政府的承认，恢复传统的朝贡贸易，以购买硫磺、铁、铜等重要的战略物资。清政府起初认为其有谋逆篡位之嫌而拒绝承认，后见其实际上已控制暹罗全境，又可拉拢其共同制约缅甸，遂对吞武里政权予以承认，并赐封郑昭。经此一事，中国对于泰国的重要性直线上升。因此，曼谷王朝一世王在取代达信王登基之后，也依然沿用达信王在位时与中国的各项外交与经济政策，依旧大力引进华人移民。同时为不触怒清政府，并获取清政府对曼谷政权的认可，一世王甚至谎称自己是郑信之子郑华，因父病故而继位。他很快就得到了清政府的承认和册封，此后曼谷王朝历代国王也都沿称郑姓，并有自己的中文名字。[①]从吞武里王朝时期开始，华人移民潮水般涌入泰国，到曼谷王朝初期，华人移民的势头有增无减，大批工匠都来自中国，曼谷的建筑和装饰带有浓郁的中国特色，再加上满街带辫子的华人，整个曼谷看起来就像一个中国南方的城市。中国文化在宫廷文化中的地位也不断攀升，克立·巴莫亲王在其追忆家族历史的书《尘封往事》（*Khrong Kratuk Nai Tu*）中反复强调在一世王至四世王时期的曼谷宫廷弥漫着中国文化气息，那时与中国有关的家族都拥有无上荣光，至迟到曼谷王朝四世王时期，都至

① 从曼谷王朝一世王到十世王的中文名字依次为：郑华、郑佛、郑福、郑明、郑隆、郑宝、郑光、郑禧、郑固、郑冕。

少有一个王室家庭教授中文。[①]在这种大环境下，一世王下令翻译一部中国的经典文学作品，一方面可以顺应当时逐渐时兴的中国文化潮流，另一方面也可以作为了解中国文化历史的途径之一。《三国演义》是泰国华人移民最喜爱的中国文学作品，又有很多以“三国人物”和“三国故事”为核心的戏剧表演和宗教活动，再加上其蕴含着中国的战争谋略和用人智慧，如果一世王希望翻译一部中国的文学作品，《三国演义》无疑是最合适的选择。而从一世王的经历来看，他显然对《三国演义》并不是一无所知，那么他下令翻译《三国演义》也就顺理成章了。

总而言之，洪版《三国》的诞生最终体现的是官方的思想和态度，是王室推出的“政治动员”，也是对当时社会文化的一种反映。泰国是一个等级观念根深蒂固的国家，王室具有至高无上的权威，在当时也是国家文化的指导者和正统文学的倡导者。一世王下令翻译《三国》实际上给文学翻译披上了政治的外衣，也赋予了洪版《三国》正统文学的地位。因此，不管洪版《三国》的翻译最终成功与否，它都已经具有了不平凡的意义。

① [泰] 克立·巴莫：《尘封往事》（泰文），曼谷：草花出版社，2000 年。

第六章

昭帕耶帕康（洪）版《三国》的影响

在《三国演义》所有的泰译版本中，第一个译本也就是昭帕耶帕康（洪）的版本无疑是公认的最为经典的版本。丹隆亲王曾评价说："在这些翻译过来的中国历史小说中，《三国》的语言要优于其他任何一本，因为它的用词和叙述始终保持高水准，且通俗易懂。"[①]另一位学者萨西·颜纳达（Saksi Yaemnatta）也说："每位读者都有共同的感受，昭帕耶帕康（洪）的散文文体，看起来简单通俗，但是却没有人能够模仿出来。"[②]"人人心中有，人人笔下无"，这么高的评价对于洪版《三国》来说毫不为过。《三国演义》及其泰译本的出现给泰国文学带来了巨大的冲击，洪版《三国》在泰国文学史上的经典地位牢不可动，它不仅打破了此前泰国文学发展的平衡，为泰国文坛带来了一股清新之风，还推动了泰国文学的现代转型。

---

① [泰]丹隆拉查努帕：《〈三国〉记事》（泰文），曼谷：文学艺术馆，1973年，第14页。

② [泰]萨西·颜纳达：《文学的光彩》（泰文），曼谷：欧典斯通，1974年，第467页。

第一节　泰国的文学转型与《三国演义》

一直以来，许多学者在谈到在泰国的《三国演义》时，往往强调它“中国文学”的身份特征，而忽略了这个问题还有“跨文化”的一面。跨文化传播（trans-cultural communication）实际上是以平等对话的手段进行的新知识生产（new-knowledge production），它会在与异质文化的碰撞过程中，在全新的文化语境中激发出新的文学事象，可能是新的文学文本、新的文学样式或者新的文论理念，甚至有可能对异文化文学的发展进程产生某种深刻影响。这种影响不同于模仿、同源、流行、借用等概念，它意味着这种全新的文学事象在异文化国家或民族以往的作家和作品中是无法见到的，同时在其以往的文学传统中是不会自动产生的。乐黛云强调这种影响是“一个有生命的移植过程，通过本文化的过滤、变形而表现在作品之中”[①]。跨文化的文学传播，或不同文化体系之间大规模的文学影响常常是在“一国的美学和文学形式陈旧不堪而急需一个新的崛起或一个国家的文学传统需要激烈地改变方向和更新的时候”[②]发生的。

18世纪末19世纪初，在泰国古典文学场域中正在酝酿着一场变革，泰国的文学正在开始转型。整个曼谷王朝初期，即从18世纪末一世王立朝到19世纪中叶四世王时期的泰国文学，是一个由古典文学向现代文学转变、过渡的时期。从五世王时期开始，随着西方文化的大量涌入，泰国文学最终加快并完成了现代化的转型，走向并汇入“世界文学”的总体格局之中。中国文学的现代转型经历了一场轰轰烈烈的新文化运动，促成中国文类秩序由古典向现代的整体转换，促进文学整体审美范型和表达方式的现代转型。陈独秀于1917年2月在《新青年》上发表的《文学革命论》中所提出的文学革命“三大主义”：推倒雕琢的阿谀的贵族

① 乐黛云：《比较文学与比较文化十讲》，上海：复旦大学出版社，2004年，第179页。
② 同上。

文学，建设平易的抒情的平民文学；推倒陈腐的铺张的古典文学，建设新鲜的立诚的写实文学；推倒迂晦的艰涩的山林文学，建设明了的通俗的社会文学。泰国虽然没有经过这样激进和颠覆性的文学革命，但是其文学发展的走势却与中国一脉相通，文学整体发展的方向是一致的，概括起来就是：宫廷文学中的民间影响与日俱增；文学开始摆脱程式化和仪式化，追求娱乐化与现实化；修辞繁复、晦涩难懂的韵文体文学开始式微，通俗明了、利于叙事抒情的散文体文学开始兴起。这三种趋势的文化背景正是泰国"小传统"文化向"大传统"文化的渗透，即民间文学（大众文学）对宫廷文学的影响。

自13世纪泰文创制之时开始，泰国便形成了两种并行的文学传统，即依赖书面文字传承的上层宫廷文学与依赖口头传承的底层民间文学，二者分属泰国的"大传统"与"小传统"文化，共同构成了泰国民族文学的整体。由于书面文学起步较晚，加上热带地区书籍的制作与保存均不容易，还不时受到政权更迭和战乱等人为因素的冲击，被视为正统的宫廷文学直至阿瑜陀耶王朝中期才逐渐成熟起来。民间的文学或文艺形式不但发展历史远远超过书面文学，而且娱乐性强，贴近生活，形式自由灵活，不拘一格，新奇有趣的故事更是必不可少的。尽管在文化分层上，宫廷为保持与底层民众之间的"文化距离"，树立自己的威严，并不情愿直接从民间汲取营养，但实际上，它的发展始终离不开"小传统"的影响，尤其是在文学题材和体裁上，宫廷文学对民间文学多有借鉴。受印度味论诗学的影响，泰国古典文学形成了独具一格的文学审美方式，以鉴赏修辞和情味为重，讲究辞藻华丽、结构繁复，不以情节取胜，因而宫廷作家们普遍不重视故事性。除了向国王歌功颂德的献诗，阿瑜陀耶时期带有叙事性的作品多数都取材于《佛本生经》《清迈五十本生经》（*Panyasachadok*）[1]、民间流传的罗摩故事以及帕罗故事[2]等民间故事，对情节几乎不做任何修改，读者一看开头便已知故事内容。文学体裁的借鉴突出表现在阿瑜陀耶后期戏剧文学的兴起上。泰国的宫廷戏剧表演称为“洛坤”（lakhon），这种表演形式最初是从民间娱乐中引入的。为了与民间表演划清界限，宫廷对表演精心雕饰，加入更加典雅的舞姿、华丽的服饰、考究的唱词，逐渐发展成为更为复杂和精致的艺术，并自称内洛坤（lakhon nai，即宫廷剧），将民间戏剧称作外洛坤（lakhon nok，即民间剧），以示区分。[3]戏剧表演催生了戏剧文学的兴起，宫廷诗人们为了满足演出需要创作了大量的戏剧剧本，甚至出现单纯为了阅读而非表演的剧本，这也改变了宫廷文学的格局。与其他诗体相比，在民间歌谣中最常用的格伦体（klon）[4]被广泛用于剧本唱

---

① 《佛本生经》和《清迈五十本生经》不仅是佛教的经书，更是民间故事集。《佛本生经》来自印度，保存在佛教巴利文文献《小部》当中，现存本有547个故事，也称“五百本生”。《清迈五十本生经》则是由一位泰北清迈地区的高僧模仿《佛本生经》的写法，把当时流传的泰国民间故事、少量埃及和波斯民间故事，用巴利文写成的经书，是泰国最早的一部民间故事集，在泰国和其他南传佛教地区都有很大影响。

② 立律体长诗《帕罗赋》（*Lilit Phralo*）取材于泰北流传的“帕罗故事”，是阿瑜陀耶初期的作品，讲的是王子帕罗与敌对国家的两位公主帕萍和帕芃之间凄美的爱情故事，被誉为泰国的“罗密欧与朱丽叶”。这已经算是阿瑜陀耶时期故事性较强的作品了，但它的叙事十分简略，在当时的宫廷读者看来，只有文辞优美令人印象深刻，对故事本身几无评价。

③ [泰]丹隆拉查努帕亲王：《舞剧》（泰文），曼谷：民意出版社，2003年，第325页。

④ 格伦体是泰国古典诗歌中最常见的一种诗体，首先在民间兴起。在阿瑜陀耶中期纳莱王时的泰语教科书《金达玛尼》中还尚未有格伦体的记载，直到波隆摩谷王时期宫廷文学中才出现几篇格伦体诗。格伦体形式活泼，格律比较简单，只有韵律和每行字数的基本要求，而不似一般宫廷诗体中对长短音、声调、调号、开闭音节等基于文字拼读特点的制约，适于对歌等即席创作表演，也适于进行书面文学创作，因此被广泛应用于各个层次的文学创作中。见[泰]瓦拉蓬·巴龙衮：《诗歌》（泰文），曼谷：芦苇出版社，1994年，第153-155页。

词创作，称作“剧本格伦”（klon botlakhon）[①]。

此外，由于不需要借助文字和书籍，又可以通过民谣歌舞、民间戏剧说唱等多种文艺形式传播，许多传统都在民间较好地保留下来，成为宫廷文学最重要和稳定的文学资源。在1767年泰缅战争中，阿瑜陀耶城大量珍贵书籍都散佚或被烧毁了，给泰国的文学发展造成了难以估量的损失。在复国之后，达信王和一世王都致力于重现阿瑜陀耶王朝时的文学辉煌，重振文学传统。正所谓“礼失而求诸野”，宫廷不得不全力搜集在战争中散佚民间的残存的典籍，并召集一批诗人、学者、高僧和民间艺人整理、补遗和进行再创作。在这个过程中，宫廷文学与民间的大众文学之间的距离又被大大拉近了，民间文学“如一股清流注入宫廷文学中，使得宫廷文学重新焕发生机，把宫廷文学从仪式的、神圣的、异域情调的、以及教科书式死板僵化的气氛中解放出来。”[②]

泰国古典文学的变革在阿瑜陀耶王朝末期即已初现端倪，到曼谷王朝初期，变革已是呼之欲出。泰国学者尼提·尤希翁对这一时期的文学转变作出精辟的评论，具体可以概括为以下四个方面的特征：外国（文学）影响加剧、城市文学特征鲜明、仪式性弱化和故事性增强。[③] 这些转变并不是彼此孤立的，它背后的动力来自文学场域中权力资本持有者们欣赏趣味的变化，开始更加追求文学的娱乐性、重视作品的故事性，

---

① 格伦诗体尽管也追求押韵和有行内字数限定，但是与传统宫廷诗歌文类相比，押韵规则简单，显得自由活泼，变化多样，因此被大量用于戏剧文学创作。除了“剧本格伦”外，还有“市井格伦”“社帕格伦”，特别是社帕受到宫廷异乎寻常的喜爱，阿瑜陀耶戴莱洛迦纳王统治时期制订的《宫廷内制》中有一段国王日常起居时间的条文中说“六时唱社帕，七时听故事”，其受欢迎程度可见一斑。最著名的社帕作品《昆昌与昆平》也是曼谷王朝二世王召集人模仿社帕说唱，用社帕格伦创作出来的。

② [泰]尼提·尤希翁：《羽毛笔与船帆》（泰文），曼谷：阿玛林出版社，1995年，第58页。

③ 同上书，第29-42页。

相应地，文学的宗教性和仪式性功能不断式微。[①]对新鲜刺激的故事的追求激发了创作者们的想象力和对宫廷外世界的探索，以往不会在宫廷文学中出现的人物和内容开始成为作品中重要的组成部分，由此引发的猎奇心理又使大量异文化的域外文学受到越来越多的青睐。

但是泰国社会尽管经历了战火和动荡，但整个社会结构仍然保持稳定，由宫廷主导的文学变革十分缓慢，这个时候需要一股全新的力量来打破文学发展的平衡，冲击旧有的文学秩序，刺激文学的转型与革新。在当时，这股力量只能来自域外、来自异文化。《三国演义》在这一节点上适时出现了，它本身的特质恰好符合当时文学变革的需求。《三国演义》是一部充满了异域情调的外来文学，跌宕起伏的故事情节、丰富多彩的人物形象、波澜壮阔的战争场面、波云诡谲的军事谋略等，无不满足泰国宫廷追求娱乐的猎奇心理。此外，《三国演义》是随着华人移民进入泰国的，华人虽然广泛分布于泰国全境，但是大多聚居在城市这样人口稠密的地方，特别是在王都。因此，对于泰国大多数的乡村人口来说，华人的文化也是一种城市性文化，华人的文学自然也接近城市性文学，与广大泰国民间（基于乡村）的生活相距甚远。这种与泰国本土底层文学的距离感正是宫廷文化所需要的，想保持宫廷文化的独特性和优势心理，就必须维持与民间文化之间这种形式和心理上的距离。泰缅战争摧毁了既有的典制，外来文学就成为宫廷文学重新拉开与民间文学差距的最理想手段，而当时在泰国影响力增长最为迅猛的便是中国文化，《三国演义》以表现气势恢宏的帝王争霸的故事，自然容易受到宫廷文学的青睐。此外，三国故事紧张刺激，扣人心弦，精彩纷呈，极具娱乐性，更令泰国读者手不释卷，废寝忘食。

---

① 拜祭辞曾是阿瑜陀耶古典作品中标志性的开篇程式，此时也开始被逐渐放弃，在一世王时期的四部戏剧剧本中只有《罗摩颂》带有简化的拜祭辞，另外一些诗人虽然仍严格使用拜祭辞，但赞颂神佛的比重减少，对城市的赞颂增多，国王也不再被拔到天神的高度，而只是一位人间英雄，更多强调其文治武功。总之，曼谷王朝初期文学中的仪式性或宗教性的式微已很明显了。

洪版《三国》翻译完成并获得热烈反响，为泰国的文人们提供了一个重新审视传统、总结传统的机会。这样一来，便出现了某种悖论式的局面：一方面《三国演义》的翻译是作为复兴泰国古典文学的举措之一，与古典文学的辉煌时期结合起来，它的出现顺应了泰国文学发展的潮流；另一方面，《三国演义》（洪版《三国》）无论形式、内容还是文类、文风与其他古典文学作品都截然不同，都是开创性的，它成为推动泰国文学向现代阶段过渡的重要力量。它既是泰国文学变革的产物，同时又是文学变革的实践者和参与者，这种身兼“攀援者”和“接力棒”双重角色的特点，使洪版《三国》具有十足的活力和张力。

洪版《三国》在泰国散文体文学的兴起、小说文类的生成、汉文学翻译文学的兴盛，以及本土文学创作等方面都起到至关重要的作用，推动了泰国文学的现代转型。下面我们就从这几个方面具体来看它是如何施加影响的。

第二节　“三国体”与泰国散文体叙事文学

洪版《三国》自问世以来逐渐风靡暹罗社会各个阶层。起初，译本以手抄本的形式在宫廷和贵族间广泛传阅。1865年印刷出版以后其影响很快就扩展到整个暹罗的范围。可以说《三国》在宫廷和民间都受到异乎寻常的欢迎，反响热烈。究其原因，除三国故事内容的精彩和厚重之外，《三国》中所使用的全新的叙事语言风格功不可没，这种文体和语言风格在泰国被叫作“三国体”（samnuan Samkok）。

“三国体”并不是指某种文学体裁和类型，而是指某种语言风格。samnuan在泰文里的含义，根据权威的《泰国皇家学术院大词典》的解释如下：“……著述或语言的风格、手法，如：昭帕耶帕康（洪）风格”[①]，这里的“昭帕耶帕康（洪）风格”主要指的就是《三国》风格，也就是“三国体”。[②]“三国体”这种散文体叙事语言风格为泰国文坛注入了新鲜和活力，它简洁明快、通俗流畅，常常带有生动形象的比喻，行文中又带有一种特殊的中国的异文化韵味，令人耳目一新。这种散文体语言风格是以往泰国文学作品中不曾有过的。洪版《三国》及其“三国体”开创了泰国散文体文学的先河，泰国的散文体文学从洪版《三国》出现之后才真正开始发展起来，并最终取代了韵文体文学在泰国文坛的地位。

散文体文学，顾名思义，是用散文风格的语言创作的文学作品。散文体在泰语中称roikaew，作为一种文艺语体（literary style）和韵文体roikrong相对。散文体与韵文体在文学表现上各有所长，韵文体语言具有鲜明的节奏和韵律，富于音乐美，适于吟诵和记忆，因此多用于各种诗歌作品中；而散文体的语言则相对自由，不受音韵和节奏的限制，长于叙事与抒情，适用于小说、杂文、散文、记事等体裁的作品。但是我们回顾泰国文学发展的历史，会发现整个古典文学史基本上就是一个诗歌史，泰国的古典文学作品几乎都是用迦普体、格伦体、克龙体、禅体、莱体等韵文体诗歌创作的，泰国散文体文学的发展明显滞后于韵文体文学。实际上，泰国使用散文体创作的作品和韵文体作品几乎是同时产生的，泰国第一篇文字作品《兰甘亨碑铭》使用的就是散文体。在洪版《三国》出现之前，泰国使用散文体的作品虽然在绝对数量上远少于韵文体作品，但也已不少见，有的作品在泰国的影响还十分巨大，如《兰甘亨碑铭》《三界经》《金达玛尼》《故都纪年》等。为何这些作品没有带动泰国的散文体文学的发展呢？

个中原因是多方面的，这里重点从“三国体”散文体语言特

① [泰]皇家学术院：《泰国皇家学术院大词典》（佛历2542年版）（泰文），曼谷：南美印书馆，2003年，第1187页。

② 裴晓睿：《汉文学的介入与泰国古小说的生成》，《解放军外国语学院学报》，2007年第4期，第116页。

点入手来分析。传统的散文体语言，从风格上可分为“叙事性散文体”（roikaew khuamriang 或 khuamriang roikaew）和“诗性散文体”（roikaew kawiniphon）两大类。[①]叙事性散文体多用于记录史实和重大事件，如以《兰甘亨碑铭》《诗春寺碑铭》《芒果林寺碑铭》等为代表的石碑碑铭，以及诸版本《阿瑜陀耶皇家记年》等“蓬沙瓦旦”编年体史书。碑铭是最早的书面文学形式，它虽然被划入文学的范畴，但其重要性更多还是体现在史料价值上。以最著名的“一号石碑”碑铭即《兰甘亨碑铭》为例，它是泰国第一篇文字材料，记载了兰甘亨国王的文治武功，以及素可泰时期的政治经济制度、法律以及社会文化状况，如宗教信仰、风俗、娱乐、建筑、艺术等。整篇铭文虽然使用了一些源于巴利文、高棉文的词汇，但基本上是用纯粹泰文完成的，语句简练，通俗易懂，部分段落音调铿锵，富于音韵，有形似韵文体的句子，如“田中有稻，水中有鱼”是泰国人妇孺皆知的熟语。尽管碑铭的目的不是为了娱乐，而是为了记事、备忘、纪念和颂扬，它并不能算真正的文学作品，但《兰甘亨碑铭》具有优美的带有韵文特征的文句，带有一定的文学特征，因此它仍被视为是“泰国文学作品的始祖”[②]。石碑碑铭有历史记事的功能，而“蓬沙瓦旦”则是专门用于记事的历史文献。蓬沙瓦旦（phongsaowadan）是一种由宫廷记录和编纂的编年体史书，按字面意思是指“与国家或作为国家元首的国王有关的事件”[③]，即王朝的大事记，因此也有译作“记事”或“记年”。不同版本的蓬沙瓦旦所用的散文体语言风格也略有不同，因为不少蓬沙瓦旦在曼谷王朝一世王时期都进行了不同程度的校勘和润色，而一些后发现的版本则保留了原来的行文和味道。如《阿瑜陀耶皇家记年》就有“銮巴色阿顺尼版”（或

① ［泰］多蒙·吉詹浓：《曼谷王朝初期泰国文学的价值与重要特征》（泰文），曼谷：法政大学出版社，1997 年，第 185 页。

② 栾文华：《泰国文学史》，北京：社会科学文献出版社，1998 年，第 4 页。

③ ［泰］皇家学术院：《泰国皇家学术院大词典》（佛历 2542 年版）（泰文），曼谷：南美印书馆，2003 年，第 753 页。

简称“銮巴色版”）“帕加格拉帕蓬（甲）版”“攀占塔奴玛（争）版”“颂德帕蓬叻版”“波里底查米瓦千版”“御批版”等等版本，其中“銮巴色版”是最为古老、也是最晚发现的版本，它是五世王时期的大臣銮巴色阿顺尼在民间发现的，并赠送给瓦栖拉延图书馆，故此版本便命名为“銮巴色版”。该版本作于阿瑜陀耶王朝纳莱王时期，是纳莱王于1680年命宫廷的一位占星术士根据王宫保存的档案和史籍编纂而成的。[①]《銮巴色版阿瑜陀耶皇家记年》的文风简洁紧凑，多用短句，行文上不考虑音韵问题，没有过多修饰，也不掺入个人的评论，完全为记录史实服务，欠缺文学性。而其他在曼谷王朝经过校勘润饰过的版本，如“帕蓬叻版”“攀占塔奴玛版”等，抛开具体史实上的差异，在细节描写方面要比“銮巴色版”丰富得多，在叙事环节上也有明显加强，但是仍然难以摆脱“记史”的痕迹，平铺直叙，文学性不足，也算不上文学作品。此外，像《陶西朱拉叻经》（亦名《娘诺帕玛》或《列瓦蒂诺帕玛》）《宫廷内制》这样以记录宫廷礼仪、节日风俗和社会状况为要旨的散文体作品，以及《金达玛尼》（*Chindamani*）[②]这样的诗学教科书，与碑铭和记事作品一样，重于记录和叙事的社会功能，不具备文学的审美和娱乐性质，严格意义上不属于文学的范畴。但是部分作品的语言有一定的文学性，如在一些碑铭和曼谷王朝初期校勘的纪年作品中，除了具有叙事性散文体的特征，在一些描摹状物的段落会像韵文体文学一样追求音韵和谐，带有诗性散文体的语言特征。

诗性散文体与英语中的poetic prose接近，是指在散文体中融入了一些韵文体的成分，既希望叙事清楚，又要保证一定的文学性。诗歌是具有音律的纯文学，音乐性正是诗的基本品质之一。在散文体中追求音韵上的美学体验，常见于一些用泰文写就的宗教作品，如《三界经》《佛

---

① 邹启宇编：《南洋问珠录》，昆明：云南人民出版社，1986年，第147页。

② 《金达玛尼》，又译《如意宝》，是1672年阿瑜陀耶王朝中期纳莱王的星相大臣霍拉提波迪（Horathibodi）所著的泰国第一本泰语教科书，大部分内容是关于泰语语言学和修辞学的，后部以较少的篇幅引用泰文经典诗歌为例，阐述了禅、伽普等多种诗体的撰写规则。

陀传》等。这些作品或教人向善、讲经说法，或讲述佛陀故事、训谕众生，为了方便信众理解，会加入一些蕴涵佛理的小故事或阐释佛教义理的神话传说，因此也采用散文体语言，便于叙事。但这种散文体语言却受到泰国韵文体文学的影响，小到词与词之间，大到句与句之间，努力按一定的押韵规则行文，有些时候比较接近诗歌中的长莱体。长莱体是泰国佛经中常用的诗体，接近散文体，每一诗行视内容可长可短，没有限制，押韵上只需要保证前一诗行最后一个音节与后一诗行前几个音节中的任意一个押韵即可。诗性散文体和它的区别主要在于，除了一些特殊段落，在单句和单句[①]之间的行间韵不似长莱体那样频繁，但在单句（诗行）内和长莱体一样押头韵、腹韵、倒尾韵等行中韵，尽管不如诗体那样要求严格。[②]这种诗性散文体主要用在描写的桥段，也符合泰国宫廷对古典诗歌的审美趣味，但它的缺点也和韵文体一样，在情节叙事和阐述说理的时候较为薄弱，更适合佛经这样的情节简单、故事性较差的作品。而且佛经作为宗教经典有强烈的仪式性和神圣性，与追求娱乐性的小说相距甚远，虽然个别段落有文学价值，但也算不上文学作品，更无法引领泰国散文体文学的发展。

综上所述，泰国早期的散文体作品基本上属于碑铭、宗教经文、诗学教材、训谕记事等具有社会功能的文本，严格说来并不算真正的文学作品。泰国最早的一批称得上是用散文体创作的文学作品，就是在曼谷王朝初期翻译的《罗阇提叻》《三国》和《西汉》等历史小说，其中毫无疑问以《三国》的影响最大。洪版《三国》中的“三国体”和之前的散文体风格都不同，尽管它也带有一些诗性散文体的痕迹，但是它用词简洁明快，毫不拖泥带水，并且使用了更多长句，叙事性和说理性都更强，这种语言风格逐渐发展过渡成为现代的散文体语言风格，并激发了

① 泰语中称诗歌中一个自然停顿，即一个诗行为“瓦”（wak），散文体不似诗歌有分行，只以单句做停顿，在泰语中也使用“瓦”来指称。

② [泰]多蒙·吉詹浓：《曼谷王朝初期泰国文学的价值与重要特征》（泰文），曼谷：法政大学出版社，1997年，第187页.

各种叙事类和新型的文学创作。[①]“三国体”不似以往诗性散文体作品有大量梵文、巴利文借词杂陈其中，而是大量使用纯泰语的日常词汇；没有繁复的音韵规则的制约，有利于情节的表现和叙事的展开，这些都大大降低了受众的门槛，普通百姓不需要太高的文化水平即可读懂，这是《三国》能在民间迅速传播开来的重要原因，也是散文体文学奠定民间影响力的重要因素。另一方面，“三国体”又并非市井式的叙事语言，而是文白相杂，尽管与诗歌语言相比通俗易懂，但是仍然不失文雅精炼，很多比喻和习惯表达虽然取自民间，但又都经过文人的加工处理，使其典雅化，比之早期记事作品中直白枯燥的叙事性散文体无疑要出彩得多。

因此，“三国体”区别于泰国以往文学创作的语言风格，它使得文学的受众大大扩充，文学赏玩不再只是宫廷贵族的专美，而是“昔日王谢堂前燕，飞入寻常百姓家”，成为平头百姓们茶余饭后的消遣享受。这使得文学欣赏的鸿沟被缩小，也进一步刺激了文学消费，推动了泰国文学的发展。“三国体”很长一段时间内都是人们翻译和创作的范本语言，成为泰国文坛主流，这种情况断断续续持续了近百年时间。在由《三国》刺激和带动的中国古小说翻译热潮中，所有的作品都是借鉴“三国体”的语言风格翻译的，没有第二种（语言）风格能与之相提并论。[②]在被人称作“当时统治阶层最重要的知识来源的书籍”[③]的皇家记年作品中也借鉴了“三国体”的风格，如在《帕蓬叻版吞武里皇家记年》中，却克里将军二人面对缅军的围困，不慌不忙地下棋奏乐，行文

① ［泰］多蒙·吉詹浓：《曼谷王朝初期泰国文学的价值与重要特征》（泰文），曼谷：法政大学出版社，1997 年，第 185 页。

② ［泰］布朗·纳那空：《泰国文学史》（泰文），曼谷：泰瓦塔纳帕尼出版社，1980 年，第 423-424 页。

③ ［泰］甘尼迦·萨达蓬：《〈罗阇提叻〉、〈三国〉与〈西汉〉：泰国统治阶层世界观》，曼谷：研究资助基金，1998 年，第 35 页。

上与《三国》中诸葛亮的"空城计"如出一辙。[①]当泰国报业发展起来以后，各大报刊又刊载了大量翻译、改写的中国古小说，几乎无一例外地都采用"三国体"语言，甚至还出现泰国人模仿"三国体"而创作的中国古小说伪作，他们之所以能够浑水摸鱼，蒙混过关，就是因为使用了"三国体"语言风格。后来一些作家不再隐瞒这些"中国小说"的伪造身份，承认是自己杜撰的新小说，但是这些作品出版后依然受到欢迎，一个重要原因就是它采用了"三国体"。此外，一批泰国作家开始抛开中国古小说的荫庇，进行独立创作，如雅各布的《十面威风》、乌沙·琴碧的《神枪将》、罗布里的《名人甲孟》等，但他们也都无一例外地采用了"三国体"风格的语言和形式，同样大获成功。对于报业人来讲，刊登这种语言风格的作品，是其报纸销量的保证。尽管随着历史的发展，"三国体"逐渐被更为现代的文学形式和语言所取代，但是它曾经的辉煌，它在泰国文学史上的经典地位是不可撼动的。

第三节　昭帕耶帕康（洪）版《三国》与泰国小说文类生成

由于泰国古代没有真正意义上的散文体叙事类的文学作品，因此泰国古典文学中并没有小说这一文类，带有故事性的叙事作品被笼统地叫作"故事"，泰文用nithan或niyai来表示。nithan和niyai在泰国古已有之，无论nithan还是niyai在泰文中的定义都是"传说的事情"[②]，nithan多指口耳相传的民间故事，而niyai的含义更广，除了传说的事情外，还包括为了娱乐而创作出的广义的叙事类作品。故事的核心在于"叙事""讲述"，它与我们狭义的文学，即作家文学是有一定差距的。从

① ［泰］甘尼迦·萨达蓬：《〈罗阇提叻〉、〈三国〉与〈西汉〉：泰国统治阶层世界观》，曼谷：研究资助基金，1998年，第35-37页。

② ［泰］皇家学术院：《泰国皇家学术院大词典》（佛历2542年版），南美印书馆，曼谷，2003年第一版，第588、590页。

发生学的角度来说，故事是叙事性文学的主体；从形态学上来说，故事是文学的初级形式，是前文本状态的文学半成品。我们提到故事，往往指涉的是民间文学的范畴，是民众创作并传承的、具有假想（或虚构）的内容和散文形式的口头文学作品，也是民间散文叙事作品的通称。[①]而故事对应的泰文词nithan，在《泰国皇家学术院大词典》（佛历2542年版）中所举出的例子也是“佛本生故事”“伊索故事”等一类民间文学作品。可见，无论在中文还是泰文语境下，故事都不是一个正统的作家文学的文类。

洪版《三国》虽然也是“传说的事情”，但是又明显区别于以往的“故事”，此前尚未出现过类似的文学作品，在文类上很难给予合适的归属定性，只好姑且以“三国体”这种含混的说法来称呼它。关于“三国体”，前文已经提及，它更多指的是一种语言风格，而非文类界定。也就是说，当时的认识是，洪版《三国》之所以给人以前所未有的全新的感受，是“在于它的语言风格和写作手法的标新立异。对于它在文类上的创新则未予置评”[②]。之前，泰语中把类似故事作品泛称“消遣读物”（nangsu anlen）或“言情读物”（nangsu pralom lok）。“消遣读物”也好，“言情读物”也罢，都只是以用途或阅读目的对文学所作的分类，并不是文艺学中的文学类别。《三国演义》以一种全新的文类介入泰国文坛之时，无论从翻译者的视角还是受众的视角来看，都把它视为是“消遣读物”，因而把这种陌生的文类冠以“散文体故事”之名。六世王时期的文学俱乐部在评选各种文类的最佳文学作品时，仍然把洪版《三国》定性为“散文体故事类作品之冠”。一个世纪以来，泰国文学界一直认同对洪版《三国》的这一评价，并沿袭了对其“散文体故事”的文类划分。

① 钟敬文主编：《民间文学概论》，上海：上海文艺出版社，1980年，第203页。

② 裴晓睿：《汉文学的介入与泰国古小说的生成》，《解放军外国语学院学报》，2007年第4期，第116页。

尽管《三国演义》作为中国的古白话（通俗）小说，是在民间故事和宋元“话本”等基于口头表演和口头传承的文学形式的基础上改编而成，但作为“小说”的文类特征，即带有虚构性质的叙事性散体文的特征已经形成，已经摆脱了民间文学的范畴，而成为作家文学作品。尽管洪版《三国》在翻译过程中出现了诸多翻译“不忠实”的问题，但是《三国演义》作为中国古小说的“叙事性散体文”的文体和文类特征却并未发生变动。那么，为什么泰国当时不称其为“小说”呢？原因就在于当时泰国尚未出现小说这一文类概念。

每个国家对文学文类的认识和划分标准，都是在各自体式规范中发展起来的，彼此互不相同。在一个国家非常兴盛的文类，到了另一个国家很可能找不到对应或相似的文类，更不用说对该文类进行命名了。要用一种包罗万象的体系去概括一切地区、民族和国家的文学形式自然是不可能的。到曼谷王朝初期时，泰国对于文学体裁的概念只有诗歌（roikrong）和散文（roikaew）的区别。对于文类的概念，则分成故事（nithan）、神话（thepniyai）、传说（tamnan）、剧本（botlakhon）、抒情诗（如尼拉nirat或船歌phleng yao）、民间歌谣（phleng）等，至于小说，还尚未形成与之对应的概念范畴。泰文中的“小说”（navaniyai）一词是根据西方小说novel一词创造出来的，是泰国对西方式的长篇散文体虚构故事（prose fiction）的称谓，即指现代意义上的“小说”，以区别于以往传统的niyai和nithan。[①]因此，泰国的文学史和文学理论著作，包括20世纪90年代以后出版的、影响较大

① 实际上泰国的 navaniyai 也不完全是 novel 的简单移植。泰国小说类别中的短篇小说后来极度发达，甚至发展成为独立的短篇小说文类 ruangsan，还成为泰国的东盟文学奖专设的奖项类别。东盟文学奖（South East Asian Writers Awards），简称 S.E.A. Write，是专门为东盟十国的作家设立的文学奖项，由各国各自评选本国的作品，从 1979 年开始，至今已经有二十多年的历史。东盟文学奖也是泰国最高的文学奖项，评选范围包括小说、诗歌和短篇小说，并且奖项在这三种文学类型中轮换，即头一年颁给小说，第二年颁给诗歌，第三年颁给短篇小说，然后循环回到小说。需要指出的是，短篇小说已经独立于小说之外，成为一个独具特色的泰国文类。

的文学史与文学理论著作，都认为泰国小说文类的起源应归结于西方小说文类的传入。如泰国学者赛提·奴衮吉（Saithip Nukunkit）在《泰国现代文学》（1996第三版）一书中说："西方小说传入泰国文坛之前我们泰国已经有了类似的文类，即'故事（nithan或niyai）'，后来，大概到了曼谷王朝五世王时期，泰国派往欧洲或美国留学、考察的人……把西方小说这类文学作品的样式带回来推广。当时正是19世纪末期，小说这种文学形式发展迅速，在西方受到普遍的重视……泰国的第一部翻译小说是帕耶素林特拉查（Phraya Surinthararacha）以"迈宛"的笔名发表的，译自Vendetta的《复仇》（Marie Corelli，1901）[①]……后来又有人翻译了一些其他的小说作品，再后来泰国人开始自己创作小说……"[②]另一位学者英安·素攀瓦尼（Ying'on Suphanwanich）在2004年出版的《文学评论》一书中说："小说是来自西方的文学形式，从人类共有的自然行为——讲故事发展而来。"[③]这也代表着泰国学界普遍的观点。

但是中国学者裴晓睿对此提出了不同见解，她在《汉文学的介入与泰国古小说的生成》[④]和《泰国小说的传入与泰国小说的生成》（泰文）[⑤]两篇文章中提出，泰国小说文类的发生应从洪版《三国》问世开始追溯，正是以洪版《三国》为代表的汉文学的介入促成了泰文古小说

① 《复仇》译于1900年，译自英国女作家玛丽·科雷利（Marie Corelli）的长篇小说《Vendetta》。由于其内容宣扬的结怨复仇的思想背离泰国传统的佛教观，1915年，銮维腊沙巴里瓦用"克鲁连"（Khruliam）的笔名模仿《复仇》的写法，反其意创作了泰国第一部长篇小说《解恚》（*Khuammaiphayabat*）。

② ［泰］赛提·奴衮吉：《泰国现代文学》（泰文），曼谷：诗纳卡琳威洛大学，1996年，第172-173页。

③ ［泰］英安·素攀瓦尼：《文学评论》（泰文），曼谷：Active Printing，2004年，第3页。

④ 裴晓睿：《汉文学的介入与泰国古小说的生成》，《解放军外国语学院学报》，2007年第4期。

⑤ 裴晓睿：《泰国小说的传入与泰国小说的生成》（泰文），《民意周刊》（特别专栏），2009年1月30日-2月5日（总第29年，第1485期）至2009年2月13-19日（总第29年，第1487期）连载三期。

文类的生成，古小说文类的出现和发展又为之后受到西方影响的新小说的生成和发展做好了铺垫。

《三国演义》是一部中国古代白话小说，在概念上与现代源自西方的现代新小说novel不是完全相同的。实际上中文语境中的“小说”的内容与外延也并非一成不变，界定也因时而异。中国古代小说亦分为文言小说与白话小说两大系统，除了使用的语言媒介的差别外，二者的文学起源亦不相同，前者主要得益于辞赋和史传，而后者主要得益于俗讲和说书。中国古代文言小说的概念大大超过现代文类学意义上的“小说”；而中国古代白话小说的概念则要小于现代文类学意义上的“小说”。[①] 到19世纪末20世纪初，中国小说在域外（主要是西方）小说的刺激和启悟下实现了结构性转化，从古典形态转向现代形态，逐渐发展成为现代文类学意义上的小说。从文类发生学的角度看，洪版《三国》具备小说文类“长篇散文体虚构故事”的基本特征，仍应归属于小说一类。如果承认泰文《三国》属于小说文类的话，泰国小说文类生成的起点就应该是泰文《三国》等历史小说的问世，而不是西方小说的传入了。此外，从构词上看，泰文的小说navaniyai是由niyai加上前缀nava-构成的，nava的意思是新，也就是说泰国人认为西式的小说是一种新式的讲故事的文类，本质上仍然是niyai。如果认定《三国》属于niyai，那么正好说明《三国》在文类上与后来的小说有明显的承继关系。已经有一些泰国学者注意到把洪版《三国》划为“故事”的文类是不恰当的，而改称其为“历史小说”[②]，虽然前面仍然冠以“中国”的字样，但也算是认可其具有小说的特征，遗憾的是这并未引起泰国文论界更多的关注和讨论。

不管怎样，正是由洪版《三国》开始，泰国才正式出现了散文体

① 陈平原：《小说史：理论与实践》，北京：北京大学出版社，1993年，第183页。

② 裴晓睿：《汉文学的介入与泰国古小说的生成》，《解放军外国语学院学报》，2007年第4期，第116页。

文学作品，才出现人物性格、人物对话、景物渲染、细节描绘等加入了虚构成分和作者的思想倾向、感情色彩的文本，在形式上已经开始接近现代小说，也为泰国接受西方式的现代小说奠定了基础，为近代西方新小说在泰国迅速蔓延、将泰国文学推进到现代发展阶段创造了有利的条件，提供了肥沃的土壤。19世纪末至20世纪20年代，西方小说传入泰国之初，正是先行一步的中国古小说在泰国风靡的年代。当时汉文学的强劲势头是西方小说难望项背的。后来随着世界经济危机和第二次世界大战的爆发以及西方文化的强势介入，这种势头逐渐衰弱下去。但它曾经的辉煌既填补了泰国古典小说文类的空白，也为泰国古典诗歌文学向现代新小说过渡构筑了桥梁。如果缺少了散文体中国古小说在泰国广泛流传的基础，泰国古典诗歌文学直接向西方新小说过渡，无论从东西方文化的相异性还是文学形式上的巨大落差来看，这个过程都不会那么顺利。

“简言之，以《三国》问世为代表的汉文学的引入促成了泰文古小说文类的生成，古小说文类的出现和发展又为新小说的生成和发展做好了铺垫。因此，以古小说为代表的汉文学的介入，在泰国文学发展史和中泰文学、文化交流史上所起到的特殊作用是应该得到充分重视和高度评价的。”[①]

第四节　昭帕耶帕康（洪）版《三国》与中国文学在泰国的传播

翻开泰国700多年的文学发展史，前500多年（13—18世纪末）时间里，所接受的外来文学影响基本上都来自印度。泰国古典文学中的印度文化影响比比皆是，但是却基本见不到中国文化和文学的影子。《三国

---

① 裴晓睿：《汉文学的介入与泰国古小说的生成》，《解放军外国语学院学报》，2007年第4期，第118页。

演义》的成功泰译起到了积极的示范作用，带动了一大批中国历史小说被移植过来，中国文学才开始逐渐为泰国所认识和接受。因《三国》与《西汉》获得不错的反响，二世王便下令翻译更多的中国古小说。1819年他下令翻译《东周列国志》（《列国》），并专门成立了一个由12位知名作家和官员组成的翻译小组，可惜《列国》的翻译并未达到预期的效果，但此举还是在泰国掀起了一轮翻译中国古小说的热潮。泰国文学中的中国因素骤然激增。到五世王时期，受中国古小说翻译带动的散文体文学已经非常普遍了。从曼谷王朝一世王到六世王时期，约有30多部中国古小说被陆续翻译或移植到泰国。1921年之后，汉文学的翻译达到了巅峰。当时有许多报刊都是因为连载中国古小说而保持了畅销的态势。①

曼谷王朝一世王至六世王时期译成泰文的中国古小说，详见下表②：

	中文名	泰译名	翻译年代
一世王时期	三国演义	三国	1805 年
	西汉通俗演义	西汉	1806 年
二世王时期	东周列国志	列国	1819 年
	封神演义	封神	具体年份不详
	东汉十二帝通俗演义	东汉	具体年份不详
四世王时期	西晋演义	西晋	1858 年
	东晋演义	东晋	据推测紧接《西晋》译出
	南宋演义	南宋	具体年份不详
	隋唐演义	隋唐	1885 年
	南北两宋志传	南北宋	1865 年
	残唐五代史演义传	残唐五代	1866 年

① [泰]宽迪·拉蓬：《泰语汉文学的发展演变》（泰语），《皇恩荫庇下的华人200年》，经济之路特刊，曼谷，1983 年，第 177 页。

② 此表根据丹隆亲王在《〈三国〉记事》中的梳理编译整理而成。

（续表）

	中文名	泰译名	翻译年代
四世王时期	万花楼杨包狄演义	万花楼	具体年份不详
	五虎平西前传	五虎平西	具体年份不详
	五虎平南后转	五虎平南	1875 年
	说岳全传	说岳	1867 年
	水浒传	宋江	1867 年
	云合奇踪	明朝	具体年份不详
五世王时期	开辟衍绎通俗志传	开辟	1877 年
	说唐演义全传	说唐	具体年份不详
	罗通扫北	扫北	1870 年
	薛仁贵征东	薛仁贵征东	具体年份不详
	薛丁山征西	薛丁山征西	1869 年
	续英烈传	英烈传	1870 年
	大明正德皇游江南传	游江南	具体年份不详
	海公大红袍全传	大红袍	1869 年
	海公小红袍全传	小红袍	1870 年
	岭南逸史	岭南逸史	具体年份不详
	新世鸿勋	明末清初	1870 年
	西游记	西游	具体年份不详
	龙图公案	包龙图公案	具体年份不详
六世王时期	（不详）	清朝	具体年份不详
	再生缘	元朝	具体年份不详
	武则天外史	武则天	具体年份不详
	五虎平北	五虎平北	具体年份不详

图表 6-1　曼谷王朝一世王至六世王时期泰译中国古小说一览表

这些还不是全部，还有一些当时模仿《三国》文体、根据中国史料编译出来的书籍未被列入。1865年，《三国》首次在当时的布拉德利牧师印刷厂印制发行。此后从五世王朱拉隆功时期开始，这些中国古小说的泰译本纷纷出版成书，深受人们喜爱，由此又激发一大批翻译家继续翻译中国古小说的热情，像《红楼梦》《金瓶梅》《聊斋志异》《济公全传》《七侠五义》《补江总白猿传》《薛刚反唐》《警世通言》《醒世恒言》等等都陆续被译成了泰文。中国文学也刺激了泰国报业的发展。由于印刷品读物受到各界人士的好评与欢迎，许多报刊也纷纷在副刊上刊载中国的小说译文，这也成为报纸销量的重要保障，因此各大报刊都争相发表此类作品，把中国古小说作为报刊的主打品牌。由于报纸每天发行，对译文需求量太大，已译成泰文的中国古小说已经刊载完毕，许多报社不得不自行请华人华侨进行翻译。但是好的翻译并不易得，很多因素都制约着翻译活动，如译者的文学素养、中泰双语的造诣、原著的质量、翻译的资金等，翻译的速度无法跟上报纸出版的速度。因此，有些泰国作家为了迎合这种阅读需求，便模仿“三国体”杜撰中国史传内容，创作了所谓“历史小说”和人物传奇，称为“仿中国小说”在报刊上发表，也同样获得成功，受到读者欢迎。正如泰国学者威帕·贡卡南（Wipha Kongkanan）在《泰国小说的起源》中所言：“佛历2460—2470年（1917—1927）之间中国小说非常流行，许多报社都纷纷翻译中国小说，但当时很多中国小说都是假的。有的是泰国作家写出来的作品，只在人物和地点借用了中国名称；有的甚至用美国电影为题材，然后经改头换面把故事中的人物和情节说成是发生在中国。”[①]关于20世纪20至30年代“仿中国小说”在泰国盛极一时的状况，泰国学者黄汉坤有如下记述：

> 泰国的报刊杂志如《京华报》《暹罗民众报》《泰语》《学生》《泰女》《沙拉努恭》等都经常刊登这些“仿中国小说”。久负盛名的民办报纸《京华报》，曾刊登以明朝万历年间一位公正而廉洁，为民伸冤的清官为题材的长篇小说《左维明》，并因此蜚声

① ［泰］威帕·贡卡南：《泰国小说的起源》（泰文），曼谷：草花出版社，1997年，第258页。

> 于泰国报界。《暹罗民众报》亦以刊登《郭云龙》《忠豪传》等“仿中国小说”而为泰国广大读者所喜爱。三十年代，以出版中国内容的小说而名声远扬的哇他那努恭出版社异军突起，因传播中国文化而获得了崇高的声誉。1933至1934年该社出版了由宦良·触巴干编写的中国题材小说《田无貌》。它以东周时期齐王的女儿田无貌公主为主人翁。另外，还有《孟丽君》《晋皇后》《陈德虎》《安邦志》《列国后》《钟皇后》《五虎平宁》《乡孙龙凤》《谢英观》《万孝忠》《三门根》《大杰十三列》《蔡云九》《毕生花》《宁仙原史》《和红霄要》《马蒂斯宾贵妃婚宴》《大冷言苏》《徐云端》《双太子》等等。它是报社为应对激烈竞争而采取的措施。这些故事全都用中国人名和地名，是由泰国作家或华人作家独自创作的仿造物品。[1]

一时之间，来自中国的文学成为泰国文坛的宠儿，拥有越来越广泛的读者群。虽然之后中国文学的影响力逐渐让位于西方文学以及后发展起来的泰国本土现代文学，但是它并未中断，仍有来自中国的文学作品陆续被译介到泰国，但内容已经不再是中国的古小说作品，而是中国近现代作家的作品，如鲁迅、巴金等人的作品都被译成泰文。由于两国关系上的客观原因，20世纪中期的几十年时间里，中国文学在泰国经历了长期的低谷，直到20世纪70年代，金庸、古龙的武侠小说开始被译成泰文后，才在泰国重新掀起一股中国文学的热潮。

从19世纪至20世纪初，印度文学的影响力开始下降，西方文学的影响尚未到来，中国文学在泰国的影响力日盛。洪版《三国》既是中国文学进入泰国的“敲门砖”，又是中国文学进入泰国文学的发轫，揭开了中国文学对泰国文学发生影响的序幕。中国文学的介入成为泰国散文体取代韵文体成为文学主流的分野，而散文体文学的流行又为泰国现代文

---

① ［泰］黄汉坤:《中国古代小说在泰国的传播与影响》,浙江大学博士学位论文,2007年,第81-82页。

学的发展创造了条件，在这一点上，以《三国演义》为代表的中国文学功不可没。与此同时，泰国人也通过《三国》以及其后进入泰国的中国文学来认识和了解中国的历史与文化，重新审视移居泰国的华人群体，促进了两国的相互理解和友好交流，同时也使在泰华人能够更融洽地与泰国人接触，更好地融入当地的社会之中。可以说，泰国社会华人的归化与《三国》的本土化是同步的。《三国》在中泰两国文学和文化交流中发挥的桥梁作用亦不容低估。

第五节　昭帕耶帕康（洪）版《三国》与泰国本土文学创作

一部优秀的文学作品一定会刺激更多的文学创作。洪版《三国》问世之后，迅速在泰国文坛引发巨大反响，全新的语言风格和文类内容在以往文学传统中都不曾有过。一些泰国本土作家通过对洪版《三国》的模仿、借用、谐摹、改编等等，不断创作出新的文学作品，其中不乏泰国文坛大家。可以说，洪版《三国》对泰国本土文学创作也产生了直接影响。

不少泰国作家的创作都受惠于《三国》，除了前面提到的“三国体”的语言风格外，在人物形象塑造、叙事技巧以及写作素材等方面都受到不少启示。这些泰国作家中最著名的一位就是被誉为泰国“诗圣”的顺通蒲（Sunthon Phu，1786—1855）。顺通蒲原名叫蒲，因其获封爵衔“昆顺通欧含”，意为辞句优美之臣，人们便称他为顺通蒲。顺通蒲生于曼谷王朝一世王时期，小时候随母入宫，天资聪颖，能诗擅赋，于二世王时成为宫廷诗人，并获封“昆顺通欧含”，后又晋升为“銮顺通欧含”，在宫中担任文秘一职。他就是在这个时候读到了《三国》等翻译文学作品，因为当时文学只是在宫廷中传播，民间是很难见到造价不菲的文学手抄本的。顺通蒲才高八斗，但恃才自傲，放荡不羁，与后来成为三世王的策陀王子结怨。三世王登基之后，顺通蒲被削爵为民，又遭到过去同僚和亲友的冷落，入寺出家，直到四世王登基之后才得以官复原职，1855年卒于任上。顺通蒲一生有24部作品传世，包括纪行诗（尼拉）、故事诗、社帕唱词、剧本、箴言辑录、摇船曲等，其中尤以纪行诗与故事诗成就最大，最著名的代表作便是长篇故事诗《帕阿派玛尼》。《帕阿派玛尼》是泰国古典文学中第一部原创故事诗，是顺通蒲在郁郁不得志、流落民间期间创作的。当时他穷困潦倒，只得靠卖文糊口，为吸引读者，他只好原创故事，采用泰国民间魔法故事的故事框架，加入个人的奇绝想象，其中有不少内容都是有原型和出处的，都是来自《三国》《西汉》《列国》《封神》等翻译过来的中国古小说。像主人公帕阿派玛尼擅长吹箫的本领就是来自《西汉通俗演义》中擅笛箫的张良形象，帕阿派玛尼展现笛音魔声与张良吹《散楚歌》的场景如出一辙。[①]

相较之下，《帕阿派玛尼》中受《三国》的影响最多。首先，在人物性格塑造上，《帕阿派玛尼》一改以往泰国叙事文学中人物形象千篇一律的模式化，而是极具鲜明个性，令人过目不忘。以往此类故事中，王子无一例外都是英俊勇武、十全十美式的人物，而女主人公则多为温柔美丽、温婉可人的淑女形象；但在《帕阿派玛尼》中，帕阿派玛尼除了继承了英俊善良、风流多情的特点之外，全无理想王子的形象和气概，他一生唯唯诺诺、怯懦寡断，从不与命运抗争，一生的经历都是环境使然；相反，故事中的女性形象却都光彩照人，或博学多才、足智多谋，或英勇善战、敢作敢为，个性鲜明，无论男女，都跳出了传统的窠臼。这是来自洪版《三国》的影响，关羽的忠义有节、刘备的宽厚仁义、孔明的足智多谋等个性特征鲜明突出，令人难忘，顺通蒲也“将这些中国文学的特色运用到《帕阿派玛尼》的创作当中，尽管还不是特别

① ［泰］巴甲・巴帕皮塔亚功：《〈帕阿派玛尼〉文学分析——庆祝顺通蒲诞辰200周年》（泰文），曼谷：欧典斯顿，1986年，第44-46页。

明显，但已经明显有别于传统的文学作品了”[①]。

除了人物特征，《帕阿派玛尼》中还有许多桥段都能从《三国》中找到原型。如拉薇和帕阿派玛尼两军水军交战，拉薇公主施计火烧帕阿派玛尼的战船，与赤壁之战火烧曹操战船的桥段很像；树沙昆被卡拉维国国王收为义子后命其换上新衣，但树沙昆因向神明发过誓，未见到离别的恩师绝不把虎皮衫脱下，便将新衣穿在虎皮内，这与身在曹营心在汉的关羽不忘其兄刘备，把曹操赠予的锦衣穿在刘备所赠的锦袍的里面的情节如出一辙；婆罗门威迁的弓弩可以同时射出7枝箭，很像孔明发明的诸葛连弩；素婉玛丽中箭之后的治疗方法，用药涂擦之后用刀刮骨疗毒，很明显是受到华佗为关羽刮骨疗毒的影响等等。[②]可以说，《帕阿派玛尼》能够达到如此高的成就，也有《三国》的一部分功劳。

后世还有不少作家受到《三国》的影响，借用三国故事进行戏剧和小说创作，还激发了大规模的重写《三国》的创作热潮。当泰国报刊充斥着用“三国体”创作的“伪中国小说”的时候，一部分泰国作家不满意这种粗制滥造的文学状况，便开始抛开中国古小说进行自己的创作，但“三国体”已经成为当时创作的范本语言，因此很难完全脱离这种影响。像雅各布的《十面威风》、乌沙·琴碧的《神枪将》、罗布里的《名人甲孟》、克立·巴莫的《慈禧太后》等都带有明显的仿效《三国》的痕迹。雅各布在他的150万词的巨著《十面威风》后记中也坦言：“我承认抄袭了曹操被火烧战船的情节以及一向无人问津的《三界经》……”[③]正如中国学者栾文华所言：“没有《三国》和其他中国

① ［泰］冷叻泰·萨加潘：《泰国文学中的外国影响》（泰文），曼谷：兰甘亨大学出版社，1977年，第112页。

② ［泰］巴甲·巴帕皮塔亚功：《〈帕阿派玛尼〉文学分析——庆祝顺通蒲诞辰200周年》（泰文），曼谷：欧典斯顿，1986年，第46-47、70-71、10-11页；［泰］冷叻泰·萨加潘：《泰国文学中的外国影响》（泰文），曼谷：兰甘亨大学出版社，1977年，第111-113页。

③ ［泰］雅各布：《十面威风》（泰文），1932年发表于报纸连载，1939年由教育扶助出版社正式出版，第5528页。

古典小说和历史演义故事的翻译，恐怕就没有雅可八卷本的《盖世英雄》[①]、乌萨·堪佩的《昆吞》、迈·芒登的《大将军》和克立·巴莫的《慈禧太后》等畅销通俗小说。”[②]

① “雅可”即“雅各布”，《盖世英雄》后改名为《十面威风》。

② 栾文华：《泰国文学史》，北京：社会科学文献出版社，1998年，第61页。

下　编

《三国演义》在泰国的本土化

第七章

泰国的社会变迁与文学场域的现代转型

《三国演义》由一个中国文化语境下的文学经典，经过文化筛选、过滤和改造成为一个兼具功能性和艺术性的泰国文学文本，昭帕耶帕康（洪）版《三国》经典译本的诞生是这一传播阶段最重要的成果。如果我们只是从文学史或译介学的角度来看，那么分析到洪版《三国》的文本发生，并定位其在泰国文学发展进程和文学传统中的价值和影响就已经足够了，但是对于跨文化文学传播研究来说，这仅仅意味着新一轮人际传播的开始。

本书下编将从昭帕耶帕康（洪）版《三国》出发，进一步分析《三国演义》在泰国社会，特别是泰人群体中的传播，即进入传播的第二阶段——本土化阶段。本土化（localization）在这里应该理解成一个过程而不是目的，它是传播个性的集中展现。从我们对最终传播效果的评估来说，洪版《三国》确立了《三国演义》在泰国的地位，又通过此后持续不停地本土化的文本和文化改造，巩固了业已形成的经典地位。与此同时，这种本土化又是伴随着泰国的社会变迁而进行的，因此泰文的《三国》文本在不同的社会发展阶段会表现出不同的特质，与社会的发展进程相契合，带有强烈的泰国社会的烙印。离开泰国的社会语境来讨论《三国演义》的传播只能是种空谈。只有从文本的接受方泰国的视角出发，认识《三国演义》在泰国不断本土化、不断内化的过程，才能真正洞悉在异文化语境下文学传播得以顺利进行的原因，同时也说明这一跨文化文学传播个案有其不可复制的一面。

从19世纪中叶开始，泰国社会开始由一个封建王权国家向现代国家转型，泰国的社会结构发生了巨变。剧烈的社会变迁为泰国文学场域带来了现代转型，《三国演义》或泰文的洪版《三国》传播的文学生态也随之发生了重大变化。

第一节　泰国的现代国家变迁

阿瑜陀耶王朝代表着古代泰国的一个辉煌盛世。在吞武里王和曼谷王朝初期几位国王的励精图治下，曾毁于泰缅战争的阿瑜陀耶王朝的政治体制、经济制度、社会结构和文化传统等已基本恢复，甚至在有些方面已经大大超越了阿瑜陀耶王朝。然而这种中兴转瞬即逝，暹罗未能如愿在中南半岛长期称雄。从19世纪中期以来，随着西方殖民主义的威胁日剧，泰国被迫走上一条变革维新之路。

西方势力在阿瑜陀耶时期就曾经以各种方式进入过泰国，但是不论葡萄牙人、西班牙人还是后来的法国人、英国人的势力都未能在暹罗站稳脚跟。在纳莱王之后，西方势力就都被清除出宫廷；在经济上，暹罗王室也将所有商业特权都交给了华人。这也说明至少在当时，泰国是有能力驱逐不利于自己的外来影响的。即使是1826年，泰国与英国签订《伯尼条约》（Burney Treaty）时，三世王仍表现出相当的强硬态度，签订的条约也未能使英国人达到预期目的[①]。但当1855年泰国与英国签订《鲍林条约》（Bowring Treaty）时，情况就发生了巨大变化。缅甸和中国这两个当时泰国眼里的地区强国，都被英国轻而易举地击败，这让泰国的上层统治阶层非常震惊。当时刚刚继位的曼谷王朝四世王蒙固（Mongkut或Rama IV，1851—1868年在位）已经很清醒地意识到，对于英国、法国等西方国家在东南亚地区的殖民扩张，以泰国的实力已很难抵御。《鲍林条约》是泰国与西方列强之间签订的第一个不平等条约，泰国被迫开始推行自由贸易，而原有的泰国王室对外贸的垄断全部废止，彻底打开了闭关自守的大门。之后不久，泰国又被迫与美国、法国、丹麦、荷兰、德国、瑞士、比利时、挪威、意大利、俄国等15个国家签订了类似的各种不平等条约，泰国开始陷入其他亚洲国家一样的困境，面临着沦为西方势力殖民地的危险。

为了维持国家的独立和王权的稳固，四世王决定进行一场自上而下的社会变革，增强自身的力量以抵御西方殖民主义的冲击。他在宫廷率先大力推行西式教育，他请来一位英国女教师作为国王本人的英文秘书，并在宫中教授王子和公主们学习英文和科学知识，因此王室的子弟比其他人更早地接触到西方文化，这其中就包括后来的五世王朱拉隆功。四世王本人也与西方的传教士广泛接触，向

---

① 《伯尼条约》中并未提到设立领事馆的事宜，英国也未能获得治外法权等领事法律管辖权。而《伯尼条约》签订后，英国的商船上缴的贸易税仍然高于华人，鸦片依然不能进口，英国商人也不能从事大米贸易。到了1840年代，泰国王室又加强了贸易垄断，食糖与柚木都不能出口，同时对英国商船征收转运特种税，双方的贸易往来又大为减少。见David K. Wyatt, *Thailand: A Short History*, Second Edition (Yale University Press in 2003), Chiang Mai: Silkworm Books (reprint), 2004, pp.163-164；Sarasin Viraphol, *Tribute and Profit: Sino-Siamese Trade, 1652-1853*, Cambridge MA. : Harvard University, 1977, p. 228.；Namngern Boonpiam, ***Anglo-Thai Relations, 1825-1855: A Study in Changing Foreign Policies***, Ann Arbor, Mich.: University Microfilms International, 1985, p.105；余定邦：《东南亚近代史》，贵阳：贵州人民出版社，2003年，第185页；[英]D. G. E. 霍尔：《东南亚史》，中山大学历史研究所译，北京：商务印书馆，1982年，第553页等。

他们学习英文和拉丁文，并学习到一些西方自然科学方面的知识。[①]在他的大力支持下，西方文化以及来自西方的“新鲜事物”开始大量涌入泰国，给泰国社会带来了深刻的影响。泰国进入迈向现代国家的前夜。

但是四世王壮志未酬，他在1868年意外染疾去世，年仅15岁的朱拉隆功（Chulalongkorn或Rama V，1868—1910在位）继位。因为五世王继位时尚未成年，国家的政务暂由摄政委员会代管，五世王利用这段时间出访了欧亚许多国家，使其在从小受到的西方教育之外，还对西方获得了更多感性的认识，进一步明确了泰国未来的发展方向，坚定了改革的信念。1873年五世王亲政以后，开始对泰国的经济制度、政治制度、官僚制度、行政管理制度、财政制度、教育制度、军事制度、司法制度以及公共交通建设等方方面面进行全面的、大刀阔斧的西式改革，这便是泰国历史上著名的“朱拉隆功改革”。在改革之后，泰国迅速走上了现代化发展的道路，国家实力得到了显著增强，这也在一定程度上抵御了西方势力的侵略，泰国也成为东南亚地区唯一未沦为西方列强殖民地的国家。当然，泰国最终没有沦为殖民地，最重要的原因是它“处在英属缅甸、马来亚与法属印度支那之间，它们谁也不愿让对方统治暹罗”[②]，暹罗放弃一部分周边领土权力或其他利益来作为讨价还价的筹码，“以土地换生存”[③]，采取灵活的外交政策，平衡与英国和法国两方的关系，向他们进行一定程度的妥协和让步，最终利用自身地理位置的优势，成为英法两国势力之间的缓冲区，英法两国最后“一致同意任

---

① 四世王对西方现代科学也十分痴迷，被誉为泰国的科学之父，他甚至为此献出了生命。1868年8月，四世王去曼谷郊区的丛林里去观察日蚀，不幸染上了疟疾而逝世。

② [美]罗兹·墨菲：《亚洲史》，黄磷译，海口：海南出版社、三环出版社，2004年，第451页。

③ 暹罗把其在马来亚北部诸国的利益转让给英国，同时也向法国割让了湄公河东岸的老挝和柬埔寨的暹粒省和马德望省的宗主权，但是在湄南河流域的中部地区仍然保持独立状态。

何一方不得在未经对方许可之下采取行动（控制暹罗）”[①]。

不管怎样，在东南亚各国家的自行改革中，暹罗是最成功的，它开启了泰国现代化进程，更为重要的是这种现代化进程是“自我施加”（self-inflicted）的，它能最大程度维持文化的完整性（cultural integrity）。[②]这意味着泰国自身的文化发展并未因为西方殖民主义的冲击而发生中断，泰国领土的边缘地区受到的冲击较大，而在文化中心区域的中部湄南河流域广大地区，泰国传统文化和秩序都得到了完整的保留并继续传承。大多数改革都不是立竿见影的，它需要经过相当一段时间的积淀才能看到真正的效果，例如西式教育的推广，从王公子弟到上层贵族，再到向普通民众推广，经过了几十年的时间，西式教育改革才最终顺利完成。即使是五世王本人，他接受的西式教育与其子女相比也显得不那么系统和正式。从曼谷王朝六世王瓦栖拉兀时期开始，越来越多的人被直接送到西方国家深造，为泰国培养出大量具有西方教育背景的优秀人才。恰恰是这批归国留学人员成为推动泰国民主变革的主要力量。

1932年6月24日，以帕耶帕凤、帕耶嵩素拉德、比里·帕侬荣、銮披汶等陆、海军军官和文官为领导核心的民党（khana ratsadon，英文peoples' party），发动了军事政变，推翻了君主专制，建立民主政府，实行君主立宪制，史称“佛历2475年暹罗革命”或者“1932年暹罗政变”。1932年的民主革命并未给泰国带来真正的宪政民主，军人集团在这次政变中扮演了重要的角色，军人领袖也在新成立的政府中担任要职，甚至出任总理，帕耶帕凤和銮披汶都先后成为泰国的总理。特别是1938年銮披汶出任泰国总理后，推行“大泰族主义”的极端民族主义政策，特别针对华人，限制和打击泰国国内的华文教育，打击华人的企

① Nicholas Tarling, ed., *The Cambridge History of Southeast Asia*, Volume Two, Part One, Cambridge: Cambridge University Press, 1992, p.47.

② Ibid., p.115.

业，强行进行泰化同化等，从此在泰华人开始进入一段艰难时期。由于銮披汶政府在第二次世界大战时期与日本结盟，1944年日军节节败退之时，銮披汶被迫辞职，结束了他第一任总理任期。第二次世界大战之后，泰国来自“自由泰运动”的文官政府开始执政，却未能有效地解决战后的经济危机和社会的种种弊端，导致政局的动荡，很快右翼军人和保守势力联合起来发动了改变，銮披汶推翻了文人政权第二次上台，重新建立军人独裁统治。此后的几十年里，除了1973—1976和1988—1991年间短暂的文官政权外，泰国长期陷入军人的独裁统治，发生多次军事政变，城头变幻大王旗，执政较长的有沙立时期（1958—1963）、他依—巴博时期（1963—1973）、炳时期（1980—1988）。直到1992年9月，民主党主席川·立派出任总理之后，才开始一段长时间的稳定的文人政府执政时期。军人长期的独裁专政，多次废除和修改宪法，压制民主也激起了泰国民众的不满。1973年10月和1992年5月分别爆发了“十月十四事件”和“黑色五月事件”两次大规模的反对军人独裁的民主运动，前者推翻了“他依—巴博”军事集团的统治，开启了短暂的文人政府时期，后者迫使素金达·甲巴允将军下台，泰国真正进入到文官民主政治时期，军人逐渐退出政治生活。虽然2006年和2014年再度发生军事政变，但民主时代军人政府的形态与过去已大相径庭。2006年政变是针对塔信·西那瓦政府，随后就将政权移交文官政府；2014年再次发生政变，但政变后上台的巴育政府也承诺将在未来还政于民。

从朱拉隆功改革到1932年的民主革命，再到长期的军人独裁统治和最终的民主政府时期，泰国社会经历了翻天覆地的变化。但是《三国演义》的传播非但没有受到太大冲击，反而与时俱进，紧承时代变革的脚步，对每一时期出现的社会现象和时代主题都有积极的回应，获得了更好的机遇，其社会影响力日益扩大，深入到泰国人生活的方方面面，早已超越了文学影响的层面。

当然，作为一部文学作品，《三国》对社会变迁的反应首先体现在文学场域内。社会变迁对于泰国文学环境的影响是巨大的，文学场域和文学传播环境也一直都在发生变化。王国维曾作“一代有一代之文学”[1]之语，虽多取自其文学史观，但也从另一个侧面指出文学是具有时代性的艺术。新文类、新文本的产生，文学样式的转变都不单单是文学传统的嬗变，还是社会变迁在文学领域的曲折表现。重要的文学转型，往往伴随着重要的社会变迁。虽然不能断言某一社会语境必然产生某种文学形式，但某一独特的文学样式之所以在此时此地诞生，必然要依托与其相适应的社会、心理和文化背景。

洪版《三国》产生的时间是在19世纪初曼谷王朝建立初期，当时无论政治制度、经济制度，还是社会文化、思想理念都与之前的阿瑜陀耶王朝一脉相承，阿瑜陀耶以来各项成熟的政治制度有效地保障了君主权威的确立。整个国家虽然经过了泰缅战争的动荡，但是统治根基并未动摇。因此，古典文学场域也延续了阿瑜陀耶时期的特征，它的自主程度依旧较低，宫廷文人的创作依然受到宫廷趣味的掣制。尽管在曼谷王朝初期，因战争和改朝换代造成的社会动荡一定程度上使封闭的文学场域出现了一丝松动，也出现了洪版《三国》这样独树一帜的作品，丰富了文学的样式和语言风格，推动了文学的发展，但它并不足以动摇整个文学场域，因为场域内权力资本和各行动者之间的关系并没有发生根本变化，而且正如上编所言，洪版《三国》的产生正是得益于文学场域内的内在需求才应运而生的。

19世纪后期以来的社会变革也彻底改变了稳固而僵化的古典文学场域，当封建王权统治稳固的时候，古典文学场域较为稳定；一旦外部社会发生动荡，冲击到王权的统治根基，场域的平衡就被打破了。社会关系的变化改变了文学生存和发展的环境，也改变了权力场、文学场中各位置间的关系，一个自主程度越来越高的现代文学场域开始逐渐形成。在现代文学场域中，权力资本不再垄断在国王和宫廷的上层精英手中，

① 王国维在《宋元戏曲史·自序》中说道：“凡一代有一代之文学，楚之骚，汉之赋，六代之骈语，唐之诗，宋之词，元之曲，皆所谓一代之文学，而后世莫能继焉者。”

而是取决于文学的消费市场；文学创作受伴随着社会转型而出现的一大批成熟而专业的现代读者的影响，不再受宫廷趣味和规范的左右；由于出现了消费市场和更多的文学消费群体，相应地，职业作家群体也开始诞生；大众传媒和专业出版机构的兴起使文学流通的渠道日趋多样，为读者和作者搭建起交流平台，刺激了更多个性化的创作，读者群体的欣赏和作家群体的创作都展现出多元化的一面。

进入20世纪之后，现代读者群体、大众传媒和职业作家群体这三股新兴的社会力量极大地改变了泰国的文学生态，同时也为《三国演义》的本土化改造创造了良好的外部环境。下面我们就分别来看这三股力量各自在其中所扮演的角色。

第二节　现代读者群体的出现

阳春白雪与下里巴人，不同的阶层人群的艺术需求是有差异的，尤其是在古代社会。古代泰国古典文学的受众土壤十分贫瘠，读者群体主要由宫廷中的王公贵族们构成。而占人口大多数的底层百姓基本上都属于文盲或半文盲，自然无法阅读文学作品；即使偶有人粗通文墨，又因教育水平较低，要欣赏高雅繁冗、佶屈聱牙的宫廷文学也同样力不从心。更为重要的一点，在封建社会语言文字作为统治阶层的一种特权是具有神圣性的，并不是所有的文字活动都能称得上文学活动，也不是任何人都可以参与到文学活动中来。底层民众的口传文学，如故事、传说、民谣等，都只是民间娱乐的文艺形式，是不在“文学”（wannakhadi或wannakam）这一范畴内的。文学对古代大多数泰国人来说是一种无形的奢侈。但正是在这些身份地位不高的普通百姓中孕育出了后来的现代读者群体，他们成长起来之后取代王公贵族成为文学阅读和消费的主要群体，是文学活动中最为活跃的群体。他们的成长需要一定的条件和时间。首先，他们需要摆脱封建关系的束缚，成为有自主身份的自由民；其次，他们需要接受正规教育，提高文化水平，具备文学审美能力，这两个条件缺一不可。在泰国，二者都是经由曼谷王朝五世王朱拉隆功的改革而实现的。

一、自由民

在萨迪纳制的束缚下，泰国的庶民和奴隶们双脚被牢牢绑缚在土地上，缺少人身自由，也几乎没有自主收入，同时又要担负繁重的徭役，他们连理论上参与文学活动的可能性都微乎其微。因此，要培养读者群体，首先要将这些庶民和奴隶从人身依附关系中解放出来，成为真正的“自由民”。

五世王朱拉隆功时期最重要的社会改革，是废除奴隶制和徭役制，废除了萨迪纳制和各式各样封建依附关系。萨迪纳制沿用了数百年，到曼谷王朝初期时弊端已越来越明显，逃避徭役的情况越发严重，有人为逃避徭役，甚至主动卖身为奴。[①]据说当时有80%以上的暹罗人逃避徭役。[②]1855年的《鲍林条约》打破了暹罗王室的贸易垄断，但也刺激了国际贸易的飞速增长，大米出口成为国家财政最重要的来源之一，暹罗急需提高用于出口的大米产量。但是面对逃避徭役造成的劳力紧缺，朱拉隆功另辟蹊径，推出奖励垦荒的政策，鼓励交纳代役金代替劳役，在农业技术没有改进的情况下，依靠扩大种植面积刺激产量。徭役制事实上已经形同虚设了。此外，暹罗奴隶的数量十分庞大，据帕里果瓦神父统计，在19世纪中叶，奴隶的数量占到暹罗全国人口总数的四分之一。[③]长此以往，泰国的农业生产将大受影响，大片荒地无人开垦，

---

① [泰]帕素·蓬派吉、[英]克里斯·贝克：《曼谷王朝时期的泰国经济与政治》（泰文），曼谷：Silkworm Books，2003年，第29页。

② Noel Alfred Battye, *The Military, Government and Society in Siam, 1868-1910: Politics and Military Reform During the Reign of King Chulalongkorn,* Ph.D. thesis, Cornell University, p.409，转引自[泰]帕素·蓬派吉、[英]克里斯·贝克：《曼谷王朝时期的泰国经济与政治》（泰文），曼谷：Silkworm Books，2003年，第30页。

③ Quaritch Wales, *Ancient Siamese Government and Administration*. New York: Paragon Book Reprint, 1965, p.59.

需要进一步解放劳动力。朱拉隆功非常在意暹罗的国家形象，特别是在西方国家眼中，蓄奴和徭役是野蛮、未开化的标志，遭到当时西方国家驻暹罗的使节和神父的猛烈抨击。[①]低效而负面的奴隶制与徭役制也就首当其冲成为朱拉隆功改革的目标。

从1874年开始，五世王朱拉隆功力排众议，顶住了各方压力，开始逐步废除奴隶制度。到1905年，泰国终于彻底废除了一切形式的奴隶制度，同时取消了徭役制，废除萨迪纳制，代以薪俸制。这样一来，个体第一次从僵化的土地制度和等级制度中解放出来。农民们可以自由迁徙，开垦荒地，也可继续租种地主的土地，上缴货币地租。虽然这些获得人身自由的庶民和奴隶们绝大多数仍旧从事农业生产，但是城市之中的聚居人口也大幅增加，成为雇佣劳动力，而且有一部分成了国家的“雇员”，客观上有助于五世王行政制度改革的顺利推行。五世王建立了咨议院和枢密院，并仿效西方，在中央建立起各部之间有明确分工的内阁制，并设立内政、京畿、公共工程、教育、农业与商业、司法、御玺、军务、财政、外交、国防、宫务十二个部；在地方，取消了食邑制或采邑制和旧式的城邦体系，借鉴西方行政区划体系，设立省—市—县—村四级区划，由中央选派官员。无论中央还是地方，政府机构开始往更加高效、专业的方向发展，行政机构的规模也越来越大，需要大量具有专业知识和技能的国家公务人员，特别是文职人员。在这些新的西式的国家机关中，上级官僚基本都由王族来担任。相应地，对中下级国家公职人员的需求也激增，1911年公务员人数有51,452人，到1921年增长到85,485人，到1937年更是达到了93,494人，公务员人数最多的两个部门是国防部和内政部。[②]在这些公务员队伍中，有不少是来自中产阶级家庭的子女，有两个主要来源：一是已融入泰国社会的富裕的华人家

① [泰]安察里·素萨炎：《曼谷王朝五世王时期的徭役制度变化及其对泰国社会的影响》（泰文），曼谷：创造书社，2009年，第245-246页。

② [泰]纳卡琳·梅德莱拉：《佛历2475年暹罗革命》（第三版修订版）（泰文），曼谷：同一片天出版社，2010年，第78-82页。

庭，特别是那些商贾巨富之家；一是地方的城主及其家族，特别是那些与中央政府高级官员关系密切的地方官僚。这两类家庭与上层贵族都有千丝万缕的联系，而且家境殷实，可以为子女提供西式教育的费用，从而晋身为国家公务员。[①]但是他们的人数毕竟有限，人才需求的缺口依然很大，特别是那些更为底层的专职公务人员。这部分人才缺口最终也只能从广大从封建人身依附关系中解放出来自由民们来填补。

将人的个体从森严的等级和土地制度中解放出来是整个新兴读者培养过程中至关重要的一步，因为只有具备独立自主的个体，不存在任何依附人格，才能够按照自己的意愿去追求自己的目标，去选择自己希望中的生活。但是仅仅在身份上获得了独立自主的地位还不足以成为读者，文学活动是一种相对复杂的活动，要求参与者具备较高的文化素质，有能力进行文学消费和文学品评活动。但是这些解放的自由民都是原来的奴隶和依附民，大多数目不识丁或只接受过最基本的寺庙教育，只有简单的泰语读写能力，显然是无法胜任文学活动的。唯有接受了较为系统的现代教育，他们的文化水平才有可能获得显著提升，进而逐渐成为文学消费和文学生产的主体人群，也将成为洪版《三国》在民间传播的主体人群。

二、现代教育

对于五世王而言，广大自由民较低的文化水平也制约了行政改革的深入推行，因为他们达不到现代行政机构所需人才的要求，无法胜任公务员的工作。因此，如何将这些自由民培养成为现代化的人才成为五世王改革的当务之急，在这方面泰国传统的寺庙教育已无法满足要求，全面推行现代教育势在必行。

泰国的传统教育从素可泰时期开始就是以佛寺为中心的寺庙教育。

---

① [泰]帕素·蓬派吉、[英]克里斯·贝克：《曼谷王朝时期的泰国经济与政治》（泰文），曼谷：Silkworm Books，2003年，第300页。

泰国古代没有学校，泰语中也没有“教室”（rongrian）一词，只有sagun或rongson等类似的词语，而且也不是指在学校里的课堂，而是在佛寺里，往往是斋房或者僧舍的走廊。“出家学习”（buatrian）是自古以来形成的传统，按照习俗，一个男子年满20以后至少要出家一次，时间最少要三个月，等到还俗之后他就成为一个“成熟的人”（khon suk）了，因为已经“出过家，学过业”[①]了。如果父母希望孩子从小接受教育，就把他送进寺庙当“寺童”（dekwat）服侍僧人并跟其学习；或者献给依附的官僚，但官僚们也仍旧会将孩子送到寺庙中接受教育。在古代传统社会，寺庙教育可以说是最好的教育模式。因为古代泰国人无论出身贵贱，都在寺庙里接受教育[②]，即使是家境贫寒的孩子也有机会学习。泰国自古以来佛寺林立，无论是多么偏远地狭的地方都有佛寺，僧侣受人尊敬，地位很高，佛寺又是泰国公共生活和文化传播的核心空间，这些都有利于教育的普及。

但是寺庙教育的缺点也很明显，到近代这些缺点和弊端就变得越来越突出。首先，僧人们都不是专职的老师，只在闲暇时才传授知识，教学时间和质量都难以保证，而且僧人本人的水平就参差不齐，投入程度也各有差异。其次，寺庙教育教授的内容只有泰语文字的读写和初级算术，稍微进阶的课程有高棉文和巴利文以及巴利文佛经翻译，最高级的课程也只是教如何刻写贝叶经。教学的课本主要是各种佛经，内容不外乎佛教的基本道德信条，根本不会出现自然科学、历史文学、法律政治等方面的知识。此外，泰国并没有一条像科举考试这样通过读书获得升迁改变地位的道路，除了王公贵族的子弟外，大部分在寺庙学习的孩子都缺乏学习的动力和目标，半途而废者居多。而且读书仅限于男孩，女孩只要学习如何操持家务和一些家庭针凿手工就可以了，因此女性的文

---

① [泰]布朗·纳那空：《泰国文学史》（泰文），曼谷：泰瓦塔纳帕尼出版社，1980年，第417-418页。

② 王宫中有专门的宫廷教师，部分高级贵族的子女有机会送入王宫学习，但大部分都是在寺庙接受教育，不少王族也要在王家寺庙接受教育。

盲率要比男性高得多。

总之，从教学效果上看，寺庙教育的成效非常有限。巴勒格瓦曾说道："事实表明，在100个在寺庙里待了8—10年的孩子当中，（最后）大约只有20个人可以认读文字，而只有10个人在离开寺庙以后还能够拼写文字。" 帕耶阿奴曼拉查东也在《古代泰人的生活》一书中有如下记载："农村有机会到寺庙里学习的男孩，大多数只会读、会拼写极其简单的东西。"曼谷王朝四世王曾在1858年签署的政府公报中说道："能够读懂国王御令（tonmaithongtra）的人屈指可数，即使能读也不理解，因为泰国的臣民识字的人要少于不识字的人，在乡下的'派'，连字母都认不出来。"[①]具有读写能力的国民很少，知识成为统治阶层的特权，也导致中间阶层的缺失；因为普遍教育水平较低，国家高素质人才匮乏，结果导致国家发展缓慢，严重制约了国家的现代化转型。现代教育改革势在必行。

五世王时期开始进行的教育改革实际上针对两种不同的人群，一方面针对国家上层的王公贵族，特别是王族子弟，他们本身就接受了较好的教育，地位又高高在上，对他们采用西式教育或直接送到西方留学，走的是一条精英教育的道路；另一方面，对全国大多数文化教育水平较低的人群，需要进行普及性的全民教育，不能仅仅满足掌握文字的初步读写能力，还要进行职业技能的专门化培训，并要巩固既有的教育成果。显然，后者是一个更为艰巨的任务，它是和废除奴隶制和徭役制同步进行的，被解放出来的自由民们是教育改革针对的主体人群。

随着国家行政改革后对专业技术人才的需求激增，五世王曾抱怨说各个部门都急缺人手，像财务部、司法部、京畿政务部等部门缺人到了"火烧眉毛"的地步，只有土木工程部的情况较好，因为他们需要的

① [泰]武提猜·穆拉信：《朱拉隆功时期的教育改革》（泰文），曼谷：泰瓦塔纳帕尼，1986年，第14-15页。

人手不像其他部门那样“没有（专门）知识就做不了”[①]。面对这种情况，政府只能暂时雇佣洋人，但也只是权宜之计，真正的解决办法是培养本土的专业人才，仅仅能读会写已经远远不够了，还需要具备更多的职业知识和专业技术，于是更多西式的职业技术学校诞生了。

第一间专业学校是1881年成立的侍卫军官学校，即玫瑰园学院；1882年，建立地图测绘学校；1892年，教育部建立了第一所师范学校，请一位英国人格林洛德做校长；1897年，司法部建立第一所法律学校。1892年，五世王将原来的7个部扩充到12个部后，职责更加明确，分工更加细致和专业，客观上需要更多具有现代专业知识的文职人才，于是又出现了更多专门培养文职公务员的学校。值得一提的是，玫瑰园侍卫军官学校1902年变成一所文官学校，1916年变成朱拉隆功大学，这是泰国第一所大学，也是最重要的文职人才输送基地。1889年，在曼谷有19所新式教育系统下的学校，有学生1,504人，到1910年时，这两个数字已经猛增到200多所和16,000多人，这其中有12所中学以及11所中学以上的教育机构，共有学生2,600人左右。[②]当然，早期就读于这些高等学府和职业学校的仍以贵族子弟为主，因为他们的教育基础较好，平民基础教育尚未普及。但是，平民教育也很快兴起，1885年，第一所面向平民的学校玛罕帕兰寺学校在五世王的关心下成立，其他平民学校也纷纷建立，有的由官员资助，也有的是寺庙和私人共同集资兴建。到1885年底，就出现30所平民学校，有学生2,044人；等到1891年底，学校增至48所，共有学生2,425人。[③]这些平民学校大多建在寺庙里，不少学校仍由僧人做老师，但这已和传统的寺庙教育有所不同，学校更加正规，而

---

① [泰]武提猜·穆拉信：《朱拉隆功时期的教育改革》（泰文），曼谷：泰瓦塔纳帕尼，1986年，第44页。

② 这里不包括寺庙学校里的学生，见[泰]帕素·蓬派吉、[英]克里斯·贝克：《曼谷王朝时期的泰国经济与政治》（泰文），曼谷：Silkworm Books，2003年，第300页。

③ [泰]武提猜·穆拉信：《朱拉隆功时期的教育改革》（泰文），曼谷：泰瓦塔纳帕尼，1986年，第58页。

且传授的内容除了泰语还增加了文化和历史方面的内容。1921年六世王颁布了《初等教育法令》，规定7-14周岁的儿童必须接受免费的义务教育，接受初等教育的女孩数量也大幅提升。[①]到1932年民主革命之后，泰国基础教育又向前大大推进了一步，从1936年开始制定国家教育规划，让每个公民都能接受教育，重视道德、佛教和体育教育，并制定了职业教育计划，规定小学阶段4年，中学6年，之后可以进入中央和地方建立的职业学校接受培训，如果希望进入大学接受高等教育，则必须接受2年的预备期高等教育。

总而言之，经过五世王时期开始的教育改革，泰国国民整体文化水平得到显著的提升，不光是上层贵族和富裕的家庭，那些从奴隶制、徭役制中解放出来的自由民平民也得到了受教育的机会，尽管整体水平上仍与前者有差距，但与自己过去相比已是巨大的飞跃了。他们中的很多人后来通过自身努力也考入了高等院校，成为真正的知识分子。在这些人的共同努力下，城市中的市民文化不断成熟，人们的文化水平提升了，又通过薪俸有了一定的私人财产，阅读就成了他们精神层次上的新的需求，文学阅读也不再只是一种奢望。而与之相适应的，报刊业和出版业也悄悄发展起来，满足了他们的要求和渴望。另外，还需要补充一点，由于泰国未沦为殖民地，因此并未像其他殖民国家那样实行双语教学，大多数学校的泰国文学、科学和其他一般科目都是通过泰语来讲授的，因此泰国的语言和文学的发展相比于其他东南亚国家，具有一定的独立性。

第三节　大众传媒——读者与市场

在传播上，文字文本相比于非文字文本具有诸多优越性，如精确

① 由于地方小学的义务办学经费需要区长和民众自筹，每个公民每年要交1-3铢的教育税作为办学经费，这个《初等教育法令》并未能全面贯彻实施，到七世王时期不得不中止。

性、稳定性、可靠性和超时空性等，而这些优越性必须依靠一定的载体才能充分体现。传播媒介的重要性日益凸显。对于文学传播来说，仅有读者群体是远远不够的，更何况在读者接触到文学作品之前，他们仅仅是理论上的潜在受众。文学文本必须借助某种媒介才能让读者读到。在纸质媒介出现后，书籍成为最主要的载体。但泰国古代书籍也是一种奢侈品，在印刷业兴起前，泰国基本都是刻在贝叶（bailan）上或者写在“奎册”（samut khoi）[①]上，因此数量较少且造价不菲，也不易保存和传播。如果想读，只能找人来抄写，因此那时候能够博览群书的人大都家境殷实，而且地位较高，毕竟购买空白的贝叶和奎册以及雇人抄写都需要一大笔开销。抄写员很受欢迎，在手抄本的最后往往会刻有抄写员及其雇主的名字。显然，这种书籍不利于文化的传播，一是造价太高，一般人承受不起，即使是上层贵族也未必都能够消费得起；二是很多手抄本并不是直接从原本抄录，而是根据二手甚至多手的版本，加上抄写员个人的素质各异，传抄的过程中往往会出现这样那样的错误。这种依靠手稿和手抄本的传播最大的弊病就是效率低下，它相对高昂的成本又使得文稿成为一种稀缺资源，而一旦发生特殊事件造成手稿遗失往往会造成难以挽回的损失，像1767年缅军火烧阿瑜陀耶城，很多珍贵文稿都被付之一炬，因而失传于世。但是这些痼疾在印刷术面前都不成问题，因为印刷品的内容是依存在可复制性以及方便传播的基础之上的，而作为商品的印刷品又是“孕育全新的同时性观念的关键”，所以弗朗西斯·培根（Francis Bacon）才会相信印刷术已经“改变了这个世界的面貌和状态”[②]。

---

① 奎册，即用奎树皮制成的纸浆造纸，再用中国墨汁浸泡染黑晾干，粘接成长条状，反复折叠装订成的书，类似中国古时候的账本。这种纸纸质较粗糙，厚度也不均匀。泰语中奎树即鹊肾树（streblus asper）。后来为了与传入的西方小册子书籍相区分，便称奎册为“泰式册本”（samut Thai）。这种奎册从16世纪一直使用到19世纪，直到西方文化传入之后，才开始使用铅笔和现代纸张。

② [美]本尼迪克特·安德森：《想象的共同体——民族主义的起源与散布》，吴叡人译，上海：上海人民出版社，2005年，第38页。

虽然活字印刷起源于中国，但是现代的金属活字印刷却来自西方，德国的古登堡（Johann Gutenberg）是现代印刷术的开创者，也是西方印刷术走向大规模推广使用的开端，西方传播学界也常把古登堡将机械技术运用于印刷的1456年，称为大众传播开始的年代。1794年，在曼谷王朝一世王时期，来自法国的神父加纳特（Arnoud Antioin Garnault）第二次来到暹罗传教，这一次他带来了印刷机，也把西方的印刷术带到了泰国。1796年，加纳特用印刷机印制了泰国现存第一本印刷品——一本用罗马字母拼写的泰语书《基础基督教教义》（KHAM SON CHRISTANG PHAC TON）。[①]在曼谷王朝三世王时期，来自美国的教团美国公理会差会（American Board of Commissioners for Foreign Missions）在泰国建立了第一所印刷厂，位于今天的曼谷卡丹布巷（trok kaptanbut）内，而泰文印刷用的字模在此之前就已经在缅甸和新加坡出现了。[②]1835年，这个美国教团中的牧师布拉德利（Dan Beach Bradley）为方便传教和与当地人沟通交流，从国外引进了泰文字模，并用于印刷当中。布拉德利印刷厂最初只是印制一些基督教教义等传教用材料，后来西式的印刷引起了宫廷的注意。曼谷王朝四世王曾在一篇记事中提到："1836年6月3日，这一天罗宾逊（Robinson）拿着一页印着泰文的字纸去找布拉德利牧师断句，这本书可算是在泰国印制的第一

---

① [泰] S. 普莱诺：《早期的出版社》（泰文），曼谷：朱拉隆功大学图书中心，2005年，第12-13页。

② 关于泰文字模的出现有不同说法，素帕攀·本萨阿认为是英国人詹姆斯·洛（James Low）上尉1828年为编写《泰国/暹罗语语法》（*A Grammar of the Thai or Siamese Language*）而在印度制作的。而普莱诺认为是由豪克（George H. Hough）在缅甸仰光制作的。也有说早在1813年，美国传教士艾多奈拉姆·耶德逊（Adoniram Judson）和黑泽汀·耶德逊（Hazeltine Judson）就为印制宗教宣传品而设计并制作了最早的泰文字模，这批印刷机和字模后来被运到印度加尔各答，用在詹姆斯·洛的书的印刷上，之后又辗转到新加坡，最终由布拉德利带到了泰国。见[泰] S. 普莱诺：《早期的出版社》（泰文），曼谷：朱拉隆功大学图书中心，2005年，第14页；[泰]素帕攀·本萨阿：《泰国报业历史》（泰文），曼谷：班纳吉出版社，1974年，第3页；栾文华：《泰国文学史》，北京：社会科学文献出版社，1998年，第104-105页。

本泰文书。”1839年，三世王命令租用布拉德利牧师的印刷机，印制了9,000份禁止吸食鸦片的布告，这也是泰国第一份印刷出来的政府公文。[①]由于原来的字模字体较为难看且多有遗失和损坏，布拉德利牧师对其进行了改良，并于1842年重新制作了一批泰文字模用于印刷，而他也成为第一个印制与基督教内容无关的传教士，而且是为更多有需要的人服务。随着印刷技术的不断成熟，布拉德利牧师于1844年7月推出了一份叫《曼谷记事》（*Bangkok Recorder*）的英文月报，这也是泰国第一份报纸。

除了出版报纸外，布拉德利还开始印刷出版专门的书籍。1861年6月15日，他以200铢的价格买下了蒙拉丘泰的《伦敦纪行》一诗的版权，并于同年11月6日出版发行；1863年，出版了《阿瑜陀耶皇家记年》（*Phraracha Phongsaowadan Krung Si Ayuthaya*）（两本）。之后布拉德利牧师印刷厂开始承担一些更大型的印制工作。1865年，布拉德利牧师印刷厂开始铅印全本洪版《三国》，到1867年，历时两年时间印制完毕，这也是洪版《三国》第一次付梓出版。这次出版直接推动了《三国》的普及和推广，也使洪版《三国》的文本可以走出宫廷，进入民间，得到了热烈反响。之后，许多印刷厂都加入印制《三国》的队伍中。布拉德利牧师印刷厂总共印过3版《三国》，之后泰国人自己创办的印刷厂又印刷了3次，无论印数还是版数都是当时最多的书籍。可以说，印刷业的发展直接推动了洪版《三国》在民间的传播，一方面采用现成的版式，降低了成本，减少了造价，使更多人承受得起；另一方面在民间流通的书籍数量大大增加，人们能够读到的几率自然也就提高了。

布拉德利牧师印刷厂还陆陆续续印刷出版了20部中国古小说的泰文译本，不久之后泰国人自己建立的出版社所出版的中国古小说翻译，都

---

① [泰]素帕攀·本萨阿：《泰国报业历史》（泰文），曼谷：班纳吉出版社，1974年，第4-5页。

是以布拉德利牧师印刷厂印制的版本为母本，可以说中国古小说能在泰国有如此大的影响力，布拉德利牧师印刷厂功不可没。

1866年，布拉德利牧师的报纸《曼谷记事》停刊，萨穆埃尔·琼斯·史密斯（Samuel Jones Smith）辞去了在宫廷中的职务，于1868年建了自己的印刷厂，并于1868年9月15日和1869年1月1日分别推出新的英文报纸《暹罗广告日报》（*Siam Daily Advertiser*）和《暹罗广告周刊》（*Siam Weekly Advertiser*），并于1882年推出泰文报纸《暹罗时代记事》（*Chotmai Het Sayam Samai*）。由于布拉德利印制发行的洪版《三国》大获好评，极为畅销，史密斯也想从中分一杯羹，便开始在史密斯印刷厂印制洪版《三国》。这引起布拉德利的不满，便向五世王告御状，五世王调停裁定两个印刷厂各有分工，布拉德利牧师印刷厂印制散文体作品，如《故都纪年》《三国》《罗阇提叻》等；而史密斯印刷厂则主要印制韵文体诗歌类作品。事实上，诗歌的销路也不错，此时随着市井格伦和故事格伦的兴起，诗歌相比于过去已经没有那么晦涩难懂了，加上篇幅短小，价格不高，往往只有一二沙冷（salung）[①]的价格，这些印制的诗歌作品让史密斯赚得盆满钵满，仅靠印制销售顺通蒲的《帕阿派玛尼》就让他建起一幢房子。[②]

由于史密斯印售泰文诗歌一事违反了教团的纪律，英国领馆法院裁定禁止其再印售此类书籍，史密斯无奈之下只得将印刷厂印制的书籍和所有权拍卖给其他印刷厂，当时处于起步阶段的泰国印刷厂便将书籍拍下，换上新封皮进行销售，并以此为底本继续印刷。这刺激了泰国本土印刷业和图书出版业的发展，一批著名的印刷厂和出版社开始崛起，如乃贴印刷厂（rongphim nai thep），靠买下史密斯印刷的书籍所有权而一跃成为泰国图书印刷和销售的中心之一。随着销售量的增加，

---

① 泰国古代的货币单位，1沙冷相当于25士丹或1/4铢。

② [泰] S. 普莱诺：《早期的出版社》（泰文），曼谷：朱拉隆功大学图书中心，2005年，第19-20页。

开始出现专门销售书籍的书店，有些书店后来干脆也建立印刷厂自印书籍出版，如乃信（Nai Sin）的叻加伦印刷厂（rongphim ratcharoen），自印自销。与此同时，随着印刷技术的普及和图书市场的不断成熟，有人发现书籍印刷和出版有利可图，便纷纷加入这一行业当中，出现了乃西（Nai Si）的西利加伦印刷厂（rongphim siricharoen）、乃太（Nai Thet）的帕尼萨普乌东印刷厂（rongphim phanitsanpaudom）等等，加上较早出现的宫廷的御用印刷厂，泰国的图书出版业迅速发展起来。

与此同时，泰国本土报业也迅速成长起来，与印刷和出版业的兴起相得益彰，不少印刷厂一面发行报刊，一面出版书籍，很多书都是先在报纸上连载或刊登，受到读者的热烈反响后才结集成书，很多印刷厂的老板也是报纸的创办人。

1858年，四世王主持创办的宫廷报纸《政府公报》（*Ratchakit Chanubeksa*）是泰国第一份由泰国人创办的报刊，主要是为了通告政府的官方消息，并对布拉德利的报纸的新闻内容进行回应。这份报纸仅仅办了一年就停刊了，直到1874年五世王时期才恢复，成为周报并一直延续至今，是一份专门报导宫廷新闻的报纸。与之相对，1874年的另一份报纸《青年训导报》（*Tarunowat*）是泰国第一份由泰国人创办的针对普通民众的报纸，创办人和编辑是帕翁昭格森讪索帕（Kasemsansophak）等一些贵族成员，虽然只维持了短短一年时间，但是它在泰国报业历史上却具有重要意义，因为它使报刊的影响力拓展到王宫围墙之外，开始深入民间。《青年训导报》的内容和后来的报纸差不多，包括一些官方新闻、外国新闻、各种箴言格言、各种体裁和类型的诗歌、故事、京都和其他地方首府的大事纪要，甚至还出现了商品广告，一应俱全。1875年，泰国出现第一份泰文日报《宫廷新闻》（*Khao Rachakan*），由公帕耶帕努攀图翁瓦拉德王子（Krommaphraya Phanuphanthuwongwaradet）担任主编，最初定名为英文的Court，后来才更名为泰文的《宫廷新闻》[①]。此后，泰国各类报纸如雨后春笋般大量涌现，仅五世王时期便出现49种报刊，其中包括日报、周报、半月刊、月刊等种类，内容也是五花八门，有新闻、商务、法律、娱乐等方面的专门报纸，大部分为泰文报刊，也有个别英文和中文报纸。

有些报刊是一些留学西方的归国王宫贵族创办的，目的是为了促进国家文明的进步，有些报刊寿命较短，但也有一些发展较好，维持时间很长。到曼谷王朝六世王时期，报纸的种类更加丰富多样，报业人也不再局限于宫廷的王公贵族，出现一批平民出身的媒体大亨。报业的发展很大程度上得益于五世王的教育改革，降低了受教育的门槛，使更多人掌握了读写能力，同时增加了教育内容，使他们有能力参与一定的文学活动。另一方面，城市经济的发展培养出市民阶层，他们拥有一定的收入，具有一定的消费能力，同时也有闲暇娱乐的需求，报纸就成为他们获取知识、新闻和娱乐放松的最佳选择。因此，一个完善的从作者到读者的文化生产产业链开始出现，文学发展所需要的市场在逐渐成形。

第四节　作家职业团体的兴起

当读者群体和传播媒介开始发生变化，当文学的消费市场在逐渐成熟，在传统的文学场域中，文学的直接创造者——作家群体内部也在发生着变化。由于对知识的垄断，古典文学中的作者和读者都身居宫廷。宫廷作家们的受众有限，文学流通范围小，创作受到狭小的宫廷读者们趣味的桎梏，趋于呆板和僵化，作家们也没有形成一个自我认同感强烈的群体。直到泰国在殖民主义威胁和西方文化的冲击下被迫发生变革后，旧制度下的旧文学依存的各种社会关系纷纷改变，作家们的群体意识才开始出现。他们面对的是不同的受众和崭新的媒介，一个自主的文

① [泰]素帕攀・本萨阿：《泰国报业历史》（泰文），曼谷：班纳吉出版社，1974年，第15-16页。

学场域逐渐形成，作家的职业团体也开始兴起。

一、“工匠艺术”和“艺术家艺术”

德国社会学家诺贝特·埃利亚斯（Norbert Elias）区分了“工匠艺术”与“艺术家艺术”。[①]区别二者的一个标志就是，由为少数的、已知的、确定的读者而写，到为广大的、匿名的读者而写的转变。这种转变意味着作家最终可以摆脱权力资本的强制力量，不再需要以一个受制的低阶的受雇者的身份来进行文学创作，不再专门为满足社会地位强势的主人或贵族委托人的需求而服务，即使不是完全、彻底地摆脱，至少也可以在一定程度上像一个自由作家一样，按照自己的意愿和价值判断去创作。前一种是按照既有的模式和规则，按照一定的指示和要求而完成的，它有特定的读者；而后一种则面对更广大的市场，立足于更加开放的社会，创作需要接受市场的选择，当然这种选择也是双向的。随着作家由工匠向艺术家过渡，他的社会地位和功能也发生变化，从一个附庸的雇佣地位解放出来，他的作品风格和特性也会随着改变。

工匠艺术家的作品的艺术性并不意味着一定就比艺术家艺术的作品逊色，这里只是强调由作家向艺术家方向的变动是自主性的提高，但作品的质量或艺术性也存在着倒退的可能，因为作家与读者、消费者之间的关系变动，能够改变的是“艺术的结构，而不是艺术的价值”[②]。仅就作品的艺术价值而言，泰国古典文学中的很多作品即使在今天看来依然不失经典，以洪版《三国》为例，后世众多的后续版本，包括各种重译、改写、编译版本，从语言的艺术水准上都很难望其项背。在曼谷王朝初期的宫廷，包括国王在内的那些权力资本的持有者们，整体的文学素养还是非常高的，除了三世王，几乎每一位国王都有传世的作品。因此，这里提到由工匠艺术到艺术家艺术，更多强调的是作家这个

---

① [德]诺贝特·埃利亚斯：《莫扎特的成败：社会学视野下的音乐天才》，吕爱华译，桂林：广西师范大学出版社，2006年。

② 同上书，第46页。

群体在文学创作中的境遇的改善，这是种进步，他们获得了艺术创作的自主性。作家成为一种真正的职业，同时又不仅仅是一种“职业”（job），还是一种“志业”（calling）。志业出于神圣的追求，出于某种价值观而具有某种心志取向，并为之投入和努力，充满热情，唯有如此才能实现心中的完美，即所谓的“为艺术而艺术”，这也是现代的文学场域成熟的标志之一。

文学生产和消费以及艺术结构中的变动方向，都不是孤立存在的，而是具有一种全面性的发展走向，在动态的博弈中保持平衡。在文化的产业链中，作家和读者被安置在天平的两端，连接二者的杠杆则是市场或者经销商。在古典文学场域中，作家和读者之间是一种简单直接的关系，并不需要任何中介，文化资本和生活资本的兑换基于权力资本的运作，而宫廷几乎是唯一的文学消费场所，宫廷诗人们别无选择。但是，泰国社会自19世纪中期以来的巨变为宫廷诗人（作家）们的境遇改善创造了可能。文学是整个社会各单位发展过程中的一环，它有自己的发展规律，但也必然在社会这个外在框架之内变动，随着社会的发展而朝向特定的方向。受教育的市民阶层正在兴起，他们打破了宫廷贵族对文化消费的垄断，这些受众也成为作家们的一种选择。虽然在经济地位上，宫廷仍然占据主导地位，但是市民阶层的人数众多，当市场逐渐成熟，市民的文学消费观念和习惯形成，聚少成多，其规模就变得极其可观了。民间市场对于作品多样性的需求同样重要，不同层次、不同风格的作品都有可能成为挑剔的对象；而且市场变化快，某种风格或内容的作品可能会一时广受欢迎，但很快就可能被另外一种更受欢迎的风格所取代，文学之间的竞争要比之前激烈得多。这为作家的创作个性和自由提供了良好条件，有能力、有实力的作家可以成为市场的宠儿，从而获得足够好的经济回报。当然，不管市场有多广大，中间环节有多复杂，在作家和读者之间仍存在着权力差距。作家们在市场里要直面消费者的选择和挑剔，他们仍要承担一定的风险。但作家们也并不是完全被动的，他们可以利用手中的文化资本来强化在市场中的地位，成为某种艺术品位的开路先锋，让消费者沿着他的艺术轨道去建立个人的趣味，并以此培养一批稳定的受众。总而言之，作家个人的艺术想象力会从严厉的束缚当中解放出来，而作家本人也由宫廷进入民间，不再是贵族的仆从，而是市民阶层的一分子，甚至很多人就是从市民阶层中脱颖而出的。只要市民阶层不断壮大，文学也越有可能成为独立的艺术门类。艺术创作者和艺术消费者的社会变迁间的紧密关联，可以通过下面的艺术社会学的文化菱形（cultural diamond）概念图示来表示：

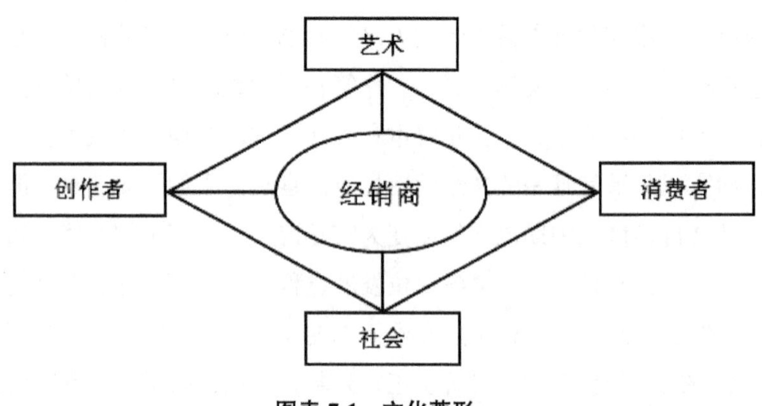

图表 7-1　文化菱形

由于”艺术家艺术“的兴起，作家的实际境遇有了很大的改善，作家开始成为一个自主的职业，他们的社会地位得到了提升。一个基于现代社会的崭新的、自主的文学场域逐渐形成。这个文学场域是第二阶段《三国》传播的空间，各个因素相互间的关系使这一阶段的传播带有鲜明的特点：形式多样、参与度高、内容丰富。

二、文学场域自主程度的提升

文学场域内的优先级别取决于每个行动者的位置和主观态度，在这个客观关系的空间内，进行策略性的调整。外在决定性只能借助场域结构变化而起作用，场域内行使某种折射的效应。只要理解这一点，我们就能理解文学形式的变化，作家与作家或读者之间的关系，不同文学体裁的拥趸之间、不同的艺术理念之间的关系等的变化，这些变化都不是偶然发生的，在社会发生变动如政治制度改变或经济危机的时候，便会随之发生。

布迪厄指出，在文学生产场中存在着两条等级化的原则：不能自主的原则和自主的原则（如“为艺术而艺术”），前者针对那些在经济、政治方面上对文学生产有影响和控制权的人，而后者则是激进的捍卫者对于文学内部精神的守卫。两条原则之间的斗争取决于场域“总体上掌握的自主权”，即场域“自身的律令和制约在多大程度上加诸全体文化财富生产者和暂时（临时）在文化生产场中占据统治地位的人（成功的剧作家或小说家）以及有待占据统治地位的人（唯利是图的被统治的生产者）”。文学生产场的自主程度，则体现在“外部等级化原则在多大程度上服从内部等级化原则”，自主的程度越高，对于需求的控制的依赖就越弱。[①]无法自主的形式是通过需求来实现的，需求最开始是以“保护人”“资助人”或“依附的主人”等形式达成的，在泰国就是那些宫廷的上层和贵族们；当市民阶层和市民文化兴起后，公众的规模与素质都得到极大提升，以消费市场形式的供求关系开始占据主导地位，特别是进入文化消费时代，商业成功是世俗的供求机制成功运作的标志。对于作家而言，文学场域仍旧受制于权力场，只不过权力资本的所有者易主，但是文学场域自主性的提升，使他们中的一部分人可以去选择自主和非自主的原则。也就是说，相对于古典文学场域中的宫廷诗人，现代的作家可以为迎合公众的需求而去追求经济利益，也可以将自己树立为公众作品的对立面，而对世俗的成功嗤之以鼻，甚至还有第三条道路，即以先锋的姿态慢慢扭转公众的态度，并获得认同。自主的原则和非自主的原则在泰文《三国》新版本的创作过程都有体现，面对同

① [法]皮埃尔·布迪厄：《艺术的法则——文学场的生成和结构》，刘晖译，北京：中央编译出版社，2001年，第265页。

样的对象，不同的作家也做出不同的选择，不论最终是成功还是失败，他们对于丰富《三国》的文本、推动《三国》的本土化都做出了贡献。

随着泰国文学自主性的不断提升，作家开始成为一个独立的“共同体”。泰国的王公贵族普遍的文学素养都很高，他们是古代的知识垄断群体，也是最早接触西方文化和艺术形式的群体，后来成为早期的专业作家群体的主力。1882年4月21日，五世王朱拉隆功为庆祝曼谷王朝建朝百年，下令颁发一系列荣誉勋章，其中就有专门针对艺术门类的艺术奖章（rian dusadimala），颁发给了帕耶西顺通欧含（诺）[Phraya Sisunthonwohan（Noi）]等人。文学需要一个决定其自身特定规则的群体，并需要有将这些特定群体凝聚起来的集体或空间，如报社、杂志社、文学团体、沙龙等，早期留学西方的王公贵族们也把这些搬到了泰国，通过创办报刊、组织文学俱乐部等方式，在泰国形成一个文学的中心区域，并且促进了文学的专门化。最活跃也是最重要的阵地便是报刊，在早期由他们创办的报刊中，《瓦栖拉延》（*Wachirayan*）《塔威班雅》（*Thawi Panya*）和《拉威塔亚》（*Lak Withaya*）最为重要。《瓦栖拉延》创刊于1884年，这是得到五世王支持的皇家图书馆办的刊物，最开始是周刊，称《瓦栖拉延特刊》[①]，后来变成了月刊。内容以传播西方的自然科学、法律、政治等方面内容为主，但也有文艺副刊部分，主要刊登编辑部成员的译作和创作，大多是西方的翻译作品。一些作者开始使用笔名，而报酬也相当优厚，平均每页有2—4铢稿费，这在当时是相当高的了。另一份报纸《塔威班雅》是一个叫“塔威班雅”的俱乐部的所属报纸，“塔威班雅”的意思是“增益智慧”，成员都是具有西式思想的人，包括当时的瓦栖拉兀王子，里面大部分内容也都是翻译西方文学为主。《拉威塔亚》和前两个一样是一份西化风格强烈的

① 泰国的第一篇泰文小说《沙奴的回忆》就是由功銮皮奇彼查恭创作并发表在《瓦栖拉延特刊》上的，它以波汶尼威寺为背景，记叙了三个青年比丘之间的对话。由于作品出现了真实的寺院的名字，有些读者以为是真事，引起了该寺住持的不满，甚至上书五世王。

报纸，名字是种戏谑的叫法，取自英文的Plagiarist或Literary-thief，即“窃取学问”之意。由于这份报纸1900年才出现，因此和前两份相比形式更自由，语言更新，思想也更活跃，像“迈宛”（Maewan）轰动一时的译作《复仇》（*Khuamphayabat*）最初就是刊登在这上面。[①]

报刊的兴起刺激了泰语语言的变化，西方的语言和西化的表达方法对泰语的冲击是明显的，也有不少破坏了泰语的传统规范，因此从1907年开始，五世王倡导对泰语进行维护和规范，并建立专门的语言协会来处理此事。这也催生了六世王时期最重要的文学团体——“文学俱乐部”（wannakhadi samoson）。文学俱乐部成立于1914年7月23日，六世王看到当时文学创作和翻译粗制滥造，对语言不事雕琢，会给读者带来不良的影响，便成立专门的文学机构，由他本人主持，成员包括皇家图书馆的主要成员，平民如果有真才实学也可以破格吸收进来。文学俱乐部是泰国最高的文学学术评价权威机构，其主要工作就是评选泰国优秀的文学作品并进行认证加以推广，在成立初期起到了一定的积极作用。随着六世王的去世，文学俱乐部也逐渐销声匿迹了，取而代之的是1931年10月5日由丹隆亲王主持成立的作家协会。

1932年爆发的民主革命结束了宫廷文学作为文学主导的时代，文学的重心也彻底转移到民间。文坛中以西巫拉帕为代表的一批平民出身、深受西方文学影响的作家开始崭露头角，成为文学史的主角，还成立了“君子社”这样的现代文学团体。成熟起来的现代作家群体在社会思想和文学观念上都不同于宫廷作家们，他们关注时代的变化和现实的人生，突破了宫廷文学狭窄的视野，展现泰国社会普通人的生活和社会矛盾，表达作家本人的思想。文学场域自主程度的提升，使得作家有了更多自主的权力，对于泰文《三国》来说，新文本的风格多元化和形式多样化成为可能。

---

① [泰]布朗·纳那空：《泰国文学史》（泰文），曼谷：泰瓦塔纳帕尼出版社，1980年，第416-417页。

正是由于泰国的社会巨变促使泰国社会涌现出上述新生的社会力量，从而改变了传统的古典文学场域。只有在现代文学场域内，洪版《三国》才有可能真正进入更为广阔的“小传统”的泰国社会中，面对更多的民间读者，不再是高高在上的宫廷的“经典”。

第八章

重写：泰文《三国》本土化文本的生成方式

第一节　两个传播阶段的差异与变化

一、传播“元文本”的转变

不少学者都注意到，除了洪版《三国》外，在泰国还有其他版本的泰文《三国》书籍，而且数量还相当可观，只是这些版本在经典性上都远逊于洪版，因此对它们的论述大都浅尝辄止。有些学者把这些版本的泰文《三国》作品以及泰国社会中衍生的三国文化都笼统地归结为《三国演义》的影响，这也是不妥的，本质上是一种中国中心观的表现。自洪版《三国》问世之后，《三国演义》在泰国的传播就已经由“译介阶段”进入到另一个不同的传播阶段——本土化阶段。在传播内容、传播主体、传播渠道、传播受众和传播影响力等方面，两个阶段都有明显的差别。在最根本的传播内容即传播文本上，两个阶段传播所依据的“元文本”是不同的，前一个阶段传播的是中文的罗贯中版《三国演义》，而后一个阶段则是泰文的昭帕耶帕康（洪）版《三国》。

认识到传播的元文本的转变是我们理解传播模式转换，即转入本土化阶段的关键。在前一阶段，对于洪版《三国》及其他传播受众，传播的元文本是中文的《三国演义》，它面对的受众主要来自泰国的华人社会以及少数通晓中文的泰人，当然，也包括通过翻译而掌握文本内容的昭帕耶帕康（洪）等个别宫廷文人。这样的传播集中在宫廷上层（在华人中间的传播应被视为是中文语境下传播的延续），不但传播范围小，而且受众有限，尚不能形成气候。在民间的泰人中虽然有非文本的传播方式，也有可能通过华人的口译讲解了解《三国演义》的内容，但这些并不牵涉文学领域的活动。而到了第二阶段，洪版《三国》由前一阶段的元文本的译介产物，摇身一变成为第二阶段传播的元文本。这一阶段是更为纯粹的泰文传播阶段，传播活动的主体为泰人群体，随着社会的发展和传播手段的扩大，传播的范围也不再仅限于宫廷上层，而是扩大到民间，对《三国》的阅读和品评也成为泰国全民都能参与的活动。

在此还要明确另一个问题，在分析传播的两个阶段时必须将罗贯中的《三国演义》与洪版《三国》区分开来讨论，因为它们是两个不同的主体，尽管后者来自前者的翻译。洪版《三国》在本土化过程中发挥了更为直接的作用，不能将这些都笼统归入到《三国演义》的影响之中。二者在表现的内容和表述方式上的差异是明显的，且不说前文曾分析过的因各种原因导致的翻译错误，还有有意的删刈与添笔的情况。更为重要的是两个文本使用的语言不同，面向的受众自然也不同。正是因为有了泰文的译本，才使得《三国演义》能够面对更多的本土受众，让更多的泰国人有机会欣赏和领略《三国演义》的风采，使其真正实现在泰国社会大范围的传播。受惠于《三国演义》的泰国作家们，无论是古典文学时期的顺通蒲还是现代文学时期雅各布、克立·巴莫，都是通过洪版的泰文译本，而不是中文原著来接受《三国演义》的内容的，因为他们都不擅中文。

但另一方面，作为元文本的洪版《三国》也并不是《三国演义》在泰国语境下的“替身”，它真正实践了埃斯卡皮所说的翻译中的创造性叛逆，它赋予《三国演义》“一个崭新的面貌，使之能与更广泛的读者进行一次崭新的文学交流；还因为它不仅延长了作品的生命，而且又赋予它第二次生命”①。

二、文学传播的视角转向

美国文艺理论家艾布拉姆斯（M. H. Abrams）在《镜与灯》（*The Mirror and the Lamp*）一书中提出了文学的四个要素说，认为在整个艺术过程中有四个与艺术作品相关的因素：第一个是作品，即艺术产品本身；第二个是艺术家，即艺术产品的生产者；第三个是世界（或译宇宙），即艺术作品直接或间接地导源于现实事物的主题，它由人物和行动、思想和情感、物质和事件或者超越感觉的本质（super-sensible essence）所构成；第四个是欣赏者，即听众、观众、读者。它们之间的关系构成了艺术作品批评和研究的框架，几乎所有的理论都是明显倾向于某一个要素，而形成了不同的侧重。文学传播也离不开这四个要素，艺术家即作者或传播者，欣赏者是读者或接受者，作品是传播的内容，而所谓宇宙则是作品中用符号表现的信息。文学传播需要将这些不同的要素之间的关系综合起来，才能构成一个完整的传播系统。

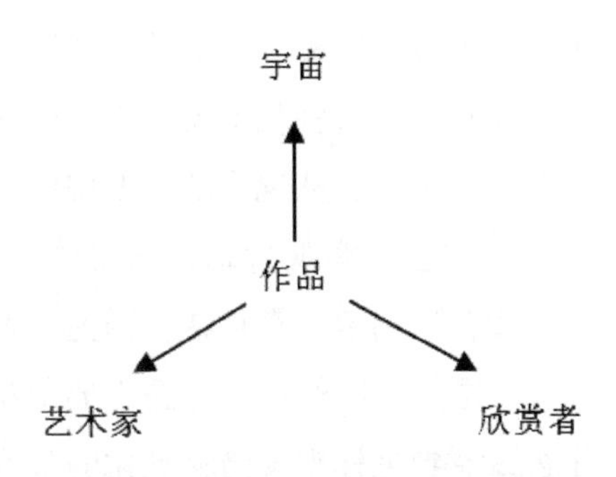

图表 8-1　艾布拉姆斯的文学四要素图示

在艾布拉姆斯看来，作品是所有要素中的中心要素，它和其它任一要素之间的关系，加上对作品自身的本体研究，构成了西方文艺理论的

① [法]罗贝尔·埃斯卡皮：《文学社会学》，王美华、于沛译，合肥：安徽文艺出版社，1987年，第137页。

四种主要的模式，即模仿说（作品与宇宙）、实用说（作品与读者）、表现说（作品与作者）、客观说（作品本体研究）。[①]在传播的第一阶段，所有的分析都是围绕着作品的文本发生这一标志性事件而展开的。洪版《三国》是最终的作品，虽然它来自对《三国演义》的翻译，但是在“创造性叛逆”的原则下，译文融入了大量泰国社会文化（宇宙）的现实事物，因此在一定程度上，该译本也是源自作品与宇宙的关系的模仿说。同时，这种“创造性叛逆”的翻译又是基于作者的实用目的，为了向读者传递某种政治意图。因此这一阶段的传播视角是以作品（经典译本）为重心，从现实的角度说明作品的生成，作品也从一个侧面反映了当时社会的客观状态，它直接推动了传播的进程。当然，在第一阶段，读者的因素一直存在，因为无论一世王还是昭帕耶帕康（洪）在完成《三国》的时候都要考虑它的受众，他们希望《三国》的读者们读到什么，受到怎样观念潜移默化的影响。在当时文学场域和社会环境下，读者的身份基本上都是宫廷里的王公贵族和官僚大臣，传播的范围小，但传播的目的性很强，因此也不需要太复杂的传播媒介和手段。

这种情况到了第二阶段就发生了彻底变化，读者群体开始不断扩大，不再只限于宫廷里的特权阶层，文学阅读也不再只是特权阶层的专美。随着现代西式教育的普及，普罗大众的文化水平显著提升，逐渐出现了专门化的读者群体，大众传媒的发展又进一步刺激了读者群体的发展壮大。专业读者群体的诞生造就了写作的专业团体，即专业作家群体的诞生，文学由单纯的宫廷中的赏玩活动变成了依赖市场的文学消费，加上大众传媒的推波助澜，文学活动降低了门槛，真正成为全民参与的文化活动。正是在这种环境下，《三国演义》或洪版《三国》在泰国逐渐由一部“可读文本”变成“可写文本”，洪版《三国》不断经历着经典的“祛魅”，许多读者经过阅读品评的反馈之后，又成为后续新版本

① 以上详见[美]M. H. 艾布拉姆斯：《镜与灯：浪漫主义文论及批评传统》，郦稚牛、张照进、童庆生译，王宁校，北京：北京大学出版社，2004年，第4-27页。

《三国》类作品的作者，成为大的传播链之下的小传播链分支，有的分支甚至相当巨大，自成一系，也影响了后来的泰国文学与社会，这是《三国演义》在经典译本出现之后还能够层出不穷地涌现后续各类版本的原因所在，也是《三国》的本土化得以不停顿地深入进行下去的原动力。由此可见，在第二阶段，读者的地位被不断抬高，他们对作品的接受态度和反应甚至能够左右作家的创作和作品的类型，市场无疑是重要的原因之一，社会的发展与媒介的多样也强化了它的优势地位。

三、消极接受与积极接受

在跨文化文学传播中，对于受传一方而言，面对一个异文化文学时可能有多种选择和态度，既有可能接受，也有可能排斥，毕竟存在着文化差异。如果与受传者的文学传统或文化氛围格格不入，结果自然是被受传者所在社会排斥和拒绝。即便是接受的态度，也有积极接受与消极接受之别。积极接受是指接受方主动对作品进行吸纳、借鉴和反馈，积极地将作品融入本土文化之中，使由此产生的新文本充满活力；而消极接受则是接受方被动地接受作品，本土文化不参与到建构接受文本的活动之中，它所能做的就是将原文本的内容一五一十地传递过来，依这种方式产生的影响只能是浅显而暂时的，甚至没有多久就可能会因为“水土不服”而销声匿迹。

从总体上看，《三国演义》在泰国的传播属于积极接受，甚至可以被视为是最经典的积极接受个案，但是在不同时期也略有差别。第一阶段，洪版《三国》的翻译是一个积极接受的过程，因为译本接受了大量本土文化的文化过滤和改造；到了第二阶段，随着大量本土化新文本的出现，接受的方式趋于多样，总体上以积极接受为主，它在泰国本土化的过程体现的正是作为受传方泰国的积极接受的态度，但其中也夹杂着一些消极接受的情况，如万崴·帕塔诺泰和威瓦·巴查冷威等人追求忠实性的重译版本，以及一些旨在向泰国读者介绍《三国演义》原文内容的阐释本。

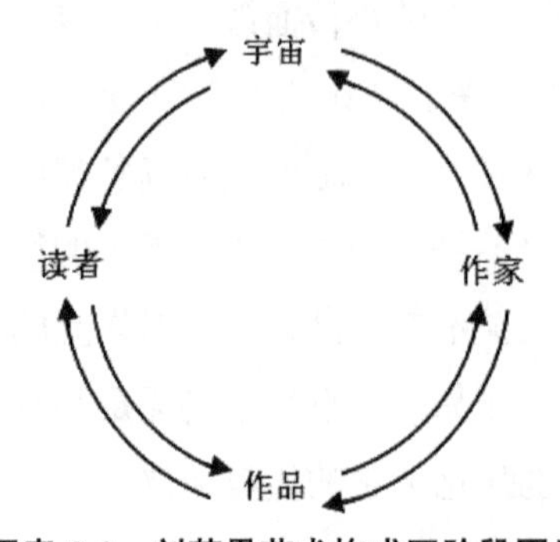

图表 8-2 刘若愚艺术构成四阶段图示

如果我们对积极接受再进行进一步的剖析，它包含着正、负两个方面的认同取向，即对《三国演义》这部异文化文学的价值判断。如果是不接受的态度，那么认同取向自然便是“不认同”；如果是接受，并且是积极接受的态度，在认同取向上则有“认同”和“负认同”之别。“认同”取向很容易理解，是指对作品的肯定和认可，它承担了对文本的传承以及文本信息的移植甚至强化；而“负认同”不能和“不认同”画上等号，它关注传播文本未言明或忽略的内容，或者接受了与文本相左的内容，对文本持批判态度，但是这种观念都是由传播文本本身激发出来的。区分积极接受的这两种取向，将有助于我们认识本土化进程中的“创新扩散”，即《三国演义》在泰国的本土化改造的形式，那些与《三国演义》内容相关但却旨趣不同的泰文新文本是如何生成的，它们又是怎样在泰国社会推动了次一级的文本传播等等问题。

四、反馈

华裔美国文论家刘若愚（James Liu）在论及中国文论批评时沿用了艾布拉姆斯的四要素说，但他旨在突出艺术构成过程的四个阶段，因此重新安排了四要素之间的关系。刘若愚所谓的艺术过程，“不仅仅指作家的创造过程与读者的审美经验，而且也指创造之前的情形与审美经验之后的情形”[①]。这四个阶段分别是第一阶段，宇宙影响作家，作家反映宇宙；第二阶段，由于这种反映，作家创造作品；第三阶段，作品

① [美]刘若愚：《中国文学理论》，杜国清译，南京：江苏教育出版社，2006年，第13-14页。

触及读者，它随即影响读者；第四阶段，读者对宇宙的反映，因他阅读作品的经验而改变。整个过程可以用一个圆式的图表来表示。[①]同时，刘若愚又指出这个过程是可逆的，它也能以相反的方向进行，因为“读者对作品的反映，受到宇宙影响他的方式所左右，而且由于反映作品，读者与作家的心灵发生接触，而再度捕捉作家对宇宙的反映”[②]。尽管刘若愚的图示相对简单，但是他揭示了文学活动的一个重要特征，文学创作和文学消费并非一个单向封闭的系统，相反它是循环的，同时也是可逆的。

文学传播亦然。前文已提及在传播的第二阶段，读者在传播中的地位和活跃程度都大幅提升了，他们的能动性也被充分调动起来。他们对接受文本的反馈，改变了传播活动的走向。面对传播的文本，读者并非完全被动，他们有支配文本的权力，可以结合自身的条件，如教育程度、社会地位、艺术天赋等，对所接受的文学文本进行新的改造和阐释。批判、改造、阐释、品评等方式，本质上都是读者的反馈过程。

对于跨文化文学传播而言，反馈是至关重要的一环，是“体现文学传播双向性和互动性的重要机制，是文学传播过程不可或缺的要素”[③]。一个有活力、积极的反馈机制，决定了文学的跨文化传播的最终效果。反馈都是场域内的行动者（agent）基于本土经验进行的，其结果是催生了各种与本土文化贴合紧密的新文本或文化事象。反馈打破了传播者和受传者之间割裂彼此的界限，使传者和受者在沟通和交流中确立起一种互动关系。更有一些行动者身兼受传者与传者双重职能于一身，作为受传者通过反馈又成为次一级传播的传者。这样，反馈就为跨文化传播提供了一个动态的、立体的图景。正是由于反馈环节的存在，才使《三国演义》在泰国的传播由第一阶段的单向线性的传播（由中文

---

① [美]刘若愚：《中国文学理论》，杜国清译，南京：江苏教育出版社，2006年，第13-14页。

② 同上书，第14页。

③ 文言：《文学传播学引论》，沈阳：辽宁人民出版社，2006年，第126页。

文本到泰文文本），一跃成为第二阶段的由大大小小的反馈环节构成的双向循环、多级多元的传播模式。传播的层级越多，传播的形式也越多样。反馈也是积极接受的重要标志之一。

每一次反馈，都有可能产生“创新”的文本或非文本的事象。通过反馈方式“创新”出来的新文本会被读者阅读，并接受他们的品评与改造，激发新文本的产生，同时进入新一轮的反馈环节。因此，在本土化传播阶段，我们需要注意传播的反馈环节和文本“创新扩散”的具体过程，这是了解这些新的本土化文本和文化事象产生的关键所在。

五、创新扩散

《三国演义》在泰国从无到有，从有到新，经过了相当长的传播时间。如前所述，在泰国传播的《三国》文本并非原汁原味的《三国演义》，它是以一种通过不断反馈引发的“创新”的形态向更多的人群传播的，即所谓“创新扩散”（diffusion of innovations）。创新扩散指的是“创新经过一段时间，经由特定的渠道，在某一社会团体的成员中传播的过程”，这是一种“特殊类型的传播，所含信息与新观念有关”①。

实际上，《三国演义》从译成泰文的洪版《三国》时候开始就已经是一种创新了，它在文学领域给泰国带来了全新的文学样式和观念，而这种观念的新奇程度则蕴藏着一定的风险，被接受或拒绝。原文本中的信息在新观念之下会发生变形，从而成为更新的信息，加入更多本土文化的因素，成为文化的变异体。

文学和文化方面的创新不同于科技领域的创新，它不具备可试性，不能通过试用或试验来测试创新的效果。洪版《三国》之后出现了大量泰文《三国》重写版本，这些版本虽然多数以洪版译本为重写依据的元

① [美]埃弗雷特・M. 罗杰斯：《创新的扩散》，辛欣译，郑颖译校，北京：中央编译出版社，2002年，第30页。

文本，但是在样式、旨趣和特征上都有明显的不同，这些是新文本创新的表现。但是新文本能否取得满意的传播效果，是无法通过试验来检验的，洪版的成功也不能够推证新文本的效果。但是罗杰斯（Everett M. Rogers）在《创新的扩散》（*Diffusion of innovations*）一书中指出创新具有相对优势、相容性、复杂性和可观察性的属性，则可资借鉴。社会中的个人对新文本中这些创新属性的感知在很大程度上决定着创新文本的采纳率，以及新文本扩散的广度和速度。

在这里，相对优势是指重写文本相对于元文本和之前推出的其他重写文本所具有的优点，如语言更现代、叙事主线更清晰、人物特点更鲜明、形式更活泼等，读者一旦感受到这些优点，便会接受并传播新文本。相容性是指新文本与当时泰国本土的价值观，以及读者的需求相一致的程度，相容程度与读者对新文本的接受率成正比。复杂性是指新文本在多大程度上被读者认为是难以理解或无法消化的，它和读者的接受率成反比，如有些新一代的读者认为全译本太长、太复杂，人物和情节头绪太多，自己无暇或无力啃下大部头的巨著，便会选择相对易读的简易本、节选本，甚至新创作的重写小说等。可观察性是指在多大程度上，新文本给社会带来的影响是明晰可见的，这主要针对的是实用型的新文本，如《三国》在商业管理方面的应用，效果显著则将有力地刺激该文本的进一步扩散。

除了这几个创新的属性外，影响读者接受并传播新文本的变量还很多，包括传播推广的渠道、传播群体的相似程度、传播的社会系统，以及新文本的作者、评论家、媒体人和学者们对新文本推介所付出的努力等。在传播渠道上，大众传媒是最快、最有效的手段，他们能够使作为潜在接受者的读者读到新文本，随着时代的发展，大众传媒已经不仅仅是报纸杂志等平面媒体，还包括广播、电视、电影、互联网等立体媒体，他们能使新文本被更多人以不同形式接受。当该媒体或节目在人群中口碑和公信力俱佳，或节目中的宣传推广人威信较高，都有助于新文本的传播效果。另一方面，人际关系渠道也是一个有效的传播方法，它较为倚重传播个体之间的相似程度，越相似传播越有效，尤其是具有相似的社会背景、教育程度等，但是比之大众传媒，它在传播广度和速度上有明显的劣势。同时，传播是发生在一个社会系统中，一定的社会结构会限定系统中的个体的行为和思想，如对该社会文化和价值观的塑成，又如特定时期政府政策的规约和导向等，也会影响传播的效果。最后，传播者的个人素质也是重要的因素，他们的威望、社会影响力、权威性，以及在宣传上是否尽力和到位都会影响传播的效果。例如雅各布、克立·巴莫、桑·帕塔诺泰等著名的作家、资深媒体人，他们是较早接触到洪版《三国》文本并进行重写创作的人，他们在传播中充当着“守门人”和“意见领袖”的角色，鉴赏与审美能力以及社会影响力较高，因此他们的作品也较容易获得人们的青睐。另外加伦·万塔纳信为自己的书制作配套的讲座光盘，格萨·差亚拉萨米萨举办公开的讲座，冷威塔亚库利用广播、互联网等渠道推广等，都能够扩大新文本的受众，也取得了良好的效果。

在《三国》的文本传播中，最重要的创新形式即“重写”。传播的过程中会有多次的反馈，每次反馈都会产生创新和再创新。不同读者对元文本可以实施不同的重写，即再创造，衍生的新文本作为前文本在传播过程中也可能激发新的创作。换句话说，尽管洪版《三国》作为第二阶段传播的元文本，激发、衍生出重写文本，但是有些重写文本依据的前文本除了洪版，还有先于其推出的新文本，甚至还包括早于洪版的中文原文材料等。多次再创新针对的是不同的群体，传播的范围也各不相同，但是这些群体最终会合为一体，共同构成泰国传播《三国演义》的群体。

第二节　对洪版《三国》的经典建构与解构

进入20世纪之后，泰国社会逐渐出现一大批洪版《三国》的派生文本，不但数量上蔚为可观，不少作品在质量上也令人瞩目，在泰国社会颇具影响。这一系列新文本是《三国演义》在泰国传播进入本土化阶段的直接产物和明证。它们虽然都可笼统归为派生自洪版《三国》的"重写"文本，但并非仅仅是对洪版经典文本的简单重复，都带有鲜明的时代烙印和个性风格，与本土文化的结合更为紧密，一些新文本的作者更是希望自己的作品能够向洪版文本发起挑战。他们的得失成败暂且不论，这些新版本的大量涌现反映了新时期人们对洪版《三国》影响的体认，以及对已被经典化的洪版《三国》的反思和再认识。在新时期，洪版《三国》的"经典性"的意义与内涵也已发生变化，它经历了一个经典建构——解构——再构的过程，不再是毋庸置疑、牢不可破的经典了。洪版《三国》在泰国社会最终获得的经典性认同，是通过后续众多的重写文本才最终完成的；洪版《三国》或《三国演义》在泰国良好的传播效果，也需要得到其他文本的协助才能实现。

一、经典化——对洪版《三国》的经典建构

洪版《三国》的经典地位并非是与生俱来的，借用拉康（Jacques Lacan）的概念来说，是经过若干年的积淀后被后人"回溯性地"（retroactively）确立起来的。历史上看，某些作品被奉为经典，流行是一个重要的先决条件，像洪版《三国》一推出就大获好评，迅速在宫廷中风行起来。但是流行的作品却未必能够成为一部经典的传世之作，若要成就经典，则需要考虑更多的因素。

所谓经典（canon）是指经文之典，最初来自希腊词kanon，指用于度量的一根芦苇或棍子，后用来表示尺度，基督教出现之后逐渐成为宗教术语，代表合法的经书、律法和典籍，后又逐渐引申为典范、法规、准绳、标准等意义。[①]文学经典很多时候都作为一种抽象的、理念化的概念出现，即认为经典是"标准的""典范的""一流的"的作品，但落实到一部具体的作品，这种认定标准却不具有操作性，因为何为"最

① 刘意青：《经典》，《外国文学》，2004年第2期，第45页。

好的”作品的标准并没有一个绝对的判定尺度，它会随着时代、地域和社会的变化而变动。童庆炳总结一部作品若堪称经典，需要具备如下几方面的要素：1. 文学作品的艺术价值；2. 文学作品的可阐释的空间；3. 意识形态和文化权力变动；4. 文学理论和批评的价值取向；5. 特定时期读者的期待视野；6. 发现人（又可称为“赞助人”）。这六个要素前两项属于文学经典建构的内部要素，即文学“自律”问题；中间两项属于影响文学作品的外部因素，即文学“他律”问题；最后两项则是读者和发现人，处于“自律”和“他律”之间，是内部和外部的中介因素和连接者。[①]

洪版《三国》的经典地位的建构也离不开上面提到的这几种因素的作用。首先从内部要素上看，作品本身的艺术价值是建构文学经典的基础。文学首先要具有相当的艺术水准，否则不管外部因素如何作用，不论文化权力和意识形态力量如何操控，都无法使其达到经典的高度，即使勉强被树立起来，也会随着时间流逝而被人淡忘。洪版《三国》本身的艺术水准是经过时间考验的，这一点在上编已经重点分析过了，在此不再赘言。其次，从外部因素上看，《三国》从一开始就是以“国家文学”面貌出现的，是掌握文化权力的宫廷主导和赞助的国家翻译工程，体现的是一种实实在在的现世利益——政治训谕的考量。除了意识形态，外部因素中更重要的是社会经济关系。洪版《三国》在手抄本流通时期就是最受欢迎的作品，今存的古小说手抄本中《三国》的数量是最多的。瓦栖拉延皇家图书馆收藏着用金线、彩粉和铅笔等多种工具抄录的多份《三国》手抄本，足见当时贵族们对《三国》的喜爱程

---

① 童庆炳：《文学经典建构诸因素及其关系》，《北京大学学报》（哲学社会科学版），2005年第5期，第72页。

度。[①]1865年，美国牧师布拉德利首次将洪版《三国》铅印出版，市场反响极佳，获利颇丰，于是刺激了更多人加入印刷洪版《三国》的大潮之中，洪版《三国》也成为当时印数最多、销量最高的作品。据泰国作家辛拉巴采·禅察冷回忆，到20世纪初时，家里有孩子读书或者已满足温饱的家庭，几乎每家都必备一套洪版《三国》。[②]这是现世利益的另一种表现。最后，从中介因素方面来看，读者是连接文学经典外部要素和内部要素的纽带，读者的反映是经典建构中的重要力量。一部文学作品只有被发现、被阅读之后才实现其文学的价值和功能，否则就只是一个乏人问津的文本而已，文学价值更无从体现。无论是最初发现《三国演义》价值并进行"推荐"的一世王和主持翻译的昭帕耶帕康（洪），还是后来阅读和欣赏到作品的广大读者，如二世王、顺通蒲等人，只有在他们的认同产生影响之后，文学经典的建构才得以真正实现。

文学经典的一大特征即其超越历史的永恒性，它"必须是经得起时间的筛选的"[③]。这种筛选是指对于文学作品的认定和取舍的过程，即"经典化"（canonization）或称"典范化"的过程，它不是一蹴而就的，更不会一劳永逸。荷兰学者杜威·佛克马（Douwe W. Fokkema）认为，文学经典本质上是"一些在一个机构或者一群有影响的个人支持下而选出的文本。这些文本的选择是建立在由特定的世界观、哲学观和社会政治实践而产生的未必言明的评价标准的基础上的"[④]。很多学者

---

① 据丹隆亲王回忆，到曼谷王朝四世王时期，已经有5部中国古小说被译成泰文，分别是《封神》（封神演义）、《列国》（东周列国志）、《西汉》（西汉通俗演义）、《东汉》（东汉十二帝通俗演义）和《三国》，但是大家都对《三国》青睐有加，不少有藏书嗜好的王公贵族都选择手抄一套《三国》收藏在自己的私人图书室中。详见[泰]丹隆拉查努帕：《〈三国〉记事》（泰文），曼谷：文学艺术馆，1972年，第4部分。

② [泰]珲回先生：《新版〈三国〉》（根据罗贯中原本）（泰文），曼谷：草花出版社，2002年，第9页。

③ 童庆炳：《文学批评首先要讲常识》，《中华读书报》，1998年3月25日。

④ [荷]杜卫·佛克马：《所有的经典都是平等的，但有一些比其他更平等》，李会芳译，童庆炳、陶东风编：《文学经典的建构、解构和重构》，北京：北京大学出版社，2007年，第18页。

都反复强调所谓“经典”是被建构起来的，是相对的，它不仅仅是一组文本，其“空间的、时间的和社会的维度也一定要被说明”[①]。因此，时代不同、体制不同，文学的经典化方式也各不相同。事实上，洪版《三国》在泰国社会成为经典也经历了漫长而曲折的过程，它的经典地位是随着社会的发展而逐步确认和建构起来的。

首先，洪版《三国》是自上而下强制推行的，它作为曼谷王朝一世王“国家文学”翻译工程从一开始就是国家意志的体现，意在为新政权寻求合法性认可，争取各级官员和实权贵族的支持。之后历代国王都不遗余力地推广这部作品，但到三世王时期，洪版《三国》的教化和作为兵书等实用价值已经被大大淡化了，人们更推崇它的文学价值。布拉德利牧师印刷厂1865年首次出版的铅印版洪版《三国》，一套共4册，定价是20铢[②]，价格不菲，四世王为推广这套书便一口气买下50套，分发给自己的子女每人一套，剩余则赏赐给其他大臣。丹隆亲王是四世王的儿子，他拿到书的时候尚年幼，尽管很多内容还读不太懂，但是依然读得津津有味，兴趣盎然。[③]正是由于丹隆亲王从小对《三国》的喜爱和

---

① 佛克马强调经典构成（canon formation）的相对性，必须说明经典“它们在何种地域、语言和文化空间里有效？它在什么时间内有效以及它的效用是否会随着时间而改变？说到社会维度，它对每一个人有效还是只对社会某一部分，比如说只对那些具备阅读能力或受到相当程度教育的人有效？是什么机构或权威负责这些文本的选择和给予这些经典以尊严？有一些经典是严格的，有些却相当宽松，经典的僵化程度部分地取决于实施经典的机构和权威，部分地取决于持接受或拒绝态度的读者群”。参见[荷]杜卫·佛克马：《所有的经典都是平等的，但有一些比其他更平等》，李会芳译，童庆炳、陶东风编：《文学经典的建构、解构和重构》，北京：北京大学出版社，2007年，第18页。

② 关于书的定价说法不一。正文中是丹隆在《〈三国〉记事》一文中的记载；泰国作家辛拉巴采·禅察冷在其《新版〈三国〉》的作者序中提及此事，是一套4本，每本4铢，共16铢；按另一位泰国作家克立·巴莫在《我观〈三国〉》一文中的说法，一套定价50铢，四世王一次买下100套，花了5000铢。但不管怎样，这在当时都是一笔不小的数目，足见四世王对《三国》的重视程度。

③ [泰]丹隆拉查努帕：《〈三国〉记事》（泰文），曼谷：文学艺术馆，1972年，第4部分。

熟悉，长大后他才对市面上流行的粗制滥造、错误百出的不同印版《三国》书籍感到不满，遂决定组织皇家学术院对出版的各种洪版《三国》进行全面的校勘和审订，并制作了通行的标准版本，即我们今天见到的皇家学术院校订版本。当然，能否被确认为官方的经典，还需要权威的官方机构进行界定和评选。六世王时期，以规范泰语语言、推动文学写作为要旨的文学俱乐部将洪版《三国》评为"散文体故事之冠"，从而使它正式进入泰国顶尖的文学经典的名录，与《罗摩颂》《帕罗赋》这些泰国传统经典作品比肩。由于这个文学俱乐部是六世王一手创办的，带有官方认证的性质，此举进一步肯定了洪版《三国》在泰国文学史上的地位。

此外，除了官方的认定，还需要泰国社会自下而上的自发推崇，经过非官方的、反复多次的接受和认可，最后在"大传统"和"小传统"中都达成共识。这种共识需要不同读者群体的广泛参与，特别是作家和批评家们经常性的引用、评论和介绍，并且能够经受相当长一段时间的检验。洪版《三国》诞生之后，很快便在宫廷中风靡，以奎册手抄本的形式在宫中传阅。一套奎册本的洪版《三国》有95本，造价相当昂贵，但是仍有不少人都热衷收集一套。后来当布拉德利牧师开始印刷《三国》的时候，一次就找到3套手抄本的《三国》奎册手稿。曼谷王朝二世王曾在其御著宫外剧剧本《卡维》有如下诗句[①]：

话说	维塔迅疾未及想
夸耀本领气不愤	吾曾御敌经百战
进退自如能屈伸	计略在胸莫吃惊
诸样《三国》兵法者	尽悉习得在心中
婆婆请回禀王姨	吾等领命不迟疑
暂待今夜做约定	即去擒贼缚之还

① 见泰国艺术厅厅长阿武·恩初林（Awut Ngoenchuklin）在2001年新版洪版《三国》中撰写的前言。

可见，到了曼谷王朝二世王时期，洪版《三国》在泰国宫廷便已经初具影响。著名诗人顺通蒲是在二世王文牍厅供职的时候读到《三国》的，并给他留下了深刻的印象。后来三世王登基，他因与三世王旧日有隙而辞官，在贫困潦倒之时创作了著名的长诗《帕阿派玛尼》，其中有很多内容都可看到《三国》影响的痕迹。另一位《三国》的重要拥趸是克立·巴莫亲王。当年轻的克立·巴莫初到税务厅工作的时候，帕翁昭威瓦采（Phra’ongchao Wiwatchai）就向他建议阅读《三国》。威瓦采本人当年留学英国回国后，虽然英语水平很高，但母语泰语能力却不尽如人意，他便听从上司的建议，反复阅读《三国》，培养语感，很快他的泰文水平就突飞猛进，在公职人员中堪称一流。[①]克立·巴莫本人也从阅读《三国》中获益匪浅，他坦言自己的文字功底深受《三国》影响。[②]当洪版《三国》真正在民间流传开来后，又陆续涌现出以洪版《三国》为蓝本的各种衍生版本，许多作家、评论家和学者都参与其中。

最后，文学经典能够作为典范的文本被一代代人欣赏和接受，需要通过课堂向年轻一代传授和普及。洪版《三国》的一些经典桥段，如“草船借箭”“火烧战船”等甚至长期进入泰国学校的课程和课本。丹隆亲王在《〈三国〉记事》中引述波利帕·苏库潘王子的评价说：“《三国》一向以其内容和泰文译文的语言备受赞誉，故而入选为教科书。”[③]可见洪版《三国》已经被泰国政府作为泰文文学的典范文本加以推广，并用于官方教育。此外，洪版《三国》在初期还兼具语言教育功能，一些人用《三国》的文本来培养孩子的泰文拼读能力。《三国》里面有很多专有名词的音译，都是用符合泰语拼读规则的方式造出来的

① [泰]克立·巴莫：《我观〈三国〉》，《文学视野下的〈三国〉》（泰文），曼谷：草花出版社，1993年，第16-17页。

② 同上。

③ [泰]丹隆拉查努帕：《〈三国〉记事》（泰文），“前言”，曼谷：文学艺术馆，1972年，第1页。

词，本身并无意义，有些拼读出来的音在泰语语境中听来相当怪异，且会用到许多不常用的调号与元、辅音的拼读组合，非常适于孩子们练习拼读。克立·巴莫小时候就曾接受过这样的训练，他的母亲让他通过大声朗读《三国》来练习拼读和声调。[①]

洪版《三国》正是通过以上几点，逐步实现了经典化的过程。从总体上看，它的经典地位的建构经受住了泰国社会各界的甄别和考验，同时为之后的本土化的新文本的诞生奠定了基础。

二、经典祛魅——对洪版《三国》的经典解构

一部文学作品在被确立成为文学经典之前，仍只是普通的文本而已；而一旦被认可成为经典之后，它就获得了稳定的意义，并不断积累和强化，由一个被动的客体变成可对外界施加影响的主体。但是文学作品的“经典性”并不具有纯粹的客观属性，它是某一个历史语境与权力话语的产物，既然存在着一个经典化的建构过程，那么相应地也存在一个去经典化的解构过程。随着时代的发展，传统的文学经典不再是高高在上、不可触碰的了。

文学作品的去经典化（discanonization）或经典祛魅（disenchantment）是指“统治文学活动的那种统一的或高度霸权性质的权威和神圣性的解体”，尤其是“自主、自律的精英文学观念和文学体制的权威性和神圣性的解体”[②]。去经典化并非意在颠覆经典或打倒经典，而是要去除经典头上的神圣光环，将其还原成普通的文本，不再是一字一句都不得改动的刻板的所谓典范和标准。

对洪版《三国》的经典祛魅或去经典化是时代的必然选择。洪版《三国》在刚推出的时候表现出了一种难得的“先锋”姿态，从语言风格（三国体）到文类形式（散文体），从故事内容（异文化）到情节安

---

① [泰]克立·巴莫：《我观〈三国〉》，《文学视野下的〈三国〉》（泰文），曼谷：草花出版社，1993年，第13. 16页。

② 陶东风：《文学的祛魅》，《文艺争鸣》，2006年第1期，第6页。

排（故事性、娱乐性），在当时泰国文坛都独树一帜，直接推动了泰国文学的发展。当西方文学全面影响泰国文坛之后，《三国》和“三国体”类的作品在泰国开始式微。原因是多方面的，泰国社会经历了五世王的改革，发生了全面的转型，泰语的语言表达和习用语汇都发生了很大的变化，相对于现代泰语，“三国体”散文体语言显得有些文绉绉的，洪版《三国》的行文方式也显得有些“落伍”了；《三国》里的故事情节和人物特点在泰国已经家喻户晓、妇孺皆知，早已失去新鲜感；加上洪版《三国》洋洋洒洒数十万言，在现代社会消费文化和娱乐文化的影响下，也很少有人愿意静下心来细细品味这样一部大部头的古典作品。因此，洪版《三国》像其他大部分被奉为经典的古典文学作品一样，慢慢被束之高阁。但是洪版《三国》的经典价值正在于其丰富的内涵，它是一部具有很强延展性的文本。正所谓“一千个读者就有一千个哈姆雷特”，洪版《三国》给不同的读者带来了不同的阅读感受，能够刺激不同作家的竞争心理。因此，洪版《三国》开始由一部正统的官方经典，逐渐变成一部可以做多角度、多层次解读的“普通”文本，并通过一次次的经典祛魅追赶着时代变迁的步伐，与时俱进，不但出现了大量崭新的泰文《三国》文本，更在泰国社会培养出具有泰国本土特色的“三国文化”。经典不是单数的，而是多元的、复数的，对经典的复写和戏仿乃至解析，对经典元文本的解构而生成的新文本，并不是宣判元文本的死刑，它们之间是相互竞争的关系，而且此举可以从另一个侧面巩固经典固有的地位。若没有经典的元文本，何来这些后续的新文本呢？高质量的新文本能够给经典带来新的活力，因为它的语言方式和组织方式是紧随时代发展的，折射社会的变化。此外，带有新时代标签的新文本在一定程度上降低了阅读的难度，有利于向年轻一代读者推广，从而增加经典文本在他们中间的曝光率，也是延续经典文本生命的一种手段。在泰国，还没有哪部作品能像《三国》一样有这么多后续的新文本，即使到今天新文本仍旧层出不穷，这都是对洪版《三国》去经典化的结果。

重译《三国演义》也可视为是一种对洪版《三国》去经典化的努力，只不过这种去经典化还比较保守，新译本和洪版《三国》之间是竞争关系，仅仅是在翻译的忠实和精准程度上向洪版《三国》的经典性和权威性发起挑战。真正大规模的祛魅或去经典化，是以洪版《三国》的文本为元文本，对其进行改写、阐释，甚至是戏仿和再创造而产生的新文本。这些洪版《三国》的衍生文本与各重译版本之间的共性在于，二者都旨在重估洪版《三国》的价值，力图消解经典文本的权威和神圣性。而二者之间的差异则在于，重译在某种程度上是"因循守旧"，它的目的在于最大限度地还原文本原初的中国文化语境，强调忠实性，力求向泰国的读者原原本本地呈现《三国演义》的本来面貌，对于洪版《三国》中揉进的泰国文化特征的态度是唯恐避之不及的，尽皆删去；而诸衍生版本则恰恰相反，它们的原则是"革故鼎新"，立足于泰国的本土文化，结合泰国的社会、政治、经济、宗教、历史、人文、风俗等情况，对洪版《三国》的文本进行大胆的解构和创新，新文本中融入了更多当下更具时效性的本土经验，能够紧跟时代的潮流变迁，它们是本土化传播阶段的主要文本。由于洪版《三国》是宫廷"大传统"文化下的产物，它在经典化过程中体现了强烈的官方色彩，从一开始就是一种权力的表征；而绝大多数新出现的衍生版本都来自民间，因此这些新文本也可视为是民间对葛兰西（Antonio Gramsci）所言的权力体系制造的宰制范式（dominant paradigm）的一种反制和抵抗。

人们对洪版《三国》的经典解构的态度，也源于对文学文本性质认识的转变，源自对洪版《三国》文本由"可读文本"（lisible or readerly text）向"可写文本"（scriptible or writerly text）转化的深刻理解。这背后反映的是读者视角的凸显。在接受美学理论看来，在作家、作品和读者的三角关系中，读者并不是被动的因素，恰恰相反，"（读者）自身就是历史的一个能动的构成。一部文学作品的历史生命如果没有接受者的积极参与是不可思议的。因为只有通过读者的传递过程，作品才能进入一种连续性变化的经验视野”[①]。而从传播的角度来看，接受者并非一味被动地全盘接受或者拒斥，而是会把信息反馈回传播系统，传播者即作品的作者便会依据反馈的情况进行调整，以达到更理想的传播效果。当市场不断扩大而读者群体不断增长时，作家的团体也相应不断壮大，一部分作家根据市场和读者的反馈来确定创作的内容和风格。而另一部分作家则严格恪守自我对“纯”艺术的追求来进行创作，市场的成功并不是他关心的重点，但这并不意味着他对读者的反应漠不关心，他所拒斥的是那种庸俗化的消费市场的成功，读者的反应恰恰是他参考的标准，尽管是以否定的形式。一些读者在阅读之余转而将自己的反馈诉诸笔端，也许出于对作品现状的不满，或者希望将自己的判断和评论直接表达出来。总之，一部分读者摇身一变成为创作者，这样不但丰富了作家的群体，更把传播推向下一级循环。

由于读者与作者身份的频繁转换，文本的性质也游移不定，它既是“可读的”又是“可写的”。罗兰·巴特（Roland Barthes）在区分这两种文本的时候指出，可写文本是我们的价值所在，因为“文学工作（文学就像工作）的赌注，是使读者不再成为消费者，而是成为文本的生产者”[②]。可读性文本是一种“封闭的、总体性的、无机可乘的文本”[③]，巴特将这类文本一律称为“古典文本”[④]，此类文本中读者和作者之间处于绝对分离状态，读者对文本无能为力，也无法干涉、生产、创造和重写文本，要么拒绝要么接受，阅读便成为单数的活动。可写性文本则刚好相反，它是复数的，是可以被无限重读的文本，文

① [德]H. R. 姚斯、[美]R. C. 霍拉勃：《接受美学与接受理论》，周宁、金元浦译，沈阳：辽宁人民出版社，1987年，第24页。

② [法]罗兰·巴特：《罗兰·巴特随笔选》，怀宇译，天津：百花文艺出版社，1995年，第154页。

③ 汪民安：《谁是罗兰·巴特》，南京：江苏人民出版社，2005年，第163页。

④ [法]罗兰·巴特：《S/Z》，屠友祥译，上海：上海人民出版社，2000年，第56-57页。

本的能指与所指没有单一的意义固定，它是“无小说的故事性，无诗歌的诗，无论述的随笔，无风格的写作，无产品的生产，无结构的构型”①。一部真正伟大的经典作品，也是一部可以被反复书写和品评的可写文本，可以刺激更多新文本的产生。

第三节　文本关系视域下的重写与《三国》经典再构

一、何谓重写

当我们说洪版《三国》去经典化成为“普通”文本的时候，并不是说它真的价值贬值，沦为落伍过气的凡庸之作。恰恰相反，洪版《三国》今天在泰国依然是大家心目中公认的经典之作，人们只要提到*Samkok*（《三国》），如果不加说明，十有八九指的都是昭帕耶帕康（洪）主持翻译的版本。在众多以“XX版《三国》”方式命名的文本中，只有洪版是以作者昭帕耶帕康（洪）的名字来命名，其他版本都是加上某个修饰性或限制性词汇，以示与洪版《三国》的区别。这说明，从纯粹的文学价值方面来讲，洪版《三国》作为经典有其永恒性的一面，它是历史不断选择的产物，因此具有无可取代的魅力。但是从另一个方面来讲，今天泰国社会在泰文语境下接受的《三国》又不仅仅来自洪版《三国》这一文本，还包括对洪版《三国》进行经典解构之后派生出的诸多新文本。这些新版本并非要否定洪版《三国》的经典地位，而是对其神圣而不可触碰的正统观念的消解；同时从传播的角度，它们又是经典文本的延伸，二者之间存在着互文的关系。这些派生出来的新文本即“重写”文本。

“重写”（rewriting）是文学史中极为常见，同时又易被遮蔽而不为人注意的文学现象。同样的人物、故事和情节在不同的时代被反复

① 见罗兰·巴特：《S/Z》，转引自汪民安：《谁是罗兰·巴特》，南京：江苏人民出版社，2005年，第163页。

摹写。英国文论家伊格尔顿（Terry Eagleton）认为："一切文学作品都由阅读它们的社会'重新写过'（rewritten），即使仅仅出于一种无意识；事实上，没有一部作品的阅读不是一种'重写'（re-writing）。没有任何一部作品，以及关于它的流行评价，可以被直截了当地传给新的人群，而且在传播过程中不发生改变，有的甚至可能会变得面目全非；这也是为什么说文学是一种极不稳定的事物的原因之一。"①罗贯中《三国演义》一书本身就属于重写的范畴，是经历了数百年累积演变而成书的，在它之前有陈寿的《三国志》，有裴松之的《三国志》补注，有《三分事略》《三国志平话》等宋元话本，有金院本和元杂剧的演出剧目，有历代民间流传的三国故事、轶闻野史、民歌民谣……《三国演义》在罗贯中署名创作之前就已经有了大致的故事框架与规模，它可以视作上述这些前文本的派生文本。

作家陈忠实曾在《跨越时间和空间的文学对话》②一文中对再创作（重写）行为的必然性和合理性进行了深刻的剖析：

> ……对原来固定的故事和人物进行新的创作，无疑是一种有利的基础又是一种限定思维的框子，类似于戴着镣铐舞蹈的残酷，然而也是一种新鲜的撩拨作家情趣的挑战。从某种意义上说，这是一场古典作家与当代作家之间进行的以语言为武器的"战争"。参加故事新编的作家们的思想气质，文学个性，艺术思维方式的差异，更增加了这场"战争"的丰富性和广阔性：擅长于编织故事情节的作家，将给一般来说比较单纯简练的古代小说增添多少曲折与坎坷；擅长于描写社会风俗画面的作家，将如何天衣无缝地置古代人物于一个更为鲜活的社会文化环境；擅长于人物内心刻划的作家，

① Terry Eagleton, *Literary Theory: An Introduction*（Second Edition）, Minneapolis: Blackwell Publishing, 1996, p. 11.

② 陈忠实：《跨越时间和空间的文学对话》，《光明日报》，1999年2月25日，第7版。

> 将赋予人们熟知的相对扁平的古小说人物以怎样活泼泼的心灵；擅长于揭示人生哲理生活哲理的作家，将从那些古代人物的沧桑之中开掘出怎样新鲜 的话题。可以毫不夸张地说，这是当代中国作家的才华的一次大展示，是跨越了几百年乃至千年时间和空间的一次思想观念和艺术思维方式的交汇与交流，确有文学贯穿古今的快乐与酣畅，乃当代作家与冥冥之中的古典作家的灵魂的关于艺术的对讲。

重写作为一种写作样态，有其独特之处，它“一方面受到当下的制约，另一方面不可避免地牵涉对前文本的理解”①，因此每一次重写都处在过去与当下、传统与现代的交流和碰撞之中。黄大宏在《唐代小说重写研究》一书中为“重写”下了一个较为全面的定义，所谓重写“指的是在各种动机作用下，作家使用各种文体，以复述、变更原文本的题材、叙述模式、人物形象及其关系、意境、语词等因素为特征所进行的一种文学创作。重写具有集接受、创作、传播、阐释与投机于一体的复杂性质，是文学文本生成、文学意义积累与引申，文学文体转化，以及形成文学传统的重要途径与方式。”② 本书旨在跨文化文学传播研究，传播渠道和传播方式不限于单纯的文学领域，因此对于泰文《三国》重写文本的界定要更宽泛一些，只要是依照上述定义的方式形成的文本，除了文学文本之外，一些评论性、阐释性文本和实用性文本也包含在列。

广义上讲，新文本中包含了前文本的内容要素都可视为是一种重写；但是严格来说，重写也有一定的准入原则，并非所有与元文本有相同内容的文本都可以称作重写文本，这与重写的内涵有关。杜威·佛克马在《中国与欧洲传统中的重写方式》一文中对“重写”的内涵进行了

---

① 祝宇红：《“故”事如何“新”编——论中国现代“重写型”小说》，北京：北京大学出版社，2010年，第1页。

② 黄大宏：《唐代小说重写研究》，重庆：重庆出版社，2004年，第79页。

说明，并得到较为广泛的认同。他认为所谓“重写”与一种技巧有关，即“复述与变更”，复述的是“早期的某个传统典型或者主题（或故事），那都是以前的作家们处理过的题材，只不过其中也暗含着某些变化的因素——比如删削，添加，变更——这是使得新文本之为独立的创作，并区别于‘前文本’（pretext）或‘潜文本’（hypotext）的保证”[①]。因而重写的新文本要具有一定程度的创造性，创造性是评价重写文本质量的一项重要指标。佛克马在这里指明了重写的两个重要特征：复述与变更，亦即重复与创新。重写文本必然是“从先前某部文本中诞生的”[②]，首先来自对前文本或元文本部分内容的重复，没有重复两个文本之间就没有关联了。但是重写在“求同”的同时更注重“存异”甚至主动“求异”，无论是文类文体的改造还是语言风格的变化，抑或对情节人物的删刈与补遗，重写文本必须表现出一定的创造性。重写文本的作者不能完完全全地另起炉灶，亦不能亦步亦趋地鹦鹉学舌，必须在重复与创新之间形成的张力之中寻得平衡。在独创性上的表现，很大程度决定了重写文本的质量和命运。

二、互文性

重写文本和元文本或前文本之间是通过“互文”关系联系起来的，在内容上都有一定程度的重复和呼应。“互文性”或译“文本间性”（intertextuallity）概念是指任何文本都与别的文本互相交织，朱丽娅·克里斯蒂娃（Julia Kristeva）指出：“任何文本都是由引语的镶嵌品构成的，任何文本都是对其它文本的吸收和转化。”[③]法国文学理论家蒂

---

① [荷]杜威·佛克马：《中国与欧洲传统中的重写方式》，范智红译，《文学评论》，1999年第6期，第144页。

② [法]热奈尔·热奈特：《热奈特论文集》，史忠义译，天津：百花文艺出版社，2001年，第77页。

③ Julia Kristeva, “Word, dialogue and novel” in Toril Moi ed., *The Kristeva Reader*, New York: Columbia University Press, 1986, p.37.

费纳·萨莫瓦约（Tiphaine Samoyault）更是认为："文学的写就伴随着对它自己现今和以往的回忆。它摸索并表达这些记忆，通过一系列的复述、追忆和重写将它们记载在文本中，这种工作造就了互文。"[①]

从广义的文学作品上讲，一切文学作品都或多或少具有互文的特征，只不过是程度轻重和隐晦显著之别，这是一个普遍的现象，是"文学发展的主题"[②]。对于作者而言，他的创作不可能百分之百地独创而不带有任何前人作品的影响，没有对先前文本进行吸收借鉴或批判改造。正如艾略特（T. S. Eliot）所言，"一个人写作时不仅对他自己一代了若指掌，而且感觉到从荷马开始的全部欧洲文学，以及在这个大范围中他自己国家的全部文学，构成一个同时存在的整体，组成一个同时存在的体系"[③]，这也是美国文学批评家哈罗德·布鲁姆（Harold Bloom）提出"影响的焦虑"（anxiety of influence）和"创造性误读"（creative misreading）理论的原因所在。[④]新产生的泰文《三国》文本几乎都是以洪版《三国》为元文本或前文本，没有洪版《三国》，这些新文本就无从谈起。当然，也有少数具备中泰双语能力的作者，可以直接通过阅读中文《三国演义》来进行创（译）作，更有甚者，一些作者还越过罗贯中的《三国志通俗演义》，继续上溯至《三国志平话演义》，甚至到陈寿的《三国志》。表面上看，这些作者似乎拓宽了元文本的范畴，开始参阅中文文本而将洪版泰译本抛在一边，但是在根本上，这些努力都源于对洪版经典泰译本的认识与反思，从而产生的新问题和新思路，没有洪版的基础便不会有新文本的创新。

---

① [法]蒂费纳·萨莫瓦约：《互文性研究》，邵炜译，天津：天津人民出版社，2003年，第35页。

② 同上书，第1-2页。

③ [英]托·斯·艾略特：《艾略特文学论文集》，李赋宁译，南昌：百花洲文艺出版社，1994年，第2页。

④ 参见Harold Bloom, *The Anxiety of Influence: A Theory of Poetry*, Oxford University Press, 1997，中译本[美]哈罗德·布鲁姆：《影响的焦虑》，徐文博译，南京：江苏教育出版社，2006年。

从读者角度来看，读者的阅读也是一种互文性阅读。法国叙事学家热奈特（Gérard Genette）从阅读经验上指出："没有任何文学作品不唤起其他作品的影子，只是阅读的深度不同唤起的程度亦不同罢了。"[①]每一位读者在阅读文学作品都会有意无意地调动着自己的文学记忆，尤其是他阅读过的文学经典。读者在阅读一系列的新文本时会产生一种"含混性"（ambiguity）：这是当前的文本、当代的文本，但另一方面，它又是早先文本的回声。[②]读者在阅读新文本的同时，也会提醒他联想到被模仿或者说被改写的经典文本。特别是当该经典文本在本土文化语境中的地位越高，读者联想的强度和频度也随之变强。如果读者已经阅读过洪版，那么它就会构成阅读新文本的前理解，并在阅读新文本的时候有意无意地产生联想，将对洪版的阅读记忆带入新文本的阅读体验中；同时，洪版也担当着衡量新文本质量的尺度功能，读者在面对新文本对经典文本作出回应时，或比较异同，或评判优劣，不断穿梭在互文性的文本网络之中。如果读者尚未阅读过洪版，特别是那些年轻一代的读者，他们对洪版《三国》的认识也许仅仅来自文学史的知识，但也都或多或少有所了解，洪版始终都是一种强大的阴影，会以各种形式在新文本中闪现，阅读新文本会巩固新读者对于洪版经典的印象，也许还会激发他们阅读洪版的兴趣。

这些新文本都是通过重写方式完成的，是对洪版《三国》元文本的经典解构，是对经典文本的挑战和竞争，但由于文本间存在的互文关系，每一个新文本又都成为对经典文本的丰富和补充，挖掘经典文本在当下时代的新意义和价值，拓宽新时代传播的受众人群，为经典注入新的活力，延续经典的辉煌。因此，重写的新文本并未动摇洪版作为文学经典的根基，每一次"挑战"都反过来巩固了洪版的地位，反而促成了

① [法]热奈尔·热奈特：《热奈特论文集》，史忠义译，天津：百花文艺出版社，2001年，第79页。

② 生安锋：《文学的重写、经典重构与文化参与——杜威·佛克马教授访谈录》，《文艺研究》，2006年第5期，第64-65页。

其在新时期的经典再构。洪版《三国》在保持传统经典地位基础上，更增添了现代意义的经典价值，使它和泰国社会的联系更为紧密，推动文学传播的本土化。

三、重写与互文

并不是所有具有互文性的文本都有重写关系，泰国后来出现的一些冠以“XX版三国”或关于《三国》的书籍，严格来讲并不属于洪版《三国》或《三国演义》的重写文本，因此在这里还需要对重写与互文的概念进行一下区分。

表面上看，“重写”与“互文（文本间性）”两个语词指涉的是同一种现象，但是二者各自表征着这个现象的不同侧面。重写是一种方式、一种技巧，关注特定的潜文本，并由此确定在此基础上形成的新文本的内容，以及预设的整体构架和清晰的布局；而互文则是对这种重写技巧的一种哲学阐释，它把技巧扩展到更大的视野中去观察，它所看重的是语言及其他符码的作用，而不是特定的文本。[①]佛克马认为互文性不承认文本的特殊性和作者的个性，同时也无视文本赖以生成的具体情境；而重写则能“包容重写者的自我（ego），他的环境（hic）和他的时代（nunc）”。[②]互文性的理念强调文本的自我指涉，重写则突出作者的主体地位，强调主题的创造性，这联系着重写者的认知模式。互文强调文本间的“同”，而重写则突出文本间的“异”。重写必然是一种有差异的重复，是“引起惊讶的差异，是新的看待事物的方法”[③]。

因此，创造性是区分与前文本有互文关系的文本是否属于重写文本的关键。依此标准，一些《三国》的新文本更接近工具书和资料汇编，

---

① [荷]杜威·佛克马：《中国与欧洲传统中的重写方式》，范智红译，《文学评论》，1999年第6期，第147页。

② 同上书，第148页。

③ [荷]杜威·佛克马：《关于比较文学研究的九个命题和三条建议》，《深圳大学学报》（人文社会科学版），2005年第4期，第59页。

并不能算严格意义上的重写。例如以下这些作品：乃丹拉·纳勐代（布朗·纳那空）编选的《〈三国〉人物箴言选——对〈三国〉重要人物的操行分析》、威差蓬·汕玛尼编选的《〈三国〉美文佳句》、老川华编选的《〈三国〉珠词妙语》、乃丹拉·纳勐代和S·帕莱诺编选的《〈三国〉与〈三国因〉人物箴言录及新补充》、天响·颂敦编译，丘错·纳东编辑的《图例版〈三国〉史料》、萨·启万编选的《〈三国〉中的尚品》、阿敦·叻达纳曼格先撰选，通田·纳詹浓编辑的《〈三国〉七大军师》、空德恩·哲加发主编的《〈三国〉中的德行》、格威·当东吉编写的《通晓〈三国〉》和《〈三国〉百科全书》、派洛·由蒙天编选的《〈三国〉箴言警句》、乔·蓬皮琪编选的《〈三国〉中的中国成语》、安蓬·素格先编辑的《诡计多端的〈三国〉》，等等。

虽然这些书籍的作者也付出了艰苦的劳动进行分类甄选和编辑，而且参与编选和评论的不乏像布朗·纳那空、帕莱诺这样的泰国知名文学史家和学者，以及通田·纳詹浓、老川华、格威·当东吉这样的著名作家和泰文《三国》问题专家，但是这些文本都缺乏对元文本意义的引申和转化，只见复述而乏变更，所有内容都局限在元文本的框架内，特别是缺乏与泰国本土文化的互动。虽然这些文本不是重写，但是它们仍有各自的实用价值，可以用于学术研究或文学课程教学，也可用于《三国》类书籍的辅助阅读，在客观上也推动了泰文《三国》的传播和普及。因此，本书虽然不会重点介绍这类文本，但必须要认可它们在传播中所发挥的积极作用。

第四节　传播视域中的重写与《三国》经典再构

一、重写与文学传播

从传播角度讲，所谓经典未必是最有价值的，但一定是具有最强传播力度、有最广泛的接受群体与最明显的接收效果的文本。文学名作需要经常性地停留在接受群体的视野中，并且能为一代代大众所接受，重写就是满足这一条件的重要方式。重写的文本将在相当大程度上促进元文本的流传，当重写文本形成规模，衍生出相应的题材类型，将极大地提高元文本的影响力和影响范围。洪版《三国》在后世的魅力长盛不衰，与不断被重写有密切的关系，而且通过重写产生的新文本数量众多、精品辈出；此外，重写持续的时间长，今天仍有新的重写版本源源不断地推出。如果说洪版《三国》是赋予《三国演义》在泰国的第二次生命，那么对洪版《三国》的重写则使这“第二次生命”能在更大、更广阔的时空中得以有效延续。借用厄勒·缪萨拉对伊塔洛·卡尔维诺小说创作的评论，[①]泰文《三国》后来的众多重写版本，是对洪版《三国》不断“复制”和“增值”的过程，通过“改写”（riscrittura）这种手法使原文本（model-text）成为复制文本中的一部分，而文本中的“增殖”部分使新文本具有了独立的身份。

《三国》作为文学经典离不开后续对其进行的审美阐释和再创造等重写活动。重写处于由反馈导致的次级传播循环中，因此它相比其他创作方式更强调接受的意义。接受是重写的前提，是推动重写的重要力量。这里的接受有两重含义。首先，重写的文本是元文本的派生文本，它本身就是以接受元文本为前提，并在此前提之上进行的文本再造，当然这种接受有积极接受和消极接受之分，既可能认同元文本的内容和价值，也可能反对元文本的内容，并对其进行修正和补充。其次，重写的作者的创作亦是指向受众，为了获得读者的接受，需要满足他们的期待视野并将自己的创作意图和理念传递下去。所以，每个重写都是整个传播过程中的一个分支，重写作者既是上一级传播循环中的接受者，通过反馈又成为次一级传播循环的传播者，是推动传播活动持续进行的中坚

---

① 参见[荷]厄勒·缪萨拉：《重复与增殖：伊塔洛·卡尔维诺小说中的后现代主义手法》，[荷]佛克马、伯顿斯编：《走向后现代主义》，王宁等译，北京：北京大学出版社，1991年。

力量。

相应地，对重写作者也有较高的要求。从素质和能力上来说，他们需要兼具较强的文本读解能力和敏锐的社会感受力，即需要他们能从文本空白处与原作者沉默处开掘未尽之意与潜藏内涵，或对原作者的错讹纰漏和浅陋失当之处进行调整；又可以与当下本土社会环境及个人情境相结合，从二者的契合点上入手，谋划新篇，重构主题。从社会地位上来说，他们在泰国社会特别是文学场域内需要具有一定的影响力和相当的权威性，往往是著名作家、文学批评家或者学者，他们的作品或品评能被众多读者接受和传播。他们充当着传播中的“意见领袖”（opinion leader）或“把关人”（gatekeeper）的角色，能够较早地接触或敏锐地洞察到文学信息并且对其进行筛选、过滤、加工等活动，他们决定着传播信息到达大多数受众时的面貌。

此外，重写者并不是元文本的传声筒，重写文本中渗入了他个人的理解和风格，其旨趣往往与元文本大相径庭。一次成功的重写不仅仅创造了一个质量不错的文本，更可以创造一种风格独特的品评或阐释的模式。一旦这种模式受到欢迎，将会带动一大批作者加入重写创作的队伍中来，继而形成具有一定规模的作者群。一位作者的影响力是有限的，但若形成作者群，影响的范围和层次就大为可观了。这些作者年龄不同，阅历不同，创作面向的受众层次也有差异，更重要的是他们更对当世读者的口味。此类文本的传播与接受效果更为顺畅，受众的范围也更为广大，作品的影响力也易深入，间接上促使元文本在后世赢得广泛的声誉，获得持久的生命力，能渗透到泰国本土文化的各个层面。

如果把一部作品的传播比作一棵大树的生长，那么经典文本就是大树的主干，不同风格的重写就是从主干上伸向不同方向的枝干，众多的文本便是枝干上面的枝叶。大树若要茁壮生长，必须要牢牢扎根于本土的土壤环境中，并且需要适于成长的文化生态，这样大树才能枝繁叶茂，生机勃勃。

二、泰国文学中的重写传统

重写对于泰国文学来说并不陌生，泰国是一个具有很强的重写传统的国度，许多文学作品都是通过一代代的重写而流传下来的。泰国古典文学中成就最高的作品基本都属于重写的范畴，如被誉为立律体诗歌之冠的《帕罗赋》是根据流传在泰国北部的一个民间传说写成；被誉为社帕格伦诗之冠的《昆昌与昆平》是根据中部地区民间说唱的故事内容整理补充而成；被誉为禅体诗之冠的《萨姆寇》则是取材自泰北地区的《清迈五十本生经》；篇幅最长的古典文学巨著《罗摩颂》剧本也是集中了多种罗摩故事口传文本和少量文字文本的结晶。

在泰国古代文学史上缺乏原创的故事，除了个别根据史实创作的颂诗，基本都从各种佛教典籍，特别是《本生经》和《清迈五十本生经》，印度两大史诗《罗摩衍那》和《摩诃婆罗多》，以及民间流传的民间故事中取材。有些题材被重写次数之多、重写体裁类型之丰富也令人吃惊。以泰国的《罗摩颂》文本为例，罗摩故事在今泰国地区已经流传了900年以上的时间，在泰北地区的披迈石宫就有罗摩故事的石雕。[①] 阿瑜陀耶王朝之前的罗摩故事文字文本虽然经过1767年泰缅战争的洗劫而大多散佚，但仍留下部分孔剧剧本片段和诗作，加之后来吞武里王朝和曼谷王朝的不断重写，数目依旧可观，今存文本主要有：1. 四平律克龙体诗12首《十车王教导罗摩》；2. 四平律克龙体诗23首《波林教导兄弟》；3. 孔剧《罗摩颂》唱词，格伦诗体；4. 孔剧《罗摩颂》格伦体诗剧本；5. 抒情诗《别离悉多》，禅体尼拉纪行诗；6. 吞武里达信王创作的宫廷剧剧本《罗摩颂》四段，格伦体诗，共2012行；7. 曼谷王朝一世王创作的《罗摩颂》剧本，一世王与其他宫廷诗人合作，于1797年写成，全剧共50286行诗，是泰国古典文学中最长的诗，亦是泰国古典文学中内容最完整、最经典的《罗摩颂》文本，但并非译

① [泰]布朗·纳那空：《泰国文学史》（泰文），曼谷：泰瓦塔纳帕尼出版社，1980年，第208页。

自蚁垤的《罗摩衍那》，而是来自民间流传的罗摩故事，甚至有些是泰国故事伶人的创作；8. 曼谷王朝二世王创作的《罗摩颂》剧本，格伦体诗，共14300行，精简自一世王的版本，便于宫廷剧表演；9. 曼谷王朝二世王的《孔剧罗摩颂配唱词》，根据阿瑜陀耶时期的四段《孔剧〈罗摩颂〉配唱词》改写，采用迦普雅尼诗和迦普伽邦诗体；10. 菩提寺石雕画《罗摩颂》配诗，克龙体诗154首；11. 曼谷王朝四世王的《罗摩颂》，剧本格伦，共1664行；12. 曼谷玉佛寺壁画《罗摩颂》配画诗，由曼谷王朝五世王与王室成员和宫廷诗人合撰，克龙诗体，共5079首；13. 曼谷王朝六世王的《罗摩颂》，孔剧唱词和配唱词，形式有格伦、迦普、长莱等诗体；14. 泰国国家艺术厅版《孔剧罗摩颂》，内容根据一世王本与二世王本改编而成，形式有剧本格伦、迦普、长莱诗以及散文对白，1952年11月7日首次公演；15. 印度婆罗门修道仙人蚁垤《罗摩衍那》节译本，1970年由苏朋・本琪文编译，译文采用平律格伦诗体，共1356首，译自蚁垤本《罗摩衍那》前六章；16. 泰东北部遗存古代贝叶文本《罗什与罗摩》，形式类似佛本生故事，有散文体和诗体文本各一部；17. 泰东北部僧人讲经用贝叶文本《罗摩本生》；18. 泰北兰那文本《哈罗曼》；19. 泰北兰那文本《婆罗迦》；20、泰北文本《乌萨与巴罗》，结合了民间故事《温纳鲁》和《罗摩颂》的内容等等。除此之外，泰国还有向西方读者介绍泰国《罗摩颂》的英文和法文的简写本。[①]《佛本生经》和《清迈五十本生经》等民间本生故事也是被重写较多的前文本，特别是后者，几乎所有的故事都被用各种诗歌体裁和戏剧文本反复重写，如《萨姆阔》《卡维》（虎与牛）《帕素吞》《加姬》《桑通》等文本被宫廷诗人用作创作素材，并都成为泰国古典文学中的经典之作。据统计，仅在泰国中部地区就有不少于60本格伦体诗歌文学作品取材于《清迈五十本生经》故事。[②]

---

① 以上版本详见张玉安、裴晓睿：《印度的罗摩故事与东南亚文学》，北京：昆仑出版社，2005年，第110-131页。

② [泰]素甘雅・素查雅编：《地方文学评论》（泰文），曼谷：朱拉隆功大学出版社，2000年，第47页。

在《三国演义》译介到泰国之前，对外来文学的重写就已不鲜见了。例如来自爪哇的班基的故事，甫一传入便出现两个版本。阿瑜陀耶波隆摩谷王时的两位公主——君屯和蒙固，根据一位来自泰南北大年女仆讲述的爪哇班基的故事，分别创作了《达郎》（又叫《大伊瑙》）和《伊瑙》（又叫《小伊瑙》）剧本。因后者影响较大，后世又不断出现更多以《小伊瑙》为蓝本的《伊瑙》重写本，如曼谷王朝一世王和二世王都创作了《伊瑙》的宫廷剧剧本，而二世王的《伊瑙》剧本被公认为是最好的版本，也是六世王文学俱乐部评选的"舞剧剧本之冠"。而这些重写文本也因为版本过多，在论及的时候必须说明是由谁创作的哪一个版本。另外，主持翻译《三国演义》的昭帕耶帕康（洪）同期主持翻译的孟族史诗《罗阇提叻》并不是第一次翻译，在阿瑜陀耶王朝时期也曾有过诗歌版本的译本，这一次是采用散文体来尝试翻译。在洪版《罗阇提叻》出现之后，后世也不断出现它的重写版本。

这样重写的例子不胜枚举，甚至可以说泰国古典文学就是一个重写型文学构成的历史，每一部被奉为经典的作品的地位，都是由不同版本的文本群共同奠定的。一些外来文学被译成泰文之后，又经过不断的重写，最终完全融入泰国的社会文化之中。因此，洪版《三国》大量重写版本的出现也与泰国的文学传统相符，也正是由于它获得了泰国本土的认可，成为泰国的文学经典，才能够加入被用泰文重写的行列之中。换言之，只要泰国认可了洪版《三国》的经典地位，就必然会被后人反复重写。

三、泰文《三国》重写的动机与分类

重写的内涵一般指再创作、派生、衍生等，传统上说的改编、续作、仿作、拟作、缩写、扩写等实际上都是重写的具体形式，这些也与作者重写的主观动机有关。关于重写动机，不少学者都有阐述，本书针对泰文《三国》的重写特征，具体总结如下：

1. 濯洗前陋，补正修订

重写版本相对前文本进行了变更与改造，这种改造与前文本表现出相对立的态势，即针对前文本的“纰漏”之处进行“修正”与“补遗”。这里的几个词之所以加引号，是因为所谓“前陋”是指重写作者心目中认定的前文本存在的问题，故作者欲借重作扬长避短，并以此自我标榜，如万崴·帕塔诺泰和威瓦·巴查冷威等人对《三国演义》的重译便属此例，他们的矛头都是指向洪版《三国》译本的“不忠实”和“不完整”。

此外，对已有的派生文本的不满同样是导致重写的重要原因。如阿南·钦纳布2010年推出的《莫信孙武，莫言三国：不战而胜之法》一书就是针对之前一些研究《孙子兵法》和《三国》在商业应用上的人的误读和误导，过于强调攻心计谋和残酷竞争，而忽略了同心合作和公平公正原则，认为这才是引导人们取得最终成功的根本所在。

2. 感怀共鸣，借古述今

有些重写作者是因为与《三国》中的人物际遇或史事情境产生共鸣，而生发感怀抒己之情，发表不便直说的思想。此类重写的目的不在复述情节，而在透过情节寄寓并表达自己的志趣。如桑·帕塔诺泰的《〈三国〉军事战略》一书，便是他在沦为政治犯后身陷囹圄，在狱中借重写《三国》的机会来表达他个人的政治观念和政治抱负。

3. 曲笔附会，针砭时弊

随着洪版《三国》在泰国深入人心，泰国人对《三国》中的人物和故事都耳熟能详，又由于《三国》文本本身的丰富性，是个延展性很强的文本，可从多个角度进行品评。因此，一些作者便“托事兴辞”，把古老的素材变成对当代情势的社会批评，以曲笔的方式用《三国》的人和事来影射当下，针砭时弊，嬉笑怒骂，微言大义，相比直抒胸臆往往获得更佳的表达效果。这一类的重写文本非常多，如冷威塔亚库的《卖国者版〈三国〉》以及很多报刊专设的“《三国》专栏”文章等。

4. 倾慕前作，重构竞争

与濯洗前陋不同，倾慕前作是对前作的认同和肯定，在创作心理上是相反的，但是对于形成一类主题或类型的文本而言又是一致的，重写文本与前文本具有明显的影响承继关系。因为“批判式接受”与“模仿式袭取”都是创作的动力。这里的前作有的是指元文本，也有一些是指已有的对元文本的重写文本。模仿前作的方式亦有差别，有的是仿用前作的写作方式，如克立·巴莫写作《富豪版〈三国〉》系列就是受之前雅各布创作的《卖艺乞丐版〈三国〉》系列的影响，都采用“讲故事”的方式以第一人称视角展开情节；有的是模仿评论方式，如后来诸多以阐释《三国》在泰国现代社会的价值和意义的文本，都或多或少沿用了早期重写作者使用的评析方式，从各自阅历和知识背景切入《三国》，或述今怀古、或借古喻今、或求证索隐、或阔谈戏说，这一类的阐释版本也成为泰文《三国》重写文本中数量最多的一支。

5. 开发创新，研以致用

在泰文《三国》阐释和评论文本中还有一类特殊的文本，他们不是单纯的空谈抒怀，也并非为了考据求真，而是结合泰国社会情况探讨《三国》在当代泰国社会的政治、商业、哲学等方面的应用，为了解决一些现实方面的问题。这些实用型的重写文本主要集中在商务经营管理方面，有的强调《三国》中体现的企业家的经营理念，有的重在《三国》中的用人管理在企业中的借鉴和应用。这些文本数量较多，例如本查·希利玛哈沙空的《〈三国〉精粹——管理者版本》、格萨·猜亚拉萨米萨的《读〈三国〉，论管理》、边萨·库纳功巴提的《〈三国〉中的CEO》 等。此外，还有一些文本虽然是翻译或编译自中文的《三国》商业经营类书籍，如通田·纳詹浓翻译的《〈三国〉策略：战争中的管理经典》、本萨·汕拉威翻译的《用〈三国〉战略经营管理》、《三国战略》和《〈三国〉中的谋略艺术》等，但是它们也是基于泰国人对《三国》实用价值的认可才译成泰文的，而且与泰国商业实例结合紧密，不少企业直接拿来用作商业的执行参考，因此本书也将此类文本归入“研以致用”的重写动机之中。

6. 举偏补弊，纠改时风

这一类的创作动机较为特殊，它并非生发自《三国》文本本身，而是对当时社会文坛某些风气的不满，而借用重写《三国》来去除疲敝，改变死气沉沉的局面。怀有这种写作动机的作者比较稀少，他们具有强烈社会责任感并且文学和批评功底深厚，突出代表是雅各布。20世纪40年代，雅各布有感于当时粗制滥造的用三国文体写就的仿中国历史小说或伪中国历史小说充斥报端，已把泰国文学引入僵化低劣的境地，遂决定动笔创作有泰国作家自己特色的长篇历史小说，《卖艺乞丐版〈三国〉》即是他的尝试之一。在他的努力下，一批泰国作家开始了个性创作，终于结束了“中国历史小说”类文学在报刊中一统天下的局面。

以上总结了泰文《三国》重写版本作者的创作初衷或主观动机。需要强调的是有些作者的创作动机比较复杂，可能有多种动机，如雅各布创作《卖艺乞丐版〈三国〉》既有倾慕洪版《三国》的因素，也有改变文坛风气的意愿；克立·巴莫创作《富豪版〈三国〉》系列一方面受到雅各布创作《卖艺乞丐版〈三国〉》的影响，同时也有个人对洪版《三国》的喜爱，同时又在行文中曲笔讽刺当权军政府，以古喻今，表达个人政治观念等等。

无论重写的初衷为何，归根结底，它们的主观动机皆来自社会生活、个人经验给予作家的创作刺激。从文学传播的角度，它们都与元文本洪版《三国》有千丝万缕的联系，都是在洪版《三国》或直接或间接的影响之下催生出来的，客观上赋予了洪版《三国》更多的现代性或当代性，同时彰显了洪版《三国》不朽的经典价值。

在接下来的几章里，我将分别从“翻译型重写”“创作型重写”和“阐发型重写”三个大类别，对泰文《三国》的诸重写版本进行梳理，除了介绍相关文本的内容和特点外，还将重点分析这些风格各异、个性鲜明、丰富多样的重写文本所蕴涵的本土文化元素，正是这些重写文本赋予了《三国演义》更有时代感的本土内涵。

第九章

经典之争——《三国演义》诸泰译版本

第一节　翻译型重写

本章将讨论泰文《三国》重写中的第一个文本类别——诸泰文翻译本。佛克马称翻译活动为“跨文化重写”，他认为：“与语言传译相似的写作方法就是重写，包括跨文化重写。重写暗含着一种与个人的文学传统相关的个人观点，同时也能兼顾到其他的文化传统。”[①]而在翻译文化学派的安德烈·勒弗维尔（André Lefevere，又译列费维尔或勒菲弗尔）看来，翻译同批评、编辑、撰史等形式一样，都可视为某种“折射”或“重写”。翻译是重写文本的一种形式，是创造另一个文本形象的一种形式，它创造了原文、原作者、原文的文学和文化形象，无论其有何种意图，一切重写（包括翻译）都“反映着某种观念与诗学，并以此操纵文学在特定的社会里

---

① [荷]杜威·佛克马：《中国与欧洲传统中的重写方式》，范智红译，《文学评论》，1999年第6期，第148页。

以特定的方式发挥作用”[①]。

翻译是一类较为特殊的重写活动。之所以说它特殊，是因为翻译需要穿梭于两种语言之间，横跨两种文化，译文是要将一个文本用另一种语言表述并传达出来，它对于元文本形式与内容的依赖要远远多于其他重写类型。前文强调重写的内涵在于复述与变更，即既要“求同”，更要“求异”，但在翻译中求同容易，求异难。在传统的翻译观念中，严复提出“信达雅”视“信”为一切翻译原则之根本，并将其作为衡量合格翻译标准的不二信条，[②]译者始终无法抛开原文，需要“戴着镣铐跳舞”，他们的创造力无法得到淋漓尽致的施展。但是这一类的重写又非常重要，对于跨文化文学传播来说，它的重要性要超过其他重写类型，因为没有通过翻译得到的本族语言文本，其他重写也就失去了赖以为继的前文本，自然也就谈不上重写与否了；而且，翻译起到连接两种文化传统的桥梁作用，使得原文在新文化语境下得以生存，甚至可以引入新概念、新文体、新表达手段等来推动当地社会和文化的进步，从而刺激其他类型重写的产生。

洪版《三国》的翻译正是这种理念的最好例证。本书上编第五章和第六章已详细讨论过洪版《三国》的翻译过程、特点与得失，及其对泰国文学与社会的推动与影响情况。虽然泰国学界和文学界对其有各种各样的批评指摘，但在洪版《三国》推出后很长一段时间内却难觅新译本的踪迹，坊间只有一些改写创作和节译缩译版本。直到20世纪70年代之后，泰国才陆续出现三种新的《三国演义》全译本，分别是万崴・帕

① André Lefevere, *Translation, Rewriting, and the Manipulation of Literary Fame*, London and New York: Routledge, 1992, p. Ⅶ.

② 20世纪20年代末至30年代初，中国翻译界曾发生“信”“顺”之争，即争论严复的“信达雅”说的排序问题，是信优先于达（顺），还是达优先于信。即使是“顺”派主张“宁可错些不要不顺”，也是认为需在一定“信”的基础之上优先考虑通顺。之后无论傅雷的“神似说”还是钱钟书的“化境说”，也都不能脱离原文而肆意讹造，正如罗新璋对傅雷“神似说”的解释，“意在强调神似，不是说可以置形似于不顾，更不是主张不要形似”。

塔诺泰的《新译〈三国〉》（1977年）、威瓦·巴查冷威的《批注版全本〈三国〉》（2001年）和甘拉雅·素攀瓦尼的《完整版〈三国〉》（2013年）。

从“跨文化重写”的角度，这些后续译本和洪版译本共同构成了泰国的《三国演义》的翻译型重写。但是如果进一步分析，后续的译本，尤其是全译本与洪版译本翻译的旨趣明显不同。表面上，新译本同洪版一样，都是以罗贯中的《三国演义》为元文本进行的跨文化重写，但是在具体的翻译策略上大相径庭。昭帕耶帕康（洪）为了方便泰国的受众理解和接受，同时传递国王的政治意图，对译文进行了大量“创造性叛逆”式的“篡改”。诸新译本则不同，它们直接质疑洪版《三国》的权威性及其经典地位，矛头直指洪版《三国》的“不忠实原文”。新译本摆出挑战经典译本、与之一较高下的姿态，在翻译时尽量还原中文版《三国演义》的样貌，以纠正之前洪版译文中的种种错漏。因此，新译本针对的前文本有二，一是罗贯中的《三国演义》，二是洪版《三国》泰译本。从重写所注重的创新性上讲，洪版译本打破了镣铐的桎梏，融入了许多本土化的因素；而新译本拘泥于忠实性，至少在主观意图上是希望能够原汁原味地复述出中文原本的内容，意不在创新与改造，引鉴新文学或促动本土文学革新。即使新译本中有与众不同的特征，也是针对洪版《三国》而言的，是建立在对洪版译文的修正上，去除里面本土化改造的元素，向中文“标准”文本回归和靠拢。

洪版《三国》归根结底是一部翻译著作，若单纯从翻译的角度来看，不忠实于罗贯中的原著确实是一个严重的问题，它将直接威胁到译本的权威性，万崴与威瓦的翻译以此为突破口，是否能够获得满意的效果呢？我们下面结合文本具体来看。

第二节 诸版全译本的比较

一、万崴版《新译〈三国〉》与洪版《三国》

1977年，万崴·帕塔诺泰（Wanwai Phathanothai）推出了《新译〈三国〉》。万崴是另一本著名的泰文《三国》改写本《〈三国〉军事战略》的作者桑·帕塔诺泰[①]的儿子（有关《〈三国〉军事战略》的内容将在后文详细介绍），桑·帕塔诺泰在《〈三国〉军事战略》一书的前言中曾说道："昭帕耶帕康（洪）在翻译《三国》的时候有不少失误，使我深感有重新修订译文的必要，或者最好能够重译整本书。因为今天把中文翻译成泰文的条件已经进步，远非昔日所能比，而且研究所需的工具也大大进步了，这份文学财富也需要拥有长久以来与其经典地位相匹配的价值。"[②]但是桑·帕塔诺泰本人却并没有重译《三国演义》，这份重任由他的儿子万崴·帕塔诺泰来承担。

万崴·帕塔诺泰并非华裔，但是却与中国颇有渊源，他是中泰两国关系破冰的亲历者和友好使者。万崴的父亲桑·帕塔诺泰是泰国资深的媒体人、新闻界的泰斗人物，也是銮披汶政府的高级顾问。1949年中华人民共和国成立以后，在周恩来总理不懈的外交努力下，銮披汶政府决定改善同新中国的关系，并将同中国建立联系的重任交由桑·帕塔诺泰负责。由于美国在二战之后将泰国作为东南亚地区冷战的桥头堡，进行经济和军事援助，因此泰国无法直接、公开和中国交往，只能秘密联系。桑·帕塔诺泰决意将自己子女秘密送往中国，让孩子在中国接受教育，成为中泰之间未来的友谊桥梁。1956年8月，12岁的万崴·帕塔诺泰和8岁的希琳·帕塔诺泰（Sirin Phathanothai）兄妹二人在4名随从的陪同下，经过缅甸等秘密渠道来到北京。有人戏称此事为"人质

---

① 有中国媒体译为乃讪·帕他努泰。

② [泰]桑·帕塔诺泰：《〈三国〉军事战略》（泰文），曼谷：自然出版社，1998年，第28页。

外交”，但中国领导人从未视兄妹二人为人质。周恩来总理不但安排他们住进一套三进的四合院，配备翻译、厨师和司机，还请负责外事工作的廖承志照顾他们。廖承志的母亲何香凝根据兄妹二人的泰文名字读音为他们取了中文名字，哥哥万崴叫“常怀”，妹妹希琳叫“常媛”。兄妹二人在中国完成了小学和中学的学业，并进入北京大学学习。1966年“文化大革命”爆发，万崴·帕塔诺泰作为泰国贵族之后被红卫兵遣返回泰国，而妹妹希琳·帕塔诺泰则经历了上山下乡和工厂劳动，后于1969年在周总理的帮助下随其英籍男友前往英国。随着中美关系的缓和，中泰两国也进行了一次乒乓外交。1972年，泰国全国行政委员会财政、经济、工业署副主任，当时已经60多岁的泰籍华人巴实·甘乍纳瓦（Prasit Kanchanawat，华文名许敦茂）率团参加在北京举行的亚洲乒乓球邀请赛，实为秘密商议中泰两国建交事宜。万崴和希琳兄妹二人也随团来到北京，与周总理密切配合，联系安排会见并担任翻译，促成了这次历史性突破的访问，为1975年7月中泰两国正式建交打下坚实的基础。

万崴·帕塔诺泰在中国待了整整10年，整个少年求学时代都是在中国度过的，还进入北京大学哲学系学习，因此是个十足的中国通，中文水平很高。在华学习期间，万崴第一次读到《三国演义》中文原著，深为罗贯中的文学才华所折服，他在《新译〈三国〉》的前言中说道：

> 很遗憾，在第一次翻译（《三国》）的时候有不少不足和遗漏，从翻译使用的语词，到人名、地名、文化、俗谚成语以及行文方面，与原文作者的作品对照都有错漏。这使得读者在阅读这部作品的时候无法欣赏到其应有的味道，差距不小。
>
> 我还从未读到过哪本书像罗贯中创作的《三国演义》这样，无论故事还是语言都绝妙无比。布鲁威特·泰勒（C. H. Brewitt-Taylor）[①]将其翻译成了英文。由于发现昭帕耶帕康（洪）版《三

① 布鲁威特·泰勒（1857—1938），又译邓罗，美国汉学家，首次将《三国演义》译成英文。

国》有太多的错漏，我才决定根据罗贯中的《三国演义》中文原本，完全忠实无误地译成泰文。我的父亲桑·帕塔诺泰也倾其心血，尽心竭力地帮我在语言上面润色，以使表述水准能与昭帕耶帕康（洪）媲美。①

可见，桑·帕塔诺泰和万崴·帕塔诺泰父子二人皆因不满意洪版的译文而决定重译《三国演义》，为了能将罗贯中原本的内容“原汁原味”地传递给泰国读者，使泰国读者能够真正领略到罗贯中的精湛文笔。但与此同时，在语言文字上，他们还是希望能够尽量保持昭帕耶帕康（洪）版的水准。

下面我们同样选取《新译〈三国〉》中“草船借箭”的段落译回中文，和昭帕耶帕康（洪）版《三国》以及罗贯中《三国演义》（120回本）的文本进行比较，以便读者对三者之间的差异有更为直观的感受。②在回译万崴版《新译〈三国〉》时，同样采用直译的方式，力求保持原文的细节内容和行文风格，不在文采上着力，以便更好地展现不同文本之间的差别。“草船借箭”的段落在万崴·帕塔诺泰《新译〈三国〉》中的“第四十五章 曹操兵败三江口 蒋干中计群英会”的结尾处至“第四十六回 孔明用妙计借箭 黄盖受鞭笞定计”的前半部分：

巡逻兵将消息报告给周瑜，周瑜大喜，高兴地大声说道：“此二人是我们担心的心腹大患，现在他们死了，就没有什么再让我们担心的了。”

鲁肃便说道：“都督如此妙计，曹操将必败无疑。”

周瑜说道：“我相信全军上下都无人能够识破我的计策，如果有也只有孔明一人，他比我聪明，几乎无所不知。您试着去与孔明

---

① [泰]万崴·帕塔诺泰：《新译〈三国〉》（泰文），曼谷：自然出版社，2001年，前言部分。

② 洪版《三国》和罗贯中《三国演义》的“草船借箭”部分的文本，请见本书上编第五章，在此不再引述。

对话，看他是否知道，然后回来向我禀报。”

差人去施巧妙计，

试探诸葛能否知。

不知鲁肃去探问孔明会有何结果，请听下回分解。

当鲁肃受周瑜之命来到孔明的船上，孔明请鲁肃进来坐到船蓬中。

鲁肃开口道：“这两三天来，我一直忙于军中事务，未能前来向您讨教。”

孔明答道：“这是我的过错，还未去向都督道喜。”

鲁肃问道：“为何事道喜？”

孔明答道：“正是周瑜让您来打探我是否已得知的那件事。知道啦。我正是为那件事要道喜。”

鲁肃脸色苍白，问道：“先生是如何得知的？”

孔明答道：“那样的计策只能骗得了蒋干。但不过一时而已，不久曹操就会醒悟过来，但是不敢认错。现在，蔡瑁和张允已死，所有的威胁就都解除了。如此怎能不让我去道喜？我知道曹操任命毛玠和于禁继任水军都督，这等于将他们士兵的性命送与我们呐。”

鲁肃听罢怔在那里，说不出话来，便假装找其他一些琐屑事情搪塞之后告辞出来。

孔明便叮嘱鲁肃道：“请您不要将我知悉他的计谋之事告之周瑜，不然他会心生嫉妒，想方设法杀掉我。”

鲁肃答应之后离开，参见周瑜，便将所有一切都告知周瑜。

周瑜听罢心里一惊，说道：“这等人怎能留得，一定要将其杀掉。”

鲁肃便道：“如果您现在杀掉孔明，只会让曹操讥讽嘲笑。”

周瑜说道："我会想办法让所有人都看不出来我是有意而为的。"

鲁肃问道："您要怎么做呢？"

周瑜答道："先莫问，等着瞧吧！"

次日早上，周瑜命人请文武群臣一起来议事，然后又命人请孔明加入，孔明欣然前往。

等到众人都就位之后，周瑜问孔明道："什么武器在不久以后与曹操的水战中最为重要？"

孔明答道："水战之中，弓箭最佳。"

周瑜说道："我同意先生之见，但是现在我军箭支紧缺，想麻烦先生帮忙造十万枝箭，用于战事，这是我们的公事，相信您不会反对吧。"

孔明答道："都督的命令，我会尽全力去完成的，但是我想知道十万枝箭您何时要用？"

周瑜问道："十日内可以吗？"

孔明答道："曹操军明日将至，若等上十天就来不及了。"

周瑜问道："那先生觉得几天可做完？"

孔明答道："十万枝箭，三天即可做完。"

周瑜说道："军中不可戏言。"

孔明大声说道："我怎会和都督戏言？请都督吩咐写下字据，如果我不能在三日内完成，我就接受军法处置。"①

周瑜喜出望外，急忙吩咐军政官员给孔明立下军令状，之后设宴宴请孔明，同时说道："等到先生完事之后，我将会重奖酬谢。"

---

① 此处昭帕耶帕康（洪）译为："孔明便立下军令状：'如果在三天内未造好十万枝箭就可杀掉我。但是如果我需要什么不必来找您，我会直接去找鲁肃帮忙，请您准许。'周瑜听罢答应了要求。"——原文注

孔明说道："今天动手已经来不及了，从明日开始，到第三日，请您吩咐五百军士等在岸边搬运箭支即可。"

孔明喝了几杯酒之后就起身告辞了。

鲁肃问周瑜道："您觉得孔明是不是在玩什么花样？"

周瑜答道："我也不知，是他自己立下字据要自己的性命，我并没有强迫他。他在会上请我立下军令状，接下来就算他插上双翅，也难逃脱了。我只要吩咐工匠拖延时间，不给孔明造箭需要的材料，他就造不了箭。因此，当我要惩罚他时，谁又能反对呢？您去查看一下他的工期进展，然后将消息随时传回给我。"

鲁肃领命之后便来找孔明。

孔明说道："我曾跟您请求，不要将我识破周瑜计谋之事告诉周瑜，否则他会要我性命。但是您守不住口风，把我逼到困境之中。我在三日内如何能够造出十万枝箭？您一定要来帮帮我呀！"

鲁肃便道："先生这是自寻死路，我如何帮得了您呢？"

孔明便道："我想向您借十只船，每船准备三十人，并用青布做幔，用扎好的稻草置于两侧船舷。我将在第三日用到，我发誓定能给周瑜送来箭支，但此事您千万不要告知周瑜，否则我的计策必定难以成功。"[①]

鲁肃听罢疑惑不已，便回去向周瑜报告，但并未提及孔明借船一事，只是说孔明并未请求箭竹、鸟羽、胶或涂油等造箭之物，而是说另有方法造箭，定能完成。

周瑜听后同样疑惑，便说道："很好，我倒要看看，三天之后孔明会有何说辞。"

鲁肃拨了十艘快船，每船有士兵三十余人，并围上幔布和系紧

---

① 此处昭帕耶帕康（洪）译为："孔明说道：'如果您不怜悯我，我就无路可走了。但是如果可怜我，请给我准备尽量多的稻草和几块黑布，以及用来擦拭和烘制箭支的油。还有二十艘船，每条船上三十至四十人，用来装运给周瑜的箭。'"——原文注

稻草。

第一天过去了，第二天也过去了，没看到孔明有何动静。

等到第三天凌晨四时，孔明悄悄叫来鲁肃一同上船。

鲁肃问道："先生叫我来有何吩咐？"

孔明答道："我特意请您来，是为了帮忙去取箭。"

鲁肃问道："到哪里去取？"

孔明答道："先别急着问，去了就会看到了。"

之后孔明让这二十艘船用绳子连起来，成为一队，便命令向北岸移动。那一夜大雾漫天，特别是在大江（长江）之上，迷雾重重，几乎对面不见人。孔明催船迎着越来越重的大雾前行。

长江壮阔奔流急，
源起峨岷过千矶。
九溪汇流成长河，
流经吴郡入海域。
大洋深处有鬼魅，
异形巨兽无数计。
九头神龙首尾隐，
长鲸游弋影来去。
入夜雾垂失方向，
苍穹犹如黑幕闭。
雷鸣击破大地沉，
洪荒一片雨迷离。
暴雨疾风声阵阵，
轰鸣堪比乾坤移。
苍天助力好风劲，
当称诸葛孔明意。

到凌晨五时，孔明的船队已经接近曹操的营寨了。孔明吩咐船队的船头掉转向西，船尾向东，然后擂响战鼓，声震河面。

鲁肃大吃一惊，问道："如果曹操出兵攻击，我们如何是好？"

孔明笑道："雾如此浓，曹操他怎敢轻易出兵开战？我们还是饮酒作乐吧，等到雾散了再回去。"

话说曹操在寨中，听见战鼓声声巨响，恰好毛玠和于禁进来禀报，曹操便下令道："敌军在江面如此浓雾之时来犯，可能有何诡计，所以切勿大意，命众将士一齐射（箭），先将其拦截住。"

之后曹操又命张辽和徐晃带领三千弓箭手速到江边支援，一齐放箭。

得令之后，毛玠和于禁令弓弩手猛烈放箭，绝不能让孔明船队接近营寨。

很快，岸边另外万余弓弩手也已来到，一齐放箭射向孔明的船队。箭支纷飞，犹如雨下。

之后，孔明命掉转船头，船头向东，船尾向西，急速靠近营寨，为了接够射过来的箭，同时让战鼓擂得更响。

等到天边放亮，雾色开始散去，孔明便命船队速速撤离，在船舷两侧的稻草上插满了箭支。

之后孔明命手下水军齐声高喊："曹操大人，多谢送我这么多箭！"

等曹操知晓之后，便命快船去追孔明船队，追出二十多里，但是已经来不及了。曹操懊恼不已，不知如何是好。

一回到驻地，孔明就对鲁肃说："现在每艘船都插有差不多五六千枝箭。我们不用花大力气，就轻松得到了十万枝箭。明天，这些箭就要回射向曹操了。"

鲁肃大呼："先生真是神人！您如何得知今日有如此浓雾？"

孔明便道："身为将领者若不察天文地利，不晓奇门[①]，不辨优劣，不看兵法地图，不明己方实力，就难称伟大。我早于三天前就算出今日必将起大雾，我才敢要求只需三天时间。周瑜要我十日内完成，但是却不给工匠和任何造箭工料，等于要故意安插罪名给我，要杀掉我。但是我命上天注定，周瑜岂能害得了我？"

鲁肃也应声称是。

等到孔明船队驶近岸边，周瑜早已命五百士兵等着收箭。孔明让士兵将插在船上的箭取下来，共得到十万多枝箭，送到周瑜的军帐之中。

之后，鲁肃到营中去找周瑜，将孔明如何得到这些箭的经过告知周瑜。

周瑜听后大惊，长叹一声说道："孔明神算之威，远胜常人，我必不及他呀。"

浓雾漫布扬子江，
远近难分水渺茫。
纵舟来寻箭支去，
孔明妙计赚周郎。

与洪版《三国》相比，万崴的新译版本的确更加忠实于《三国演义》原著。在回目上，万崴版完全对应120回的中文原著，章回标题也都尽力译出；在内容上，万崴几乎毫无遗漏地翻译了每一处细节内容，连被洪版删去的大段诗文，他都进行了补译；译文中若出现洪版未译、且与中国文化相关的泰国读者难以理解的地方，万崴会添加脚注详细说明；在译文中如果出现和洪版译文有明显出入的地方，万崴会将洪版译文放到脚注之中标注出来，以示对比；在人名、地名等专有名词上，万

① 奇门是一种中国古代兵法，意为指挥军队阵形的方法，共分八阵，分别是天、地、风、云、龙、虎、鸟、蛇，其中天、地、风和云称作四正门，龙、虎、鸟、蛇称作四奇门。——原文注

崴照顾到泰国老读者的习惯，多数主要人名和地名仍然沿用洪版翻译时按照闽方言发音的译音，只对一些不太重要或影响到译文表达的专有名词，才按照普通话的发音音译过来。

可以说万崴的新译版本在各方面都考虑得相当周详了，但是按照他的翻译初衷和标准，他的译文也难做到完全的忠实。首先，在行文中，万崴将原文所有段落都拆解开，几乎一句长句或几句短句都划成一段，每句人物对话都另起一段，这样整个译文段落极多，显得冗杂。这可能与泰文的文字特点有关。泰文起初并无标点符号，只有空格停顿，后来才引入引号、省略号、括号等少数标点符号，但仍没有引入句号和逗号，断句需要依赖上下文的语感。译文段落这样处理，可以使译文显得更有条理，层次更加清晰，有助于读者的阅读和理解。其次，译文仍有一些翻译错误，如四更时分，指的是丑时，是凌晨一点至三点，万崴却直接翻成凌晨四点。最后，万崴虽然补译了全部诗文，但是译文质量却无法保证，力有不逮。他想模仿中文诗歌的韵律方式来译成泰文，效果却并不好。泰国古典诗歌不像中国古典诗歌那样押尾韵，而是押腰脚韵[①]，泰译的中文诗歌很难兼顾中文的音韵、格律与诗意，不少诗歌译文都草草收尾，像上面引文中的《大雾垂江赋》则完全没有译出来，万崴用仿中文诗体的泰语勉强翻译了几句，反倒显得不伦不类。但不管怎样，万崴的《新译〈三国〉》是一种大胆的尝试，力求在泰语语境中忠实地再现《三国演义》的风貌。他认为更忠实就意味着更权威，这种想法也影响到后人。

二、威瓦版《批注版全本〈三国〉》、甘拉雅版《完整版〈三国〉》与洪版《三国》

2001年，威瓦·巴查冷威（Wiwat Pracharuangwit）推出了一本泰

① 腰脚韵是一种特殊的押韵形式，所谓“脚”就是每句诗行的尾词，所谓“腰”就是每句诗行的中间词，脚腰韵就是上句的尾词与下句的中间词相押韵。脚腰韵在我国壮族的“欢”中也非常普遍，是壮欢韵律的特色。

文《三国》全译本：《批注版全本〈三国〉》。威瓦·巴查冷威是一位华裔，华文名叫马鼎文，他本人出身商贾，却一直怀揣着文学梦想。威瓦13岁时接触洪版《三国》就迷上了它，后来又读了许多泰文《三国》相关书籍，直到20岁那年读到《三国演义》中文原著，才发现洪版译文有诸多错误，而这些错误又被后来的书籍不断重复，因为许多后续衍生版本都是以洪版译文为“元文本”的。他遂萌生了重译《三国演义》的想法，但由于商务缠身，翻译一事就被搁置起来。直到退休以后，威瓦重拾年轻时的梦想，以64岁的高龄开始翻译《三国演义》，前后花了5年时间才完成。

威瓦版本在万崴版本基础之上，把对译文忠实性的追求又向前推进了一步，他强调这个版本最大的特点就是最“完整”。该版本有以下几个特点：

1. 增加了金圣叹所作的序，模仿中文书眉批的方式添加金圣叹的批注；

2. 译出所有诗文，并请专家帮忙润色；

3. 添加多项脚注，帮助不谙中国文化的读者理解；

4. 添加中国文人和威瓦本人的品评和理解；

5. 对照昭帕耶帕康（洪）版制作了完整的人名、地名对照表，并添加其在中文语境中的意义。

威瓦最初本来是和泰国著名的草花出版社合作出版该书，但出版社只愿意出版去除了批注等内容的正文部分，并以《古典版〈三国〉》之名出版。威瓦觉得如此一来译文就失去了最大的特色，遂在两年之后，自费100万泰铢印制发行了带有金圣叹批注等内容的完整版，并定名为《批注版全本〈三国〉》。此外，威瓦还找来了泰国的“三国”专家通田·纳詹浓（Thongthaem Natchamnong）为全书做编辑并作序。通田在序言中写道：“如果在阅读《三国》正文的同时参阅‘金圣叹的批注’，读者将能品到更多的韵味，同时也能开阔思路，获得更多的智慧。此外，通过金圣叹的评点，还能够了解中国古典文学作品的写作方式。所以要最完整地阅读《三国》，就要读带有金圣叹批注的版本。”[①]由此可见，威瓦和通田二人对金圣叹的批注和序言都格外重视，特别是威瓦非常推崇金圣叹。他在接受访谈时特意提到自己的《三国》译文版本的特色就在于金圣叹的批注，他当年读到的中文版本就带有金圣叹的批注，使他对全书的理解更为深刻了。[②]此外，这种执着认可也来源于丹隆亲王在《〈三国〉记事》中的一段话：“……及至明朝（佛历1911—2186年），一位叫罗贯中的杭州书生将《三国》写成了120回的书[③]。后来又有两位中国的文人，一位叫毛宗岗，为了刻印《三国》，便添加了评点和注解，后来又让另一位叫金圣叹的中国文人审校。金圣叹非常欣赏《三国》一书，又对毛宗岗的评点做了修正，并将自己的评点写成了序，交给毛宗岗去刻印，与《三国》一同发行。《三国》一书才在中国流传开来，后来又传到国外。”[④]但实际上金圣叹并未批注过《三国演义》，他本人对于《三国演义》的评价也并不高，他在《读第五才子书法》中称：“《三国》人物事体说话太多了，笔下拖不动，踅不转，分明如官府传话奴才，只是把小人声口，替得这句出来，其实何曾自敢添减一字。”[⑤]丹隆亲王文中称金圣叹为毛宗岗所作之序是指《第一才子书序》，但有不少学者对该序提出了质疑，这极有可能是书商篡改自李渔的《四大奇书第一种序》，他们对李序稍作删改后将其归入金圣叹的名下。所谓金圣叹批注本实为毛评本，是毛

---

① [泰]威瓦·巴查冷威译：《批注版全本〈三国〉》（泰文），曼谷：法会出版社，2001年，“序言”。

② 详见《国家周刊》，2000年10月9日出版，第34-35页，及《沙炎叻周刊》1999年10月21-11月6日号，第66-68页，关于威瓦·巴查冷威及其翻译《三国》的报道和访谈。

③ 此处丹隆亲王所述有误。罗贯中创作的《三国志通俗演义》经过清朝康熙年间毛纶、毛宗岗父子辨正史事、增删文字以后，才成为今日通行的120回本《三国演义》。

④ [泰]丹隆拉查努帕亲王：《〈三国〉记事》（泰文），曼谷：文学艺术馆，1973年，第一部分。

⑤ （清）金圣叹：《读第五才子书法》，见金圣叹评点，文子生校点：《第五才子书施耐庵水浒》（上），郑州：中州古籍出版社，1985年，第18页。

纶、毛宗岗父子批评与改定的版本。因当时金圣叹评点才子书名气很大，所以毛评本也被标榜为“圣叹外书”（才子书）。[①] 但抛开金评这一点，威瓦认为翻译不但要还原原文文本的内容，更要还原原文文本的形式，添加批注以及人名对译表之后才更接近中文古典小说的阅读感觉，因此他自认这个完整版本最能够反映原作面貌。[②]

通田·纳詹浓为威瓦的译本倾注了大量心血，为其捉刀润色，以使泰文译文更有文采。2013年，通田又为另一个泰文《三国》译本作序，这一回他并未建议改动一字，因为它“完全是中文的韵味”[③]。这个译本便是《完整版〈三国〉》，译者甘拉雅·素攀瓦尼（Kanlaya Suphanwanit）是通田在上海学习期间的同学。这是最新推出的全译本，因为作者甘拉雅也是一位医生，因此该书也被称作“甘拉雅医生版《三国》”。

尽管甘拉雅并未明言，但从书名可见，她也同样关注《三国演义》翻译中的忠实问题，并且在之前两个新译本之上，又加入了一些新的特征：

1. 甘拉雅同样对应罗贯中《三国演义》翻译了120回，在内容上十分完整。

2. 在译名上，甘拉雅并未制作人名地名对译表，而是首次在全译本的译文中，按照普通话发音来音译人名和地名等专有名词，同时为了照顾老读者，在译名后面加括号标注基于闽方言的旧译。现在也有越来越多的泰文《三国》重写作者选择按照普通话发音去翻译《三国》的人名和地名。

---

① 陈翔华：《毛宗岗的生平与〈三国志演义〉毛评本的金圣叹序问题》，《文献》，1989年第3期。

② [泰]威瓦·巴查冷威译：《批注版全本〈三国〉》（泰文），曼谷：法会出版社，2001年，译者前言部分。

③ [泰]甘拉雅·素攀瓦尼译：《完整版〈三国〉》（泰文），曼谷：学友出版社，2013年，通田·纳詹浓的序言，第10页。

3. 为了方便读者理解，甘拉雅虽然没有采取威瓦的眉批脚注的方式，但是也想了其他办法。如直接在行文中即时插入解说内容，并用加深的底纹背景以示与正文的区别；此外，每套书还附上一本小册子，以问答的形式解释了115个与《三国演义》的人物、情节以及中国文化相关的疑问，便于读者提前掌握故事的文化背景、人物关系和故事梗概。

4. 在译文中，甘拉雅采取了绝对"异化"的翻译方式，在尽可能的情况下，力争达到字字对译的程度。例如"人马"一词，意为军队或兵力，一般意译为"thahan（部队）"，但甘拉雅则字字对译为"khon（人）ma（马）"。在这一点上，前三个译本无论哪一个都没有达到这种"忠实"程度。

对此，为本书作序的通田·纳詹浓赞赏有加，他认为自己虽然为很多泰文《三国》类书籍作序或担任责编，但甘拉雅的译本是在韵味上最接近中文原文的译本，甚至在阅读的时候能够"想到中文原文所用词汇，眼前浮现在茶馆中的'说书'艺人在讲到精彩处用醒木敲击桌子的情形"①。显然，甘拉雅以及威瓦的译本对忠实性的追求已超越文本层面，上升到阅读体验的层面了。

当然，甘拉雅这种高度"异化"的翻译也是仁者见仁、智者见智。有读者认为甘拉雅字当句对的翻译走到一个极端，虽然更靠近原文，但却忽视了泰国读者的阅读感受。如第七回赵云登场时自称"某乃常山真定人也"，意为他是常山郡真定县人，甘拉雅翻译"常山真定人"时完全采用音译，也未添加其他注解，泰国读者不懂何为"常山真定"；而且按照泰文表达习惯，介绍地点语序是由小到大，如在此处应为"真定县长山郡人"，泰国读者才更容易理解。在这一点上，甘拉雅的翻译有时显得稍显死板，被原文束缚了手脚。此外，随书附上的小册子虽然一问一答的形式灵活生动，但与全书正文却有些疏离。小册子很多问题都

---

① [泰]甘拉雅·素攀瓦尼译：《完整版〈三国〉》（泰文），曼谷：学友出版社，2013年，通田·纳詹浓为此书作的"序言"，第10页。

是直接来自书中的情节，在不了解故事情节的情况下也不太容易理解问题的答案；而在阅读书中正文的时候，又不知小册子里提到了哪些问题，难以在第一时间查阅，反而不如直接在正文中加注解来得方便。

第三节 经典译本之争

很显然，昭帕耶帕康（洪）与万崴·帕塔诺泰、威瓦·巴查冷威和甘拉雅·素攀瓦尼这三位新译者在“什么样的译文是好译文”这个问题上有明显的分歧。尽管昭帕耶帕康（洪）没有留下明确的表述，但其行动已经体现了个人的态度，即以能相容于本土文化的“归化”译文为佳，在此基础上可适当对原文内容进行调整；而新译者则严格恪守着“忠实”的基本原则，强调以原汁原味的“异化”译文为尊。尽管表述方式不同，但是万崴和威瓦都不约而同地强调自己译本相比于洪版译本更加“完整”，完全“忠实”于原著，因而更加权威。本书无意评判哪一种翻译更好，辨析哪个译本更为经典，只是希望从跨文化文学传播的角度分析不同翻译策略所取得的传播效果。事实证明，在效果上洪版《三国》要更胜一筹。在跨文化文学传播过程中，更符合翻译原则的译本不一定能获得良好的传播效果，也未必能成为经典，“忠实性”在泰文《三国》的文学传播和经典构成中并不是决定性的因素。

首先在文学经典性上，洪版《三国》的地位虽然受到诸多冲击，但是依然牢固不可撼动。前文已经论述过，洪版《三国》的经典地位是历史生成的，不是一朝一夕之功，更不是因一时的时尚。它经过经典建构—解构—再构的过程，在泰国的语境下已成为一种具有垂范性的文本，并且经过了时间的检验。无论是官方自上而下的认定和推广，还是民间自发的推崇和认可，在“大传统”和“小传统”中都形成了共识，先天具有后续译本不具备的先发优势和时间与评论的积淀厚度。从文本本体来说，作为一部文学作品，它的文学性和艺术价值是第一位的。昭帕耶帕康（洪）虽然不谙中文，但其泰文古典诗文的造诣是万崴、威瓦和甘拉雅无法企及的。万崴译本虽然也颇具文采，但与大诗人昭帕耶帕康（洪）相比还是相形见绌；而威瓦和甘拉雅的译文在文采上则更逊一筹。洪版译文行文流畅优美，简洁明快，开创性的“三国文体”推动了散文体叙事文学的崛起以及后来泰国小说文类的发生，在泰国文学发展史上影响巨大。显然，从文学地位上，万崴等人的译本尚不足以进入泰国的文学史中，也并不是泰国标志性的文学事件，缺乏文学界和学界的广泛认可；而甘拉雅的译文则带有更多的“异化”特征，尽量保留中文语序和表述习惯，甚至不惜为此放弃泰文的表达习惯。洪版译本是否忠实于原著，并不在对其经典构成和认定的考虑范围之内。

其次，在文学传播上，一部文学作品被译介到异国，要获得对方认可必须顺利进入到对方的文化语境中进行传播。泰文《三国》不同于《三国演义》，是《三国演义》文本衍生出来的“变异体”（variants）文本。该变异体文本形成后，“随着民族心理的熟悉与适应，原先在形成过程中内蕴的一些‘强制性’因素在文学传递层面上会逐渐地被溶解”[①]。在跨文化语境下，翻译中出现“不忠实”现象是难免的，译者会有意无意选择本土文化的内容融入或者替代原著中部分异文化内容，这并非一时心血来潮，而是受制于社会文化的深层动因。很明显，昭帕耶帕康（洪）在翻译时更多考虑到的是泰国读者的阅读习惯和文化感受，而许多被人指摘“不忠实”的纰漏之处都是有意为之的。正如玛丽尼·蒂洛瓦尼指出的，洪版《三国》在本质上是一部泰国文学作品。今天在泰国市面上见到的洪版《三国》书籍封面作者处大多只标注为“昭帕耶帕康（洪）版本”，几乎见不到任何“译”的字样，但实际上泰国人对洪版《三国》是译自中国小说一事都心知肚明，无需多做解释。这也从一个侧面反映了泰国人对待洪版《三国》的态度，他们不

---

① 严绍璗：《“文化语境”与“变异体”以及文学的发生学》，杨乃乔、伍晓明主编：《比较文学与世界文学——乐黛云教授七十五华诞特辑》，北京：北京大学出版社，2005年，第130页。

关心《三国演义》原著的情况如何，更看重其作为泰国本土文学的价值，他们对待《三国》的态度和其他古典文学作品的态度是一样的。但是，如果将洪版《三国》和罗贯中《三国演义》的文本进行细致的比照，依然可以看出它很明显是后者的译作。昭帕耶帕康（洪）的并未对原作进行伤筋动骨的改编，他保留了原文绝大多数内容，特别是在涉及战争、计略等方面的主要情节上依然是忠于原著的，仅在不利于泰国读者接受或者与一世王政治意图相左的细节部分有改动；一些错译、误译也多为人名、地名等方面的专有名词，这与翻译小组采用的分组意译再润色的方式有关。总之，洪版《三国》从总体上看还是较为贴近原著的，其偏误并不影响泰国读者的欣赏阅读。泰国读者读到《三国》时，还是能够体味到里面浓郁的异域风情，这其中“三国体”居功至伟。

即使从翻译学角度来看《三国》译本，西方的翻译理论对翻译的认识也在不断变化和丰富，不再仅仅关注翻译中的文本和词语、句子，以及文本与翻译方法的关系，而且还要考察翻译过程和结果。德国翻译理论家诺伊贝特（A. Neubert）认为“文本与文本生成的情境决定了翻译过程”，文本是情境、过程和结果的三合一关系，因此他提出研究翻译文本形成过程（textualisation）就必须考虑以下因素：1. 相关语言的一对一机制；2. 原语与译语的文本特征；3. 译语文本的情境、意图、目的和需求；4. 文化、社会与交流习惯的差异；5. 知识结构的文化差异；6. 共同知识的范围与构成；7. 读者对文本的期望；8. 原语的信息内容；9. 译语文本可接受的限度。[①]也就是说，认识翻译除了语言分析，还必须了解译语者所在的社会和行为模式，甚至认知方式、价值观念、信仰态度对翻译的影响。西方的翻译学者如霍尔姆斯（James S. Holmes）、埃文-佐哈（Itarnar Even-Zohar）、图里（Gideon Toury）、安德烈·勒

① Albrecht Neubert and Gregory M. Shreve, *Translations as Text*, Kent: The Kent State University Press, 1992, pp. 5-8，转引自廖七一：《当代西方翻译理论探索》，南京：译林出版社，2002年，第292页。

菲弗尔、苏珊·巴斯奈特（Susan Bassnett）等人开始从文化层面去理解翻译现象。这种翻译研究中的文化转向要求传统的形式/意义、直译/意译、原语/译语、作者/译者等两分法的思维方式，需要让位于整体的、格式塔式随具体情况而变化的思维方式；而译文文本不再是原文文本字当句对的临摹，而是一定情境、一定文化的组成部分；文本不再是语言中静止不变的标本，而是读者理解作者意图并将这些意图创造性再现于另一文化的语言表现。[①]因此，由《三国演义》到洪版《三国》不仅仅是一次语言转换的过程，它同样体现了推动社会的力量，同时也是本土权力关系对文本生产的操控。翻译不可能完全复制原文的意义，对原文的每一次阅读和翻译都意味着对原文的重构，《三国演义》借助洪版译文，通过德里达（Jacques Derrida）所言的播撒（dissemination）、印迹（trace）、错位、偏离等过程，[②]在泰国文化语境中不断地再生，焕发生机。

综上所述，翻译的准确性与泰文《三国》的传播并不是正相关的关系，甚至可以说洪版《三国》翻译中的“不忠实”非但没有对其在泰国的传播造成不利影响，反而成就了其在泰国的流行与泰国文学中的经典地位。如此一来，最为万崴·帕塔诺泰、威瓦·巴查冷威和甘拉雅·素攀瓦尼这三位新译者看重的“忠实原著”的意义和重要性就被大大削弱了。作为新译本的作者，万崴、威瓦和甘拉雅在最大程度上放弃了作为重写作者在文本创造上的主体性，他们希望在翻译过程中尽量保持中立、客观的态度，以呈现原著的本初样貌。在文化交流中保持绝对的“价值无涉”只能存在于理想中，译者所处的社会和拥有的文化不可避免地会“干涉”译者的行动，这种干涉甚至可能是强制性的，连译者本

---

① Mary Snell-Hornby et al. *Translation Studies: An Interdiscipline*. Philadelphia: John Benjamins Publishing Company, 1994, p.2，转引自廖七一：《当代西方翻译理论探索》，南京：译林出版社，2002年，第296页。

② 谢天振主编：《当代国外翻译理论导读》，天津：南开大学出版社，2008年，第316-317页。

人都难以觉察到。

虽然万崴版、威瓦版和甘拉雅版译本在影响力上与洪版相距甚远，也难以企及洪版译本的经典高度，但是它们在泰国还是有一定的接受度的。随着中华文化在泰国的传播，特别是1975年中泰两国正式建交之后，两国的官方和民间文化交流日益频繁，泰国人对中国文化的熟悉和了解程度已远超200年前。因此，新译本虽然去掉了洪版中的“泰国性”的改动，代之以原著中的“中国性”的内容，但是只要稍加说明，泰国人就能够理解并接受，这客观上有利于新译本的接受与扩散。洪版《三国》经过近200年时间的传播已在泰国社会家喻户晓，对泰国人而言，《三国》的人物和故事已几无新鲜感可言。洪版《三国》在主体情节架构和人物关系与特征上还是忠于原著的，新译本相当于把泰国人熟稔的洪版《三国》的故事用更现代的泰语重讲了一遍，在内容上二者并无本质区别。但正是这种更为通俗易懂的创作语言为新译本赢得了一部分读者，因为它降低了接受的难度。一些仰慕洪版《三国》却对阅读一世王时期的文学语言感到有一定困难的人，可以通过阅读新译本先行预热；有些读者只是想要了解《三国》的人物与故事，那么只要阅读新译本就可以达到目的了。

此外，新译本中突出强调的译文的忠实性对于学术研究有重要的价值和意义，它可以满足那些不谙熟中文的泰文《三国》研究学者们的需要。在这三个新译版本中，万崴的版本出现相对较早，因此常常被用来作为学术研究参考资料来和洪版《三国》进行对比研究，如颂巴·詹陀拉翁的重要研究《昭帕耶帕康（洪）版〈三国〉的政治意义》就使用了万崴的译本来和洪版译本进行比照，从而发现了洪版《三国》文本中的诸多“错译”所蕴藏的政治涵义。

第四节　其他简译、缩编本

昭帕耶帕康（洪）版、万崴·帕塔诺泰版、威瓦·巴查冷威版和甘拉雅·素攀瓦尼版这四个版本是截止到目前出现的《三国演义》泰文全译本。尽管万崴和威瓦的这两个新译本总体上在泰国反响平淡（甘拉雅的版本刚推出不久，有待检验），但对于《三国演义》在泰国的传播来说依然发挥了很大的作用。除了这四个译本之外，泰国还有些《三国》版本尽管也号称全译本，但实际上都是节译、缩译或编译等简译版本，有些所谓的"译本"改写的成分更多些。

在各种简译版本中，缩译本的情节完整性最好。缩译顾名思义，即指"压缩性翻译"或"缩微性翻译"，是对译文的提纯处理，它取减缩之意，将原作大幅度缩短，抽取主干、去粗取精，保留最核心、最精华的内容。通过缩译，读者可以看到原作的内容框架和概貌。不管形态如何变化，叙事功能（故事性、情节性）作为小说的一大本体特征是一以贯之的。缩译必须要保留故事的主干情节，因为它体现了故事的因果关系，同时也是构成小说的宏观篇章结构线索；而其他辅助叙事功能的内容和因素则可以被略去或简化，它们主要用来充实故事的血肉，使主干情节更加丰满和完整，增强艺术张力，如语言特色、细节描写、语篇谋划、叙事风格等，略去虽然有损文学的艺术性，但对于故事整体结构无损。缩译本虽然篇幅压缩了，但也仍然需要忠实原作，虽然不能达到字词句层面上的忠实，但是在情节内容上要和原著保持一致。同时，在选定了需要保留的内容之后，还要考虑各部分之间的逻辑衔接与连贯，使缩译文成为一个内容精干、语言流畅、结构完整的有机整体。

最早的泰文《三国》缩译本是"珲回先生"（Nai Honhuai）1952年出版的《新版〈三国〉（根据罗贯中原本）》，这也是较早直接参考中文原文的泰译本。"珲回先生"是泰国著名的媒体人、作家辛拉巴采·禅察冷（Sinlapachai Chanchaloem）的笔名，虽然他声称直接根据罗贯中原本进行翻译，但是并不是真正的译本，只是将《三国演义》的故事用泰文重新讲述一遍，严格来讲只是一部缩译本。辛拉巴采缩译《三国》是出于对洪版《三国》由衷的喜爱。辛拉巴采生于泰东北，父亲经营小买卖，虽然教育程度不高，但家中也购置了一套洪版《三国》，他刚识字不久就开始读《三国》了。由于他小时候家住偏远，收不到广播，附近也没有戏院和电影院，读《三国》成了他唯一的乐趣，后来还念给自己不太识字的父亲听，可以说他从小就对《三国》烂熟于心。1947年时，辛拉巴采受命去海军舰船上接受射击训练，他的教官皇家海军少校天·塔瓦察威迁对《三国》更为痴迷，每日必读，如数家珍，而且时有深刻独到的见解。辛拉巴采深有感触，也回去重读《三国》并直接萌生重写《三国》的想法，希望更多人能了解并喜爱它。当时泰国的重写本还很稀少，这种缩译形式也是首次出现，因此影响颇大。另一位《三国》重写文本的作者、著名作家雅各布就特意撰文称赏这种努力，他说："《三国》的篇幅甚长，叙事风格又十分繁复，需要将情节简化到最容易理解的程度，但要真正精简掉书的厚度和重量却十分困难。因此，图书业界出资出力制作这样一本书（指珲回先生的缩译本），教育扶助出版社和'珲回先生'的创意值得赞赏，我特写来文字表示支持。"[①]由于辛拉巴采缩译本形式新颖，语言精练，情节完整，篇幅适中，大大方便了泰国的新读者了解《三国》，受到人们的欢迎，辛拉巴采的经济状况也得到了改善，他在《新版〈三国〉》自序的最后还打趣地说，要把该书献给昭帕耶帕康（洪），因为他为自己开辟了一条更容易的谋生之路。[②]后世又陆续推出不少类似的缩译本，但因珲回先生的《新版〈三国〉》出现较早，影响也最大。

新近推出的较有影响的一部《三国》简译本是近来成长迅速的新锐作家边萨·库纳功巴提（Piamsak Khunakonprathip）在2010年推出的《新人版讲述〈三国〉》。边萨一直在《经济基础报》（*Than Setthakit*）做记者工作，同时对中国文化非常着迷，特别是对《三国演义》和《孙子兵法》都有很多心得体会。他有感于现代人生活节奏快，

---

① [泰]珲回先生：《新版〈三国〉（根据罗贯中原本）》（泰文），曼谷：草花出版社，2002年，第8页。

② 同上书，第12页。

习惯快餐式的文化消费方式，没有耐心和毅力去翻阅人物众多、情节复杂、语言艰涩的大部头著作，洪版《三国》就被遗忘在书柜里面，甚为可惜。他便决定动笔，用现代泰语重写一部简明易读、情节紧凑的洪版《三国》，并强调他的写作目的不在于“赏文之美”，而是“感受”鲜活的人物形象。泰文《三国》专家通田·纳詹浓亲自为该书作序，并对该书价值给予很高的评价：“这是用属于他的语言（全球化时代的语言）讲述的三国，内容与昭帕耶帕康（洪）版一样，但是节奏明快、情节紧凑、语言时尚（时代感），那些‘啃’不动昭帕耶帕康版的年轻人，读这本书会更有趣一些。”当然，通田对部分词句表达也不甚习惯，但他并没有去改动它，而是“放手作为时代的表达吧！”[①] 边萨的《新人版讲述〈三国〉》的市场反响热烈，在短短两年时间里已经重印2次。作为一名年轻作家，又有诸多《三国》版本珠玉在前，边萨能取得这样的成绩殊为不易。

除了缩译，还有一些编译和节译形式的简明本。编译是编辑性的，偏重“编”而不在“译”；而节译或摘译是从原文中节选、摘录出一段或几段情节意译或概述。它们在功能上与缩译一样，都是通过压缩原文、精简内容获得一个简明版本；不同之处在于，缩译的情节是相对完整的，而编译和节译只保留部分内容，但这段内容一般是相对集中和连贯的情节。实际上，这些简明本究竟是通过翻译《三国演义》得来还是从洪版《三国》及其他泰文全译本缩写而来，仅仅通过文本是很难判断的。有的版本会在序言中加以说明，参阅了《三国演义》或《三国志》和其他中国历史类书籍等中文材料，有的甚至参阅了译自泰勒的英文译本[②]，但绝大多数版本都语焉不详，或绝口不提。

还有一些简写本，如汤努·纳瓦玉的《精华版〈三国〉》、瓦查

① [泰]边萨·库纳功巴提：《新人版讲述〈三国〉》，曼谷：德行出版社，2010年，通田·纳詹浓序言第16页。

② 万洛·洛迦纳威素（Wanlop Rochanawisut）曾根据泰勒的英文版进行了重译，并在1961-1962年的《泰日报》（*Thai Raiwan*）上连载，但是并未能结集出版。

拉·齐瓦格塞的《导航版〈三国〉》、劳香春的《喽啰版〈三国〉》、老川华的《检阅〈三国〉》（编年体）等，并没有相对应的中文原文，严格来讲并不属于“翻译”，而是对既有译本进行的节选或缩编处理。在实际的传播过程中，这些简写本和简译本的功能和作用基本没有差别，都是降低接受难度，迎合当代人的阅读和欣赏口味，同时拓充接近文学经典的渠道。因此本书在此将简写本与缩译、节译、编译等简译本笼统归入一类，不再单独讨论。由于阅读所需的时间大大压缩了，这些简易版本非常适合那些生活节奏快、阅读时间少，或只是单纯想要了解《三国》人物与故事的读者阅读；同时这些版本对受众的文学阅读水平要求不高，也有利于泰文《三国》的向不同层次的读者普及和推广。

除了翻译型重写文本，另有一些版本也是以“XX版《三国》”的方式命名，但实际上却并不是什么翻译，完全是利用《三国》的素材来进行的个人创作。接下来的一章将详细讨论第二类泰文《三国》的重写类型——创作型重写。

第十章

故事新编——泰文《三国》的改写与再造

第一节　创作型重写

泰文《三国》重写文本中的第二个类别是对《三国》的改写和再创作，统称为“创作型重写”。这类重写多为较为纯粹的文学创作，不刻意追求文本的功能性，因此文学性和艺术性较强；在文学体裁上以小说文类为主，也有一些诗歌、散文和戏剧创作，但数量相比小说要少得多。绝大多数泰文《三国》创作型重写是以洪版《三国》为元文本的，这可以从很多作品的序言中得到印证，也有一些文本参考了其他的中文材料，或以其他重写文本为前文本，但归根结底都离不开洪版《三国》的文本辐射。

作为派生文本，创作型重写文本需要经过一个解构元文本，将其变为素材群的过程，之后再对素材进行取舍定断，看看哪些素材可以为我所用，进行改造或予以再造。素材群是从元文本中抽取出来的，它从属于元文本，嵌入到元文本的情节结构和叙事模式之中，但一旦被抽绎出来之后，它便脱离了原有的结构，具备了独立存在的价值，可以作为一个或一组片断嵌入新的叙事结构中，按照新的需要发挥结构性或情节性的作用，成为新文本的有机组成部分。但也需要指出，虽然素材脱离元文本后拥有一定的独立性，但对其使用和认识仍然要依赖对元文本的理解，失去了元文本的意义支撑，素材就成了失去能指的符号，同时也失去了重写的价值。由此，整个重写可分成“抽离”与“嵌入”两个阶段。抽离是重写的潜伏阶段，通过阅读完成，阅读阶段同时也是接受阶段，抽离要以接受为前提；嵌入则是通过创作完成，一旦有人在阅读过程中激发了创作的灵感和动机，重写就正式进入显性阶段，同时也进入了次一级传播循环。

与“翻译型重写”不同，创作型重写虽然也会大量重复元文本或前文本的内容，但是它更注重创新，复述只是为了给创新提供一个平台，如消解原文情境，搭建叙事框架，采用新的表现形式，创新叙事风格，赋意生发细节等。翻译型重写由于翻译这种特殊的文本生成方式的限制，被《三国演义》原著文本束缚了手脚，即使是洪版译本这种相当自由的意译方式也需在一定限定范围内，这种自由只是一种“消极自由”；而包括创作型重写在内的非翻译型重写由于不存在前文本严格的限制，重写的自由就积极得多，重写文本也更为个性化、戏剧化、多样化，更重要的是，它离不开重写作者对前文本的充分认识和深刻理解。

由于创作型重写以小说文类为主，本章也将创作型重写文本分析的重点落在重写型小说上，在此基础上兼及补充其他体裁的内容。小说的本质是叙事文学，即如何讲故事；而重写型小说则关乎如何翻新重讲“旧故事”，即“故”事如何“新”编，利用前文本的素材构成新的叙事文本。重写文本将《三国》的人物和情节元素抽离出来之后重新排列，往往挑选一个人物的故事作为叙述主线，或围绕一个人物结构安排情节，这样做的好处就是主线明晰，重点突出，虽然只能管窥《三国》的部分片段，但是又不至于显得支离破碎，至少关于凸出的主线人物的故事是完整的、血肉丰满的。比较有代表性和影响的泰文《三国》重写型小说有：雅各布的《卖艺乞丐版〈三国〉》、克立·巴莫的《富豪版

〈三国〉之孟获：被生擒活捉之人》和《富豪版〈三国〉之曹操：终身丞相》、冷威塔亚库的《卖国者版〈三国〉》、厄·安恰里的《蝴蝶的梦影——身边人版〈三国〉特别版》等等。这些重写文本改变了元文本的表现形式，使用现代泰语，不像“三国文体”一般文白相杂，语词与叙事风格更为现代。

重写型小说本身“体现着重写者看待前文本的认知方式”[①]，作者的创作必然包含着对前文本的认识和评价。泰文《三国》重写型小说与中文的《三国演义》处于不同的文化思想语境中，即使是与洪版《三国》译本相比，它们之间也存在着时代性的差异，新文本必然要在主题上体现出这种差异。佛克马曾强调“任何重写都必须在主题上具有创造性”[②]，这种主题上的创造性也表现为正负两方面。作者可能进一步强化原主题，对其进行富于时代性的全新诠释；也有可能反其道行之，取其反面或另辟蹊径，标新立异，独树一帜。新文本融入了作者的个人思考和选择，因此这些重写型小说也对读者有一定的要求，理想的读者不能对《三国》一无所知，否则很难真正沉浸到小说文本之中，更无法体味到作者对素材的取舍和结构安排的独到之处与良苦用心。但就总体而言，泰文《三国》的重写型小说多数对元文本的依赖性还比较强，虽然叙事风格各异其趣，对具体人物的评价也各有千秋，但主体情节很少改动，即使有也是依据陈寿《三国志》等中文古籍进行的补充说明，只是在附属的非叙事部分尽情发挥。这其中只有厄·安恰里的《蝴蝶的梦影——私密版〈三国〉特别版：演义的诞生》的风格较为特殊，创新的力度很大，只是在《三国》中借取一点历史的因由随意点染，在本章后面再作详述。

除了小说，还有一些诗歌、戏剧和散文的创作改写。对《三国》

---

① 祝宇红：《“故”事如何“新”编——论中国现代“重写型”小说》，北京：北京大学出版社，2010年，第8页。

② [荷]杜威·佛克马：《中国与欧洲传统中的重写方式》，范智红译，《文学评论》，1999年第6期，第144页。

的泰文戏剧和诗文的重写数量虽然不多，但要比小说重写早得多，在曼谷王朝五世王、六世王时期便已出现。直到六世王时期，洪版《三国》还只是在宫廷贵族中流传，因此对其进行的重写基本上都是诗歌体裁，戏剧的唱词多半也是使用韵文体来创作的。这些《三国》版本的创作形式注定了它们只能是洪版与后来出现的众多重写版本之间的一种过渡版本。很快古典文学开始衰落，新型的文学如小说等文体异军突起，成为文学的主流，而宫廷也丧失了文学中心的地位，这些《三国》戏剧和诗歌随着民间剧和歌舞剧的式微而渐渐淡出人们的视野，很多都散佚了。但它们依然发挥了作用，为日后《三国》在泰国的民间传播推波助澜。

第二节　早期创作型重写版本举隅

一、雅各布的《卖艺乞丐版〈三国〉》

“雅各布”（Yakhop）的《卖艺乞丐版〈三国〉》[①]是最早的泰文《三国》重写型小说，也是较早的创作型重写版本，真正拉开了泰文《三国》本土化改造的序幕。雅各布原名叫丘·沛潘（Chot Phraephan），雅各布是他的笔名。丘·沛潘1907年5月15日生于曼谷，他的姓“沛潘”是丹隆亲王为他取的，意为“帕府的血脉”，因为他的父亲昭因班是来自帕府的贵族。但是他的母亲乔出身低微，在丹隆亲王府上做女仆，昭因班来曼谷求学寄宿在丹隆亲王府上期间结识了乔。昭因班对乔始乱终弃，学成之后回到帕府另娶他人。丘的母亲乔独自生下他，并为他取名“丘”，替代父亲原来为他取的名字“因塔拉德”，后将其寄养在帕耶波利罕纳卡琳（Phraya Borihannakharin）家中。丘·沛潘性格不羁，因与老师冲突，在读到中学4年级时就辍学离开寄养家庭出外闯荡，过起颠沛流离的生活，他放过牛，看过马厩，在药铺做过学徒，最后进入报社供职。1929年，丘·沛潘在著名作家、报

① 也有人译为《乞丐版〈三国〉》。

业人古腊·赛巴立（Kulap Saipradit）[1]创办的报刊《君子（半月刊）》（*Suphapburut Raipak*）工作。这期间古腊慧眼识珠，发现了他的写作天赋，鼓励他发表创作，丘遂以“雅各布”[2]的笔名在报刊上连载作品，并成为古腊组建的重要文学团体“君子社”的核心成员。

丘·沛潘以“雅各布”的笔名发表的第一部连载作品叫《召盖的信件》，1932年之后，他又根据八行缅甸东吁王朝勃印囊王[3]的史传内容，创作了八卷本长篇小说《十面威风》（原名《盖世英雄》）而声名鹊起，从而奠定了他在文坛的地位。后来他还被选为泰国报业协会的主席，做过朱拉隆功大学报刊课程制定机构的委员。虽然丘·沛潘性格豪放不羁，嗜烟酒如命，但是他对人非常真诚慷慨，朋友众多，对待文学创作严肃认真。进入20世纪以后，随着印刷业的蓬勃发展，泰国的报刊业方兴未艾。当时刊载中国小说成了各报刊销量的保证，由于读者阅读热情高，翻译速度慢，供不应求，还出现了不少泰国人仿造“三国文体”创作的伪中国小说。这些小说粗制滥造，充斥报端，严重降低了报刊文学的整体水准。有感于此，丘认为泰国作家应该有文学自觉，为了整肃报刊和文坛环境，将劣质的伪文学作品驱除出去，他开始动笔创作泰国作家自己的长篇历史小说，即《十面威风》。该小说从1932年10月10日起在《民族报》（*Prachachat*）上连载，前三部于1939年结集出版，第4部尚未完成，丘就去世了。《十面威风》获得了巨大的成功，成为泰国最早的本土畅销通俗小说之一。受其影响，许多泰国作家转而尝试具有本土特色的创作，也出现了一批《十面威风》的仿作，如麦·

---

① 古腊·赛巴立笔名“西巫拉帕”（Siburapha），泰国现实主义文学流派的杰出代表，是泰国现代文学的奠基人，在泰国现代文学发展史上占有突出的地位，曾担任多种报刊主笔和泰国报业协会主席，组织过文学团体“君子社”，著有10余部长篇小说和许多短篇小说，代表作品有《生活的战争》《画中情思》《向前看》《男子汉》等。1958年率泰国文化代表团访华期间，因泰国发生军人政变而滞留中国，1974年在北京逝世。1988年，泰国设立了“西巫拉帕文学奖”，并定于每年的5月5日由泰国作家协会组织颁奖。

② 雅各布这个笔名借自一位英国幽默作家W. W. Jacob。

③ 旧译为莽应龙。

芒登（Mai Muangdoem）的《大将军》（*Khun Suk*）等，[①]泰国的报刊连载专栏不再只是中国历史小说的专美。

尽管在丘·沛潘的影响下，各式各样中国历史小说逐渐淡出各大报刊，但是丘本人实际上却是中国历史小说，尤其是《三国》的忠实拥趸，那些中国小说都是伪造或仿冒的，实际上有损的是《三国》等中国古小说的声誉。丘少年时在寄宿贵族帕耶波利罕纳卡琳家中期间，读到了《昆昌与昆平》《罗摩颂》《伊瑙》等大量古典文学作品，其中也包括洪版《三国》，这为他日后的文学之路奠定了基础。在《十面威风》一书中很容易发现洪版《三国》以及泰勒版英译本文本的影响，如在勃印囊攻打莫塔马城和洪萨城时，就有多处情节可以见到模仿“空城计”“草船借箭”“赤壁之战”等内容的痕迹，语言风格也带有“三国文体”的色彩，他自己也承认在创作时借鉴了洪版《三国》的内容。[②]丘觉得这样还意犹未尽，决定以通俗小说的方式再造《三国》，这是前人未有过的尝试。从1942年到1955年，他用“雅各布”的笔名，选取了18个重要人物，以人物传记的形式重写《三国》，并在《民族报》上连载。之后，他又将连载的内容集结成册，每册以一个三国人物为中心，出版一系列《三国》人物小说系列丛书。1964年，他又将该系列小说合编成一本出版，并定名为《卖艺乞丐版〈三国〉》。[③]之所以取名为“卖艺乞丐版”与小说的叙述模式有关，雅各布在前言中作出了说明：

> ……这位说故事（说书）的老人并不会将整本书的内容都讲完，而是节选出一些能够引起听众兴趣的段落，他本人能够在原故事基础上添枝加叶再创作，又有过目不忘的本领，专挑精彩的内容讲。换句话说，他并不讲《三国》全书，而是专门讲孔明、关羽、

---

① Klaus Wenk, *Thai Literature: A Introduction*. Translated from the German by Erich W. Reinhold, Bangkok: White Lotus, 1995, p.78.

② [泰]雅各布：《十面威风》（泰文），曼谷：教育扶助出版社，1939年，第5528页。

③ Malinee Dilokvanich, *Samkok: A Study of a Thai Adaptation of a Chinese Novel*, unpublished Ph. D. Dissertation, University of Washington, 1983, p. 222.

张飞、刘备等人的故事，这比听《三国》全书有趣多了。讲故事时，他挑出与故事主人公有关的情节把它们集中起来讲，这样就不会像掀开《三国》宝函的盖子，一下子涌出多如牛毛的人名。这种讲述方式看起来非常有效，所以不久之后，我对那份让我重获新生的报纸（作者提到的报纸，即先刊发该书内容的《民族报》——译者注）上的创作和所得收入都不甚满意，便借鉴那位讲故事的华人老者的方式创作，这种讲述风格也许尚存诸多缺点，这里有言在先，我并非要像一个喜欢咬文嚼字的文人那样讲述，而是像一个点上油灯、铺上红布、在失过火的残垣断壁处沿街乞讨的乞丐艺人那样讲述。如果诸位围拢过来之后，觉得无趣就请起身离开；如果觉得有趣，就请各位听客等到我讲完之后再离席。①

雅各布所谓的“卖艺乞丐”（waniphok）指的就是在街头说书的艺人，原意是指一类靠弹唱行乞的艺人，也是一种特殊的职业，在古代萨迪纳制中还规定waniphok也拥有5莱的授田。由于泰国并没有说书讲古这个职业，waniphok一词在意思上最为接近，雅各布遂以此称之。雅各布在少年辍学之后，曾长期浪迹于石龙军路一带，石龙军路部分路段与临近的耀华力路共同构成了曼谷的唐人街区，是曼谷华人的主要聚居区，他就是在这里领略了说书艺人的表演。由于洪版《三国》鸿篇巨制，出场人物众多，情节复杂，对于不了解中国历史的泰国读者来说很容易被搞糊涂。雅各布模仿说书的叙事方式，选取重要人物的主要事迹来叙述，避免铺陈太杂，突出主人公和故事主线，方便读者了解人物关系和故事的来龙去脉；此外，在叙事时以一个说书人的语气娓娓道来，夹杂着街头巷语，不时虚拟情境，似与听众对话互动。这种方式篇幅不长却引人入胜，易于控制叙述的节奏，也给了作者发挥的空间，非常适于在报刊连载，也方便出版，每个人物既可单独成册，又可结集成书，

① [泰]雅各布：《卖艺乞丐版〈三国〉》（泰文），曼谷：教育扶助出版社，1977年，“前言”部分。

不会有支离破碎的整体缺失感。

雅各布选取的这18个人物都各具特色，既有诸葛亮、关羽、刘备、曹操等主要人物，也有祢衡、孙尚香、陆绩等次要但是个性鲜明、很受雅各布欣赏的人物。每个人物的分册都有各自的标题，三言两语便概括了人物的主要事迹或性格特征，言简意赅，却形象生动，有时还使用泰国人熟知的表达方式，显得更加贴切传神，显示了他不俗的文字功底。这18部分册分别是：

《关羽：忠义两全的神明》

《董卓：被天下咒骂之人》

《曹操："不教天下人负我"之人[①]》

《刘备：向众生揖拜之人》

《周瑜：朝天啐唾之人[②]》

《孔明：天文地理无所不知之人》

《子龙：来自常山的君子》

《张飞：可爱的恶人》

《吕布：狮头虎将》

《马超：西凉的后嗣》

《孙夫人：高贵的妇人》

《徐庶：气冲霄汉之人》

《司马徽：观水习禅[③]之人》

《祢衡：赤身击鼓之人》

《曹植：吟诗保命之人》

---

① 此句译自泰勒英文版"I would rather betray the world than let the world betray me"一句，这句话在洪版译文中并未如实译出。

② 比喻周瑜自作自受。

③ 意为用静观水面的方法修习禅定。

《陆绩：阁下便是陆绩？[1]》

《袁绍：为一只鸡腿掉脑袋[2]的人》

《典韦：以尸身做武器之人》

雅各布创作主要参考的是泰国国家图书馆收藏的洪版校勘本、布鲁威特·泰勒的《三国演义》英译本，以及丹隆亲王《〈三国〉记事》等其他相关《三国》材料。在《卖艺乞丐版〈三国〉》中，雅各布模仿说书艺人的口气和讲述方式，语言以简洁平实的口语体为主，通俗流畅，在写作手法上还使用了倒叙、夹叙等当时还很新鲜的手法，一开始就吊足了读者的胃口，如在"周瑜"分册，一开头这样写道：

> 天既生瑜，何必生亮！
>
> 天既生瑜，何必生亮！
>
> 天既生瑜，何必生亮！
>
> 快来吧！请大家像往常一样围拢过来，来听听这高超的讲述。虽然时讲时停，但是精彩故事却从未让任何人失望过。我这个卖艺的乞丐又要继续开讲新的《三国》故事啦！
>
> "天既生瑜，意思是说老天既然让周瑜降生。"
>
> "何必生亮，意思是为何让诸葛亮也一同降生呢？"
>
> 这是周瑜反反复复的抱怨之声，时而因忿恨而怒吼震天，时而又因乏力而哀声悲叹，对自己的际遇感到万分委屈。

周瑜为何事不停地抱怨，又为何感到委屈？雅各布一开始就吸引了读者的注意力。再如在"马超"分册开头这样写道：

> 快把钱扔进来吧！您看已经有不少人扔进来了。我们卖艺乞丐

---

① 语出自昭帕耶帕康（洪）版《三国》译文，诸葛亮在江东舌战群儒时与陆绩论辩的时候说："阁下便是陆绩？幼时在袁术宴会上偷橘子的孩童？请坐下来，我们细谈。"意思是说陆绩之言只如黄口小儿之言。

② 喻为趋小利而丢掉性命。

从来不去伤害别人，只是靠给大家找点乐子来讨生计。

话说有人站在城墙之上，像刘备一样思忖着：哎呀，马超，如何劝服你成为我的骑兵呢……

诸位听好了！有这样一位少年，不管如何落魄潦倒，他都时常警示自己，我身上流淌着显贵的父辈的血液，这是一种荣耀。荣耀说起来简单，但是大家有没有想过，荣耀的含义究竟是什么？就让我这个卖艺乞丐来给大家讲一位珍视荣耀的人的故事。

雅各布不懂中文，很多时候参考的都是泰勒的英文版，因此译文的语言有部分英译泰语的痕迹，一些人名和官阶的名称就音译自英文版本，如“曹孟德操”（Ts’ao-Meng-Te-Ts’ao）、“董仲颖卓”（Tung-Chung-ying Cho）、“渤海王袁绍”（Lord of Po-hai, Yüan Kung-lu Shao）、“长平将军赵子龙云”（Marquis of Shan- P’ing, Chao Tzu-lung Yün）等，有些桥段甚至直接译自泰勒的英文版，如一首描写貂蝉的诗，泰勒版是：

You stand a dainty maiden,
Your cherry lips so bright,
Your teeth so pearly white,
Your fragrant breath love-league
Yet is your tougue a sword;
Cold death is the reward;
Of loving thee, Oh! maiden.

雅各布将此诗译成：

你站在那里，纤秀可人的少女
你的樱唇多么鲜亮
你的牙齿白如珠玉
你甜香的呼吸充溢着爱意

而你的舌头却似刀——
冰冷的死亡是爱慕你的回报
噢！少女。

此外，雅各布的语言中还掺杂了一些当时流行的爱情小说的语言，特别是写到一些有关爱情的桥段的时候，大量的心理描写让人恍惚觉得这是一本爱情小说。这种风格的语言在“孙夫人”（孙尚香）分册中得到淋漓尽致的展现，比如下面这段孙尚香的心灵独白：

“别再自欺欺人啦！小鸟呀，我在想我应该把你继续关在这里，还是该把你放飞离开宫里？”她轻声说着，然后环顾四周，像是害怕谁会听到她刚才的话。“小鸟呀！我马上就要有个丈夫了”，她的声音又轻了一些，“你走吧，你现在完全自由了，但是对我来说不过是换了一座宫殿住着。不管怎样，那边的气氛也许会比现在好些吧！”

“小鸟呀！你吃惊吗？兄长他们告诉我，我必须得嫁给他？”小鸟抖抖身子送出几声清脆的啁啾，因为此时她对着它笑出声来。“怎么啦，真的受惊了？现在关于出嫁的事情，我已经没那么吃惊了，但是小鸟呀，那人并不是一个和我年龄相仿的小伙子，他手不会抚琴，口不会吟诗，心不能作赋，居然还号称什么老诗人。他都50多岁了，哼，还是个带着孩子的鳏夫。”

活脱脱一个思春的闺中少妇的矛盾心理，这种虚构使得孙尚香的形象更丰满，也更活灵活现。质朴的口语、情景的虚设、对当时流行的文体和语言的借鉴，这些都大大降低了阅读《三国》的门槛，《卖艺乞丐版〈三国〉》也受到读者的热烈欢迎，其中仅“孔明”分册单行本，自1943年首版至今已经再版了20多次，其受欢迎程度可见一斑。

丘·沛潘本来还计划按照泰勒的英译本《三国演义》重译《三国》，可惜尚未动笔就因长期酗酒和抽烟，引发了肺结核和糖尿病，于

1956年4月5日去世，年仅49岁，时任总理銮披汶还出席了他的葬礼。

二、克立·巴莫《富豪版〈三国〉》系列

雅各布的《卖艺乞丐版〈三国〉》独树一帜的叙事风格影响到另一位泰国文豪——克立·巴莫亲王（Kukrit Pramoj）。克立·巴莫（1911-1995年）1911年生于信武里府，是王族之后，祖父是曼谷王朝二世王与华裔的安帕王妃的儿子，也是泰国第一任警察总监。克立·巴莫是泰国著名政治家，早年留学英国牛津大学9年，攻读哲学、经济学和政治学，1946年当选议员，开始从政，曾组建社会行动党并任主席，1975年3月至1976年1月出任泰国第13任总理。虽然在位时间不长，但正是在他出任总理这段时间，泰国正式与中国建立了外交关系。同时，克立·巴莫也是泰国著名的作家和媒体人，1950年他创办了《沙炎叻报》和《沙炎叻周刊》，并开始文学创作，著有《四朝代》《芸芸众生》《红竹》《富豪版〈三国〉》系列等长篇小说，及短篇小说多篇，著作颇丰，成就斐然。1985年克立·巴莫被泰国文化部授予“国家艺术家”（文学艺术类）称号，以表彰其在泰国文学艺术方面的卓越贡献。2011年，在克立·巴莫100周年诞辰之际，联合国教科文组织将其列为世界教育、文化、社会与传媒名人。

克立·巴莫模仿雅各布的叙事手法，创作了《孟获：被生擒活捉之人》和《曹操：终身丞相》，分别在《名望报》和《沙炎叻报》上连载，并分别于1949年和1950年出版。他统称这两本书为《富豪版〈三国〉》系列，以对应雅各布的《卖艺乞丐版〈三国〉》。他在序言中颇为风趣地解释道：“一位我非常尊敬的作家曾经用沿街讲故事的方式，写了一本《卖艺乞丐版〈三国〉》。本人虽然并不富有，但是仍然被人尊为‘座山’[①]，以那种方式讲故事有些难为情，生怕砸了招牌，所以

---

① 座山借自中文广东方言，意指富豪大贾。其音借自潮州音叫je sua，泰语音译为Chao Sua，泰语的Chao本身又具有主人、具有高贵血统的人、神、所有者和雇主等意思。

只好另寻讲述方式，叫‘座山’式或‘富豪’式的，正如下面（诸位）将听到的那样。”[①]和雅各布一样，克立也模仿讲故事的口吻讲述，但是区别在于雅各布假设听众是沿街听书的普通百姓，克立则虚构了一个场景，他假设听众都是来参加一次丰盛宴飨的社会名流。他在《孟获：被生擒活捉之人》一书开头这样写道：

> 请进，各位少爷[②]。啊，快请，各位座山，请坐在这边。服务生！快上白酒和冰镇苏打水。哎呀，部长大人您也来啦，尊夫人身体可好？那天我还去贵府拜访，去给您送支票，那件事跟您谈了很久了，不知道进展如何？怎么？部长您不清楚此事？真是的，您怎么会不清楚呢……
>
> 好啦，大家都已经到齐了。服务生！服务生！再上些苏打水……这是什么？是鱼翅片吗？哎呀，这你让人怎么吃啊，鱼翅片都碎成两半了，快去换一份上来，按每碗400的标准，快一点！哎呀，快请！请！各位阿舍[③]、座山！喂，服务生！再上一份香葱，多放些冰块。嘿！这副象牙筷不是我的！用别人的筷子怎么吃得下去呀，快把我的那副拿来，就是那副，快拿给我。嗯，这还差不多。好啦，美酒和烤鱼都上齐了，我来给大家讲个故事，请诸位听仔细了……

之后开始故事的正文，全书分成13个章回讲述，每次要停顿进入下一章的时候，富豪便用加菜、热菜或者向在座的部长大人阿谀奉承、插科打诨一番，以控制节奏。在全书的最后富豪又说道：

> 这故事讲了这么久，酒也喝完了，饭也吃光了，筷子也只剩下

---

① [泰]克立·巴莫：《富豪版〈三国〉之曹操：终身丞相》（泰文），曼谷：南美书店，2005年新版，第一版印刷作者序言。

② 这里的少爷指的是华人富商的子弟，也有阔佬之意。

③ “阿舍”是广东方言对华人富豪子弟的尊称，也指称新一代富豪。

一根，另一根不知道丢到哪里去了，应该告一段落了。以后再来讲些别的，向各位告辞了。嘿，服务生，把我抬上车！”

故事讲完，富豪已经没有抬腿登车之力，他完全醉了！那么他的三国故事就是在微醺之时神采飞扬地讲述的，这就确定了全书轻松幽默的风格，使原本严肃凝重的《三国》故事平添了几分喜剧色彩。

克立·巴莫在泰国文坛素以语言辛辣、文笔幽默、构思新颖奇特著称。这两部小说也都一反常规。第一部以孟获这位通常被人忽视的次要人物为主人公，并把他说成是一个泰人首领，英勇地对抗蜀汉这个来自中原的强大的军事力量。克立甚至还从孟获的读音，以及泰北地区请神附身的仪式舞蹈，来推测他和泰北古国兰那泰的孟莱王之间有血缘关系。[①] 因认同孟获的泰人身份，全书充斥着对孟获的溢美之词，说他热爱国家和族人，隐忍牺牲，却中了孔明的诡计；而对蜀汉一方则多有贬损之意，尤其是对诸葛亮设计火烧藤甲兵一事，更是花费大量笔墨进行批判，甚至使用尖酸刻薄的语言，称诸葛亮面对数万烧焦的藤甲兵尸首流下的眼泪像“自来水”般毫无价值，个性虚伪，内心阴险毒辣。[②] 对诸葛亮这样的评论，即使在其他泰文《三国》版本中也是绝无仅见的。尽管克立·巴莫是以一种“戏说”的方式，带着娱乐的心态来写作此书，但由于克立本人的巨大影响力，很多读者对孟获的泰人身份都深信不疑，以至于克立不得不出面澄清。1952年，克立·巴莫在《孟获》一书第二版的“序言”中表示：“孟获是否是泰人，历史学家们仍争论不休……笔者认为双方各有各的道理，但是并不想就哪方正确发表评论。……不管怎样，《孟获》一书笔者并不想如历史学家那样去写。这本书只是一个拿着纸笔做梦的人的呓语，只是想让读者轻松娱乐一

---

① [泰]克立·巴莫：《富豪版〈三国〉之孟获：被生擒活捉之人》（泰文），曼谷：科学财富出版社，1970年，第184-186页。

② 同上书，第168-170页。

下。”[①]尽管克立・巴莫希望读者们抱着轻松娱乐的心态来读此书，对书中的内容不要当真，但是在当时大的政治背景下，仍然产生了不小的负面影响。当时正值泰国具有极强的民族主义倾向的銮披汶第二次出任泰国总理，他从第一次担任总理期间就开始推行一系列旨在宣传“大泰族主义”的政策，宣扬泰族起源于阿尔泰山，后因被汉人压迫南迁，建立南诏国，后又被忽必烈驱赶至中南半岛，这些内容还被编入了中学教材。虽然随着我国学者陈吕范、杜玉亭等人的努力，以及泰国学者对南诏地区实地考察之后得出结论，证明孟获不是泰人，南诏也不是泰人建立的。今天泰国学者已经接受了这种观点，教科书也进行了修正，但在很多老一辈泰国人的记忆里，错误的认识却是根深蒂固。克立・巴莫的《孟获》一书无疑强化了这种错误的认识，不少人一读到此书就会想起当年教科书中的宣传。[②]

《富豪版〈三国〉》系列的第二部以曹操为主人公，该书一反惯常的“拥刘抑曹”的观点，站在曹操的立场，认为曹操是保国忠臣，而刘备才是奸诈之徒。这一点，当年丹隆亲王在《〈三国〉记事》中就曾提道：“《三国》一书写得非常好，但是作书之人是个‘亲刘备派’，一心推崇刘备。如果是那些‘亲曹操派’作此书，可能就会让《三国》的读者得到相反的印象：曹操是真正维系国家之人，而刘备一伙则是奸佞之辈……”[③]克立・巴莫在书的一开始就表达了推崇曹操的观点，他这样写道：

> 请大家听好。我要讲一位大忠大义的英雄的事迹，这位英雄为了国家政治的安定，为了黎民百姓的幸福，多次牺牲自己，出生入

---

① [泰]克立・巴莫：《富豪版〈三国〉之孟获：被生擒活捉之人》（泰文），曼谷：科学财富出版社，1970年，“序言”部分。

② [泰]克立・巴莫：《富豪版〈三国〉之孟获：被生擒活捉之人》（泰文），曼谷：科学财富出版社，1970年，伽格里・东帕德拉为新版所写的序言。

③ [泰]丹隆拉查努帕：《〈三国〉记事》（泰文），曼谷：文学艺术馆，1973年，第6部分。

> 死。但是在之后的几个世纪里，却被敌视他的一位作者，在一本颠倒黑白的书中抹黑，成了叛臣贼子。这本书就是《三国》。
>
> 这个英雄究竟是谁？不是别人，正是曹操，汉献帝统治时期中国合法的丞相，他一生都在这个职位上恪尽职守，他是当之无愧的终身丞相。[①]

在全书的最后，克立·巴莫再次强调：

> 曹操的一生，是忠于职守、光明磊落的人格典范。当曹操想要翦除腐败堕落的朝廷奸佞时，便亲自承担起管理国家的重任，而不是毫无意义地谦虚，把责任推诿给别人；当曹操想要完成统一中国霸业时，他便坚定果敢地执行自己的政策，从不退缩，不让自己的喜怒哀乐成为阻碍目标实现的障碍。曹操一生都恪尽自己作为汉献帝臣子的职守，对主上一直都保持着应有的尊崇和敬畏之心。尽管在某些时候，献帝的举止言行足以让曹操萌生异心，他也从未动摇过。若一定要说曹操有何缺点，只能是他深藏于心底的那份仁爱慈悲了。曹操之所以未能实现自己终生的理想，正是因为他对敌人的怜悯之心给了别人太多的机会。
>
> 曹操是汉献帝的臣子，是黎民百姓忠实公仆，在高位上溘然而逝，他是当之无愧的终身丞相。[②]

不难看出，克立·巴莫对于曹操推崇备至，这种欣赏达到了无以复加的地步。他不但为曹操的各种过失和暴行，如杀害吕伯奢全家、命于禁诛杀已告降的刘琮母子等寻找借口，有时甚至能从与曹操毫无关系的情节去推断发掘出他的优点，下面是克立在“关云长温酒斩华雄”一节中的分析：

---

① [泰]克立·巴莫：《富豪版〈三国〉之曹操：终身丞相》（泰文），曼谷：南美书店，2005年，第19页。

② 同上书，第292页。

“营帐之内的各位诸侯，听到战鼓锣鸣之声，便相邀出来观看关羽与华雄大战。他们尚未走出军营，便见关羽提着华雄的人头回营，将人头掷于营门口。众将都很高兴，便引关羽回营。曹操举着那杯酒施礼后交予关羽，关羽回礼后接过酒来一饮而尽，杯中之酒尚温。”

分析一下洪版《三国》里的这段话，可以发现作者主要是为了赞颂关羽那卓然超群的绝世武艺，与敌方主将华雄交手，刚斟好的温酒尚未变凉，就将其斩杀毕。但是如果我们仔细分析此段，就会发现这是不可信的。因为中国人饮酒用的酒杯只有缝衣用的顶针般大小，那时正值冬季，才需要温酒。关羽温酒斩华雄一事是绝不可能的，因为关羽起身来回，上马下马，穿盔戴甲，要提关刀，这都需要消耗大量时间。因此文中提到的“杯中酒尚温”一事，非但不是在尊崇关羽，反而是要展现曹操博大的胸襟。因为那杯酒若尚温是因为曹操以捧杯之手来温暖，而非因关羽勇武，速战速决。因为曹操对关羽极为敬重，关羽婉拒曹操所斟之酒，说要战败华雄之后再饮，曹操便守在那里为其温酒。即便关羽要和华雄大战一整夜，曹操也会用其诚心使酒保有余温的。①

这种分析和观点尽管标新立异，但难免有些牵强附会。全书类似的桥段还很多。在语言上，克立·巴莫对口语的使用炉火纯青，非常老辣，写得平实易读，轻松幽默；同时行文中夹叙夹议，不时插入昭帕耶帕康（洪）版《三国》片段（如上面引文中引号内部分），并以自己独特的视角进行评论。尽管有些评论经不起推敲，例如“中国人饮酒用的酒杯只有缝衣用的顶针般大小”便是不知中国的酒杯规格繁多，古代战场上将士饮酒的酒杯是豪饮用的大杯，绝非顶针般大小。但是，说曹操以手捧杯温酒却算得上是别出心裁，给曹操平添了一种心思缜密、关心

---

① [泰]克立·巴莫：《富豪版〈三国〉之曹操：终身丞相》（泰文），曼谷：南美书店，2005年新版，第66-67页。

将才无微不至的博大情怀。

克立·巴莫不仅是一位著名的作家，更是一名政治家，我们很难把他的作品和他的政治身份完全剥离开，他的作品同时也充满了政治隐喻，在《富豪版〈三国〉》系列中，不时能够看到克立·巴莫作为政治家的锋芒。雷诺尔斯认为在《富豪版〈三国〉》系列中，关于孟获的内容满足了泰国人“民族主义者的神话”，而曹操一书的副标题“终身丞相”则是讽刺当时一直长期掌权的陆军元帅銮披汶。[①]銮披汶在任期间长期推行一系列强硬的军事独裁统治手段，而克立·巴莫又一直都是军政府的批评者。考虑到这些历史背景，雷诺尔斯的观点也并非没有道理，而且銮披汶在任之时也因为长期执政，而被人称作“永世总理”[②]。关于《富豪版〈三国〉》中的政治隐喻和讽刺的详细内容，将在第十二章关于三国的政治文化的章节中进一步展开论述。

尽管《孟获：被生擒活捉之人》和《曹操：终身丞相》这两本书都受到读者的热烈欢迎，而克立·巴莫原本也计划能像雅各布一样，将《三国》故事按人物写成一个系列，但后来由于他政务缠身，无暇动笔，这个“富豪讲述版”系列只写了两本就无疾而终了。

雅各布和克立·巴莫创作的泰文《三国》小说虽然创作的年代已经较为久远了，但是它们的影响是巨大的，许多后世的《三国》重写作家都是读着他们的作品长大的，都深受影响。他们在各自作品的前言中追溯泰文《三国》的历史的时候，除了必谈洪版《三国》之外，多数还会提及雅各布的《卖艺乞丐版〈三国〉》和克立·巴莫的《富豪版〈三国〉》，并将二者与洪版《三国》并置来谈，这从一个侧面反映了这两个系列在泰国读者心目中的地位。

---

① Craig J. Reynolds, “Tycoons and Warlords : Modern Thai Social Formations and Chinese Historical Romance”, *Sojourners and Settlers : Histories of Southeast Asia and the Chinese*, Anthony Reid ed., St Leonards, NSW : Allen & Unwin, 1996, pp.134-135.

② 泰语和“终身丞相”一样，都是nayok talotkan，见[泰]纳拉尼·塞塔布：“泰国社会”专栏，《每日新闻》（泰文），2011年6月3日第8版。

三、诗歌、戏剧重写创作

雅各布的《卖艺乞丐版〈三国〉》虽然是最早的重写型小说，也是最早的散文体创作型重写，但它并不是最早的重写作品，在它之前已经出现多种泰文《三国》的诗歌和戏剧创作。

虽然洪版《三国》的翻译采用了散文体，但当时以韵文体诗歌为主流的古典文学仍然蓬勃发展，欣欣向荣，当时的文人进行文学创作首选的依旧是各种体裁的诗歌。此外，《三国》也仅限在宫廷和王公贵族中传播，即使要对它进行重写改编也要受到宫廷文化的束缚。到曼谷王朝五世王时期，宫廷中最主要的娱乐形式还是各种洛坤舞剧（lakhon ram）[1]表演，不少宫廷诗人都为王公贵族创作戏剧唱词。由于《三国》风靡宫廷，诗人们也想方设法将它搬上舞台，昆乔蓬叻（提）（Khun Chobphonrak [Thim]）和昆塞纳努琪（杰）（Khun Senanuchit [Chet]）分别创作了民间剧（外洛坤）《三国》（选段）的唱词。宫廷剧的演出仅限于宫廷内，有很严格的规定，演出的剧目也只有《罗摩颂》《伊瑙》和《温纳鲁》这三出；而民间剧则相对自由得多，演出的剧目也丰富，可以演出除了宫廷剧的这三出剧目外的任何内容。[2]民间剧的演出地点是广义的民间，既包括市井乡野，也包括贵族的府宅戏院，不少贵族会委托宫廷诗人为民间剧创作剧本、编写唱词，然后在自己的剧院表演。如昭帕耶玛辛塔萨昙隆（Chaophraya Mahintharasakthamrong）就委托后来晋升爵衔成为銮帕塔纳蓬帕迪（提·素卡扬）的昆乔蓬叻（提）为他创作民间剧《三国》，然后在其开办的王子剧院（Prince Theater）里演出。王子剧院是一个按照西式样式打造的剧院，还对观众收取门票，给昭帕耶玛辛塔萨昙隆带来了不菲

---

① 洛坤过去仅指舞剧，后来到曼谷王朝五世王时期出现了话剧和歌剧的形式，才增加舞剧一词，洛坤也随之成为戏剧的统称。

② [泰]布朗·纳那空：《泰国文学史》（泰文），曼谷：泰瓦塔纳帕尼出版社，1980年，第197页。

的收入。

昆乔蓬叻（提）创作的《三国》唱词有数个选段，包括："汉灵帝游园"到"董卓威胁汉献帝""王允除董卓""周瑜定计取荆州""周瑜吐血""孙夫人逃回江东"等选段，共计22本泰式册本。[①] 另一位宫廷诗人昆塞纳努琪（杰）创作的《三国》唱词内容则是从周瑜设计替孙权取回荆州开始，一直到马超投靠刘备为止，共计17本泰式册本。[②] 此外，还有一位佚名作者创作的《三国》（片段）剧本，共有10册泰式册本（第213-222号），内容主要包括两大段：王允定计除董卓、吕布戏貂蝉，到最终诛杀董卓及其亲眷，洛阳陷入混乱一段；以及刘备过江与孙权结亲，诸葛亮吊孝哭周瑜，到刘备进攻四川、孙夫人逃回江东一段。但是情节并不连贯，相互间多有重复，顺序上也有不少颠倒。[③]

到六世王时期，泰国兴起一种新式的戏剧，"泰国戏剧之父"纳拉提巴攀蓬（Narathippraphanphong）王子的私人剧团布里达莱剧团演出的新式歌剧很受欢迎，不少剧团争相效仿，有的剧团推出了自己的新式歌剧，包括"乃本萨阿"（Nai Bunsaat）的"貂蝉诱董卓"选段、"曼桂本"（Mengkuibun）的"貂蝉计赚董卓"选段、"缇孔"（Thitkhong）的"刘备结婚"到"周瑜吐血"选段等。除了用于戏剧演出之外，一些诗人只是为了赏玩而创作了诗歌，如銮探马皮曼（特·吉伽特）（Luang Thanmaphimon）创作的平律格伦诗《貂婵诱董卓》片段，昆威集达玛德拉（Khun Wichitmatra）创作的《三国》诗歌等，此外还有人将《三国》里面的经典情节挑出来编成唱词，如周瑜吐血和赵云冲入敌阵救阿斗等情节编成唱词。

但就总体来说，泰文《三国》的诗歌和戏剧创作数量并不算多，

① [泰]昆塞纳奴琪（杰）：《诗文版〈三国〉》（泰文），曼谷：曼谷印刷，1973年，"前言"。

② 同上。

③ [泰]素南·蓬普：《诸版本泰文〈三国〉的创作意图研究》（泰文），泰国艺术大学硕士论文，1985年，第78-79页。

而且传播范围狭小，受众较少，影响带有明显的局限性。加之六世王之后，受西方文学影响，小说和散文体裁迅速崛起，传统的古典诗歌和戏剧因受到直接冲击而急遽衰落，这些《三国》的诗文和戏剧还未等在泰国社会广泛传播便散佚了，除了个别有过铅印版本，大多数都只剩古老的泰式册本版本或干脆失传了，留存下来的作品也仅在古典诗歌爱好者中间有影响。在这些诗文中最重要、艺术成就最高的要数昆乔蓬叻（提）和昆塞纳努琪（杰）创作的民间剧《三国》格伦唱词，昆塞纳努琪（杰）创作的唱词虽然曾于1893年和1914年出版过，但数量很少，1973年重印是因为承印人想将它作为生日礼物献给酷爱古典诗歌的叔叔的78岁寿诞。[①]而昆乔蓬叻（提）的版本则从未印刷出版过，只有泰式册本版本，对此，他的后人解释道："若是看祖父创作的作品，基本上都是洛坤剧本，以供昭帕耶玛辛演出之用，那时昭帕耶玛辛的剧团很受欢迎，名气很大，在曼谷无人不晓。但今天拿来就已经不合时宜了，祖父的这些作品已经过时了。"[②]

尽管如此，这些诗歌作品依然有它们的重要意义，它们是用泰国本土的艺术形式对《三国》进行的改编，并且依据的底本都是洪版《三国》，并非来自对华人的优戏的模仿，在唱词格式、文体、舞台表演等方面都按照泰国戏剧的要求和样式，是泰国人喜闻乐见的形式，易于欣赏和接受，为泰文《三国》进一步的民间传播起到了推动作用，同时也是后来大量涌现的重写创作的过渡。

第三节　现代创作型重写

20世纪60年代中后期开始，泰文《三国》同其他很多文学一样都陷入了低潮，整个60—70年代，《三国》类书籍只有零星几种，其中只有

---

① [泰]昆塞纳奴琪（杰）：《诗文版〈三国〉》（泰文），曼谷：曼谷印刷，1973年，成书因由。

② 同上。

恩·鲁吉迪（笔名O. R. D.）简短的喜剧小说《〈三国〉内幕》和素提蓬·尼迪瓦塔纳的《情爱版〈三国〉：曹操的爱情》（编译自南宫博的作品）算得上是创作作品，但影响也很有限。到了80年代末，《三国》热重新在泰国兴起，或许是积蓄了太久的缘故，各种类型的《三国》版本都呈现出井喷的状态，并且这种风潮一直持续至今仍热度不减。泰文《三国》的创作型重写也出现了一些有影响的作品，其中最突出的代表是冷威塔亚库的《卖国者版〈三国〉》和厄·安恰里的《蝴蝶的梦影》。

一、《卖国者版〈三国〉》

由“冷威塔亚库”（Ruangwithayakhom）创作的《卖国者版〈三国〉》是迄今为止篇幅最长的泰文《三国》版本，全书共有655回，一套分为厚厚的六册，足有4,000余页[①]，保守估计全书至少有2,000,000词以上。“冷威塔亚库”是专栏作家、法学专家派汕·坡孟空（Phaisan Phutmongkhon）的笔名，他是一名福建华人后裔。这套书是2003年“冷威塔亚库”为庆祝差瓦立·永猜裕将军72岁寿辰而出版的献书，装帧精美，第一版共印制了1,000套，其中700套赠送给全国各主要图书馆收藏，其余300套作为礼物送给差瓦立将军的亲朋好友，其中有少部分流入市场。该书深得差瓦立将军的赞赏，差瓦立本人更是享有“军中孔明”的美誉，因此冷威塔亚库将这套书结集出版作为生日礼物献给他也算实至名归。出版社不但在成书中附上了差瓦立详尽的生平介绍，还将封面图画中的孔明换上了差瓦立的面孔。

尽管这套书的发行渠道较窄，但它的影响却很大。该书的内容先在《经理人》报上连载了近两年时间（2000年8月7日—2002年6月5日），连载期间由于读者反响热烈，部分内容还在广播电台由著名电台主持人

① 由于泰语是拼读文字，书写时又连在一起，也没有标点，一段话结束后才有空格停顿，很难区分和统计字数，因此多数计算篇幅的时候都以页数计。

荣玛尼·玫索蓬（Rongmani Meksophon）在“致敬大地”节目中播讲过，并在《经理人》报纸官方网站上全文刊载。因此，实际上泰国读者对这部书的内容并不陌生，可以通过很多渠道了解到它的内容。

关于创作《卖国者版〈三国〉》一书的起因，冷威塔亚库介绍道：1997年泰国爆发了一场金融危机，泰国经济遭受沉重打击，欠下巨额外债，金融体系崩溃，不得不接受国际金融机构的援助，并接受外国资本的约束和改造，被迫修改一系列法律条文，有人指责这些法律都是卖国的法律，甚至认为接受改造本身就是卖国行为。在国家危机重重之时，英雄与小人、爱国者与卖国者都纷纷现身，粉墨登场。《经理人》报社社长颂提·林通恭（华文名林明达）找到冷威塔亚库，希望他能针对这种情形推出一部针砭时弊、歌颂爱国者、讽刺卖国者的长篇作品。冷威塔亚库欣然应允，并选择以洪版《三国》为蓝本重写一部《三国》，重构这个泰国人早已家喻户晓、烂熟于心的故事，并取名叫《卖国者版〈三国〉》。之所以选择《三国》，是因为三国时代正是中国陷入纷争、天下大乱之时，生灵涂炭，民不聊生。乱世之中，既涌现了一大批英雄好汉，也出现不少奸臣小人，卫国者与卖国者同台，这与泰国当时的情形十分接近。因此，冷威塔亚库借重写《三国》来谈论泰国的现实，他在讲述《三国》的同时结合当时的时政状况加入分析和评论，揭露这场国家危机之中部分“卖国”政客的丑恶嘴脸。尽管他强调不要拿书中的人物对号入座，称此举是“削足适履”，并直言“并非有意讽刺、影射或揶揄当今国内的哪位人物”，但紧接着又补充道：“如果哪段内容和某个时期发生的事件出现雷同或接近的地方的话，笔者也没有权力阻力读者去联想，怎么想怎么读，归根结底取决于每个人各自的考量。”①

《卖国者版〈三国〉》是通过口述记录再润饰修改的协作方式

① [泰]冷威塔亚库：《卖国者版〈三国〉》（第一册）（泰文），曼谷：太阳之家出版社，2003年，第36页。

完成的，即由冷威塔亚库本人口述，由他的私人助理甘雅帕·因萨旺（Kanyaphak Insawang）打字记录，然后冷威塔亚库对文稿进行补充和修改，再请助手将修改稿打出来，然后交给《经理人》报出版社连载。由于这种特殊的成书方式，使得该书在语言上表现出一种高度混杂性的特征：在叙事过程中夹杂大量的口语，以短句为主，用词简洁、平实质朴；经过一轮润饰雕琢之后，文本的行文又不失书面语的严谨规范，有些用词相当考究，时而会出现一些在古典诗文中才会用到的典雅表达，有时甚至直接引用一段古典诗句。在某种程度上，这种成书方式和洪版《三国》的翻译过程异曲同工，都经过了口述（译）和书面润饰两道工序。此外，由于每天都要在报纸上连载，就要求每一回都是一段较为集中的情节，篇幅也不宜过长，而且每天的篇幅要大致相当。要做到这一点难度相当大，但冷威塔亚库还是比较完美地做到了。

《卖国者版〈三国〉》是除全译本外，情节最完整、内容最丰富的改写本，乍看起来不像是一部创作本，倒很像一部新的全译本。为了分析该版本的特点，我仍旧摘译书中“草船借箭”的情节，方便大家与第五章和第十一章的泰文译本摘译段落进行对照。《卖国者版〈三国〉》的“草船借箭”部分是第260回“雾幔掩奇谋”整回和第261回“火攻计初现”的前半部分。引文如下：

第260回：雾幔掩奇谋

周瑜得知孔明早已料知他施计诱使曹操杀掉蔡瑁、张允一事，便对孔明愈发妒恨，一心想要除掉他，因为他认为若放任孔明不管，将来必然会威胁到江东。

鲁肃竭力劝阻周瑜不要对孔明动手，他提议日后到和曹操的战争胜负已定之时再处理孔明之事，但周瑜不听。鲁肃觉得周瑜固执己见，坚持要除去孔明，便问道您要用何方法杀掉孔明呢？

周瑜便道：“我会想出绝妙的计策，不会让众人訾议指责，但具体怎么做，您先别急着问，拭目以待接下来的事情吧。”

翌日，周瑜召集所有军师、将军、兵长和官员等到作战指挥厅开会，并请孔明一道议事。

周瑜谈及两军现在已经碰面了，不用多久就会正式开战，之后问孔明对于这次两军交锋哪种武器最为重要。

孔明便答："这次战争您已定下主要的作战计划，因此应最重要的武器是弓箭。"

周瑜听到这便说："您的想法和我不谋而合，但是我忧心的是我军的箭支数量不足，因此烦请先生帮忙，负责监造十万箭支以用于作战，您千万不要嫌这个工作低微，因为它也是重要的公务，对我们双方的军务来说都有益处。"

孔明听到这便说："既然都督这样期望，我就承担这份职责，但不知您要在几日内造好十万枝箭？"

周瑜便道："如今两军交锋，不能拖延，不知您能否在十日内造好？"

孔明便道："战事迫在眉睫，十天会不会太久？"

周瑜听到这不禁奇怪，忙问道："那么您认为能在几日内造好？"孔明便道："（因为）十日太慢，曹军已如此迫近，倘若挥师前来，箭支未及造好岂不误了大事。我只需三日时间造箭，您只需命人等待接箭即可。"[1]

周瑜便道："现在你我身在战事之中，不可戏言，三日时限不是在开玩笑？"

孔明便道："我是作为国宾而来，哪里敢和都督您开玩笑，若是您还有疑问，我就和您立下军令状，若是不能在三日内造好箭支，就请您按军纪砍下我的头。"

周瑜闻言非常高兴，忙说："既然您如此坚持，对先生和我们双方都有利。"说罢吩咐士兵取来纸和笔墨让孔明写下军令状，若

---

① 标注下划线的句子表示这是直接使用了洪版《三国》中的原话。下同。

是三日内不能交出十万枝箭给部队，将依军法斩首。

孔明写罢军令状，将其交给周瑜，周瑜接过读完大笑，说道："军纪法规必须严格，既然您自愿如此，我就欲祝您成功。"说罢便吩咐士兵取来酒水给孔明斟上，并祝孔明能在限期内完成箭支。

当孔明喝下周瑜的祝酒之后，周瑜便问："您何时开工，需要什么造箭的器材？"孔明答道："今日可能来不及了，等到明天再开始开工吧。三日后，请您准备人手接收交来的箭支。"然后又说道："如果我需要什么不必来找您，我会直接去找鲁肃帮忙，请您准许。"

周瑜听罢非常高兴，告诉鲁肃："若孔明造箭有何需求，就请鲁肃按照要求帮忙满足。"

周瑜命士兵斟酒又敬了孔明几杯，孔明为了不失礼就接过饮尽，之后就告辞周瑜回到小船中。

待孔明回去之后，鲁肃便去找周瑜谈及孔明自愿在三日内找来十万枝箭一事："我担心来不及，对军务会不会有影响？"

周瑜便道："那是孔明要负责的事情，是孔明自己主动出面要赶在三日内造箭，要是食言，我们就依照军令状杀掉他，众人也不会指责非议我们。这回孔明看来必死无疑，'即使身长翅膀也不能逃出我的手心'。"

之后周瑜叫来心腹士兵，命他速去通知江东城内各个造箭的工坊和所有工匠："若孔明来通知造箭，务必拖延，不要在三天内完工。期限一到，孔明交不出箭来，我倒要看看孔明的能想出什么办法让自己脱身。"

周瑜便吩咐鲁肃："孔明这次是主动自讨苦吃，所以想请您前去查探孔明的真实想法，看他究竟有何打算。"

鲁肃答应周瑜之后告辞，来到孔明的小船中去找他。当孔明一见到鲁肃前来，就开口责怪他："我曾劝阻过您，不要将谈话的内容告诉周瑜，您就是不听。如今周瑜故意设计要害我，让我做监工在三日内监造十万枝箭。显然肯定来不及，要降罪于我。还请您想办法帮忙拖延几日，别让我受罚。”说完孔明就装出悲伤的样子。

鲁肃便回应道：“我是个正直的人，心口如一。我确实向您保证过不去将您清楚周瑜诱骗曹操的计策一事告知周瑜，但是周瑜向我询问，我只能如实以告，这一回是我的不对。但是造箭一事起初周瑜给您十日时间，但是您反倒减少到只余三日，这样叫我如何帮您，实在无计可施。”

孔明便说道：“既然您这样不仁慈就听便吧，‘但是如果可怜我，请给我准备尽量多的稻草和几块黑布，以及用来擦拭和烘制箭支的油。还有二十条船，每条船上三十至四十人，用来装运给周瑜的箭。’”

中文版的《三国》讲到这段时说：“请您帮我准备二十条船，还有每条船上要三十名士兵，每条船上装上捆成捆的一千捆稻草，置于两侧船舷处，然后用黑布包好，并准备好战锣、小锣、鼓，为了庆祝胜利。请您将这些东西备齐，我需要时就请交给我。”①

鲁肃听到孔明的话，顿生疑惑，不知孔明会用什么办法去造箭。但是一想到是自己过错给孔明招来祸事就惭愧不已，想要赎罪弥补自己的罪孽，便一口答应下来：“区区小事，您不必忧心，我会按要求替您准备。”

孔明又说：“如果周瑜向您问起我都准备了什么，就只跟周瑜说再过三日我定会如数交上箭支，但是关于准备的东西，请一定不要透露给周瑜，否则周瑜定会从中作梗，我的性命也就难保了。”

---

① 该段对应的罗贯中《三国演义》原文是：“望子敬借我二十只船，每船要军士三十人，船上皆用青布为幔，各束草千馀个，分布两边。吾别有妙用。第三日包管有十万枝箭。”

尽管不明白孔明要怎么做，鲁肃还是向孔明保证，然后说道：“您请放心！”之后告别孔明，回去向周瑜禀报说孔明保证会在三日期限内交来十万枝箭，但是孔明叮嘱的事情，鲁肃对周瑜守口如瓶。

周瑜听罢疑心不止，但觉得三日时间实在很短，便说道：“孔明这回定是必死无疑。所以孔明需要什么尽管按需提供给他，孔明也就没有借口和托词了，再等三日就能知道孔明要怎么求生了。”

鲁肃告辞出来回去准备了二十只船，以及所有孔明要求的物品，并按照孔明的吩咐一一备好。第一天和第二天过去了，鲁肃派人去查探孔明的小船，但没发现孔明有何动作，依旧跷着二郎腿躺在小船里，鲁肃越发奇怪了。

待到第二天入夜，一更过后，孔明便差人去请鲁肃到小船中来，并问道：“所有我吩咐的船和物品都准备好了吗？”鲁肃答道：“我按照您的吩咐都已备齐。”

孔明便让鲁肃将备好物品的船带到小船停泊的地方，对他说：“要去取箭了。”鲁肃闻言感到十分奇怪，但仍然按照孔明的话去做，命人将准备好的船只拉过来交予孔明。

等到船到齐了，孔明便让人将这些船都用绳索连起来，然后和小船系到一起。之后请鲁肃上船，并说道：“请您和我一起去取箭吧，这样就能一起把箭交给周瑜了。”

鲁肃听到这就奇怪了，问孔明道：“您要到哪里取箭？”孔明答道：“现在您先别急着问，一起去就知道了。”然后孔明就点头示意船童可以开船了。

孔明请鲁肃坐到船舱里，命船童取酒来和鲁肃对饮，然后说道：“现在天还不太晚，我们先尽情畅饮长谈一番吧！”孔明笑容满面地和鲁肃碰杯，鲁肃见孔明如此泰然自信就更奇怪了，显出困惑的表情，却不知那个时候他们所在的船队正一路向北，向曹操的营地驶去。

孔明看到鲁肃显出困惑不已的表情，便说道：“一名卓越的将领思考战争一定要比普通人想得更深刻，好比大鹏金翅鸟王在天空中一定要飞得极高，超越任何飞鸟的高度。力量强大的人战胜力量弱小的人，任何人都能做到，吕布、袁术、袁绍都是这样的人；利用计谋杀敌的将领，从历史到今天都层出不穷，孙武、孙膑、张良、韩信，甚至包括曹操和周瑜都是这种人。但是能够在战争中利用宇宙之力的卓越将领，这世间却只有我一人。”

鲁肃不解便问道：“宇宙之力为何物？”孔明答道：“我在博望坡和新野两次火烧曹军十万余人。火就是宇宙之力，它在战争中的威力更胜曹操的十万大军。当我泄洪白河水水淹曹军时，水就是宇宙之力，它在战争中的威力同样可胜过曹军。”孔明笑着接着说道：“在这世上从古至今，您见过哪位将领像我一样利用宇宙之力？”

鲁肃听罢承认并完全叹服道：“尽管我愚钝少学，但也算从小就学习兵法，时至今日也未曾见过哪一个人像您说的这样利用宇宙之力。”

孔明接着说道：“周瑜心生妒忌想要杀掉我，才会想出命我在十日内造好十万枝箭的诡计，我怎么可能造得出来呢？因为江东城里的人都受周瑜的管理，周瑜必然命令所有人都拖延工期，不让我成功造好箭，然后加害我的性命。好在我曾刻苦学习过天文方面的知识，才会知晓今夜在整个长江水域内将会起一场大雾，我才想出计策应对。”

孔明说完便打开船蓬，孔明和鲁肃都望向船外，眼见大雾弥漫，此时正是十二月月亏之时，天气甚冷，雾气更重，只能依稀见到北方岸边很远地方的朦胧火光。鲁肃见此情景大吃一惊，急忙问道：“那边是曹操的营寨，您是不是迷失方向了？”

孔明便说道：“在大海中我都能辨清方向，怎么可能会迷路呢？我正是打算到曹营来取箭的。”

鲁肃听罢更吃惊了，他担心曹操会率水军出来进攻，便说：“您别再继续冒险了，倘若无法完成造箭之事，就逃回刘备的汉口吧，我会回去向周瑜求情不处罚您。”

孔明听罢大笑，并不回答鲁肃，反而命船队沿着曹操的水军营寨一字排开，船头向西，距离岸边只有弓箭的射程，然后命士兵敲起战鼓和战锣，声震江面，仿佛江东的水军正在挥师前来攻打曹军。

第261回：火攻计初现（前半段）

建安十三年十二月，亏月，长江上大雾弥漫，此时寒冷的天气笼罩江面。孔明请鲁肃坐在小船里，跟着另外二十条船组成的船队驶向北方，靠近曹操的水军营寨自东向西一字排开。

孔明的船队和曹操的水寨平行排列，距离岸边只有弓箭能达到的射程。突然，孔明命士兵敲响战鼓和战锣，仿佛有水军前来攻打曹军似的。鲁肃大吃一惊，上气不接下气地问孔明：“您这是疯了吗？我们只来了这么点人，武器也没备好，却来挑战曹操。要是曹操率军应战，您要怎么抵抗呢？”

孔明闻言笑着说道：“雾气正浓，曹操哪里可能率军出战呢？您与我就安心杯酒言欢，等到天将放亮，我们就撤退回去。”

孔明说罢就举起酒杯和鲁肃碰杯，而鲁肃正惊惶不定，虽然为了不失礼而举杯相迎，但是却喝不下去，将酒杯放回原处，同时显出惊慌失措的表情。孔明见此情状大笑，然后怡然自得地喝起酒来。

至于曹操的水军正在安心休息，到三更将近十分听到水中传来锣鼓声响，迎着雾色望去，隐约看到一排长长的黑影，如同有水军攻来，以为是江东的水军来劫营寨，巡视兵急忙去报告曹操。

曹操从睡梦中惊醒，听到报告就出来站在营寨前，望向江面，但是雾色正浓，看不清究竟有多少江东的战船，只听到战锣战鼓震天响，以为周瑜举兵来劫营寨，便唤于禁和毛玠前来，命令二人："今日周瑜率军来我方劫营，似乎是想诱骗我们出兵迎击，然后等待时机两面夹攻，我们就中了江东水军的计了。所以，先别急着出击，二位率兵按兵不动，然后放箭阻挡江东水军，切勿让他们接近营寨。"

于禁和毛玠得令之后拜辞曹操，回去命士兵在原地待命，并让水寨的士兵排成一排向周瑜的水军放箭。

曹操安排完于禁和毛玠之后还不放心，担心中了周瑜的计，便命张辽和徐晃又率五千名弓弩兵带满弓箭守在岸边，向江东水军放箭，不让他们上岸来。

张辽和徐晃得令后就拜辞曹操准备弓箭兵，在岸边就位，向江东水军方向放箭，一时箭如雨下。

曹操的士兵，包括水军和陆军在内共万余人，一齐向江面上的周瑜水军放箭，江上只见黑影隐约，不知兵力究竟有多少，只能听到震天响的战锣、小锣和鼓声，透过水中浓厚的雾幔传过来。

孔明命二十条船头向东的船调转船头向西，那些盖着黑布的稻草捆上已经密密麻麻地插满了箭支，船都快侧翻了。孔明便叫停止敲锣打鼓，然后调转船头自西向东再和曹军水寨平行排开，之后又开始敲锣打鼓，装作又来一轮进攻。

水寨内的曹军见江面上的船影，自西排列的船又掉头自动排列，以为想要近前的周瑜水军无法穿越箭阵，便更加努力地向船影放箭。直到插满箭的船舷向一侧倾斜，开始因为满载而下沉，孔明就知道曹军射到这二十条船的稻草上的箭支已经足够了。正好天色开始放亮了，孔明便叫士兵们停止敲锣打鼓，然后让船上的士兵们一起齐声大喊："多谢曹操借箭，日后再来奉还！"

之后孔明命人速速带船队返回江东的水军基地。天色渐明，曹操水寨内的战船上的水兵远望去，才看清船队并非战船，而是装载着包着黑布草方的船队，上面插着大量的箭支，便去向曹操禀报。

曹操得知报告大吃一惊，才明白中了孔明的诡计了，便命出动五十条快船追击江上的孔明的船队。

曹军的快船载着全副武装的士兵冲出水寨，追孔明的船队追出二百线[①]，才发现追不上了，这才一起班师回寨，然后向曹操禀报。

曹操得知之后十分难过，上了孔明的当，让自己蒙羞，便忧郁地坐在营中。

至于孔明，带着船队返程，当驶入大江中时，孔明对鲁肃说道："我做的这一切没有损失一名士兵，不用浪费任何物资来造箭。您今天和我同来是不是看到，船队里每条船上都至少插有五、六千枝箭，二十条船加起来就有超过十万枝箭了。"

鲁肃听罢望向跟着小船的船队，发现孔明所言不虚，便大赞孔明的智慧，然后说道："您这次构想的计谋真是神机妙算，超出人类能想到的程度，简直像有神明附体。"

然后鲁肃便问："您怎么知道今天会起大雾，才会预先想出这个计谋？"

孔明听罢就笑起来，望向江面江东的水军基地，说道："一般身为国家将领者，若不懂卜算是否是吉时，就不能称作智慧之人。我采取这次行动是因为知道今日将起大雾，我才有可能给周瑜送箭。而周瑜命我做监官在十日内造十万枝箭，即使让工匠全力以赴也赶不及，其实是周瑜想要除掉我。但是有天神助我，我才知道今日将起大雾，我才提出三日的期限。如今，我功德无量才得以脱险。"

孔明所说的卜算天时的学问，对于一名军师来说是十分重要的一门学问，应该学习并能熟练应用，因为季节和气候的变化，包括

① 线（Sen）是泰国的长度单位，1线等于20哇，相当于40米，200线约为8000米。

风、雨、天气转凉、转热等等，都关系到战争的胜负，能够用于制定战术策略。但也有很多军师自称军师或顾问，但是却都不知道或不清楚这些知识，反倒去学或精通索贿受贿之术，这是太监们最得心应手的。因此，不仅让自己身败名裂，还使得他的主公也跟着一起蒙羞。

鲁肃听罢更是对孔明的智慧赞不绝口。等船靠码头之后，鲁肃便径去周瑜的帐中，将一切都汇报给周瑜，并说道："现在孔明已经在规定时间内交来要求的十万枝箭了，您差士兵去运来清点一下吧。"

周瑜听完鲁肃的报告才从惊愕中回过神来，绝没想到孔明能想出这样的办法，不费吹灰之力，不伤一兵一卒就能从曹操水军那里骗得箭支。因此，周瑜翘首期盼等待着降罪处死孔明，因为按预想已经超过三日，孔明无法交上来十万枝箭，这一切都破灭了。

周瑜异常失望，所以摇头深吸一口气，沉思道："孔明的智识远在我之上啊。"

……

将这段引文和前述泰文《三国》译文进行对比，可见《卖国者版〈三国〉》的叙述最为详尽，从篇幅来看也是最长的，甚至还补充了中文版本没有的细节。当然它并不是一部译本，也无须完全忠于原文。冷威塔亚库在建构自己"三国叙事"的过程中，引入了早期的泰文《三国》版本，尤其是洪版《三国》的相关叙述，这种引入既表现在借用洪版《三国》的叙述模式来建构主体情节的宏观叙述，又体现在微观层面上直接借用洪版《三国》部分细节描写和精彩段落的原句，这样的例子比比皆是。在借用原句上，主要有两种方式。第一种是直接套用，即在行文中直接将洪版的文字嵌入进来，不破坏语势的连贯，自然衔接，没有因插入而产生不协调感，同时用双引号标注以示为引用[①]，区别于原创文字，如在摘译的内容中标记下划线的句子。另一种方式是举例引用，在书中经常见到“在昭帕耶帕康（洪）版《三国》中这样讲到……”的字样，然后再插入洪版《三国》的原文。这种引用方式中断了原来的叙事，是作者有意为之的，通常在引文之后会对引文的内容做一点评，有的是对引文进行拓展分析，有的分析主观色彩比较浓。如第226回，蔡瑁、张允同至樊城向曹操乞降，二人皆为谗佞之徒，但曹操不但加封二人显爵，更命其教习水军，荀攸对此极为不解。《卖国者版〈三国〉》说道：“昭帕耶帕康（洪）版《三国》在此处讲到曹操的真实意图时说：‘我这么做是想稳住他们，为了训练我的军队更加熟练（水战），然后再清除他们，这有何难？’[②]”冷威塔亚库接着阐发道：“这回曹操的意图是要定蔡瑁、张允的罪，他俩是荆州的旧臣，却先跑来干着‘背叛主公、出卖主人’的勾当。曹操用人的精神一直很清楚明白，即厌恶那种背叛主公、出卖主人的人，同时欣赏那些对主公忠心耿耿的人。因此，当见到卖主求荣的人，曹操往往直接命人杀掉；倘若出现一开始就奖赏犒劳的情况，也不过是略施小计，暂时利用一下，事后也同样会杀掉。”[③] 再如书中在第41回提到在洪版《三国》中讲赵云和文丑大战六十回合不分胜负，冷威塔亚库认为事出有因，否则后来关羽温酒斩华雄，岂不是说赵云和关羽的武艺天差地别吗？关羽被泰国人奉为“忠义之神”，但赵子龙同样深受泰国人喜爱，作为该书敬献对象的差瓦立·永猜裕虽然被誉为“军中孔明”，但差瓦立本人却更喜欢

---

① 古典泰语中没有引号标点，虽然现代泰语引入了双引号，但有时候在人物对话中并不习惯使用。本书即在人物对话时不使用双引号，只有在引用其他作者的原文时才加注双引号。

② 此处对应《三国演义》原文为：“操笑曰：‘吾岂不识人！止因吾所领北地之众，不习水战，故且权用此二人；待成事之后，别有理会。’”

③ [泰]冷威塔亚库：《卖国者版〈三国〉》（第三册）（泰文），曼谷：太阳之家出版社，2003年，第170页。

赵子龙，他说道："我被人称作'军中孔明'，但我自己从未承认过也不太情愿获得这个名号，原因在于，读过《三国》的人都承认孔明足智多谋、非常博学，他身上有许多优点，最主要的就是善于计谋，但是我本人却喜欢直来直去，不喜欢使计，所以（孔明）和我的秉性不合。若是让我选择一位《三国》里的人物，我最钟爱子龙。因为子龙是那种直来直去的人，对自己的主公赤胆忠心，为主公披肝沥血。如果是为了捍卫国家和主公的需要，子龙甚至不惜牺牲生命，更不要说什么辛苦劳累了。"[①]冷威塔亚库同样对赵云推崇有加，他分析双方的差别在于战马的差距，"如果战马相当，子龙不出十个回合就能取下文丑的首级，但是他们却打到六十回合不分胜负，这是因为子龙身下骑的是一匹瘦弱的小马，并不是一匹战马，这才拖累子龙无法完全施展拳脚。但即便如此，文丑持枪的双臂和虎口还是受了伤，几乎握不住长枪了。"[②]子龙所骑何马不论《三国演义》还是洪版《三国》都未交代，这完全出自偏爱子龙的冷威塔亚库个人臆想。同时他还替子龙鸣不平，公孙瓒得到子龙却不知人善用，只安排他殿后看守粮草，子龙"如同一把宝刀落入厨子之手，只被用来砍菜切鱼"[③]，不识人察人正是公孙瓒和刘备的差距所在。

虽然洪版《三国》艺术成就很高，并构成了《卖国者版〈三国〉》的叙事主线，但是洪版也错译、漏译了不少内容，情节上不太完整。因此，冷威塔亚库还博采众长，参考了众多其他版本作为补充，包括万崴版和威瓦版的全译本，以及雅各布和克立·巴莫等人的经典的创作重写本，甚至还参考了中文原版、日文译本和泰勒的英文译本。这些版本加上洪版共同构成了《卖国者版〈三国〉》的前文本。由于冷威塔亚库对这些版本的内容了然于胸，往往信手拈来，除了引用部分文字外，还会

---

① [泰]冷威塔亚库：《卖国者版〈三国〉》（第一册）（泰文），曼谷：太阳之家出版社，2003年，差瓦立·永猜裕的卷首推荐。

② 同上书，第285-286页。

③ 同上书，第286页。

将几个版本汇聚一炉并置比较，并加入个人的评点。如在第27回中讲到曹操错杀吕伯奢一家后替自己辩解“保护自己免受人欺，乃人之常理”（引用洪版），而泰国读者一提到曹操，就称“曹操——不教天下人负我之人”，这显然受到雅各布的文字的影响，因为这句话正是《卖艺乞丐版〈三国〉》系列曹操分册的标题。雅各布认为这件事表明曹操唯我独尊的心态，只要能脱身活命，任何罪孽深重的事情都做得出来。而克立·巴莫在《富豪版〈三国〉》中则持相反的意见，他认为吕伯奢对曹操是朝廷命犯一事心知肚明，包庇藏匿他们将被视为谋反一并治罪，一个乡野之人不大可能敢对抗朝廷，在家里招待曹操，把他稳住，自己去通风报信来抓捕他是很有可能的。退一步讲，就算吕伯奢对曹操没有敌意，曹操也是出于自保，将风险降到最低，这才有可能日后成就大业。冷威塔亚库显然并不赞同克立为曹操所作的辩护，认为这是“怪异的理由”，为后来不择手段的政客们树立了负面的榜样。

除了各类泰文《三国》版本，冷威塔亚库还旁征博引，涉及的问题包罗万象，从兵法战略到哲学观念，从治国传统到德行操守，甚至还有星相占卜、巫术法事等，穿插介绍了很多中国文化，还不时从中泰文化比较的角度进行评点。如在第45回，司徒王允利用貂蝉离间董卓和吕布，使出一出美人计，冷威塔亚库引用六世王的诗句评价：

> 烈火熊熊燃，常输水一阵。
> 顽铁硬且坚，遇火也疲软。
> 微风疾吹劲，硬树也折摧。
> 英雄威名扬，难过美人关。

冷威塔亚库还将美人计和泰国古代兵书中的“纳莱降魔计”放在一起作比，“纳莱降魔计”出自《罗摩颂》，说的是农托罗刹得到湿婆的祝福获得了可以指杀任何人的金刚指，便去报复曾经刁难过自己的众天神，被指的天神都变成了齑粉。湿婆的祝福神力无法收回，纳莱王（即毗湿奴）便出面降魔，他变成一个三界无双的美女，农托见到她心神荡漾。美女教农托跳舞，舞蹈中有弯曲手指指向自己的动作，农托没有多想就跟着模仿，结果指杀了自己。因此，泰国的美人计也就被称作纳莱降魔计，而且泰国古代的箴言中也将美女作为五个需要小心提防的事物之一。[①]冷威塔亚库对两类问题发挥最多，一是各种兵法战略，二是与现实相关的政治评论。对于后者，将在第十二章详细展开。

总之，《卖国者版〈三国〉》综合展示了前人的经典版本，和雅各布与克立的版本相比，冷威塔亚库的版本无论在内容还是文字上，“创新性”都体现得不太充分，他中规中矩、事无巨细地将《三国》重新演绎了一遍，基本套用了洪版《三国》的叙事框架，甚至直接借用了不少原文。但是《卖国者版〈三国〉》又不是一本译本，它用更现代的语言重讲这个故事，并想象补充了大量细节，同时加入大量的个人点评，还将身边的社会政治事件也掺入进来。正如冷威塔亚库所言，《三国》故事只是一个载体，他更想做的是通过这个载体发声，赋予这个几百年前的故事一些现代特征，他要展示一个乱世之时的众生相，投射到1997年金融危机之时的泰国社会中，他要讴歌英雄和爱国者，鞭笞利欲熏心的小人和卖国者，虽然他不点明影射何人，但泰国读者一看便心知肚明。从另一个角度来说，《卖国者版〈三国〉》夹叙夹议，议论和点评的篇幅也为数不少，但它还算不上阐发型的重写，毕竟这部书的重点还是放在如何完整地讲好这个故事，议论阐发是为叙事服务的，而不是相反，这也是创作型重写和阐发型重写的区别所在。

二、《蝴蝶的梦影》

在众多的泰文《三国》的创作重写版本中，厄·安恰里的小说《蝴蝶的梦影》显得标新立异，独树一帜，全书并不是重述三国的人物和故事，而是将笔端伸向《三国演义》的作者罗贯中及其后人的命运，以及

---

① [泰]冷威塔亚库：《卖国者版〈三国〉》（第一册）（泰文），曼谷：太阳之家出版社，2003年，第309-310页。

《三国演义》成书的缘由与传承。

厄·安恰里（Ua Anchali）是作家安恰里·厄吉巴色（Anchali Uakitprasert）的笔名，生于1974年，是泰国文坛颇受关注的新锐作家。1995年，安恰里就凭借短篇小说《让我离开你》获得"露兜花文学奖"，1997年出版了第一本短篇小说集《幸福》；1998年出版了第一部个人诗集《鲜花的葬礼》，此后又出版多部短篇小说集。2009年她创作的小说《蝴蝶的梦影》一经推出便广受好评，并入围了2009年泰国东盟文学奖评奖的最后一轮，最后惜败给当年的获奖作品伍梯·赫玛汶的《腊黎，景溪》。

《蝴蝶的梦影》一书配有一个副标题："身边人版《三国》系列特别版"。《身边人版〈三国〉》是厄·安恰里推出的一系列杂文集，汇集了她在《民意周刊》开设的"身边人版《三国》"专栏的专栏文章。这个系列也是重要的泰文《三国》阐发重写本，在随后章节再详论。但《蝴蝶的梦影》是厄·安恰里创作的一部长篇小说，并非出自《民意周刊》的专栏写作，从未在该专栏上连载过，之所以将它冠以"身边人版《三国》系列特别版"，是因为小说是专栏的衍生作品，她的创作灵感是在撰写专栏时被激发起来的。

《蝴蝶的梦影》是一部根据部分中国史传、融合野史进行艺术加工敷演并加入作者个人的想象创作的演义小说，书中的人物除了朱元璋、朱棣、郑和、张士诚、刘福通、陈友谅、施耐庵等在历史上实有其人外，其余的人如王英雄、张文山、施西、马龙、罗香、王曼、刘月娥[①]等都是虚构的，许多情节都是为了将故事串联起来而臆造的。全书分为三个部分，大致情节如下：

第一部分主要讲罗贯中青年时代参加抗元义军的经历和他写作《三国演义》一书的缘起。罗贯中生于元末乱世，在少年时曾与朱元璋、张

① 本书没有中译本，这些虚构人物的名字是我根据书中泰文音译的。

无忌[①]短暂相逢并结拜为兄弟，但之后三人就各赴前程了。罗贯中师从施耐庵写作，为了创作戏剧，他与杭州的一个戏班朝夕相处。他和戏班的王英雄决意参加抗元义军，路上结识了怀有同样目的张文山，三人结拜为兄弟，并一同投奔张士诚的起义军。各路义军相互倾轧、杀伐不断，朱元璋、陈友谅、张士诚等势力之间爆发了旷日持久的战争。罗贯中与朱元璋的观念不合，他全力辅佐张士诚。但张士诚建立大周政权自立为王之后贪图安逸，任用其弟张世信为丞相，张士信身边的小人打击功臣、排除异己，罗贯中也被排挤失去信任。罗贯中的两位义兄王英雄和张文山投到朱元璋的麾下，帮助朱元璋里应外合攻破平江，这让罗贯中大受打击。朱元璋后来推翻元朝建立大明朝，让王英雄和张文山请罗贯中出山任学士，但却被罗贯中婉拒。罗贯中隐居在老师施耐庵处，并协助他完成了《水浒传》，同时萌生了像老师施耐庵一样，也创作一部不朽的传世名著的想法。这是他后来写作《三国演义》最初的缘起。罗贯中的夫人施西产下一女，施耐庵为其取名罗香。施耐庵去世之后，罗贯中携妻女搬到杭州。在杭州，罗贯中重遇曾在陈友谅处供职的马龙，马龙在杭州开办印刷坊，二人从此结为密友，罗贯中的《三国演义》初版就是在马龙处印制的。

第二部分则讲到《三国演义》一书的诞生，以及罗贯中的后人罗香的故事。明太祖朱元璋的统治日益严苛残暴，明朝的元功宿将几乎被屠戮殆尽，其中多为朱元璋初起兵时亲如手足的患难知己，隐居杭州的罗贯中则幸免于难。朱元璋在王位上孤独地死去，得知朱元璋死讯的罗贯中心中不禁感慨万千，他这一生都在和这位与自己观念不合的结拜兄弟进行抗争。同时，罗贯中也感到自己时日不多，开始潜心写作《三国演义》，他将自己生逢乱世的经历以及个人的感悟和体验都融人创作之

---

① 张无忌是厄·安恰里从金庸的武侠小说《倚天屠龙记》里借来的人物，在《蝴蝶的梦影》一书中张无忌创立明教、帮助朱元璋起事，最后厌倦纷争归隐山林，这段情节也来自金庸的小说。

中。罗贯中的女儿罗香渐已长大成人，她一直在父亲身旁帮忙整理书稿。一次，罗香遇到了路过杭州的燕王朱棣的手下太监马和，被他气宇轩昂的仪表吸引，一见倾心，后又帮助朱棣和马和躲过朝廷官兵的追缉，离开杭州。最后，朱棣攻陷南京，成功取代朱允炆成为明朝第三位皇帝。《三国演义》成书之后深受欢迎，两年后罗贯中便与世长辞了。罗香对马和念念不忘，便辞别母亲，只身到南京去找马和，决意抛弃女儿身，留在心上人身旁。马和获赐郑姓，统帅规模庞大的宝船船队七下西洋，流芳百世，而罗香隐姓埋名，乔装成一名文书太监随郑和一同出海，并用罗懋登[1]的名字写下了《三宝太监下西洋记通俗演义》。郑和去世后船队解散，明朝开始实行海禁。罗香回到杭州，感到一切已物是人非，渐生疏离之感。罗香在酒楼结识了杂役王曼，根据王曼讲述的身世写下了《金瓶梅》，随后带着王曼出海去追寻心中理想之地。《水浒传》《三国演义》和《金瓶梅》激励另一位作家吴承恩创作了《西游记》，明初四大奇书就此具足。

第三部分则涉及《三国演义》在泰国的渊源。罗香带着王曼跟着一群冒险移民海外的福建人，辗转来到阿瑜陀耶王朝时的暹罗，并在这里扎下根来。《三国演义》正是通过他们才漂洋过海来到暹罗的。罗香当年曾随郑和到过暹罗，对这里印象非常深刻，这里是物产富饶的鱼米之乡，人们亲切友善、睦邻敦谊、虔诚礼佛，但是生性懒散、不善经商。华人到此后，只要吃苦耐劳、踏实肯干，必然可以出人头地。罗香和王曼很快融入了当地生活，分别取了暹罗名字，罗香叫“颂津”，王曼叫

---

① 罗懋登，明代小说家，万历年间人，字登之，号二南里人，生平不甚可考。善写戏曲与通俗小说，著有《三宝太监下西洋记通俗演义》（简称《西洋记》），为传奇《香山记》写过序文，并为邱濬《投笔记》作注释。《三宝太监下西洋记通俗演义》虽据郑和七下西洋史实写成，但却并非历史小说，而是类似《西游记》的神魔小说，书中多为降妖伏魔之事。

"颂乔"。王曼后来嫁给一位暹罗的官员，以贩卖榴莲[①]为生；而罗香则终身未嫁，在被华人称为"三宝佛公寺"的帕南呈寺替人祈福直至终老。

在书的尾声两章，时光又转到现代。在倒数第二章，作者通过构思创作的作家"姐姐"之口坦陈，罗香的故事是她杜撰的，这个人物本身就是虚构出来的；而"弟弟"却记得姐姐小时候落水，是一位老人叫来了人将她救了起来，那位老人挂着假胡子，打扮分明就是姐姐口中描述的乔装成老者的罗香的装扮……最后一章地点又回到了《三国演义》的成书地杭州，以一名泰国游客的视角审视着世界。全书最后以庄周梦蝶的典故收尾，经由庄子之口点出本书的要义："其实我分不清究竟是我做梦自己变成一只蝴蝶，还是蝴蝶正在做梦变成我。"[②]从虚构的历史回到现实之中，在虚构的历史中包含着现实的因子，作者寄情其中，虚实相杂，二者难以绝然两分，或者说执迷于分辨虚实都是了无意义的。

清人章学诚评论《三国演义》是"七实三虚"[③]，厄·安恰里的《蝴蝶的梦影》同样也是虚实相间，泰国的文艺评论家认为"（该书）实中有虚，虚虚相扣，虚中又带实。作者将中国的史籍材料、有关《三国演义》创作的材料以及其他材料，通过恰到好处的想象十分圆融地糅合到一起。"[④]书中涉及的朱元璋、陈友谅、张士诚等起义军之间进行的混战，罗贯中曾经投靠张士诚，施耐庵与罗贯中的师徒关系，罗贯中

---

① 传说榴莲的得名也与郑和有关。郑和在吃到榴莲之后便上了瘾，甚至有些流连忘返，便将这种水果称作"流连"。

② [泰]厄·安恰里：《蝴蝶的梦影：身边人版〈三国〉（特别版）》（泰文），曼谷：民意出版社，2009年，第384页。语出自《庄子·齐物论》："昔者庄周梦为蝴蝶，栩栩然蝴蝶也。自喻适志与！不知周也。俄然觉，则蘧蘧然周也。不知周之梦为蝴蝶与？蝴蝶之梦为周与？周与蝴蝶则必有分矣。此之谓物化。"

③ 章学诚在《丙辰札记》中有云"惟《三国演义》则七分实事，三分虚构，以致观者往往为所惑乱。"

④ [泰]彭南米：《小说中的历史，历史中的小说》（泰文），《文化艺术》，2009年7月号，第23页。

参与《水浒传》的写作，郑和七下西洋，华人为纪念郑和而将阿瑜陀耶的帕南呈寺称为“三宝佛公寺”等，都是确有其事或得到学术界普遍认可的史实，而罗贯中与朱元璋结拜、罗贯中的女儿罗香爱上郑和并陪伴其七下西洋、罗香创作《金瓶梅》和《三宝太监下西洋记通俗演义》等情节却都是子虚乌有的，是作者为了将上述史实串联起来而杜撰的。

虽然厄·安恰里并没有直接写到三国，但三国的影响无处不在。整部小说是围绕《三国演义》的成书展开的，因此三国时代的人和事不时闪现在行文之中，成为小说故事的背景。作者在书中精心罗织着《三国演义》的镜像，并通过罗贯中个人的思考和人生感悟在元末乱世体认着三国时代。书中多次出现“以前的中国，幸福和平日久之后便生战祸，战乱平息之后复归和平安乐”的字句，这句话来自洪版《三国》，是对罗贯中《三国演义》开篇第一句话“话说天下大势，分久必合，合久必分”的意译。在《蝴蝶的梦影》中，罗贯中将它作为乱世中国的概括总结，带有天道循环的宿命论色彩。在他看来，自己身处的乱世和东汉末年天下大乱之时如出一辙，历史总在不断重复。书中写道：

> 一日，罗贯中读由著作郎陈寿所作的《三国志》，发现许多事件和他所处时代极其相似，尽管距今已有上千年之久了。尽管有些地方和农民们传讲的有些出入，但依然能够瞧出背后隐藏的意涵。
>
> 例如曹操尽管当时还在和吕布交战，但还是听从了谋臣荀彧的计策迎奉汉献帝。这一段和朱升建议朱元璋迎奉小明王如出一辙，尽管当时他也正与陈友谅鏖战正酣。
>
> 之后朱元璋会如何发展，他几乎可以一直预见到。
>
> 为何历史会不断重演？是因为它被这样记录下来，文人们纷纷效仿，重复前人的思路，还是因为人类的行为本身就循旧，才会陷入一次又一次的循环之中？不管是千年之前的曹操，还是今日的朱元璋，他们的本质都毫无二致，即对权力和诸事成功的渴望，至于权力，如果得到了凌驾于他人之上的权力的话，那么之前的一切手

段都是正确的。[①]

书中朱元璋形象的模板正是《三国演义》里面的曹操，他们都有世人公认的经国济世的才能，但同时也都精于权术，为了获取权力不择手段，无所不用其极，对挡在自己攫取权力道路上的人心狠手辣，曹操有“宁教我负天下人，休教天下人负我”的“名言”，朱元璋更是登基之后诛杀功臣，合称“胡蓝之狱”的胡惟庸案和蓝玉案共计株连5万余人。曹操生性多疑，错杀吕伯奢一家，冤杀华佗，还“好梦中杀人”；朱元璋诛杀功臣亦是出于疑心重，担心权臣威胁自己的江山社稷，即使是对像徐达[②]这样曾经并肩战斗的同乡好友也不例外。为了让二者更为接近，厄·安恰里还让笔下的朱元璋和曹操一样患上严重的头疼病，并虚构了一位拒绝为其治病的高人，最终和曹操杀掉华佗一样，这位高人也被朱元璋处死。可以说，在小说中罗贯中笔下的曹操其实就是他眼中的朱元璋。此外，为了让小说的情节能与《三国演义》有更多的呼应，厄·安恰里还创造新的人物并设置了很多情境。如她为罗贯中创造了王英雄和张文山这两个结拜义兄，唤起了罗贯中对刘关张桃园结义的情结。再如这两位义兄替朱元璋来招安罗贯中遭到拒绝后黯然离开，出于对义兄的不舍，罗贯中希望他们能返回来再做努力，但他们终未再回头，罗贯中将这种遗憾和渴求都寄寓在“三顾茅庐”的文字之中了。

除此之外，厄·安恰里还借助罗贯中之口，表达对一些人读《三国》方式的意见。在小说中，《三国演义》付梓之后很快就风靡起来，深受读者的欢迎。罗贯中在了解到读者的反应之后，非但没有喜形于色，反而忧心忡忡、闷闷不乐。他对朋友马龙说道：

> 我的《三国演义》的读者每个人都生出许多幻想：穷苦的人野

---

① [泰]厄·安恰里：《蝴蝶的梦影：身边人版〈三国〉（特别版）》（泰文），曼谷：民意出版社，2009年，第127-128页。

② 关于徐达之死，小说中采信了流传极广的所谓朱元璋赐蒸鹅害死徐达的说法，但正如赵翼所说，此为“传闻无稽之谈”，“其时功臣多不保全，如达、基之令终已属仅事”。

心勃勃想要当刘备，学士们都觉得自己是孔明，武将们都抢着要当曹操，脾气大的人都借口说自己和张飞是一种人，而爱炫耀、自负的人把自己当成关羽。

每个人都把故事人物的行为按其所需安到自己头上，但却未能领会创作初衷的真义。他们只是热衷书里面的权谋诡计，并且坚信凭借谋略就定能获取胜利。但是我觉得这么想毫无必要，这样怎么能获得快乐呢？

……

（读者应该怎么做）我真的不知道，只是当看到他们感兴趣的地方都出乎我的预料的时候，便觉得有东西如鲠在喉，不吐不快。我只是希望能把它仅仅当成一部小说来读而已。①

显然，厄·安恰里这段话的矛头是指向今人对《三国演义》的实用式解读和应用，把它视作一部兵书，满眼只有经营谋略之道，用来压制自己的竞争对手。以至于泰国人关于《三国》最耳熟能详的两句俗语是"《三国》读三遍，此人莫结交"，和"尚未读《三国》，莫言成大事"。特别是近些年来，在泰国推出的《三国》类的书籍和文章中，把它作为文学作品来进行的评论越来越少，而用于商业开发和人力管理的实用类书籍几乎占据了半壁江山。厄·安恰里认为这种方式是对这部作品的伤害和不尊重，有违罗贯中的创作初衷，应该让文学回归文学的范畴，把《三国演义》当作一部小说来读，欣赏行文的修辞、雄辩、机敏、情感，以及作者的斐然文采和横溢才华。

《蝴蝶的梦影》作为一部历史演义小说，将《三国演义》纳入到更广阔的时代背景中。为了展现波澜壮阔的历史画卷，厄·安恰里参引了

① [泰]厄·安恰里：《蝴蝶的梦影：身边人版〈三国〉》（特别版）（泰文），曼谷：民意出版社，2009年，第304页。

卷帙浩繁的史书典籍和野史笔记，甚至还包括传说故事和武侠小说[①]，引经据典，出处庞杂，并将择选出的内容捏合成为一个关系链完整的有机整体。她对罗贯中、朱元璋、罗香等几个核心人物的形象刻画也比较成功，人物对话生动，有血有肉，心理描写细腻，这也是小说受到好评的重要原因。但同时小说也有不尽人意之处。要将跨度数百年的中国历史事件串联成一个有机整体绝非易事，有时候作者也显得力有不逮，部分情节有牵强附会之感，如为了将《三国演义》与泰国扯上关系而虚构出罗香爱上太监郑和，并自愿隐藏身份随其出海这种略显突兀和匪夷所思的情节；又如杜撰罗香是《金瓶梅》和《三宝太监下西洋记通俗演义》的作者，也很难让人信服。有些人物和内容与主题无干，有冗笔之嫌，如开头出现的与罗贯中和朱元璋结拜的武侠人物张无忌，后文却再未现身；又如插入吴承恩创作《西游记》的一章，完全是为了凑齐明代四大奇书而刻意为之，但无论是吴承恩还是《西游记》（包括《金瓶梅》）对于故事情节完全没有推动，这样反倒冲淡了主题，使叙事变得拖沓和破碎。

当然，本书无意评判重写文本的文学水准和价值，而是关注重写文本作为传播反馈的一环，对于传播所起的作用。在小说的后半段，勾勒了一幅《三国演义》外传暹罗的路线图。尽管在小说中对此并未直接点明且着墨不多，但依旧有迹可循。它是通过作者虚构的罗香这一人物，并经由郑和下西洋、华人的海外移民、暹罗华人社区的建立等历史事件的串联才得以实现的。小说论及《三国演义》进入泰国并进行传播的途径与可能性，表明华人移民在整个《三国演义》传入泰国过程中起到了不可或缺的桥梁作用，这在诸多重写文本中极为罕见。此外，应该看到

---

①　厄·安恰里对金庸的武侠小说非常着迷，在《蝴蝶的梦影》中多处出现金庸小说的影子，除了开篇时出现的张无忌之外，还有拒绝为朱元璋医治的高人是位全真道的内功高手。而在结尾处提到杭州旧称临安，“我”的第一反应是《射雕英雄传》，置身仿宋古城中，他恍惚以为自己是郭靖，在找寻着乔装成乞丐的黄蓉。但总体而言，小说中的武侠材料游离于主题之外，对它的使用难言成功。

长期撰写《三国》专栏的厄·安恰里并不满足于对三国故事的简单再构，而是将其打散，纳入到更为宏大的中国文化的大背景之中去理解，并试图从更高的层次展现《三国演义》与泰国文化之间的历史渊源。

第十一章

显幽阐微——泰文《三国》的阐释与申发

第一节　阐发型重写

泰文《三国》重写文本中的第三个类别是对《三国》元文本内容进行的品评、阐释、演绎和发挥，在这里以“阐发型重写”概之。同作为派生文本，这一类重写文本与“创作型重写”在一定程度上有同质性。首先二者都区别于“翻译型重写”，更重视重写中的创新，作者的创造力和想象力对重写文本的个性生成至关重要。其次，从重写过程来讲，二者都需要经过一个对元文本进行解构，将其变为素材群的步骤，然后进行筛选再予应用；在读者群体方面，二者希望的“理想读者”群体都需要对《三国》有一定的了解；从结果上说，这两种类型的重写必将产生更具本土特征的新文本，无论内容还是语言都更具时代特征。但是阐发型重写与创作型重写的差异也很明显，在将可用素材撷选并抽离出原有结构之后，阐发型重写并不是要将其嵌入到某个叙事框架内，或用新的叙事风格、表现形式来复述演绎文本，而是从遴选出的文本出发，对其进行批评、议论、解释、阐发，试图彰显出显性文本之下的隐含意义，让元文本的“空白”之处“发声”，特别是要发掘出元文本的附加价值，使其不仅仅是文学文本，更是具有应用价值的功能性文本。

阐发型重写具有外向指向性，它取用元文本素材的目的，是要以该素材为信息源，与外部社会的信息进行交互，从而构成一个既与元文本有互文性勾连，又有独立的架构和不同于元文本的旨趣，它更多展现的是在外部的历史社会情境下，元文本素材被赋予或生发出的新意。阐发型重写的作者先是作为读者，在接受（阅读）元文本的同时也接收到外部社会的信息，即受到传播学中所说的“噪音”（noise）的干扰，经过个体的思考和反馈后，激发出作者阐发元文本素材的灵感和动机，它是作者对当下情境的体认和主动回应。因此，阐发型重写是所有重写类型里与本土社会文化结合得最为紧密的一种。同时，阐发型重写对元文本或前文本的互文作用也最为依赖，无论是对旧主题的深化，还是新主题的生发，都离不开对前文本的认知与评价。

相应地，阐发型重写对读者的要求也最高。虽然创造型重写也希望读者能对洪版《三国》元文本的情况有所掌握，但新读者在没读过《三国》的情况下直接看重写的文学创作（主要是指重写型小说）也还是可以接受的，毕竟每部重写小说都是个完整的叙事，而古典诗歌重写则有自己的诗学和艺术审美原则。阐发型重写则不然，引用的素材往往只有一点，可能是某个人物或某个事件，抑或某个典故或对原书特征的总结和归纳，如果读者完全没有元文本的背景知识，在阅读新文本时不带着对元文本的“前见”，没有对比性的结构关照，将很难读懂作者对元文本的阐发，不清楚作者的讽喻、戏仿和索隐的对象，也无法领会作者的弦外之音，无法加入与作者的互动交流之中，文本传播的效果就大打折扣了。

阐发型重写在对《三国》元文本的复述上最为简洁，它们对于素材通常采取两种使用和处理方法，一是“典故化”，二是“据事类义”。“典故”是指“把神话传说或历史故事压缩成短句或词组的一类固定形式”，或者从另一方面说是“诗文中引用的故事或词句”[①]。“典故化”就是将元文本的文本信息压缩、固化，使之成为具有代表性和象征性意义的凝练形式。典故不仅仅凝聚着文本的内容，它还带有文本的互文特征，带有元文本的情调、隐含深意和意义指涉，带有隐喻（metaphor）和转喻（metonymy）的修辞特征。典故或长或短，有的时候典故被压缩成一个词组，甚至只是一个单词，即可以代指整段的叙事，甚至某个完整的情节；或者使用一个有出处、可以使人联想到元文本中某部分内容的词，隐喻或借代新文本中的词，达到讽喻、颂扬或赋意的效果，最常见的是使用人名、地名等专有名词。篇幅稍长的典故则是将一段特定的情节内容压缩成“本事”，即扼要地叙述该段故事的基本内容，作为前情介绍，由此引发新文本的话题，或者嵌入到当下的语境中，予以新的解读和开释。

第二种素材处理方式是“据事类义”。刘勰在《文心雕龙·事类》中云：“‘事类’者，盖文章之外，据事以类义，援古以证今者也……此全引成辞，以明理者也。然则明理引乎成辞，征义举乎人事，乃圣贤之鸿谟，经籍之通矩也。”意思是说要利用有关故实来表明意义，引用古事以证明今事；引用前人的成辞用以说理，列举古人事迹来证明意义。在本书个案中，“成辞”与“古事”含义稍有变化，范畴有所约束，无论“辞”还是“事”均指引自《三国》文本的内容，因此这里的据事类义是指利用《三国》中的故事来说明当今泰国社会中的问题，引用《三国》中的文辞或三国人物的言行来论理说事，带有类比、比兴的修辞特征。

事类与典故的概念有颇多相似之处，有些学者认为二者实为一意，[②]但二者仍是有差别的。相较而言典故较凝练，以少字明多义，修

① 冯春田、梁苑、杨淑敏撰稿：《王力语言学词典》，济南：山东教育出版社，1995年，第143页。

② 刘永济：《文心雕龙校释》，北京：中华书局，1962年，第146页。

辞上多以隐喻、转喻、反讽等喻指方式为主；事类则来历明确，常大段标引或陈列原文，以类比、比兴修辞格为要，借原文以说当下之事。对于读者而言，二者在阅读感受上是趋近的，无论是典故还是事类，读者在读到它的时候都会记起其所在文本中的意义及其带来的阅读感受，并将这种感受与当前文本的意味和情调结合在一起，引发联想、类同比附、迥异其趣，创造出独特的拼贴效果，增强了重写文本的内涵和表现力，也加深了元文本的接受效果。

文学类重写文本的前文本可能是非文学类的，反之文学也可以成为非文学类文本的前文本，阐发型重写的特点决定了这类文本最适宜的体裁是文学意味较淡的杂文，多为报刊上杂议时评、随感漫谈、讽刺小品、文艺政论等专栏文章，也有篇幅较长的专门的时政评论书籍和经营管理类的实用性书籍。这些文本形式不拘，短长两宜，感时怀事，杂陈古今，针砭时弊，关涉当下，它为作者提供了足够的自由度去展示他们思考的智慧和论辩的锋芒。

从整体上，阐发型重写可分为两大类。第一类是以阐释批评为主的阐释类文本，它们的数量很多，多数是先在报刊开设有关《三国》专栏，之后再根据读者的需求集结成书出版，如孟坤采·迈热的《〈三国〉好在哪里》，“帕医生”的《医学版〈三国〉》，克立·巴莫、玛丽尼·蒂洛瓦尼、素吉·尼曼赫民、他威·瓦拉迪洛等学者合著的文集《文学视野下的〈三国〉》，苏南·詹威玛冷的《解读〈三国〉的三个角度——谋略、艺术与娱乐》，威·佩武莱的《政治版〈三国〉》，通田·纳詹浓与杰·加仑托合著的《〈三国〉政治之国家分裂》，厄·安恰里的《身边人版〈三国〉》系列等。

第二类是研以致用的实用类文本，主要是探讨《三国》在商业经营和人力资源管理上的应用，最初是受到日本和中国（包括港台地区）的影响，开始关注《三国》在商务经营上的实用价值，陆续翻译了一批《三国》经营谋略方面的书籍，如通田·纳詹浓翻译的《〈三国〉策略：战争中的管理经典》、本萨·汕拉威翻译的《〈三国〉中的用人艺术》《〈三国〉中的谋略艺术》《用〈三国〉战略经营管理》《三国战略》等。随着泰国读者对《三国》中的管理学和商业经营应用的理解和把握逐渐精深，也开始自己创作此类书籍，如本查·希利玛哈沙空的《〈三国〉精粹——管理者版本》、边萨·库纳功巴提的《〈三国〉中的CEO》和《从〈三国〉中认识危机中的商务管理战略》、格萨·猜亚拉萨米萨的《读〈三国〉论管理》、加伦·万塔纳信的《管理者版〈三国〉》、塔巴尼·阿迪达的《读〈三国〉识用人智慧》、阿南·钦纳布的《莫信孙武，莫言三国：不战而胜之法》等。

第二节　阐释批评类文本

一、早期阐释批评类文本

随着泰国作家和学者对于《三国》的了解不断加深，重新解构、理解三国渐渐成为一种时尚，许多专栏作家都在报刊上开辟《三国》专栏，对《三国》的材料信手拈来，从各自阅历和知识背景切入，与他们的现实生活紧密结合，或索隐钩沉、证求细节，或述今怀古、自抒胸臆，或随感漫议、阔谈戏说，角度新颖独特，内容多彩多姿，形成了数量众多、形式各异的对《三国》的阐释和批评。

“索隐钩沉、证求细节”是早期阐读品评《三国》的主要方式。《周易·系辞上》云“探赜索隐，钩深致远”，一些泰国读者并不满足于对洪版《三国》进行的肤浅解读，他们对探索《三国》文本的深意，搜求文本细节的隐秘饶有兴趣，洪版《三国》译本在翻译上的疏忽也导致文本有不少漏洞，给读者的阅读带来了障碍，留下诸多疑问。总之，一部分洪版《三国》的铁杆读者具有打破砂锅问到底的精神，想要弄清他们心中有关《三国》的“未解之谜”。

最早对《三国》进行索隐式解读的是丹隆亲王的《〈三国〉记事》，该文是1928年丹隆亲王担任皇家学术院院长期间组织校勘洪版

《三国》的副产品，除了介绍洪版《三国》的翻译、成书、出版和校勘的前后情况，还是洪版《三国》的一个不错的导读，较为详尽地梳理了中国的历史发展脉络、三国时代的史实，并附上三国的人物画像、地图和对地名等专有名词的解释等，史料丰富。该文被作为洪版《三国》的长篇序言，附于正文之前，有的版本如国图标注校订版则将该文单独成册，作为全套洪版《三国》的一个分册。丹隆亲王作该文一是对当时社会上流通的洪版《三国》依据的抄本版本不一、印刷粗制滥造等情况的不满，要修订规范，以正视听，著文以记之；二是通过中国史实和对中国文化的背景介绍，和洪版《三国》的文本进行对照，方便读者阅读和深入理解正文。但该文严格来讲算不上真正的阐发型的重写，而更像是个导读或序言，因为它并不是来自读者阅读后的反馈，而是要在读者阅读前尽量扫除他们的阅读障碍，提前预热。

1954年，一位来自朱拉隆功大学的教师孟坤采·迈热（Mongkhonchai Merit）在《暹罗时代》（*Sayam Samai*）上开设专栏，发表了一系列有关《三国》的评论文章，引发热烈的反响。他以杂文短章的形式评论有关《三国》的人物、内容和所使用的语言，甚至包括比较《三国》的各种泰文版本与泰勒英文译本，以求证其中的情节细节。这个专栏在当时影响很大，收到许多读者的来信反馈，甚至连权威的国家图书馆版本《三国》编委也致信与其商榷部分内容。孟坤采·迈热可以说是最早尝试进行阐发型重写创作的作家，很受读者青睐，但是最初在报刊连载的时候，因为种种原因并未能够结集成书出版，直到1989年，随着《三国》热潮重新兴起，为满足读者需求该文集才得以出版，并以《〈三国〉好在哪里》为书名。

二、桑·帕塔诺泰的《〈三国〉军事战略》

第二次世界大战之后至20世纪60年代初，除了洪版《三国》，泰国最有名的泰文《三国》版本是雅各布的《卖艺乞丐版〈三国〉》系列和克立·巴莫的《富豪版〈三国〉》系列。虽然孟坤采·迈热的索隐探微式的阐读受到读者的推崇，但是通过报章的互动周期较长，涉及的问题比较琐碎和杂乱，并不系统，难以产生持续的影响。在60年代末，泰国又出现了一本影响颇大的泰文《三国》重写本，虽然是从“索隐钩沉、证求细节”的解读方式入手，但是在此之上又进行了新的阐发，加入个人的际遇和抱负，怀古述今，自抒胸臆，这本书就是桑·帕塔诺泰所著的《〈三国〉军事战略》。

桑·帕塔诺泰（Sang Phathanothai）生于1914年，是泰国著名的政治家和媒体人，是銮披汶内阁的高级幕僚，做过銮披汶政权的电台节目“曼先生—空先生”主持人[①]，被任命为銮披汶政府的官方发言人，主管一切政府宣传工作。1947年，銮披汶第二次上台，邀请桑·帕塔诺泰重新出山担任其特别顾问。桑在冷战高峰时期建议銮披汶秘密接触中国，建立与中国最高领导层之间的互信关系，并主动担当联络人，还将自己的子女（即万崴·帕塔诺泰与希琳·帕塔诺泰）秘密送到中国接受教育。1958年沙立·他那叻发动武装政变上台之后，桑·帕塔诺泰因在其主编的报纸《和平报》（<u>*Satianraphap*</u>）中发表了一些亲华的文章，而被沙立政府以宣传共产主义的罪名投入监狱，直至1965年才获释。

与雅各布和克立·巴莫的作品不同的是，桑的作品并不是依托报刊出现的，而且创作本意也并非要进行文学创作，而是借解读《三国》文本进行政治抒意，表达个人愿景。根据《〈三国〉军事战略》“第一版序言”，这本书是桑在服刑期间用了不到两个月的时间写出来的。在狱友的帮助下，他还完成了“《三国》地理术语表”和“《三国》人物索引表”，并修正了旧有的三国地图。[②] 关于写作动机，桑在前言中写道：“我还是个孩子的时候就热衷于读《三国》，这本书有太多的人物和地点，根本记不过来，几段故事情节时常互相交错，即使静下心来用

① 为此，克立·巴莫在《曹操：终身丞相》中还有影射批评桑的内容。

② [泰]桑·帕塔诺泰：《〈三国〉军事战略》（泰文），曼谷：自然出版社，1998年，第29-31页。

心读，也几乎无法理清来龙去脉。除此而外，有几段译文读了几遍也无法理解。由于一直十分喜欢这本书，后来便去找来布鲁威特·泰勒的英译版对照着阅读。慢慢读下来，一直到沙立·他那叻将军出任总理将我作为政治犯囚禁起来以后才最终读完，因为服刑期间有了充裕的时间。这时才发现，泰译本和英译本实在有不少的差别，许多我过去在泰译本中读不懂的段落，读到英译本后顿觉豁然开朗；不仅如此，许多非常精彩的段落在泰译本中都被删去，但是都在英译本中读到了。这是我致力完成这本书的原因之一，也作为我在沙立将军治下的铁窗岁月的纪念。”[①]之后，他又作了进一步的解释：“……《三国》仅仅读三遍还是不够的，特别是我们的泰译本，要投入更多的心力。我已读了数遍《三国》了，也不觉得比其他人读得透彻，反倒使我萌生了新的想法，即想减少人们阅读泰译本时的困难，因为即使有各种各样的不足，这本书的经典价值也仍是毋庸置疑的……”[②]为此，桑定下了《〈三国〉军事战略》的写作原则[③]：

1. 选取书中最精彩的段落展开描写，主要是有关军事战略的内容，删去无用的内容，以方便读者掌握；

2. 按照事件的时间顺序叙述，不会造成情节交错和混乱；

3. 遴选重要的人物分别叙述，读者可以挑选人物阅读，也可按情节顺序整本阅读；

4. 尽量保留昭帕耶帕康（洪）版译本的表达，包括各种人名和地名的译法，除了个别与原文不一致的必须修正的地方；

5. 补译一些泰译本没有译出但非常精彩的部分，一些翻译不清楚的地方，重新修定；

6. 不刻意添加内容或变更原文固有的文字表达；

---

① [泰]桑·帕塔诺泰：《〈三国〉军事战略》（泰文），曼谷：自然出版社，1998年，第16页。

② 同上书，第28-29页。

③ 同上书，第29页。

7. 每一章都附上对文中事件的感言以及评论。

《〈三国〉军事战略》在风格上和《卖艺乞丐版〈三国〉》《富豪版〈三国〉》大异其趣。它不是为了追求娱乐，因而态度严肃认真、内容严谨，情节紧凑，既没有雅各布那样的插科打诨，也没有克立那样的戏说臆断；全书是桑在狱中一气呵成的，没有为方便报刊连载而带有的仓促和支离感。桑摒弃了雅各布和克立那种“讲故事”的叙述方式，因此行文对洪版《三国》的依赖性更强。《〈三国〉军事战略》更像是洪版《三国》的节略修订版本，有不少表达都直接出自洪版，如王允有一段话，在洪版《三国》中是这样说的：“董卓进入都城后胡作非为，还杀害了何太后和汉少帝，我等都心急如焚，<u>如同睡在火堆之上，我不知道何人能够拯救国家，给国家带来幸福安宁</u>。”[1]在《〈三国〉军事战略》中，桑写道：“自从董卓控制了都城，弄得国家生灵涂炭，我十分痛苦，<u>如同睡在火堆之上，我不知道何人能够拯救国家，给国家带来幸福安宁</u>。”[2]

在内容上，桑参考了大量中文资料，包括罗贯中《三国演义》《中国地图》《三国地图》《辞源》《中国古今地名大辞典》《三国演义人名地名词典》等，对洪版《三国》的内容进行了一定的修订，因为强调忠实原著，因此在思想上也继承了“拥刘抑曹”的主流倾向，他在曹操一章评论道：“曹操杀吕伯奢全家，皆因其疑心太重，曹操也因此失去了陈宫这样一位良友，后来还成为他的一位劲敌；因为曹操秉持‘不愿先被他人背叛’的理念，才会错怪陶谦，才会将兖州拱手让给了吕布，也折损了大量兵力。”[3]曹操去世之时，桑更是直言：“那些凭借残害他人生命而生存的人，也一定会痛苦地死去。”

---

① [泰]昭帕耶帕康（洪）：《三国》（泰文），曼谷：艺术编辑室出版社，2001年新版，第50页。

② [泰]桑·帕塔诺泰：《〈三国〉军事战略》（泰文），曼谷：自然出版社，1998年，第101页。

③ 同上书，第109-110页。

尽管桑声称写此书只是为了修正洪版《三国》中的错误，并方便读者更好地阅读《三国》，但是从其写作环境以及书名可以看出，其目的绝不仅限于此。桑按照情节发展顺序，将《三国演义》中有关战争制霸、军事战略和政治权谋的内容集中起来，由“十常侍乱国”开始到“司马炎统一三国”结束，按照时间顺序分成20章，每章选取一个重要人物进行点评。在人物选择上，以往不被注意的十常侍、汉献帝、典韦甚至华佗、孟获等都被列为一章来单独点评。此外，在每一章的开头，桑都附上一篇短小的开篇语，直抒胸臆，表达个人对一个“国家要员”应具有的素质和品行的看法，这是与桑的写作意图紧密相关的。比如“国家要员，若没有为民牺牲的觉悟，一味听信小人的谗言，只会骄奢淫逸，则家不像家，而国亦将不国。”（十常侍篇）；“国家要员，若一心只会铲除异己，不懂得化敌为友，不会使用妙计良方培养具有文才武略之人，就离危险不远了。”（王允篇）；“国家要员，若仅寄望于仰仗他人为己谋利，分内工作却不能谨慎、周到地躬亲治理，最后的结果便是毁了工作，害了自己。”（汉献帝篇）；“国家要员，若无容人之心，不能接受逆耳之言，即使握有百万兵权，也终究在劫难逃。”（袁绍篇）；“国家要员，若能审时度势，赢得起也输得起，懂得宽容，为人处事讲究艺术，凡事三思而后行，必然百战不殆。”（孔明篇）；“国家要员，若真能爱国爱民甚于爱自己和亲朋好友，必然不会固执地对抗能够保护自己的强大力量。弃车保帅，总好过徒劳无益地牺牲。”（孟获篇）；“国家要员，若能将其力量用于为人民谋幸福和利益，忠诚于自己的职业，将会被人民永世铭记。”（华佗、管辂篇）等等。整本书实际上是借重写《三国》的机会来表达桑个人的政治观念和政治抱负，因此才会将书定名为《〈三国〉军事战略》。

桑·帕塔诺泰的版本影响很大，其人物和地名表成为很多学者研究的工具书，作为洪版《三国》中的人名、地名等翻译的修正，更重要的是他使《三国》呈现出完全不同的面貌，成为其政治表达的工具。人们读完《〈三国〉军事战略》看到的是桑个人政治生涯的印记，而不仅仅是故事内容的再造和重复。这也使人们意识到《三国》文本具有很强的延展性和可塑性，后来出现大量《三国》衍生版，桑版《三国》的成功是重要原因之一。

三、从“医学版”到“凡夫俗子版”“身边人版”

桑·帕塔诺泰的《〈三国〉军事战略》的成功无疑拓宽了解读《三国》的方式，人们开始更多地将《三国》和当下本土情境结合起来，即开始用《三国》人物和故事来展现泰国的社会风貌，反映泰国的人情世故，人们开始从这个来自中国的文学作品中分析、挖掘出更多泰国元素。但是由于军人政府加强了对报刊书籍的审查和监管，整个70年代有关《三国》的文本都很少出版，[①]个别像塞纳努琪（杰）的古典诗歌作品《诗文版〈三国〉》（1973年）出版，文本也是几十年前创作的，泰国出版界的“三国风潮”陷入低谷。

直到80年代中后期，随着一直困扰泰国军政府的“泰共”问题成功解决，加上80年代泰国经济的飞速发展，长时间以来钳制着思想文化的政治“枷锁”逐渐被打开，出版业再次兴盛起来。与中国有关的话题不再成为禁忌，“三国热”乘此春风重新升温，持续回暖。报刊上不仅有泰文《三国》的文学讨论，还出现了对《三国》进行文本分析和评论的专业文章。1989年，曾在50年代享誉一时的孟坤采·迈热的《三国》专栏文章合集《〈三国〉好在哪里》终于出版。同年，另一本《三国》的阐释类评论杂文集——“帕医生”的《医学版〈三国〉》出版，同样大受欢迎。该书进一步丰富了桑·帕塔诺泰式的阐读方式，而且心态更为放松，将生活中的人或事信手拈来，有感而发，与《三国》内容结合起来漫议戏说，高谈阔论。

“帕医生”（Mo Phat）是一位职业的空军军医，利用闲暇时间为

---

① 尽管泰国1973—1976年曾有短暂的文人政府时期，中泰两国也于1975年正式建交，但是1976年军人再次发动政变，推翻文人政府。

一些报刊撰写专栏，该书是帕医生在《空军新闻》杂志上连载了数年的专栏文章合集。书的全称是《医学版〈三国〉：从前所未有的新奇视角》，可见本书意在突出一种创新的视角，即从医学的角度对《三国》进行剖析。帕医生对此进行了解释："最初帕医生我想要继续之前曾在空军杂志上撰写过的专栏，写一组关于'卫生学杂谈'的文章，但是细想了一下，这些内容太过专业了，读后恐让人昏昏欲睡，于是想写一点轻松的东西，加入一点学术的内容。当我在琢磨含糖块儿该搭配什么水果馅儿好的时候突发奇想，如果往点心里面加学术的馅儿，和往糖块儿里夹馅儿一样，会方便食用，味道也更棒。要往点心里加什么学术馅儿好呢？恐怕没有什么比《三国》更合适了，因为它意涵丰富，而且情节惊险刺激、妙趣横生。尽管已经有很多人从不同角度进行了解读，但是我们将会从一个从未有人尝试过的新奇角度去阐释，即从'医学的视角'观察《三国》。"[①]

帕医生的这些杂文语调轻松，风趣幽默，思维活跃，寓教于乐，从某个三国人物出发，引出一个医学方面的话题，或与当下医疗保健密切相关的问题。他为了营造轻松的氛围，采用与人闲聊家常的语气撰写，由于最初是在报刊上专栏连载，不时有热心读者反馈问题，他都会在接下来的杂文中进行回复，进行互动，当然也是采用口语对话的形式。比如在第一篇文章"华佗：中国的医圣"是这样开头的：

> 噹……噹，请吧，请走这边，早先那位真正的帕医生在此开班唱戏啦！尊敬的各位看官也许都曾听过或读过各种版本的《三国》，例如昭帕耶帕康（洪）的文学经典、雅各布的"卖艺乞丐版"，或克立·巴莫亲王的"富豪版"，这一回我将采用一个全新的视角来展现《三国》，即"医生版《三国》"。请列位试着品味

① [泰]帕医生：《医学版〈三国〉》（泰文），曼谷：莲叶出版社，1989年，第97-98页。

一下，医生我是如何解读三国人物的症候病状的。[①]

显然，这种开篇方法是受到了雅各布和克立·巴莫的影响，力求拉近讲述者和读者之间的距离，吸引读者的兴趣。此外，在行文中前文本的影响痕迹也随处可见，不时会出现洪版和克立·巴莫版《三国》文本的原文或观点引用。

相比于形式，《医学版〈三国〉》的内容更吸引人的眼球。全书共收入14篇文章，每篇都以一个医学相关或一类特殊的人物为主题，不时穿插相关的医学知识，或对文中出现的医学问题进行学术解释。但每篇文章的着力点不同，有的是以探讨医学问题为主，而有的则是以评点三国人物为主，补充医学知识为辅。在"华佗：中国的医圣"一文中，帕医生介绍了华佗的高超医术和行医轶事，如为关公刮骨疗毒，为曹操诊治头疾等，辅以现代医学知识和泰国的实际病例补充说明。而"孔明患何疾而死"和"曹操的病症"则探讨了导致诸葛亮与曹操身死的病因，帕医生认为从前文本记载的症状来看，诸葛亮身患多种疾病，直接死因很可能是心脏病，伴有结核病症状；而曹操的病史更为复杂，帕医生认为从他的生活习惯和经历推断，可能患有三期梅毒，病毒侵袭到脑部，同时他也有偏执狂的症状，而直接导致曹操身死的是他头部长的脑瘤。帕医生对华佗充满钦佩之情，为曹操屈杀华佗感到难过，更重要的是对记载华佗毕生行医经验的《青囊书》未能传世而深感遗憾。

除了直接与病理相关的内容，帕医生还在某些篇章着重讨论了人的生理和保健的内容。如在"酒鬼"一文讲到酿酒的历史与人在饮酒后的生理反应，并指出饮酒须有节制，之后对比三国中的两位"酒鬼"不同的饮酒方式：张飞嗜酒无度，酒后情绪暴躁易怒，常暴力处罚下属，因饮酒误事不但令刘备丢了徐州，最后还因酒后鞭打士卒而丢了性命；而与之对比鲜明的是庞统，他屈身耒阳县令，终日饮酒不理政事，但他饮酒节制有度，只为引起刘备注意，待刘备派人来问罪时一展才华，此

① [泰]帕医生：《医学版〈三国〉》（泰文），曼谷：莲叶出版社，1989年，第3页。

举果然见效。最后，帕医生感慨“要让人饮酒，莫反被酒饮”。在“老人是宝”一文中不但谈到人老的生理变化，还谈到人们应该如何看待老人，切勿认为老人无用，老人不但多慧多闻，而且阅历丰富，处变不惊，如诸葛亮用空城计吓跑司马懿；还有的人老当益壮，不输少壮，如老将黄忠年近七旬能与壮年关羽战成平手，而且射术精湛，位列蜀军五虎将之一。帕医生对黄忠极为推崇，认为他不仅武艺超群，勇猛无敌，而且忠义双全，品格高尚，是老将中的典范。在“弓箭的神力”一文中讲到箭上抹毒致人死命的时候，帕医生由此联想到现代社会人们对味素的滥用也是一种“毒害”。作为一种调味品，味素的主要成分实际上是一种称作“谷氨酸一钠”的化学元素，在菜肴中少放一点有提鲜的功效，因为它可以刺激舌头味蕾上特定的味觉受体，但是一旦摄入过量将会导致眩晕、脑胀、视力下降等一系列症状，由于泰国的中式饭馆经常滥用味素，因此有人称这些症状是“中国酒楼症候群”。同样，现代泰国人也经常食用糖精，如果长期过量摄入也是“有毒”的，有的医生相信大量糖精会导致膀胱癌。

帕医生的这本《医学版〈三国〉》视角独特同时又贴近生活，因此大获好评，也重新掀起了评点《三国》、阐释《三国》的热潮。此后，人们对《三国》的解读呈现出越来越多元化、个性化的特征，索隐式、抒意式、漫谈式的阐释批评类文本都层出不穷，阐释的内容也涉及泰国社会的方方面面，政治、经济、军事、哲学、文化、文学，大到总理更迭，小到邻里亲情，各种话题都可以和《三国》文本联系起来，找到阐发空间。20世纪90年代，泰国相继出版了一批阐释批评类书籍，如安蓬·素格先的《诡计多端的〈三国〉》（1991年）和《揭秘〈三国〉：三国人物计谋的内幕透析》（1996年），分析了三国里面波云诡谲、变幻莫测的权谋诡计，一方面是为了娱乐大众，另一方面也提醒人们小心提防；安龙·沙衮叻达纳的《发展版〈三国〉——三国中的第四国》（1992年），将目光对准北海太守孔融，用他治理北海的成败得失来评论泰国的发展问题，夹叙夹议，笔调轻松，甚至还虚构了一些情节；克立·巴莫等著的《文学视野下的〈三国〉》（1993年），汇集了克立·巴莫、玛丽尼·蒂洛瓦尼、素吉·尼曼赫民、他威·瓦拉迪洛等一批著名的学者和作家对《三国》的文学研究文章和杂文；天采·叶瓦拉梅译的《〈三国〉人物评析》（1994年），是译自中国1984年召开的第二届《三国演义》学术研讨会的会议论文集，天采针对泰国读者仅选译了其中一部分关于人物分析的文章，等等。进入21世纪，这股热潮非但没有偃旗息鼓，反而愈加红火，又涌现出《透析〈三国〉战略》（素帕尼·比亚孙塔编译、盖差·塔玛差编辑，2002年）、《透析〈三国〉》（威瓦·巴察冷威，2002年）、《政治版〈三国〉》（威·佩武莱，2002年）、《〈三国〉式反败为胜的方法》（通田·纳詹浓，2002年）、《杂议〈三国〉》（劳香春，2004年）、《〈三国〉政治之国家分裂》（通田·纳詹浓、杰·加仑托，2005年）、《身边人版〈三国〉》系列三部（厄·安恰里，2006年、2007年、2010年）等作品。除了这些已经成书的出版物，还有大量散见于各种报刊的《三国》分析与评论文章，难以尽数。尽管形式各异、角度不同，但是现代泰国的作家和评论家们对于《三国》的认识都较为一致，他们都认同《三国》的价值不仅仅体现在其文学领域内的成就，解读《三国》也不能囿于文学文本的细读上，文学和社会是时刻处于互动状态之中，正如泰国作家厄·安恰里所说："《三国》是少有的具有多维阐释空间的文学作品，包括历史维度、政治维度、文化维度、哲学维度以及文学维度。"①

在近年来推出的泰文《三国》阐释批评类重写本中，老川华的《凡夫俗子版〈三国〉》系列和厄·安恰里的《身边人版〈三国〉》系列影响颇大，具有代表性。

"老川华"（Lao Chuan Hua）是作家素散·威魏梅他功（Suksan Vivekmetakorn）的笔名，他的《凡夫俗子版〈三国〉》系列销量很

① [泰]厄·安恰里：《身边人版〈三国〉》（第1部）（泰文），曼谷：民意出版社，2006年，第11页。

高，很受欢迎，该系列包括《揭开孔明的面具》（三部）《洞悉孙权》《剖析刘备》《解读曹操》《深挖司马懿》《颂赞圣子龙》《泛舟赞周瑜》等分册。这套书的人物和故事都取材自《三国》，但它并非对三国人物故事的简单重复，而是从人物的具体活动出发，以透视其思想为目的，以便让读者能够更深入地了解人物，让更多普通人来对其进行评判。因此，老川华为丛书取名“凡夫俗子版”，这套书就是写给芸芸“凡夫俗子”们的。

虽然每个分册都老川华围绕着一个三国人物展开文字，但是并不是简单地介绍其生平，而是将人物置于中国历史发展的大背景下来书写，夹叙夹议，以议为主，一方面介绍泰国读者不熟悉的中国历史史实，一方面希望泰国的读者能够更多地思考。他通过细致入微的比对和分析，附以其他中文材料，探究这些三国人物的真实面貌。老川华选取的人物都有目的性。泰国人对三国人物的接受主要通过昭帕耶帕康（洪）译介的罗贯中的文字，是罗贯中本人的好恶评判。在他的笔下有的人被美化了，如诸葛亮和刘备；有的人被丑化了，如曹操、司马懿和周瑜；有的人被弱化甚至忽视了，如赵云和孙权。老川华希望通过自己的文字能够“还原”他们各自在历史中的本真面目，给予他们应有的历史地位和评价，以扭转泰国人对这些人物传统上的固化认识。他在书的扉页上写道：“献给求真之人”，这是他写作的真实写照。他希望读者能够带着各种思考去阅读各不同版本的《三国》，而不是盲目地去相信某种刻板观点。

如在三国的几位主公中，意志最不坚定的一位似乎就是吴国的皇帝孙权，他的心就像风向标一样随风摇摆。在三国戏曲中，作为三国时期在位时间最长的君主的孙权却戏份最少，甚至不如阿斗刘禅露面的机会多。老川华为孙权鸣不平，认为“孙权是最应被大书特书的三国人物，因为他对社会所做的贡献。他生来就为了让社会和平安定，而不是要进行破坏或征战杀戮。为了让集体获救，他可以牺牲个人的幸福，利益甚至荣誉声名。但这种优秀的行为却被众人从相反的立场解读，结果使他沦为一名次要的人物。”[1] 老川华对赵子龙亦是赞赏有加，在他眼里赵子龙不仅武艺超群，而且机智过人、心思缜密、宅心仁厚、谦逊谨慎，远比同时代的其他人优秀，是他心目中的“好人”，这样的好人不像神明一样高高在上，但却在人们心中留有难以磨灭的印象，时刻激励人们多行善举、少筑恶行。但是这样一位完人在《三国》中却时运不济，未能获得与之相配的显赫功名。但是功名利禄也并非赵子龙所图，老川华用一个泰语中的成语“在佛像背后贴金”来形容他，意思是赵子龙是一个为善不居功的无名英雄，就像在佛像背后贴金一样，不欲为人知晓，但实际上功高盖天。“上知天文下晓地理”的诸葛亮同样是老川华非常钟爱的人物。他在学生时代的课本上读到洪版《三国》中“赤壁之战”片段后就对其印象深刻，便想方设法去搜寻有关诸葛亮的文字来读，崇敬之情与日俱增，但也不禁怀疑世界上真的有诸葛亮这样“志虑忠纯、睿智无双”的完人吗？随着阅历的增加，读到越来越多的各类中文材料，老川华开始对诸葛亮有个全新的认识，意识到这个人物是被民间戏剧和罗贯中塑造出来的，便决心“揭开”孔明的面具，为泰国读者还原一个真实的诸葛孔明，并且一连写了三本。

老川华文笔流畅而不失幽默，他的这个泰文笔名“Lao Chuanhua”中的“Lao”是讲述、闲聊之意、“Chuanhua”有引人发笑之意，表明他写作的轻松心态，只为博君一笑。他在行文中不时穿插一些有趣的段落，如在《泛舟赞周瑜》一书中，他戏拟诸葛亮和鲁肃的口吻杜撰了一封诸葛亮写给周瑜的私信，以及鲁肃替周瑜给诸葛亮写的回信。诸葛亮给周瑜的信里充斥着口语，从称呼彼此和语尾词来看，完全是两个关系亲密的死党之间的书信。信的内容自然也是编造的，而且极为搞笑，信中诸葛亮不住地抱怨自己，羡慕周瑜，信末的问候语也写道“献上我的

① [泰]老川华：《凡夫俗子版〈三国〉系列：洞悉孙权》（泰文），曼谷：克莱泰出版社，2008年，第155-157页。

羡慕”。[①]

此外，老川华还借机补充一下有助于读者欣赏和理解《三国》的语言和有关中国的文史知识，如对中国官制品级及其称名的介绍、对人名、地名的音译的比照；还邀请读者一起思考一些问题，如分析泰语中的中文借词的读音与普通话和潮州音之间的差别，因为泰国潮州华人众多，潮州话与普通话读音差别很大，有些词反倒是在泰语中更接近一些。[②]尽管老川华笔调轻松，但是他的态度严肃认真，为了获取更为真实的一手材料，他甚至亲自到中国进行实地考察和取材，同当地人同吃同住同行，既丰富了阅历，又收获新鲜的观念和视野，并将之呈于纸上。他希望自己的读者也不要懒散，“希望大家都来读《三国》，但是请带着思考来读，尽量比照一下真实的情况，不要只是追求娱乐或被宣传牵着鼻子走，应该时常提醒自己，《三国》是一把带尖的双刃剑，握着它的人稍有不慎就可能会伤到自己。”[③]

当然，由于昭帕耶帕康（洪）的译本实在深入人心，加上老川华有些地方也有主观的价值判断之嫌，老川华的这套书引发了读者们的争议，赞赏认同者有之，反对批评之声也不绝于耳。对此，老川华表示所有意见他统统接受并表示感谢，他写书不是为了说服谁，而是希望能把自己20年来对这些问题的思考呈现出来，希望激发大家的思考以及求真求实的渴望，他直言“我写这套书的真正目的是出售点燃思想的火花，而不是这些染上墨迹的白纸”[④]。

厄·安恰里的《身边人版〈三国〉》系列也同样独树一帜，特点

---

① [泰]老川华：《凡夫俗子版〈三国〉系列：泛舟赞周瑜》（泰文），曼谷：克莱泰出版社，2009年，第156-161页。

② [泰]老川华：《凡夫俗子版〈三国〉系列：洞悉孙权》（泰文），曼谷：克莱泰出版社，2008年，第19-30页。

③ [泰]老川华：《凡夫俗子版〈三国〉系列：揭开孔明的面具》（泰文），曼谷：克莱泰出版社，1990年，第9页。

④ [泰]老川华：《凡夫俗子版〈三国〉系列：揭开孔明的面具》（三）（泰文），曼谷：克莱泰出版社，2007年，“前言”第5页。

鲜明。该系列是厄·安恰里在《民意周刊》开设多年的“身边人版《三国》”专栏的文章结集，目前已推出三本。[①]由于是评点式的杂文专栏，厄·安恰里的《三国》重写系列不同于雅各布、克立·巴莫、老川华等人的《三国》系列，她并不是围绕某个三国人物展开情节，而是相当随性，每次都选取一个话题，《三国》的人物和情节只是引出话题的引子，或恰好与话题相关，也可以说《三国》是她杂议漫谈的背景。

厄·安恰里是个感情细腻、感受力强，同时又是一个充满新奇想法、勇于探索创新的新锐作家，她撰写的专栏也体现了她的这种性格特征。在为《民意周刊》撰写专栏之前，厄·安恰里曾经于2000-2002年期间在《M》和《GM》杂志分别开设过“Erotic Library”和“Canned Pop & Street Talks”专栏，“Erotic Library”专栏是讨论两性间的心理学话题，而“Canned Pop & Street Talks”专栏则是对消费文化进行社会学分析，二者都使用平易朴实又不失机智的语言，用叙述的内容树立对社会有益的价值观念，以纠正时偏。“身边人版《三国》”专栏依然延续了这种风格，只不过叙述的内容变成了《三国》故事而已。厄·安恰里之所以将专栏名和成书后的书名定为《身边人版〈三国〉》，是因为专栏中的材料都取材于身边普通人的日常生活，来自她与家人、亲戚、朋友、同事的交谈和交流，来自她对周遭普通人生活的细致观察，这些都触动了她的情感，引发她的思考。她没有对《三国》小说进行诸如创作手法等方面的分析，而是把《三国》中的角色与生活中的各种人和事放置在一起，用《三国》的情节来阐释人们的生活，或者通过人们的生活来理解《三国》，寓情于理，抒发人与人相处的真切情感，《三

① 这三本分别是《身边人版〈三国〉：第一部之“青山不改，绿水长流”》，收录《民意周刊》第1250-1299期（2004年7月30-8月5日号至2005年7月8-14日号）的专栏文章（第1-46篇）；《身边人版〈三国〉：第二部之“白璧有瑕，恶有其出”》，收录《民意周刊》第1300-1376期（2005年7月15-21日号至2006年12月29日-2007年1月4日号）的专栏文章（第47-120篇）；《身边人版〈三国〉：第三部之“我们都寻觅真正的幸福”》，收录《民意周刊》第1447-1538期（2008年5月15日号至2010年2月11日号）的专栏文章（第121-186篇）。

国》也成了她与身边的人沟通的桥梁。如她将张飞与自己的父亲进行比较，张飞虽然看起来凶神恶煞，但是也有可爱之处（雅各布《卖艺乞丐版〈三国〉》中对张飞的概括就是“可爱的恶人”），他有一副热心肠，这一点上和作者的父亲是一样的。作者还将自己的祖母与黄忠进行了比较，她的祖母当时已经70多岁了，年轻时漂洋过海来泰国吃了不少苦头，尽管年纪大了，依然保持着积极乐观的生活态度，一如年轻时；《三国》中的老将黄忠亦是老当益壮，雄心不已，身心都和青壮小伙一样，75岁高龄依然可以领兵杀阵。如果说黄忠是在战场上维护了老将的尊严，那么作者的祖母就是生活这场战争中的强者，在作者的眼里，祖母的意志力和伟大不输黄忠。

厄·安恰里非常注意留心生活的琐碎细节，特别是嵌入到泰国人日常生活中的《三国》事象，如老磁带里播放的泰文三国乡村小调、电视上反复播放的三国影视剧、流行的三国电脑游戏、新出版的或经典的泰文《三国》作品，或者人们在对话中提到的带有泰国本土化符号和有代表性的三国人物，以及用三国的典故来指点为人处世之道等，都能够引发作者的感悟和评论。不仅如此，厄·安恰里的专栏还有一大特点，即涉猎范围广，她会从这些感触出发，旁征博引，用多方面的材料来论说此事。在每册最后还会附上长长的参引材料和推荐补充阅读的书目，使这个休闲娱乐的杂文专栏平添了一丝严谨的学术气息。专栏文章中引用的《三国》文本来自各种版本，包括小说、史籍、故事、电影、卡通及其他娱乐形式，作者将它们混搭在一起形成全新的、有趣的叙述形式。而文中出现的人名地名等专有名词，虽然现在不少泰国读者都学习过中文，清楚这些词在普通话里的发音和泰文的音译不同，但为了照顾大多数泰国读者的习惯，依然沿用洪版《三国》中泰国人耳熟能详的译音。

《身边人版〈三国〉》系列作为一个系列专栏，在感受方式和写作手法上一直是一以贯之的。但是从系列第二本书开始出现一个令许多读者不解的特征，人们发现第二本书中《三国》之外的内容越来越多，特别是大量涉及中国武侠小说，如金庸、古龙、梁羽生等人的作品。厄·

安恰里尤其推崇金庸的作品，如《射雕英雄传》《神雕侠侣》《倚天屠龙记》《天龙八部》《鹿鼎记》等内容和人物多次出现在文章中，甚至有整篇文章都是关于这些内容的而无关《三国》。这种做法很有争议，有些读者在《民意周刊》网络版专栏中留言，质疑作者此举是否已经偏离了《三国》的内容了，许多文章里通篇谈的都是诸如郭靖、杨康、杨过、张无忌、令狐冲、东方不败等武侠小说中的人物，而且与《三国》内容相去甚远。当然，也有读者来信表示支持，厄·安恰里把读者的来信收入文中，并在专栏文章中进行回复和点评。厄·安恰里有自己的考量，她在第二部的序言中强调，第一部更多关乎人与人的交流，而第二部则要拓宽视野，以《三国》为中心衍生出各种话题以及对人的影响，如本真与消遣、真实与虚构、商业娱乐与严肃文学等，金庸的武侠作品是这些话题引出来的，和《三国》一样，都是泰国人理解中国文化凭籍的符号。厄·安恰里认为不能将《三国》同中国的文化环境区隔开来，她将全书比喻成一座概念中的森林，激发人去思考，作者心中有一个整体的地图，将这些看似不相关的事物串联起来，构成一个理解中国文化的整体结构，由于连载有篇幅上的限制，只能分段刊出，因此会显得有些支离破碎。但是厄·安恰里希望读者“能够自己带着追问一路读下来，便能够发现所有这些（指所涉及的一切内容）究竟在哪些方面有其内在关联”[①]。也许对于这种写法，中国的读者是更难理解的，但若站在泰国读者的角度却并非无法接受，《三国》已经成为中国文化的某种投射，是泰国人了解中国和中国文化的途径与手段。除了武侠小说，厄·安恰里还提到了李连杰、张艺谋、巩俐、林青霞、周星驰、周杰伦、刘德华、梁朝伟等中国的明星或文化名人，他们的文化艺术作品和《三国》共同构成了中国文化的立体形象，《三国》正是很多泰国人接近这个文化体的敲门砖和引路者，他们会将从《三国》那里得到的关于中国

① [泰]厄·安恰里：《身边人版〈三国〉》（第2部）（泰文），曼谷：民意出版社，2007年，第13页。

和中国文化的印象，带入到欣赏其他中国文学和文化作品中，在这个意义上《三国》与其他中国作品之间也构成一种互文的关系，尽管它们在内容上并不直接相关，甚至看起来南辕北辙。

从《医学版〈三国〉》到《身边人版〈三国〉》，对泰文《三国》的阐释批评的形式越来越多样、越来越自由，色彩纷呈，厄·安恰里的《身边人版〈三国〉》系列（尤其是后两部）把这种阐释评论的自由度发挥到了极致。现在，各种阐释批评形式都融合在一起，由于杂文专栏的特殊性，既可以进行索隐式的阐读，也可以单纯抒发胸臆，甚至自由地漫谈戏说，《医学版〈三国〉》和《身边人版〈三国〉》的文章里这几种解读方式都具足，只是随意发挥的戏说式解读特征较为明显，也更有特点。

第三节　研以致用的实用类文本

泰文《三国》的阐发型重写还有一个亚类别，即以追求实用性应用的阐读方式。这种阐发方式以商业实用类为主，研以致用，但它并非泰国人首创，而是受到日本和中国的影响。泰国经济从20世纪60-70年代开始强劲复苏，持续高速增长，80年代中期开始，泰国经济进入到高速发展的时期，泰国也成为继亚洲经济“四小龙”之后的第五条小龙，位列亚洲经济“四小虎”之首。时任总理的差猜·春哈旺提出将中南半岛地区“变战场为市场”，大力发展经济。这段时期，泰国的外国直接投资大量增加，但更重要的是泰国本土公司也已经迅猛崛起。同大多数东南亚国家相比，泰国对外来资金的依赖较少，世界银行曾指出，这是亚洲奇迹的一个样板。[①]

泰国企业家们非常重视学习借鉴其他亚洲经济强国和地区的企业

① [澳]约翰·芬斯顿主编：《东南亚政府与政治》，张锡镇等译，北京：北京大学出版社，2007年，第309页。

文化与经营之道。日本和“亚洲四小龙”的经济腾飞刺激着泰国的企业家们，他们发现日本很多公司管理者都很注意研究《三国演义》中的经营和管理之道，他们把《三国演义》奉为商战宝典、政略大全和励志奇书，从《三国演义》中学习处世方、成功法、组织学、领导术、战略论等。被奉为“经营之神”的松下电器创始人松下幸之助生前曾多次表示：“三国人物的智慧，是我的最好的老师。”许多大公司把《三国志》列为“领导者必读”，并将孔明兵法作为管理原则。无独有偶，中国的经济迅猛发展，出现了一批从企业管理和用人艺术等角度阐释《三国演义》的书籍，从运营、领导、公关、竞争、形象等方面解读三国中蕴含的商业智慧，给现代企业带来启示。其中有不少著作都被翻译或编译成了泰文，如霍雨佳著的《〈三国演义〉的用人艺术》（1987年），由本萨·汕拉威编译成泰文版《〈三国〉中的用人艺术》（1987年）；李炳彦、孙兢著的《说三国话权谋》（1986年），由本萨·汕拉威译成泰文版《三国战略》（2000年）；谢苏章（音）编著，由通田·纳詹浓成泰文的《〈三国〉策略：战争中的管理经典》（1989年）；李飞、周克西著的《〈三国演义〉与经营管理》（1988年），由本萨·汕拉威译成泰文版《用〈三国〉战略经营管理》（1994年）；霍雨佳著的《三国谋略学——商用中国式计策智慧》（1999年），由本萨·汕拉威编译成泰文版《〈三国〉中的谋略艺术》（2004年），等等。还有一些是编译自中文的著作，如通田·纳詹浓编译的《〈三国〉战役：反败为胜的策略》、《〈三国〉策略：立于不败之地的管理者原则》、《〈三国〉式反败为胜的方法》等。这些作品一经推出便大受欢迎，有的书不但卖至脱销，电视上还配有电视讲座，很多公司下班后还组织员工进行讨论。

虽然这一类书籍大部分都是直接从中文翻译过来的，并非泰国的原创作品，但是其目的性很强，重点关注如何在商业、人事管理、领导艺术上运用《三国》中的谋略。这些书籍基本上都是由本萨·汕拉威（Bunsak Saengrawi）和通田·纳詹浓翻译的，他们的译作最丰，贡献最大。本萨·汕拉威是泰国著名翻译家乌泰·田本叻（Uthai

Thiambunloet）的笔名之一，他一直致力于向泰国读者引介中国文化作品，除了多本《三国》商业营销方面的书籍外，他还翻译了《孙子兵法实战》《秦始皇》《三十六计与商业营销》，编著了《新中国成立之前》《中国面临的新挑战》等多部与中国有关的书籍。2007年，本萨·汕拉威因其在翻译中国作品方面的突出贡献而获得了泰国首届“素林特拉查”（Surinthracha）翻译奖①。另一位重要译者通田·纳詹浓，曾使用笔名“丘措·纳敦”编辑过《图例版〈三国志〉》一书，1976年10月6日事件后，他因参加抗议军政府的学生活动而被迫逃入深山，后辗转在中国学习了5年医学，从此与中国结缘。通田翻译过一大批中国的诗歌、哲学和兵书等方面的作品，但真正让他声名鹊起的还是《三国》类书籍的翻译，市场的反响极佳，如他翻译的《〈三国〉策略：战争中的管理经典》②，十五年间再版14次，特别是1989年一年内就再版了6次。通田也于2011年获得泰国第五届“素林特拉查”翻译奖。

本萨和通田都坚信《三国》在商务方面具有很高的谋略学和管理学价值，在1997年金融风暴之后仍继续翻译这方面的书籍。在他们的不懈努力下，尽管泰国1997年受到金融风暴的冲击，以儒家文化为核心的亚洲价值观的经营模式受到质疑，也波及《三国》商务应用，但随着泰国经济的复苏以及受到一些学者们的研究影响，《三国》经营和管理之道又重新获得泰国企业家的推崇和认可。他们并不满足于单纯翻译中文的《三国》经管类书籍，也开始进行原创品读，他们以人所共知的三国人物为载体，将市场谋略、人员管理、营销精神等诸般道理都融汇于一个个故事和典故之中，将一系列经济学、市场学、管理学的理论观点化

① “素林特拉查”翻译奖是泰国翻译协会（The Translators and Interpreters Association of Thailand）于2007年设立的奖项，旨在表彰长期活跃在泰语翻译事业上，不断推出高水平的翻译作品，推动翻译事业发展，以及对文学、社会和国家进步都作出卓越贡献的翻译家。

② 该书从第14次重印时更换了出版社，并更名为《〈三国〉战略：以败为鉴，反败为胜》，2012年第15次重印时又更换为暖武里的神圣智慧出版社，并再次更名《〈三国〉战略：立于不败之地的管理者原则》。

繁为简、化难为易，讲得平易通俗，亦庄亦谐，将三国智慧展现得淋漓尽致，如通田·纳詹浓的《司马懿胜过孔明》，本采·希利玛哈沙空的《〈三国〉精粹——管理者版本》等。近些年来又涌现出一批《三国》商务管理类重写作家，边萨·库纳功巴提是最突出的代表。边萨是记者出身，他将自己在记者生涯接触到的商业实例个案与《三国》和《孙子兵法》结合起来进行分析和评论，令人耳目一新，同时又有理有据，非常令人信服。他在2000年之后推出一系列有关《三国》的经管类图书，产量颇丰，如《〈三国〉中的CEO》《〈三国〉中的40句攻心佳句》《孔明指引致富路》《〈三国〉中危机时刻的工商管理战略》《用〈三国〉战略管理中小型企业（SMEs）》《刘备之道：无用之人的胜利》《用计识人版〈三国〉》《〈三国〉创造新老板》《卓越如孔明，将组织中的凡人塑造成强人》等。此外还有塔巴尼·阿迪达的《读〈三国〉识用人智慧》。这些书籍的重点不仅仅在企业如何在市场竞争中立足发展，而且更关注企业文化的培养和员工的选择与管理上，认为企业要想管理好员工，必须首先攻心，才能更有效地激励他们为企业工作，建立良好的企业文化。

由于发掘出了《三国演义》的商务价值，泰国人对《三国》的理解又深入了一层。同时，因为对商业利益具有推动作用，《三国》在泰国又收获了新的受众群体，即商务人群。这些商务人群消费能力很强，一旦成为《三国》的忠实读者，反过来又促进了《三国》图书市场的活跃，从而进一步提升了《三国》原本就已不低的知名度。一些商界人士阅读过这些实用类《三国》文本之后，将它们与自己的商务实践相结合，又产生新的体会，也加入新文本的创作行列。如格萨·猜亚拉萨米萨的《读〈三国〉论管理》，格萨·猜亚拉萨米萨是泰国著名的企业家、泰国正大公司的CEO，他结合自己的人生经验，对三国人物进行深入浅出的评述，并引用李嘉诚的说法，认为《三国》是最佳的管理教材。他认为一个好的管理者必须能够通过职场上积累的知识和经验找好“立足点”，才能够获得高效的成功，积累的经验可以为人生的战场上找准位置（position），能够摆脱不利的局面，取得辉煌的胜利。加伦·万塔纳信的《管理者版〈三国〉》（一套共6本）影响也很大。加伦·万塔纳信（Charoen Wattanasin）年轻时是泰国著名的羽毛球运动员，曾在20世纪50年代末60年代初叱咤世界羽坛，2000年进入国际羽毛球名人堂（World Badminton Hall of Fame）。退役之后，加伦·万塔纳信获得国王奖学金在英国利物浦商学院学习工商管理专业，之后进入商界，成为CSA国际咨询有限公司等多家公司的首席执行官；同时他还是一名学者，在一些教育机构中从事研究工作。因此，加伦既有商业上的经验，又有经过学术训练和从事研究的经历，他推出的《管理者版〈三国〉》既有丰富实践又有理论深度，很受读者推崇。加伦从专业的企业管理者的眼光客观地观察三国人物的言行举止，教读者更好地理解企业管理的道德和守则的意义，并学会如何在实践中“知人、诲人、用人”。这些企业家重写者不仅通过文字表达自己的观点，还通过更丰富的手段向公众传播。格萨·猜亚拉萨米萨选择举办讲座的方式进行宣传，如他和正大公司的一位经理巴悉·查葛察昙一起，于2008年5月9日在曼谷南美书局会议室举办的题为《为什么泰国人需要读〈三国〉？》的讲座，除了解读对三国的理解和认识，回答与会者的提问，还特别指出知人善用是经营者最重要的能力，在用人方面要看重人品，不能像曹操那样为了达成目的，不问人品但求能力。而加伦·万塔纳信则通过为自己的书录制配套讲座，全套共15张DVD（共86讲），通过具体事例深入浅出地将长达六册的《管理者版〈三国〉》展现出来，令人印象深刻。

可以说，融三国智慧与管理精义于一体，将《三国》与泰国的商业社会结合，挖掘《三国》在商业方面的价值和意义，寓至理于通俗之中，已经成为泰国最重要的一种品读和阐释《三国》方式了。通田·纳詹浓套用古代箴言的俗语“尚未读《三国》，莫言成大事”，已经和“《三国》读三遍，此人莫结交”这样泰国人熟知多年的俗语一样深入人心了。除了商务管理应用类别，还有一些从哲学、战争兵法等方面探讨实际应用的书籍，主要以探讨诸葛亮的军事管理哲学为主，如汤努·纳瓦玉翻译的《孔明的智慧：关于〈将苑〉》（后再版时更名为《孔明的智慧结晶〈将苑〉》）、天采·叶瓦拉梅（Thianchai Iamvoramet）[①]译的《孔明哲学著作及其生平》等，但无论销量还是受关注程度都不及商业应用。

第四节　《三国》重写版本的总体特征

我对我个人搜集的近170种泰文《三国》书籍（截至2016年）进行了一个粗略的统计（见图表11-1. 11-2），从版本数量分布上看，在20世纪之前只有洪版《三国》这一部作品；到了20世纪40-50年代，二十年间就涌现出6部作品；到了60-70年代，这个数字增长到10部；而到80-90年代，出版数字井喷到42部；进入21世纪之后更是一发而不可收拾，仅十余年时间就已出现110部作品。在这些作品中，文本类型多样，风格各异的作品争奇斗艳，针对不同人群都有具有传播效果的文本，既有文学文本，也有兼具其他社会功能的文本，不但在数量上极大丰富，而且在质量上也全面提升。这里的质量提升并不是说后来的重写文本在文学水平上超越了经典文本，而是指人们对《三国演义》的理解和认识水平远超以往，对《三国演义》的品评赏鉴与理辩批判都游刃有余，借用《三国演义》的人物典故来应用社会也是信手拈来、娴熟自如，毫无借鉴外来文化的生涩之感。这充分表明，经过几十年的本土化，《三国演义》已真正融入泰国的社会语境之中。

① 华裔，中文名杨汉川，也是泰国销量最大的《汉泰词典》的编译者。

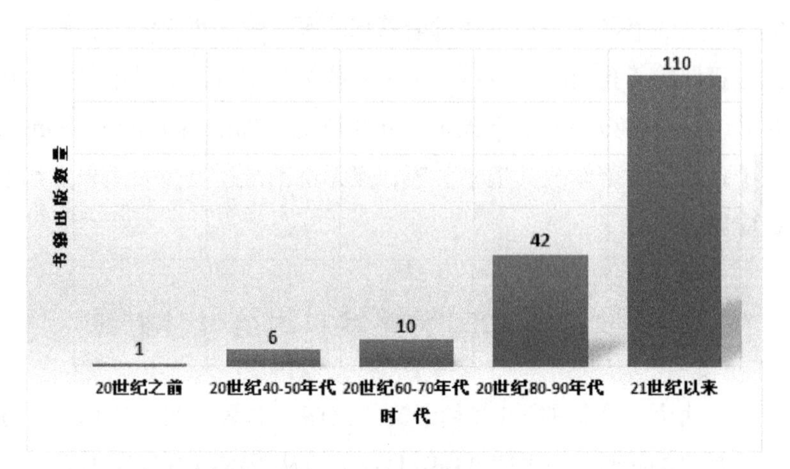

图表 11-1 泰文《三国》类书籍出版时期分布（截至2016年）

	全译本	编选缩略本	创作本	阐发批评本	实用应用本	其他
20 世纪之前	1	0	0	0	0	0
20 世纪 40-50 年代	0	1	3	0	0	2
20 世纪 60-70 年代	1	0	2	4	0	3
20 世纪 80-90 年代	0	5	0	14	14	9
21 世纪以来	2	11	3	26	48	20

图表 11-2 泰文《三国》类书籍类型分布（截至2016年）

从第九章到本章，我分别梳理了翻译型重写、创作型重写和阐发型重写这三种最主要的泰文《三国》重写类型，所涉文本逾百（详见附录二），这还不包括报章上散见的文章，或未能结集出版的个别专栏，以及各种泰文《三国》学术研究类书籍、论文等，否则数量还会更多。尽管这些重写文本风格不一，各有千秋，但纵观整个泰文《三国》重写的历程，仍然可以发现它们的一些总体特征。

首先，泰文《三国》的重写文本"本土化"倾向明显，泰国读者不断更新的需求是新文本持续产生的动力，市场化程度高。第一个译本洪版《三国》本身就是以泰国读者为目标人群的"泰国的文学作品"，充分考虑泰国读者的阅读和欣赏习惯，此后推出的三个重译本万崴版、威瓦版和甘拉雅版却因文笔上的差距和本土元素的欠缺，未能获得预期的反响。在传播效果上，那些篇幅较短的简译（写）版本却因迎合了那些无暇读书，又对《三国》感兴趣的本土读者的需求，在市场上颇受欢迎。当泰文《三国》在泰国积累一定的市场基础，读者不再满足于对《三国》中规中矩的解读，对于重写作者而言，出奇方能制胜，同时越是与日常生活关联紧密，反映时代特色，越能引发读者，尤其是新一代读者的共鸣，出版商才会不失时机地推出新文本，或再版重印经久不衰的老文本。当经典文本在市场中的流动能力（flow ability）减弱之时，其他重写版本及时跟进递补，使得市场中始终不会缺少泰文《三国》类书籍。持续的曝光度也使《三国》在泰国的传播热度不减。重写文本群数量可观，被创造性地赋予了多义性，不断焕发新光彩，它们覆盖了需求各异的各个层次的读者，真正使《三国》在泰国达到了政军商文各界关注，男女老幼均有所闻的流行程度。

其次，大众传媒特别是报刊业对于《三国》诸重写版本的产生和传播起到了巨大的推动作用，报纸杂志是泰文《三国》衍生版本重要的发表平台。大众传媒是最快、最有效的信息传播手段，许多有影响的泰文《三国》重写版本都是先在各类报刊杂志上连载，或者是发表在一些专栏的杂文文章，之后再结集整理编辑成书出版。报纸杂志的优点在于，每期篇幅适中，注重娱乐性，时效性强，有针对性的阅读群体，对于时尚和潮流能够做出及时的反应。专栏作家的写作更加自由，不同背景、不同学科、不同职业的作家可以从各自的专业和角度重新读解，视角新颖，风格各异，不但能激发读者的兴趣，同时也能够和读者进行即时的交流和互动。像雅各布的《卖艺乞丐版〈三国〉》是在《民族报》上连载；克立·巴莫的《富豪版〈三国〉》系列分别是在《名望报》和《沙炎叻报》上连载；冷威塔亚库的《卖国者版〈三国〉》是在《经理人》上连载；孟坤采·迈热的《〈三国〉好在哪里》是最早的阐发本，是1954年《暹罗时代》的《三国》专栏杂文；帕医生的《医学版〈三国〉》是来自在《空军新闻》中的专栏；安蓬·素格先的《诡计多端的〈三国〉》文章来自教师协会的期刊《大众研究》（Pracha Suksa）和《销售者》（Nakkhai）杂志；劳香春的《喽啰版〈三国〉》来自《通讯兵》（Thahan Susan）杂志专栏；厄·安恰里的《身边人版〈三国〉》则是《民意周刊》上的专栏；雅先的《反传统版〈三国〉——“孔明”》首先发表在《闪亮周刊》的专栏中……这些版本无不是先在报刊上大获好评，引发关注和热议之后为满足读者要求而成书出版的，报刊为《三国》的传播提供了载体和交流平台，反过来，各《三国》版本又刺激了报刊的销量。正是由于这些文章受到读者的青睐，各出版商才会纷纷解囊将其付梓出版，甚至以能够获得出版资格为荣。由于报刊文学的特点，各连载和专栏文章的文字大都通俗易懂、风趣幽默，尽量将复杂深刻的《三国》化繁为简、化难为易，以求更贴近新时代的读者和社会发展，本质上是一种“大话”或“戏说”。

最后，在泰文《三国》的传播群体上，泰国的华人群体及对华友好、曾在华留学的泰国人成为重写《三国》的中坚力量。最初的昭帕耶帕康（洪）虽然其华人身份存疑，但是他组织的翻译小组中承担口译的华人们发挥了无可替代的作用。早期的作家如克立·巴莫亲王有华裔家族背景；晚近的本萨·汕拉威、威瓦·巴察冷威、天采·叶瓦拉梅、“老川华”、厄·安恰里等作者也都是华裔。尽管有些华裔作家所在家庭经过几代的归化，已经融入泰国社会，母语已经变成了泰语，在生活习惯和思维方式上已经完全泰化了，但是中国毕竟是自己先祖的故国，家族里还遗留很多中国文化的元素，他们从小受到的家庭教育使他们有机会接受中国文化的熏陶，他们对泰文《三国》的关注要超过一般的泰国人，也比一般的本土泰人更熟悉和了解《三国》，后来成为《三国演义》在泰国进一步实现本土化过程中的主力军。20世纪70—80年代以来，在热衷于翻译、撰写和研究《三国》的一批青、壮年作家和学者中，有的虽然不是华裔，但也曾经在华学习工作多年，中文水平高，对中国和中国文化都有亲近感，如万崴·帕塔诺泰、通田·纳詹浓、甘拉雅·素攀瓦尼等。正是这些掌握中、泰双语的留学生，有能力发现旧有版本的问题，并创作新的、修正的《三国》版本。同时，他们都曾近距离地观察和接触过中国社会和文化，可以感受到更多的文化冲击，也更易洞悉泰国读者的需求和对待中国文化的态度，因此他们一方面会不遗余力地向泰国读者引介中国文化，另一方面也会有选择地突出某一方面内容，填补泰国读者的知识盲点，如介绍《三国》的商业实用价值，将《三国》置于中国文化大背景下讨论等等。这些都为《三国》在当代泰国进一步传播起到推波助澜的作用，他们和前辈作家、翻译家们共同为《三国》融入泰国社会并成功实现本土化做出了可贵的贡献。

第十二章

创新扩散——泰式“三国文化”与泰国社会

第一节 泰式“三国文化”的兴起

泰国人为何如此钟爱《三国》？通田·纳詹浓给出的回答言简意赅：“（泰文版本的）《三国》是不朽之作，因为它总能带来创新。”[①]洪版《三国》及其后的各种重写版本在泰国形成了一个可观的泰文《三国》文本体系，也培养出数目巨大的读者群体和规模庞大的文学市场。这些都是通过不断的反馈而激发的“创新扩散”的结果，同时也是中文的《三国演义》经过本土化改造后，在泰国的文化生态系统中占据“生态位”的结果。任何一部泰文《三国》作品，即使是那4部全译本与中文的《三国演义》都不能等同视之，它们各自的生态位也都是独一无二的。新文本的产生也有赖于新的生态位的产生，而这种情况大多是社会变迁的结果。生态位的数量与文学

① [泰]甘拉雅·素攀瓦尼译：《完整版〈三国〉》（泰文），曼谷：学友出版社，2013年，通田·纳詹浓的“序言”，第4页。

生态系统中的流通环境、流通空间、流通语言、消费习惯、审美意识、文化认同等因素有关。相应的，新文本的数量会因这些因素的差异而有很大变数。

广义的文本泛指一切具有释意可能的符号链，除了以文字书写或印刷形式传播的文本外，还包括图像、造型、表演、仪式等非文字文本。广义的文本几乎囊括了各种有待于接受主体解读出某种意义的符号对象，它们往往以某种文化的形式进行传播。广义文本的文化传播与文字文本的传播是一枚硬币的两面，二者互相配合，互相补充，相得益彰。

在中国，《三国演义》并不仅仅是一部文学作品，它背后所依托的是一个宏大的三国文化体。沈伯俊对中国的“三国文化”进行了一个宽泛的界定：“它并不仅仅指、并不等同于‘三国时期的文化’，而是指以三国时期的历史文化为源，以三国故事的传播演变为流，以《三国演义》及其诸多衍生现象为重要内容的综合性文化。”[①]三国文化在哲学、文学、艺术、史学、科技、军事、政治、经济等方面皆有体现，并且深入到人们的日常生活之中，随着时代的发展不断得到丰富和补充。《三国演义》是这个具有丰富内涵的文化体的一个突出代表。《三国演义》文学传播的背后，实际上是三国文化在社会上的传播，甚至《三国演义》本身就是一个文化的综合体。

如前所述，《三国演义》进入泰国之初，在未被译成泰文版本之前，主要依托华人社会，通过文化接触和文化交流向泰人传播，又因为语言方面的障碍，传播的方式主要依靠非言语的符号和艺术行为活动进行传播，包括神庙活动、戏曲表演和其他绘画雕塑等工艺美术手段。当《三国演义》被译成泰文并在泰国社会产生重要影响之后，文本传播便成为传播的最主要形式。但与此同时，《三国演义》在民间的以非文字文本形式的文化传播也从未间断过，虽然影响力已不如以往，但一直延

① 沈伯俊：《“三国文化”概念初探》，《成都大学学报》（社科版），1999年第2期，第41页。

续至今。随着文本传播的不断深入，之前在泰国社会中传播的三国文化事象逐渐发生变化，由单纯的华人文化到越来越多地融入泰人的文化，表现方式和传播手段也日趋丰富。这样一来，以中文《三国演义》为源，以不断本土化改造的泰文《三国》的传播演变为流，泰国社会开始孕育和衍生一种具有泰国本土特色的新式的“三国文化”。泰式“三国文化”是《三国演义》在泰国实现本土化的重要标志之一，是泰国社会一道独特的风景线。

和《三国演义》的文字文本传播一样，非文字的三国文化的传播也是跨文化的，在泰国传播的三国文化并不是中国的三国文化。泰式三国文化同样也要经历众多大大小小的反馈环节，并导致创新扩散，产生不同于旧样式的新式文化，这是一种带有泰国特性的文化。文化传播中的反馈对象既包括随华人进入泰国的中国三国文化，也包括众多泰文《三国》的文本。当一个社会成员接触到中国的三国文化事象，或读到某个版本的泰文《三国》之后，激发了他的思考，产生了新观念，将他获得的信息和体悟与本土的社会与文化结合起来，形成新的文化事象，经由特殊的方式和渠道向其他社会成员扩散，并得到多数社会成员的认可和接受。当然，这种接受也有积极接受和消极接受之分。无论是哪种接受，都体现出社会成员对衍生出来的新文化事象中的“创新”观念和成分的认可，否则这次创新就只是一次单纯的个人行为，无法上升到文化的高度。同时，这种创新扩散根植于泰国社会，同时也主动参与到泰国社会的变化之中，二者牢固地结合在一起。换言之，文化的创新不可能离开社会的土壤，当新的文化样式被创新出来，随之被传播、被接受或拒绝，伴随这一过程，社会也发生了变化。当然，创新也需要一定的限度，虽然在文学领域，泰文《三国》已在泰国家喻户晓，但创新幅度过大也很难得到泰国人的认同，借用斯图尔德（Julian Steward）的概念，需要在保持三国文化的基本文化内核（cultural core）不变的情况下，为融入当地社会而改变一部分“次级特质”（secondary features）。

此外，这种泰式“三国文化”还需要区分它的两个主要来源。一是继承、吸收自早先由华人带入泰国的三国文化，并对其进行一定的本土化改造，以与泰国社会相适应；二是从泰国的社会文化和国情出发，挖掘出《三国演义》或泰文《三国》中的新的文化意义，衍生出新型的文化形态。表面上，这两个来源的文化事象的特征十分接近，都表现为融合了中、泰两种文化的结合体，但在文化内核上，二者有明显的区别。前者是吸纳了业已成型的在华人中间传播的三国文化，随着华人社会的成熟和泰华之间的族群融合，一部分华人的三国文化受到泰人的欢迎和喜爱，从而发生文化迁移，并按照泰国人的欣赏和文化习惯进行一定的改造，或与既有的泰国文化事象相结合而形成的新文化，文化中的"中国性"特征十分显著，其实质是带有泰国文化色彩的中国文化。与之相反，后者是根植于泰国社会的现实国情或问题意识，出于不同目的借用、套用《三国》中的人物、情节、架构，并开发出《三国》与泰国社会之间的文化契合点。或许在中国人看来，有的开发牵强附会甚至让人感到有些匪夷所思，但是在泰国的文化语境下一切却是自然而然、顺理成章的，这种文化的实质是带有中国文化元素的泰国文化。前者主要体现在传统的与《三国》相关的"优"戏表演、神庙活动、石刻造像、寺院壁画等文化事象中，而后者则体现在泰国的三国政治隐喻文化、法政优戏（卫国优戏）演出、现代经营管理之道、乡村小调以及民间歌谣、戏剧表演等文化事象方面。相较而言，后者更多地介入到泰国人的日常生活之中，影响力也更大。当然，有的时候二者的区分并不严格，有些情况下还会相互转化。例如对《三国》中的经商之道和人力资源管理方面实用价值的挖掘，最初是来自中国相关内容著作的译介，但随着译著的增加和涉及话题的深入，一些泰国作者开始主动思考《三国》在泰国的商业文化中的借鉴和意义，结合泰国的商务实例来透析《三国》，泰国的价值观和文化色彩渐浓，逐渐形成了泰式的三国商业文化。

第二节 泰国的“三国”政治文化

一、早期《三国》文本中的政治因素

在泰国影响力最大的“三国文化”莫过于泰国的“三国政治文化”。《三国》最初被引进就是因为它对“国家事务大有裨益”，其中的国家事务即是指军政要务，很多人都把《三国》视为一部充满战争艺术和智慧的兵书，特别是那些需要上阵杀敌的将官，更是将《三国》视作必读之作，甚至还出现了前文所介绍的曼谷王朝一世王在任吞武里王朝大将军之时曾模仿“空城计”的经典战例。因此，《三国演义》在泰国的影响和重要意义从一开始就已经超出了文学的范畴，很多专家和学者都在不断挖掘洪版《三国》泰译本背后所蕴藏的政治含义，认为一世王之所以下令翻译《三国》，是希望借《三国》为自己建立的新政权争取合法性和合理性支持。[①]

1932年的立宪民主革命结束了泰国的君主专制制度，开始实行君主立宪制，提出了六大施政纲领，制定宪法，泰国开始走向现代民主政体。然而，此后泰国民主政治却一直反复，政权长期控制在军人手中，尽管期间民选的文人政府也曾数次上台，但都昙花一现，很快军人就又依靠军事政变重新执政。军人内部也矛盾重重，军政府被另一个军人势力政变推翻也是家常便饭，尤其是进入20世纪50年代以后，銮披汶、沙立·他那叻、他侬·吉滴卡宗、江萨·差玛南、炳·廷素拉暖等军人领袖均当上过总理，并多次爆发军事政变，国家的政治局势一度混乱不堪。军人政府当局为维护独裁统治，进行严酷的文化管制，压制人民的民主诉求，引发了严重的冲突，最终导致了1973年10月14日爆发的“十月十四民主运动”，和1992年5月爆发的“五月流血事件”这两次大规模的流血冲突。由于军政府严控媒体和新闻出版，人们一直苦于找不到表达政治观点、抒发胸中愤懑的渠道。这时，人们想到了《三国》，因

① 参详本书上编第五章内容。

为《三国》里面充满了变幻莫测的政治风云，血雨腥风的军事斗争，故事中叱咤风云的主人公们都是军人，政权都是通过军事手段夺取的，《三国》便成了泰国人民用来影射、揶揄、讽刺军人独裁政治的绝好材料。《三国》又一次与泰国政治局势结合起来，形成了现代泰国的“三国政治文化”。

最早发掘《三国》的政治隐喻和讽刺批评功能的是克立·巴莫，他在《富豪版〈三国〉》系列中不时借讲故事的富豪之口评点政治，表面上说的是三国时期的政治人物和事件，其实针砭的对象是同时代的政客和政治事件，有时候甚至直接进行大段的点评。例如他在《孟获：被生擒活捉之人》中对“民党”[①]的评点：

> ……政权统治变更了，获胜一方成功地获得了政权，该政党获得了带领国家进步的大好机会。如果那些人能够合理地运用这个机会，就应该对各种功名利禄的引诱保持克制和忍耐。直到现在，他们在很多泰国人心中还是有很大的影响。但事实上他们并没有这样做。因为他们在安逸幸福面前软弱下来。泰国人还远未习惯于胜利。不到15年该政党的成员们[②]就销声匿迹了……
>
> ……一个政党往往是在乱局之际建立起来的。创建初期以败者的姿态低调出现，几个月以后便在人民中产生了影响。只要在政党政治中，该党还处于劣势，党员们便还会保持着坚韧和勤奋，还有崇高的理想；一旦时来运转，该政党获得政权之后，便开始逐渐沉湎于各种声色犬马的诱惑之中，内部出现分裂，麻痹大意开始招致

① 民党是泰国历史上第一个政党，1932年革命正是源自民党发动的政变。但是好景不长，民党内部成员之间观点分歧渐现，矛盾日深，逐渐分化成以比里·帕侬荣为首的文官集团和以銮披汶为首的军人集团。1947年军人依靠武装政变再度上台，民党当年的元老们不少人或被武装推翻，或流亡海外，民党彻底分崩离析了。

② 这里指民党。

毁灭，该政党很快便会在历史之中灰飞烟灭了……[1]

在克立·巴莫看来，民党最终落得如此结局与党内一些政客的贪婪和权力欲望是分不开的，而在泰国政坛还有不少沽名钓誉、唯利是图的政客。在《孟获：被生擒活捉之人》中，克立在颂扬孟获的同时也不忘批评这一类政客：

> 那时的政客总喜欢这样说："我工作从来不看重金钱地位，而是为了我的名声和荣誉。"说这样话的政客[2]已经把他的贪婪毫不掩饰地展现出来了。如果我们承认贪婪是一种罪恶，那么贪慕名声的罪恶实际上和贪欲金钱的罪恶无异。如果国家的公职人员身心被渴求金钱的贪欲所支配，他的所作所为便可能出于不纯的动机，便会逾越禁区做不该做的事情，漠视那些本该做的分内的事情，因为纯洁之心已被贪欲所侵蚀，怎么会给国家带来益处呢？与之类似，贪慕名声的公职人员本性中做事畏首畏尾，许多对国家真正有益的事情都不敢去做，因为总是担心自己的名声会受损；同时却会去做一些毫无意义和益处的事情，只为了博取个人的名声。这两种贪婪的危害是一样的，给国家发展带来的障碍也是一样的。如果我们憎恶贪图金钱的政客，也不能放过那些贪慕名声的政客。要真正为国家的繁荣发展有所助益，就必须随时牺牲个人利益，有时就要和某些集团的行为作对，因为他们图谋攫取比他人更多的利益。如此一来，就会被利益受损的人攻击辱骂，那些贪图声名的政客们绝不会做这种事，因为他们担心会被人辱骂，导致声名受损。而国家自然就无法真正受益。优秀的政治家即使自己乃至所在集体的名誉遭受辱没，只要对国家有益，就一定会去做，因为国家利益高于一切。

---

① [泰]克立·巴莫：《富豪版〈三国〉之孟获：被生擒活捉之人》（泰文），曼谷：科学财富出版社，1970年，第137-138页。

② 在泰语中，"政治家"和"政客"是同一个词nakkanmuang，没有区分，在翻译时视语境而定。

优秀的政治家即使被人否定、被人遗忘，即使死后名利俱失，也会在所不惜……①

克立的批评显然针对的是当时某些唯利是图、自私自利的政客们，对金银财富的贪婪和对名誉地位的追逐都将葬送国家的未来。在《曹操：终身丞相》中，克立指出一些政客为了捞取政治资本而哗众取宠，他借批判关羽之机对他们进行了言辞犀利的讽刺：

……关羽像很多政客一样，有时会因自己的疏忽受伤或被俘，但是他能够抓住机会化险为夷，变祸为福，通过受伤或被俘来寻求支持和拥戴。实际上，人要将自己投入狱中并非难事，只要一直不断地抗议反对，很快牢房的大门就为其打开了。政客入狱，除了政客本人外，没有人能够从中获益。不管是哪个时期的统治者，都会意识到把政客抓进监狱毫无意义，这并不是一种惩罚，世界上绝大部分政客从监狱中出来之后，都变得更加具有影响力了。②

对很多政客而言，权力是极具诱惑的，克立・巴莫借董卓的故事阐述了自己的权力观：

董卓和恺撒的行为在动机上几无二致，二者都想拥有天下，当掌握权力之后都以为没有人能够推翻自己的地位，结果两人都突然丧命，凄惨可怜。这很正常，因为每个人的人生都会有起有伏，谁也无法违背人生规律，如果有人违抗它必然会中途陨落。福泽深厚的人会选择一个最好的方法，即时刻留心，看何时会陷入低谷期。如果感觉开始走下坡路了，便主动优雅地走下来，不至于摔下来，这样有时候还会得到大家的尊敬。但是关键在于权力往往会让人迷

① [泰]克立・巴莫：《富豪版〈三国〉之孟获：被生擒活捉之人》（泰文），曼谷：科学财富出版社，1970年，第174-176页。

② [泰]克立・巴莫：《富豪版〈三国〉之曹操：终身丞相》（泰文），曼谷：南美书店，2005年新版，第26页。

失。其实，权力是最为脆弱的支架，但如果只从表面来看，可能会以为它是最为牢固的，那些手握权力的人才会轻易地迷失，轻易地堕落。另外，具有福分的人还不能忘记一个重要的自然规则，就是站得越高，摔得越惨。如果想要舒坦一点就要待在低一点的位置上，和众人一样便会更安全一些；如果醉心于权位，就必须不惧跌落，即使跌下来不管多痛也都要忍着不能叫喊，这样其他人才可能同情你，如果喊痛就没人同情你了。[①]

克立·巴莫这些评论都是泛泛而谈，并不指名道姓针对某个具体的人，但在有的地方，他的文字指向很明确，矛头直指当时的军人总理銮披汶及其下属们，如著名的广播节目“曼先生与空先生”[②]的两位主持人曼·初察（桑·帕塔诺泰）和空·拉泰（空萨·康希利）：

……因此，每种武器都有克制之道，或者最终可以减少伤害。如果哪种武器没了秘密，谁都可以使用，那么哪一方都不会再使用它了。例如在第一次世界大战中使用的毒气，便是一种非常致命的武器，但此后就出现了防毒面具，最后当全世界都知道使用毒气的方法后，在刚刚过去的世界大战（即第二次世界大战）中就没有哪个国家再使用毒气了。[③]只听曼先生和空先生曾在广播节目中说，如果谁胆敢入侵泰国，我们肯定会使用毒气，之后在同一个广播节目中号召国民将家中的毒气收集起来贡献给政府，好像毒气是一种可以随意收纳在家里盆盆罐罐中的东西似的。那个时候竟然没

① [泰]克立·巴莫：《富豪版〈三国〉之曹操：终身丞相》（泰文），曼谷：南美书店，2005年新版，第78-79页。

② “曼先生与空先生”是一档广播节目，是銮披汶政府的宣传喉舌，以广播节目的形式向国民灌输銮披汶的政治意图。两位主持人都用的化名，二人名字加在一起是“曼空”，意为稳固、稳定，也有促进国家稳定的寓意。

③ 实际上在第二次世界大战中，仍有国家使用了毒气武器，如日本。

有人管宣传局叫“蠢蛋”！[①]

克立·巴莫对銮披汶无法像对曼先生和空先生这样直接点名，而是采用迂回的方式曲笔讽刺。例如他借董卓迁都长安来影射1944年7月銮披汶总理意欲迁都碧差汶一事。在《三国演义》中，董卓为避开诸侯联军讨伐的锋芒，决意将都城西迁至长安，但遭到杨彪、黄琬等大臣的强烈反对。而銮披汶政府在第二次世界大战时与日本结盟，1943年初，太平洋战争战局发生重大变化，銮披汶的政治地位日趋不稳，他担心盟军会对曼谷进行轰炸，遂向议会提出迁都碧差汶的议案，同时还提交了建设北标府佛城的议案。以比里·帕侬荣为代表的议员对此坚决反对，认为碧差汶不适宜作为首都，因为碧差汶城地处山林地区，条件艰苦，极易滋生疟疾，很难在短期内建成新都。此外，在战略意义上，碧差汶极易被围困，容易被切断与周边府县的联系和物资供应。但是銮披汶一意孤行，在提交议案之时就已经擅自开始组织大量劳力在碧差汶大兴土木了。克立·巴莫借董卓之口影射銮披汶这种刚愎自用的态度：“我身为丞相，关于迁都一事我已考虑周详，杨彪胆敢违抗领袖（phu nam）的意志，我很不悦！”[②]这段话改自洪版《三国》，洪版原文为“董卓闻言大怒，便说道：‘我身为丞相，有权定夺国事，我已观察吉凶才做此决定，你胆敢忤逆，我很不悦！’”，銮披汶常以代表国家威望的“领袖”（phu nam）自居，并通过各种方式向民众进行灌输，当时最著名的一句口号是“信领袖，国得救”，他要求泰国人都成为一名“爱国、信领袖、受教育、有道德、懂礼仪的现代公民”[③]，克立的影射意义不言自明。据统计，在1944年共有127,281人被銮披汶征役去建设“新

① [泰]克立·巴莫：《富豪版〈三国〉之孟获：被生擒活捉之人》（泰文），曼谷：科学财富出版社，1970年，第165页。

② [泰]克立·巴莫：《富豪版〈三国〉之曹操：终身丞相》（泰文），曼谷：南美书店，2005年新版，第69页。

③ [泰]禅威·格塞希利、探隆萨·沛叻阿南、维甘·蓬皮尼达浓编：《銮披汶元帅与现代泰国政治》（泰文），曼谷：社会学与人类学教材计划基金，1997年，第251页。

都”，结果有14,316人受伤、病倒，更有4,040人因感染疟疾等疾病死去。[①] 最终，两个议案在议会中均未能通过，銮披汶也黯然下台，直到1948年又通过政变第二次上台。此外，銮披汶在任内实行独裁统治，执掌生杀大权，克立·巴莫则借评价吕布之机暗批銮披汶：“（吕布）信奉的是一种被称为‘吕布式的民主’，即国家是属于所有土地上的人们的，相当于一种公共财产，或者说是无主的。无论谁掌握了军权都可以去抢夺，想要任命任何人任何职位都无需犹豫，想让谁下台就下台，也可以随时让他官复原职……”[②]

总体来讲，克立·巴莫在《富豪版〈三国〉》中的政治评论还是比较直接明确的。尽管克立·巴莫的作品很受欢迎，但随着不久之后军政府对文学和媒体的管制日甚，泰国文坛渐渐由激进转向保守，“死水文学”取代了轰轰烈烈的“文艺为人生”运动，文学的政治性和现实性受到打压。

桑·帕塔诺泰的《〈三国〉军事战略》是早期另一本重要的《三国》政治读本。和克立·巴莫不同，桑的作品直接切题，从军事战略的角度选取三国人物专章叙述，以阐释自己的政治观念和抱负。他并未采取夹叙夹议的方式，正文部分集中介绍人物生平和故事，只是在每篇的开头和结尾处添加个人的所感所想，抒发胸臆，每篇开头的引言用来开篇和点题，结尾的余论用来扣题和申发，并与开篇的引言相呼应。

如第一章“十常侍篇”的开篇语是：

> 国家要员，若没有为民牺牲的觉悟，一味听信小人的谗言，只会骄奢淫逸，则家不像家，而国亦将不国。

该篇的结语是：

---

① [泰]田素·努暖：《第二次世界大战时期的泰国》（泰文），曼谷：溪流出版社，2001年，第94-95页。

② [泰]克立·巴莫：《富豪版〈三国〉之曹操：终身丞相》（泰文），曼谷：南美书店，2005年新版，第95页。

若汉灵帝能够谨守为王之道，十常侍便不会有机会危害国家。若十常侍没有危害国家，也就不会引发张角的大暴动。若汉灵帝能按皇室传统立弘农王为太子，后来宫廷中也不会发生动荡。若何进没有召集军队入京诛杀诸常侍，他也不会遭杀身之祸，可能还会长期位高权重呢。

最后一章“司马炎篇”，开篇语是：

国家要员，倘若能勤勉努力，恪尽职守，思虑周详，知人善用，便能将国家治理得强盛起来，能够最终统一三国。

该篇的结语是：

吴国的沦陷源于君主孙皓的骄奢淫逸，贤臣能将被放逐，敢言进谏之人被清除，经济崩溃，民不聊生，军队也无心保家卫国。

汉灵帝因十常侍乱国，刘禅宠信宦官黄皓，孙皓宠信宦官岑昏误国。

刘禅因听信灵媒巫术亡国，孙皓则因迷信占筮国运而亡国。

“刘备、关羽、张飞篇”的开篇语是：

国家要员，倘若以德立国，懂得隐忍，不急于求成，能审时度势，广纳谏言，王位必定稳固长久。

该篇的结语是：

富足如张飞者，懂得用财富造福众人，应为典范被人称颂。

关羽劫富济贫，虽有违国家律法，但却是天下之善举，应为人推崇。

刘备去徐州支援陶谦，只出于公心道义，应被尊为人世之尊。

刘备最初担心人民责骂而拒绝徐州牧之职，深得民心，获得人们的支持和拥戴。

桑·帕塔诺泰写作该书的时候虽然身陷囹圄，但是依然心忧国事，他读解《三国》的角度本身就是政治性的。他以人物为中心重讲故事并进行点评，他的点评既是对故事的提炼和生发，也是对故事的梳理和立意，为通篇的讲述定下了基调，讲故事的目的正是为了引出他自己的点睛之笔。当然，作为一个政治犯，桑不可能过于露骨地批评政治人物，因此他在点评人物的时候并没有使用诸如政治家或领导人的概念，而是紧扣“国家要员”（phu pen yai nai phaendin）这一含混的概念来阐发。所谓“国家要员”不一定是当权的政客，只要是对国家有重要作用和有影响力的人物都可称“要员”，如他点评的华佗和管辂，但对他们的点评之语却指向政治家们：“国家要员，若能将其力量用于为人民谋幸福和利益，忠诚于自己的职业，将会被人民永世铭记。”在这里，桑·帕塔诺泰表达的是他对理想政治和理想政治人物的认识，同时通过这种曲折的方式对当时政治人物进行批评和提醒。

克立·巴莫的《富豪版〈三国〉》和桑·帕塔诺泰的《〈三国〉军事战略》是最早的一批泰文《三国》重写作品，说明泰国人很早就意识到《三国》与现实政治之间的关联性，以及可进行政治阐释的空间。随着日后泰国政局的变化，人们也不断利用《三国》中丰富的政治符号，挖掘《三国》文本的实用价值，表达政治诉求，逐渐形成了颇具泰国特色的“三国政治文化”。在这个过程中，法政优戏发挥了重要作用。

二、泰国的“三国”政治艺术——法政优戏（卫国优戏）

随着军政府对文学打压愈发严酷，《三国》的政治隐喻功能开始走出文学领域，被推广到更多的领域之中，最有代表性的便是戏剧，由此催生了后来的“法政优戏”。

20世纪60年代，泰国突然出现一种称作“法政优戏”（ngiu thammasat）的特殊的表演形式。戏台上的演员都是来自泰国法政大学的在校学生，演出从行头、脸谱到音乐伴奏都和华人的戏曲表演一般无异，但演唱和念白说的却都是泰语；演出的剧目都来自中国的古典文学作品，除少数剧目外，基本上都是《三国》故事，但实际演出内容却在暗指泰国当代的政治事件，模仿戏讽，针砭时弊。法政优戏早期在反对军政府统治的爱国民主运动中影响很大，因此也被人冠以“卫国优戏”（ngiu kuchat）。

法政优戏这种中泰合璧的新的艺术形式，并不是简单地将中泰两种文化杂糅到一起作为单纯的艺术表演，而是主动介入当地社会变化的进程之中，积极参与到泰国的政治生活之中，这在中国戏曲的跨文化传播中并不多见。而《三国演义》在法政优戏的诞生、发展和成熟的过程中起到了至关重要的作用。

1958年，陆军司令沙立·他那叻发动政变推翻了同样靠军事政变上台的銮披汶政府，泰国开始进入的沙立式军人独裁专政时代。沙立上台后大力清除政敌和他认为对自己政权构成威胁的异己人士，包括大批知识分子、思想家和作家，压制言论自由，钳制思想。在对知识界进行的政治清洗风暴中，大学也未能幸免，持进步思想的政治家、思想家、作家、大学行政人员和学生领袖都遭到军政府的拘禁，或被赶出大学校园。军政府对大学中的学生活动也大加干涉，禁止一切政治宣传和活动，要求学生“两耳不闻天下事，一心只读圣贤书”。沙立向法政大学派驻秘密警察，监视学生活动，一旦发现有无线电广播就拆除销毁。1963年沙立去世之后，他侬·吉滴卡宗将军接替沙立出任总理，继续推行沙立时期的高压政策。他侬要求严格控制学生活动，成立任何学生社团都需要有老师监督管理。这段时期的校园文化被称作“和风丽日时期的文化”，即与外界真实的社会和政治脱节的文化，是局限在校园之中的单纯追求娱乐性的反智性文化。

泰国法政大学是当时激进学生运动的中心，因此法政大学也受到军政府的特殊关注。法政大学是由比里·帕侬荣于1934年创立的，是一所面向广大民众的“开放大学”，在建校之初是以法学和政治学为主的单一性大学，后来逐渐壮大成为学科门类齐全的综合性大学。法政大学的学生参与社会运动的热情和积极性一直很高，由于正规的政治活动受阻，学生们不得不寻找军政府规定的漏洞，利用戏剧演出这种形式曲线表达自己的政治主张和意见，避免和政府的国家机器直接正面对抗。法政大学的戏剧表演传统是由克立·巴莫亲王确立起来的，他在受聘为法政大学新闻与传播学院特聘老师的时候，组建了法政大学的孔剧剧团。1958年，法政大学法学院的学生们又成立了“戏剧艺术和表演社团”，社团由巴尼达·普格曼老师任主席，由汕查亚功·贤色威任副主席，由皮拉蓬·伊萨帕迪任助理。社团汇集了一批法学院的学生菁英，包括川·立派、沙马·顺达卫、威塔亚·素丹隆、素宾·信采、米猜·雷初攀等人，他们中的许多人后来都成为泰国政坛大名鼎鼎的风云人物，如川·立派和沙马·顺达卫后来先后出任过泰国总理，米猜·雷初攀曾短暂出任过副总理和代理总理，后担任泰国立法议会主席。

以皮拉蓬为“大簿”[①]的戏剧艺术和表演社团，以戏剧表演为名，行戏讽影射政治之实。他们演出的剧种很多，包括孔剧、梨甲戏、洛坤剧等，但其中最有影响、最具特色的便是来自华人的优戏，主要演出三国故事。他们选择中国的戏剧形式来表演“三国”故事，绝非出于一时的心血来潮，而是经过了深思熟虑。社团成立的直接目的就是希望借助戏剧表演的形式表达学生们的政治主张，对抗军政府的独裁高压，但是演出的内容不能太写实，讽刺不能太直接、太露骨，否则一定会遭到秘密警察的干涉和禁止。主创的骨干川·立派和皮拉蓬·亚萨帕迪二人经过商议，决定演出《三国演义》的故事，因为《三国演义》中的主人公都是军人将帅，他们相互攻讦，充满了尔虞我诈的政治斗争，各种势力轮流上台，这和当时泰国的政治情况有诸多相似之处，想要戏讽不断发动军事政变的军政府，借用三国故事实是再合适不过了。由于《三国演义》是源自中国的故事，用中国的戏曲形式演出也就顺理成章了。

---

① 即戏班班主或剧团团长，来自潮州话的“大簿”。

法国戏剧理论家萨塞曾明言：“没有观众就没有戏剧。”他们演出三国优戏充分考虑了泰国的观众因素。因为，如果泰国观众对优戏表演形式不熟悉、没兴趣，便无法吸引他们来观赏演出；如果观众不了解《三国演义》的故事，不清楚戏里的内容，就无法与演员产生交流和互动，演员希望借三国故事讽刺军政府的期望就会落空。优戏通过华人进入泰国之后，由于特点鲜明、服饰华美、气氛热烈、娱乐性强，也受到泰国人的欢迎和喜爱。因此，法政大学的学生们表演优戏，泰国观众并不会感到陌生，不存在缺少受众而冷场的担心，相反，热闹的伴奏和演出还容易调动起观众的情绪。演出《三国》的内容对泰国的观众而言就更不在话下了，他们对《三国》里面的人物和故事如数家珍，无需演员多做说明，观众一看便知道表演的是哪段内容，对其中讽刺和批判的内容更是心领神会，无需多余的解释。

法政优戏甫一面世便大受欢迎，场面十分火爆，尽管演出次数不多，但每次都会引起轰动。演出时，法政大学的礼堂内座无虚席，礼堂外也围满了人，尽管观赏不到演出，但是可以通过室外放置的扬声器收听礼堂里演出的声音。[①] 最初，法政优戏只是单纯的学生社团活动，在每年的新年、法政纪念日等时刻演出。随着法政优戏名声大噪，影响力也日渐扩大。一次在都喜天阙酒店举行的泰国学位颁发庆祝活动上也出现了法政优戏的表演，诗琳通公主还曾驾临观赏。那天是由社尼·巴莫亲王领衔主演的。[②]法政优戏逐渐成为一个品牌，并开始走出校园，多次在社会上演出，每次演出观众都人满为患。后来，法政优戏又被搬上电视银屏，起初仅在电视四台的节目中播出，后来电视五台和七台也开始争相播放，法政优戏的受众扩展到全国范围。

法政优戏受到人们的青睐并不是因为演员们表演的艺术水准有多

① [泰]吉德里亚·禅瓦琳：《对另类媒体传承的管理：法政优戏的个案研究》（泰文），法政大学新闻与传播学院硕士论文，2011年，第60页。

② [泰]皮拉蓬·伊萨帕迪：《法政优戏》（泰文），[泰]东提·瓦拉潘编：《法政大学六十年》，曼谷：法政大学出版社，1994年，第224页。

高、多专业。实际上，相比于正规的戏曲表演，法政优戏的表演相当业余。尽管为了能演好戏，来自法政大学的学生演员都很用心努力，亲自到石龙军路和耀华力路华人聚居区的华人剧团中虚心观摩求教；演出的戏服都是从戏团里借出来的，演出前在戏团里勾画好脸谱，穿戴好行头再赶到演出地点，力求在细节上能准确无误。[①]但是他们在台上的表演，无论身段还是演唱都很业余，毕竟他们没有接受过戏曲的科班训练，戏曲演员唱念做打的功夫，一招一式都不是能靠突击培训速成培养出来的；此外，他们大多数人几乎不懂中文，更不用说使用中文的唱腔和念白了。而且，泰国人喜欢看优戏，也并不像中国戏迷那样，以欣赏演员的唱腔、韵白、身段为主，真正吸引他们的是中国戏曲中的华丽排场和眼花缭乱的武戏动作表演。这是早期中国戏曲受泰人欢迎的重要原因，但这些武戏对于未受过科班训练演员们来说也是难以完成的。

法政优戏吸引观众的，是它体现出的一种强烈的"狂欢化"特质。法政优戏的创作和演出自始至终笼罩在一种"狂欢"的氛围之中，独具一种"狂欢"的美学品格。法政优戏的表演带有一种狂欢的笑谑，是反规范的，带有颠覆性。狂欢的笑谑构成了一种节庆式的、大众的、讽刺模拟的狂欢世界。在舞台上，这些身着戏服、勾画着脸谱的业余演员们，模仿"咿咿呀呀"的戏曲唱腔，但唱词念白却都是用泰语，这种混搭风格一开始就显得新奇有趣，既不同于传统的优戏表演，又区别于其他用泰语演唱的泰国戏剧。

法政优戏的另一大优势就是内容的时效性，剧目可以根据需求自由更换，甚至可以紧跟时事创作改编。戏剧艺术和表演社团的学生们深知，法政优戏无法原汁原味、惟妙惟肖地演出中国戏曲，不能照搬照演已有的《三国》剧目，而是要根据现实创作新戏，将人们的所闻所感都融入《三国》故事之中，在舞台上呈现出来。他们对社会事件反馈得越

---

① [泰]皮拉蓬·伊萨帕迪：《法政优戏》（泰文），[泰]东提·瓦拉潘编：《法政大学六十年》，曼谷：法政大学出版社，1994年，第224页。

及时，就越容易得到人们的认可和支持。正如皮拉蓬·伊萨帕迪所说：

> “我们要按照原来的人物形象来演《三国》并无用处，因为艺术厅就是这么演的。我们就选取每出剧主角的行为，如吕布、曹操等，只是选取他们的表现，但是情节内容都是来自现实。……虽然演出的是《三国》的内容，但我们说的都是当时的真事。我们的剧本必须紧跟时事，今天早上发生的事，人们今天来看戏，就能看到今早的事情。我们必须一直关注新闻，什么能借用我们就借用，人们才会喜欢，喜欢的原因就是它新鲜。”①

借用体用之说，法政优戏本质上是一种“中体泰用”，打破了以往的戏剧表演的常规模式。因此，只有在泰国的现实社会语境中，只有根植于泰国社会大众文化的土壤里，法政优戏才能扬长避短，大放异彩。

法政优戏的颠覆性更多体现在它的讽喻特征上。整个表演场域摆脱了日常的现实，成为一个独有的时空，在这个时空中，现实的地位和尊卑都发生了易位和变化，人们从严酷的政治律令和本能欲望的紧张对峙中获得了自由，从舞台上的讽刺模拟中获得释放和排遣。法政优戏表演的精髓就是对现实政治人物的戏讽，但并不直接点明讽刺的人和事，而是将它投射在表演的故事之中，将要讽刺的军人政府官员的特征和言行举止都套用到戏中的某个角色身上。例如法政优戏演出的第一出剧目《貂蝉也有爱情》就是讽刺总理沙立·他那叻将军的，因为他和戏中的董卓一样，年纪虽大却色心不减、风流成性，同时又大权独揽，手下还有吕布这样的猛将。这出戏以貂蝉的口吻，模拟沙立年轻的妻子维吉达·他那叻夫人的心理，表达对丈夫的怨念，因为沙立妻妾成

① 皮拉蓬·伊萨帕迪2011年1月29日的访谈，转引自[泰]吉德里亚·禅瓦琳：《对另类媒体传承的管理：法政优戏的个案研究》（泰文），法政大学新闻与传播学院硕士论文，2011年，第56页。

群，几乎每位妻子都被称作“红水布寡妇”[1]，以此讽刺沙立是个贪淫好色之徒，三妻四妾，之后又始乱终弃。[2] 沙立在1963年因肝脏衰竭突然去世后，他的儿子和小老婆维吉达为争夺遗产而大打官司，之后又爆出他有150,000,000铢的巨额财产，包括大量公司、地产和建筑，以及50多个情妇，公众对他的腐败大为震惊。[3] 这种表演借中国之古，讽泰国之今，新颖奇特，让泰国的观众觉得新鲜有趣。演员甫一开口，台下观众便会意地哄堂大笑，演出的效果非常好。在巴赫金看来，这种多样化的讽刺性模拟似乎构成了一个“特殊的、既外在于，又内在于体裁间的世界”，但这个世界有一个共同的目的：“以笑和批评来修正所有现存的直接的体裁、语言、风格、声音，促使人们去体验这些范畴后面别样的、矛盾的现实，这种现实是这些范畴未能把捉到的。”[4]

法政优戏的狂欢化特征根植于泰国民间的诙谐文化。民间的诙谐文化与当时军政府的严肃的、紧张的官方文化相对立，而与仪礼和游艺传统有着密切的联系。事实上，大规模的中国戏曲表演往往是神庙活动中的酬神演出，而法政优戏最初也是与节庆活动相结合，如庆祝法政日、新年，以及学位授予仪式等。它以无拘无束的幽默形式对抗着官方的阴郁气氛，通过讽喻的方式为高高在上的政治人物“脱冕”。在法政优戏的表演过程中，无时无刻不流露着欢乐的气氛，观众难以自抑地欢笑。从舞台上的演员到台下的观众、听众，不同阶层、不同身份、不同职业的人们，都可以不受限制地参与其中，尽管他们的参与程度、范围和态度都不尽相同。观众不是一味被动地欣赏，更是通过与演员的互动，推

---

① 因为据传沙立将军和自己的情人在一起的时候喜欢围着红色的水布，人们就给他起了一个外号，叫“红水布将军”。

② [泰]皮拉蓬·伊萨帕迪：《法政优戏》（泰文），[泰]东提·瓦拉潘编：《法政大学六十年》，曼谷：法政大学出版社，1994年，第222页。

③ David K. Wyatt *Thailand: A Short History*. Second Edition. Chiang Mai: Silkworm Books, 2004, c2003, p.275.

④ 夏忠宪：《巴赫金狂欢化诗学研究》，北京：北京师范大学出版社，2000年，第146页。

动演出的气氛，而演员们则根据观众的喜好和需求不断调整内容，不断加入更新的新鲜时事创作剧本以取悦观众。这种全民性的参与打破了社会阶层的陈规，嘲弄、颠覆、消解、悬置一切社会的等级差异。由此，法政优戏通过全民性的狂欢实现了民间文化的“怪诞现实主义”，同时也展现了它的未完成性、开放性和多义性。

除了《貂蝉也有爱情》之外，早期其他知名的法政优戏剧目还有《曹操水军兵败（赤壁之战）》《孔明吹笛子》《刘备遇险》等，都来自《三国》。或许是因为它采用了中国戏曲的娱乐形式，所演的内容又是《三国》这个来自中国的历史故事，法政优戏的演出获得了躲避高压政治审查的天然保护伞。尽管军政府加强了对大学校园的管控，但是对各种社团的娱乐活动是不加约束的，甚至还十分鼓励。即使有人发觉讽刺色彩也有托词，正如皮拉蓬·伊萨帕迪在一次访谈中所讲：

> 比如说沙立将军，哪个人最接近呢——董卓，同样是个老头，风流成性，大权独揽，手下有吕布，还握有其他权力等等。我们就这样根据那届政府中不同的人来选取人物。假如选定了某个人，就把他的话借来放到对白中。那是曹操说的啊，那句话是董卓说的啊，这是貂蝉说的啊，不是你说的啊，不是沙立先生说的啊，不是尊夫人说的啊，这都是戏里人物的名字啊！这样一来就没人能挑我们的毛病了。我们就选出《貂蝉也有爱情》一段来演，我们都有心，不要来欺凌我们，不要用权力独裁统治这个国家，即是说不要欺凌人民，等等。[①]

因此，尽管法政优戏广受欢迎，动静不小，却在较长一段时间内并未引起军政府的足够重视，法政优戏也因此获得了发展的空间，影响力得以不断扩大。

---

① 皮拉蓬·伊萨帕迪2011年1月29日的访谈，转引自[泰]吉德里亚·禅瓦琳：《对另类媒体传承的管理：法政优戏的个案研究》（泰文），法政大学新闻与传播学院硕士论文，2011年，第56页。

当法政优戏被搬上电视屏幕之后，风格也逐渐发生变化，开始由最初对政治的委婉曲折的讽喻变成直接激烈的批评和嘲弄。此时，军政府开始意识到法政优戏的影响力已不容小觑。法政优戏在电视五台的一次直播过程中被直接勒令停播。当天是12月10日法政纪念日（即宪法纪念日），成千上万的法政学子都守在电视机前观赏。那场戏是《曹操水军兵败（赤壁之战）》一段，剧本由川·立派创作，由川·立派、皮拉蓬·伊萨帕迪、塔纳西·沙瓦迪瓦亲王、威拉·穆希格蓬等人出演，塔纳西亲王扮演的曹操，模仿当时第一次执政的炳·廷素拉暖将军，模仿他的言行举止，同时背景配乐正是炳将军最喜欢的歌曲，这直接触怒了炳。戏刚演完第一幕，还未等第二幕开场就被叫停了。此后，不管哪家戏院都不再敢让法政优戏来演出了，电视台也要求所有法政优戏必须事先录制好，经由电视台的审查之后才能播出，这遭到了法政学生们，特别是主笔的川·立派的拒绝和抵制，加之军政府的压制，法政优戏演出的黄金时代便宣告结束了。[①]

尽管如此，法政优戏已经成为泰国人民追求民主斗争的一部分，也被人们称为“卫国优戏”，在历次重要的政治事件中都发挥了作用，从十月十四事件、五月流血事件到驱逐塔信·西那瓦总理的广场示威活动中，都能见到法政优戏的身影[②]，成为泰国广场政治戏剧的代表。在后来演出内容上，也不再局限在《三国》的剧目，而是随着时代发展而不断创新，如70年代中国港台的武侠小说在泰国风靡，法政优戏的内容就来自这些武侠小说；在反对塔信总理的运动中，争议焦点就在塔信政府的贪污舞弊行为，人们就演出廉洁不阿、公正严明的包公的故事来进行讽刺。

但不可否认的是后来的法政优戏声势已大不如前，后继乏人。像

① [泰]皮拉蓬·伊萨帕迪：《法政优戏》（泰文），[泰]东提·瓦拉潘编：《法政大学六十年》，曼谷：法政大学出版社，1994年，第227-228页。

② [泰]威拉帕·安功塔萨尼亚拉：《卫国戏的背景：政治戏谑艺术的回归》（泰文），载《特写》，2003年4月。

2005年“反塔信”的活动中，活跃在舞台上的人仍是当年的部分演员，影响力和黄金时期已不可同日而语。这是由法政优戏本身的局限性决定的。法政优戏是特殊时期的产物，它根植于民间的诙谐文化，透过这种狂欢化的氛围让人们透过“缝隙”窥见未来的自由、平等的生活理想，嘲弄那些束缚自由的官方谕令，实现了一种曲折迂回的反抗。它是热烈的、疯狂的，同时又是情境化的、短暂的。辛辣的讽刺模拟如果离开了时代背景，便很难再引发观众的共鸣。此外，法政优戏是以形式上的新奇性和内容上时效性取胜，但是当这种混搭风格的表演的新鲜感风潮一过，剧目不再紧跟时事，及时反映现实，也就无法再获得观众的共鸣。而作为一种表演，法政优戏并不能算是一门成熟的艺术，也没有形成一套属于自己的成型的艺术范式，它只是很粗糙地、表面化地借用了中国戏曲表演的形式而已，在艺术性上不具备传承性。它十分依赖核心的主创人物个人的能力，当川·立派、皮拉蓬·伊萨帕迪等人停止创作，又缺乏新鲜血液的补充，法政优戏自然就逐渐没落了。

但作为一个文化符号，法政优戏是一个极具特色的中泰文化交流的产物，一方面体现了中国戏曲在泰国的影响力和融入泰国社会的能力，另一方面也反映出泰国社会对中国文化的主动吸纳、改造并进行创新的能力。而对于法政优戏而言，没有《三国演义》就没有法政优戏的产生，更不会产生这么大的社会影响；反过来，法政优戏的成功又将《三国演义》的传播推向了新的高潮，彻底开发出它的政治讽喻功能。一个独具泰国特色的三国政治文化渐已成型。

三、当代泰国的“三国”政治文化

进入80年代，由于法政优戏的影响，用《三国》人物或情节来比附政治人物或政治事件逐渐形成了一种泰国特色的传统。[①] 一些政治人物

① [泰]威拉帕·安功塔萨尼亚拉：《卫国戏的背景：政治戏谑艺术的回归》（泰文），载《特写》，2003年4月。

和事件被媒体在《三国》中找到了“原型”，《三国》也成为泰国政治文化里的一道风景。

最知名的一个例子是差瓦立·永猜裕将军，他聪慧过人，善用计谋，因而获誉“军中孔明”。1990年，差瓦立辞去军职，组建新希望党，很快便成为一支重要的政治力量。除了时任总理的差猜·春哈旺，差瓦立在政坛最主要的一个对手便是素金达·甲巴允（Suchinda Kraprayoon）上将。当时人们习惯称政坛的大人物为“某某巨头”（Big XX），素金达泰文名以“Su-”开头，绰号就叫Big Su，人们便把他与孔明的对头司马懿联系起来，因为司马懿在泰文中叫Sumayi，也是以“Su”开头。二者形成了鲜明对比，孔明在泰国是儒雅智慧的象征，总是一副优雅从容应对压力、卓然不群的军师形象；而受《三国演义》的影响，司马懿在泰国人心目中的地位不高，“空城计”和“死诸葛吓走生仲达”都是他们耳熟能详的桥段。尽管差瓦立在1992年大选中遭到素金达的压制而无缘总理，但后来在1996年大选时获胜，成为泰国第22任总理；而素金达在1992年意图通过不光彩的手段夺取政权，引发了大规模的示威抗议，最终导致“五月流血事件”，素金达被迫狼狈下台，沦为人们的笑柄。但是差瓦立本人多次拒绝媒体给他取的绰号，声称自己喜欢直来直去，不善用计，更愿意被人比作子龙（赵云），他更希望向世人展示的是那种为国尽忠的赤胆忠心。[①] 但是“军中孔明”这个名头显然更为响亮，这对差瓦立个人形象来说是种极大的提升。有趣的是，也有人从消极的方面解读这个形象。1990年时，一位专栏作家Sum在《泰叻报》上撰文力挺差猜，反对差瓦立和素金达，但他用一种曲折的方式表达。他呼吁泰国人多读本土的智慧英雄“西塔诺才”（Sithanonchai）的故事，不要总是崇洋媚外，只顾着读西方的管理书籍和中国的《三国》，若论聪明智慧，无论孔明还是司马懿都不是西塔

① [泰]冷威塔亚库：《卖国者版〈三国〉》（第一册）（泰文），曼谷：太阳之家出版社，2003年，差瓦立·永猜裕的“卷首推荐”。

诺才的对手。最后，他故意正话反说：“我只是泛泛地做个比较啊，读完以后绝对不许联想到Big Chiu、Big Su和Big Chat，因为他们毫无关联。”[①] 这里Big Chiu是差瓦立的绰号、Big Su是素金达的绰号，而Big Chat则是差猜的绰号，颇有些此地无银三百两的意味。这则评论从另一个角度印证了人们给差瓦立和素金达贴上的三国标签，同时作者还不忘提醒泰国读者，孔明和司马懿都是中国的古代人物，应该多多支持西塔诺才这样的本土天才。作者这样大声疾呼，可以突出人物的异文化属性，恰恰反映泰国人的认知已经形成定式，根深蒂固了。

1992年以后，泰国终于进入长期文人执政的民主政治时期，但借古喻今、针砭时弊的“三国政治文化”并未因此而消失，反而内容更加多样，应用更加广泛。许多报纸杂志都开辟《三国》专栏，部分是为普及文史知识或文学性的评论，也有很多是通过谈论《三国》来评论即时发生的时事政治事件。当政坛上某个时期出现三股旗鼓相当的政治力量的时候，会套用“三国”来指称之，如1943—1947年銮披汶、比里·帕侬荣和宽·阿派旺在议会分庭抗礼期间，就被人称作“泰国的三国”时期。[②]《三国》中复杂的政治和军事文化被焊接在泰国社会之中，特别是泰国长期的军人揽政、风云变幻的政治斗争、频繁的政治运动与权力更迭，让泰国人很容易联想到《三国》的投射，这种投射是超越时代的。正如杰·嘉仁托所言：“可以说历史上（指《三国》时期）的政治与现代政治尽管在细节上有所区别，但在实质上是一样的……每一代政客的区别在于，当他以人民的名义获得权力以后如何行使权力，为谁行使权力。如果他的权力用在为国家和人民造福上面，国家就会繁荣昌盛；但如果他以权谋私、贪污腐败，为亲戚朋友攫取利益，国家就必然

① [泰]Sum：《孔明与西塔诺才》，《泰叻报》（泰文），1990年11月26日，第5版。

② [泰]尊拉达·帕迪普民：《泰国政治中的三国》（泰文），《泰族周刊》，2006年12月12日，第76-77页。

衰落，陷入分裂，一蹶不振。”[①] 冷威塔亚库在《卖国者版〈三国〉》中更是通过重写《三国》指涉当时的政治事件和人物，加入时政分析，进行政治性的评论，赋予这个数百年前的作品以现代特征。

三国时代是中国著名的乱世，而当泰国社会陷入乱局，《三国》就会被搬出来比附，或将《三国》用作理解泰国政治的教科书。像老川华这样的杂文作家，也时常借用《三国》来抒发自己对泰国政治的意见。在《揭开孔明的面具》（三）的中，他反复强调要以史为鉴，“因为《三国》中的人物和故事，不论是在历史上实有其事，还是想象杜撰出来的，都是对一段时间现实事件的反映，但它邪恶地转动轮盘，往往在人们不经意间就循环往复……如果我们不仔细地学习历史或曾经一遍又一遍地重复发生过的事情，并总结分析事件发生的真正原因，那么在三国时期真实的噩梦，将会不断循环发生，而我们仍沉浸在睡梦中一无所知。”[②] 这里的“噩梦”指的是泰国的政治乱局。该书于2007年出版，写于2006年前后，正是泰国社会掀起大规模的“反塔信”运动之时。从2006年2月开始，以城市中产阶级为主的非政府组织“人民民主联盟”（People's Alliance for Democracy），即俗称的“黄衫军”开始在曼谷举行10万人的大规模示威集会，以售股丑闻为由，要求塔信总理下台；民主党、泰国党和大众党三大反对党也组成联盟，通过众议院要求塔信引咎辞职。但塔信在任内推行了一系列惠民工程，赢得了占人口大多数的草根阶层的拥护，这使他在选举中一直处于不败之地，最终还是依靠军方在2006年9月发动军事政变，才将塔信赶下台。老川华认为这种乱局的根源在于“权力”，和三国时期一样，泰国社会中存在着不同的政治势力（政党），他将社会人群分为掌权者、失权者和攫权者三派，权力就在这些集团或党派中间流转。不管权力怎么变换，对普通民众来说

① [泰]通田·纳詹浓、杰·加仑托：《〈三国〉政治之国家分裂》（泰文），曼谷：麦坡梭出版社，2005年，“前言”部分。

② [泰]老川华：《凡夫俗子版〈三国〉系列：揭开孔明的面具》（三）（泰文），曼谷：克莱泰出版社，2007年，“前言”第5-6页。

一切如故，用老川华的话来讲不过是“新篮子装腌鱼”，意指新瓶装旧酒。人们就是在这种环境下希冀着梦想中的民主，但又没有领会民主体制的真谛，以为有了选举就等同于民主，才会催生所谓“钱不来、不会投”的“金元选举”，甚至消磨人们的民主热情，进而让“坦克选举”死灰复燃。如果人们不吸取教训，民主的乱局会像三国时代一样卷土重来。[①] 老川华还借揭穿孔明的“面具”之机，批判了一些政客在选举时候的两面三刀：“（政客们）可以一直不停变换面具，像四川著名的变脸戏剧表演一样，到了选举季就忙着高声叫喊套近乎，将自己和所属党派像市场里的商品一样叫卖。”[②]

如果说借鉴《三国》故事推行三国政治文化，最初是官方以《三国》作为训谕和宣传的工具，是一种自上而下的官方灌输；那么后来则是自下而上，由民间自发从《三国》中吸取政治智慧，纵贯古今，借古喻今，以古讽今，将文学和现实交融起来。事实证明，后者显然更有活力，长盛不衰。

总之，正如冷威塔亚库在《卖国者版〈三国〉》中所言：“常听人说，对政治感兴趣的人一定要读《三国》，不管是哪个版本。”[③]《三国》因其自身丰富的多义性，成为泰国政治生活的一面镜子。它从本土文本形成之初，就已充满了各种符号化的解读。在泰国的语境下，《三国》里的人物和事件被不断抽离、阐释、赋意、构型，使之成为现实世界形式与概念的来源。

---

① [泰]老川华：《凡夫俗子版〈三国〉系列：揭开孔明的面具》（三）（泰文），曼谷：克莱泰出版社，2007年，“前言”第7-8页。

② 同上书，“前言”第7页。

③ [泰]冷威塔亚库：《卖国者版〈三国〉》（第一册）（泰文），曼谷：太阳之家出版社，2003年，“卷首推荐语”。

第三节 泰国的“三国文化”举隅

一、泰国三国神庙文化

在民间，三国神庙是一个重要的传播渠道，即使在文字文本成为《三国》传播的主体之后，它仍在发挥作用，不断夯实和巩固业已形成的三国神庙信仰，在精神信仰维度支持着文本传播，逐渐形成泰国社会认可的新三国宗教文化。从文化实践的角度，这种传播更为立体和鲜活，民众的参与度也较高。

泰国的三国信仰中，尤以“关公崇拜”为甚，时至今日依然长盛不衰，关公也被泰国人奉为“忠义之神”。关帝神庙遍及泰国全国，几乎每个府都建有关帝庙，关帝像成为泰国出镜率最高的神像。仅以曼谷地区一地为例，据刘丽芳、麦留芳在《曼谷与新加坡华人及宗教习俗的调查》一书中统计，曼谷地区祭祀关公的寺庙有暨南庙、清水祖师公、万茂古庙、玄天上帝庙、龙尾古庙、建安宫、新本头妈宫、观音圣庙、敬恭堂、关帝庙、福莲宫、关圣庙、关圣帝君、福兴宫、西天佛国庙、大圣佛祖庙、华料本头公社、靖天宫、玉福堂等19座，在此基础上，泰国学者黄汉坤又补充了龙莲寺、仙宫庙、南洋先天佛教总会、普德善堂、顺兴宫、水尾圣娘庙、伯公古庙等7座寺庙，共计26座。[1] 除了上述神庙外，我在调查中走访的曼谷地区的永福寺和普福寺也见到供奉的关公像。因此，曼谷地区祭祀关公的神庙至少有28座，而这个数字显然还不是全部，仍有不少分散的神庙未被计算在列。在上述神庙中有4座是主祭关公或以关公为主神，其余则供奉有各自的主神，以关帝为配神。这些神庙所供奉的神祇分属于不同地域的民间信仰，如海南人供奉水尾圣娘，福建人供奉妈祖、中坛元帅（哪吒），潮汕人供奉大峰祖师、龙尾圣爷，以及各地华人各自尊崇的本头公等，尽管他们在地方信仰上各有

① 转引自[泰]黄汉坤著：《中国古代小说在泰国的传播与影响》，浙江大学博士学位论文，2007年，第101页。

不同，但都会在神庙中留给关帝神像一方空间，供人祭拜，因为关公崇拜是华人的共同信仰。此外，在泰国潮州会馆、广肇会馆、泰国工商总会、泰国中华会馆、关氏宗亲总会等华人会馆中都祭祀着关公，泰国家庭中的供奉更是数不胜数，在一些商场、饭店甚至银行和货币兑换机构，也会供奉关公像或悬挂关公画像。关公信仰在泰国的兴盛可见一斑。

除了供奉神像，每年还有以关公信仰为主题的纪念和游神活动，有些地区的活动规模非常盛大。曼谷唐人街老哒叻市场的关帝古庙每年在阴历六月二十四日庆祝关公圣寿，大摆宴席，每席2500铢①。据庙祝王协辉（华文名）介绍，最多一次摆了200多席，参加的人逾2000人。该关帝古庙已有130多年的历史，每年香客最少也有5万人，最多时有20万之巨。尤其是2006年春节泰国诗琳通公主驾临拜祭关公，引起了轰动。泰国1932年之后变成君主立宪制国家，国王虽然不再掌握实权，但是在泰国民众中的威望依然很高，王室成员的一举一动依然具有垂范作用。因此，诗琳通公主拜祭之后，来关帝古庙上香的香客人数又激增了。在红统府、龙仔厝府等地，每年10月都举办“关公节”，届时进行延请关公神像游街、舞龙表演、戏曲表演，部分地区还有店铺促销和联欢抽奖等活动，热闹异常，是当地的集体性盛事。其他各府的关帝庙在关公生辰之际也举行类似的活动。在夜功府安帕哇县②，县政府与当地的关帝庙公用一址也是个奇闻，关公神像就供奉在县政府二楼的厅廊内。2007年8月2日，我走访了这个特殊的关帝庙。据当地的老人许春明（华文名）和主事塔尼·杰素塞衮（Thanit Chiansuksakun）介绍，当地关公节已有100多年的历史，每年大约在“年初”（6—7月）和“年末”（1—

① 铢为泰国货币单位，2007年时2500泰铢约合500元人民币。

② 一些华人习称红涂我县。

2月）举办两次，年初许愿，年末还愿[①]。过节时人们燃放鞭炮，将关公神像从县政府请出来，进行游神活动，并供奉于当地的水上市场旁供乡民和游客祭拜，同时有潮剧表演等娱乐活动。活动期间热闹非凡，全县的人都来参加，甚至还有附近区县的人慕名而来。据传说，50多年前在当地市场曾发生过一场大火，只有供奉关公神像的地方没有起火，于是关公崇拜就更加厉害了。起初只有聚居的潮州移民参拜，后来前来参拜的泰人也越来越多，以至于县政府建办公楼选址时也选在关帝庙内，希望“得到关帝老爷的庇护”。

除了关羽，泰国还供奉着其他三国人物的神像，只是数量相对较少，且往往作为关公的配神出现，但有些人物的影响也很大。孔明（诸葛亮）因其沉稳睿智，很受泰国人的欢迎，一些神庙中供奉的孔明神像也被认为非常神圣，在一些大型节日如华人春节时，泰国人也会敬献鲜花、薰香和蜡烛，为了求得好运，有些地方还把孔明的神像请出来游神。除了诸葛亮之外，张飞和刘备的神像在泰国坊间也常能见到。

尤其值得一提的是，在泰国不但供奉张飞的神像，有的地方还会进行“张飞请神仪式”的巫术活动，这在中国也是极少见的。我在2007年9月2日有幸在泰国春武里府西拉查县（Sriraja）佛教飘然台紫飘坛见到了难得一见的“延请张飞”的巫术仪式。

飘然台紫飘坛庙堂分上下两层，二层供奉着佛、释、道三家的诸法仙真的塑像，尤以主位上的“八仙祖师”最为醒目[②]；在一层则主供刘备、关羽和张飞等“三圣帝君”神像，但在次序上中间主位供奉着关羽，扶髯观书，其右手下位是张飞，左边是刘备，皆正襟危坐，关羽两

---

① 此处的年初、年末是按照泰历计算的。每年公历4月13—15日是泰国的宋干节，也是泰历的新年。泰国人认为4月是凉季结束，进入热季的农闲时节，也是万物复苏的时节，是新的一年生活的开始。起初宋干节是按照阴历来计算的，但后来为了国外游客的方便，泰国政府特意将日期固定在公历上。

② 当天二楼也在进行一场简化的扶乩仪式，不用沙盘和乩笔，而以鼓面和鼓槌代替，有人负责记录。

侧还站立着周仓与关平的立像。“延请张飞”仪式便在一层举行。

祭师装扮成张飞的模样，一袭黑衣黑裤，赤足，胸前左右开襟处绣有两条戏珠游龙，后背绣有一条麒麟，腰系黄绢腰带，头匝黑巾，上冠黑帽，在帽子与上衣后颈处写有“玉封桓侯圣帝”几个绣金大字。仪式伊始，祭师面向祭坛，手捧香烛和符纸贴近前额，口中念念有词，突然状如附体，手舞足蹈，龅牙龇出，面露狰狞之相。此时，旁边紫飘坛的工作人员迅速递上来各色符纸，“张飞”用毛笔在每张符纸上画符并加盖大印，其间还烧符纸、滴香烛。程序完毕，“张飞”就算是被成功请了出来。接下来就开始为信众占卜赐福。信众前来问卜需先准备好鲜花香烛放于托盘内，一套约100铢，然后跪请“张飞”。我要进行调查也需先行上香，获得“张飞”的许可，照相的器材也需要在“张飞”施法之后才能使用。

“张飞”的工作主要是替香客问卦解难，消灾赐福。整个仪式中泰合璧，花样百出，既有中国传统祭祀的内容，也有泰国特色的仪式内容，主要包括：1. 问卜，通过查看面相、手相为人指点迷津；2. 画符，赐予画好的符箓，或者用毛笔或切开的柠檬直接在人身上画符、写字，表示祛灾赐福；3. 洒水，也是为了消灾赐福，将浸有鲜花和香烛油的水由头顶灌下，这在泰国的巫术仪式中常能见到；4. 盖印，将大印盖在信众的身上或头上，以示赐福；5. 驱邪，信众平躺于地，身盖红布，“张飞”用扇子在之上来回拂拭，以驱走邪运。每次施法视信众要求不同，内容也多有取舍，组合使用或有细微的变形，有时为了增强法力，“张飞”会猛灌几口烈酒或猛吸几口烟。整个仪式持续一个小时左右，香客们络绎不绝，有不少人排队来求神问卜，询疑问惑，其中有相当一部分是泰人。据庙祝介绍，忠义堂内供奉着刘、关、张三人的神像，但只在重要的日子才请出关公神像，而延请张飞的仪式则是每周日举行一次，这是本地的传统仪式之一。这也可看出关公崇拜仍是最重要的三国信仰，但很多华人认为张飞也是相当灵验的，也许是因为华人认为张飞是个智勇兼备的人物，民间还有“张飞断案——粗中有细”的歇后语，所以张飞请神仪式才会出现香火鼎盛的场面。

需要指出的是，虽然这些中式神庙多为华人神庙，但是祭祀的人群早已不限于华人，更何况今天泰国的华人群体多为第三、第四代华人，无论语言、生活习惯还是身份认同都已是泰国人。他们所践行的文化本身就融合了中、泰两种文化，而泰国文化在其中居于主导地位。

二、泰式佛寺中的三国艺术

除了华人神庙，《三国》人物偶像或故事壁画还开始出现在越来越多的泰式佛寺之中，其中不乏赫赫有名的王家寺院。

1. 壁画

壁画是佛寺中不可或缺的文化组成部分，泰国的寺庙中大殿、山墙、亭台、窗扇等各处都画有精美绝伦、色彩艳丽的壁画，内容大多是佛本生故事、泰国的民间故事以及印度的史诗故事等，为的是庄严寺庙，吸引信徒前来参拜。

位于曼谷挽巴谷区的巴森苏塔瓦寺（Wat Praserthsuttawat），最早兴建于阿瑜陀耶王朝时期，原名为“卡琅寺”，在曼谷王朝三世王时期（1838年）由一名闽籍华人郑宝斥资修缮，因其被国王御封爵号为“帕巴森瓦尼”，遂将该寺更名为巴森苏塔瓦寺。寺庙外观与结构上与一般泰式佛寺无异，但其大雄宝殿殿内四壁画满了《三国演义》故事的水墨壁画，内容是《三国演义》第一回至第六十回的故事，共计364幅。有些壁画因年久失修而变得模糊或残缺不全，但大部分仍保存完好。该寺的壁画也是目前泰国境内内容最为丰富翔实的《三国演义》故事壁画，从画风上看属于中国的水墨插画，标示的人名都是中文，可以断定是出自华人画匠的手笔。

位于曼谷湄南河西岸的宗通区的纳浓寺（Wat Nangnong Worawiharn），初建于阿瑜陀耶时期，在曼谷王朝三世王时期进行过大规模的修缮，成为王家寺庙（三级）。三世王时期修缮的寺庙，许多都不同程度地加入中国文化风格。纳浓寺的佛殿虽然整体上保持着泰式佛寺的重檐尖顶的特征，但是在山墙和屋檐处的装饰则加入了大量的中国艺术，特别是在该寺大雄宝殿内还配有画着三国故事的壁画。壁画采用了泰国的一种称作“甘玛洛”（kammalo）的漆底金纹画形式，这是一种在黑色的漆底上描金或贴金绘制的图画，是泰国的匠人从古代传承下来的艺术形式，多用于绘制大门、箱子和小器皿等物件的装饰画，用来绘制大型的壁画并不多见。纳浓寺的三国壁画的内容是从刘备投奔刘表开始到赵子龙单枪匹马大战曹军，共48幅，分为12格，夹在窗子与窗子以及殿门之间，每格有4幅。除了这些漆画壁画之外，大殿内其余部分则绘有传统的泰式壁画。可惜的是由于该寺近些年来维护不力，多数壁画都严重褪色，不少甚至斑驳脱落，难以辨认了。

与之情况类似的是位于曼谷帕纳空区、大王宫附近的切都蓬寺（Wat Phra Chettuphon）[①]。切杜蓬寺是一级王家寺庙，是泰国最为重要的寺庙之一，也在三世王时期进行过大规模的修缮。在此次修缮时，在寺内辟出一处庭院，命名为杂林苑，在庭院内修建了一座中式的亭子，亭内画有三国故事的壁画。泰国诗人帕波隆玛努琪琪诺洛曾作克龙体诗记述了这次修缮和修建亭子的事件，并指明亭中的壁画是由华人画匠所作，画的正是三国的故事。由于亭子是开放的状态，壁画更易遭受风吹雨淋和湿气侵蚀，破损程度更为严重。泰国学者经过仔细辨认和对照，判断这些壁画内容应该都是“赤壁之战”桥段故事，如草船借箭、孔明借东风、周瑜打黄盖，以及吴国与魏国交战的场面等。[②]

在作为曼谷王朝四世王王家寺庙的波汶尼威寺中，其配殿的《三国》故事壁画是目前最新、保存最完好的《三国》壁画。殿内四面墙壁都画有三国壁画，按照内容可分析出28段故事，从刘备送徐庶到关羽华

---

① 切杜蓬寺是官方寺名“帕切杜蓬维蒙芒卡拉兰拉查沃拉维罕”的简称，俗称菩提寺（Wat Pho），因其大雄宝殿内供奉一尊巨大的卧佛，也被称作卧佛寺。

② [泰]讪迪-瑙瓦拉·帕迪康：《〈三国〉：曼谷泰式寺庙中的中国艺术》（泰文），曼谷：民意出版社，2006年，第11-20页。

容道捉放曹操。壁画体现出中泰合璧的特点。虽然内容是中国的《三国》故事，但壁画布局和画工风格已和泰国当时的其他壁画十分接近了，即将不同情节的内容以山水连携或结构布局的方式串联成一幅鸿篇壁画，绘在大殿的四壁之上，既可以作为一个整体的画卷来欣赏，又可以根据局部提供的经典情节提示以及文字说明分段欣赏。壁画画工精美，色彩艳丽，显见该壁画泰国画匠参与的程度要高一些。壁画中虽然士兵衣物中有"车""兵""军"等中文字样，但各部队打出的大旗上却是用仿汉字的花体的泰文写就的"曹操""张辽""甘宁""周瑜"等字样。此外，在壁画人物的服饰上出现了不少戏服的样式，许多大将脸上画着脸谱，不少士兵的衣着甚至是中国清朝士兵的打扮，战船也是中国南方商船鸡眼船的外观，可见这些形象都是画匠从泰国的中国戏曲和华人移民那里得来的印象。虽然波汶尼威寺的壁画不是出现在正殿大雄宝殿之中，而是在配殿里，但能在王家寺院里占据一席之地已足以说明其影响力。

2. 雕刻艺术

皮查雅寺（Wat Phichaya Yatikaram）位于曼谷湄南河西岸的空汕区，始建于何时已无从查考，曾经被荒弃，曼谷王朝三世王时期的一位大臣颂德昭帕耶波隆玛哈披猜雅（塔·汶纳）于1829—1832年对该寺进行了大规模重修并献与三世王，被三世王确认为王家寺庙（二级），并赐名"帕耶雅迪迦兰寺"，四世王时又更名为"皮查雅雅迪迦兰寺"，百姓们习惯称之为皮查雅寺。由于塔·汶纳当时主要负责与中国的帆船贸易，加上当时宫内庭外浓厚的中国文化氛围，他在重修的时候使用了大量中国商船上的压舱物、彩瓦、石人像等，特别是大雄宝殿建在一个凸出的悬台之上，在悬台基座外侧有一圈三国故事的石刻雕塑，据泰国学者推测是由中国南方的工匠雕刻并引入泰国的。① 这些石刻画共有22

① [泰]讪迪·帕迪康、瑙瓦拉·萨宁通：《皮查雅雅迪迦兰寺的悬台四边》（泰文），《文化艺术》，2002年二月号，第27页。

幅，选取的都是较为经典的三国故事桥段，如三英战吕布、马超追击曹操、长坂坡赵子龙救阿斗、周瑜打黄盖、华容道关羽捉放曹、空城计等等，但相邻两幅石刻画内容并不连续。因年深日久、风吹雨淋，许多石刻画已经残缺不全，但仍有约一半左右保存完好。

在曼谷南部的北榄府有一处称作“古城”（mueang boran）的大型主题仿建公园，仿建了大量泰国古代建筑，以展示泰国各地的文化风俗。它是1963年由威立雅保险公司的董事长列·威立雅潘出资修建的，于1972年2月11日正式对外开放。院内有一处称为“右园”（suan khua）的园林，仿建的是原曼谷大王宫东侧一处“右园”或称“希瓦莱园”的园景，园内装饰着许多带有浓郁中国文化特征的石刻石雕。这些石刻石雕最初很可能是来自大王宫中的右园。曼谷王朝二世王仿造中国达官贵人官邸的园林，对一世王兴建的右园进行了改建，从中国引入了大量石雕和石刻画用于装饰。三世王时期广修庙宇，三世王又将这些装饰物分给一些修缮、改建的寺庙。今天古城右园中的石刻石雕就是其中分配给派隆寺（意为围竹寺）的部分。派隆寺后来与多寺合并，更名为派恩丘达纳兰寺，但寺内的中式石雕并未得到妥善保护，多有损毁。古城建造方为再现大王宫右园旧景，便请求将这些中式石刻石雕移至古城内的右园之中展示。在这些石雕之中有一批刻着中国古典文学和民间故事的石刻画，包括《三国演义》《水浒传》《隋唐演义》《说岳》《封神演义》《东游记》《八仙出处东游记》等，共有40余幅，其中《三国演义》的内容多达20幅，包括关羽释曹操、曹操送关羽、曹操赠关羽赤兔马、空城计、赵子龙战文丑、典韦以尸身为武器战张绣军、三英战吕布等片段，约占石刻画的一半。[①]

在阿瑜陀耶府邦巴因县有一座著名的邦巴因行宫，始建于阿瑜陀耶王朝，后被缅甸军队焚毁，19世纪时曼谷王朝四世王和五世王重建，作

---

① 详见[泰]讪迪-瑙瓦拉·帕迪康：《古城“右园”中的中国文学故事石刻画》（泰文），曼谷：古城出版社，2010年，第38-40页。

为国王休闲消暑的行宫别院，被誉为泰国最美的行宫。整片行宫由多个建筑和园林组成，融合了泰式、中式和西式建筑风格，亭台楼榭古色古香，富丽堂皇，美不胜收。其中有一座木质结构建筑名为“天明殿”，完全是中国南方传统建筑式样，殿内漆红色柱子上雕龙画凤，在擎檐柱顶端与顶梁交界处装饰有金色的镂空木刻画，一些是各种花鸟鱼虫装饰画，也有八仙等神话人物，还有一些是三国故事的木雕画。

这些雕刻和壁画虽然绝对数量不多，但是却蕴含重要的文化意义。除了普通的装饰意义，它们更体现了泰国文化中融入的中国文化成分。这些雕刻和壁画如果泰国人无法理解、难以解读是无法传承下来的，更遑论进入各王家寺庙和国王的行宫别院之中。从某种意义上，通过壁画、雕刻等具象方式传播对一般民众比通过书本文字更为直接，更深入人心，使泰国人“一见到这些图画就知道来自哪部或哪一段中国文学作品，这和泰国人理解关于佛陀历史、佛本生和《罗摩颂》的壁画的情况并无二致。”①

这些佛寺中的三国壁画和石刻也引起越来越多泰国学者的关注，瑙瓦拉·帕迪康（华文名陈碧玉）、素拉西·阿蒙瓦尼萨（华文名黄汉坤）、初蓬·厄初翁（华文名余天彪）等学者对它们都有专门的研究和著述。

3. 佛牌

佛教在泰国具有事实上的国教地位，泰国佛教信众不仅进入佛寺斋僧礼佛，离开佛寺之后，有的信众还会佩戴一种称作“佛牌”（phra phim或phra khruang）的挂饰，一是为了礼佛敬佛，二是作为护身符，期望能够消灾避难、趋吉转运。泰国的佛牌文化非常兴盛，种类繁多，有“灵力”和著名高僧制作的佛牌通常价值不菲。佛牌由寺庙中的僧侣制作，早期的佛牌主要是用寺庙的泥土、香灰、高僧的骨灰、衣物、舍

① [泰]讪迪-瑙瓦拉·帕迪康：《古城“右园”中的中国文学故事石刻画》（泰文），曼谷：古城出版社，2010年，第148页。

利子、花粉、佛门圣物等制造，往往是著名佛像的等比微缩，后来逐渐加入其他人物，如得道高僧的法身、不同吉祥寓意的设计（如掩面佛牌、蝴蝶佛牌等），还有一些在民间受人崇敬的人物也被制成了佛牌，有的来自民间文学中的英雄，如昆平佛牌，也有来自现实中的人物，如二哥丰[①]牌。

在民间极受欢迎的《三国》也开始渗透进佛牌文化之中。泰国有一种模压佛牌称作铃佛（phra kring），因其内有佛珠，晃动时有叮当声响而得名。铃佛佛牌的种类很多，其中有一款被人称作“关羽铃佛”（phra kring Kuan'u）。尽管以关羽来命名，但它并没有采用关羽的形制。所有铃佛佛牌都是模仿大乘佛教中的药师佛，以求祛病消灾、吉祥平安。之所以如此命名，是因为这款佛牌面色红润，犹如面如红枣色的关公，因而得名。由此可见，关羽的形象是多么的深入人心。关羽铃佛还只是借用了他的外貌特征（肤色），后来陆续出现了一批专门以关公形象压制的关公佛牌，也都是由寺庙里的僧人制作的。

除了上述方式，有些泰国人还会在亲人葬礼的佛事活动中印制并分发《三国》书籍，以此作为向逝去的亲人进献功德的一种方式。

三、泰国的“三国”文艺

1. 泰式戏剧

由于《三国》故事深入人心、脍炙人口，从很久以前就被人们拿来创作戏剧唱词、创作民谣歌曲演唱。

随着华人移民来到泰国的中国戏曲中有许多三国戏，而洪版《三国》开始风靡之后，也开始有人将它改编成泰式古典戏剧洛坤剧演出。这些泰式戏剧演出的《三国》剧目都已失传，它是怎样表演的，唱腔、舞台和行头如何，今天已经无迹可寻，只留下一些唱词和剧本。在本书

---

① 二哥丰真名郑智勇（1851—1937），原名郑义丰，生于泰国，父亲来自潮州，二哥丰是其加入泰国洪门帮会后的别号。郑智勇后来成为泰国的商界巨子和华人领袖，同时乐善好施，在泰国及潮州兴办许多公益事业，还捐资支持孙中山的革命活动，深受爱戴。

第十一章中的“诗歌、戏剧重写创作”一节曾介绍过这些剧本，包括昆乔蓬叻（提）和昆塞纳努琪（杰）各自创作的民间剧（外洛坤）《三国》（选段）；六世王时期兴起的新式戏剧，如“乃本萨阿”的“貂蝉诱董卓”选段、“曼桂本”的“貂蝉计赚董卓”选段、“缇孔”的“刘备结婚”到“周瑜吐血”选段等。

其中，在重要性和艺术成就上最突出的就是昆乔蓬叻（提）和昆塞纳努琪（杰）创作的民间剧《三国》格伦唱词，即使已无法欣赏到曲韵唱腔，但作为格伦诗的唱词依然具有很高的水准，受到不少古典诗歌爱好者的推崇。这些民间剧《三国》格伦唱词在情节上基本遵循洪版《三国》，只是加入了大量细节描写，以展现诗人驾驭语言的高超技艺。为了适于民间剧的演出，《三国》剧本中加入了传统民间剧常见的表演情绪唱词，如诙谐辞、吵闹辞、挑逗辞、愤怒辞、轻蔑辞、埋怨辞、哀戚辞，以及行军辞、风雨辞、赏颜辞、赞地辞、赏鱼辞、赏花鸟辞、赏园辞、赏洞辞、训妇辞等专门的篇章。[①]

2. 民谣小调与流行歌曲

除了用于戏剧表演，《三国》还被人改编成各种民间歌谣和歌曲传唱。泰国人能歌善舞，泰语本身就是一种极富韵律性的语言，非常适于诗歌和民谣吟唱，因此泰国的民间歌谣不但种类繁多、形式多样，而且娱乐性很强。今天民间歌谣的表演功能越来越突出，不但出现了专职的民歌手，还有专门的演出团体。虽然传统的《三国》民间歌谣已难觅踪迹，但仍有现代民歌演出团体在演出《三国》的内容，如“暹罗文学艺术俱乐部”（Samoson Sayam Wannasin）还在表演一种称作“萨格瓦”（sakkawa）的民歌形式。暹罗文学艺术俱乐部由一些德高望重的老艺术家和泰语专家组成，其中不乏获得“国家级艺术家”荣誉的成员，为了推动泰语使用和弘扬传统文化，一直坚持演出萨格瓦。萨格瓦是一种

① 详见[泰]素南·蓬普：《诸版本泰文〈三国〉的创作意图研究》（泰文），泰国艺术大学硕士论文，1985年，第90-122页。

源自民间的游艺对唱，后经过宫廷贵族改造而形成的民歌样式，唱词采用格伦诗体，一段唱词分为4节8句，首句以"萨格瓦"起首，末句则以"诶"的呼词收尾。2007年和2010年，暹罗文学艺术俱乐部在为"蒙拉差翁阿瑜蒙空·索纳恭基金会"评选的年度最佳散文作家奖的颁奖仪式助兴时演出了两次"三国"萨格瓦。2007年1月14日演出的是"何进失势"桥段；2010年2月14日演出的是"赤壁之战"桥段，两次演出都大获好评。

但萨格瓦演出相对小众，《三国》被写入流行歌曲后，受众人群就扩大了许多。从20世纪60年代开始，一种称作"乡村小调"或"田园歌"（phleng lukthung）的新民歌开始在首都曼谷出现，并逐渐风靡泰国的乡村城市。乡村小调起初被称作"市井歌"，节奏舒缓，沉婉悠扬，内容多是展示乡村田园生活以及表现进城务工的农民工怀乡思亲的情感。随着时代的发展，乡村小调自成一格，逐渐成为泰国一支重要的流行音乐力量。乡村小调的内容和题材也愈加丰富和多样，开始触及社会生活的方方面面，人们喜闻乐见的《三国》也被拿来创作乡村小调歌曲。

乡村小调歌手邓斋·汶帕拉萨（Tueanchai Bunphraraksa）曾有一首脍炙人口的歌曲《孔明观星》，歌中唱到诸葛亮夜观天象时见星陨落，心知自己福缘已尽，难逃一死，从而心生哀叹，即使像孔明这样足智多谋的人也不能救助自己摆脱因缘果报。歌曲带有佛教色彩，唱的虽是世事无常的人生嗟叹，曲调却又轻松欢快，这种反差所带来的冲击令人难忘。

20世纪80年代，泰国推出了一张名为《三国故事歌》（Tamnan Phleng Samkok）的乡村小调专辑，阵容强大，汇集了一批当时最著名的小调歌手，如素贴·翁甘亨、东·颂拉贝、威奈·潘图拉、恰兰·贴差，以及享有"乡村小调皇后"美誉的蒲蓬·端詹（Pumpuang

Duangjan）等12位歌手。专辑共有12首歌[①]，每首歌表现一个三国人物，歌词贴近每个人物的内心，抒发个人情怀，寥寥数语就唱出他们各自的鲜明个性，凝练传神。如关羽的忠义勇猛："凌驾于世间神明，助捷常胜、忠心耿耿，骁勇善战无可匹敌，持长刀跃阵冲杀，赤兔马飞驰。为刘备不投曹操-孙权，一心助其天下归宗，只为回报恩德故，戎马征战至身死。"（《神明关羽》）；张飞的直率豪爽："吾不喜何人，定让人瞧个分明；吾心喜何人，愿奉上项上人头。谁若碍眼，立取其命；谁若冒犯，定追讨到底。这即是，人谓之黑脸张飞。"（《黑脸张飞》）；孙尚香思夫的离愁感伤："年龄相差虽多，但却心心相印。爱上敌方之人为夫，携手并肩。愿随时以身挡剑，随时付出生命，只求能与爱人厮守。"（《孙夫人的真爱》）；周瑜哀叹时运不济："生为周瑜声名远播，朝天啐唾终令我口吐鲜血。天既生瑜，为何又生亮？用计定谋总输一筹，愤恨不平终殒命。"（《朝天啐唾的周瑜》）这些歌曲都不难发现雅各布《卖艺乞丐版〈三国〉》的影响。

2011年，泰国著名的老牌民谣摇滚乐队卡拉包（Carabao）[②]又一次唱起了《三国》。卡拉包乐队组建于1980年，是20世纪70年代兴起的"歌曲为人生"运动中涌现出的突出代表，长盛不衰，至今仍活跃在歌坛，被人誉为"泰国的滚石乐队"。2011年卡拉包乐队发行了第27张专辑《卡拉包的力量30年》[③]，其中最后一首歌《三国序曲》的歌词即

---

① 12首歌分别是1.《神明关羽》（素贴·翁甘亨）；2.《朝天啐唾的周瑜》（东·颂拉贝）；3.《孔明》（威奈·潘图拉）；4.《曹操兵败》（恰兰·贴差）；5.《来自常山的君子（赵子龙）》（沙提·伊提差）；6.《孙夫人（孙尚香）的真爱》（吉迪玛·哲斋）；7.《女中翘楚貂蝉》（蒲蓬·端詹）；8.《黑脸张飞》（爽·讪迪）；9.《忠义之人鲁肃》（康披·汕通）；10.《顶级武将吕布》（社立·荣萨旺）；11.《立于云端的徐庶》（素亭·信颂升）；12.《小乔的胸怀》（多迈·班纳）。

② 乐队名字"卡拉包"来自他加禄语Carabao，意为水牛，在菲律宾水牛是农民的标志，乐队以此为名传递着歌曲为人生的意涵。

③ 专辑后更名为《在佛像背后贴金的人》，作为九世王84岁寿辰的献礼，并新收录3首作于2011年泰国发洪水时的新作。

《三国演义》的开篇词——杨慎的《临江仙·滚滚长江东逝水》，由泰国的三国专家通田·纳詹浓译为泰语。由于2010年泰国政治局势再次发生动荡，社会处于多事之秋，通田·纳詹浓认为《三国》正切合当时的时势，便请乐队主唱仁永·欧帕恭（Yuenyong Opakul）帮忙将这首点题的词谱成曲并演唱。这首歌卡拉包一改激情四射的风格，而是轻声吟唱，配器简单并加入了二胡，仁永的演唱沉郁婉转，颇具古风古韵。

四、其他“三国文化”

在园林文化上，泰国还建有一处“三国”主题公园：三国艺苑。三国艺苑（The Romance of the Three Kingdoms Theme Park）是一个专门以三国人物和故事为主题的大型园林，位于春武里府芭提雅市附近的挽拉芒县，占地面积36莱（约合86亩），园内绿树环绕，芳草茵茵，环境优雅，景色怡人，中式的亭台楼榭、喷泉石雕不绝于眼，各式建筑依照中国的风水说而建，追求阴阳相配。园林是由一位泰国华人企业家杰·希丰福首倡兴建，他希望通过兴修一个中泰合璧的园林来传播泰国和中国的艺术与文化，同时也为芭提雅居民和国内外游客旅游休闲提供一个好去处，服务社会、回馈社会。由于讲述中国历史的《三国》在泰国家喻户晓，便被选作园林的主题。但园林尚未动工，杰·希丰福便去世了，他的儿子继承遗志，完成了父亲的梦想。三国艺苑于1995年2月1日破土动工，2000年4月30日竣工，并于2002年中国农历马年春节时正式对外开放，成为芭提雅这个海滨旅游胜地别具特色的新景观。整个园林由来自泰国艺术厅的设计师提拉宛·万塔诺泰、伦纳利·塔纳高德和瓦洛帕·翁加笃帕设计的，巧妙地将中泰两种建筑风格融合起来。园内有几座中式的楼宇，高四层的主殿内有刘备、关羽、诸葛亮、吕布等三国人物塑像，此外园内还有关帝庙、观音宫、佛阁等建筑，在空旷平整的草坪上还有三国士兵的雕像。但整个园中最为引人瞩目的，还是长223.8米的长廊壁画，请中国的工匠绘制，内容从“宴桃源豪杰三结义”直到“降孙皓三分归一统”，共有56幅，每一幅都配有泰文和英文的题目和详尽的解说词。游人只需沿着长廊漫步欣赏壁画，即可通览整个三国故事。

在语言文化上，《三国演义》中的一些成语、俗语和比喻等，言简意赅，富有哲理，形象生动，通过意译、增译等方式被转化成泰文中的熟语，发展成泰文中不可缺少的词汇，被泰国作家广泛吸收，运用到自己的创作之中。在中国有句俗话，叫“少不看《水浒》，老不读《三国》”，意指《三国演义》中多的是尔虞我诈、勾心斗角的权谋计略，让人多生城府之心；而在泰国也有一句类似的家喻户晓的俗语，叫“《三国》读三遍，此人莫结交”，同样也是说《三国》中计谋太多，关系复杂，读太多的人也会跟着圆滑世故、充满心机。这句话多半带有玩笑的意味，但足见泰国人对《三国》的熟悉和喜爱。《三国》中的许多典故和成语也已为泰国人所接受，并内化成为泰国人耳熟能详的泰国成语、谚语和俗语，丰富了泰国的语言文化，如“良禽择木而栖，良臣择主而事”“覆巢之下，安有完卵”“放虎归山”“赴汤蹈火”“口尚乳臭”“以卵击石”“衣服破，尚可缝；手足断，安可续”等等，不胜枚举。[①] 此外洪版《三国》译文中一些桥段因为新颖奇特的比喻，在泰语语境下又形成独特的意义，生成新的成语和俗语。如“三招落马死”，出自洪版《三国》中“还没过三招张飞就用矛刺高升落马死”一句（《三国演义》原文如下：“飞纵马挺矛，与升交战，不数合，刺升落马。”），被用来形容“做事不久就失败或表示能力不强的人”。[②] 因此，《三国》在泰国教育中也能够起到明显的作用，是泰国语文教材中不可或缺的内容，每年泰国的大学入学考试试卷也一定会涉及《三

① 具体的例子详见[泰]金达娜·探瓦妮瓦：《关于〈三国〉中、泰文版本中比喻的比较》（泰文），泰国朱拉隆功大学硕士论文，1984年；[泰]徐武林：《汉语熟语在泰国的流传——以泰译本〈三国演义〉为例》，《社会科学战线》，2008年第8期。

② [泰]黄汉坤：《中国古代小说在泰国的传播与影响》，浙江大学博士学位论文，2007年，第70页。

国》。[①]

在泰国社会其他方面，《三国演义》也表现出强大的生命力。20世纪80年代中后期，由日本兴起的《三国》商业文化迅速在泰国兴起，《三国》也由一部战争文本、政治文本摇身一变成为商业宝典，不但电视上有《三国》商业应用讲座热播，有的公司还在下班时间后加班加点组织员工讨论和学习。《三国》商业应用类书籍也随之洛阳纸贵，卖至脱销，需一版再版。《三国》一直是出版业和报刊业的宠儿，不少专栏作者选择《三国》作为专栏内容，最后又集结成书，同样畅销。不同的《三国》版本随着时代的推移层出不穷，近年来在青少年间又兴起《三国》卡通漫画本。《三国》的影视剧在泰国一直有很高的收视率，而泰国漫画家根据《三国》故事制作的动画片还获得了年度电视大奖。

置身于泰国社会，只要你稍加留心，不用多久就能感受到泰国浓郁的“三国文化”，感受到泰国人对《三国》的熟稔和喜爱。而泰国的《三国》和三国文化虽然来自中国的《三国演义》和“三国文化”，但泰国人民在其中融入了本民族的情感、智慧和文化传统，从而形成了泰国特色的“三国文化”，并反映在泰国社会的方方面面。这说明异文化之间的传播和接受并不是简单的推广和传播，接受者也并非一味地吸收和借鉴，只有与接受者的本土文化相结合，才能真正融入当地的文化语境，才能真正获得认可并被不断发扬光大。《三国》在泰国的影响和传播过程便是一个有力的佐证。

---

① [泰]徐武林：《汉语熟语在泰国的流传——以泰译本〈三国演义〉为例》，《社会科学战线》，2008年第8期，第139页。

结　语

一部外来的文学作品能被传播和接受，说明它本身具有一些超越民族、国家和地域的艺术价值，或者对当地社会具有明显的益处，但是仅有普遍价值和明显的益处显然还是不够的。对于任何一个民族或国家来说，要接受一部外来的、全新的、异文化的文学作品都绝非易事。即使是《三国演义》这样一部在中国家喻户晓、已取得了很高艺术成就、在中国文化中占据了显要地位的古典名著，也无法保证能被异文化人群所接受，即便被接受也不一定能被广泛传播，传播时亦有程度深浅之别。浅度传播或一般性传播多局限在文学以及与文学相关的研究领域，它更多依赖作品本身的艺术性和文学价值，并且突出原作的异文化属性，《三国演义》在世界上大多数国家的传播都属于此类传播。而深度传播则不然，它的范围要广泛得多，不仅局限在文学领域，而且深入到社会、历史和文化层面，衍生出更多带有本土文化特征的新文本、新事象，其中固然带有异文化的属性，但更多彰显的还是本土文化的特质。《三国演义》在泰国、日本、朝鲜（韩国）、越南等少数国家达到了这种深度传播，而泰国是其中唯一的非汉文化圈国家。正如本书导言中所指出的，文化的异质性使得泰国相比于一众汉文化圈国家有先天的劣势，但《三国演义》在泰国不但达到（甚至超越）了在这些汉文化圈国家中的风靡程度，而且传播时间更短，影响更为广泛。正是这个特质，使得这个跨文化文学传播问题变得格外特殊，也引发了我浓厚的研究兴趣，本书通过十二章篇幅的论述尝试着回答这个问题。

至此，是时候对《三国演义》在泰国的传播进行总结，对其传播模式进行概括了。我参考以往有关文学传播的研究成果，结合《三国演义》在泰国传播的个案的特点和方式，将《三国演义》在泰国传播的过程模式概况如下：

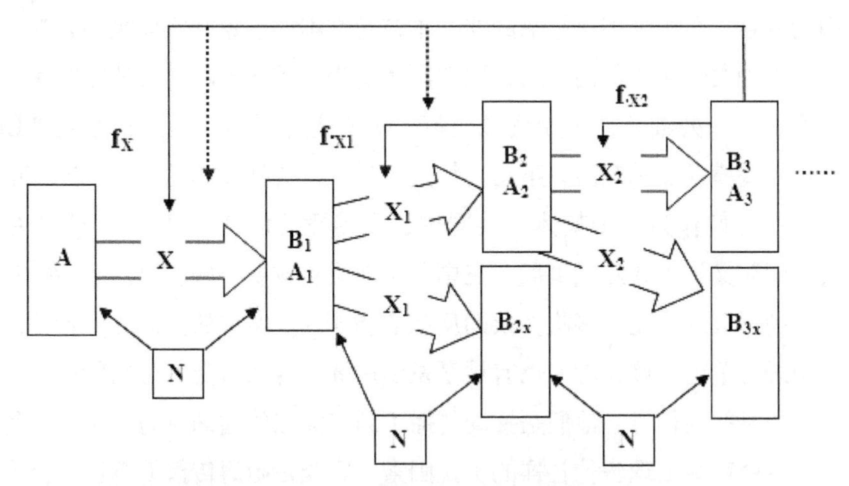

图表 结语-1　《三国演义》在泰国的传播模式图示

在这个模式图示中，A表示传播者1（一级信源），即将《三国演义》带到泰国并进行传播的华人群体；X表示罗贯中的中文版《三国演义》（传播的信息1）；B_1 A_1表示经典译本的译者昭帕耶帕康（洪），他身兼二职，一方面它是B_1，即接受者1（一级信宿），同时又是新文本的传播者A_1（二级信源）；X_1表示洪版《三国》经典译本（信息2）；B_{2x}表示洪版《三国》单纯的接受者，即普通读者（二级信宿

1）；B_2A_2表示洪版《三国》的特殊的接受者，同样身兼二职，一方面是洪版《三国》的接受者B_2（二级信宿2），同时又是次一级传播的传播者A_2（三级信源）；X_2表示二级传播者A_2创作的泰文《三国》的重写文本（信息3）；B_{3x}表示再次一级传播的普通读者[①]；B_3A_3表示再次一级传播的特殊接受者，同时亦是传播者，以此类推，逐级推展下去；N表示每一级传播过程中的干扰因素，即噪音；f则表示每一级传播的接受者对传播信息的反馈，其中图示上部的实线箭头表示同一级传播中的反馈，虚线箭头则泛指次级传播对前一级或更上一级传播文本的反馈。

尽管在写作的过程中，我已有一定的预期，但是整个传播的复杂程度还是远远超过我最初的预想。这个模式图示只是有关文学文本传播方面的内容，至于许多更鲜活的非文本或超文本的事象则难以涵括在内。即使作为文学文本传播模式，这个图示也仍然稍显简略，无法完整呈现传播的每一处细节，更无法说明每一次变化背后的动因。我希望借助这个传播模式图示突出以下几个特点：第一，传播文本的多元，X、X_1. X_2……它们作为一个整体，共同构成了传播的信息，只是X（罗贯中《三国演义》）和X_1（洪版《三国》）地位更重要一些。第二，传播是有不同层级的，经过多次复杂的反馈活动才逐步实现的。第三，传播过程中既有单纯的接受者，也有被激发创造欲、身兼接受者与新传播者职能于一身的新作者，他们是推动传播不断向深层传播的主力。第四，每一级传播都会出现各种各样的干扰因素，它既是阻碍传播信息正确传递的祸首，又是促使衍生文本带有更多本土特征、更加个性化的推手。

在最后，我想对《三国演义》在泰国的影响和传播研究要点做个小结，一方面是对上面总结的传播模式进行的补充说明，另一方面也是希望能对其他跨文化文学传播的研究有所助益。

第一，在整个传播过程中，占据主导的并非文本传播方，而是文

① 需要说明的是，每一级的普通读者都可能是重合的，为避免图示过于臃肿，在此不再细标。

本接受方。文学传播往往习惯站在传播方的视角，片面强调源文本的价值，在本书个案中，即以文学文本输出国中国为中心视角，强调中文语境下的《三国演义》本身的经典性和伟大的艺术价值，因而单方面凸显其施与影响的一面。在很多学者特别是中国学者看来，《三国演义》在泰国获得成功是一种应然，因为从中国语境出发，《三国演义》明快流畅、雅俗共赏；技法巧妙，笔法多变，旁冗侧出，波澜曲折；结构宏伟、组织严密、层层推进、环环紧扣，把百余年纷繁复杂的历史和众多的人物组织得完整有序，有条不紊，显示出极高的艺术价值。如此一来，《三国演义》能够在泰国产生巨大影响似乎是一件理所应当、顺理成章的事情。从最终的传播效果来看，《三国演义》在泰国确实一路"顺风顺水"，似乎也印证了这种看法。但如果我们仔细观察整个传播过程，会发现，作为接受国一方的泰国并非一味被动地接受，照单全收。恰恰相反，它所接受的《三国》是已经经过泰式改造后的"加工成品"。由中文的《三国演义》到泰文的*Samkok*，不仅仅是用另一种语言来呈现文本，而是一种主动的改写；它不是简单地对原文内容的"忠实"传递，而是经过泰国文化的筛选和过滤，将其吸纳到泰国文学的传统之中，内化成为泰国本土文学的一部分。在这个过程中，泰国享有充分的选择主动权，既可以接受，也可以拒绝；即使接受，如何接受、接受多少，也由接受方泰国做主。

必须看到泰国与中国是文学传统迥异、文化异质性很强的两个国家，在中国文化语境中的获得的赞誉，在泰国的文化语境下却极有可能是失败的诱因。《红楼梦》在泰国便反响平平，而其他包括《水浒传》《西游记》在内的古典小说名著，大部分在19世纪中期也都有了泰文译本，其中一些也得到了部分读者的青睐，但是在影响和地位上却都远逊《三国演义》，难望其项背。因此，讨论《三国演义》的传播必须要将这个问题置于泰文的语境之中，即时刻以文学接受一方为中心的视角入手进行探讨，否则一些异文化下的特质就会被遮蔽掉。传播研究的目的不是为了印证元文本如何优秀和伟大，无论传播效果如何，都不影响中文《三国演义》本身的伟大和经典价值；而是要具体研究异文化究竟是如何看待它，选择接受还是拒斥，在异文化下更具活力的新文本是如何产生的，而这些新文本又是如何在异文化语境中开花结果的，等等。这才是传播研究真正需要关注的事情。

第二，在泰国传播的《三国演义》文本带有一种“双重主体性”。所谓“双重主体”指的是《三国演义》在泰国传播时具有两个传播的“元文本”，即罗贯中的中文版《三国演义》和昭帕耶帕康（洪）主持翻译的经典泰译本《三国》这两个传播主体。由第一点可知，尽管洪版《三国》来自对《三国演义》的翻译，但二者并不能被等同视之，它们在传播主体、传播受众、传播范围、主要的传播方式、传播渠道等方面均有差异。事实上，真正让《三国演义》在泰国流传开来的是以洪版《三国》为元文本的二次传播，绝大多数泰国新读者都不谙中文，他们的《三国》文本信息都是通过洪版《三国》获得的。直到20世纪70年代之后，一批熟知中文和中国文化的读者（新作者）才重新将中文版《三国演义》带回传播舞台，并与洪版《三国》进行对照。着眼于传播文本主体转变带来的传播结构的深层转变，我们才能够从微观上把握更多的传播细节，更清晰地梳理传播过程，体察传播的行为和动因。明确这种传播文本的双重主体性，是理解传播中的本土化阶段的关键，也是我在整体上将传播划分为两个主要阶段，并分别划入上下编的依据。

第三，《三国演义》在泰国并不是作为一部文学作品，而是作为一个综合的文化体在传播。不同于一般的文学传播，在跨文化文学转播中把握起来最困难、最复杂的是“跨文化”的因素。进入异文化语境中的文学文本不再是一部单纯的文学作品，而是经过文化过滤和再造，成为拥有更多文化内涵的社会文本。在泰国人眼中，《三国》从来就不是一部单纯的文学作品，不论是其最初翻译的初衷，还是重写时候的赋意和解读，都带有追求实用的目的，这种附加的效应，就是它的文化价值。我们已经看到了《三国演义》在泰国有丰富多样的传播方式，不仅仅是书面文学文本，还包括口传文艺、戏剧表演、神庙活动、壁画雕塑乃至漫画游戏等。而那些文字文本中许多也不是纯文学作品，评论阐释、实用性改造和普及性的缩译改写占到绝大多数，在政治、军事、商业、戏剧、绘画等方面的文化改造和应用不胜枚举。此外，《三国演义》传入泰国、进入泰国的文学语境中就是挟中华文化之势，它在泰国产生最初影响就是体现在戏剧表演和神庙活动等文化活动中，《三国演义》的文本能进入宫廷视野很大程度上也有中国文化盛行的大环境的作用。虽然中国并未有文化输出的姿态，但是许多泰国人正是通过《三国》来认识、理解中国和中国文化的。因此，对《三国演义》在泰国的传播研究，在根本上是一种文化传播研究，只有对中泰两国的历史文化都有所了解，才能够洞悉文本迁移所面对的不同环境和文学的生态位对于文本改造的作用和意义。

第四，《三国演义》不仅处于泰国的文学场域之下，也处于更宏大的社会场域之中，它的传播同样受到社会条件的制约。在不同的传播时期，传播主体的更替、传播手段的进步、传播文本的转变等都不是无源之水，都与当时当地的社会状况、文化氛围、审美倾向、意识形态等客观条件密不可分。对同一部文学作品存在着两套评价体系，一套来自其原生的社会文化语境，另一套则来自受传一方的社会文化语境。同样由第一点可知，那种认为作品足够优秀，一旦译介、传播过去，必然能够获得对方的青睐和接受的想法一定会碰壁。文学爱好者们会出于各种各样的原因欣赏、推崇、接受、品评域外文学，许多著名作品的译作会登上国内的畅销榜单，但这些仅囿于文学领域，仍然没有超越浅度传播，文学爱好者和研究者相对于整个社会群体而言数量还是太少了。《三国演义》在泰国则不同，经过上百年的本土化，不但见证了泰国的社会变迁，还主动或被动地参与到社会文化的变革之中，催生了各种文学和文化衍生作品。如果我们只把眼光聚焦于文学领域，抛开社会文化语境，将难以回答《三国演义》的译介和众多重写创作背后的动机，也无法洞见真正推动传播不断反馈并进入次级传播的动力。

在本书下编我将论述的重点放在对各不同类型本土化重写文本的

梳理和总结上，但这不意味着20世纪下半叶之后，整个传播就退回到文本层面，不再与社会关联了。第二次世界大战后军政府对意识形态的管制、中泰两国关系的回暖、泰国在80年代的经济腾飞、泰国的民主政治氛围等等，都能够在各类泰文《三国》重写文本中寻到鲜明的印记。因此，只有引入社会的维度，将传播落实、还原到各个不同传播时期的具体社会文化情境下去分析才会有更多的发现。

第五，社会的维度可以被视为一种共时性的维度，同时还需兼顾历时性维度。《三国演义》在泰国社会的影响力和经典地位的奠定都是历史建构的产物。如果把《三国演义》中文文本和众多泰文《三国》文本之间的差异和变化泛泛归结于文化冲突与社会制约，将历史悬置起来，无疑将使整个动态过程扁平化。《三国演义》在泰国经历了漫长的过程才实现了深度传播，它与泰国社会的历史变迁结合得相当紧密，历史不断发展，传播也不会原地踏步，而是与时俱进，在不同的历史阶段有不同的表现。

借用美国历史学家保罗・柯文（Paul A. Cohen）的“历史三调”（history in three keys）的说法，作为“事件”（event）的《三国演义》传播活动是对“过去的一种特殊的解读”，而作为“神话”（myth）的《三国演义》传播活动则是“以过去为载体而对现在进行的一种特殊解读”。[①] 洪版《三国》在泰国获得了神话般的经典地位，即便有人对其权威性发起了挑战，也未能动摇它的地位。人们承认它的不忠实并认可了它，因为它体现出的“泰国性”，也因为它拥有的丰富内涵在人们头脑中形成了普遍的情节和观念，对人们的所思所想和行为活动都产生了重大影响，以至于当出现社会和文化变革的时候，人们会主动调动《三国》的情节和人物形象来隐喻、影射，甚至阐释、套用，激发人们的想象力和创造力。这种持续性的经典性正是历史的产物，是

---

① [美]柯文：《历史三调：作为事件、经历和神话的义和团》，杜继东译，南京：江苏人民出版社，2000年版，第2页。

其他缺乏历史纵深的文本无法相比的。

此外，确立历时性的维度也要求我们尽可能地拉长观察的时间段。这么做有三层意义。一是避免以某个特定时段的传播特征来臆测整个传播进程，如只以洪版《三国》的翻译和传播来概括《三国演义》在泰国传播特点。二是避免用一个时期的材料去说明另一个时期的问题，我们不能以现时的社会环境和条件来认识历史的状况，剥夺了历史感便无法窥见历史建构的过程。三是认识到一些在今天看来是必然的选择，或许在当时只是出于偶然，它是由各种各样具体的因素共同决定的，需要一个较长时间的观察和仔细甄别才能够做出判断。

但要强调的是，《三国演义》在泰国的传播毕竟还是一种文学传播，区别于其他类型的传播，即仍要强调文本的文学性，文学的文本是此类研究的基础。引入社会和历史的维度并不意味着无视文学文本固有的文学性规律，抛开文本而空谈社会历史也是无意义的。

第六，在跨文化文学传播中，对传播效果的考察是最终的目标，而作品（包括原文和译文）本身的经典性并不是最重要的原则，经典文本的传播也不足以涵括所有的传播效果。不少学者在谈论《三国演义》在泰国的传播问题时，仅仅把目光聚焦在洪版《三国》经典文本上，不但对洪版之前的传播状况只字不提，对于之后出现的众多重写文本也是惜墨如金；有些学者注意到了众多重写文本，但也只是泛泛介绍，仅把它们视为洪版《三国》的补充，未能意识到它们更多的价值。洪版《三国》固然是公认的经典译本，但最终的传播效果却并不是它独自缔造的，它无法取代初传时的非文本和后来重写文本群的作用。新创的重写文本与洪版《三国》文本内部构成互文性，同时《三国》文本与非文本的“三国文化”之间也构成互文性。泰国的读者对《三国演义》的接受，也是基于这些泰国本土的《三国》文本与非文本通过互文性而构筑的整体，阅读与参与并重，缺少了哪一部分，传播的效果都会大打折扣。

此外，跨文化文学传播离不开翻译，评价文学翻译是一个更为复杂的问题。单纯从跨文化传播的角度，译文的准确性与传播效果并不一定是正相关的关系，一部从纯翻译角度来说优秀上乘的译文，并不一定能保证取得成功。若以一般的翻译原则来看，不少泰文译本存在着相当程度的不忠实原文的现象，特别是洪版《三国》经典译本因其数量众多的误译而被人指摘。但恰恰是这些误译成就了洪版《三国》在泰国的流行与泰国文学史中的经典地位。针对不同的社会功能，判定翻译优劣的标准是多元的。仅就跨文化文学传播活动而言，“忠实性”并不是评判译文质量的最重要的标准，而是看译文是否达到良好传播效果，融入当地社会文化语境，有效推动了原文在异文化社会的传播和影响。如果是，那么它就是一个推动传播的“好”的译本，但单从一般的文学翻译的角度来看，它可能是有缺陷甚至不合格的译文。

作为一个跨文化文学传播的个案，《三国演义》在泰国的传播是否具有普适性？或者换句话说，《三国演义》在泰国的传播特征和模式是否可以应用到其他跨文化文学传播问题之中？对此，我的回答是，这个个案或可对类似问题有一定的借鉴参考意义，但绝不能简单套用。本书的目的也并非追求一个具有普适意义的传播模式，事实上每一部作品在跨文化传播的时候都会面对不同的情境，它们各自的传播都是独一无二的，都与接受方特定的历史和社会发展进程息息相关。当然，这也并不意味着认定不同的文学传播活动相互之间不存在通约性。但任何的“模式”都只是丈量传播进程的框架尺度，它剔除了大量内涵丰富的细节和个性化的因素，并且只针对某一类文学文本（能够实现深度传播的文本），只在特定社会条件作用下才有效。

本书更希望提供一种观念和视角上的转变：将文学传播嵌入到接受方社会和历史发展进程之中；从传播的效果入手，条分缕析，旁引曲证；从关系的角度具体分析传播的动态进程，将各传播影响因素纳入到关系结构之中；认识到在传播过程中“集体”与“个人”作用并重，传播不仅是微观层面上某几个作者或传播个人的个体行为，也是宏观上更大范围内的集体行为。这样做固然会牵扯出许多头绪，大大增加了传播问题的复杂程度，但同时也会让这个问题摆脱了平面化、概念化的束缚，变得鲜活立体，充满了张力和弹性。相应地，这也对研究者提出了更高的要求，不仅要熟悉原文和译文文本，也要熟知传播一方和接受一方的文化差异，对于接受方的社会文化和历史发展进程也要有相当的了解，这样才能敏锐洞察决定传播效果、左右传播走向的真正根源。

时至今日，《三国演义》在泰国的传播进程仍在持续进行之中。人们对推陈出新热情不减，每年仍有新的泰文《三国》类书籍源源不断地出现，同时经典的《三国》书籍还在不断重印和再版。此外，各种新的传播方式，如影视剧、漫画、动画、网络游戏等方式方兴未艾，对于年青一代受众来说更迅捷、更富时代气息，也极大地扩充了文学传播和影响研究的领域，这些都有待学者们继续深入研究和探讨。

参考文献

一、中文

陈来：《古代宗教与伦理》，北京：三联书店，2009年。

陈礼颂：《暹罗民族学研究译丛》，上海：商务印书馆，1947年。

陈吕范主编：《泰族起源与南诏国研究文集》，北京：中国书籍出版社，2005年。

陈平原：《小说史：理论与实践》，北京：北京大学出版社，1993年。

陈翔华：《毛宗岗的生平与〈三国志演义〉毛评本的金圣叹序问题》，《文献》，1989年第3期。

陈忠实：《跨越时间和空间的文学对话》，《光明日报》，1999年2月25日。

程曼丽、王维佳：《对外传播及其效果研究》，北京：北京大学出版社，2011年。

傣族简史编写组：《傣族简史》，北京：民族出版社，2009年。

段立生：《泰国史散论》，南宁：广西人民出版社，1993年。

段立生：《泰国文化艺术史》，北京：商务印书馆，2005年。

范宏贵：《同根生的民族——壮泰各族渊源与文化》，北京：光明日报出版社，2000年。

冯春田、梁苑、杨淑敏撰稿：《王力语言学词典》，济南：山东教育出版社，1995年。

甘锋：《洛文塔尔文学传播理论研究》，《同济大学学报》（社会科学版），2009年第5期。

顾正坤：《当代翻译学建构理路略论——〈文学翻译学〉序》，《中国翻译》，

2001年第1期。
郭净：《土地控制与人力控制——试论古代泰国“萨迪纳制”的功能》，《云南社会科学》，1992年第6期。
何平：《从云南到阿萨姆——傣泰民族历史再考与重构》，昆明：云南大学出版社，2001年。
何肇发：《泰国曼谷王朝初期的社会结构——关于人力的控制和使用》，《世界历史》，1979年第4期。
贺圣达：《泰国传统社会与朱拉隆功改革的局限性——兼论泰国现代化进程缓慢的历史原因》，《东南亚》，1988年Z1期。
贺圣达：《朱拉隆功改革与泰国的现代化进程》，《世界历史》，1989年第4期。
侯献瑞：《公元一至十四世纪老挝的泰老人》，《东南亚》，1995年第3期。
胡小伟：《“说三分”与关羽崇拜：以苏轼为例》，“中国历史文化中的关羽学术研讨会”会议论文集《关羽、关公与关圣》，北京：社会科学文献出版社，2002年。
胡小伟：《北宋“说三分”起源新考》，《文学遗产》，2004年第4期。
胡小伟：《关公崇拜溯源》，太原：北岳文艺出版社，2009年。
黄大宏：《唐代小说重写研究》，重庆：重庆出版社，2004年。
黄素芳：《明代东南沿海闽粤人移民泰国的历史考察》，《八桂侨刊》，2010年第4期。
黄兴球：《壮泰族群分化时间考》，北京：民族出版社，2008年。
孔另境：《中国小说史料》，上海：上海古籍出版社，1982年。
赖伯疆：《广东戏曲简史》，广州：广东人民出版社，2001年。
乐黛云：《比较文学与比较文化十讲》，上海：复旦大学出版社，2004年。
李道辑：《泰国华人国家认同问题，1910—1945》，台湾政治大学历史研究所博士论文，1999年。
李金明：《明代海外贸易史》，北京：中国社会科学出版社，1990年。
李强：《当代中国社会分层与流动》，北京：中国经济出版社，1993年。
李瑞良：《中国古代图书流通史》，上海：上海人民出版社，2000年。
廖七一：《当代西方翻译理论探索》，南京：译林出版社，2002年。
廖七一：《研究范式与中国译学》，《中国翻译》，2001年第5期。
刘意青：《经典》，《外国文学》，2004年第2期。
刘永济：《文心雕龙校释》，北京：中华书局，1962年。
刘稚：《越南泰族历史与文化述略》，《世界民族》，2002年第2期。
鲁枢元：《生态文艺学》，西安：陕西人民教育出版社，2000年。

鲁迅：《中国小说史略》，《鲁迅全集》（第九卷），北京：人民文学出版社，1981年。
栾文华：《泰国文学史》，北京：社会科学文献出版社，1998年。
马小军：《泰国近代社会性质刍论》，《世界历史》，1987年第5期。
苗菊：《翻译准则——图瑞翻译理论的核心》，《外语与外语教学》，2001年第11期。
裴晓睿：《海纳百川，贵在有容——从汉泰通婚看民族融合》，裴晓睿、傅增有主编：《现代化进程中的中泰关系》，北京：世界知识出版社，2000年。
裴晓睿：《汉文学的介入与泰国古小说的生成》，《解放军外国语学院学报》，2007年第4期。
裴晓睿：《印度诗学对泰国诗学和文学的影响》，《南亚研究》，2007年第2期。
裴晓睿、薄文泽：《泰语语法》，北京：北京大学出版社，2017年。
钱平桃、陈显泗主编：《东南亚历史舞台上的华人与华侨》，太原：山西教育出版社，2001年。
邱岭、吴芳龄：《〈三国演义〉在日本》，银川：宁夏人民出版社，2006年。
任一雄：《东亚模式中的威权政治：泰国个案研究》，北京：北京大学出版社，2002年。
邵培仁：《传播学》（修订版），北京：高等教育出版社，2007年。
沈伯俊：《“三国文化”概念初探》，《成都大学学报》（社科版），1999年第2期。
生安锋：《文学的重写、经典重构与文化参与——杜威·佛克马教授访谈录》，《文艺研究》，2006年第5期。
司马云杰：《文化社会学》，北京：中国社会科学出版社，2001年。
司显柱：《译作一定要忠实原作吗？——翻译本质的再认识》，《上海科技翻译》，2002年第4期。
陶东风：《文学的祛魅》，《文艺争鸣》，2006年第1期。
陶君起：《京剧剧目初探》，北京：中国戏剧出版社，1963年。
童庆炳：《文学经典建构诸因素及其关系》，《北京大学学报》（哲学社会科学版），2005年第5期。
童庆炳：《文学批评首先要讲常识》，《中华读书报》，1998年3月25日。
童庆炳：《现代诗学问题十讲》，青岛：中国海洋大学出版社，2005年。
汪民安：《谁是罗兰·巴特》，南京：江苏人民出版社，2005年。
王铭铭：《社会人类学与中国研究》，桂林：广西师范大学出版社，2005年。
王小燕：《华人移居泰国的原因及其经济活动》，邹启宇编：《南洋问珠录》，昆明：云南人民出版社，1986年。

韦白：《三国密码》，北京：中国社会出版社，2008年。

文言：《文学传播学引论》，沈阳：辽宁人民出版社，2006年。

夏露：《〈三国演义〉对越南汉文历史小说的影响》，《内蒙古师范大学学报》（哲学社会科学版），2010年第3期。

夏忠宪：《巴赫金狂欢化诗学研究》，北京：北京师范大学出版社，2000年。

谢天振：《译介学》，上海：上海教育出版社，1999年。

谢天振：《译介学导论》，北京：北京大学出版社，2007年。

谢天振主编：《当代国外翻译理论导读》，天津：南开大学出版社，2008年。

谢远章：《从素可泰碑使用干支看泰族族源》，《东南亚》，1983年第00期（创刊号）。

谢远章：《泰—傣古文化的华夏影响及其意义》，《东南亚》，1989年第1期。

许嘉猷：《社会阶层化与社会流动》，台北：三民书局，1986年。

严绍璗：《“文化语境”与“变异体”以及文学的发生学》，杨乃乔、伍晓明主编：《比较文学与世界文学——乐黛云教授七十五华诞特辑》，北京：北京大学出版社，2005年。

严绍璗：《树立中国文学研究的国际文化意识》，《中国现代文学研究丛刊》，2000年第1期。

岩香主编：《傣族民间故事》，昆明：云南人民出版社，2009年。

杨善华、谢立中主编：《西方社会学理论》（下），北京：北京大学出版社，2006年。

杨晓荣：《翻译批评标准的传统思路和现代视野》，《中国翻译》，2001年第6期。

余定邦：《东南亚近代史》，贵阳：贵州人民出版社，2003年。

张公谨：《傣族文化》，长春：吉林教育出版社，1986年。

张公瑾、陈久金：《傣历中的干支及其与汉历的关系》，《中央民族学院学报》，1977年第4期。

张意：《文化与符号权力：布尔迪厄的文化社会学导论》，北京：中国社会科学出版社，2005年。

张玉安、裴晓睿：《印度的罗摩故事与东南亚文学》，北京：昆仑出版社，2005年。

中国《三国演义》学会主编：《三国演义学刊》（二），成都：四川省社会科学院出版，1986年。

中山大学东南亚历史研究所编：《泰国简史》，北京：商务印书馆，1984年。

钟敬文主编：《民间文学概论》，上海：上海文艺出版社，1980年。

周庆山：《传播学概论》，北京：北京大学出版社，2004年。

朱一玄、刘毓忱编：《三国演义资料汇编》，天津：南开大学出版社，2003年。

祝宇红：《“故”事如何“新”编——论中国现代“重写型”小说》，北京：北京大学出版社，2010年。

邹启宇：《泰国的封建社会与萨迪纳制度》，《世界历史》，1982年第6期。

邹启宇编：《南洋问珠录》，昆明：云南人民出版社，1986年。

[澳] J.W.库什曼：《暹罗的国家贸易与华人掮客，1767—1855》，中外关系史学会编：《中外关系史译丛》（第3辑），上海：上海译文出版社，1986年。

[澳]约翰·芬斯顿主编：《东南亚政府与政治》，张锡镇等译，北京：北京大学出版社，2007年。

[德] H. R. 姚斯、[美]R.C.霍拉勃：《接受美学与接受理论》，周宁、金元浦译，沈阳：辽宁人民出版社，1987年。

[德]诺贝特·埃利亚斯：《莫扎特的成败：社会学视野下的音乐天才》，吕爱华译，桂林：广西师范大学出版社，2006年。

[俄]李福清：《古典小说与传说》（李福清汉学论集），北京：中华书局，2003年。

[俄]李福清：《三国演义与民间文学传统》，尹锡康、田大畏译，上海：上海古籍出版社，1997年。

[法]丹纳：《艺术哲学》，傅雷译，合肥：安徽文艺出版社，1991年。

[法]蒂费纳·萨莫瓦约：《互文性研究》，邵炜译，天津：天津人民出版社，2003年。

[法]福柯：《权力的眼睛——福柯访谈录》，严锋译，上海：上海人民出版社，1997年。

[法]克劳婷·苏尔梦编著：《中国传统小说在亚洲》，颜保等译，北京：国际文化出版公司，1989年。

[法]罗贝尔·埃斯卡皮：《文学社会学》，王美华、于沛译，合肥：安徽文艺出版社，1987年。

[法]罗兰·巴特：《罗兰·巴特随笔选》，怀宇译，天津：百花文艺出版社，1995年。

[法]罗兰·巴特：《S/Z》，屠友祥译，上海：上海人民出版社，2000年。

[法]皮埃尔·布迪厄、[美]华康德：《实践与反思》，李猛、李康译，邓正来校，北京：中央编译出版社，2004年。

[法] 皮埃尔·布迪厄：《艺术的法则——文学场的生成和结构》，刘晖译，北京：中央编译出版社，2001年。

[法]皮埃尔·布尔迪厄：《实践理性：关于行为理论》，谭立德译，北京：三联书店，2007年。

[法]热奈尔·热奈特：《热奈特论文集》，史忠义译，天津：百花文艺出版社，2001年。

[韩]崔溶澈：《韩国对〈三国演义〉的接受和现代诠释》，中国社会科学院文学研究所中国古代小说研究中心编：《中国古代小说研究》（第一辑），人民文学出版社，2005年。

[荷]厄勒·缪萨拉：《重复与增殖：伊塔洛·卡尔维诺小说中的后现代主义手法》，[荷]佛克马、伯顿斯编：《走向后现代主义》，王宁等译，北京：北京大学出版社，1991年。

[荷]杜威·佛克马：《关于比较文学研究的九个命题和三条建议》，《深圳大学学报》（人文社会科学版），2005年第4期。

[荷]杜威·佛克马：《中国与欧洲传统中的重写方式》，范智红译，《文学评论》，1999年第6期。

[荷]杜卫·佛克马：《所有的经典都是平等的，但有一些比其他更平等》，李会芳译，童庆炳、陶东风编：《文学经典的建构、解构和重构》，北京：北京大学出版社，2007年。

[美] M. H. 艾布拉姆斯：《镜与灯：浪漫主义文论及批评传统》，郦稚牛、张照进、童庆生译，王宁校，北京：北京大学出版社，2004年。

[美]阿里夫·德里克：《中国历史与东方主义问题》，罗钢、刘象愚主编：《后殖民主义文化理论》，北京：中国社会科学出版社，1999年。

[美]埃弗雷特·M. 罗杰斯：《创新的扩散》，辛欣译，郑颖译校，北京：中央编译出版社，2002年。

[美]本尼迪克特·安德森：《想象的共同体——民族主义的起源与散布》，吴叡人译，上海：上海人民出版社，2005年。

[美]戴维·斯沃茨：《文化与权力：布尔迪厄的社会学》，陶东风译，上海：上海译文出版社，2006年。

[美]哈罗德·布鲁姆：《影响的焦虑》，徐文博译，南京：江苏教育出版社，2006年。

[美]柯文：《历史三调：作为事件、经历和神话的义和团》，杜继东译，南京：江苏人民出版社，2000年版。

[美]刘若愚：《中国文学理论》，杜国清译，南京：江苏教育出版社，2006年。

[美]罗兹·墨菲：《亚洲史》，黄磷译，海口：海南出版社、三环出版社，2004年。

[苏]柯尔涅夫：《泰国文学简史》，高长荣译，北京：外国文学出版社，1981年。

[泰]洪林、[泰]黎道纲主编：《泰国华侨华人研究》，香港：香港社会科学出版社有限公司，2006年。

[泰]黄汉坤：《中国古代小说在泰国的传播》，《社会科学战线》，2006年第4期。

[泰]黄汉坤：《中国古代小说在泰国的传播与影响》，浙江大学博士学位论文，2007年。

[泰]黎道纲：《1782—1855年间鲍林条约签订前的泰国华侨》，[泰]洪林、[泰]黎道纲主编：《泰国华侨华人研究》，香港：香港社会科学出版社有限公司，2006年。

[泰]黎道纲：《泰国古代史地丛考》，北京：中华书局，2000年。

[泰]黎道纲：《泰境古国的演变与室利佛逝之兴起》，北京：中华书局，2007年。

[泰]通同·占塔郎素，匿·顺通：《拉玛五世皇时期（1868—1910）有关中国侨民的政策和法律》，陈建敏译，《泰中学刊》，2002年。

[泰]旺威帕·武律叻达纳攀等：《吞武里王朝和曼谷王朝初期泰国社会中的潮州人》，朱拉隆功大学亚洲研究所编：《泰国的潮州人》，曼谷：朱拉隆功大学出版社，1991年。

[泰]修朝：《中国戏剧在泰国》，泰国华侨崇圣大学泰中研究中心编：《泰中研究》，曼谷：华侨崇圣大学泰中研究中心，2004年。

[泰]徐武林：《汉语熟语在泰国的流传——以泰译本〈三国演义〉为例》，《社会科学战线》，2008年第8期。

[英] D. G. E. 霍尔：《东南亚史》，中山大学历史研究所译，北京：商务印书馆，1982年。

[英]安东尼·吉登斯：《社会学》（第4版），赵旭东、齐心、王兵、马戎、阎书昌等译，刘琛、张建忠校译，北京：北京大学出版社，2003年。

[英]布赛尔：《东南亚的中国人》卷三“在暹罗的中国人”，《南洋问题资料译丛》，1958年第Z1期。

[英]托·斯·艾略特：《艾略特文学论文集》，李赋宁译，南昌：百花洲文艺出版社，1994年。

二、泰文

[泰] “Sum”：《孔明与西塔诺才》，《泰叻报》，1990年11月26日。（“ซูม”. ขงเบ้งกับศรีธนญชัย. *ไทยรัฐ*, วันที่26 พฤศจิกายน พ.ศ. 2533, หน้า 5.）

[泰] S. 普莱诺：《早期的出版社》，曼谷：朱拉隆功大学图书中心，2005年。（ส. พลายน้อย. *สำนักพิมพ์สมัยแรก*. กรุงเทพฯ : ศูนย์หนังสือจุฬาลงกรณ์มหาวิทยาลัย, 2548.）

[泰]阿吞・占它威曼：《泰国历史》，曼谷：朱拉隆功大学图书中心，2003年。（อาทร จันทวิมล. *ประวัติของแผ่นดินไทย*. กรุงเทพฯ : โรงพิมพ์อักษรไทย, 2546.）

[泰]安察里・素萨炎：《曼谷王朝五世王时期的徭役制度变化及其对泰国社会的影响》，曼谷：创造书社，2009年。（อัญชลี สุสายัณห์, *ความเปลี่ยนแปลงของระบบไพร่และผลกระทบต่อสังคมไทยในรัชสมัยพระบาทสมเด็จพ- ระจุลจอมเกล้าเจ้าอยู่หัว*, กรุงเทพฯ : สร้างสรรค์บุ๊คส์, 2552.）

[泰]巴甲・巴帕皮塔亚功：《〈帕阿派玛尼〉文学分析——庆祝顺通蒲诞辰200周年》，曼谷：欧典斯顿，1986年。（ประจักษ์ ประภาพิทยากร, *วรรณคดีวิเคราะห์ พระอภัยมณี ฉลอง ๒๐๐ปี สุนทรภู่*, กรุงเทพฯ : โอเดียนสโตร์, 2529.）

[泰]边萨・库纳功巴提：《新人版讲述〈三国〉》，曼谷：德行出版社，2010年。（เปี่ยมศักดิ์ คุณากรประทีป. *เล่าเรื่องสามก๊ก ฉบับคนรุ่นใหม่*. กรุงเทพฯ : คุณธรรม, 2553.）

[泰]布朗・纳那空：《泰国文学史》，曼谷：泰瓦塔纳帕尼出版社，1980年。（เปลื้อง ณ นคร. *ประวัติวรรณคดีไทย*. กรุงเทพฯ :ไทยวัฒนาพานิช, 2523.）

[泰]布里达・阿卡詹厝：《当代泰人演员的中国戏剧的美学程式》，泰国艺术大学硕士学位论文，2000年。（ปรีดา อัครจันทโชติ. *สุนทรียรูปในสื่อสารการแสดง "งิ้ว" ของคนไทยในปัจจุบัน*. วิทยานิพนธ์ มหาวิทยาลัยศิลปากร, 2543.）

[泰]禅威・格塞希利、探隆萨・沛叻阿南、维甘・蓬皮尼达浓编：《銮披汶元帅与现代泰国政治》，曼谷：社会学与人类学教材计划基金，1997年。（ชาญวิทย์ เกษตรศิริ, ธำรงศักดิ์ เพชรเลิศอนันต์, วิกัลย์ พงศ์พนิตานนท์, บรรณาธิการ. *จอมพล ป. พิบูลสงคราม กับการเมืองไทยสมัยใหม่*. กรุงเทพฯ : มูลนิธิโครงการตำราสังคมศาสตร์และมนุษยศาสตร์, 2544.）

[泰]禅威・格塞希利：《1932年暹罗革命》，曼谷：社会人文教材推动计划基金会，2000年。（ชาญวิทย์ เกษตรศิริ. 2475 *การปฏิวัติสยาม*. กรุงเทพฯ : มูลนิธิโครงการตำราสังคมศาสตร์และมนุษยศาสตร์, 2543.）

[泰]丹隆拉查努帕：《〈三国〉记事》，曼谷：文学艺术馆，1973年。（สมเด็จฯ กรมพระยาดำรงราชานุภาพ. *ตำนานสามก๊ก*. กรุงเทพฯ : บรรณาคาร, 2516.）

[泰]丹隆拉查努帕：《舞剧》，曼谷：民意出版社，2003年。（สมเด็จฯ กรมพระยาดำรงราชานุภาพ. *ละครฟ้อนรำ*. กรุงเทพฯ : มติชน, 2546.）

[泰]多蒙・吉詹浓：《曼谷王朝初期泰国文学的价值与重要特征》，曼谷：法政大学出版社，1997年。（ดวงมน จิตร์จำนงค์. *คุณค่าและลักษณะเด่นของวรรณคดีไทยสมัยรัตนโกสินทร์ตอนต้น*. กรุงเทพฯ : สำนักพิมพ์มหาวิทยาลัยธรรมศาสตร์, 2540.）

[泰]厄・安恰里：《蝴蝶的梦影：身边人版〈三国〉》（特别版），曼谷：民意出版社，2009年。（เอื้อ อัญชลี. *เงาฝันของผีเสื้อ : สามก๊กฉบับคนกันเอง ภาคพิเศษ : กำเนิดปณิธานตำนานนิยาย*. กรุงเทพฯ : มติชน, 2552.）

[泰]厄・安恰里：《身边人版〈三国〉》（第1部），曼谷：民意出版社，2006年。

（เอื้อ อัญชลี. *สามก๊ก ฉบับคนกันเอง*. กรุงเทพฯ : มติชน, 2549.）

[泰]厄·安恰里：《身边人版〈三国〉》（第2部），曼谷：民意出版社，2007年。（เอื้อ อัญชลี. *สามก๊ก ฉบับคนกันเอง ภาคสอง*. กรุงเทพฯ : มติชน, 2550.）

[泰]厄·安恰里：《身边人版〈三国〉》（第3部），曼谷：民意出版社，2010年。（เอื้อ อัญชลี. *สามก๊ก ฉบับคนกันเอง ภาคสาม*. กรุงเทพฯ : มติชน, 2553.）

[泰]甘拉雅·素攀瓦尼译：《完整版〈三国〉》，曼谷：学友出版社，2013年。（กัลยา สุพันธุ์วณิช. *สามก๊ก ฉบับสมบูรณ์*. กรุงเทพฯ: สำนักพิมพ์เกลอเรียน, 2556.）

[泰]甘尼迦·萨达蓬：《〈罗阇提叻〉、〈三国〉与〈西汉〉：泰国统治阶层世界观》，曼谷：研究资助基金，1998年。（กรรณิการ์ สาตรปรุง. *ราชาธิราช สามก๊ก และไซ่ฮั่น : โลกทัศน์ชนชั้นนำไทย*. กรุงเทพฯ: สำนักงานกองทุนสนับสนุนการวิจัย : มูลนิธิโครงการตำราสังคมศาสตร์และมนุษยศาสตร์, 2541.）

[泰]格里·颂巴希利：《封建华人》，曼谷：闪亮水晶出版社，1986年。（กฤช สมบัติศิริ. *เจ๊กศักดินา*. กรุงเทพฯ : แก้วประกาย, 2529.）

[泰]格威·翁素拉瓦：《泰国的政治与统治：多重维度》，曼谷：农业大学社会学系政治学与公共管理专业，2005年。（โกวิท วงศ์สุรวัฒน์, *การเมือง การปกครองไทย: หลายมิติ*. กรุงเทพฯ: ภาควิชารัฐศาสตร์และรัฐประศาสนศาสตร์ คณะสังคมศาสตร์ มหาวิทยาลัยเกษตรศาสตร์, 2548.）

[泰]皇家首席秘书办公室：《波汶尼威寺里的艺术》，曼谷：皇家首席秘书办公室，1985年。（สำนักราชเลขาธิการ. *ศิลปกรรมวัดบวรนิเวศวิหาร*. กรุงเทพฯ : สำนักราชเลขาธิการ, 2528.）

[泰]皇家学术院：《泰国皇家学术院大词典（佛历2542年版）》，曼谷：南美印书馆，2003年。（ราชบัณฑิตยสถาน. *พจนานุกรมฉบับราชบัณฑิตยสถาน พ.ศ. 2542*. กรุงเทพฯ : นานมีบุ๊คส์, 2546.）

[泰]珲回先生：《新版〈三国〉》（根据罗贯中原本），曼谷：草花出版社，2002年。（นายหนหวย. *สามก๊ก ฉบับใหม่ / จากต้นฉบับดั้งเดิมของนายล้อกวานตง*. กรุงเทพฯ : ดอกหญ้า, 2545.）

[泰]吉德里亚·禅瓦琳：《对另类媒体传承的管理：法政优戏的个案研究》，法政大学新闻与传播学院硕士论文，2011年。（จิตรียา ชาญวารินทร์. *การบริหารเพื่อการสืบทอดสื่อทางเลือก : กาณีศึกษางิ้วธรรมศาสตร์*. วิทยานิพนธ์วารสารศาสตร์มหาบัณฑิต คณะวารสารศาสตร์และสื่อสารมวลชน มหาวิทยาลัยธรรมศาสตร์, 2554.）

[泰]集·普密萨：《泰国萨迪纳制的面貌》，暖武里：智慧之光出版社，2007年。（จิตร ภูมิศักดิ์. *โฉมหน้าศักดินาไทย*. นนทบุรี : ศรีปัญญา, 2550.）

[泰]金达娜·探瓦尼瓦：《关于〈三国〉中、泰文版本中比喻的比较》，泰国朱拉隆功大学硕士论文，1984年。（จินตนา ธันวานิวัฒน์. *การศึกษาเปรียบเทียบความเปรียบในสามก๊กฉบับจีนกับฉบับไทย*. วิทยานิพนธ์ จุฬาลงกรณ์มหาวิทยาลัย, 2527.）

[泰]克立·巴莫：《尘封往事》，曼谷：草花出版社，2000年。（คึกฤทธิ์ ปราโมช. *โครงกระดูกในตู้*. กรุงเทพฯ : ดอกหญ้า, 2544.）

[泰]克立・巴莫：《富豪版〈三国〉之曹操：终身丞相》，曼谷：南美书店，2005年。（คึกฤทธิ์ ปราโมช. *สามก๊กฉบับนายทุน : โจโฉ นายกตลอดกาล*. กรุงเทพฯ : นานมีบุ๊คส์, 2548.）

[泰]克立・巴莫：《富豪版〈三国〉之孟获：被生擒活捉之人》，曼谷：科学财富出版社，1970年。（คึกฤทธิ์ ปราโมช. *สามก๊กฉบับนายทุน : ตอนเบ้งเฮ็กผู้ถูกกลืนทั้งเป็น*. พระนคร : คลังวิทยา, 2513.）

[泰] 克立・巴莫：《听克立说华人》，载《皇恩荫庇下的华人200年》（特刊）（泰文），曼谷：经济之路出版社，1983年。（คึกฤทธิ์ ปราโมช. "ฟังคึกฤทธิ์พูดเรื่องจีน" , ใน *คนจีน200 ปีภายใต้พระบรมโพธิสมภาร*. กรุงเทพฯ : เส้นทางเศรษฐกิจ, 2530.）

[泰]克立・巴莫：《我观〈三国〉》，克立・巴莫等：《文学视野下的〈三国〉》，曼谷：草花出版社，1993年。（คึกฤทธิ์ ปราโมช และคนอื่น ๆ. *สามก๊กวรรณทัศน์*. กรุงเทพฯ : ดอกหญ้า, 2536.）

[泰]宽迪・阿达瓦乌提才：《汉文学对拉达那哥信时期文学和社会的影响》，"汉文学对泰国文学的影响学术研讨会"论文，法政大学中国研究中心，1985年7月5日。（ขวัญดี อัตวาวุฒิชัย. *อิทธิพลของวรรณกรรมจีนต่อวรรณกรรมและสังคมไทยสมัยต้นรัตนโกสินทร์*. วิทยานิพนธ์ ในการสัมมนาทางวิชาการเรื่อง "อิทธิพลของวรรณกรรมจีนต่อวรรณกรรมไทย" จัดโดยโครงการจีนศึกษา สถาบันเอเชียตะวันออกศึกษามหาวิทยาลัยธรรมศาสตร์ ณ วันศุกร์ที่ 5 กรกฎาคม 2528.）

[泰]宽迪・拉蓬：《泰语汉文学的发展演变》，《皇恩荫庇下的华人200年》，曼谷：经济之路特刊，1983年。（ขวัญดี รักพงศ์. "วิวัฒนาการของวรรณกรรมจีน, แบบจีนและเกี่ยวกับจีนในภาษาไทยจาก 'สามก๊ก' ถึง 'อยู่กับก๋ง' " ใน *คนจีน 200 ปีภายใต้พระบรมโพธิสมภาร*. กรุงเทพฯ : เส้นทางเศรษฐกิจ, 2530.）

[泰] 昆塞纳奴琪（杰）：《诗文版〈三国〉》，曼谷：曼谷印刷，1973年。（ขุนเสนานุชิต (เจด). *สามก๊กคำกลอน*. กรุงเทพฯ : กรุงเทพการพิมพ์, 2516.）

[泰]老川华：《凡夫俗子版〈三国〉系列：洞悉孙权》，曼谷：克莱泰出版社，2008年。（เล่าชวนหัว. *แหวะหัวใจซุนกวน*. กรุงเทพฯ : เคล็ดไทย, 2533.）

[泰]老川华：《凡夫俗子版〈三国〉系列：泛舟赞周瑜》，曼谷：克莱泰出版社，2009年。（เล่าชวนหัว. *ลอยเรือชมจิวยี่*. กรุงเทพฯ : เคล็ดไทย, 2552.）

[泰]老川华：《凡夫俗子版〈三国〉系列：揭开孔明的面具》（二），曼谷：克莱泰出版社，1990年。（เล่าชวนหัว. *เปิดหน้ากากขงเบ้ง ภาคสอง*. กรุงเทพฯ : เคล็ดไทย, 2533.）

[泰]老川华：《凡夫俗子版〈三国〉系列：揭开孔明的面具》（三），曼谷：克莱泰出版社，2007年。（เล่าชวนหัว. *เปิดหน้ากากขงเบ้ง ภาคสาม*. กรุงเทพฯ : เคล็ดไทย, 2550.）

[泰]老川华：《凡夫俗子版〈三国〉系列：揭开孔明的面具》，曼谷：克莱泰出版社，1993年版。（เล่าชวนหัว. *เปิดหน้ากากขงเบ้ง*. กรุงเทพฯ: เคล็ดไทย, 2536.）

[泰]老川华：《凡夫俗子版〈三国〉系列：颂赞圣子龙》，曼谷：克莱泰出版社，2000年。（เล่าชวนหัว. *เทิดศักดิ์ศรีจูล่ง*. กรุงเทพฯ : เคล็ดไทย, 2543.）

[泰]冷叻泰・萨加潘：《泰国文学中的外国影响》，曼谷：兰甘亨大学出版社，1977年。（รื่นฤทัย สัจจพันธ์, *อิทธิพลต่างประเทศในวรรณกรรมไทย*, กรุงเทพฯ : มหาวิทยาลัยรามคำแหง, 2520.）

[泰]冷威塔亚库：《卖国者版〈三国〉》，曼谷：太阳之家出版社，2003年。（เรืองวิทยาคม. *สามก๊กฉบับคนขายชาติ*. กรุงเทพฯ : บ้านพระอาทิตย์. 2546.）

[泰]玛丽伽・冷拉丕：《华人在泰国曼谷王朝一世王至四世王时期经济、社会和艺术方面的作用》，朱拉隆功大学硕士论文，1975年。（มาลิกา เรืองระพี. *บทบาทของชาวจีนในด้านเศรษฐกิจ สังคม และศิลปกรรมไทย สมัยรัชกาลที่ 1 ถึงรัชกาลที่ 4 แห่งกรุงรัตนโกสินทร์*. วิทยานิพนธ์ จุฬาลงกรณ์มหาวิทยาลัย, พ.ศ. 2518.）

[泰]玛丽尼・蒂洛瓦尼：《〈三国〉中的泰国特征：写作样式》，《法政大学学报》，1984年6月号。（มาลินี ดิลกวณิช. "เอกลักษณ์ไทยในสามก๊ก : รูปแบบการประพันธ์", ใน *วารสารธรรมศาสตร์*. ปีที่ 13, ฉบับที่ 2, มิถุนายน, 2527.）

[泰]纳卡琳・梅德莱拉：《佛历2475年暹罗革命》（第三版修订版），曼谷：同一片天出版社，2010年。（นครินทร์ เมฆไตรรัตน์. *การปฏิวัติสยาม พ.ศ. 2475*. ฉบับแก้ไขและปรับปรุงครั้งที่3. กรุงเทพฯ : ฟ้าเดียวกัน, 2553.）

[泰]纳拉尼・塞塔布："泰国社会"专栏，《每日新闻》，2011年6月3日第8版。（นรนิติ เศรษฐบุตร. คอลัมน์ ส่วนร่วมสังคมไทย, *เดลินิวส์*, ฉบับวันศุกร์ที่ 3 มิถุนายน พ.ศ. 2554, หน้า 8.）

[泰]尼提・尤希翁：《羽毛笔与船帆》，曼谷：阿玛林出版社，1995年。（นิธิ เอียวศรีวงศ์. *ปากไก่และใบเรือ*. กรุงเทพฯ : อมรินทร์, 2538.）

[泰]帕素・蓬派吉、[英]克里斯・贝克：《曼谷王朝时期的泰国经济与政治》，曼谷：Silkworm Books，2003年。（ผาสุก พงษ์ไพจิตร, คริส เบเคอร์. *เศรษฐกิจการเมืองไทยสมัยกรุงเทพฯ*. กรุงเทพฯ : Silkworm Books, 2546.）

[泰]帕医生：《医学版〈三国〉》，曼谷：莲叶出版社，1989年。（หมอพัตร. *สามก๊กฉบับนายแพทย์*. กรุงเทพฯ : ใบบัว, 2532.）

[泰]彭南米：《小说中的历史，历史中的小说》，《文化艺术》，2009年7月号。（เพื่อนน้ำมิตร. "นิยายซ้อนประวัติศาสตร์ ประวัติศาสตร์ซ้อนนิยาย" . *ศิลปวัฒนธรรม*, ปีที่ 30 ฉบับที่9 กรกฎาคม 2552.）

[泰]蓬潘・詹塔罗南：《潮州戏：由来及在泰国的传播》，《艺术家》1983年3月号第一期。（พรพรรณ ล. จันทโรนานท์. "ฉาวโจวซี่ งิ้วแต้จิ๋ว ความเป็นมาและการแพร่กระจายเข้าสู่เมืองไทย", ใน *ศิลปากร*. ปีที่๒๗ เล่ม๑ มีนาคม 2526.）

[泰]皮拉蓬・伊萨帕迪：《法政优戏》，[泰]东提・瓦拉潘编：《法政大学六十年》，曼谷：法政大学出版社，1994年。（พีระพงศ์ อิศรภักดี, "งิ้วธรรมศาสตร์", ดวงทิพย์ วรพันธุ์ บรรณาธิการ, *ธรรมศาสตร์หกสิบปี*. กรุงเทพฯ :มหาวิทยาลัยธรรมศาสตร์, 2537.）

[泰]恰乃・宛纳里：《中国戏曲在泰国》，载《皇恩荫庇下的华人200

年》（特刊），曼谷：经济之路出版社，1987年。（ชนัย วรรณะลี. “นาฏกรรมจีนในผืนแผ่นดินไทย” , ใน *คนจีน200 ปีภายใต้พระบรมโพธิสมภาร*. กรุงเทพฯ : เส้นทางเศรษฐกิจ, 2530.）

[泰]萨西・颜纳达：《文学的光彩》，曼谷：欧典斯通，1974年。（ศักดิ์ศรี แย้มนัดดา. *ศักดิ์ศรีวรรณกรรม*. กรุงเทพฯ : โอเดียนสโตร์, 2517.）

[泰]赛提・奴衮吉：《泰国现代文学》，曼谷：诗纳卡琳威洛大学，1996年。（สายทิพย์ นุกูลกิจ. *วรรณกรรมไทยปัจจุบัน*. กรุงเทพฯ : ภาควิชาภาษาไทยและภาษาตะวันออก คณะมนุษยศาสตร์ มหาวิทยาลัยศรีนครินทรวิโรฒ บางเขน, 2534.）

[泰]桑・帕塔诺泰：《〈三国〉军事战略》，曼谷：自然出版社，1998年。（สังข์ พัธโนทัย. *พิชัยสงครามสามก๊ก*. กรุงเทพฯ : สำนักพิมพ์ธรรมชาติ, 2541.）

[泰]讪迪・帕迪康、瑙瓦拉・萨宁通：《皮查雅雅迪迦兰寺的悬台四边》，《文化艺术》，2002年二月号。（ศานติ ภักดีคำ, นวรัตน์ สนิมทอง. “รอบพาไลพระอุโบสถวัดพิชยญาติการาม” , *ศิลปวัฒนธรรม*, กุมภาพันธ์ 2545.）

[泰]讪迪-瑙瓦拉・帕迪康：《〈三国〉：曼谷泰式寺庙中的中国艺术》，曼谷：民意出版社，2006年。（ศานติ-นวรัตน์ ภักดีคำ. *สามก๊ก : ศิลปกรรมจีนวัดไทยในบางกอก*. กรุงเทพฯ : มติชน, 2549.）

[泰]讪迪-瑙瓦拉・帕迪康：《古城“右园”中的中国文学故事石刻画》，曼谷：古城出版社，2010年。（ศานติ-นวรัตน์ ภักดีคำ. ภาพสลักศิลาเล่าเรื่องวรรณกรรมจีนใน “สวนขวา” *เมืองโบราณ*. กรุงเทพฯ : สำนักพิมพ์เมืองโบราณ, 2553.）

[泰]汕阿伦・格诺蓬采：《暹罗社会中的中-泰文化融合》，曼谷：民意出版社，2007年。（แสงอรุณ กนกพงศ์ชัย. *วิถีจีนไทยในสังคมสยาม*. กรุงเทพฯ: บริษัทมติชนจำกัด, 2550.）

[泰]颂巴・詹陀拉翁：《昭帕耶帕康（洪）版〈三国〉的政治意义》，《政治文学与历史研究评论》，曼谷：民意出版社，1995年。（สมบัติ จันทรวงศ์. “ความหมายทางการเมืองของ สามก๊ก ฉบับเจ้าพระยาพระคลัง(หน)” . *บทพิจารณ์ว่าด้วยวรรณกรรมการเมืองและประวัติศาสตร์*. กรุงเทพฯ : มติชน, 2538.）

[泰]颂潘・莱卡潘：《曼谷王朝初期文学》，曼谷：兰甘亨大学出版社，1980年。（สมพันธ์ เลขะพันธ์. *วรรณกรรมสมัยรัตนโกสินทร์ตอนต้น*. กรุงเทพฯ: มหาวิทยาลัยรามคำแหง, 2523.）

[泰]素甘雅・素查雅编：《地方文学评论》，曼谷：朱拉隆功大学出版社，2000年。（สุกัญญา สุจฉายา. *วรรณคดีท้องถิ่นพินิจ*. กรุงเทพฯ : จุฬาลงกรณ์มหาวิทยาลัย, 2543.）

[泰]素吉・翁贴：《泰人从哪里来？》，曼谷：民意出版社，2005年。（สุจิตต์ วงษ์เทศ. *คนไทยมาจากไหน?* กรุงเทพฯ: มติชน, 2548.）

[泰]素吉・翁贴编辑：《石碑研究：并非兰甘亨国王在素可泰时期创制》，曼谷：民意出版社，2003年。（สุจิตต์ วงษ์เทศ. *ศึกศิลาจารึก ที่พ่อขุนรามคำแหงไม่ได้แต่งยุคสุโขทัย*. กรุงเทพฯ: มติชน, 2546.）

[泰]素南·蓬普：《诸版本泰文〈三国〉的创作意图研究》，泰国艺术大学硕士论文，1985年。（สุนันท์ พวงพุ่ม. *การศึกษาสารของผู้ประพันธ์สามก๊กฉบับต่างๆ ในภาษาไทย*. วิทยานิพนธ์บัณฑิตวิทยาลัย มหาวิทยาลัยศิลปากร, 2528.）

[泰]素帕攀·本萨阿：《泰国报业历史》，曼谷：班纳吉出版社，1974年。（สุภาพันธ์ บุญสะอาด. *ประวัติหนังสือพิมพ์ในประเทศไทย*. กรุงเทพฯ : บรรณกิจ, 2517.）

[泰]塔萨那·塔萨纳米，《由前宫优戏到孔剧与泰国戏剧》，曼谷：星光出版社，2001年。（ทัศนา ทัศนมิตร. *จากงิ้ววังหน้า...ถึงโขน ละครไทย*. กรุงเทพฯ : แสงดาว, 2554.）

[泰]泰国文明研究小组编：《泰国文明》，曼谷：朱拉隆功大学文学院教材计划，2003年。（หน่วยบริหารวิชาอารยธรรมไทย. *อารยธรรมไทย*. กรุงเทพฯ : โครงการเอกสารคำสอน คณะอักษรศาสตร์ จุฬาลงกรณ์มหาวิทยาลัย, 2546.）

[泰]通田·纳詹浓、杰·加仑托：《〈三国〉政治之国家分裂》，曼谷：麦坡梭出版社，2005年。（ทองแถม นาถจำนง, เจตน์ เจริญโท. *สามก๊กการเมืองตอนเมืองแตก*. กรุงเทพฯ : แม่โพสพ, 2548.）

[泰]田素·努暖：《第二次世界大战时期的泰国》，曼谷：溪流出版社，2001年。（แถมสุข นุ่มนนท์, *เมืองไทยสมัยสงครามโลกครั้งที่สอง*, กรุงเทพฯ : สำนักพิมพ์สายธาร, 2544.）

[泰]瓦拉蓬·巴龙衮：《诗歌》，曼谷：芦苇出版社，1994年。（วราภรณ์ บำรุงกุล. *ร้อยกรอง*. กรุงเทพฯ: ต้นอ้อ, 2537.）

[泰]万崴·帕塔诺泰：《新译〈三国〉》，曼谷：自然出版社，2001年。（วรรณไว พัธโนทัย. *สามก๊กฉบับแปลใหม่*. กรุงเทพฯ : ธรรมชาติ, 2544.）

[泰]威拉帕·安功塔萨尼亚拉：《卫国戏的背景：政治戏谑艺术的回归》，《特写》，2003年4月。（วิรพา อังกูรทัศนียรัตน์. เบื้องหลังงิ้วกู้ชาติ การกลับมาของศิลปะ "ล้อการเมือง". *สารคดี* 22, 254 (เม.ย.49).）

[泰]威帕·贡卡南：《泰国小说的起源》，曼谷：草花出版社，1997年。（วิภา กงกะนันท์. *กำเนิดนวนิยายในประเทศไทย*, กรุงเทพฯ : สำนักพิมพ์ดอกหญ้า, 2540.）

[泰]威瓦·巴查冷威译：《批注版全本〈三国〉》，曼谷：法会出版社，2001年。（วิวัฒน์ ประชาเรืองวิทย์. *สามก๊กฉบับสมบูรณ์ พร้อมคำวิจารณ์*. กรุงเทพฯ : ธรรมสภา, 2544.）

[泰]武提采·穆拉信：《朱拉隆功时期的教育改革》，曼谷：泰瓦塔纳帕尼，1986年。（วุฒิชัย มูลศิลป์. *การปฏิรูปการศึกษาในสมัยพระบาทสมเด็จพระจุลจอมเกล้าเจ้าอยู่หัว*. กรุงเทพฯ : ไทยวัฒนาพานิช, 2529.）

[泰]希拉蓬·纳塔朗：《故事中的傣泰民族》，曼谷：民意出版社，2002年。（ศิราพรณ ถลาง. *ชนชาติไทในนิทาน*. กรุงเทพฯ : มติชน, 2545.）

[泰]雅各布：《卖艺乞丐版〈三国〉》，曼谷：教育扶助出版社，1977年。（ยาขอบ. *สามก๊กฉบับวณิพก*. กรุงเทพฯ : ผดุงศึกษา, 2520.）

[泰]雅各布：《十面威风》，曼谷：教育扶助出版社，1939年。（ยาขอบ. *ผู้ชนะสิบทิศ*.

กรุงเทพฯ : ผดุงศึกษา, 2482.）

[泰]英安・素攀瓦尼：《文学评论》，曼谷：Active Printing，2004年。（อิงอร สุพันธุ์วณิช. *วรรณกรรมวิจารณ์*. กรุงเทพฯ : บริษัท แอคทีฟ พริ้นท์ จำกัด, 2547.）

[泰]尊拉达・帕迪普民：《泰国政治中的三国》，《泰族周刊》，2006年12月12日。（จุลลดา ภักดีภูมินทร์. "สามก๊กในการเมืองไทย" , *สกุลไทย*, ฉบับที่ 2721, 12 ธันวาคม พ.ศ. 2549.）

《国家周刊》，2000年10月9日出版，第34—35页，及《沙炎叻周刊》1999年10月21日-11月6日号，第66-68页，关于威瓦・巴查冷威及其翻译《三国》的报导和访谈

裴晓睿：《泰国小说的传入与泰国小说的生成》，《民意周刊》（特别专栏），2009年1月30日-2月5日（总第29年，第1485期）至2009年2月13-19日（总第29年，第1487期）连载三期

三、英文

André Lefevere, *Translation, Rewriting, and the Manipulation of Literary Fame*, London and New York: Routledge, 1992.

Chatthip Nartsupha, Suthy Prasartset, Montri Chenvidyakarn edited with introduction, *The Political economy of Siam 1910-1932*, Bangkok: Social Science Association of Thailand, 1981.

Chatthip Nartsupha, Suthy Prasartset, *The political Economy of Siam, 1851-1910*, Bangkok: Social Science Association of Thailand, 1981.

Craig J. Reynolds, "Tycoons and Warlords: Modern Thai Social Formations and Chinese Historical Romance", *Sojourners and Settlers: Histories of Southeast Asia and the Chinese*, Anthony Reid, ed., St Leonards, NSW : Allen & Unwin, 1996.

David K. Wyatt, *Thailand: A Short History*, Second Edition (Yale University Press in 2003), Chiang Mai: Silkworm Books (reprint), 2004.

G. William Skinner, *Chinese Society in Thailand: An Analytical History*, Ithaca, New York: Cornell University Press, 1957.

Gary Snyder, *Riprap and Cold Mountain Poems*, San Francisco: Grey Fox Press, 1965.

Gideon Toury, *Descriptive Translation Studies and Beyond*, Amsterdam and Philadelphia: Benjamins, 1995.

Hanno Hardt, *Critical Communication Studies: Essays on Communication History and Theory in America*, London: Routledge, 1991.

Julia Kristeva, "Word, dialogue and novel" in Toril Moi ed., *The Kristeva Reader*, New

York: Columbia University Press, 1986.

Klaus Wenk, *Thai Literature: A Introduction*. Translated from the German by Erich W. Reinhold, Bangkok: White Lotus, 1995.

Leo Lowenthal, "An historical preface to the popular culture debate", in Norman Jacobs ed., *Mass Media in Modern Society*. New Brunswick, U.S.A.: Transaction Publishers, 1992.

Leo Lowenthal, *Literature, Popular Culture and Society*, California: Pacific Books, 1961.

Malinee Dilokvanich, *Samkok: A Study of a Thai Adaptation of a Chinese Novel*, unpublished Ph. D. Dissertation, University of Washington, 1983.

Martin Stuart-Fox, *A Short History of China and Southeast Asia: Tribute, Trade and Influence*, Crows Nest, NSW : Allen & Unwin, 2003.

Namngern Boonpiam, *Anglo-Thai Relations, 1825-1855: A Study in Changing Foreign Policies*, Ann Arbor, Mich.: University Microfilms International, 1985.

Nicholas Tarling, ed., *The Cambridge History of Southeast Asia*, Volume Two, Part One, Cambridge: Cambridge University Press, 1992.

Quaritch Wales, *Ancient Siamese Government and Administration*. New York: Paragon Book Reprint, 1965.

Sarasin Viraphol, *Tribute and Profit: Sino-Siamese Trade, 1652-1853*, Cambridge MA. : Harvard University, 1977.

Stuart Hall ed., *Representation: Cultural Representations and Signifying Practices*, SAGE Publications, 2002.

Terry Eagleton, *Literary Theory: An Introduction* （Second Edition）, Minneapolis: Blackwell Publishing, 1996.

Thongchai Winichakul, "The Quest for 'Siwilai': A Geographical Discourse of Civilizational Thinking in the Late Nineteenth and Early Twentieth-Century Siam". *The Journal of Asian Studies*, 59, no. 3 (August 2000).

附录一

泰文版本《三国》相关研究评述

一、中国学者的研究

作为中国四大古典名著之一，罗贯中的《三国演义》代表着中国古代历史小说的最高成就，中国学界对三国研究的热度不减，研究成果可谓汗牛充栋、灿如星海。与此同时，对于《三国演义》在域外传播的研究也方兴未艾，但是绝大多数都是面向西方世界以及日韩等东亚邻国，对于在泰国等东南亚国家和地区的流传和译本异文的状况却缺乏足够的关注，即使偶有涉及也都是泛泛的介绍，少有深入研究。

就泰文《三国》研究的整体而言，到目前为止，最主要的工作都是由泰国学者完成的。中国学者尽管也注意到《三国演义》在泰国流传的情况，并且也了解了部分泰国学者所作的研究工作，但尚无专门研究泰文《三国》的传播与接受情况的专著。而且，由于中泰两国学者对同一问题关注的重点不同，切入问题的角度也有差异，因此双方尚未建立起有效的对话和交流平台。

具体来说，泰国学者对于《三国演义》的研究，关注的重点集中在泰文《三国》的译本上，尽管在研究中经常提及中国的历史和文化，诸如人文意识、价值观念、美学理念、道德伦理和意识形态等方面的内容，但都是为泰国读者了解中文《三国演义》的成书语境而作的铺垫，其目的是为了引出泰文《三国》文本研究以及对泰国社会文化的研究。换句话说，泰国的《三国》研究是将《三国演义》及其代表的中国文化作为研究的“客体”和“手段”，是为其本土文学和文化研究服务的。

与之相反，中国学者往往把《三国演义》等中国古典文学作品作为局限在中国的实体来研究，即时刻从文学输出国的角度出发，强调单方面施加的影响，而很少有人从泰国这个文化接受国的角度来认识和理解这部作品的译本，他们把泰文《三国》在泰国取得的成就一并归结于《三国演义》的独特魅力，从而将整个文学传播置于简单的因果论证之下。这种状况在研究早期体现得最为明显，除去在学术刊物上发表的文章，绝大多数文字散见于泰国文学史、译介史和文化交流史等方面的书籍中，且基本限于介绍性的文字。

1. 概览与绍介

在这些介绍性的文字中，以戚盛中和栾文华的介绍最为详细。戚盛中在1990年发表了两篇文章，《中国文学在泰国》[①]与《中国古代通俗小说在泰国》[②]。在这两篇文章中，戚盛中较为详细地介绍曼谷王朝一世王至六世王期间被陆续翻译成泰文的中国古代小说作品名称、流传概貌以及其对泰国文学的影响，尤其是《三国演义》对泰国方方面面的影响，并扼要分析了中国文学在泰国流传的原因。他指出华人社会的形成为中国文学在泰国流传创造了条件，城市商品经济的发展为中国文学的传播提供了物质基础、文化教育和统治者的喜好也为中国文学传播提供了便利。这两篇文章较早地注意到文学传播的社会因素，遗憾的是分析点到为止，过于简略，以据代论，尚未深入展开，很多讨论都浅尝辄

① 戚盛中：《中国文学在泰国》，《东南亚》，1990年第2期，第43-47页。

② 戚盛中：《中国古代通俗小说在泰国》，《国外文学》，1990年第1期，第69-77页。

止。早期较为重要的有关泰文《三国》的介绍性文章，都参照了他的说法。

另一位泰国文学研究专家栾文华在其所著的《泰国文学史》一书第一编古代文学部分，专门辟出一章来介绍“《三国》等中国历史演义故事的翻译及其对泰国散文文学发展的意义”。[①] 在该章中，栾文华比较详细地介绍了《三国演义》被译成泰文《三国》的过程、翻译的方式、文体特色以及以《三国》为代表的中国历史演义故事译本对泰国文学创作和泰国文学发展的影响。栾文华编写《泰国文学史》的重心主要放在泰国现代和当代文学部分，其古代部分内容较为简略，主要借鉴和参考了泰国学者古腊·曼利卡玛教授和威普·素帕翁合编的《文学史教材》（泰文）[②]，介绍泰文《三国》一章已是古代部分篇幅最长的一章了，但也仅有6页。因此栾文华在该章基本沿用泰国学者的观点，以事实性的陈述列举介绍为主，偶尔穿插一些评论性的文字，但是也是点到为止，并未深入展开，并有一些小的失误[③]。但是瑕不掩瑜，栾文华的《泰国文学史》是中国学者第一部泰国文学史研究专著，具有开创意义，他关于泰文《三国》在泰国的传播和影响情况的介绍，尽管不甚深入，但仍然是较为全面和具体的，为后来进行泰国文学研究的学者提供了宝贵的资料。该书也是中国学者，特别是不谙熟泰文的学者们进行泰国文学研究的必读书目之一。

除了以上两位学者之外，葛治伦是较早开始介绍泰译《三国》的学者之一。他在《1949年以前的中泰文化交流》[④]一文中介绍了泰译本《三国》和《西汉》对泰国文学后来的发展产生的巨大影响，以及“三

① 栾文华：《泰国文学史》，北京：社会科学文献出版社，1998年，第56-61页。

② 同上书，第382页。

③ 如在该书第59页，将《新译〈三国〉》的作者常怀（泰文名万崴·帕塔诺泰）与其父，《〈三国〉军事战略》的作者桑·帕塔诺泰误认为是同一个人。

④ 葛治伦：《1949年以前的中泰文化交流》，周一良主编：《中外文化交流史》，郑州：河南人民出版社，1987年，第487-522页。

国文体”在泰国文学史上的地位。由于该文出现较早，后来学者谈及文化交流也经常引述该文的观点。此外，马祖毅、任荣珍的《汉籍外译史》中《中国文学翻译在泰国》[1]一节、宋柏年的《古典文学在国外》一书中第五编《明代文学在国外》[2]一节、陈炎在《中泰两国历史上的海上交通和文化交流》[3]一文、段立生的《泰国文化艺术史》[4]第六编、雷华的《境外文学对泰国文学的影响》[5]和《论中国古典文学对泰国文学的影响》[6]，以及其他一些单篇期刊文章等都简要介绍了《三国演义》译介到泰国的始末以及其对泰国文学创作的影响。但是这些文字除了部分补充新的事实材料外，基本上没有超出戚盛中、栾文华和葛治伦等人著述的内容范畴。由于部分学者并不懂泰文，只能参考既有的中文二手材料，因此在内容上往往大同小异，甚至一些转述材料中的错误也被照搬过来，如几乎所有文章都把克立·巴莫亲王创作的《资本家版三国》（本书译为《富豪版〈三国〉》）和《曹操：终身丞相》作为两本不同的著作，实际上前者和雅各布的《说书艺人版三国》（或译《卖艺乞丐版〈三国〉》）一样是一个系列的统称，该系列共有两本，包括《曹操：终身丞相》和克立·巴莫的另一本书《孟获：被生擒活捉的人》。

与此同时，一些在中国求学的泰国人用中文在中国文学期刊上发

---

① 马祖毅、任荣珍：《汉籍外译史》（修订本），武汉：湖北教育出版社，2003年，第623-629页。

② 宋柏年主编：《中国古典文学在国外》，北京：北京语言学院出版社，1994年，第388-390页。

③ 陈炎：《海上丝绸之路与中外文化交流》，北京：北京大学出版社，2002年，第306-324页。

④ 段立生：《泰国文化艺术史》，北京：商务印书馆，2005年，第319-322页。

⑤ 雷华：《境外文学对泰国文学的影响》，雷华、李欧主编：《泰国文学研究》，成都：四川人民出版社，2001年，第47-71页。

⑥ 雷华：《论中国古典文学对泰国文学的影响》，载《东南亚纵横》，2002年6月，第46-48页。

表文章，也介绍到泰文《三国》的情况，如素拉希·阿蒙瓦尼萨（华文名黄汉坤）的博士论文及期刊文章《中国古代小说在泰国的传播》[①]、格诺蓬·依通（Kanokporn Numtong，华文名吴琼）的《〈三国演义〉在泰国》[②]、布林·希颂塔文（Burin Srisomthawin，华文名徐武林）的《汉语熟语在泰国的流传——以泰译本〈三国演义〉为例》[③]等。由于泰语是他们的母语，加上他们对泰国的情况也更熟悉，因此他们为中国学者提供了一些新的泰国《三国》研究动态，也为不懂泰语的中国学者提供了不少很有价值的资料。

2. 比较文学研究

上述中国学者的研究仅限于一般性的情况介绍和事实罗列，多为史实性的介绍文字，较少分析和评论，从学理意义上进行研究。到20世纪90年代，有学者开始从比较文学角度，对泰译《三国》进行学理层面上的研究。其中饶芃子和裴晓睿这两位学者的研究值得关注。

饶芃子认为中国文学的域外影响研究不仅仅是中国文学自身的问题，而是同接受国的历史文化和文学观念、思维方法密切相关，因为这个过程要经过接受者的"选择"和"过滤"，同时也与传播者的视角和传播的途径、方式有关。[④]正是在这种思路的指导下，饶芃子研究《三国演义》在泰国的影响传播，分别著有《中国文学在东南亚》的《中国文学在泰国》一章和《文化影响的"宫廷模式"——〈三国演义〉在泰

① [泰]黄汉坤：《中国古代小说在泰国的传播》，《社会科学战线》，2006年第4期，第112-119页。

② [泰]吴琼：《〈三国演义〉在泰国》，《明清小说研究》，2002年第4期，第94-103页。

③ [泰]徐武林：《汉语熟语在泰国的流传——以泰译本〈三国演义〉为例》，《社会科学战线》，2008年第8期，第138-143页。

④ 饶芃子主编：《中国文学在东南亚》，广州：暨南大学出版社，1999年，"前言"第5页。

国》[①]一文。相较而言，后者要更重要一些，前者仍为对传播历史的梳理和回顾，只不过增加了些新材料，分类更细化。在后文中，饶芃子从比较文学的“译介研究”和“影响研究”的角度出发，通过对《三国演义》的文本在泰国流传轨迹的研究，探索接受者对中华文化的选择、接纳及其“内化”的模式。她所使用的事实材料和以前的研究者一般无异，但是通过对这些事实材料的梳理，她注意到《三国演义》传入泰国前后的历史文化背景以及其传入后的种种现象，认识到《三国演义》等中国历史小说在泰国的传播和影响，“不仅仅是一个纯文学的现象，而是一个具有更大内涵的文化现象”[②]。饶芃子认为《三国演义》在泰国的流传轨迹是一种自上而下的“宫廷模式”，经过接受者的“文化过滤”，而且在传播过程中，文学文本可以成为一种开放型的文本或非文学文本，而不是局限在文学“审美”的范畴。

裴晓睿在《汉文学的介入与泰国古小说的生成》[③]一文中，从比较文学“发生学”研究的层面出发，探讨以《三国演义》为代表的中国汉文学与泰国古小说文类生成之间的关系。泰国学界普遍认为，泰国的小说史始自19世纪末（曼谷王朝五世王时期）西方小说的介入。尽管泰文《三国》的成书时间要远远早于此，但是泰国人仍习惯将其归为“散文体历史故事”文类，而不是小说文类。裴晓睿通过对《三国演义》等汉文学被译介到泰国的过程，并随之出现全新的“三国文体”的回顾与分析考证，辨析《三国》译介后的文类特征，提出以《三国》问世为代表的汉文学的介入促成了泰文古小说文类的生成，古小说文类的出现和发

① 饶芃子：《文化影响的“宫廷模式”——〈三国演义〉在泰国》，杨乃乔、伍晓明主编：《比较文学与世界文学——乐黛云教授七十五华诞特辑》，北京：北京大学出版社，2005年，第226-230页。

② 饶芃子：《文化影响的“宫廷模式”——〈三国演义〉在泰国》，杨乃乔、伍晓明主编：《比较文学与世界文学——乐黛云教授七十五华诞特辑》，北京：北京大学出版社，2005年，第228页。

③ 裴晓睿：《汉文学的介入与泰国古小说的生成》，《解放军外国语学院学报》，2007年7月，第114-118页。

展又为新小说的生成和发展做好了铺垫。正是18世纪末至19世纪初年曼谷王朝一世王时期，中国《三国演义》和《西汉通俗演义》等古小说的被移植开创了泰国文学史上小说文类的先河，而汉文学的介入也成为泰国古典诗歌文学向现代新文学过渡的桥梁。

上述两位学者的研究成果都没有停留在简单的情况介绍上，而是从比较文学的学理角度深入剖析《三国演义》在泰国的流传和影响问题，无论从理论的深度还是广度上都把国内的泰国《三国》的研究向前推进了一大步，视域也更加宽广。尤其是裴晓睿的研究已经引起泰国学界的注意，其文章不但在泰国国际泰学研讨会上发表，并在泰国销量最高的周刊《民意周刊》的学术专栏以《中国小说的传入与泰国小说的生成》的名字进行了全文转载。[①]

二、泰国学者的研究[②]

1. 早期研究

泰国学者对《三国》的关注由来已久。早期研究中较重要的一位学者是有着“泰国历史学之父”美誉的丹隆拉查努帕亲王（Prince Damrong Rajanubhab，后简称丹隆亲王）。1928年，丹隆亲王在担任皇家学术院院长期间，组织校勘洪版《三国》，并撰写了《〈三国〉记事》（Tamnan Nangsu Samkok）一文。该文共分为八个部分，分别为：1. 关于《三国》的由来；2. 关于《三国》的翻译；3. 关于《三国》译文的行文；4. 关于泰文《三国》的出版；5. 关于《三国》的故事梗概；

---

① 裴晓睿：《泰国小说的传入与泰国小说的生成》（泰文），《民意周刊》（特别专栏），2009年1月30日-2月5日（总第29年，第1485期）至2009年2月13-19日（总第29年，第1487期）。《民意周刊》是泰国销量最高的周刊之一，人文社科气息较浓，经常刊载人文艺术和学术方面的前沿资讯，面向大众传播，许多著名的作家和学者都在曾在此开设专栏。

② 第二部分内容曾以《泰国泰文〈三国〉研究回顾》为题发表于《东方研究（2009）》，银川：黄河出版社，2010年4月；后被全文收录于泰国集刊《汉学研究》（*Journal of Sinology*）第4期，清莱：皇太后大学诗琳通中国语言文化中心，2010年8月。收入附录时进行了一定的调整和补充。

6. 关于《三国》的评说；7. 关于《三国》的人物画像；8. 关于《三国》地图。

此外，为了方便泰国读者阅读《三国》，丹隆亲王还在最后附上关于书中各地名的解说。丹隆亲王以一名历史学家的严谨态度，在撰写该文的时候查阅了很多国内外资料，史料丰富，考证详尽。特别是关于中国史籍以及泰国译介中国文学情况的介绍，为后来学者的研究提供了难得的参考资料。

由于《〈三国〉记事》成文较早，加上丹隆亲王本人的声誉和地位，该文出版后影响很大。不仅有单行本发行，还作为洪版《三国》的前言引录，放置于小说的前面，是后世学者进行相关研究必读的文章。《〈三国〉记事》一文更侧重于对“史”的整理，尤其是对《三国》译介的历史及其背景材料的介绍，内容十分详细，但是不足之处是分析篇幅较少，只是对当时《三国》译介和接受史实的单纯梳理和记录。

另一位早期研究《三国》的重要学者是芭萍·玛努麦威汶（Prapin Manomaivibool），其研究成果是她1967年在朱拉隆功大学完成的硕士论文《〈三国〉：比较研究》。在这篇论文中，芭萍提到丹隆亲王在《〈三国〉记事》中指出，因缺少精通泰中双语的翻译人才，洪版《三国》采取的是华人口述、泰人润色的翻译方式，因此译文并不忠实于原文。因此，芭萍希望通过具体的文本比较，来考察二者之间的异同。

芭萍选取了洪版《三国》的“曹操水军兵败”（即“赤壁之战”）的段落，即洪版第39章至42章，对应罗贯中120回本《三国演义》第43回“诸葛亮舌战群儒 鲁子敬力排众议”末段至第50回“诸葛亮智算华容 关云长义释曹操”结束这部分内容文本作为比较对象。芭萍将洪版译文和由T. Tomita教授忠实于《三国演义》的中文原文而重译的版本并置进行比较。她指出洪版《三国》译文许多内容都与中文原文相异，如在一些人名、地名、时间、数字等上出现的误译或张冠李戴；有些内容是为了方便那些没有中国文化背景知识的泰国读者理解，而加入了解释性的扩展翻译；有些内容则是为了行文方便或不符合泰国人的风俗习惯和思维方式，而对原文进行了省略或缩译；有些内容用泰文习惯的表达方式和箴言俗语取代原文；还有些内容中文是解说，而泰译文则改为对话，同时另外一些中文的对话，泰译文则改成了解说陈述等等。除此之外，芭萍还分析了《三国》中所使用的语言，她指出由于《三国》译文使用的是曼谷王朝初期时的泰语，和今天使用的泰语有一定的距离，因此也给今天读者阅读和理解《三国》制造了一定困难。

可以说，丹隆亲王的《〈三国〉记事》最多只能算是带有前言和绍介性质的文章，而芭萍的论文才是泰国最早对《三国》进行的真正学术意义上的研究成果，具有开拓意义。由于这是一部发轫式的研究，因此在理论厚度上有一定的欠缺，论述较少。论文四分之三的篇幅都是两个译文的对勘和对中国历史文化背景知识的介绍，对于文本异同的比较也仅限于列举整理。但是，芭萍的研究填补了泰国国内在这方面学术研究的空白，她的文本细读和比较的研究方法也为后来泰国学者的《三国》研究树立了典范，带动了之后的研究风气。

2. 文学研究范式

此后，由于泰国国内形势的动荡，对《三国》的研究一度沉寂。但是到了20世纪80年代，泰国国内有关《三国》的研究论文和文章逐渐增多，《三国》研究逐渐繁荣兴盛起来。这一时期有两部代表性成果，一部是玛丽尼・蒂洛瓦尼（Malinee Dilokvanich）在美国华盛顿大学完成的博士论文《〈三国〉：中国小说的泰文改编本研究》（Samkok A Study of a Thai Adaptation of a Chinese Novel）（1983年）；另一部是金达娜・探瓦尼瓦（Jintana Thunwaniwat）在泰国朱拉隆功大学完成的硕士论文《关于〈三国〉中、泰文版本中比喻的比较》（1984年）。

玛丽尼・蒂洛瓦尼在论文中指出《三国》研究主要有两种研究方法：一种是把《三国》作为一部泰国文学作品而对其进行的本体研究；另一种则是对原文和译文进行文本比较，分析异同。玛丽尼的论文采用的就是后者。应该说，在此之前芭萍・马诺麦维本的论文和作家桑・帕塔诺泰（Sang Phathanothai）的《〈三国〉军事战略》（1969年初版）一书已经在文本比较上有了重要贡献，但是尚不系统和全面。芭萍的研究仅针对部分文本，而桑也仅仅是指出了一些翻译上的错误。玛丽尼从结构、叙述技巧、语言和内容这四个方面，对洪版《三国》和《三国演义》的文本进行了“系统比较”（systematic comparison）。通过上述比较，玛丽尼指出洪版的译文冲击了泰国的文学传统、泰国的语言以及泰国人的世界观，改变了泰国文学传播媒介、文类和样式，进而促进了全新的散文体小说文类的生成。译文在语言和内容上都为适应泰国的语言表达习惯和文化语境而做出一定的改变。译文的泰语更加自然流畅、通俗易懂和引人入胜，同时又保持了相当高的文学性和语言水平。与此同时，译文还把中国哲学的“天命”观的模式，自然地转化成泰国佛教“业报”的宇宙论。总而言之，洪版《三国》与《三国演义》相比仅仅是在“表面看上去一样”，实际上已经发生了巨大的变化，在本质上它已经成为地地道道的高水平的泰国本土文学作品，正如《罗摩颂》（Ramakien）之于《罗摩衍那》一样[①]。

玛丽尼的这篇论文虽然主要是对洪版《三国》和《三国演义》进行的文本比较分析，但是目光并不仅仅局限于单一的文本上。她专门辟出一章简要评论和比较了另外三本后来较有影响的《三国》重写本，即雅各布的《卖艺乞丐版〈三国〉》、桑·帕塔诺泰的《〈三国〉军事战略》以及克立·巴莫的《富豪版〈三国〉之曹操：终身丞相》，并由此来管窥《三国》在泰国的接受和传播情况。此外，玛丽尼没有把《三国》的历史背景局限于传统的中国因素上，而是引入了部分社会和政治

① 《罗摩衍那》是印度著名的两大史诗之一，很早就随印度文化一道传入泰国，深受泰国人喜爱。《罗摩颂》或音译为《拉玛坚》，是罗摩故事的泰文版本。最有名的两个版本是吞武里王朝达信王撰写的《罗摩颂》剧本四段，和曼谷王朝一世王时组织编写的《罗摩颂》剧本全本。《罗摩颂》虽然人物、故事等都直接取自《罗摩衍那》，但是在语言文化、思想道德、伦理观念等方面已经糅入泰民族本身的特色，泰国人已将其视为本民族的文学财富。

因素，把《三国》译本放在中泰两国文化交流的历史大背景下进行分析，这些都大大突破了传统《三国》研究的视域。玛丽尼之后也陆续在报刊和研讨会上发表了一些关于《三国》的研究文章，如《〈三国〉中的女性角色：一种文学研究》，注意到《三国》的女性形象，及由此反映出的“男尊女卑”的观念。但是相对而言，她后来的文章都不如她的博士论文影响大。

同期另一个重要的研究成果，金达娜·探瓦尼瓦的《关于〈三国〉中、泰文版本中比喻的比较》也是一篇以文本比较为主要研究方法的论文。不同于以往同类研究的是，以往的文本比较多为宏观性的比较，即使涉及微观层面上语言修辞，也是比较简略，几笔带过；而金达娜的研究则把关注的重心放到微观的比喻修辞上，并以此为突破口进行比较研究。每个国家和民族的语言、文化、风俗、历史、环境等都各有差异，因此比喻修辞的内容和方式也都不尽相同。研究《三国》译文和原文在比喻修辞上的异同，可以进一步分析翻译的策略和特点，同时可以看出译者精湛的翻译能力，因为一方面要减少泰语读者的阅读障碍，同时又要兼顾原文的中国特征。文中选取了几十个关于物品、植物、动物、人物、自然和局势的精彩比喻，既有明喻也有暗喻。金达娜发现在这些比喻中，有的是完全忠实中文原文翻译过来；有的是用泰国人熟悉的比喻替代原文中的比喻；有的原文没有比喻的地方，为了使行文更有文采而添加了比喻；有的对泰国人来说实在无法理解或者无足轻重的比喻则干脆直接略去。金达娜最后分析了产生这些差别的原因，这些要归因于中泰两国不同的环境、文化和历史。虽然就总体而言，这篇论文的理论分析部分仍显单薄，但是详尽丰富的文本例证充分显示了金达娜驾驭两种语言的能力，而且能在已经做得比较成熟的文本比较研究上做出新意则更为难得，她在微观层面上的修辞比较研究把《三国》文本比较研究又向前推进了一步。

3. 政治文化与历史研究范式

诚如西方学者雷诺尔斯（Craig J. Reynolds）所言，泰国的文学评论家习惯上把包括《三国》在内的中国历史小说视为“文学”而不是“历史”，因此他们的研究也更倾向于比较文学的研究方式。加上高质量的译文为人推崇，甚至进入学校的课本，又进一步强化了《三国》研究的文学性主流方式，因而“自从《三国》被翻译过来之后的200多年时间里，对其从符号的、社会的和心理的角度进行的分析都令人遗憾地缺席了”①。

进入20世纪80年代以后，这种情况发生了很大的变化。《三国》并不是一个简单的翻译文学文本，更有其政治和军事上的意义。其实玛丽尼的研究已经开始把眼光放到单纯文本比较的外延上，引入了社会和政治方面的分析。与此同时，泰国朱拉隆功大学和法政大学有一批政治学与历史学研究的学者，也开始注意到《三国》文本的政治意义，并进行了大量的研究，出现了数量可观的高水平研究成果。

这方面最早的研究成果要数朱拉隆功大学的玛尼·沙杰蓬帕尼（Manit Sangiumpornpanichya）的硕士论文《〈三国〉中的领导与管理》（1979年）。这是泰国第一次有人从非文学性的角度尝试对《三国》进行分析研究。玛尼指出，虽然《三国》是一部脍炙人口的文学作品，但其本身又是一部重要的政治、战争策略的教科书，因为其大部分内容都涉及国家政权、君主、统治管理和运筹帷幄，以及争夺王权和封疆裂土的战争与计略等方面的知识。他从政治学这个全新的角度进行研究，引入意大利政治家和历史学家马基雅维利（Niccolò Machiavelli）的政治哲学理论作为参照，简要地回顾了《三国》的内容，并着重分析了三分天下的刘备、曹操和孙权这三位君主在重大历史事件之中的举止

① Craig J. Reynolds, “Tycoons and Warlords : Modern Thai Social Formations and Chinese Historical Romance”, Anthony Reid ed., *Sojourners and Settlers : Histories of Southeast Asia and the Chinese*, St Leonards, NSW : Allen & Unwin, 1996, p.120.

行为和作用，以及由此表现出来的个人的品性德行，对比他们各自在登基前后的情况。玛尼认为在“领导和管理”这个问题上，《三国》中“成功”的君主或领导所反映出来的观念，与马基雅维利的政治哲学异曲同工。马基雅维利认为人都是生性邪恶、奸诈、虚伪、善变和不忠的，所有的行为都是建立在畏惧、贪婪和欲望之上，受利益的驱使，没有永恒不变的事物。总而言之，“人性本恶”是马基雅维利对人性的总体评价，而《三国》再次为这种理论提供了佐证和实例，证明这种理论的有效性和普适性。因为，虽然《三国》的作者和马基雅维利分属东、西方两个世界，所处时代、环境和文化皆不相同，但是都不约而同地以文学和哲学的方式表现和阐释出人类真实本性中“恶”的一面。文学作品是对人类社会生活的反映，表达人们的思想信仰，因此《三国》等文学作品是研究人性思想活动不可忽视的重要资料来源。

当然，该论文把《三国》与马基雅维利的思想直接进行对比未免流于表面，同时也把马基雅维利的思想简单化了。文中重点参考的马基雅维利的《君主论》是时代的产物，是文艺复兴时期新兴的以权力为核心的法学政治观的产物，以区别于传统伦理道德和神学体系的政治。其人性恶观念只是其“权力哲学”的推导基础，并非其政治哲学的核心。何况人性善恶本就不是一个可以定论的元问题，而且马基雅维利本人也仅仅是一个“非道德论者”，而非“反道德论者”。而《三国》作为文学作品，有虚构和艺术加工，同时也掺杂着作者个人的好恶与取舍，因此不加分析和限定地拿来作为论据也削弱了其论证的有效性。但是玛尼的研究是以《三国》文本为中心进行的内容分析，是以其为资料的一种文献研究法，也是第一次使《三国》研究脱离文学研究框架的努力和尝试。另外，1998年派拉·帖帕尼（Pairart Taidparnich）在朱拉隆功大学完成的硕士论文《〈三国〉与〈君主论〉中的政治思想》，对《三国》与马基雅维利的《君主论》进行了文本细读和阐释比较，认为《三国》和《君主论》有相同的至上权力观；而《三国》中的“马基雅维利主义”式权谋政治家还要超过《君主论》。总而言之，派拉的论文在对马基雅维利的理论的消化理解上要超过玛尼，但是在《三国》研究方面并没有太大的推进。

这个时期，对《三国》进行政治研究的一位重要人物，就是法政大学的政治学教授颂巴·詹陀拉翁（Sombat Chantoravong），他也是玛尼那篇《三国》论文的指导教师。颂巴多年来一直关注文学与政治、历史之间的关联，并撰写了一系列文章，探析在不同泰国经典文学作品中反映出的政治观念，《昭帕耶帕康（洪）版〈三国〉的政治意义》即是这一系列文章中最有分量的一篇。该文是由颂巴1989—1992年间在法政大学泰国研究所资助的项目《三国：政治意义研究》修改而成，并出版成书，后被收入其《政治文学与历史研究评论》文集。颂巴在一开始就简要回顾了《三国》译介历史以及几位学者和作家，如丹隆亲王、芭萍·马诺麦维本、玛丽尼·蒂洛瓦尼、桑·帕塔诺泰及其子万崴·帕塔诺泰等人关于《三国》的研究和译著情况，发现大家都不约而同地注意到翻译的问题，包括省略、添加和改变原文的情况。过去一直认为这是误译或者译者知识欠缺的结果，但是颂巴却心存质疑。他用万崴较为忠实于罗贯中《三国演义》的泰文重译本《新译〈三国〉》作为范本，比照洪版《三国》译文。他认为两个版本出现的种种差别，并不仅仅是翻译语言和知识水平的原因，还有一些是翻译者昭帕耶帕康（洪）有意为之的，是一种故意的“修改”，目的是为了满足上层的某种“政治”利益需要，以顺应当时的政治潮流。比如有关王朝的神圣，臣子对主上的忠诚，何时应该另投名主、改栖高枝，君主与军队之间的权力关系，以及对自封为王、黄袍加身的合理解释等，无一不反映曼谷王朝初期统治者的政治思想。此外，《三国》是当时社会和政治的产物，因此《三国》的本土化不仅仅体现在语言和思想上，还暗含着泰国统治者的政治因素的影响。这种通过文学作品潜移默化的影响，其效果不亚于统治者公开的宣传声明，而且更加高明。颂巴认为《三国》并不仅仅是普通的文学文本，坚持挖掘其内在政治和历史因素，认为这是洞察曼谷王朝初期统治者政治思想的重要材料和金钥匙。他还建议沿用此法继续研究

《罗阇提叻》和《罗摩颂》等作品。

颂巴的研究影响很大，他的著作是后续研究者必须参引的文献之一。尽管他仍然采用文本细读和比较研究的方法，但是他真正突破了《三国》研究一直以来的以文学比较为主流的研究范式，吸引了更多学者的加入《三国》研究的队伍之中。如甘尼迦·萨达蓬（Kannikar Sartraproong）的《一世王时期统治阶层的政治观念：〈罗阇提叻〉、〈三国〉与〈西汉〉研究》（1993年）、察暖·瓦查拉萨古尼（Chanond Vacharasakunee）的《〈三国〉与人事管理：刘备军队研究》（1998年）、苏拉武·塔纳辛拉巴衮（Surawut Tanasillapagul）的《〈三国〉中的政治哲学：公正专题》（1999年）以及皮拉威·蓬素拉齐云（Peerawit Pongsurashewin）的《〈三国〉与人力资源管理：曹操军队个案研究》（2002年）等。这些都是朱拉隆功大学政治系和历史系的硕士论文。除此之外，其他泰国大学也有类似的研究，如诗纳卡琳威洛大学的塔萨西·萨摩格塞粦（Thasansee Smokasetrin）的《〈三国〉将帅的军队指挥能力研究》（1986年）、兰甘亨大学政治系查乐萨·诺西（Chalermsak Noisri）的硕士论文《〈三国〉：政治管理记事》等。这些研究中尤以甘尼迦的研究最有代表性，影响也很大。

甘尼迦·萨达蓬的《一世王时期统治阶层的政治观念：〈罗阇提叻〉、〈三国〉与〈西汉〉研究》是她在朱拉隆功大学完成的硕士论文，之后经过修改出版了专著《〈罗阇提叻〉〈三国〉与〈西汉〉：泰国统治阶层世界观》一书。这项研究与颂巴的思路一脉相承，可以被视为是颂巴研究的后续。

甘尼迦是历史系出身，她也认同《三国》不是简单的文学作品，但是她更加强调文学的史料价值。文学作品也是一种对历史史实的记录，却一直被历史学家们所忽视。传统上研究曼谷王朝一世王时期历史的史料包括官修史籍、外国人的备忘录、行政文件、口述材料、私人日记等。文学作品虽然不是对史实的直观记录，但也是当时社会人为的产物，反映他们的日常生活和经历的事件，特别是在记载人们的情绪、内在潜意识的感受和想法等方面，有其他史料不可比拟和替代的价值。甘尼迦以一世王时期翻译的《罗阇提叻》《三国》和《西汉》这三部小说为对象，通过文本分析和历史研究方法，来研究当时统治阶层的政治观。这三部译作从语言风格和内容都有别于以往的文学作品，不仅仅是美学意义上差别，也是社会作用下的产物，是译作者或团体政治思想的中介。这些作品的译介并不仅仅是为了娱乐和军事目的，还体现了曼谷王朝一世王时期的政治观，即作为一个理想的君主或统治者应具备的条件和标准要求，他要兼备佛教教义中的“德波罗密”（bunyabarami）和“慧波罗密”（panyabarami），有责任护持宗教以及为臣民谋福，使他们摆脱生死轮回。只要具备上述品质的人，就有资格成为一国之君。如此一来，世袭王族的血缘因素的重要性就被大大削弱了。而作为臣子也要有智慧，要勇敢无畏，忠于国王。一个国王如果拥有具有智勇双全的属下也被认为是具有威德的表现之一。甘尼迦强调《三国》等三部作品是在泰国文化语境下被“翻译”过来的，已经融入了当时译者的思想观念。因此已经不能将它们作为外国文学来对待，相反，要从“接受者”的角度，即以当时泰国统治阶层的政治观的角度来看待和分析。最后，甘尼迦还指出，除了这三部作品外，还有许多同时代的作品，如《罗摩颂》等，也都体现了政治观念。曼谷王朝一世王下令翻译《罗阇提叻》《三国》和《西汉》，除了希望重建被战争摧毁的阿瑜陀耶时期的礼仪传统，更重要的是将之作为政治熏陶的媒介，为新王朝的政权寻求合法性支持。

4. 其他研究方式

在上述学者的努力下，泰国《三国》研究逐渐摆脱了纯文学的研究范式，呈现出越来越多元化的特征，研究方法和模式也越来越丰富。泰国《三国》研究也在文学研究和政治研究之外，出现新的研究范式。

素南·蓬普（Sunan Phuangphum）1985年在艺术大学完成的硕士论文《诸版本泰文〈三国〉的创作意图研究》，对1985年以前的泰文《三国》诸译本、改写本、重写本和创作本做一个纵向的梳理和比较。所谓创作"意图"或"实质"是指作者希望通过作品传达给读者的最重要的核心内容。素南通过对各泰文版本《三国》的文本个案比较，将这些版本作者的创作意图总结为三类：第一类是最初的《三国》译本，仅仅是作为政治和战争计谋的相关书籍而已；第二类是《三国》名声大振以后，开始有人重新进行戏剧和诗文创作，此时是为了用来进行表演；第三类是当《三国》在泰国广泛传播之后，《三国》创作则主要是为了追求娱乐和消遣之用了。素南虽然仍以泰文《三国》作为研究对象，但是其文本已经不再仅仅局限在洪版，开始关注到更加丰富的《三国》诸多版本。尽管玛丽尼和颂巴等人也注意到这些新版本《三国》的重要性，但是并没有进行系统的整理和总结。素南的研究材料翔实丰富，按照时间和类别进行版本梳理和比较，这把《三国》研究的外延又大大拓宽了。但遗憾的是，这些并非真正意义上的版本学研究，而且在分类上也过于粗略，很多历时性的内容和信息尚有待深入挖掘。

初蓬·厄初翁（Choopol Uacheoowong）在泰国艺术大学完成的硕士论文《〈三国〉：巴森苏塔瓦寺佛殿中的壁画艺术》（2005）和瑙瓦拉·帕迪康（Nawarat Phagdikham）的《〈三国〉：曼谷泰式寺庙中的中国艺术》（2006）[①]一书，都不约而同地把关注目光放到作为文学作品的《三国》的附加文化事象，特别是泰国的《三国》壁画和雕塑上。他们最主要的研究对象都是位于曼谷叻巫拉纳区的一所泰式佛寺巴森苏塔瓦寺（Wat Praserthsuttawat）大殿中的《三国》故事壁画，研究的主要内容也都是对壁画的内容进行文本比对和确认，不同之处在于初蓬更强调由壁画反映出来的中国文化特征，而瑙瓦拉则将更多的笔墨放在对壁画内容本身的描绘和确认上。这二位学者的研究都是一种艺术文化研究，但也都将艺术事象作为一种"图像文本"看待，其研究方式依然是

① 该书由瑙瓦拉在中国南开大学完成的硕士论文《〈三国演义〉的泰文版本：〈三国〉》部分内容编写修订而成。

一种文本比较，很多时候都过于局限在一种白描式的“异同比对”之中，缺少理论的总结和归纳。不管怎样，他们毕竟在文学研究和政治研究之外，走出第三条路来。

近些年来，随着中泰两国学术交流日益密切，有不少泰国学者有机会在中国大学进修并攻读学位。他们吸收借鉴中国的学术研究传统，并结合自身的优势和特点，出现不少优秀的学术成果。如素拉希·阿蒙瓦尼萨（Surasit Amornwanitsak）在浙江大学完成的博士论文《中国古代小说在泰国的传播与影响》（2007年），尽管不是专门研究《三国》的专著，但是里面有大量泰文《三国》研究的内容，特别是关于版本校勘、传播学、译介学等方面都有令人耳目一新的见解。

总而言之，泰国学者对《三国》的研究成果众多，以上仅回顾了相对重要和有影响力的成果，也许尚有一些较重要的成果遗漏，还有一部分最新的研究成果无缘见到，但是已经足以为我们展现泰国《三国》研究的总体情况。朱拉隆功大学和法政大学一直以来都是泰国研究泰文《三国》的两大重镇，大部分有影响和成熟的《三国》研究著作都出自两校。兴起于两校的比较研究和政治研究模式，也成为泰国《三国》研究的两大主流，加上近几年新近出现的《三国》艺术文化研究，共同构成了泰国《三国》研究的整体。尽管它们的侧重点和出发点各不相同，但是在研究方法上却具有共同特点，即基本上都以“文本细读”和“比较研究”的方式为主，兼跨文化研究与历史研究。绝大多数研究在文本细读上做得非常细致和到位，但是整体上的理论建构和理论深度稍显不足，对于中国对《三国演义》和泰文《三国》的研究也缺乏关注。但是随着近年来中泰两国学术交流和留学往来的进步，《三国》研究的国别和科际的樊篱在逐渐被打破。总之，经过几十年的发展，泰国的《三国》研究不断经历着研究范式的转变，越来越呈现出多元化、多样化的特点。

三、西方学者的研究

中国和泰国，一方是《三国演义》及“三国文化”的创造者和输出者，一方是《三国演义》的接受者和再演绎者，他们都是各自“三国文化”的持有者。而在中泰之外，特别是西方学者，他们作为文化的“他者”和中立的第三方，将有可能跳出文化持有者难以避免的先见和思维定式，特别是思考问题的方式和观察问题的角度，破除我们自身的文化中心主义，给泰文《三国》的研究注入新的活力。

和中泰两国的研究相比，西方学者对泰文《三国》的研究较少。他们更多关心泰国的政治、经济和历史文化，文学研究并不主流，而专门对《三国》进行的研究则更是少之又少，仅在一些泰国文学史书写的时候才有所提及。如苏联学者弗·柯尔涅夫（В. Корнев）曾在其《泰国文学简史》一书中言及泰文《三国》。尽管着墨不多，但是他仍然意识到翻译《三国演义》是“拉玛一世执政时期发生的一件意义重大的事，这件事后来对泰国文学的进一步发展产生了很大影响”，因为“在泰国文学史上，这些是第一次用散文形式而不是用诗歌形式撰写和翻译的作品”。柯尔涅夫甚至认为“拉玛一世的长远计划在某种程度上也是同这两部小说[①]有关系”[②]。法国学者克劳婷·苏尔梦（Claudine Salmon）在谈到中国传统小说对亚洲邻国的影响时，专门辟出一节介绍《三国演义》的接受情况，并把泰译《三国》的情况与其他亚洲国家（主要指东亚和东南亚地区诸国）的接受情况进行了对比，并指出“泰国是东南亚唯一把中国小说的翻译工作委任给高级官吏的国家”[③]。她援引斯威思古（Sweisguth）的评论，《三国演义》与“新一代中—泰优秀分子的

---

① 两部小说一部是指《三国》，另一部指同时翻译的一部孟族史诗《罗阇提叻》。

② [苏]柯尔涅夫：《泰国文学简史》，高长荣译，北京：外国文学出版社，1981年，第97页。

③ [法]克劳婷·苏尔梦编著：《中国传统小说在亚洲》，颜保译，北京：国际文化出版公司，1989年，第17页。

政治起义[1]有联系”，还说人们非常欣赏书中描绘的“军事领袖间的会谈以及征服叛徒的精心谋略”，并从中“追踪和了解自己的统治者当前的政治”。[2]德国学者克劳斯・温克（Klaus Wenk）的《泰国文学简史》中提到泰文《三国》的译文“相当冗长，在很多地方与原文的行文相距甚远……因为（泰国人感到）陌生的词汇都被回避了”，还认为译者昭帕耶帕康（洪）“给国家文学带来了新的远景，并不是通过他的个人创作，而是通过对临近文化作品进行的伟大翻译”。[3] 其他绝大部分研究也与之类似，比较简略，而且也没有把《三国》作为独立的研究对象对待。

虽然目前尚未见到西方学者专门的泰文《三国》研究专著，但是已经有人留意到《三国》在泰国社会中的独特地位和历史作用，陆续出现一些相关的研究文章，如罗纳尔德・雷纳德（Ronald D Renard）的《〈三国〉：泰译本〈三国演义〉》（Sam Kok: Thai Version of the Romance of the Three Kingdoms）[4]等，但是其中最引人关注的是克雷格・J・雷诺尔斯（Craig J. Reynolds）的研究。

雷诺尔斯在《大亨与军阀：现代泰国社会结构与中国历史演义》（Tycoons and Warlords : Modern Thai Social Formations and Chinese Historical Romance）一文中，注意到《三国演义》这部中国古典名著与泰国社会之间不寻常的关系。雷诺尔斯回顾了《三国》在泰国社会中经历的翻译（translation）、传播（dissemination）、分化（fragmentation）、商业化（Commodification）和神秘化

---

① 指泰国1932年的民主革命。

② [法]克劳婷・苏尔梦编著：《中国传统小说在亚洲》，颜保译，北京：国际文化出版公司，1989年，第33页。

③ Klaus Wenk, *Thai Literature: A Introduction*. Translated from the German by Erich W. Reinhold, Bangkok: White Lotus, 1995, p.29.

④ Ronald D. Renard, “*Sam Kok*: Thai Version of the *Romance of the Three Kingdoms*”, unpublished paper, Payap University, Chiengmai, January 1991.

（mystification）这五种不同的形态（某些时候是共时和互相重合的），并由此管窥华人社会在泰国的际遇和变迁。很显然，雷诺尔斯并不关心《三国》文本的细节，而是从宏观角度出发，观察《三国》这种保留相当“中国性”（Chineseness）的文本如何内嵌并参与到形塑泰国现代社会的进程中，以及其在泰国文学、商业、政治等各方面发挥的作用。他指出“（三国演义）被重写和‘应用’到解决日常生活中的问题。更宏观地，可以说各种版本的《三国》建立起商业和政治的伦理道德，并为公众事务提供清楚有力的战略文化”[①]。同时，雷诺尔斯还认为以《三国》为代表的充满中国传统军事哲学和智慧的文本，为华人商人提供经商策略方面的指导，是其在泰国获得商业成功的重要因素。因为“战争就是交易”“商业就是战争”，在这种语境下，大亨和军阀之间拥有更多的共性。[②]雷诺尔斯这种开阔的社会学视野是中泰两国《三国》研究学者普遍欠缺的，他将《三国》的传播与演化置于泰国社会变迁与华人商业发展的语境下讨论，使《三国》研究摆脱了单纯的审美和译介研究，使我们认识到《三国》文学作为一种文化实体与社会之间的互动关系，它不再只是被动地被创造和阅读，更直接参与构成了社会现实。作为一名东南亚和泰国历史专家，雷诺尔斯对《三国演义》的关注与阐释方式与泰国人如出一辙，最终目的都是为了更好地理解泰国社会和文化的历史变迁。雷诺尔斯提供了很好的思路和建议，但由于对泰文《三国》与《三国演义》文本及其背后的文化概念的陌生，使他的分析无法深入展开到微观层面；同时，他又过于强调《三国》作为战争性文本的影响，也使得他对《三国》在泰国实际的影响和传播的强度与广度的分析都大大弱化了。

---

① Craig J. Reynolds, “Tycoons and Warlords: Modern Thai Social Formations and Chinese Historical Romance”, *Sojourners and Settlers : Histories of Southeast Asia and the Chinese*, Anthony Reid, ed., St Leonards, NSW: Allen & Unwin, 1996, p.116.

② Ibid., pp.146-147.

附录二

泰文《三国》类文本一览[①]

一、全译本

1. เจ้าพระยาพระคลัง (หน). *สามก๊ก*. กรุงเทพฯ : โรงพิมพ์อักษรบริการ, 2506.（昭帕耶帕康（洪）：《三国》，曼谷：文字服务印刷厂，1963年。）【1802年译成泰文，以手抄本形式流传；1867年布拉德利牧师印刷厂首次铅印全本洪版《三国》；现通行的标准版本是丹隆拉查努帕亲王1928年组织校勘修订的国家图书馆校勘版本，多家出版社都数次再版。】
2. วรรณไว พัธโนทัย. *สามก๊กฉบับแปลใหม่*. กรุงเทพฯ : ธรรมชาติ, 2521.（万崴·帕塔诺泰：《新译〈三国〉》，曼谷：自然出版社，1978年。）
3. วิวัฒน์ ประชาเรืองวิทย์. *สามก๊กฉบับสมบูรณ์ พร้อมคำวิจารณ์*. กรุงเทพฯ : ธรรมสภา, 2544.（威瓦·巴查冷威：《批注本全版〈三国〉》，曼谷：法会出版社，2001年。）
4. กัลยา สุพันธุ์วณิช. *สามก๊ก ฉบับสมบูรณ์*. กรุงเทพฯ : เกลอเรียน, 2556.（甘拉雅·素攀

① 所列版本绝大多数为首次出版，依首版时间排序。个别书目首版时间不详，将另行标出，并附说明。

瓦尼：《完整版〈三国〉》，曼谷：学友出版社，2013年。）

二、创作本

1. คึกฤทธิ์ ปราโมช. *สามก๊กฉบับนายทุน : ตอนเบ้งเฮ็กผู้ถูกกลืนทั้งเป็น*. นครหลวงฯ : ก้าวหน้า, 2492.（克立・巴莫：《富豪版〈三国〉之孟获：被生擒活捉的人》，曼谷：进步出版社，1949年。）
2. คึกฤทธิ์ ปราโมช. *สามก๊กฉบับนายทุน : โจโฉ นายกตลอดกาล*. นครหลวงฯ : ก้าวหน้า, 2493.（克立・巴莫：《富豪版〈三国〉之曹操：终身丞相》，曼谷：进步出版社，1950年。）
3. ยาขอบ. *สามก๊กฉบับวณิพก*. กรุงเทพฯ : ผดุงศึกษา. 2507.（雅各布：《卖艺乞丐版〈三国〉》，曼谷：教育扶助出版社，1964年。）【从1942年到1955年在《民族报》连载，陆续出版了18本分册，1964年第一次结集出版。】
4. สุทธิพล นิติวัฒนา. *ชีวิตรักของโจโฉ : สามก๊กฉบับพิศวาส*. กรุงเทพฯ : สร้างสรรค์บุ๊ค, 2551.（南宫搏原著，素提蓬・尼迪瓦塔纳编译：《曹操的爱情：情爱版〈三国〉》，曼谷：建设书局，2008年第三版。）
5. ขุนเสนานุชิต (เจด). *เล่าเรื่องสามก๊ก ฉบับคนรุ่นใหม่*. กรุงเทพฯ : กรุงเทพการพิมพ์, 2516.（昆塞纳奴琪（杰）：《诗文版〈三国〉》，曼谷：曼谷印刷，1973年。）【1893年创作完成，首版不详，1973年第二次印刷。】
6. เรืองวิทยาคม. *สามก๊กฉบับคนขายชาติ*. กรุงเทพฯ : บ้านพระอาทิตย์. 2546.（冷威塔亚库：《卖国者版〈三国〉》，曼谷：太阳之家出版社，2003年。）
7. เอื้อ อัญชลี. *ขงเบ้งเจอคนบ้า*. กรุงเทพฯ : มติชน, 2551.（厄・安恰里：《孔明遇疯子》，曼谷：民意出版社，2008年。）
8. เอื้อ อัญชลี. *เงาฝันของผีเสื้อ : สามก๊กฉบับคนกันเอง ภาคพิเศษ : กำเนิดปณิธานตำนานนิยาย*. กรุงเทพฯ : มติชน, 2552.（厄・安恰里：《蝴蝶的梦影：身边人版〈三国〉（特别版）》，曼谷：民意出版社，2009年。）

三、阐发批评本

1. หมอพัตร. *สามก๊กฉบับนายแพทย์.* กรุงเทพฯ : ใบบัว, 2532.（帕医生：《医生版〈三国〉》，曼谷：莲叶出版社，1989年。）
2. อ.ร.ด. *อินไซด์สามก๊ก.* พระนคร : เขษมบรรณกิจ, 2504.（O. R. D.：《〈三国〉内幕》，曼谷：卡先班纳吉，1961年。）
3. สุทธิผล นิติวัฒนา. *สามก๊กฉบับวิจารณ์.* พระนคร : แพร่พิทยา, 2508.（素提蓬·尼迪瓦塔纳：《评论版〈三国〉》，曼谷：传播魔力出版社，1965年。）
4. สังข์ พัธโนทัย. *พิชัยสงครามสามก๊ก.* พระนคร : ศูนย์การพิมพ์, 2512.（桑·帕塔诺泰：《〈三国〉军事战略》，曼谷：印刷中心，1969年。）
5. เธียรชัย เอี่ยมวรเมธ. *สามก๊กปริทัศน์.* กรุงเทพฯ : บำรุงสาส์น, 2530.（天采·叶瓦拉梅：《〈三国〉评论》，曼谷：创作出版社，1987年。）
6. มงคลชัย เหมริด. *หนังสือสามก๊กดีอย่างไร.* กรุงเทพฯ : ดอกหญ้า, 2532.（孟坤采·迈热：《〈三国〉好在哪里》，曼谷：花草出版社，1989年。）【写于1954年在《暹罗时代》上的专栏文章，但当时并未结集成书出版。】
7. เล่าชวนหัว. *แหวะหัวใจซุนกวน.* กรุงเทพฯ : เคล็ดไทย, 2533.（老川华：《凡夫俗子版〈三国〉系列：洞悉孙权》，曼谷：克莱泰出版社，1990年。）
8. เล่าชวนหัว. *ผ่าสมองโจโฉ.* กรุงเทพฯ : เคล็ดไทย, 2533.（老川华：《凡夫俗子版〈三国〉系列：解读曹操》，曼谷：克莱泰出版社，1990年。）
9. เล่าชวนหัว. *เปิดหน้ากากขงเบ้ง ภาคสอง.* กรุงเทพฯ : เคล็ดไทย, 2533.（老川华：《凡夫俗子版〈三国〉系列：揭开孔明的面具》（二），曼谷：克莱泰出版社，1990年。）
10. เล่าชวนหัว. *ชำแหละกึ๋นเล่าปี่.* กรุงเทพฯ : เคล็ดไทย, 2534.（老川华：《凡夫俗子版〈三国〉系列：剖析刘备》，曼谷：克莱泰出版社，1991年。）
11. เล่าชวนหัว. *ล้วงคอสุมาอี้.* กรุงเทพฯ : เคล็ดไทย, 2534.（老川华：《凡夫俗子版〈三国〉系列：深挖司马懿》，曼谷：克莱泰出版社，1991年。）
12. อำรุง สกุลรัตนะ. *สามก๊กฉบับพัฒนา ตอนก๊กที่ 4 ในสามก๊ก.* กรุงเทพฯ : ภาพพิมพ์, 2535.（安

龙・沙衮叻达纳：《发展版〈三国〉——三国中的第四国》，曼谷：制图出版社，1992年。）

13. วิวัฒน์ ประชาเรืองวิทย์. *สามก๊กฉบับทันสมัย*. กรุงเทพฯ: บ้านกล้วยไม้, 2535.（多位专业作家合著：《现代版〈三国〉》，曼谷：兰花之家出版社，1992年。）
14. เธียรชัย เอี่ยมวรเมธ. *บุคคลสามก๊กวิเคราะห์*. กรุงเทพฯ : บริษัท รวมสาส์น, 2535.（天采・叶瓦拉梅选译：《〈三国〉人物评析》，曼谷：文汇公司，1992年。选译自1984年第二届《三国演义》学术研讨会的会议论文集。）
15. เล่าชวนหัว. *เปิดหน้ากากขงเบ้ง*. กรุงเทพฯ : เคล็ดไทย, 2536.（老川华：《凡夫俗子版〈三国〉系列：揭开孔明的面具》，曼谷：克莱泰出版社，1993年。首版应早于1990年。）
16. เธียรชัย เอี่ยมวรเมธ. *สามก๊กวรรณทัศน์*. กรุงเทพฯ : ดอกหญ้า, 2536.（克立・巴莫、玛丽尼・蒂洛瓦尼、素吉・尼曼赫民、他威・瓦拉迪洛等学者合著：《文学视野下的〈三国〉》（文集），曼谷：草花出版社，1993年。）
17. อัมพร สุขเกษม. *ลูกน้องกับนายสไตล์สามก๊ก : หลักวิธีใช้คน บริหารคน จากพงศาวดารจีน*. กรุงเทพฯ : ข้าวฟ่าง, 2537.（安蓬・素格先：《〈三国〉式的臣与君：中国古籍中的用人与管理之道》，曼谷：稻谷出版社，1994年。）
18. อดุลย์ รัตนมั่นเกษม, ทองแถม นาถจำนง. *เจ็ดยอดกุนซือในสามก๊ก*. กรุงเทพฯ : ดอกหญ้า, 2537.（阿敦・叻达纳曼格先撰选、通田・纳詹浓编辑：《〈三国〉七大军师》，曼谷：汇艺出版社，1994年。）
19. อัมพร สุขเกษม. *ถอดเกราะสามก๊ก : เจาะลึกเบื้องหลังเล่ห์กลของบุคคลในสามก๊ก*. กรุงเทพฯ: ข้าวฟ่าง, 2539.（安蓬・素格先：《揭秘〈三国〉：三国人物计谋的内幕透析》，曼谷：稻谷出版社，1996年。）
20. สุนันท์ จันทร์วิเมลือง. *การศึกษาสามก๊กสามแนวทาง : กลศึก ศิลปะ สาระบันเทิง*. กรุงเทพฯ: บริษัท ต้นอ้อ แกรมมี่, 2539.（苏南・詹威玛冷：《解读〈三国〉的三个角度——谋略、艺术与娱乐》，曼谷：芦竹格莱米公司，1996年。）

21. เล่าเซี่ยงชุน. *สามก๊กฉบับลิ่วล้อ*. กรุงเทพฯ : ประพันธ์สาส์น, 2541.（劳香春：《喽啰版〈三国〉》，曼谷：制图出版社，1998年。）

22. ทองแถม นาถจำนง. *ขุนพลสามก๊ก*. กรุงเทพฯ : สุขภาพใจ, 2542.（通田·纳詹浓：《〈三国〉里的将军》，曼谷：心灵健康出版社，1999年。）

23. เล่าชวนหัว. *เทิดศักดิ์ศรีจูล่ง*. กรุงเทพฯ : เคล็ดไทย, 2543.（老川华：《凡夫俗子版〈三国〉系列：颂赞圣子龙》，曼谷：克莱泰出版社，2000年。）

24. คมเดือน เจิดจรัสฟ้า. *คุณธรรมในสามก๊ก*. กรุงเทพฯ : สร้อยทอง, 2544.（空德恩·哲加发：《〈三国〉中的德行》，曼谷：金链出版社，2001年。）

25. วิวัฒน์ ประชาเรืองวิทย์. *เจาะลึกสามก๊ก (ฉบับวิจารณ์)*. กรุงเทพฯ : ต้นไม้, 2545.（威瓦·巴查冷威：《透析〈三国〉》（评论本），曼谷：树木出版社，2002年。）

26. วีร์ เพ็ชรอุไร. *สามก๊ก ฉบับการเมือง*. กรุงเทพฯ : เคล็ดไทย, 2545.（威·佩武莱：《政治版〈三国〉》，曼谷：克莱泰出版社，2002年。）

27. สุภาณี ปิยพสุนทรา, แก้วชาย ธรรมาชัย. *เจาะลึกยุทธการสามก๊ก*. กรุงเทพฯ : ตรงหัว, 2545.（素帕尼·比亚孙塔编译、盖差·塔玛差编辑：《透析〈三国〉战略》，曼谷：思想出版社，2002年。）

28. เล่าเซี่ยงชุน. *ปกิณกะสามก๊ก*. กรุงเทพฯ : เคล็ดไทย, 2547.（劳香春：《杂议〈三国〉》，曼谷：克莱泰出版社，2004年。）

29. ทองแถม นาถจำนง, เจตน์ เจริญโท. *สามก๊กการเมือง ตอนเมืองแตก*. กรุงเทพฯ : แม่โพสพ, 2548.（通田·纳詹浓、杰·加仑托：《〈三国〉政治之国家分裂》，曼谷：麦坡梭出版社，2005年。）

30. เอื้อ อัญชลี. *สามก๊ก ฉบับคนกันเอง*. กรุงเทพฯ : มติชน, 2549.（厄·安恰里：《身边人版〈三国〉》，曼谷：民意出版社，2006年。）

31. เอื้อ อัญชลี. *สามก๊ก ฉบับคนกันเอง ภาคสอง*. กรุงเทพฯ : มติชน, 2550.（厄·安恰里：《身边人版〈三国〉》（第二部），曼谷：民意出版社，2007年。）

32. ณรงค์ชัย ปัญญานนทชัย. *อินไซด์สามก๊ก (ฉบับอ่านสามก๊กอย่างไรให้แตกฉาน)*. กรุงเทพฯ: ดอกหญ้า, 2550.（纳荣采·班雅浓他采：《〈三国〉内幕》（如何读

透《三国》），曼谷：草花出版社，2007年。）

33. แก้วชาย ธรรมาชัย. *กวนอูโคตรซื่อที่เหนือโกง : ขงเบ้งโคตรโกงที่เหนือซื่อ*. กรุงเทพฯ : ตรงหัว, 2550.（盖采·探玛才：《关羽忠义多于计谋，孔明计谋多于忠义》，曼谷：头脑出版社，2007年。）

34. เล่าชวนหัว. *เปิดหน้ากากขงเบ้ง ภาคสาม*. กรุงเทพฯ : เคล็ดไทย, 2550.（老川华：《凡夫俗子版〈三国〉系列：揭开孔明的面具》（三），曼谷：克莱泰出版社，2007年。）

35. ชัชวนันท์ สันธิเดช. *อ่านสามก๊กอย่างแฟนพันธุ์แท้*. กรุงเทพฯ : ชวนอ่าน, 2552.（察恰瓦南·汕提德：《像铁杆粉丝那样读〈三国〉》，曼谷：益读出版社，2009年。）

36. เล่าชวนหัว. *ลอยเรือชมจิวยี่*. กรุงเทพฯ : เคล็ดไทย, 2552.（老川华：《凡夫俗子版〈三国〉系列：泛舟赞周瑜》，曼谷：克莱泰出版社，2009年。）

37. เอื้อ อัญชลี. *สามก๊ก ฉบับคนกันเอง ภาคสาม*. กรุงเทพฯ : มติชน, 2553.（厄·安恰里：《身边人版〈三国〉》（第三部），曼谷：民意出版社，2010年。）

38. ชัชวนันท์ สันธิเดช. *สามก๊ก ฉบับแฟนพันธุ์แท้ ตอน คิดเป็นเห็นต่าง*. กรุงเทพฯ : ชวนอ่าน, 2553.（察恰瓦南·汕提德：《铁杆粉丝版〈三国〉：奇思妙想，不拘一格》，曼谷：益读出版社，2010年。）

39. เปี่ยมศักดิ์ คุณากรประทีป. *กวนอูโคตรซื่อที่เหนือโกง : ขงเบ้งโคตรโกงที่เหนือซื่อ*. กรุงเทพฯ : ปราชญ์, 2555.（边萨·库纳功巴提：《〈三国〉式的伪装、欺骗和秘密》，曼谷：哲人出版社，2012年。）

40. คมเดือน เจิดจรัสฟ้า. *วิถีคนธรรมดามหาบุรุษเล่าปี่*. กรุงเทพฯ : แสงดาว, 2555.（空德恩·哲加发：《伟人刘备的常人之道》，曼谷：星光出版社，2012年。）

四、实用应用本

1. เธียรชัย เอี่ยมวรเมธ. *ปรัชญานิพนธ์และชีวประวัติของ ขงเบ้ง*. กรุงเทพฯ : บำรุงสาส์น, 2520.（天采·叶瓦拉梅：《孔明哲学著作及其生平》，曼谷：创作出版社，1977年。）

2. บุญศักดิ์ แสงระวี. *บริหารงานด้วยกลยุทธ์สามก๊ก*. กรุงเทพฯ : ดอกหญ้า, 2537.（李飞、周克西原著，本萨·汕拉威译：《用〈三国〉战略经营管理》，曼谷：草花出版社，1994年。）【曼谷：Media Focus，1985年初版。】

3. บุญศักดิ์ แสงระวี. *ศิลปะการใช้คนในสามก๊ก*. กรุงเทพฯ : ก.ไก่, 2530.（霍雨佳原著，本萨·汕拉威编译：《〈三国〉中的用人艺术》，曼谷：KO.KAI出版社，1987年。）

4. ทองแถม นาถจำนง. *กลยุทธ์สามก๊ก : คัมภีร์บริหารในภาวะสงคราม*. กรุงเทพฯ : ดอกหญ้า, 2531.（通田·纳詹浓：《〈三国〉策略：战争中的管理经典》，曼谷：草花出版社，1988年。）【1988年初版；从2000年第13次重印时更换了出版社（曼谷：汇艺出版社），并更名为《〈三国〉策略：以败为鉴，反败为胜》；2012年第15次重印时又更换为暖武里的神圣智慧出版社，并再次更名《〈三国〉策略：立于不败之地的管理者原则》（*กลยุทธ์สามก๊ก : หลักการบริหารสำหรับผู้ชนะในทุกสถานการณ์*）】

5. โชติช่วง นาดอน. *สรรนิพนธ์ขงเบ้ง ยุทธศิลป์*. กรุงเทพฯ : ชุมศิลป์ธรรมดา, 2537.（丘错·纳东：《孔明著作中的战略艺术》，曼谷：汇艺出版社，1994年。）

6. ทำนุ นวยุค. *จากปัญญาขงเบ้ง : ว่าด้วยชมรมขุนพล*. กรุงเทพฯ : ยินหยาง, 2532.（诸葛亮著，张天夫注译，汤努·纳瓦玉译：《孔明的智慧：关于〈将苑〉》，曼谷：阴阳出版社，1989年。）【首版不详，此版第二次印刷；2004年在心灵健康出版社以《孔明的智慧结晶〈将苑〉》之名再版】

7. ทองแถม นาถจำนง. *วิธีพลิกสถานการณ์แบบสามก๊ก*. กรุงเทพฯ : ขุนเขา, 2533.（通田·纳詹浓：《〈三国〉式反败为胜的方法》，曼谷：山岳出版社，1990年。）

8. ทองแถม นาถจำนง. *สงครามสามก๊ก : กลยุทธพลิกสถานการณ์*. กรุงเทพฯ : ธรรมสาร, 2533.（通田·纳詹浓：《〈三国〉战役：反败为胜的策略》，曼谷：法音出版社，1990年。）【首版在1990年左右，此为第二次印刷。】

9. บุญศักดิ์ แสงระวี. *ขุดกรุสมบัติสามก๊ก.* กรุงเทพฯ : ก.ไก่, 2534.（本萨・汕拉威：《挖掘〈三国〉宝藏》，曼谷：KO.KAI出版社，1991年。）

10. อัมพร สุขเกษม. *กลอุบายทำลายล้างอย่างสามก๊ก.* กรุงเทพฯ : สามเกลอ, 2534.（安蓬・素格先：《诡计多端的〈三国〉》，曼谷：三友出版社，1991年。）

11. บูรชัย ศิริมหาสาคร. *กลั่นสามก๊ก ฉบับนักบริหาร.* กรุงเทพ ฯ : แสงดาว, 2540.（本采・希利玛哈沙空：《〈三国〉精粹——管理者版本》，曼谷：星光出版社，1997年。）

12. บุญศักดิ์ แสงระวี. *ศิลปะการใช้กลยุทธ์ในสามก๊ก.* กรุงเทพ ฯ : สุขภาพใจ, 2547.（霍雨佳原著，本萨・汕拉威编译：《〈三国〉中的谋略艺术》，曼谷：心灵健康出版社，2004年。）【曼谷文明出版社，1997年初版。】

13. สมพงษ์ ภาวิจิตร. *ตำราพิชัยสงครามของโจโฉ ผู้พลิกแผ่นดิน.* กรุงเทพฯ : อักษรวัฒนา, 2543.（颂蓬・帕威集：《乱世枭雄曹操的兵法》，曼谷：文字文化出版社，2000年。）

14. บุญศักดิ์ แสงระวี. *กลศึกสามก๊ก.* กรุงเทพ ฯ : สุขภาพใจ, 2543.（李炳彦、孙兢原著，本萨・汕拉威译：《〈三国〉战略》，曼谷：心灵健康出版社，2000年。）

15. เปี่ยมศักดิ์ คุณากรประทีป. *สามก๊กสร้างเถ้าแก่ใหม่ ตอน ยอดกลยุทธ์พลิกวิกฤติสู่ความสำเร็จ.* กรุงเทพฯ : God Giving, 2546.（边萨・库纳功巴提：《〈三国〉创造新老板：摆脱危机迈向成功之道》，曼谷： God Giving出版社，2003年。）

16. เปี่ยมศักดิ์ คุณากรประทีป. *CEO ในสามก๊ก.* กรุงเทพฯ : คุณธรรม, 2547.（边萨・库纳功巴提：《〈三国〉中的CEO》，曼谷：德行出版社，2004年。）

17. เปี่ยมศักดิ์ คุณากรประทีป. *บริหาร SMEs ด้วยกลยุทธ์สามก๊ก.* กรุงเทพฯ : เคล็ดไทย, 2547.（边萨・库纳功巴提：《用〈三国〉战略管理中小型企业（SMEs）》，曼谷：克莱泰出版社，2004年。）

18. สุภาณี ปิยพสุนทรา. *ตำราพิชัยสงครามสามก๊ก.* กรุงเทพฯ : แสงดาว, 2550.（素帕尼・比亚孙塔：《〈三国〉兵法》，曼谷：星光出版社，2007年。）

19. อมร ทองสุก. *ตำราพิชัยสงครามขงเบ้ง*. ปทุมธานี : ชุณหวัตร, 2550.（阿蒙·通素：《孔明兵法》，巴吞他尼：春哈瓦公司，2007年。）

20. ก่อศักดิ์ ไชยรัศมีศักดิ์. *อ่านสามก๊ก ถกบริหาร*. กรุงเทพฯ : บุ๊คสไมล์, 2552.（格萨·猜亚拉萨米萨：《读〈三国〉论管理》，曼谷：Book Smile出版社，2009年。）

21. เจริญ วรรธนะสิน. *สามก๊ก ฉบับนักบริหาร*. กรุงเทพฯ : วิสดอมเฮาส์, 2552.（加伦·万塔纳信：《管理者版〈三国〉》，曼谷：Wisdom House出版社，2009年。）

22. เปี่ยมศักดิ์ คุณากรประทีป. *ขงเบ้ง ชี้ทางรวย*. กรุงเทพฯ : คุณธรรม, 2552.（边萨·库纳功巴提：《孔明指引致富路》，曼谷：德行出版社，2009年。）

23. เปี่ยมศักดิ์ คุณากรประทีป. *กลยุทธ์การบริหารธุรกิจในภาวะวิกฤตจากสามก๊ก*. กรุงเทพฯ : คุณธรรม, 2552.（边萨·库纳功巴提：《〈三国〉中危机时刻的工商管理战略》，曼谷：德行出版社，2009年。）

24. อานันท์ ชินบุตร. *อย่าเชื่อซุนวู อย่าชูสามก๊ก : วิธีชนะโดยไม่ต้องรบ ประสบความสำเร็จ*. กรุงเทพฯ : พาวเวอร์ฟูล ไลฟ์, 2553.（阿南·钦纳布：《莫信孙武，莫言三国：不战而胜之法》，曼谷：Powerful Life，2010年。）

25. ฐาปนีย์ อดีตา. *อ่านสามก๊ก ต่อยอดความคิด พินิจการใช้คน*. กรุงเทพฯ : ปราชญ์, 2553.（塔巴尼·阿迪达：《读〈三国〉识用人智慧》，曼谷：哲人出版社，2010年。）

26. ปวิตร กิจจานุเคราะห์. *ถอดรหัสสามก๊ก ครองใจคน ครองใจงาน*. กรุงเทพฯ : เอพี ครีเอทีฟ , 2553.（巴威·吉嘉努考：《破解〈三国〉密码，察人断事》，曼谷：AP Creative出版社，2010年。）

27. เปี่ยมศักดิ์ คุณากรประทีป. *วิถีเล่าปี่ : ชัยชนะของคนไม่เอาถ่าน*. กรุงเทพฯ : ย้อนรอย, 2554.（边萨·库纳功巴提：《刘备之道：无用之人的胜利》，曼谷：痕迹出版社，2011年。）

28. อึ้งมงคล. *สามก๊ก ฉบับอ่านแล้วรวย*. กรุงเทพฯ : โพสต์บุ๊กส์, 2554.（厄孟空：《读罢致富版〈三国〉》，曼谷：Postbooks出版社，2011年。）【2011年第二次印刷。】

29. ทองแถม นาถจำนง. *เหนือขงเบ้งคือสุมาอี้*. กรุงเทพฯ : คุณธรรม, 2555.（通田·纳倉浓：《司马懿胜过孔明》，曼谷：德行出版社，2012年。）【此版为第二版，第一版名为《司马懿：国家的恶人》于1999年出版，使用笔名丘错·纳东，第二版在第一版基础上进行了修订并更名。】
30. เปี่ยมศักดิ์ คุณากรประทีป. *40 วาทะชนะใจในสามก๊ก*. กรุงเทพฯ : คุณธรรม, 2555.（边萨·库纳功巴提：《〈三国〉中的40句攻心佳句》，曼谷：德行出版社，2012年。）
31. เปี่ยมศักดิ์ คุณากรประทีป. *สามก๊ก ฉบับอ่านคนผ่านกลศึก*. กรุงเทพฯ : โพสต์บุ๊กส์, 2555.（边萨·库纳功巴提：《用计识人版〈三国〉》，曼谷：Postbooks出版社，2012年。）
32. เปี่ยมศักดิ์ คุณากรประทีป. *เป็นเลิศอย่างขงเบ้ง สร้างคนธรรมดาให้เป็นยอดคนขององค์กร*. กรุงเทพฯ : ปัญญาชน, 2555.（边萨·库纳功巴提：《卓越如孔明，将组织中的凡人塑造成强人》，曼谷：知识分子出版社，2012年。）
33. เปี่ยมศักดิ์ คุณากรประทีป. *คมเฉือนคมลูกน้องกะเจ้านายสไตล์สามก๊ก*. กรุงเทพฯ : ปราชญ์, 2555.（边萨·库纳功巴提：《〈三国〉式君臣间的欺骗把戏》，曼谷：哲人出版社，2012年。）
34. อึ้งมงคล. *สามก๊ก ฉบับเสน่ห์ผู้นำ*. กรุงเทพฯ : โพสต์บุ๊กส์, 2555.（厄孟空：《领袖魅力版〈三国〉》，曼谷：Postbooks出版社，2012年。）
35. สุวรรณา ตปนียากรกช. *ศาสตร์แห่งการบริหารตามแบบฉบับสามก๊ก*. กรุงเทพฯ : ณดา, 2555.（素宛纳·多巴尼亚格拉谷：《〈三国〉式的管理之道》，曼谷：纳达出版社，2012年。）
36. ทศ คณนาพร. *สามก๊กสอนพิชิตธุรกิจให้ยิ่งใหญ่*. กรุงเทพฯ : แฮปปี้บุ๊ค, 2555.（托·卡纳那蓬：《〈三国〉指导企业步入辉煌》，曼谷：Happybooks出版社，2012年。）
37. ก่อศักดิ์ ไชยรัศมีศักดิ์. *อ่านสามก๊ก ถกยอดคน*. กรุงเทพฯ : บุ๊คสไมล์, 2555.（格萨·猜亚拉萨米萨：《读〈三国〉论强人》，曼谷：Book Smile出版社，2012年。）

38. ภัทระ ฉลาดแพทย์, ธีระวุฒิ ปัญญา. *คมวาทะสามก๊ก พลิกชีวิต*. กรุงเทพฯ : แฮปปี้บุ๊ค, 2555.（帕拉·查拉佩、提拉兀·班雅：《扭转时运的〈三国〉警句》，曼谷：Happybooks出版社，2012年。）

39. เปี่ยมศักดิ์ คุณากรประทีป. *คมวาทะสู่ความสำเร็จในสามก๊ก*. กรุงเทพฯ : ปราชญ์, 2556.（边萨·库纳功巴提：《引领成功的〈三国〉警句》，曼谷： 哲人出版社，2013年。）

40. สมชาติ กิจยรรยง. *กลยุทธ์สามก๊กกับการสร้างธุรกิจเครือข่าย*. กรุงเทพฯ : เพชรประกาย, 2556.（颂查·吉彦永：《〈三国〉战略与搭建商业网络》，曼谷：宝石光辉出版社，2013年。）

41. วณิพก พเนจร. *เกมคน...กลศึก แบบสามก๊ก*. กรุงเทพฯ : แสงดาว, 2556.（瓦尼坡·帕涅宗：《〈三国〉式用人与战略》，曼谷：星光出版社，2013年。）

42. วริศรา ภานุวัฒน์. *บริหารคนแบบสามก๊ก*. กรุงเทพฯ : แสงดาว, 2556.（瓦里萨·帕努瓦：《〈三国〉式用人管理》，曼谷：星光出版社，2013年。）

43. สาละ บุญคง. *เล่ห์ขุนศึกสามก๊ก*. กรุงเทพฯ : ก้าวแรก พับลิชชิ่ง, 2556.（萨拉·本空：《〈三国〉将领的计谋》，曼谷：第一步出版社，2013年。）

44. สมชาติ กิจยรรยง. *แบบฉบับสำหรับผู้บริหาร จากกลยุทธ์สามก๊ก*. กรุงเทพฯ : เพชรประกาย, 2556.（颂查·吉彦永：《〈三国〉谋略中的管理人员典范》，曼谷：宝石光辉出版社，2013年。）

45. กิมตังไล้. *สามก๊ก ฉบับอ่านธุรกิจพิชิตคน*. กรุงเทพฯ : Think Beyond, 2556.（金当莱：《读〈三国〉之商业至胜》，曼谷： Think Beyond出版社，2013年。）

46. มิสโจ（เงือจันทร์ อัชพรรณ）. *วาทะธรรมสำนวนมังกร : คติธรรมวรรณกรรมอมตะ สามก๊ก*. กรุงเทพฯ : ธรรมสภา, 2557.（密周（哲占·安查潘）编辑：《龙的醒世格言：不朽名著〈三国〉的警句》，曼谷：法会出版社，2014年。）

47. เสี้ยวจันทร์. *สามก๊กฉบับ 30 กลยุทธ์ จิ๊กก๊ก (ก๊กโจรคุณธรรม) นำโดย เล่าปี่*. กรุงเทพฯ : เพชรประกาย, 2557.（残月：《〈三国〉刘备的30个治国计谋》，曼谷：宝石光辉出版社，2014年。）

48. ส.ยศไกร. *สามก๊ก ฉบับอำนาจเครือข่าย คือความสำเร็จ*. กรุงเทพฯ : ปราชญ์,2557.（S·育格莱：《权力网络版〈三国〉：通往成功》，曼谷：哲人出版社，2014年。）

49. ทองแถม นาถจำนง. *สามก๊ก ฉบับยอดยุทธ์*. กรุงเทพฯ : สุขภาพใจ, 2557.（通田·纳詹浓：《谋略版〈三国〉》，曼谷：心灵健康出版社，2014年。）

50. ภัทระ ฉลาดแพทย์, ธีระวุฒิ ปัญญา. *วิถีแห่งสามก๊ก ฉบับ ยอดคนทำงานและองค์กรแห่งความสุข*. กรุงเทพฯ : แฮปปี้บุ๊ค, 2557.（帕拉·查拉佩、提拉兀·班雅：《职场精英与幸福组织版〈三国〉生活方式》，曼谷：Happybooks出版社，2014年。）

51. คมเดือน เจิดจรัสฟ้า. *สามก๊กพกพา 1 ฉบับ แสวงหาโอกาสจากวิกฤติ*. กรุงเทพฯ : แสงดาว, 2557.（空德恩·哲加发：《便携本〈三国〉一：从危机中寻觅机会》，曼谷：星光出版社，2014年。）

52. คมเดือน เจิดจรัสฟ้า. *สามก๊กพกพา 2 ฉบับ คนในอำนาจคิดแต่ช่วงชิงรักษาอำนาจ*. กรุงเทพฯ : แสงดาว, 2557.（空德恩·哲加发：《便携本〈三国〉二：掌权者只顾争权夺利》，曼谷：星光出版社，2014年。）

53. คมเดือน เจิดจรัสฟ้า. *สามก๊กพกพา 3 ฉบับ มีอำนาจ เป็นวาสนา หรือเวรกรรม*. กรุงเทพฯ : แสงดาว, 2557.（空德恩·哲加发：《便携本〈三国〉三：掌握权力是福还是祸？》，曼谷：星光出版社，2014年。）

54. เปี่ยมศักดิ์ คุณากรประทีป. *สามก๊ก ฉบับ บริหารความขัดแย้งด้วยทฤษฎีเกม*. กรุงเทพฯ : โพสต์บุ๊กส์, 2557.（边萨·库纳功巴提：《〈三国〉之用游戏理论解决争端》，曼谷：Postbooks出版社，2014年。）

55. คมเดือน เจิดจรัสฟ้า. *สามก๊กพกพา 4 ฉบับ คนเหนือชั้นกันที่ความคิด*. กรุงเทพฯ : แสงดาว, 2557.（空德恩·哲加发：《便携本〈三国〉四：人上之人胜在头脑》，曼谷：星光出版社，2014年。）

56. คมเดือน เจิดจรัสฟ้า. *สามก๊กพกพา 5 ฉบับ ชนะหรือแพ้เพราะแม่ทัพ*. กรุงเทพฯ : แสงดาว, 2557.（空德恩·哲加发：《便携本〈三国〉五：胜与败在于主帅》，曼谷：星光出版社，2014年。）

57. คมเดือน เจิดจรัสฟ้า. *สามก๊กพกพา 6 ฉบับ แผนนารีพิฆาต*. กรุงเทพฯ : แสงดาว, 2557.（空德恩·哲加发：《便携本〈三国〉六：美人计》，曼谷：星光出版社，2014年。）

58. บุญศักดิ์ แสงระวี. *กลศึกพิสดารในสามก๊ก*. กรุงเทพ ฯ : สุขภาพใจ, 2557.（本萨·汕拉威：《〈三国〉中的奇谋》，曼谷：心灵健康出版社，2014年。）

五、编选缩略本

1. นายหนหวย. *สามก๊ก ฉบับใหม่ (จากต้นฉบับดั้งเดิมของนายล้อกวานตง)*. กรุงเทพฯ : ดอกหญ้า, 2545.（珲回先生：《新版〈三国〉（根据罗贯中原本）》，曼谷：花草出版社，2002年。）【此版为新版，初版时间为1952年，曼谷：教育扶助出版社。】

2. โมทยากร. *ประวัติกวนอู : เทพเจ้าแห่งความซื่อสัตย์ และเล่าปี่ เตียวหุย*. กรุงเทพฯ : พิทยาคาร, 2523.（莫塔亚功：《忠义之神关羽及刘备、张飞史传》，曼谷：皮塔亚刊出版社，1980年。）

3. สุภาณี ปิยพสุนทรา. *สามก๊กฉบับภาพบุคคลพร้อมประวัติ*. กรุงเทพฯ : สุขภาพใจ, 253-.（素帕尼·比亚孙塔：《配图人物历史版〈三国〉》，曼谷：心灵健康出版社，199-年。）【1998年第3次印刷，初版未详，但应该是90年代作品。】

4. ยาเส้น. *สามก๊ก ฉบับนอกทำเนียบ "ขงเบ้ง"*. กรุงเทพฯ : ยินหยาง, 2532.（雅先：《反传统版〈三国〉——“孔明”》，曼谷：三叶出版社，1989年。）

5. ทำนุ นวยุค. *สามก๊ก (ฉบับหัวกะทิ)*. กรุงเทพฯ : ยินหยาง, 2533.（汤努·纳瓦玉：《精华版〈三国〉》，曼谷：阴阳出版社，1990年。）

6. อรุณ โรจนสันติ. *ขงเบ้งมังกรซ่อนคม*. กรุงเทพฯ : ยินหยาง, 2533.（阿伦·珞珈散迪：《卧龙孔明》，曼谷：阴阳出版社，1990年。）

7. เล่าชวนหัว. *ยกเครื่องเรื่องสามก๊ก*. กรุงเทพฯ : ร่วมด้วยช่วยกัน, 2542.（老川华：《检阅〈三国〉》（编年体），曼谷：团结合作出版社，1999年。）

8. วัชระ ชีวะโกเศรษฐ. *สามก๊กฉบับนำร่อง*. กรุงเทพฯ : สุขภาพใจ, 2548.（瓦查拉·齐瓦格塞：《导航版〈三国〉》，曼谷：心灵健康出版社，2005年。）

9. ไป่ลี่หมิง. *เปิดใจ "เล่าปี่" ใจที่ซื้อคนได้ทั้งแผ่นดิน*. กรุงเทพฯ : ณ ดา, 2552.（百立名：《揭示“刘备”：收买天下人之心》，曼谷：纳达出版社，2009年。）
10. ไป่ลี่หมิง. *กลยุทธ์ "โจโฉ" รอบคอบ เด็ดขาด เฉียบคม*. กรุงเทพฯ : ณ ดา, 2552.（百立名：《“曹操”策略：周密、坚决、精准》，曼谷：纳达出版社，2009年。）
11. ไป่ลี่หมิง. *อ่านความคิดขงเบ้ง*. กรุงเทพฯ : ณ ดา, 2552.（百立名：《解读孔明》，曼谷：纳达出版社，2009年。）
12. อานุภาพ ปัญญานุภาพ. *เทพเจ้าทวนเงินจูล่ง : อัศวินม้าขาว 2 แผ่นดิน*. กรุงเทพฯ : เฟิรสต์ พับลิชชิ่ง, 2553.（阿努帕・班雅努帕：《银枪神将子龙：威震两朝的白马武将》，曼谷：三叶出版社，2010年。）
13. เปี่ยมศักดิ์ คุณากรประทีป. *เล่าเรื่องสามก๊ก ฉบับคนรุ่นใหม่*. กรุงเทพฯ : สำนักพิมพ์คุณธรรม, 2553.（边萨・库纳功巴提：《新人版讲述〈三国〉》，曼谷：德行出版社，2010年。）
14. ใบบัว. *สามก๊ก : ฉบับเรื่องย่อ*. กรุงเทพฯ : บีเวล, 2553.（柏波：《简明本〈三国〉》，曼谷：比威出版社，2010年。）
15. ใบบัว. *สามก๊ก : ฉบับตัวละคร*. กรุงเทพฯ : บีเวล, 2553.（柏波：《人物版〈三国〉》，曼谷：比威出版社，2010年。）
16. เสี้ยวจันทร์. *5 ยอดหญิงกู้ชาติในปาฏิหาริย์สามก๊ก*. กรุงเทพฯ : เพชรประกาย, 2556.（残月：《三国传奇中的5位卫国女杰》，曼谷：宝石光辉出版社，2013年。）
17. เปี่ยมศักดิ์ คุณากรประทีป. *อ่านสามก๊ก ง่ายนิเดียว*. กรุงเทพฯ : สำนักพิมพ์คุณธรรม, 2557.（边萨・库纳功巴提：《轻松读〈三国〉》，曼谷：德行出版社，2014年。）

六、其他（赏析品鉴、工具书、资料汇编、漫画等）

1. ตำรา ณ เมืองใต้. *บุคคลภาษิตในสามก๊ก : วิจารณ์คติธรรมจากตัวละครซึ่งมีบทบาทอันน่าใคร่ครวญใน หนังสือสามก๊ก*. พระนคร : โรงพิมพ์บริษัทคณะช่างจำกัด,

2493.（乃丹拉·纳勐代（布朗·纳那空）：《〈三国〉人物箴言选——对〈三国〉重要人物的操行分析》，曼谷：工匠公司印刷厂，1950年。）

2. ศักดิ์ ชีวัน. *ของดีในสามก๊ก*. พระนคร : โรงพิมพ์เลี่ยงเชียง, 2500.（萨·启万：《〈三国〉中的尚品》，曼谷：汇艺出版社，1957年。）

3. เปลื้อง ณ นคร. *บุคคลภาษิตในสามก๊ก และ คติธรรมจากชัยพฤกษ์*. กรุงเทพฯ : ร.พ.มงคลการพิมพ์, 2506.（布朗·纳那空：《〈三国〉人物箴言与德行》，曼谷：吉祥印刷厂，1963年。）

4. ราชมาณพ. *สุภาษิตสามก๊ก*. พระนคร : บรรณาคาร, 2514.（拉查玛诺：《〈三国〉箴言》，曼谷：编辑大厦出版社，1971年。）

5. วิชาภรณ์ แสงมณี. *สำนวนงามในสามก๊ก*. กรุงเทพฯ : ดอกมะลิ, 2534.（威差蓬·汕玛尼：《〈三国〉美文佳句》，曼谷：茉莉花出版社，1991年。）

6. เธียรเสียง สมดุล, โชติช่วง นาดอน. *พงศาวดารสามก๊กฉบับภาพจำลอง*. กรุงเทพฯ : ชุมศิลป์ธรรมดา, 2537.（天响·颂敦编译、丘错·纳东编辑：《图例版〈三国志〉》，曼谷：汇艺出版社，1994年。）

7. ตำรา ณ เมืองใต้, ส.พลายน้อย. *บุคคลภาษิตในสามก๊ก สามก๊กอิ๋นและเรื่องเสริมใหม่*. กรุงเทพฯ : ดอกหญ้า, 2537.（乃丹拉·纳勐代：《〈三国〉与〈三国因〉人物箴言录及新补充》，曼谷：草花出版社，1994年。）【此版为第三次印刷，初版日期不详。】

8. ไพโรจน์ อยู่มณเฑียร. *สามก๊ก. คมวาทะในสามก๊ก*. กรุงเทพฯ : สร้อยทอง, 253-?.（派洛·尤蒙天：《〈三国〉箴言警句》，曼谷：金链出版社，199-年。）

9. เล่า ชวน หัว. *ยอดน้ำลายสามก๊ก*. กรุงเทพฯ : บ้านพระอาทิตย์, 2542.（老川华：《〈三国〉珠词妙语》，曼谷：太阳之家出版社，1999年。）

10. เจนธรรม นำกระบวนยุทธ์. *สุภาษิตสามก๊ก : ข้อคิดจากวรรณกรรมที่ยิ่งใหญ่*. กรุงเทพฯ : น้ำฝน, 2543.（珍昙·南格波育：《〈三国〉箴言：来自不朽作品的思想》，曼谷：雨水出版社，2000年。）

11. เชาว์ พงษ์พิชิต. *สำนวนจีน "สามก๊ก"*. กรุงเทพฯ : สุขภาพใจ, 2546.（乔·蓬皮琪：

《〈三国〉中的中国成语》，曼谷：心灵健康出版社，2003年。）

12. โกวิท ตั้งตรงจิตร. *หยั่งรู้สามก๊ก.* กรุงเทพฯ : ปิรามิด, 2548.（格威・当东吉：《通晓〈三国〉》，曼谷：金字塔出版社，2005年。）
13. ศานติ-นวรัตน์ ภักดีคำ. *สามก๊ก ศิลปกรรมจีนวัดไทยในบางกอก.* กรุงเทพฯ : มติชน, 2549.（瑙瓦拉・帕迪康：《〈三国〉：曼谷泰式寺庙中的中国艺术》，曼谷：民意出版社，2006年。）
14. ไพโรจน์ อยู่มณเฑียร. *วาทะสามก๊ก.* กรุงเทพฯ : แสงดาว, 2550.（派洛・尤蒙天：《〈三国〉警句》，曼谷：星光出版社，2007年。）【此版为第三次印刷，初版日期不详。】
15. โกวิท ตั้งตรงจิตร. *สารานุกรมสามก๊ก.* กรุงเทพฯ : พิมพ์คำ, 2552.（格威・当东吉：《〈三国〉百科全书》，曼谷：打字出版社，2009年。）
16. เอกรัตน์ อุดมพร. *สุดยอดสุภาษิต สำนวนโวหาร สามก๊ก อธิบายความ.* กรุงเทพฯ : -, 2553.（艾格拉・乌冬蓬：《〈三国〉中的至理名言及释义》，曼谷：未知，2010年。）
17. โกวิท ตั้งตรงจิตร. *1000 ปัญหาในสามก๊ก.* กรุงเทพฯ : ดอกหญ้า, 2553.（格威・当东吉：《〈三国〉1000问》，曼谷：草花出版社，2010年。）
18. เปี่ยมศักดิ์ คุณากรประทีป. *อ่านสามก๊กง่ายนิดเดียว.* กรุงเทพฯ : คุณธรรม, 2557.（边萨・库纳功巴提：《轻松读〈三国〉》，曼谷：德行出版社，2014年。）
19. ชัชวนันท์ สันธิเดช. *นามานุกรมสามก๊ก ฉบับแฟนพันธุ์แท้.* กรุงเทพฯ : ชวนอ่าน, 2557.（察恰瓦南・汕提德：《铁杆粉丝版〈三国〉人名辞典》，曼谷：益读出版社，2014年。）
20. สาละ บุญคง. *ปรัชญาคำคมสามก๊ก.* กรุงเทพฯ : ก้าวแรก พับลิชชิ่ง, 2557.（萨拉・本空：《〈三国〉中的至理名言》，曼谷：第一步出版社，2014年。）
21. ถาวร สิกขโกศล แปล. *101 คำถามสามก๊ก.* กรุงเทพฯ : มติชน, 2556.（李传军原著，塔温・希卡哥颂译：《〈三国〉101问》，曼谷：民意出版社，2013年。）【原著李传军：《有关三国的101个趣味问题》。】
22. โกวิท ตั้งตรงจิตร. *คมวาที ในวรรณคดีสามก๊ก.* กรุงเทพฯ : ดอกหญ้า2000, 2555.（格威・当东吉：《文学经典〈三国〉中的名句》，曼谷：草花2000出

版社，2012年。）

23. โยธิน ย. *สามก๊กฉบับการ์ตูน*. กรุงเทพฯ : บีเวลพับลิชชิ่ง, 2532.（优厅·约译：《漫画版〈三国〉》，曼谷：比威出版社，1989年。）
24. จันทนีย์ (อูนากูล) พงศ์ประยูร, สิริยาภรณ์ เลาหคุณากร, อานนท์ ปรีดา. *สามก๊ก*. กรุงเทพฯ : ธัชกนิษฐ์, 2545.（占塔妮（乌娜衮）·蓬巴允故事，西立亚蓬·劳库纳功、阿暖·布拉达配图：《三国》，曼谷：塔加尼出版社，2002年。）
25. สุภฤกษ์ บุญกอง, กาย เบิ้ญจวรรณ. *สามก๊ก ฉบับการ์ตูน*. ปทุมธานี : สกายบุ๊กส์, 2548.（素帕里·本工讲述、盖·本加万配图：《漫画版〈三国〉》，巴吞他尼：Skybooks出版社，2005年。）
26. กนกวรรณ สาโรจน์, เกวลิน ศรีม่วง. *สามก๊ก*. กรุงเทพฯ :นานมีบุ๊คส์, 2551.（格诺万·沙洛、盖信·希孟译：《三国》系列漫画，曼谷：南美书局，2008年。）【[韩] 黄皙英的《三国志》韩译本，[韩] Lee Chung-ho原画。】
27. ธนพร, โชติช่วง นาดอน. *สามก๊ก ฉบับเรื่องจริง : การ์ตูน*. กรุงเทพฯ : ใบบัว, 2551.（塔纳蓬译、丘错·纳东编辑：《真实版〈三国〉漫画》，曼谷：莲叶出版社，2008年。）【此版为第三次印刷，初版及原作者不详。】
28. สุภฤกษ์ บุญกอง. *สามก๊ก ฉบับปราชญ์เยาวชน*. ปทุมธานี : สกายบุ๊กส์, 2554.（素帕里·本工：《青少年哲理版〈三国〉》，巴吞他尼：Skybooks出版社，2011年。）
29. ใบบัว, เอ็ดดี้. *สามก๊ก 8 ตัวละครเอก (ฉบับพกพา)*. กรุงเทพฯ : บีเวลพับลิชชิ่ง, 2555.（柏波文、埃迪画：《〈三国〉里的八位主角》，曼谷：Bewell Publishing，2012年。）
30. วันทิพย์ สินสูงสุด. *โจโฉแตกทัพเรือ : สามก๊กภาพวิจิตร*. กรุงเทพฯ : วันทิพย์, 2530.（万提·信颂素译：《〈三国〉连环画——曹操兵败赤壁》，曼谷：万提出版社，1987年。）【译自《故事会》连环画。】

附录三

书中泰文拉丁字母转写对照[1]

A

Anchali Uakitprasert - อัญชลี เอื้อกิจประเสริฐ

Awut Ngoenchuklin - อาวุธ เงินชูกลิ่น

Ayutthaya - อยุธยา

B

Bailan - ใบลาน

Boromma Trailokanat - บรมไตรโลกนาถ

Botlakhon - บทละคร

Buatrian - บวชเรียน

Bunsak Saengrawi - บุญศักดิ์ แสงระวี

Bunyabarami - บุญญาบารมี

---

① 书中转写规则参照《1954年皇家学术委员会泰文拉丁字母转写规则》，但此规则并不区分长短音，对一些音位相近或相同的因素也不区分，因此一些泰国人根据自身实际情况对转写规则进行改动，但并无统一标准。本文保留了那些已出版或已被广泛认可的专有名词的转写，其余则统一按照皇家学术委员会颁布的规定转写。

C

Carabao - คาราบาว

Chakchak Wongwong - จักรๆ วงศ์ๆ

Chakri - จักรี

Chalermsak Noisri - เฉลิมศักดิ์ น้อยศรี

Chan - ฉันท์

Chanond Vacharasakunee - ชานนท์ วัชรสกุณี

Chao Sua - เจ้าสัว

Chaonai - เจ้านาย

Chaophraya - เจ้าพระยา

Chaophraya Mahintharasakthamrong - เจ้าพระยามหินทรศักดิ์ธำรง

Chaophraya Phrakhlang（Hon） - เจ้าพระยาพระคลัง(หน)

Chaophraya Thiphakorawong - เจ้าพระยาทิพากรวงศ์

Chaophraya Wichayen - เจ้าพระยาวิชาเยนทร์

Charoen Wattanasin - เจริญ วรรธนะสิน

Chin Luang - จีนหลวง

Chindamani - จินดามณี

Choopol Uacheoowong - ชูพล เอื้อชูวงศ์

Chot Phraephan - โชติ แพร่พันธุ์

Chotmai Het Sayam Samai - จดหมายเหตุสยามไสมย

Chuakasat - เชื้อกษัตริย์

Chuaphrawong - เชื้อพระวงศ์

Chuasai - เชื้อสาย

Chunniyabot - จุณณียบท

D

Dalang - ดาหลัง

Damrong Rajanubhab - ดำรงราชานุภาพ

Dekwat - เด็กวัด

H

Horathibodi - โหราธิบดี

J

Jintana Thunwaniwat - จินตนา ธันวานิวัฒน์

K

Kaki Khamklon - กากีคำกลอน

Kammalo - กำมะลอ

Kannikar Sartraproong - กรรณิการ์ สาตรปรุง

Kanyaphak Insawang - กัญญาภัค อินสว่าง

Kap或Kaab——กาพย์

Kasemsansophak - เกษมสันต์โสภาคย์

Katanyu - กตัญญู

Kha Phra - ข้าพระ

Khamchan - คำฉันท์

Khana Ratsadon - คณะราษฎร

Khao Rachakan - ข่าวราชการ

Khawi - คาวี

Khlong Yo Phrakiat Somdet Phrachao Krungthonburi - โคลงยอพระเกียรติสมเด็จพระเจ้ากรุงธนบุรี

Khobut - โคบุตร

Khon Suk - คนสุก

Khrong Kratuk Nai Tu - โครงกระดูกในตู้

Khruliam - ครูเหลี่ยม

Khuammaiphayabat - ความไม่พยาบาท

Khuamphayabat - ความพยาบาท

Khuamriang Roikaew - ความเรียงร้อยแก้ว

Kukrit Pramoj - คึกฤทธิ์ ปราโมช

Khun - ขุน

Khun Chobphonrak（Thim） - ขุนจบพลรักษ์ (ทิม)

Khun Senanuchit（Chet） - ขุนเสนานุชิต(เจต)

Khun Suk - ขุนศึก

Khun Wichitmatra - ขุนวิจิตรมาตรา

Khunchang Khunphaen - ขุนช้างขุนแผน

Khunnang - ขุนนาง

Kin Muang - กินเมือง

Klon - กลอน

Klon Botlakhon - กลอนบทละคร

Klon Nithan - กลอนนิทาน

Klon Niyai - กลอนนิยาย

Konlabot - กลบท

Krommaphra Narathippraphanphong - กรมพระนราธิปประพันธ์พงศ์

Krommaphra Rachawanglang - กรมพระราชวังหลัง

Krommaphraya Phanuphanthuwongwaradet - กรมพระยาภาณุพันธุวงศ์วรเดช

Kromtha - กรมท่า

Kulap Saipradit - กุหลาบ สายประดิษฐ์

L

Lak Withaya - ลักวิทยา

Lakhon - ละคร

Lakhon Nai - ละครใน

Lakhon Nok - ละครนอก

Lakhon Ram - ละครรำ

Lanna - ล้านนา

Lao Chuan Hua - เล่าชวนหัว

Lek Wat - เลกวัด

Lilit Phayuyatra Phecharaphuang - ลิลิตพยุหยาตราเพชรพวง

Lilit Phecharamongkut - ลิลิตเพชรมงกุฎ

Lilit Phralo - ลิลิตพระลอ

Lilit Siwichai Chadok - ลิลิตศรีวิชัยชาดก

Luang - หลวง

Luang Sarawichit（Hon） - หลวงสรวิชิต (หน)

Luang Thanmaphimon (Thuk Chitrakathuk) - หลวงธรรมาภิมณฑ์ (ถึก จิตรกถึก)

M

Maewan - แม่วัน

Maha Thammarajathiraj - มหาธรรมราชาธิราช

Mahachat Khamluang - มหาชาติคำหลวง

Maharat - มหาราช

Mahinthrathiraj - มหินทราธิราช

Mai Muangdoem - ไม้ เมืองเดิม

Malinee Dilokvanich - มาลินี ดิลกวณิช

Manora - มโนห์รา

Mengkuibun - เหมึงกุ่ยบุ้น

Mo Phat - หมอพัตร

Mom Rachothai - หม่อมราโชทัย

Mongkhonchai Merit - มงคลชัย เหมริด

Mueang Boran - เมืองโบราณ

Mun - หมื่น

N

Nai Bunsaat - นายบุญสะอาด

Nai Honhuai - นายหนหวย

Nai Si - นายศรี

Nai Sin - นายสิน

Nai Suanmahatlek - นายสวนมหาดเล็ก

Nai Thet - นายเทศ

Nakkanmuang - นักการเมือง

Nakkhai - นักขาย

Nangsu Anlen - หนังสืออ่านเล่น

Nangsu Pralom Lok - หนังสือประโลมโลก

Nangsu Samdap Senabodi - หนังสือสำดับเสนาบดี

Naresuan - นเรศวร

Navaniyai - นวนิยาย

Nawarat Phagdikham - นวรัตน์ ภักดีคำ

Ngiu - งิ้ว

Ngiu Kuchat - งิ้วกู้ชาติ

Ngiu Thammasat - งิ้วธรรมศาสตร์

Nirat - นิราศ

Nirat Kuangtung - นิราศกวางตุ้ง

Nirat London - นิราศลอนดอน

Nithan - นิทาน

Nithi Eawsriwong - นิธิ เอียวศรีวงศ์

Niyai - นิยาย

P

Pairart Taidparnich - ไพรัตน์ เทศพานิช

Panyabarami - ปัญญาบารมี

Panyasachadok - ปัญญาสชาดก

Paramanuchitchinorot - ปรมานุชิตชิโนรส

Payao - พะเยา

Peerawit Pongsurashewin - พีรวิทย์ พงศ์สุรชีวิน

Phaendin - แผ่นดิน

Phaisan Phutmongkhon - ไพศาล พืชมงคล

Phan - พัน

Phleng - เพลง

Phleng Lukthung - เพลงลูกทุ่ง

Phleng Yao - เพลงยาว

Phongsaowadan - พงศาวดาร

Phra - พระ

Phra Aiyakan Tamnaeng Na Thahan Lae Phonlaruan Huamuang - พระอัยการตำแหน่งนาทหารแลพลเรือนหัวเมือง

Phra Aphaimani - พระอภัยมณี

Phra Khru - พระครู

Phra Khruang - พระเครื่อง

Phra Kring - พระกริ่ง

Phra Kring Kuan’u - พระกริ่งกวนอู

Phra Phim - พระพิมพ์

Phra Phuttha Loetla Nabhalai - พระพุทธเลิศหล้านภาลัย

Phra Phuttha Yot Fa Chula Lok - พระพุทธยอดฟ้าจุฬาโลก

Phra’ongchao Wiwatchai - พระองค์เจ้าวิวัฒน์ชัยฯ

Phrai - ไพร่

Phrai Leo - ไพร่เลว

Phrai Luang - ไพร่หลวง

Phrai Mikhrua - ไพร่มีครัว

Phrai Rap - ไพร่ราบ

Phrai Som - ไพร่สม

Phrai Suai - ไพร่ส่วย

Phrakhlang - พระคลัง

Phrakhlang Kromtha - พระคลังกรมท่า

Phramahakasat - พระมหากษัตริย์

Phramaharachakhru - พระมหาราชครู

Phraracha Phongsaowadan Krung Si Ayuthaya - พระราชพงศาวดารกรุงศรีอยุธยา

Phrarachakhana - พระราชาคณะ

Phraya - พระยา

Phraya Borihannakharin - พระยาบริหารนครินทร์

Phraya Mahanuphap - พระยามหานุภาพ

Phraya Mun Rai - พระยาหมื่นไร่

Phraya Phiphathanakosa - พระยาพิพัฒโกษา

Phraya Sisunthonwohan（Noi）- พระยาศรีสุนทรโวหาร(น้อย)

Phraya Surinthararacha - พระยาสุรินทรราชา

Phraya Yommarat - พระยายมราช

Phrayatwong - พระญาติวงศ์

Phu Nam - ผู้นำ

Phu Pen Yai Nai Phaendin - ผู้เป็นใหญ่ในแผ่นดิน

Phudi - ผู้ดี

Phudi Mai - ผู้ดีใหม่

Piamsak Khunakonprathip - เปี่ยมศักดิ์ คุณากรประทีป

Pinklao - ปิ่นเกล้า

Pracha Suksa - ประชาศึกษา

Prachachat - ประชาชาติ

Pranamaphot - ประณามพจน์

Prapin Manomaivibool - ประพิณ มโนมัยวิบูลย์

Prasat Thong - ปราสาททอง

Prasit Kanchanawat - ประสิทธิ์ กาญจนวัฒน์

Pumpuang Duangjan - พุ่มพวง ดวงจันทร์

R

Rachasi - ราชสีห์

Rachathirat - ราชาธิราช

Rachawong - ราชวงศ์

Rai Suphap - ร่ายสุภาพ

Rai Yao - ร่ายยาว

Rai - ร่าย; ไร่

Ramakien - รามเกียรติ์

Ratchakit Chanubeksa - ราชกิจจานุเบกษา

Rattanakosin - รัตนโกสินทร์

Rian Dusadimala - เหรียญดุษฎีมาลา

Roikaew - ร้อยแก้ว

Roikaew Kawiniphon - ร้อยแก้วกวีนิพนธ์

Roikaew Khuamriang - ร้อยแก้วความเรียง

Roikrong - ร้อยกรอง

Rongmani Meksophon - รุ่งมณี เมฆโสภณ

Rongphim Nai Thep - โรงพิมพ์นายเทพ

Rongphim Phanitsanpaudom - โรงพิมพ์พานิชสรรพอุดม

Rongphim Ratcharoen - โรงพิมพ์ราษฎร์เจริญ

Rongphim Siricharoen - โรงพิมพ์ศิริเจริญ
Rongrian - โรงเรียน
Rongson - โรงสอน
Ruangsan - เรื่องสั้น
Ruangwithayakhom - เรืองวิทยาคม

S

Sagun - สกูล
Saisanitwong - สายสนิทวงศ์
Saithip Nukunkit - สายทิพย์ นุกูลกิจ
Sakdina - ศักดินา
Sakkawa - สักวา
Saksi Yaemnatta - ศักดิ์ศรี แย้มนัดดา
Salung - สลึง
Samkok - สามก๊ก
Samkoknang - ซ้ำก๊กนั้ง
Samnuan Samkok - สำนวนสามก๊ก
Samoson Sayam Wannasin - สโมสรสยามวรรณศิลป์
Samut Khoi - สมุดข่อย
Samut Thai - สมุดไทย
Sang Phathanothai - สังข์ พัธโนทัย
Sangsinchai - สังข์ศิลป์ไชย
Sangthong - สังข์ทอง
Sarasin Virapol - สารสิน วีระผล
Satianrakoset - เสฐียรโกเศศ
Satianraphap - เสถียรภาพ
Sayam Samai - สยามสมัย

Sen - เส้น

Senabodi Chatusadom - เสนาบดีจตุสดมภ์

Sepha - เสภา

Siburapha - ศรีบูรพา

Sila Charuk Phokhun Ramkhamhaeng - ศิลาจารึกพ่อขุนรามคำแหง

Sinlapachai Chanchaloem - ศิลปชัย ชาญเฉลิม

Siprat - ศรีปราชญ์

Sirin Phathanothai - สิรินทร์ พัธโนทัย

Sithanonchai - ศรีธนญชัย

Sombat Amarin Khamklon - สมบัติอมรินทร์คำกลอน

Sombat Chantoravong - สมบัติ จันทรวงศ์

Somdet Phra Chao Krung Thonburi - สมเด็จพระเจ้ากรุงธนบุรี

Somdet Phra Chao Taksin Maharat - สมเด็จพระเจ้าตากสินมหาราช

Somdet Phrarachakhana - สมเด็จพระราชาคณะ

Somdetchaopraya - สมเด็นเจ้าพระยา

Suan Khua - สวนขวา

Suchinda Kraprayoon - สุจินดา คราประยูร

Suksan Vivekmetakorn - สุขสัน วิเวกเมธากร

Sum - ซูม

Sunan Phuangphum - สุนันท์ พวงพุ่ม

Sunthon Phu - สุนทรภู่

Suphapburut Raipak - สุภาพบุรุษรายปักษ์

Suphasit Phra Ruang - สุภาษิตพระร่วง

Surasit Amornwanitsak - สุรสิทธิ์ อมรวณิชศักดิ์

Surawut Tanasillapagul - สุราวุฒิ ธนาศิลปะกุล

Surinthracha - สุรินทราชา

T

Taksin - ตากสิน

Talat Kao - ตลาดเก่า

Tamnan - ตำนาน

Tamnan Nangsu Samkok - ตำนานหนังสือสามก๊ก

Tamnan Phleng Samkok - ตำนานเพลงสามก๊ก

Tamnan Wangna - ตำนานวังหน้า

Tangdao - ต่างด้าว

Tarunowat - ดรุโณวาท

Thahan Susan - ทหารสื่อสาร

Thai - ไทย或ไท

Thai Raiwan - ไทรายวัน

Thai Sa - ท้ายสระ

Thamathibet - ธรรมธิเบศร

Thanai - ทนาย

Thanit Chiansuksakun - ธนิต เจียรสุขสกุล

Thasansee Smokasetrin - ทัศนศรี โสมะเกษตริน

That - ทาส

That Namngoen - ทาสน้ำเงิน

Thawi Panya - ทวีปัญญา

Thepniyai - เทพนิยาย

Thianchai Iamvoramet - เธียรชัย เอี่ยมวรเมธ

Thitkhong - ทิดโข่ง

Thongchai Winichakul - ธงชัย วินิจจะกูล

Thongthaem Natchamnong - ทองแถม นาถจำนง

Tonmaithongtra - ต้นหมายท้องตรา

Trai Phum Phra Ruang - ไตรภูมิพระร่วง

Trok Kaptanbut - ตรอกกัปตันบุช

Tueanchai Bunphraraksa - เตือนใจ บุญพระรักษา

U

Ua Anchali - เอื้อ อัญชลี

Unarut - อุณรุท

Uthai Thiambunloet - อุทัย เทียมบุญเลิศ

V

Vichaichan - วิไชยชาญ

W

Wachirayan - วชิรญาณ

Wak - วรรค

Waniphok - วณิพก

Wanlop Rochanawisut - วัลลภ โรจนวิสุทธิ์

Wannakam - วรรณกรรม

Wannakhadi - วรรณคดี

Wannakhadi Samoson - วรรณคดีสโมสร

Wanwai Phathanothai - วรรณไว พัธโนทัย

Wat Buanniwet - วัดบวรนิเวศ

Wat Lengneiyi - วัดเล่งเน่ยยี่

Wat Nangnong Worawiharn - วัดนางนองวรวิหาร

Wat Phananchoeng - วัดพนัญเชิง

Wat Phichaya Yatikaram - วัดพิชัยญาติการามวรวิหาร

Wat Pho - วัดโพธิ์

Wat Phra Chettuphon - วัดพระเชตุพน

Wat Pradu Songtham - วัดประดู่ทรงธรรม

Wat Praserthsuttawat - วัดประเสริฐสุทธาวาส

Wipha Kongkanan - วิภา กงกะนันท์

Wiwat Pracharuangwit - วิวัฒน์ ประชาเรืองวิทย์

Y

Yachok - ยาจก

Yakhop - ยาขอบ

Yinao - อิเหนา

Ying’ on Suphanwanich - อิงอร สุพันธุ์วณิช

Yitho - ยี่โถ

Yuenyong Opakul - ยืนยง โอภากุล

后 记

本书从构思撰写到杀青成稿，历时十年有余。最初的底稿来自我的博士学位论文，但由于当时条件所限和积累不足，遗留诸多未竟之憾。工作之后，我以此为基础申请了国家社科基金青年项目，在教书之余，利用寒暑假往返中泰之间，继续搜集资料，沉潜思考，逐渐形成了新的看法，摆脱旧框架的束缚，将重点置于本土化阶段。将书名定为《形似神异》，正是要强调文本接受方的视角，罗贯中的《三国演义》与泰文的洪版《三国》译本是内容相似而旨趣殊异的异文文本，而后者才是在泰国传播的《三国》的元文本，因此才会有所谓翻译的“不忠实”才是促使传播大获成功的关键所在之语。虽然国家社科基金项目最终延期结项，但获颁优秀结项证书，也算是对我这份努力的一种肯定。本书正是在项目结项成果的基础上修改而成的。

在本书多年的研究与写作过程中，我得到许多师友、同事和机构的帮助，特在此致谢。首先要感谢我的导师裴晓睿教授，她是我走上学术之路的引路人，她渊博的学识、良好的理论素养、严谨的治学态度和扎实的泰学研究无时无刻不在影响着我。裴老师对我的悉心指导和严格要求使我少走了很多弯路，同时又不为我设置学术禁区，没有门户之见，鼓励我进行跨学科的探索，推荐我参加各种学术会议，鼓励我参与学术课题项目。正是在她的提携之下，我得以在博士期间就参与了教育部重大项目《〈三国演义〉在东方各国的传播和影响》课题，也正是这段经历促使我选择《三国演义》在泰国的传播作为博士论文的选题。

此外，还要感谢北京大学泰语专业的傅增有教授、任一雄教授和薄文泽教授，他们和裴晓睿教授一起教我学会了泰语，走近迷人的泰国，还在不同时期对本书的写作提供帮助。傅增有老师在担任朱拉隆功大学孔子学院中方院长期间，热心为我联系赴泰考察的相关事宜，而本书早期的构思也受益于薄文泽老师的批评和建议。感谢《〈三国演义〉在东方各国的传播和影响》课题组里的诸位老师，特别是张玉安教授和陈岗龙教授，为我初期的研究指明方向，陈岗龙教授还作为推荐人推荐当时只是讲师的我申请国家社科项目。在泰搜集材料期间，我还得到朱拉隆功大学的芭萍·玛努麦威汶（Prapin Manomaivibool）、希拉蓬·纳塔朗（Siraporn Na Thalang）、波洛民·贾如翁（Poramin Jaruworn）和法政大学的玛丽尼·蒂洛瓦尼（Malinee Dilokvanich）、巴功·林巴努颂（Pakorn Limpanusorn）、素拉希·阿蒙瓦尼萨（Surasit Amornwanitsak）等学者们给予的莫大帮助，芭萍教授帮我申请了进出朱拉隆功大学图书馆的证件，玛丽尼和素拉希老师为我提供了他们的研究成果，波洛民博士不但帮我办理很多证明文件，还亲自驾车带我到春武里府去做调查，意外地发现了“张飞请神”仪式。当然，本书的写作还得到许多人的支持、鼓励和帮助，虽无法一一具名，但我都会铭记于心，在此一并致谢。

感谢国家社会科学基金项目对本书研究的资金支持，感谢北京市社会科学理论著作出版基金对本书出版的资助，感谢北京大学申丹教授推荐本书进入陈晓明教授和王一川教授主编的“北大人文学古今融通研究丛书”，也感谢本书的责任编辑北京大学出版社的严悦先生的辛勤付出和专业投入，否则本书也不会如此迅速地与读者见面。

最后，我要感谢我的父母和妻子，你们的支持是我心无旁骛、安心向学的动力和保障，这本书是献给你们的。

2018年4月 于燕园